Пятьдесят оттенков
серого

На пятьдесят оттенков
темнее

Пятьдесят оттенков
свободы

Э Л Джеймс

Пятьдесят оттенков свободы

ЭКСМО

МОСКВА

УДК 82(1-87)
ББК 84(7США)
Д 40

E L James

FIFTY SHADES FREED

The author published an earlier serialized version of this story online with different characters as «Master of the Universe» under the pseudonym Snowqueen's Icedragon.

Cover design by Richard Ogle based on design by Jennifer McGuire

Cover image © Getty Images

Джеймс ЭЛ
Д 40   Пятьдесят оттенков свободы / ЭЛ Джеймс ; [пер. с англ. С. Самуйлова]. — М. : Эксмо, 2012. — 640 с.

ISBN 978-5-699-60466-1

«Пятьдесят оттенков свободы» — третья книга трилогии Э Л Джеймс «Пятьдесят оттенков», которая стала бестселлером № 1 в мире, покорив читателей откровенностью и чувственностью. Чем закончится история Анастейши и Кристиана? Удастся ли им сохранить свою любовь?

УДК 82(1-87)
ББК 84(7США)

ISBN 978-5-699-60466-1

Para mia Mama con todo mi amor y gratitud[1]

И моему любимому отцу.
Папа, я скучаю по тебе каждый день

БЛАГОДАРНОСТИ

Спасибо Ниалл, моей опоре;

Кэтлин — моему критику, подруге, наперснице и спецу по технической части;

Би — за неустанную моральную поддержку;

Тейлору (также спецу по техчасти), Сьзи, Пэм и Норе — за то, что не давали завянуть.

За советы и тактичность хочу сказать спасибо:

доктору Рейне Слюдер — за помощь во всех медицинских вопросах;

Анне Форлайнз — за советы по финансовым вопросам;

Элизабет де Вос — за помощь во всем, что касается американской системы усыновления.

Мэдди Бландино — за ее изысканное, вдохновляющее искусство.

Пэм и Джиллиан — за утренний субботний кофе и за то, что всегда возвращали меня в реальную жизнь.

Благодарю также мою редакторскую группу, Андреа, Шей и неизменно любезную и лишь временами закипавшую Джанин, переносившую мои «заносы» с терпением, стойкостью и чувством юмора.

Спасибо Аманде и всему «The Writer's Coffee Shop Publishing House» и, наконец, огромная благодарность всем работающим в «Винтаже».

---

[1] Моей маме — с любовью и благодарностью (*исп.*).

Пролог

Мамочка! Мамочка! Мамочка спит на полу. Спит давно. Я расчесываю ей волосы, как она любит. Она не просыпается. Мама! У меня болит живот. Болит, потому что хочет есть. Его здесь нет. Хочется пить. Я подставляю стул к раковине в кухне и пью. Вода проливается на мою голубую кофточку. Мама все еще спит. Она даже не шевелится. Ей холодно. Я приношу свое одеяло, накрываю мамочку и ложусь рядом на липкий зеленый ковер. Мама не просыпается. У меня есть две игрушечные машинки. Они бегают по полу возле мамы. Наверное, она заболела. Я ищу, что можно съесть. В холодильнике нахожу горошек. Он замерз. Ем медленно. От горошка болит живот. Я сплю возле мамы. Горошек кончился. В холодильнике есть что-то еще. Только пахнет как-то странно. Я пробую полизать, и язык прилипает. Ем понемножку. Невкусно. Пью воду. Играю с машинками и сплю возле мамы. Она такая холодная и не просыпается. Распахивается дверь. Я накрываю маму одеялом. Он здесь. «Вот же дерьмо! Что здесь, на хрен, случилось? А, сучка шарахнутая, откинулась все-таки. Вот дрянь! Уберись, говнюк, не крутись под ногами». Он пинает меня, и я падаю и ударяюсь головой о пол. Больно. Он звонит кому-то и уходит. Запирает дверь. Я ложусь возле мамочки. Болит голова. В комнате — тетя-полицейский. Нет. Нет. Нет. Не трогайте меня. Не трогайте. Я останусь с мамой. Нет. Нет. Отойдите. Тетя-полицейский берет мое одеяло и хватает меня. Я кричу. Мама! Мамочка! Я хочу к маме. Слов больше нет. Я не могу больше говорить. Мама не слышит. Я ничего не могу сказать.

— Кристиан! Кристиан! — Ее голос, тревожный, настойчивый, вытягивает его из глубины кошмара, с самого дна отчаяния. — Я здесь. Здесь.

Он просыпается, и она склоняется над ним, хватает за плечи, трясет. Лицо озабоченное, в голубых, широко распахнутых глазах набухают слезы.

— Ана, — шепчет на выдохе он. Во рту — кисловатый привкус страха. — Ты здесь.

— Конечно, я здесь.

— Мне снилось…

— Знаю. Я здесь, здесь.

— Ана. — Он вдыхает ее имя; оно — талисман от черной, слепой паники, что гудит, разносясь по телу, в крови.

— Ш-ш-ш, я здесь.

Она ложится рядом, сворачивается, обнимает его руками и ногами. Ее тепло просачивается в него, отгоняет тени, оттесняет страх. Она — солнце, она — свет. И она — его.

— Пожалуйста, давай не будем ссориться. — Голос его звучит немного хрипло. Он обнимает ее.

— Хорошо.

— Клятвы. Никакого подчинения. Я смогу. Мы найдем выход. — Слова вылетают торопливо и неловко, словно барахтаясь в потоке эмоций, смятения и тревоги.

— Да. Найдем. Мы всегда находим выход, — шепчет она и целует его, заставляет замолчать и возвращает в настоящее.

Глава 1

Ч

ерез дырочки в крыше из морской травы я смотрю на самое голубое из всех небес, летнее средиземноморское небо. Смотрю и довольно вздыхаю. Кристиан рядом, растянулся в шезлонге. Мой муж — красивый, сексуальный, без рубашки и в обрезанных джинсах — читает книжку, предрекающую крушение западной банковской системы. Судя по всему, захватывающий триллер: я давно уже не видела, чтобы он сидел вот так неподвижно. Сейчас он больше похож на студента, чем на преуспевающего владельца одной их самых рейтинговых частных компаний в Соединенных Штатах.

Наш медовый месяц подходит к концу, это его последний эпизод. Мы нежимся под послеполуденным солнцем на пляже отеля с весьма подходящим названием «Бич Плаза Монте-Карло» — в Монако, хотя, вообще-то, остановились не в нем. Я открываю глаза и смотрю на стоящую на якоре в бухте «Прекрасную леди». Живем мы, разумеется, на борту этой шикарной моторной яхты. Построенная в 1928-м, она прекрасно держится на воде и среди всех стоящих в бухте яхт выглядит настоящей королевой. Она напоминает мне детскую заводную игрушку. Кристиан в нее влюблен, и я подозреваю, что его тянет ее купить. Ох уж эти мальчишки с их игрушками!

Откинувшись на спинку, я слушаю «Кристиан Грей микс» на своем айподе и лениво подремываю, вспоминая его предложение... сказочное предложение, сделанное в лодочном сарае... Я почти ощущаю аромат полевых цветов...

— Мы можем пожениться завтра? — нежно шепчет мне в ухо Кристиан.

Я растянулась, положив голову ему на грудь, уставшая и пресыщенная после страстной любви.

— М-м-м.

— Понимать как «да»? — Я слышу в его вопросе нотки приятного удивления.

— М-м-м.

— Или «нет»?

— М-м-м.

Чувствую, как он усмехается.

— Мисс Стил, вы можете говорить связно?

Теперь уже я улыбаюсь.

— М-м-м.

Он смеется, крепко меня обнимает и чмокает в макушку.

— Тогда завтра, в Вегасе.

Я сонно поднимаю голову.

— Не думаю, что моим родителям это так уж понравится.

Он легонько барабанит пальцами по моей голой спине.

— Чего ты хочешь, Анастейша? Вегас? Большую свадьбу со всеми положенными аксессуарами? Признавайся.

— Нет, большую не хочу. Только друзья и родные. — Я смотрю на него и не могу оторваться, тронутая умоляющим выражением в сияющих серых глазах, и спрашиваю себя: «А чего хочет он?»

— О'кей. — Кристиан кивает. — Где?

Я пожимаю плечами.

— А нельзя ли сделать это здесь? — осторожно спрашивает он.

— У твоих родителей? А они не будут возражать?

Он фыркает.

— Мама будет на седьмом небе от счастья.

— Ладно, здесь так здесь. Мои папа с мамой будут только за.

Кристиан гладит меня по волосам. Вот оно, счастье. Лучше и быть не может.

— Итак, мы определили, где и когда.

— Но тебе нужно поговорить с матерью.

— Хм-м. — Улыбка блекнет. — У нее будет один месяц. Я слишком хочу тебя, чтобы ждать дольше.

— Кристиан, я же с тобой. И не первый день. Ну, ладно, месяц так месяц. — Я целую его в грудь, просто чмокаю, и улыбаюсь.

— Ты сгоришь, — шепчет он мне в ухо, вырывая из дремоты.

— Только от тебя. — Я обворожительно улыбаюсь. Послеполуденное солнце переместилось, и теперь я лежу под его прямыми лучами.

Он усмехается и одним быстрым движением передвигает мой шезлонг в тень.

— Держитесь подальше от средиземноморского солнца, миссис Грей.

— Вы такой альтруист, мистер Грей. Спасибо.

— Не за что, миссис Грей. И я вовсе не альтруист. Если вы сгорите, я не смогу до вас дотронуться. — Он вскидывает бровь, глаза его весело сияют, и мое сердце переполняется любовью. — Но, полагаю, вы и сами это знаете, а следовательно, смеетесь надо мной.

— Неужели? — Я делаю большие глаза, принимая невинный вид.

— Да-да, именно это вы и делаете. Причем часто. И это лишь одна из тех многочисленных мелочей, которые мне так в вас нравятся. — Он наклоняется и целует меня, захватывая и покусывая нижнюю губу.

— А я-то рассчитывала, что ты натрешь мне спину лосьоном для загара. — Я обиженно надуваю губки.

— Миссис Грей, это грязная работа, но... от такого предложения отказаться невозможно. Сядьте, — приказывает он хрипловатым голосом.

Я подчиняюсь, и он начинает втирать мне в кожу лосьон для загара. Движения неторопливые, пальцы сильные и ловкие.

— Ты и вправду прелесть. Мне с тобой повезло, — бормочет он, легко касаясь пальцами грудей, растирая лосьон.

— Так и есть, мистер Грей, повезло. — Я незаметно поглядываю на него из-под ресниц.

— Скромность вам к лицу, миссис Грей. Перевернитесь. Хочу поработать с вашей спиной.

Я с улыбкой переворачиваюсь, и он убирает заднюю лямку моего жутко дорогого бикини.

— А как бы ты себя почувствовал, если бы я загорала топлесс, как другие женщины на пляже?

— Мне бы это очень не понравилось, — не задумываясь, отвечает Кристиан. — По-моему, на тебе и так слишком мало одежды. — Он наклоняется и шепчет мне на ухо: — Не испытывай судьбу.

— Это вызов, мистер Грей?

— Вовсе нет, миссис Грей. Всего лишь констатация факта.

Я вздыхаю и качаю головой. Ох, Кристиан... мой помешанный на ревности тиран.

Закончив, он шлепает меня по попе.

— Довольно с тебя, красотка.

Его верный спутник, ни сна, ни отдыха не ведающий «блэкберри», негромко жужжит. Я хмурюсь, он усмехается.

— Это конфиденциально, миссис Грей. — Кристиан поднимает брови, напуская важный вид, шлепает меня еще раз и возвращается в шезлонг.

Моя внутренняя богиня мурлычет. Может быть, вечером мы еще устроим нескромное представление для избранных. Она хитро усмехается, вскидывает бровь. Я улыбаюсь и, закрыв глаза, погружаюсь в послеполуденную дрему.

— Mam'selle? Un Perrier pour moi, un Coca-Cola light pour ma femme, s'il vous plaît. Et quelque chose à manger... laissez-voir la carte[1].

---

[1] Мадемуазель? Пожалуйста, перье для меня, кока-колу лайт для моей жены. И что-нибудь поесть... Позвольте меню (*фр.*).

Хм-м... Я просыпаюсь от его голоса. По-французски Кристиан говорит довольно бегло. Щурясь от яркого солнца, я открываю глаза и вижу Кристиана — он смотрит на меня — и молодую женщину в форме и с подносом в руках, которая удаляется, соблазнительно покачивая блондинистым «хвостиком».

— Пить хочешь? — спрашивает он.

— Да, — сонно бормочу я.

— Так и смотрел бы на тебя весь день. Устала?

Я смущенно краснею.

— Не выспалась.

— Я тоже. — Он улыбается, откладывает «блэкберри» и поднимается. Шорты чуть сползли, и под ними видны плавки. Кристиан снимает шорты, сбрасывает шлепанцы, и я теряю нить мыслей и забываю обо всем на свете.

— Пойдем искупаемся. — Кристиан протягивает руку, а я оцепенело смотрю на него снизу вверх. — Поплаваем? — спрашивает он, чуть склонив голову набок, с лукавым выражением на лице. Я молчу, и он медленно качает головой. — По-моему, тебя пора встряхнуть.

Кристиан вдруг оказывается рядом, наклоняется и поднимает меня на руки. Я визжу — скорее от неожиданности, чем от страха.

— Отпусти меня! Отпусти!

— Только в море, детка, — ухмыляется он.

Несколько загорающих наблюдает за нами с вялым любопытством, которое, как я теперь понимаю, характерно для французов. Кристиан входит в воду и, смеясь, идет дальше.

Я обхватываю его за шею и, изо всех сил стараясь не прыснуть со смеху, говорю:

— Ты не посмеешь.

Кристиан с усмешкой смотрит на меня сверху.

— Ана, малышка моя, неужели ты так ничего и не поняла за то короткое время, что мы знакомы?

Он наклоняет голову и целует меня, а я, пользуясь случаем, запускаю пальцы ему в волосы, ухватываюсь обеими руками и возвращаю поцелуй. Мой язык проскальзывает между его губ. Он резко втягивает воздух и выпрямляется. Дымка желания застилает его глаза, но и сквозь нее проглядывает настороженность.

— Меня не проведешь. Я твои игры знаю, — шепчет он, медленно погружаясь в чистую прохладную воду — вместе со мной. Его губы снова находят мои, и я обвиваюсь вокруг мужа, уже не замечая освежающей прохлады моря.

— Ты же вроде бы хотел поплавать.

— С тобой поплаваешь. — Он покусывает мою нижнюю губу. — И все-таки мне бы не хотелось, чтобы благочестивые жители Монте-Карло видели мою жену в пароксизме страсти.

Я приникаю к колючему, щекочущему язык подбородку, и мне нет никакого дела до благочестивых горожан.

— Ана, — хрипит Кристиан и, обернув мой «хвост» вокруг запястья, оттягивает мне голову назад и пробегает поцелуями по шее — от уха и вниз.

— Хочешь… в море? — выдыхает он.

— Да, — шепчу я.

Кристиан отстраняется и смотрит на меня сверху вниз. Глаза теплые, в них — желание и лукавство.

— Миссис Грей, вы ненасытны. И вы такая бесстыдная. Что за монстра я создал?

— Монстра себе в пару. Разве ты терпел бы меня другую?

— Я возьму тебя по-всякому, как только сумею. И ты это знаешь. Но не сейчас. Не на публике. — Он кивает в сторону берега.

Что?

И действительно, несколько человек из загорающих очнулись от апатии и смотрят на нас с некоторым интересом. Кристиан вдруг обхватывает меня за талию и подбрасывает. Я взлетаю над водой, падаю в воду, опускаюсь на мягкий песок и тут же выныриваю, кашляя, отплевываясь и против воли смеясь.

— Кристиан! — Я притворно хмурюсь. Думала, мы займемся любовью в море, и уже собиралась сделать первую отметку. Он смотрит на меня, прикусив губу, чтобы не расплыться в улыбке. Я брызгаю в него водой — он отвечает.

— У нас еще вся ночь впереди. — На его лице глупая, счастливая улыбка. — Потом, детка, попозже.

Кристиан ныряет, выныривает футах в трех от меня и легким, грациозным кролем уходит в море, все дальше и дальше.

Мой игривый, мой соблазнительный Кристиан! Пятьдесят Оттенков! Заслонившись ладошкой от солнца, я смотрю ему вслед. Как же ему нравится меня поддразнивать! А на что готова я, чтобы вернуть его?

Возвращаясь к берегу, обдумываю варианты. У шезлонгов нас уже ждут свежие напитки. Я торопливо отпиваю глоток колы. Кристиан далеко, пятнышко в море.

Х-м-м... Я ложусь на живот, неловко стаскиваю верх бикини и небрежно бросаю на шезлонг Кристиана. Вот так, мистер Грей. Вы еще увидите, какой я могу быть бесстыдницей. Зарубите это себе на носу. Я закрываю глаза. Солнце греет кожу, прогревает кости, и мои мысли медленно поворачивают и текут ко дню свадьбы.

— Можете поцеловать невесту, — провозглашает отец Уолш.

Я с улыбкой смотрю на мужа.

— Наконец-то ты моя, — шепчет он и, обняв меня, сдержанно целует в губы.

Я — замужем. Я — миссис Кристиан Грей. Голова идет кругом от радости.

— Ты прекрасна, Ана, — негромко говорит он. Глаза его сияют любовью и чем-то еще, чем-то темным, обжигающим. — Никому, кроме меня, не позволяй снимать с тебя это платье. Понимаешь? — Его пальцы спускаются по моей щеке, и кровь начинает закипать под ними, а градус его улыбки подскакивает сразу на сто делений.

Какого черта? Как у него это получается, даже на глазах у стольких зрителей?

Я молча киваю. Только бы никто нас не услышал. К счастью, отец Уолш предусмотрительно отступил в сторону. Я перевожу глаза на собравшихся — все в праздничных нарядах. Моя мама, Рэй, Боб и Греи — все аплодируют, даже Кейт, моя подружка. Кейт стоит рядом с шафером Кристиана, его братом Элиотом, в бледно-розовом платье она выглядит изумительно. Кто бы мог подумать, что даже Элиот может так принарядиться? Все рады, все улыбаются — кроме Грейс, которая незаметно промокает уголки глаз ослепительно-белым платочком.

— Готовы, миссис Грей? — тихонько спрашивает Кристиан и застенчиво улыбается. От этой улыбки внутри у меня все тает. Он выглядит просто божественно в скромном черном смокинге с серебристой манишкой и галстуком. Он такой… такой потрясающий.

— Готова и всегда буду готова, — с глуповатой улыбкой отвечаю я.

И вот уже свадьба в разгаре…

Каррик и Грейс уехали в город, установив шатер, волшебно украшенный бледно-розовым, серебристым и бежевым, со всех сторону открытый и глядящий в сторону моря. С погодой нам повезло, и предвечернее солнце сияет, повиснув над водой. Одна часть шатра отдана под танцпол, другая — под роскошный буфет.

Рэй и моя мама танцуют вместе и чему-то смеются. Глядя на них, я чувствую смешанную с легкой горечью радость. Надеюсь, у нас с Кристианом все продлится дольше. Даже не представляю, что со мной будет, если он уйдет. «Жениться на скорую руку, да на долгую муку». Эта поговорка никак нейдет из головы.

Рядом оказывается Кейт, такая восхитительная в своем длинном шелковом платье. Смотрит на меня и хмурится.

— Эй, у тебя же вроде бы самый счастливый в жизни день, — выговаривает мне она.

— Так и есть, — шепотом отвечаю я.

— Ох, Ана, ну что не так? Смотришь на свою маму и Рэя?

Я печально киваю.

— Они счастливы.

— Каждый по себе.

— Есть какие-то сомнения? — обеспокоенно спрашивает Кейт.

— Нет, нет. Просто… я так его люблю. — Я замираю, то ли не находя слов, чтобы выразить свои опасения, то ли не желая ими делиться.

— Ана, каждому же ясно, что он тебя обожает. Знаю, ваши отношения начались не совсем обычно, но весь последний месяц я вижу, как хорошо вам вместе, как счастливы вы оба. — Она хватает меня за руки и с улыбкой добавляет: — Кроме того, сейчас уже поздно.

Я смеюсь. Кейт никогда не преминет указать на очевидное. Она заключает меня в объятия — те самые, фирменные — от Кэтрин Кавана.

— Все будет хорошо. А если с твоей головы упадет хотя бы волосок, ему придется отвечать передо мной. — Она отстраняется и улыбается кому-то, кто стоит у меня за спиной.

— Привет, малышка. — Кристиан обнимает меня сзади, целует в висок. — Здравствуй, Кейт. — Его отношение к ней не смягчилось, хотя и прошло уже шесть недель.

— Привет, Кристиан. Пойду поищу твоего шафера, а то он совсем про меня забыл.

Кейт улыбается нам обоим и направляется к Элиоту, выпивающему в компании ее брата Итана и нашего друга Хосе.

— Пора, — негромко говорит Кристиан.

— Уже? Для меня это первая вечеринка уже не помню с каких пор, и я вовсе не прочь побыть немного в центре внимания. — Я поворачиваюсь и смотрю на него.

— Ты это заслужила. Выглядишь потрясающе.

— Ты тоже.

Он улыбается, смотрит на меня сверху и как будто прожигает взглядом.

— Чудесное платье. И тебе идет.

— Вот это, старенькое? — Я смущенно краснею и приглаживаю тонкое кружево простенького, незамысловатого свадебного платья, скроенного матерью Кейт. Мне оно сразу понравилось — кружевное, скромное и в то же время смелое.

Он наклоняется и целует меня.

— Идем. Не хочу больше делить тебя со всеми этими людьми.

— А мы можем уйти с собственной свадьбы?

— Детка, это же наша вечеринка, и мы можем делать, что хотим. Мы уже разрезали торт, и теперь мне бы хотелось умыкнуть тебя для личного пользования.

Я смеюсь.

— Для этого у вас, мистер Грей, вся жизнь впереди.

— Рад слышать, миссис Грей.

— А, вот вы где! Воркуете как голубки.

Только этого не хватало. Нас нашла бабушка Грея.

— Кристиан, дорогой, потанцуешь с бабушкой?

Кристиан слегка поджимает губы.

— Конечно.

— А ты, прекрасная Анастейша, иди порадуй старика — потанцуй с Тео.

— С Тео?

— С дедушкой Тревельяном.

— Да, можешь называть меня бабушкой. И вот что: вам стоит серьезно поработать. Мне нужны правнуки, а долго я не протяну.

Она одаряет нас притворной улыбкой. Кристиан смотрит на нее с ужасом.

— Идем, бабушка, — говорит он и, взяв старушку за руку, торопливо уводит на танцпол, но на ходу оглядывается и, скорчив недовольную гримасу, закатывает глаза. — Попозже, детка.

Я иду к дедушке Тревельяну, но натыкаюсь на Хосе.

— Просить еще один танец не стану. Я и так уже практически монополизировал тебя. Рад, что ты счастлива, но... я серьезно, Ана. Понадоблюсь — буду рядом.

— Спасибо, Хосе. Ты — настоящий друг.

— Я серьезно, — с неподдельной искренностью говорит он.

— Знаю. Спасибо, Хосе. А теперь извини, пожалуйста, но... у меня свидание.

Он смотрит на меня непонимающе.

— С дедушкой Кристиана, — поясняю я.

Хосе улыбается.

— Удачи, Ана. Удачи во всем.

— Спасибо.

Старик неизменно мил. После танца с ним я стою у застекленной двери. Солнце медленно опускается над Сиэтлом, бросая на залив ярко-оранжевые и синие тени.

— Идем. — В голосе Кристиана — нетерпение.

— Мне надо переодеться. — Я хватаю его за руку, хочу затянуть через дверь в комнату и пойти наверх вместе. Он непонимающе хмурится и мягко тянет меня к себе.

— Думала, ты поможешь мне снять платье, — объясняю я.

Его глаза вспыхивают.

— Правильно. — Кристиан чувственно ухмыляется. — Но здесь я раздевать тебя не буду. Мы не можем уйти, пока... Не знаю... — Он делает неопределенный жест рукой. Предложение остается незаконченным, но смысл вполне ясен.

Я вспыхиваю от смущения и отпускаю его руку.

— И не распускай волосы, — предупреждает он.

— Но...

— Никаких «но», Анастейша. Ты прекрасно выглядишь. И я хочу сам тебя раздевать.

Вот так. Я хмурюсь.

— Собери одежду, которую возьмешь с собой, — распоряжается Кристиан. — Она тебе понадобится. Твой большой чемодан — у Тейлора.

— Ладно.

Что он задумал? Куда мы поедем? Мне никто ничего не сказал. Наверно, никто и не знает. Ни Миа, ни Кейт пока еще никакой информации у него не выведали. Я поворачиваюсь к матери — она стоит неподалеку с Кейт.

— Я не буду переодеваться.

— Что? — удивляется мама.

— Кристиан не хочет. — Я пожимаю плечами, как будто этого вполне достаточно и других объяснений не требуется.

— Ты не обещала во всем ему подчиняться, — коротко нахмурившись, тактично напоминает мама. Кейт фыркает и тут же закашливается. Я смотрю на нее, прищурившись. Ни она, ни мама даже не догадываются о наших с Кристианом спорах насчет этого. Рассказывать об этих спорах мне не хочется. Черт возьми, может ли мой муж дуться и... мучиться от кошмаров? Память отрезвляет.

— Знаю, мама, но ему нравится это платье, а я хочу ему угодить.

Она смягчается. Кейт картинно закатывает глаза и тактично отходит в сторонку, оставляя нас наедине.

— Дорогая, ты так чудесно выглядишь. — Карла бережно убирает выбившуюся прядку и гладит меня по щеке. — Я так горжусь тобой, милая. Уверена, Кристиан будет с тобой счастлив. — Она заключает меня в объятия. Ох, мама! — Ты такая взрослая, даже не верится. У тебя начинается новая жизнь. Только помни, что мужчины с другой планеты, — и все будет хорошо.

Я тихонько хихикаю. Мама и не знает, что мой Кристиан — из другой вселенной.

— Спасибо, мам.

Рэй подходит и улыбается нам обоим.

— Какая у тебя, Карла, красавица выросла. — Глаза его сияют от гордости. В новом смокинге и бледно-розовой жилетке он и сам выглядит весьма элегантно.

Я моргаю — к глазам подступили слезы. О нет... пока мне удавалось сдерживаться.

— Выросла у тебя на глазах, Рэй. И с твоей помощью. — Голос у мамы грустный.

— О чем нисколько не жалею. Ты чертовски хороша в этой роли, Ани. — Рэй убирает мне за ухо ту же непокорную прядку.

— Папа... — Я сглатываю подступивший к горлу комок, и он обнимает меня, коротко и неуклюже.

— И жена из тебя тоже чудесная получится, — сдавленно шепчет он и опускает руки. Рядом уже стоит Кристиан.

Рэй тепло жмет ему руку.

— Ты уж приглядывай за моей девочкой.

— Именно этим и намерен заняться. Рэй... Карла... — Он кивает моему отчиму и целует маму.

Гости уже образовали что-то вроде длинного живого коридора, ведущего к парадному входу.

— Готова? — спрашивает Кристиан.

— Да.

Он ведет меня под аркой из вытянутых рук. Все кричат, желают нам удачи, поздравляют и осыпают рисом. В самом конце этого коридора улыбающиеся Грейс и Каррик. Они тоже обнимают нас и целуют. Грейс снова расчувствовалась. Мы торопливо прощаемся.

Тейлор уже сидит за рулем «Ауди». Кристиан открывает дверцу, я оборачиваюсь и бросаю в кучку собравшихся молодых женщин свой букет из белых и розовых роз. Миа ловит его и расплывается в победной улыбке. Я проскальзываю, смеясь, в салон, а Кристиан, наклонившись, подбирает мой шлейф. Убедившись, что я в безопасности, он машет гостям.

Тейлор открывает ему дверцу.

— Поздравляю, сэр.

— Спасибо. — Кристиан усаживается рядом со мной.

Тейлор трогает, и мы отъезжаем, осыпаемые рисом. Кристиан берет мою руку и целует пальцы.

— Пока ведь все хорошо, миссис Грей?

— Пока все замечательно, мистер Грей. Куда мы едем?

— В Си-Так[1], — отвечает он с загадочной улыбкой сфинкса.

Эге, и что же у него на уме?

Вопреки моим ожиданиям, Тейлор не поворачивает к терминалу вылета, а проезжает через служебный вход ко взлетной полосе. И что?

И тут я вижу его, личный самолет Кристиана. На фюзеляже крупными голубыми буквами — «Грей энтерпрайзес холдингз инк.».

— Только не говори, что снова используешь собственность компании в личных целях!

— Надеюсь, ты права. — Он улыбается.

Тейлор останавливается у трапа и, выскочив из машины, открывает дверцу со стороны Кристиана. Они обмениваются несколькими словами, после чего Кристиан открывает дверцу мне, но не отступает в сторону, а наклоняется и поднимает меня с сиденья.

Ух!

— Ты что делаешь?

— Переношу тебя через порог.

— А...

И это дом?

Он легко несет меня по трапу. Тейлор поднимается следом с моим чемоданом, наверху ставит его за порожком, спускается и идет к «Ауди». Я заглядываю в салон и вижу Стивена, пилота Кристиана.

— Добро пожаловать на борт, миссис Грей. — Он приветливо улыбается нам обоим. Кристиан опускает меня на пол и здоровается со Стивеном за руку. Рядом с пилотом стоит темноволосая женщина, тоже в форме, лет, наверно, тридцати с небольшим. — Примите мои поздравления.

— Спасибо. — Кристиан поворачивается ко мне. — Со Стивеном ты уже знакома. Сегодня он наш капитан. А это — его первый помощник, Бигли.

---

[1] Международный аэропорт Сиэтла—Такомы.

Женщина краснеет и смущенно моргает. Я закатываю глаза. Еще одна поклонница моего мужа. По-моему, это тот случай, когда популярность идет человеку во вред.

— Рада с вами познакомиться, — с придыханием говорит Бигли. Я благосклонно ей улыбаюсь: в конце концов, он мой.

— Все готово? — спрашивает Кристиан.

Я оглядываю салон. Интерьер отделан светлым кленом и кремовой кожей. Мило. В самом конце салона — еще одна женщина, миловидная брюнетка. Это еще кто такая?

— Все системы в порядке. Погода благоприятная до самого Бостона.

Бостон?

— Турбулентность?

— До Бостона не ожидается. Небольшой погодный фронт над Шенноном. Вот там, возможно, потрясет.

Шеннон? Ирландия?

— Понятно. Надеюсь, поспать все же удастся, — замечает Кристиан.

Поспать?

— Будем взлетать, сэр, — говорит Стивен. — О вас позаботится Наталия, ваша бортпроводница. — Мой муж бросает на нее быстрый взгляд и хмурится, но к Стивену поворачивается с улыбкой.

— Отлично. — Кристиан берет меня за руку и ведет к роскошному кожаному креслу. Всего кресел около дюжины. — Садись. — Он снимает смокинг, расстегивает серебристую парчовую жилетку.

Мы садимся лицом друг к другу. Между нами — небольшой полированный столик.

— Добро пожаловать на борт. Мои поздравления. — Наталия предлагает нам по бокалу розового шампанского.

— Спасибо, — говорит Кристиан, брюнетка вежливо улыбается и уходит в камбуз.

— За счастливую семейную жизнь. — Кристиан поднимает бокал, мы чокаемся. У шампанского восхитительный вкус.

— «Боланже»? — спрашиваю я.

— Оно самое.

— В первый раз я пила его из чайной чашки.

— Я хорошо помню тот день. Твой выпускной...

— Куда летим? — Любопытство распирает, и я уже не могу сдерживаться.

— В Шеннон. — Глаза у Кристиана вспыхивают, как у предвкушающего приключение мальчишки.

— Так мы отправляемся в Ирландию?

— Для дозаправки, — добавляет он. Издевается.

— А потом? — не отступаю я.

Он улыбается еще шире и качает головой.

— Кристиан!

— Потом — Лондон. — Он внимательно смотрит на меня, пытаясь предугадать мою реакцию.

Ух ты! Я-то думала, мы отправимся в Нью-Йорк, Аспен или, может быть, на Карибы. Лондон! Даже не верится. Я всегда мечтала побывать в Англии. На душе становится светло, как будто от счастья там зажглась какая-то лампочка.

— Потом — Париж, — добавляет Кристиан.

Что?

— Потом — юг Франции.

Здорово!

— Я знаю, что ты всегда мечтала съездить в Европу, — мягко говорит он. — И хочу, чтобы твои мечты стали явью.

— Мои мечты — ты. И они уже сбылись.

— Я могу сказать то же самое о вас, миссис Грей, — шепчет он.

Ну и ну...

— Пристегнись.

Я улыбаюсь и пристегиваюсь.

Пока самолет выруливает на взлетную полосу, мы попиваем шампанское и глуповато улыбаемся друг другу. Мне все еще трудно поверить в происходящее. Дожив до двадцати двух лет, я наконец-то отправляюсь в Европу, и не куда-нибудь, а в Лондон!

Самолет набирает высоту. Наталия наливает нам еще шампанского и начинает готовить брачный пир. Да еще какой — копченый лосось, жареная куропатка с салатом из зеленых бобов и картофель-«дофинэ». Стюардесса демонстрирует пример эффективности.

— Десерт, мистер Грей? — спрашивает она.

Он качает головой, проводит пальцем по моей нижней губе и вопросительно смотрит на меня — в упор, пристально, с каким-то мрачным, но непонятным выражением.

— Нет, спасибо, — лепечу я, не в силах отвести глаз. Его губы складываются в едва заметную улыбку. Наталия уходит.

— Вот и хорошо, — негромко говорит он. — Вообще-то я уже спланировал, что получу на десерт тебя.

Ой... здесь?

— Идем. — Он встает из-за стола, предлагает мне руку и ведет в хвостовую часть салона.

— Здесь ванная.

Кристиан указывает на небольшую дверцу и идет дальше, к другой двери в самом конце короткого коридорчика. Ух ты, спальня! Он оборачивается и привлекает меня к себе.

— Я подумал, что мы проведем брачную ночь на высоте в тридцать пять тысяч футов. Раньше у меня такого не было.

Ни черта себе. Еще одно «в первый раз». Я смотрю на него и чувствую, как колотится сердце. «Клуб высотников»[1]. Что-то я об этом слышала.

— Но сначала придется освободить тебя от этого сказочного платья. — В его глазах — любовь и что-то еще, что-то темное и непонятное, что-то притягательное,

---

[1] Mile High Club (*англ.*) — сленговое наименование людей, занимавшихся сексом в самолете, условно говоря, на высоте одной мили. — *Примеч. пер.*

взывающее к моей внутренней богине. У меня захватывает дух.

— Повернись.

Голос низкий, властный и до невозможности сексуальный. Как это ему удается? Одно слово, но сколько всего оно обещает! Я охотно подчиняюсь. Он возится с моими волосами, бережно, одну за другой, вытаскивает заколки. У него ловкие пальцы, и с работой Кристиан справляется на удивление быстро. Мои волосы волнами падают на плечи, на спину, на грудь... Я стараюсь стоять неподвижно, не ерзать, но мне так хочется его прикосновений, ласк! День получился долгий, утомительный и с волнениями, и теперь я хочу его — всего, целиком и полностью.

— У тебя чудесные волосы, — шепчет Кристиан, и я ощущаю тепло его дыхания, хотя губы и не касаются моего уха. Волосы освобождены от заколок, и он осторожно перебирает их. Я чувствую мягкие касания пальцев — и закрываю от наслаждения глаза. Пальцы спускаются ниже, бережно оттягивают голову назад, открывая горло.

— Ты моя, — выдыхает Кристиан и сжимает губами мочку моего уха.

С моих губ срывается стон.

— Тише, — укоризненно шепчет он и, убрав волосы в сторону, ведет пальцем по спине, от плеча до плеча, над верхней, кружевной кромкой платья. Я уже дрожу. Он ставит первую печать над верхней пуговицей платья.

— Ты прекрасна. — Кристиан расстегивает первую пуговицу. — Сегодня я счастливейший человек на всем свете. — Медленно, с неспешностью истязателя, он расправляется с остальными пуговицами, опускаясь ниже и ниже. — Я так тебя люблю. — Его губы прокладывают дорожку от шеи к плечу, заполняя промежутки между поцелуями короткими словами: — Я... Так... Хочу... Тебя... Хочу... Быть... В тебе... Ты... Моя...

Каждое слово — глоток вина. Я закрываю глаза и наклоняю голову, подставляя ему шею, покоряясь чарам Кристиана Грея, моего мужа.

— Моя, — снова бормочет он и тянет платье вниз, так что оно падает к моим ногам легким облаком шелка и кружев.

— Повернись. — Голос его меняется, шепот напоминает хрип. Я поворачиваюсь, и у него перехватывает дух.

На мне тугой корсет из розового атласа с подвязками, кружевные трусики того же цвета и белые шелковые чулки. Он пробегает по мне жадным взглядом, но ничего не говорит и только смотрит. Зрачки его расширяются.

— Нравится? — шепотом спрашиваю я, чувствуя, как приливает к лицу кровь.

— Не просто нравится, детка. Ты просто потрясающе выглядишь сегодня. Иди сюда. — Он протягивает руку, и я, взяв ее, переступаю через лежащее на полу платье.

— Не шевелись. — Пожирая меня глазами, он ведет средним пальцем над грудями, следуя по кромке корсета. Дышать все труднее, а его палец повторяет тот же путь в обратном направлении. По спине бегут мурашки. Кристиан останавливается и жестом показывает, что мне надо повернуться. Сейчас я готова для него на все.

— Стоп.

Я стою лицом к кровати. Он обнимает меня за талию, притягивает к себе, прижимается лицом к моей шее. Потом кладет ладони мне на груди, ласкает их, кружит большими пальцами по соскам, так что они напрягаются и проступают под тонким атласом корсета.

— Моя... — шепчет он.

— Твоя... — выдыхаю я.

Оставив в покое груди, он переходит на живот, потом ниже, на бедра. Пальцы подбираются все ближе к развилке. Он спускает с моих плеч лямки и со своей обычной ловкостью расстегивает застежки подвязок.

— Моя... — Он поглаживает меня сзади, легонько касаясь волосков.

— А-а-а...

— Тише. — Руки сползают ниже.

Кристиан наклоняется и сбрасывает с постели покрывало.

— Садись.

Я подчиняюсь беспрекословно, как зачарованная, и Кристиан опускается на колени и скатывает один за другим мои белые свадебные чулки «Джимми Чу». Пальцы скользят по моим ногам… между ними…

— Я как будто разворачиваю рождественский подарок. — Он улыбается мне из-под длинных, темных ресниц.

— Подарок, который ты уже…

Кристиан укоризненно хмурится.

— О нет, детка, нет. На этот раз ты по-настоящему моя.

— Я твоя с тех пор, как впервые сказала «да». — Я наклоняюсь, беру его прекрасное лицо в ладони. — Я твоя и всегда буду твоей. А теперь… по-моему, это на тебе слишком много лишнего. — Я целую его, и он вдруг наклоняется, целует меня в губы, сжимает мне голову обеими руками.

— Ана… Моя Ана… — Он впивается в мои губы, его язык настойчиво рвется внутрь.

— Одежда, — шепчу я, и наше дыхание смешивается. Я стаскиваю с него жилетку, и он, пытаясь помочь, на мгновение выпускает меня и замирает. Его глаза как будто стали больше от желания.

— Позволь мне, пожалуйста, — умоляюще говорю я. Мне хочется самой раздеть мужа.

Он опускается на корточки, и я медленно распускаю узел серебристо-серого, моего любимого галстука, стягиваю его и тянусь к верхней пуговице белой рубашки. Он задирает подбородок. Закончив с пуговицей, перехожу к манжетам. У него платиновые запонки с выгравированными переплетенными буквами «А» и «К» — мой свадебный подарок. Кристиан забирает запонки и зажимает в кулаке, потом наклоняется, целует меня и опускает их в карман брюк.

— Мистер Грей, так романтично.

— Сердечки и цветы — для вас, миссис Грей. Всегда.

Я беру его руку, подношу к губам и, глядя на него из-под ресниц, целую платиновое обручальное кольцо. Он стонет и закрывает глаза.

— Ана... — В его устах мое имя звучит как молитва.

Я возвращаюсь к пуговицам и, подражая Кристиану, отмечаю каждый маленький успех поцелуем.

— Ты... Мое... Счастье... Я... Тебя... Люблю...

Он вдруг хватает меня, бросает на кровать и сам падает сверху. Его губы ищут мои, руки сплетаются у меня за головой, и я замираю, наслаждаясь волшебным танцем наших языков. Кристиан соскальзывает на колени, оставляя меня на кровати — запыхавшуюся, трепещущую.

— Ты такая красивая... моя жена. — Он проводит ладонью по моим ногам, сжимает левую ступню. — У тебя такие прелестные ножки. Так и хочется покрыть их все поцелуями. Начиная отсюда. — Он прижимается губами к большому пальцу, покусывает подушечку. Все, что у меня ниже талии, содрогается и тает. Его язык ползет выше, по подъему, и добирается до щиколотки. Губы сворачивают на внутреннюю сторону икры, оставляя за собой влажные следы. Я начинаю ерзать.

— Спокойно, миссис Грей. Замрите, — предупреждает Кристиан и внезапно, без предупреждения, переворачивает меня на живот и продолжает то же неспешное путешествие по моим бедрам, ягодицам...

— Пожалуйста... — выдавливаю сквозь зубы я.

— Я хочу тебя без одежды, — бормочет он и принимается за крючки моего корсета, а когда тот соскальзывает со спины на постель, проводит языком вдоль всей спины.

— Пожалуйста...

— Чего вам угодно, миссис Грей? — шепчет Кристиан мне на ухо. Он уже почти лежит на мне, и я чувствую силу его желания.

— Тебя...

— А я хочу тебя, любовь моя... моя жизнь...

Я снова оказываюсь на спине. Он быстро поднимается, одним движением освобождается от брюк и трусов и предстает передо мной во всей восхитительной и устрашающей готовности. Тесная комната заполнена его красотой и желанием. Он наклонятся, стягивает трусики и смотрит на меня сверху.

— Моя... — беззвучно шепчут губы.

— Пожалуйста... — молю я, и его губы кривит усмешка — похотливая, искушающая, непристойная усмешка.

Кристиан возвращается к кровати и покрывает поцелуями мою правую ногу. Достигнув вершины, он раздвигает мне ноги...

— М-м... какая у меня женушка... — бормочет он и...

Я закрываю глаза, полностью отдаваясь во власть этого проворного, ловкого и изобретательного языка. Мои бедра движутся, подчиняясь заданному им ритму — вверх-вниз, взад-вперед, по кругу. Он сжимает их, стараясь удержать, усмирить, но при этом не прекращает восхитительную пытку. Я улетаю все выше...

— Кристиан...

— Нет... еще нет... — Его язык, проделав путь наверх, ныряет в ямку пупка.

— Нет! — Черт! Я чувствую его усмешку, чувствую животом.

— Вы такая нетерпеливая, миссис Грей. У нас еще много времени до Изумрудного острова. — Он награждает поцелуями мои груди, захватив губами, тянет левый сосок и смотрит на меня. В его глазах — тьма тропического шторма.

Ого! А я уже и забыла. Европа.

— Я хочу тебя... пожалуйста...

Он нависает надо мной, опускается, удерживаясь на локтях, приникает ко мне носом, и я глажу его по сильной, широкой спине, рельефным ягодицам...

— Миссис Грей. Мы готовы угодить вам. — Его губы касаются меня легко, словно крылья бабочки. — Я люблю тебя.

— Я тоже люблю тебя.

— Открой глаза. Я хочу тебя видеть.

— Кристиан... о... — Я тихонько вскрикиваю — он медленно входит в меня.

— Ана... о, Ана, — выдыхает он и начинает...

— Ты что это делаешь? — кричит Кристиан, и я выныриваю из чудесного сна. Весь мокрый и прекрасный, он стоит у моего шезлонга и сердито смотрит на меня.

Что? Что такого я сделала? О нет... я лежу на спине и... Черт, черт, черт. А он точно сумасшедший.

Глава 2

Я растерянно моргаю. Сна как не бывало, сладкий эротический сон растаял.

— Лежала лицом вниз, должно быть, перевернулась во сне, — невнятно бормочу я в свое оправдание.

Кристиан готов испепелить меня взглядом. Наклоняется, подбирает бикини и бросает мне.

— Надень! — шипит он.

— Но никто же не смотрит.

— Смотрят, ты уж мне поверь. А уж Тейлор и секьюрити наверняка наслаждаются зрелищем!

Черт! Ну почему я постоянно о них забываю? Охваченная паникой, я торопливо прикрываю груди ладонями. После того неприятного случая с «Чарли Танго» за нами постоянно следуют эти чертовы секьюрити.

— Да, — рычит Кристиан. — А еще тебя мог щелкнуть какой-нибудь мерзавец-папарацци. Хочешь появиться на обложке «Стар»? Теперь уже голая?

Черт! Папарацци! Вот же гадство! Я пытаюсь быстренько натянуть топ, но, как всегда бывает в спешке, получается неловко. Меня трясет. В голове мелькают неприятные картинки той осады, что папарацци устроили возле издательства после известий о нашей помолвке. Кристиан Грей достался мне в пакете с этими проблемами.

— L'addition![1] — бросает он проходящей мимо официантке. — Уходим! — Это уже мне.

— Сейчас?

— Да. Сейчас. — Кристиан натягивает шорты на еще мокрые трусы и надевает футболку. Официантка возвращается — с кредиткой и чеком.

---

[1] Счет! (*фр.*)

Я неохотно влезаю в легкое платье лазурного цвета и сую ноги в шлепанцы. Официантка уходит. Кристиан хватает свою книжку и «блэкберри» и прячет ярость за большими зеркальными очками. Он напряжен и только что не трясется от злости. Душа уходит в пятки. Все остальные женщины на пляже загорают топлес, и никто не считает это преступлением. Более того, это я выгляжу странно в купальнике. Настроение портится. Мне казалось, что Кристиан увидит в самой ситуации забавную сторону, но его чувство юмора просто испарилось.

— Пожалуйста, не злись, — шепчу я, забирая у него книгу и «блэкберри» и пряча их в рюкзак.

— Теперь уже поздно, — говорит Кристиан спокойно… слишком спокойно. — Идем.

Он берет меня за руку и делает знак Тейлору и двум французским охранникам, Филиппу и Гастону. Эти двое — близнецы. Пока мы загорали, они терпеливо наблюдали за нами и всеми остальными на берегу с веранды. Почему я постоянно о них забываю? Тейлор прикрылся темными очками, и его застывшее, словно каменная маска, лицо не отражает ровным счетом никаких эмоций. Он тоже на меня злится. Так непривычно видеть его в шортах и черной рубашке-поло.

Кристиан ведет меня к отелю и через вестибюль на улицу. Молчит, хмурится, раздражен — и это все из-за меня. Тейлор с командой следуют за нами.

— Куда мы идем? — осторожно спрашиваю я.

— На яхту, — не глядя на меня, бросает он.

Я не знаю, который час. Наверно, пять или шесть пополудни. Кристиан поворачивает к пристани, где пришвартованы моторка и «джет-скай», принадлежащие «Прекрасной леди». Пока он возится с канатом, я передаю рюкзак Тейлору и бросаю на него осторожный взгляд, но по его выражению понять что-либо невозможно. Наверное, видел меня на пляже, думаю я и краснею.

— Это вам, миссис Грей. — Тейлор протягивает мне спасательный жилет, и я послушно его надеваю. Почему этот жилет должна носить только я одна? Кристиан и

Тейлор обмениваются взглядами. Ну и ну, так он еще и на Тейлора злится? Кристиан проверяет крепления на моем жилете, подтягивает среднее.

— Пойдет, — хмуро, не глядя на меня, ворчит он и, ловко перебравшись на «джет-скай», протягивает мне руку. Я хватаюсь за нее и даже ухитряюсь перенести ногу, не упав при этом в воду. Тейлор и близнецы загружаются в моторку. Кристиан отталкивается от пристани, и «джет-скай» медленно отваливает от берега.

— Держись, — командует Кристиан, и я обхватываю его обеими руками. Эта составляющая путешествия на «джет-скай» нравится мне больше всего. Я прижимаюсь к мужу, утыкаюсь носом ему в спину — а ведь было время, когда он не позволял мне прикасаться к нему вот так, — и вдыхаю его запах. Запах Кристиана и моря. «Прости меня, пожалуйста», — думаю я.

И чувствую, как он напрягся.

— Держись. — Тон его смягчается. Я целую его спину, прижимаюсь щекой и, повернувшись, смотрю на пристань, откуда за нами наблюдают несколько отдыхающих.

Кристиан поворачивает ключ, и мотор отвечает низким ревом. Еще газу — и «джет-скай» прыгает вперед и несется по прохладной темной воде к стоящей посередине бухты «Прекрасной леди». Я прижимаюсь еще теснее. Мне это нравится — так возбуждает. Кристиан напряжен, и я чувствую каждую его мышцу. Моторка Тейлора держится рядом. Кристиан бросает на него взгляд, добавляет газу — и мы вырываемся вперед, скача по гребням волн, словно запущенный умелой рукой камешек. Тейлор раздраженно качает головой и поворачивает прямиком к яхте, а Кристиан держит курс в открытое море. В нас летят брызги, ветер бьет в лицо, и мой «хвост» мечется из стороны в сторону как сумасшедший. Как здорово! Может, азарт гонки развеет дурное настроение? Я не вижу лица мужа, но знаю — ему это по вкусу, сейчас он может быть собой, беззаботным, немножко безрассудным, как и положено в его возрасте.

Мы описываем широкий полукруг, и я разглядываю берег — замершие в марине лодки, желто-бело-песчаную мозаику офисов и домов и крутую скалистую стену за ними. Картина совершенно неорганизованная — никаких привычных, аккуратных кварталов, — но живописная. Кристиан оглядывается через плечо, и на его губах мелькает тень улыбки.

— Еще? — кричит он, перекрывая рев мотора.

Я согласно киваю. Он отвечает ослепительной усмешкой, дает полный газ, проносится вокруг «Прекрасной леди» и снова устремляется в море. Кажется, я прощена.

— А ты загорела. — Кристиан снимает с меня спасательный жилет. Я изо всех сил стараюсь угадать, какое у него настроение. Мы на палубе яхты, и один из стюардов уже стоит рядом, терпеливо ожидая мой жилет. Кристиан передает его.

— Это все, сэр? — спрашивает стюард. У него приятный французский акцент. Кристиан смотрит на него, снимает очки и сует их за ворот футболки.

— Выпьешь чего-нибудь? — спрашивает он.

— А надо?

Он склоняет голову набок.

— Почему ты так говоришь?

— Ты и сам знаешь.

Кристиан задумчиво хмурится, словно взвешивает что-то. И что же он думает?

— Два джина с тоником, пожалуйста. И немного орешков и оливок, — говорит Кристиан стюарду. Тот кивает и быстро исчезает.

— Ждешь, что я тебя накажу? — мягко спрашивает он.

— Хочешь?

— Да.

— Как?

— Что-нибудь придумаю. Может, когда ты выпьешь.

Чувственная угроза. Я сглатываю, и моя внутренняя богиня щурится с шезлонга, где она пытается поймать

солнечные лучи болтающимся на шее серебристым реф-
лектором.

Кристиан снова хмурится.

— Так ты хочешь?

Откуда он знает?

— Ну, смотря по обстоятельствам, — уклончиво бормочу я.

— Каким? — Он прячет улыбку.

— Хочешь ли ты сделать мне больно или нет.

Губы сжимаются в твердую линию, о юморе больше
нет и речи. Он наклоняется и целует меня в лоб.

— Анастейша, ты моя жена, а не саба. Я не хочу делать тебе больно. Тебе бы уже пора это знать. Ты только… не раздевайся больше на публике. Не хочу видеть
тебя голой во всех таблоидах. И ты тоже этого не хочешь, и мама твоя не хочет, и Рэй не хочет.

Рэй? Да его бы паралич хватил. И о чем я только думала?

Стюард ставит поднос с напитками и закуской на ти-
ковый столик.

— Садись, — говорит Кристиан. Я послушно устраиваюсь в складном парусиновом кресле. Кристиан садится рядом и подает мне джин с тоником. — Ваше здоровье, миссис Грей.

— Ваше здоровье, мистер Грей.

Первый глоток — самый лучший. Холодный напиток
прекрасно утоляет жажду. Я поднимаю голову — Кристиан внимательно смотрит на меня, но угадать его настроение невозможно. Жаль. Злится ли он еще на меня
или уже нет? Решаю воспользоваться испытанным на
практике приемом отвлечения внимания.

— А чья это яхта? — спрашиваю я.

— Одного английского рыцаря. Какого-то сэра. Его
прадедушка начинал с бакалейной лавки, а дочь вышла
за одного из европейских наследных принцев.

Ого.

— Супербогач?

Кристиан вдруг напрягается.

— Да.

— Как ты.

— Да.

Ох.

— И как ты, — негромко добавляет Кристиан и бросает в рот оливку. Я моргаю… перед глазами мой муж — в смокинге и серебристой жилетке… идет свадебная церемония, и он смотрит на меня горящими глазами… так искренне.

«Все, что мое, отныне и твое». Его голос звучит четко и ясно, повторяя слова брачной клятвы.

Все мое?

— Странно. Подняться так высоко… от ничего… — Я делаю широкий жест, включающий в себе и яхту, и бухту, и берег: — Ко всему.

— Привыкнешь.

— Не думаю, что привыкну.

На палубе появляется Тейлор.

— Сэр, вам звонят.

Кристиан хмурится, но все же берет протянутый телефон.

— Грей, — бросает он и, поднявшись, отходит к носу яхты.

Я смотрю на море, отключившись от разговора с Рос, его заместителем. Я богата… богата до неприличия и притом палец о палец не ударила, чтобы заработать эти деньги… всего лишь вышла замуж за богатого мужчину. Я поеживаюсь, вспомнив наш разговор о брачном контракте.

Случилось это в воскресенье, после его дня рождения, когда мы все — Элиот, Кейт, Грейс и я — сидели в кухне за легким завтраком и обсуждали достоинства и недостатки бекона и колбасы. Каррик и Кристиан читали воскресную газету…

— Вы только посмотрите, — пищит Миа, ставя на стол перед нами свой нетбук. — На вебсайте «Сиэтл Нуз» сказано, что Кристиан собирается обручиться.

— Уже? — удивляется Грейс и тут же поджимает губы — вспомнив, должно быть, что-то неприятное. Кристиан хмурится. Миа читает колонку вслух:

— «До нас дошло известие, что один из самых завидных холостяков, небезызвестный Кристиан Грей, наконец-то раскололся, и мы, если прислушаемся, можем услышать звон свадебных колоколов. Но кто же счастливая избранница? «Нуз» пытается это выяснить. Держу пари, леди предложен неплохой брачный контракт».

Миа хихикает и тут же умолкает, поймав сердитый взгляд Кристиана. В кухне воцаряется тишина, а температура как будто падает до нуля.

О нет! Брачный контракт? Мне эта мысль и в голову не приходила. Я нервно сглатываю, чувствуя, как от лица отливает кровь. «Пожалуйста, земля, расступись и поглоти меня!» — молю я про себя. Кристиан ерзает в кресле, и я настороженно смотрю на него.

— Нет, — беззвучно, одними губами, говорит он мне.

— Кристиан, — подает голос Каррик.

— Не собираюсь обсуждать это еще раз, — недовольно бросает Кристиан.

Каррик нервно смотрит на меня и уже открывает рот...

— Никакого контракта! — почти кричит Кристиан и, демонстративно игнорируя присутствующих, возвращается к газете. Все смотрят на меня, потом снова на него, потом куда угодно, только не нас двоих.

— Кристиан, — говорю я, — я подпишу все, что вы с мистером Греем только хотите.

Черт, мне ведь не впервой. Чего я только не подписывала. Кристиан поднимает голову и бросает на меня недовольный взгляд.

— Нет! — Я бледнею. — Это для твоей же пользы.

— Кристиан, Ана, думаю, вам лучше обсудить это наедине, — вмешивается Грейс, сердито поглядывая на Каррика и Миа. Ну и ну, похоже, у них тоже проблемы.

— Ана, к тебе это не относится, — успокаивает меня Каррик. — И пожалуйста, называй меня по имени.

Кристиан смотрит на своего отца с холодным прищуром, и мне делается не по себе. Черт... Он и впрямь псих.

Разговор возобновляется, Миа и Кейт поднимаются и начинают убирать со стола.

— Я определенно предпочитаю колбасу, — объявляет Элиот.

Я смотрю на побелевшие костяшки пальцев. Дело дрянь. Надеюсь, мистер и миссис Грей не считают меня какой-то вымогательницей. Кристиан наклоняется и берет мои руки в свои.

— Перестань.

Откуда ему знать, о чем я думаю?

— Не обращай внимания на отца, — говорит он тихо, чтобы слышала только я одна. — Он не в духе из-за Элены. Целили в меня. Матери следовало бы помалкивать.

Я знаю, что Кристиан еще не отошел после «разговора» с Карриком и Эленой прошлым вечером.

— Он прав. Ты очень богат, а я не принесу в семью ничего, кроме выплат по студенческому кредиту.

— Анастейша, если уйдешь, можешь забрать все, — говорит он, глядя на меня уныло. — Однажды ты уже уходила. Я знаю, каково это.

Ни черта себе!

— Тогда было совсем другое, — шепчу я, тронутая его искренностью. — Но, может быть, ты захочешь уйти. — Меня едва не тошнит от этой мысли.

Он фыркает и качает головой.

— Кристиан, ты же знаешь, я могу сделать что-нибудь... сглупить... и ты... — Я снова опускаю голову и смотрю на сцепленные пальцы. Меня пронзает боль, и предложение остается незаконченным. Потерять Кристиана... черт.

— Перестань. Прекрати немедленно. Вопрос закрыт. Мы больше не обсуждаем это. Никакого брачного контракта не будет. Ни сейчас, ни когда-либо. — Он выразительно смотрит на меня, потом переводит взгляд на Грейс. — Мама, мы можем провести свадьбу здесь?

Больше он об этом не заговаривал и при каждой возможности старался укрепить меня в мысли, что его состояние и мое тоже. Я с ужасом вспоминаю тот сумасшедший тур шопинга, в который Кристиан отправил нас с Кэролайн Эктон, его личным шоппером из «Нейман Маркус», перед медовым месяцем. Лишь бикини обошлось в пятьсот сорок долларов. Да, конечно, красивое и все такое, но разве не безумие тратить бешеные деньги на четыре треугольных клочка ткани?

— Ты привыкнешь. — Голос Кристиана вторгается в мои мысли. Он возвращается за стол.

— Привыкну к чему?

— К деньгам. — Мой муж закатывает глаза.

Ну, может быть, со временем. Я пододвигаю ему блюдо с соленым миндалем и кешью.

— Ваши орешки, сэр, — с невозмутимым видом сообщаю я, пытаясь привнести в наш разговор немного юмора и развеять мрачные тучи, собравшиеся над головой после моей оплошности с бикини.

— Мои орешки теперь и ваши. — Кристиан усмехается и берет миндаль. Шутка удалась, и его глаза блестят от удовольствия. Он облизывает губы. — Выпей, и пойдем в спальню.

Что?

— Пей. — Глаза его темнеют.

Ох, этот взгляд вполне мог бы вызвать глобальное потепление. Не сводя с мужа глаз, я беру стакан и выпиваю все, до донышка. Кристиан наблюдает за мной с открытым ртом и похотливой ухмылкой, потом встает и склоняется надо мной.

— Я намерен показать тебе кое-что. Для примера. Идем. Не писай, — добавляет он шепотом.

Не писай? Как грубо. Мое подсознание с тревогой отрывается от книги — «Полное собрание сочинений Чарльза Диккенса, том 1».

— Это не то, что ты думаешь. — Кристиан усмехается. Он такой сексуальный, такой веселый. Устоять невозможно.

— Ладно. — Я подаю ему руку, просто потому, что могла бы доверить саму жизнь. Что он придумал? Сердце уже колотится в предвкушении чего-то необычного.

Кристиан ведет меня через палубу, через роскошно обставленный салон, по узкому коридору, через столовую и, наконец, вниз по ступенькам в главную каюту. Здесь уже все прибрано, постель застелена. Симпатичная комната. Два иллюминатора, по оба борта, темная мебель орехового дерева, кремовые стены, в отделке преобладают два цвета — золотистый и красный.

Кристиан выпускает мою руку, стаскивает через голову и кидает на стул футболку. Сбрасывает шлепанцы. Одним движением освобождается от шортов и трусов. Ну и ну. Мне, наверно, никогда не надоест смотреть на него обнаженного. Абсолютно роскошный и весь мой. Кожа как будто светится — он тоже загорел, волосы отросли и свисают на лоб. Как же мне повезло, как повезло!

Он поднимает руку, берет меня за подбородок, оттягивает немного, чтобы я перестала терзать нижнюю губу, и проводит по ней большим пальцем.

— Так-то лучше. — Кристиан поворачивается, идет к внушительному шкафу, где хранится вся его одежда, и достает из нижнего ящика две пары наручников и повязку.

Наручники! Ими мы еще не пользовались. Я нервно оглядываюсь на кровать. И к чему он собирается их приковывать? Кристиан пристально смотрит на меня темными, лучистыми глазами.

— Бывает довольно больно. Если натягивать слишком сильно, они впиваются в кожу. — Он поднимает одну пару. — Но я хочу попробовать их сегодня на тебе.

Ни фига себе. У меня пересыхает во рту.

— Вот. — Он протягивает их мне. — Хочешь попробовать для начала?

Наручники тяжелые, металл холодный. Надеюсь, мне никогда не придется носить их по-настоящему.

Кристиан не сводит с меня глаз.

— Где ключи? — Мой голос слегка дрожит.

Он протягивает руку, на ладони — маленький металлический ключик.

— Подходит к обеим парам. И вообще ко всем.

Интересно, сколько их у него? В музейном сундуке ничего такого не было.

Кристиан ведет указательным пальцем по моей щеке, потом наклоняется, словно хочет поцеловать.

— Хочешь поиграть? — От одного лишь звука его низкого голоса все внутри меня устремляется вниз, где уже шевелятся щупальца желания.

— Да, — выдыхаю я.

— Хорошо. — Он легко касается губами моего лба. — Нам понадобится пароль.

Что?

— Одного лишь «стоп» недостаточно, потому что ты можешь произнести его, сама того не желая. — Он трется об меня носом — это единственный контакт между нами.

Что он имеет в виду? Сердце колотится все сильнее. Черт... Как у него это получается?

— Больно не будет. Но напряжение будет, и тебе придется несладко, потому что двигаться я тебе не позволю. Договорились?

Ух ты. Мне уже жарко. Не хватает воздуха. Я пыхчу, как паровоз. Какое счастье, что я замужем за этим мужчиной, иначе все это выглядело бы весьма неудобно. Взгляд невольно прыгает вниз.

— Договорились, — едва слышно отвечаю я.

— Выбери слово, Ана.

Ох.

— Пароль.

— Попсикл[1].

— Попсикл? — удивленно повторяет он.

— Да.

Кристиан отстраняется и задумчиво смотрит на меня сверху вниз.

---

[1] Popsicle (*англ.*) — мороженое на палочке с фруктовыми наполнителями. — *Примеч. пер.*

— Интересный выбор. Подними руки.

Я послушно поднимаю, и Кристиан берет мое платье за подол, стягивает через голову, бросает на пол. Потом протягивает руку, и я отдаю ему наручники. Он кладет обе пары на прикроватный столик, рядом с повязкой, и срывает покрывало.

— Повернись.

Поворачиваюсь. Он расстегивает топ, и тот падает на пол.

— Завтра я пришпилю его к тебе, — ворчит Кристиан и тянет за ленту. Волосы рассыпаются. Он собирает их в руку и несильно тянет. Я делаю шаг назад. Прижимаюсь к его груди. К его члену. Он снова тянет за волосы, заставляя меня склонить голову набок, и целует шею.

— Ты была такая непослушная, — шепчет мне на ухо Кристиан, и по коже бегут мурашки.

— Да, — выдыхаю я.

— М-м-м. И что мы будем с этим делать?

— Научи меня жить с этим. — Его мягкие, легкие поцелуи сводят с ума. Он усмехается мне в шею.

— А, миссис Грей. Вы, как всегда, оптимистка.

Он выпрямляется. Аккуратно разделяет мои волосы на три пряди, неспешно их переплетает и перевязывает моей лентой. Потом осторожно натягивает косичку и склоняется к моему уху.

— Я преподам тебе урок.

Кристиан вдруг хватает меня за талию, садится на кровать и бросает меня поперек колен, так что я чувствую под собой его эрекцию. Он шлепает меня по попе, сильно. Я вскрикиваю и оказываюсь на спине, а он стоит надо мной, смотрит сверху, и его серые глаза как будто плавятся. Я вот-вот вспыхну.

— Ты такая красивая.

Его пальцы бегут вверх по моему бедру. Ощущение такое, словно под кожей звенят звоночки. Не сводя с меня глаз, он поднимается и берет обе пары наручников. Хватает мою левую ногу и защелкивает браслет на лодыжке. Ох! Повторяет то же самое с правой ногой. Интересно, к чему он собирается меня приковать?

— Сядь!

Я беспрекословно повинуюсь.

— Обхвати колени.

Я недоуменно моргаю, потом подтягиваю колени и обхватываю их обеими руками. Он наклоняется, берет меня за подбородок, нежно целует в губы и натягивает на глаза повязку. Я ничего не вижу и слышу только частое дыхание и звук плещущейся о борт яхты воды.

Уф. Я уже на взводе.

— Какой у нас пароль, Анастейша?

— «Попсикл».

— Хорошо. — Кристиан берет мою левую руку, защелкивает браслет на запястье и повторяет ту же процедуру с правой рукой. Теперь обе мои руки пристегнуты к ногам, левая — к левой, правая — к правой. Вытянуть ноги невозможно. Тяжело.

— А теперь, — выдыхает Кристиан, — я буду трахать тебя, пока не закричишь.

Что? Мне вдруг становится нечем дышать.

Он хватает меня за ступни и толкает, так что я падаю на спину. Ноги у меня согнуты, и другой вариант невозможен. Я напрягаюсь, и наручники впиваются в кожу. Он прав, мне почти больно. Ощущения непривычные… я связана и беспомощна… на яхте. Кристиан раздвигает лодыжки, и я издаю стон.

Он покрывает поцелуями внутреннюю сторону моего бедра, и я хочу извиваться под ним, но не могу. Не могу пошевелить бедрами. Не могу вообще ничего.

— Тебе придется принять все наслаждение, Анастейша. Не двигайся. — Он наклоняется и прокладывает дорожку из поцелуев по нижнему краю бикини. Потом стягивает. Нагая и беззащитная, я полностью в его власти. Он целует меня в живот, легонько покусывает пупок.

— О-ох, — выдыхаю я. Не думала, что будет так не-легко. Поцелуи вперемешку с покусываниями тянутся вверх, к грудям.

— Ш-ш-ш, — успокаивает меня Кристиан. — Ты такая красивая, Ана.

Я стону. Мне неудобно. Мне это не нравится. Я не могу двигать бедрами, не могу отвечать на его прикосновения своим ритмом. Стону, натягиваю оковы, и металл снова врезается в кожу.

Я вскрикиваю и скрежещу зубами.

— Ты сводишь меня с ума, — шепчет он. — Поэтому и я сведу тебя с ума. — Опускается сверху, удерживая вес на локтях, и принимается за мои груди. Покусывает, посасывает, стискивает соски пальцами... Я вся трепещу, я горю и мечусь. Кристиан не останавливается. О... пожалуйста... Я чувствую ритмичное давление его плоти.

— Кристиан...

Кожей ощущаю его победную улыбку.

— Мне взять тебя так? — спрашивает он, прижавшись губами к уже затвердевшему соску. — Ты же знаешь, я могу. — Он с силой втягивает, и я вскрикиваю — наслаждение пронзает, словно копьем, от груди до паха. И я ничего не могу сделать.

— Да, — лепечу я жалобно.

— Детка, это было бы слишком легко.

— Пожалуйста...

— Ш-ш-ш. — Он проходит зубами по подбородку, губы перелетают ко рту, я хватаю воздух и замираю. Его язык вторгается в мой рот, рыщет, осваивается, ведет себя по-хозяйски, но и мой не сдается — бросается ему навстречу, вступает в схватку. У меня во рту вкус джина, Кристиана Грея и моря. Он хватает меня за подбородок, удерживает, не позволяет отвернуться.

— Не дергайся, детка. Мне нужно, чтобы ты не дергалась, — шепчет он.

— Я хочу видеть тебя.

— Нет, Ана, нет. Так ты больше почувствуешь. — Он входит в меня, медленно, чуть-чуть. Я бы ответила, подалась навстречу, но не могу пошевелиться. Он выходит.

— А-а! Кристиан... пожалуйста!

— Еще? — дразнит он хрипловатым шепотом.

— Кристиан!

Он снова входит в меня и снова выходит, продолжая целовать и крутить мои соски пальцами. Наслаждение уже достигает критической черты.

— Нет!

— Ты меня хочешь, Анастейша?

— Да, — молю я.

— Так и скажи, — шепчет он, дразня меня снова и снова.

— Да, я хочу тебя, — всхлипываю я. — Пожалуйста. Тихий вздох над ухом.

— Раз хочешь, то и получишь.

Он приподнимается и вторгается в меня со всей силой. Я вскрикиваю, мотаю головой, мечусь, а он атакует снова и снова, выбрав целью мое самое чувствительное место. Ощущения переполняют меня, сладкая боль наслаждения заливает меня всю, а я не могу двигаться. Он замирает, потом начинает водить бедрами по кругу, и это движение передается мне, расходится во все стороны и вглубь.

— Почему ты не повинуешься мне, Ана?

— Прекрати, Кристиан. Перестань...

Он не обращает внимания на мои мольбы, ввинчивается все глубже, потом медленно выходит и снова вторгается.

— Отвечай. Почему? — шипит он, и я смутно понимаю, что он уже скрипит зубами.

Я вскрикиваю неразборчиво... это уже слишком.

— Отвечай.

— Кристиан...

— Ана, мне нужно знать.

Он снова входит в меня, на всю глубину, и во мне нарастает напряжение: оно раскатывается, поглощает, разбегается кругами из глубины меня, достигает каждой части тела, каждого впивающегося в кожу браслета.

— Не знаю! — выкрикиваю я. — Потому что могу! Потому что люблю тебя! Пожалуйста, Кристиан!

Он громко стонет, и ритм его атак ускоряется, а удары проникают все глубже. Я пытаюсь впитать все, но волна слишком велика, слишком сильна, и она затопляет меня. Мой мозг взрывается... тело взрывается... я хочу вытянуть ноги, хочу контролировать надвигающийся оргазм — и не могу. Я беспомощна, я — его, только его, я обречена подчиняться и следовать его желаниям... Слезы наворачиваются на глаза. Напряжение разрывает меня изнутри. Я не могу остановить его. Я не хочу его останавливать... я хочу... я хочу... о нет... о нет... это...

— Вот так, — рычит сквозь стиснутые зубы Кристиан. — Вот оно, детка, почувствуй!

Я как будто взрываюсь, и не один раз, но несколько; меня сотрясает очередь взрывов, и я кричу во весь голос, а меня разносит на кусочки оргазм, меня опаляет огненный всепоглощающий вал. Я выжжена, разбита и растерзана, слезы текут по лицу, меня сотрясает дрожь затихающей пульсации.

Все еще оставаясь во мне, Кристиан поднимается на колени, подтягивает меня к себе и изливается в мое еще дрожащее лоно. Здесь все смешалось, здесь ад встретился с раем, здесь гедонизм дал себе полную волю.

Кристиан срывает повязку и целует меня. Целует глаза, нос, щеки. Сжимает ладонями лицо, слизывает слезы.

— Я люблю вас, миссис Грей, — выдыхает он. — Хотя вы и сводите меня с ума — но с вами я чувствую себя живым.

У меня нет сил ответить, открыть глаза или рот. Кристиан бережно поднимает меня и кладет на кровать.

Я лепечу что-то неразборчиво-протестное. Он встает с кровати и отстегивает наручники. Освободив меня, осторожно растирает мои лодыжки и запястья, потом ложится рядом и заключает в свои объятия. Я вытягиваю ноги. Как же хорошо! Да, такого оргазма у меня еще точно не было. Хмм... Так вот оно какое, трах-наказание от Пятидесяти Оттенков Кристиана Грея.

Мне определенно нужно почаще нарушать правила.

Пробуждаюсь от того, что хочется в туалет, аж не-
втерпеж. В темноте открываю глаза. Где я? В Лондоне?
В Париже? А, да, на яхте. Чувствую, как она покачивается и поскрипывает, слышу негромкий рокот дви-
гателей. Мы куда-то идем. Странно. Кристиан рядом,
перед ним — ноутбук. На нем белая льняная рубашка
и слаксы, на ногах — ничего. Волосы еще влажные, наверное, после душа. Я улавливаю запах геля и самого
Кристиана...

М-м-м...

— Привет. — Он смотрит на меня сверху теплым
взглядом.

— Привет. — Я застенчиво улыбаюсь. — Сколько я
проспала?

— Час или чуть больше.

— Мы на ходу?

— Я подумал, что если мы обедали в последний раз
на берегу, ходили на балет и в казино, то будет неплохо
для разнообразия поужинать и на борту. Тихий вечер а
deux[1].

Я усмехаюсь.

— Куда идем?

— В Канны.

— Ладно. — Я вытягиваюсь, преодолевая некоторую
одеревенелость. Занятия с Клодом, как бы ни были хо-
роши, к такому не готовили.

Я осторожно поднимаюсь — надо навестить туалет.
Торопливо набрасываю на плечи шелковый халатик.
Почему я робею? Откуда это смущение? Кристиан наблюдает за мной, но когда я смотрю на него, он, хмурясь, отворачивается к ноутбуку. Чем-то недоволен?

Я рассеянно мою руки, вспоминаю прошлый вечер в
казино, и в какой-то момент полы халата вдруг расходятся. Шокированная, я смотрю на себя в зеркале. Что
еще за хрень! Что он со мной сделал?

---

[1] Вдвоем (*фр.*).

Глава 3

С ужасом смотрю на красные отметины у себя на грудях. Засосы! У меня засосы! Я замужем за одним из самых уважаемых, самых почтенных бизнесменов в Соединенных Штатах, и он — черт возьми! — награждает меня этими треклятыми засосами. Но почему я ничего не почувствовала, когда он это делал? Ответ есть: Мистер Оргазм испытывал на мне свои доведенные до совершенства сексуальные приемчики.

Мое подсознание смотрит поверх очков, регистрирует отчетливые полукружья и неодобрительно цокает, тогда как моя внутренняя богиня дрыхнет на шезлонге, как боксер после нокаута. Я смотрю на свое отражение в зеркале. На запястьях остались красные рубцы от наручников. Потом, конечно, появятся синяки. Перевожу глаза на лодыжки — тоже рубцы. Да уж, я выгляжу как жертва несчастного случая. Рассматриваю себя, пытаясь понять, что же собой представляю. За то время, что мы знакомы, я сильно изменилась — подтянулась, окрепла, волосы обрели блеск и хорошо подстрижены. Мне сделали маникюр и педикюр, выщипали брови. Впервые в жизни я выгляжу ухоженной.

И вот теперь эти жуткие засосы.

Думать о косметических уловках нет ни малейшего желания. Я зла как черт. Как он смел оставлять на мне такие ужасные отметины! Как какой-нибудь подросток. За то короткое время, что мы вместе, ничего подобного еще не случалось. А теперь мне даже смотреть на себя страшно. Впрочем, я знаю, зачем он это сделал. У него же все должно быть под контролем. Он на этом помешался. Верно! Мое подсознание складывает руки под маленькой грудью — на этот раз Кристиан зашел слишком далеко. Я выхожу из ванной и, не глядя в его сторону, иду в гардеробную. Снимаю халат, надеваю спортивные штаны и балахон. Потом распускаю косичку, беру с полки щетку и расчесываю спутанные пряди.

— Анастейша! — Я слышу в его голосе беспокойство. — Ты в порядке?

Делаю вид, что не слышу. Нет, не в порядке. Теперь, после того, что он сделал, купальник до конца медового месяца мне уже не надеть, а о безумно дорогом бикини можно просто забыть. При мысли об этом ярость вспыхивает с новой силой. Да как он смеет? Ладно, он еще узнает, в каком я порядке. Злость кипит, клокочет и плюется. Я тоже могу вести себя как подросток! Вернувшись в спальню, бросаю в него щетку, поворачиваюсь и ухожу, успев, однако, отметить и недоуменное выражение, и отменную реакцию — Кристиан вскидывает, защищаясь, руку, и щетка, ударившись о предплечье, падает на кровать, не причинив существенного вреда.

Я вылетаю из каюты, взбегаю по трапу на палубу и решительно шагаю на нос яхты. Надо успокоиться. Ночь темна, воздух напоен тропическими ароматами. Легкий ветерок несет запахи моря, цветущего жасмина и бугенвилли. «Прекрасная леди» легко, без малейших усилий скользит по сонному, цвета кобальта, морю. Держась за деревянный поручень, смотрю на далекий берег, где перемигиваются крохотные огоньки. Я делаю глубокий целительный вдох и чувствую, как в меня входит покой. Еще не слышу шагов, но уже ощущаю его присутствие.

— Злишься, — шепчет он.

— Вы так догадливы, Шерлок!

— И сильно злишься?

— Примерно на пятьдесят по десятибалльной шкале. Соответствует, а?

— Это уже безумие. — Он, похоже, удивлен.

— Да. От оскорбления действием, — цежу я сквозь зубы. Кристиан молчит. Я поворачиваюсь с недовольной гримасой — он смотрит на меня настороженно и

даже с опаской. Судя по тому, что не сделал даже попытки дотронуться, чувствует себя неуютно.

— Послушай, ты должен это прекратить. Не старайся
подчинить меня в одностороннем порядке. Ты довел до
меня свою точку зрения. На пляже. Очень показатель-
но, насколько я помню.

Он молча пожимает плечами и обидчиво ворчит:

— Ну, больше снимать не будешь.

И это оправдание того, что он сделал? Я испепеляю
его взглядом.

— Мне не нравится, что ты оставляешь отметины.
Тем более столько! Все, ввожу запрет!

— А мне не нравится, что ты раздеваешься на публике. И я тоже ввожу запрет!

— Вот и договорились. Посмотри! — Я спускаю балахон и демонстрирую верх грудей с темными полу-
кружьями засосов. Кристиан не сводит с меня глаз. Он
еще не видел меня такой и, не зная, что делать и чего
ожидать, держится настороженно. Неужели не понимает, что натворил? Неужели не понимает, насколько он
нелеп и смешон? Мне хочется накричать на него, но я
сдерживаюсь — не хочу слишком давить. Кто знает, как
он поступит. В конце концов Кристиан вздыхает и поднимает руки в примирительном жесте.

— Ладно, ладно. Я понял.

Слава богу!

— Хорошо!

Он приглаживает ладонью волосы.

— Извини. И, пожалуйста, не злись. — Наконец-то
раскаялся. И говорит моими же словами.

— Ведешь себя иногда как мальчишка, — вычитываю
я упрямо, но уже беззлобно, и Кристиан это чувствует.
Подходит ближе, поднимает осторожно руку, убирает
мне за ухо прядку.

— Знаю, — мягко соглашается он. — Мне еще многому предстоит научиться.

На память приходят слова доктора Флинна: «Ана, в
эмоциональном плане Кристиан — подросток. Он со-

вершенно пропустил эту фазу своей жизни. Всю энергию он направил на достижение успеха в бизнесе и преуспел в этом выше всех пределов. Но в эмоциональном плане ему бы еще играть в салки».

Я немного оттаиваю.

— Не только тебе, нам обоим, — вздыхаю я и кладу руку ему на грудь. Кристиан держится стойко, даже не вздрагивает, но напрягается. Кладет свою руку поверх моей, смущенно улыбается.

— Я только сейчас узнал, что у вас, миссис Грей, верная рука и хороший глаз. Раньше я этого не замечал, но, с другой стороны, я постоянно недооценивал вас. Вы постоянно меня удивляете.

Я вскидываю бровь.

— Получила хорошую практику с Рэем. И метаю, и стреляю метко, так что вы возьмите это себе на заметку, мистер Грей.

— Постараюсь, миссис Грей. А еще позабочусь о том, чтобы все потенциальные метательные предметы были прибиты и у вас не было доступа к огнестрельному оружию. — Он глуповато улыбается.

Я хитровато улыбаюсь в ответ.

— Что-нибудь придумаю. Я находчивая.

— Этого у тебя не отнять, — шепчет Кристиан и, отпустив мою руку, обнимает меня за талию. Притягивает к себе, тычется носом в мои волосы. Я тоже обнимаю его и чувствую, как уходит напряжение.

— Прощен?

— А я?

Он улыбается.

— Да.

— И ты тоже.

Мы стоим, держа друг друга в объятьях. Злость прошла, обиды не осталось. Мальчишка или нет, пахнет он хорошо. Ну как тут устоишь?

— Проголодалась? — спрашивает Кристиан чуть погодя. Я закрываю глаза и опускаю голову ему на грудь.

— Да. Умираю от голода. Такая... э-э... бурная ночь, вот аппетит и разыгрался. Вот только одета я для ужина неподходяще. — Штаны и балахон определенно не то, в чем, по мнению моего мужа, следует появляться в столовой.

— На мой взгляд, ты выглядишь вполне прилично. К тому же на этой неделе яхта наша, и мы можем одеваться, как хотим. Считай, что сегодня на Лазурном берегу вольный вторник. А еще я подумал, что мы могли бы поесть на палубе.

— С удовольствием.

Он целует меня, довольный тем, что заслужил прощение, и мы рука за руку идем к носу, где нас уже ожидает гаспачо.

Стюард подает крем-брюле и незаметно ретируется.

— Почему ты всегда заплетаешь мне волосы? — спрашиваю я из любопытства.

Мы сидим рядом, по одну сторону стола, и моя нога лежит на его ноге. Кристиан тянется к десертной ложке, но, услышав вопрос, останавливается, смотрит на меня и хмурится.

— Не хочу, чтобы твои волосы за что-то зацепились, — говорит он негромко и ненадолго задумывается. — Наверно, привычка.

Брови его вдруг сползают к переносице, зрачки расширяются, в глазах вспыхивает тревожный огонек. Ему что-то вспомнилось? Но что? Наверняка что-то неприятное, болезненное. Что-то из детства. Я наклоняюсь, протягиваю руку, касаюсь его губ.

— Неважно. И мне это не нужно. Я только из любопытства спросила. — Подкрепляю слова теплой улыбкой. Он смотрит на меня настороженно, потом заметно расслабляется. Я снова наклоняюсь и целую его в уголок рта.

— Люблю тебя. — Он улыбается своей смущенной страдальческой улыбкой, и я таю. — И всегда буду любить.

— И я тебя, — тихо добавляет он.

— Даже если я буду непослушной? — лукаво спрашиваю я.

— Именно потому, что ты непослушная, — усмехается Кристиан.

Прорубаю ложечкой корку из жженого сахара на де-
серте и качаю головой. Пойму ли я когда-нибудь этого
человека? М-м-м, какое вкусное крем-брюле!

Стюард убрал тарелки, и Кристиан достает бутылку
розового и разливает по бокалам. Я оглядываюсь и, убедившись, что рядом никого нет, спрашиваю:

— А что ты имел в виду, когда говорил, что в туалет
ходить не надо?

— Ты и вправду хочешь знать? — Кристиан сдержанно усмехается, глаза его похотливо блестят.

— Так что? — Глядя на него из-под ресниц, я подношу к губам бокал.

— Чем полнее мочевой пузырь, тем интенсивнее оргазм.

Я краснею.

— Да? Понятно. — Ну что ж, это многое объясняет.
Он снисходительно, с видом знатока улыбается.
Удастся ли мне обойти в чем-то этого Мистера Секс-
знайку?

— Да. Ну тогда... — Я отчаянно пытаюсь сменить
тему, но не нахожу подходящего предмета.

Видя мое замешательство, Кристиан сам приходит на
помощь.

— Чем займемся вечером? Есть предложения? —
спрашивает он с кривой усмешкой.

Решай сам, а я готова на все. Может, хочешь проверить на практике эту свою теорию? Пожимаю плечами.

— Я знаю, чего ты хочешь. — Он отставляет свой бокал, поднимается и протягивает мне руку. — Идем.

Я встаю, и Кристиан ведет меня в главный салон.

На журнальном столике, на подставке — его айпод.
Кристиан щелкает кнопкой и выбирает мелодию.

— Потанцуй со мной. — Он привлекает меня к себе.

— Если настаиваешь…

— Настаиваю, миссис Грей.

Мелодия плавная, яркая. Что-то латинское? Кристиан начинает двигаться, подхватывает ритм и увлекает меня за собой. Мы кружим по салону.

У исполнителя теплый, тягучий голос, как сладкая карамель. Песню я точно знаю, но вспомнить название не могу. Кристиан вдруг роняет меня, и я испуганно взвизгиваю и тут же смеюсь. Он улыбается, у него веселые, чуть лукавые глаза. Он снова подхватывает меня и кружит.

— Хорошо танцуешь, — говорю я. — Вот мне бы так.

Он загадочно улыбается, но ничего не говорит. Думает о ней, о миссис Робинсон, женщине, учившей его танцевать и… трахаться. Давненько я ее не вспоминала, наверное, со дня рождения Кристиана. Насколько мне известно, деловых отношений они больше не поддерживают. Та еще училка, с неохотой признаю я.

Он снова роняет меня, но подхватывает и целует в губы.

— Мне будет недоставать твоей любви, — повторяю я вслед за сладкоголосым певцом.

— А мне еще больше, — говорит он и снова кружит меня по комнате, а у меня от его слов кружится голова.

Песня кончается, и Кристиан смотрит на меня сверху. Глаза его уже не смеются — они темны и полны желания. Я не могу дышать.

— Пойдем в постель? — шепчет он с такой надеждой и мольбой, что у меня разрывается сердце.

«Ты ведь уже получил мое согласие на все две с половиной недели назад», — хочется сказать мне. Но я знаю: это он так извиняется и хочет еще раз убедиться, что после недавней ссоры у нас все в порядке.

Я просыпаюсь. В иллюминаторы светит солнце, по потолку прыгают, отскакивая от воды, солнечные зайчики. Кристиана не видно. Я с улыбкой потягиваюсь. Я готова терпеть секс-наказание хоть каждый день, если за ним следует секс-макияж. Решить, что из этого мне нравится больше, не так-то просто.

Поднимаюсь и иду в ванную. Открываю дверь — Кристиан стоит перед зеркалом, голый, если не считать полотенца на поясе, и бреется. Он поворачивается и улыбается, ничуть не смущенный моим вмешательством. Я уже знаю, что Кристиан, когда остается один, никогда не запирает двери. Наверняка у этого существует объяснение, но копаться в еще одной тайне у меня нет ни малейшего желания.

— Доброе утро, миссис Грей, — говорит он, излучая благодушие.

— И вам доброе утро.

Мне нравится наблюдать за ним в такие моменты, смотреть, как он поднимает и выдвигает вперед подбородок, как выбривает его расчетливыми, длинными движениями. Я ловлю себя на том, что бессознательно подражаю ему: оттягиваю вниз верхнюю губу, провожу пальцем под носом. Он поворачивается — одна половина лица еще покрыта мыльной пеной — и подмигивает.

— Нравится?

Ох, Кристиан, я могла бы любоваться тобой часами!

— Одно из моих любимых занятий, — признаюсь я, и он, наклоняясь, быстро целует меня, оставляя на щеке пятнышко пены.

— Еще разок, а? — грозно шепчет Кристиан, поднимая бритву.

Я поджимаю губы, нарочно хмурюсь.

— В следующий раз воспользуюсь воском.

Вспоминаю, как он обрадовался в Лондоне, когда узнал, что я из любопытства сбрила волосы на лобке. Разумеется, я сделала это не в полном соответствии с высокими стандартами Мистера Точность...

— Ты что, черт возьми, наделала? — восклицает Кристиан, и на лице его появляется выражение то ли ужаса, то ли любопытства. Он садится на кровати в нашем номере в отеле «Браун», возле Пиккадилли, включает прикроватный свет и, раскрыв рот, таращится на меня. Должно быть, уже около полуночи. Я краснею, становясь одного цвета с простынями в его игровой комнате, и пытаюсь натянуть пониже атласную сорочку. Кристиан хватает меня за руку.

— Ана!

— Я... э... побрилась.

— Вижу. Но зачем? — Он расплывается в широкой, от уха до уха, ухмылке.

Сгорая от стыда, отворачиваюсь, закрываю лицо ладонями. И чего я так смущаюсь?

— Эй, — Кристиан бережно отнимает мою руку. — Не прячься. — Он кусает губу, чтобы не рассмеяться. — Расскажи. Зачем? — В его глазах прыгают веселые искорки. Не понимаю, что тут такого забавного?

— Перестань надо мной смеяться.

— Я не над тобой смеюсь. Извини. Мне просто весело.

— А...

— Так зачем?

Я вздыхаю.

— Утром, когда ты уехал на свою встречу, я принимала душ и вспоминала все твои правила.

Кристиан моргает. Ему уже не до веселья, в глазах настороженность.

— Я вспоминала их по одному, раздумывала, а потом вспомнила тот салон красоты и решила, что тебе это должно понравиться. Воспользоваться воском смелости не хватило... — Мой голос падает до шепота.

Кристиан смотрит на меня, и глаза у него блестят, но не от радости — от любви.

— Ох, Ана... — Он наклоняется и нежно целует меня в губы. — С тобой не соскучишься. Полагаю, я просто обязан провести детальную инспекцию ваших творений, миссис Грей.

— Что? Нет. — Он, наверное, шутит! Я укрываюсь, защищая свою прореженную полянку.

— Вот только этого не надо.

Кристиан разводит мои руки, прижимает их к бокам и смотрит мне между ног. Таким взглядом можно разжечь костер, но прежде, чем я успеваю вспыхнуть, он наклоняется и скользит губами по моему голому животу, сверху вниз... и еще ниже. Я ерзаю, пытаюсь увернуться, но в конце концов покоряюсь судьбе.

— Ну, что у нас здесь? — Он оставляет поцелуй там, где еще утром были лобковые волосы, и трется о голую кожу колючим подбородком.

— Ай! — восклицаю я. Да... ощущения те еще.

Кристиан бросает на меня похотливый взгляд.

— По-моему, ты кое-что пропустила. — Он тянет губами оставшиеся волоски.

— О... Черт, — бормочу я, надеясь хотя бы так положить конец этому придирчивому осмотру.

— Есть идея. — Он вскакивает, голый, с постели и устремляется в ванную.

Что еще у него на уме? Кристиан возвращается через несколько секунд со стаканом воды, моей бритвой, своей кисточкой, мылом и полотенцем. Воду, кисточку, мыло и бритву он оставляет на прикроватном столике и, держа полотенце, смотрит на меня.

«О нет!» — Мое подсознание отбрасывает полное собрание сочинений Чарльза Диккенса, вскакивает с кресла и, подбоченясь, принимает решительную позу.

— Нет. Нет. Нет.

— Миссис Грей, каждую работу следует делать хорошо. Раздвиньте бедра. — Его серые глаза напоминают летнее предгрозовое небо.

— Я не позволю, чтобы ты меня брил.

Он склоняет голову набок.

— Почему еще?

Я заливаюсь краской. Ну неужели непонятно?

— Потому что... Это слишком...

— Слишком интимно? — шепчет он. — Но ты же знаешь, именно интимности я и желаю. К тому же после того, что мы с тобой делали, такая щепетильность представляется излишней. И уж эту часть твоего тела я знаю лучше тебя.

Я смотрю на него с изумлением. Какая потрясающая самоуверенность. То есть... да, он прав, но все равно.

— Это... это неправильно! — Получается жалобно и чопорно.

— Ты не права, это круто.

Круто? Вот как?

— Так тебя это заводит? — изумленно спрашиваю я.

Кристиан фыркает.

— А ты разве не видишь? — Он выразительно указывает взглядом на убедительное доказательство своей правоты. — Хочу побрить тебя.

Какого черта?! Я откидываюсь на спину, закрываю глаза ладонью — только бы не смотреть.

— Если тебе будет приятно, валяй. Ты такой чудной. — Я приподнимаю бедра, и Кристиан просовывает под меня полотенце. Потом разводит мне ноги и сам устраивается между ними. Постель проседает под его весом. — Вообще-то, я бы предпочел тебя связать.

— Обещаю не дергаться.

— Хорошо.

Он водит намыленной кисточкой там, внизу, и у меня захватывает дух. Вода горячая, и я невольно поеживаюсь. Щекотно... но и приятно.

— Не шевелись, — укоризненно бормочет Кристиан, обмакивая кисточку. — Или я все-таки тебя свяжу, — добавляет он с угрозой, и по спине у меня разбегается восхитительный холодок.

— Ты раньше это уже делал? — осторожно спрашиваю я, когда он берется за бритвенный станок.

— Нет.

— А-а. Хорошо. — Я улыбаюсь.

— Еще одна новинка, миссис Грей.

— М-м-м. Мне нравятся новинки.

— Мне тоже. Ну, поехали. — С удивительной для меня нежностью Кристиан ведет бритвой по моей чувствительной плоти. — Лежи спокойно, — бормочет он, и я вижу, что он полностью сосредоточился на выполняемой работе.

Несколько минут — и вот он уже берет полотенце и снимает излишки пены.

— Ну вот… как-то так, — говорит он, и я убираю руку и смотрю на него — Кристиан отстранился и с удовлетворением рассматривает результат своих стараний.

— Доволен? — спрашиваю я севшим вдруг голосом.

— Очень. — Он дерзко ухмыляется и медленно вводит палец. — Да, было весело, — с легкой усмешкой говорит Кристиан.

— Тебе — может быть. — Я пытаюсь изобразить недовольство, но получается плохо: Кристиан прав — это было… волнующе.

— Припоминаю, что и последствия были вполне удовлетворительные.

Кристиан снова берется за бритву. Я бросаю взгляд на пальцы. Да, и в этом он тоже прав. Я и подумать не могла, что отсутствие волос на лобке может настолько сильно изменить восприятие.

— Эй, я же просто тебя поддразниваю. Так ведут себя все мужья, безнадежно влюбленные в своих жен, разве нет? — Кристиан берет меня за подбородок, всматривается, стараясь понять, в каком я настроении, и в его глазах вдруг появляется настороженность.

Вот и настал час расплаты.

— Сядь, — говорю я.

Он будто не понимает. Я подталкиваю его к стоящему в ванной белому табурету. Озадаченный, Кристиан садится, и я забираю у него бритву.

— Ана… — Похоже, догадался-таки, что к чему. Я наклоняюсь и целую его.

— Откинь голову.

Кристиан колеблется.

— Зуб за зуб, мистер Грей. Услуга за услугу.

Он не сводит с меня глаз, но уже не только настороженно, а еще и с недоверием.

— Ты понимаешь, что делаешь? — тихо спрашивает он. Я медленно качаю головой, изо всех сил сохраняя серьезный вид.

Кристиан закрывает глаза и склоняет голову набок.

Офигеть, он все-таки позволит мне побрить его! Я кладу ладонь на еще влажные волосы и осторожно прижимаю, чтобы не шевелился. Кристиан сидит с закрытыми глазами и медленно дышит через рот. Я осторожно провожу бритвой вверх по шее, до щеки, оставляя полоску чистой кожи. Кристиан медленно выдыхает.

— Думаешь, порежу?

— С тобой никогда не угадаешь, Ана, но умышленно ты ничего плохого, конечно, не сделаешь.

Я снова поднимаю бритву и веду вверх по шее. Дорожка в мыльной пене становится шире.

— Я никогда преднамеренно не сделаю тебе ничего плохого.

Он открывает глаза и обнимает меня. Я осторожно веду бритвой по щеке.

— Знаю. — Кристиан поворачивает голову, чтобы мне было удобнее. Еще немного — и я заканчиваю.

— Вот и все. И притом не пролито ни капли крови, — с гордостью говорю я. Он гладит меня по ноге, сдвигает выше и выше сорочку, а потом тянет к себе. Я хлопаюсь ему на колени и, чтобы сохранить равновесие, хватаю его за плечи. Какой он все-таки мускулистый.

— Куда бы мне тебя отвезти сегодня?

— То есть загорать не будем? — Я чуть заметно вскидываю бровь.

Он нервно облизывает губы.

— Нет, сегодня не будем. Я подумал, что ты, может быть, предпочтешь прогуляться.

— Ну, после того, как ты разукрасил меня и ловко ушел в сторону, ничего другого и не останется, так?

Кристиан благоразумно делает вид, что не заметил ноток язвительности.

— Придется немного прокатиться, но вид того стоит. Судя по тому, что я читал, там есть на что посмотреть.

Деревушка называется Сен-Поль-де-Ванс. Там есть художественные галереи. Мы могли бы, если, конечно, найдем что-то по вкусу, купить несколько картин или скульптур для нашего нового дома.

Я отстраняюсь и смотрю на него. Картины или скульптуры... Он хочет покупать картины или скульптуры. Но как я буду покупать предметы искусства?

— Что такое? — недоуменно спрашивает Кристиан.

— Я не разбираюсь в искусстве. Ничего в нем не понимаю.

Он пожимает плечами и снисходительно улыбается.

— Мы будем покупать только то, что нам понравится. О вложениях речь не идет.

Вложения? Черт возьми!

— Что? — повторяет Кристиан.

Я качаю головой.

— Послушай, я знаю, что мы только на днях получили чертежи от архитектора, но посмотреть можно и сейчас, вреда не будет. Место древнее, средневековое...

Ах да, архитектор. Напомнил. Ее зовут Джиа Маттео. Подруга Элиота, работавшая с домом Кристиана в Аспене. Когда мы с ней встречались, она перед ним только что не стелилась.

— Ну, что дальше? — нетерпеливо восклицает он. Я снова качаю головой. — Говори, не молчи.

Как я могу сказать, что мне не нравится Джиа? Моя неприязнь к ней иррациональна и объяснению не поддается, а выставлять себя ревнивой женой не хочется.

— Ты ведь не злишься на меня за вчерашнее? — Он вздыхает и ныряет лицом в ложбинку между грудей.

— Нет, просто проголодалась, — бормочу я, зная, что это отвлечет его от нежелательных вопросов.

— Так почему раньше не сказала? — Он сталкивает меня с колен и поднимается.

Сен-Поль-де-Ванс — средневековая горная деревушка, одно из самых живописных мест из всех, что я видела. Мы идем рука об руку по узким мощеным улочкам, и моя ладонь лежит в заднем кармане его шортов.

За нами, на небольшом удалении, следуют Тейлор и то ли Филипп, то ли Гастон — различать их я так и не научилась. На обсаженной деревьями площади трое пожилых мужчин — все в традиционных беретах, несмотря на жару, — играют в петанк. Туристов здесь много, но рядом с Кристианом я чувствую себя вполне комфортно. Посмотреть есть на что — узкие улочки и переулки, ведущие во дворы с искусными каменными фонтанами, старинные и современные скульптуры, занимательные бутики и лавочки.

В первой галерее Кристиан рассеянно, покусывая дужку своих огромных очков, разглядывает представленные эротические фотографии. Все они — работа некоей Флоранс Делль и представляют застывших в разнообразных позах обнаженных женщин.

— Не совсем то, что я себе представляла, — говорю я неодобрительно, вспоминая коробку с фотографиями, которую нашла в его — то есть нашем — шкафу. Интересно, что он с ними сделал. Уничтожил?

— И я тоже. — Кристиан усмехается, берет меня за руку, и мы идем к следующему художнику. Может быть, раздумываю я, и мне ему попозировать?

У следующего стенда какая-то женщина демонстрирует свои натюрморты — выполненные сочными, яркими красками фрукты и овощи.

— А вот это мне нравится. — Я указываю на три картины с перцами. — Сразу вспоминается, как ты резал овощи в моей квартирке.

Смеюсь. Кристиан пытается остаться серьезным, но тоже не удерживается.

— А по-моему, я справился с заданием вполне компетентно, — бормочет он. — Разве что не очень быстро. И вообще, — он обнимает меня за плечи, — не отвлекай. Куда бы ты их повесила?

— Что?

Он покусывает губами мочку моего уха.

— Картины. Где бы ты их повесила?

— В кухне, — отвечаю я.

— Хмм. Неплохая идея, миссис Грей.

Смотрю на ценник. Пять тысяч евро каждая. Ничего себе!

— Слишком дорого!

— И что? — Кристиан снова тянется к моему уху. — Привыкай, Ана. — Он отпускает меня и идет к столику, из-за которого на него таращится одетая в белое женщина. Мне хочется закатить глаза, но я перевожу взгляд на картины. Пять тысяч евро… вот это да.

После ланча расслабляемся за кофе в отеле «Сен-Поль». Вид отсюда открывается потрясающий. Виноградники и поля подсолнухов словно заплатки на равнине; то тут то там — аккуратные сельские домики. День прекрасный, ясный, так что с того места, где мы сидим, видно даже поблескивающее вдалеке, на горизонте, море.

— Ты спрашивала, почему я заплетаю тебе волосы. — Голос Кристиана нарушает неспешное течение моих мыслей. Меня настораживает его почти виноватый тон.

— Да. — Дело плохо.

— По-моему, она позволяла мне порой играть с ее волосами. Я уже не знаю, приснилось мне это или так оно и было на самом деле.

Ого! Он ведь имеет в виду свою биологическую мать.

Кристиан смотрит на меня с каменным лицом, и сердце екает: что говорить, когда он вспоминает вот такое?

— Мне нравится, когда ты играешь с моими волосами, — неуверенно говорю я.

— Правда?

— Да. — Я беру его за руку. — Думаю, ты любил ее. Свою биологическую мать.

В его лице ничто не меняется. Он смотрит на меня, но ничего не говорит.

Черт. Уж не зашла ли я слишком далеко?

«Скажи что-нибудь, пожалуйста», — мысленно умоляю я. Но Кристиан упрямо молчит и только смотрит на меня непроницаемыми серыми глазами. Молчание растягивается, он кажется совсем уж потерянным.

Бросает взгляд на мою руку в его руке. Хмурится.

— Скажи что-нибудь, — шепчу я, когда тишина становится невыносимой.

Кристиан качает головой, глубоко вздыхает.

— Идем. — Он выпускает мою руку и поднимается с застывшим, настороженным лицом.

Неужели переступила грань? Не знаю. На душе тяжело. Я не знаю, как быть — сказать что-то или оставить все как есть. Выбираю второй вариант и послушно следую за ним из ресторана.

Мы выходим на прелестную узкую улочку, и Кристиан берет меня за руку.

— Куда хочешь пойти?

Разговаривает! И не злится, слава богу. Я облегченно выдыхаю и пожимаю плечами.

— Я так рада, что ты еще разговариваешь со мной.

— Знаешь, не хочу больше об этом. Все, хватит. С этим покончено.

Нет, не покончено. От этой мысли становится грустно, и я спрашиваю себя, закончится ли это вообще когда-нибудь. Он всегда будет таким... моими Пятьюдесятью Оттенками. Хочу ли я, чтобы он изменился? Пожалуй, нет. Лишь бы чувствовал, что его любят. Бросаю взгляд украдкой: какой же он восхитительно красивый. И при этом — *мой*. Дело не только в том, что у него чудесное, прекрасное лицо и обворожительное тело. Меня влечет и манит то, что кроется за этим совершенством: тонкая, хрупкая, исковерканная душа.

Он смотрит на меня сверху вниз со своим особенным, наполовину удивленным, наполовину настороженным и абсолютно сексуальным выражением, а потом обнимает за плечи, и мы пробираемся через толпу туристов к тому месту, где Гастон (или Филипп) припарковал наш просторный «Мерседес». Я снова сую ладошку в задний карман его шортов, радуясь, что он не злится. Но, честно говоря, какой четырехлетний мальчик не любит свою мать, даже если она и не самая лучшая на свете? Я тяжело вздыхаю и прижимаюсь к нему теснее. Охранники где-то сзади, а вот успели ли они перекусить?

Кристиан останавливается у небольшого ювелирного магазинчика и смотрит сначала на витрину, а потом на меня. Он берет мою свободную руку и проводит пальцем по едва заметной полоске от наручника.

— Уже не больно, — уверяю я. Кристиан поворачивается, берет другую мою руку и поворачивает внутренней стороной запястья вверх. Здесь полоску скрывают платиновые часики «омега», которые он подарил мне за завтраком в наше первое утро в Лондоне. А какая на них надпись — голова кругом!

«Анастейша,
Ты мое все,
Моя любовь, моя жизнь.
*   Кристиан»*

Несмотря ни на что, вопреки всей его переменчивости, мой муж может быть таким романтиком. Я смотрю на бледно-розовую полоску на запястье. А может быть и таким дикарем. Он отпускает мою левую руку, берет за подбородок и с беспокойством всматривается в мое лицо.

— Не больно, — повторяю я.

Кристиан подносит мою руку к губам, запечатлевая на запястье нежный поцелуй.

— Идем. — Он ведет меня в магазин.

— Вот. — Кристиан раскрывает только что купленный изящный платиновый браслет, состоящий из небольших абстрактных цветов с крохотными бриллиантами, и защелкивает у меня на запястье. Довольно широкий, выполненный в форме наручника, браслет скрывает все красные отметины. И стоит около пятнадцати тысяч евро, думаю я, не поспевая следить за разговором на французском с продавщицей. Ничего настолько дорогого я никогда еще не носила.

— Вот так-то лучше, — говорит Кристиан.

— Лучше? — шепчу я, глядя в его сияющие серые глаза. Худая как палка, продавщица стоит в сторонке и наблюдает за нами завистливо и с откровенным неодобрением.

— Ну, ты же знаешь почему, — неопределенно говорит Кристиан.

— Мне это не надо.

Я трясу рукой. Браслет сползает и в какой-то момент попадает под струящиеся через витрину солнечные лучи. Отраженные бриллиантами, по стенам прыгают маленькие сияющие радуги.

— Мне надо, — на полном серьезе говорит Кристиан.

Зачем? Зачем ему это надо? Чувствует вину и хочет загладить? Вину за что? За эти отметины от наручников? За свою биологическую мать? За то, что не доверился мне? Ох уж эти Оттенки!

— Нет, Кристиан. Тебе это тоже не надо. Ты и так много чего мне подарил. Волшебный медовый месяц — Лондон, Париж, Лазурный берег... и самого себя, — шепотом добавляю я, и у него влажнеют глаза. — Мне так повезло.

— Нет, Анастейша, это мне повезло.

— Спасибо. — Я приподнимаюсь на цыпочках, обнимаю его шею и целую — не за браслет, а за то, что он — мой.

В машине он снова уходит в себя, смотрит в окно на ярко-желтые подсолнухи, неторопливо покачивающие головами в ласковом послеполуденном солнце. За рулем кто-то из близнецов, по-моему, Гастон, Тейлор сидит рядом с ним. Кристиан о чем-то размышляет. Я наклоняюсь, беру его руку, легонько пожимаю. Он поворачивается, смотрит на меня, потом убирает мою руку и поглаживает меня по колену. На мне короткая бело-голубая юбка и узкая, обтягивающая блузка без рукавов. На мгновение Кристиан останавливается в нерешительности, и я не знаю, куда двинется его рука дальше — вверх, по моему бедру, или вниз, по голени. Я замираю в предвкушении его нежных прикосновений. Что он сделает? Кристиан выбирает второе и вдруг хватает меня за лодыжку и подтягивает мою ногу себе на колено. Я поворачиваюсь к нему.

— Мне нужна и вторая.

Ой! Зачем? Я нервно оглядываюсь на Тейлора и Гастона — их, похоже, интересует только дорога, — кладу ему на колени вторую ногу. Кристиан дотягивается до какой-то кнопки на дверце, нажимает, и из панели перед нами выдвигается тонированный экран. Еще несколько секунд, и мы остаемся наедине. Ух ты! Теперь понятно, почему здесь такой просторный салон.

— Хочу смотреть на твои лодыжки, — негромко объясняет Кристиан. Во взгляде беспокойство. Что теперь? Что его тревожит? Отметины от наручников? Я-то думала, что с этим мы разобрались. Если какие-то следы и остались, то их закрывают ремешки сандалий. Ничего такого я утром вроде бы не заметила. Он медленно проводит большим пальцем по подъему. Щекотно. Я ерзаю. Он довольно улыбается, ловко развязывает ремешок и тут же мрачнеет, увидев темно-красные полоски.

— Уже не больно, — шепчу я. Кристиан смотрит на меня, и лицо у него печальное, а рот складывается в жесткую линию. Он кивает, словно показывая, что верит мне на слово. Я торопливо трясу ногой, и сандалия падает на пол. Но поздно: Кристиан снова ушел в себя, в какие-то свои невеселые мысли, и смотрит в окно, хотя и продолжает рассеянно поглаживать мою ногу.

— Эй, ты чего ожидал? — негромко спрашиваю я.

Он поворачивается. Пожимает плечами.

— Не думал, что буду чувствовать себя вот так, увидев эти отметины. — Что? То немногословный, скрытный, то вдруг открытый, откровенный. Сколько в нем всего. Пятьдесят! И как мне быть с ним?

— Что же ты чувствуешь?

Хмурый взгляд.

— Мне не по себе.

Что ж такое! Я расстегиваю ремень безопасности, придвигаюсь к нему поближе, но ноги не убираю. Так хочется забраться ему на колени, обнять. Я бы так и сделала, если бы впереди был только Тейлор. Но там еще и Гастон, и от одного лишь его присутствия, пусть нас и разделяет стекло, у меня мурашки бегут по спине. Будь стекло потемнее... Я сжимаю руки Кристиана.

— Мне только синяки не понравились. Все остальное... все, что ты делал, — я понижаю голос до шепота, — с наручниками, понравилось. Это... это было потрясающе. Ты можешь повторить все в любое время, когда только захочешь.

Кристиан мнется.

— Потрясающе?

Моя внутренняя богиня откладывает книжку Джеки Коллинз и поднимает голову.

— Да. — Я улыбаюсь и, просунув ногу поглубже, шевелю пальчиками у него в паху. Реакции ждать не приходится — губы приоткрываются, Кристиан резко втягивает воздух.

— Вам бы лучше пристегнуться, миссис Грей, — тихо, с хрипотцой говорит он, и я снова шевелю пальцами. Глаза его темнеют, предвещая бурю. Он хватает меня за лодыжку. Хочет, чтобы я остановилась? Или продолжила? Кристиан молчит и только хмурится.

Что дальше?

Оп достает из кармана «блэкберри», с которым, похоже, никогда не расстается, принимает входящий, смотрит на часы и хмурится еще больше.

— Барни.

Черт. Нам снова мешает работа. Я пытаюсь убрать ногу, но Кристиан не пускает и только еще сильнее сжимает лодыжку.

— В серверной? — недоверчиво говорит он. — Активирована система пожаротушения?

Пожар! Я убираю ноги, и на этот раз Кристиан не пытается меня удержать. Сажусь на место, пристегиваю ремень, нервно тереблю браслет за пятнадцать тысяч евро. Кристиан снова нажимает кнопку на дверце, и матовый экран опускается.

— Кто-нибудь пострадал? — Теперь к разговору прислушивается и Тейлор. — Какой ущерб? Понятно... Когда? — Кристиан снова смотрит на часы, приглаживает ладонью волосы. — Нет. Ни пожарных, ни полицию. По крайней мере пока.

Господи! Пожар? В офисе? Я растерянно смотрю на него. Тейлор поворачивается, но ничего не говорит.

— Вот как? Хорошо... О'кей. Мне нужен подробный отчет с оценкой причиненного ущерба. И полная информация по всем, кто имел допуск за последние пять дней, включая уборщиков... Найди Андреа, пусть позвонит мне... Да, говорят, аргон так же эффективен, вот только обходится дорого.

Отчет с оценкой ущерба? Аргон? Что за чертовщина? Смутно вспоминается что-то из школьного курса химии. Кажется, какой-то химический элемент.

— Понимаю, что рано... Сообщи по мейлу через два часа... Нет, мне нужно знать. Спасибо, что позвонил. — Кристиан дает отбой и тут же набирает номер.

— Уэлч... Хорошо... Когда? — Он опять бросает взгляд на часы. — Тогда через час... Да... Двадцать-четыре-семь на удаленном хранилище данных... Хорошо.

Кристиан убирает трубку в карман.

— Филипп, через час я должен быть на борту.

— Да, месье.

Черт, значит, это Филипп, а не Гастон. Машина резко прибавляет. Кристиан поворачивается ко мне. Лицо его бесстрастно.

— Кто-то пострадал? — тихо спрашиваю я.

Он качает головой.

— Ущерб незначительный. — Наклоняется, ободряюще похлопывает меня по руке. — Не беспокойся. Мои люди занимаются этим. — Таков мой муж — исполнительный директор, человек, который держит все под контролем и ничуть не выбит из колеи.

— Где случился пожар?

— В серверной.

— В Грей-хаусе?

— Да.

Отвечает коротко, значит, говорить об этом не хочет. Но почему?

— А почему ущерб незначительный?

— Серверная оснащена современной системой пожаротушения.

Конечно.

— Ана, пожалуйста… не беспокойся.

— Я и не беспокоюсь.

— Мы пока еще не уверены, имел ли место поджог, — говорит он, словно отвечая на мой невысказанный вопрос. Я испуганно вскидываю руку к горлу. «Чарли Танго», теперь это… Что дальше?

Глава 4

Не нахожу себе места. Кристиан ушел в кабинет и не выходит целый час. Я пыталась читать, смотреть телевизор, загорать — загорать одетой! — но не могу расслабиться, не могу избавиться от тревоги. Переодеваюсь в шорты и майку, снимаю дорогущую побрякушку и отправляюсь на поиски Тейлора.

Нахожу его в салоне перед кабинетом Кристиана.

— Миссис Грей. — Он отрывается от романа Энтони Берджеса.

— Я бы хотела пройтись по магазинам.

— Конечно, мэм. — Тейлор поднимается.

— И я хотела бы взять «джет-скай».

Он открывает рот.

— Э-э-э... — Тейлор озадаченно хмурится, не зная, что сказать.

— Не хотелось бы беспокоить из-за этого Кристиана.

Он вспыхивает.

— Миссис Грей... э... я не думаю, что мистеру Грею это понравится, а мне хотелось бы сохранить за собой работу.

Ой, да ради бога! Мне так и хочется закатить глаза, но вместо этого я поступаю наоборот: тяжело вздыхаю, выражая покорность судьбе и возмущение тем, что меня уже лишили возможности распоряжаться собой. С другой стороны, я совершенно не хочу, чтобы Кристиан злился на Тейлора или, если уж на то пошло, на меня. Решительно подхожу к двери, стучу и вхожу. Кристиан сидит за письменным столом красного дерева. Оторвавшись от «блэкберри», он вопросительно смотрит на меня.

— Андреа, подожди, пожалуйста, — говорит Кристиан в телефон. Лицо у него серьезное, выражение терпеливо-выжидательное. Черт. Почему я постоянно чувствую себя школьницей в кабинете директора? Еще вчера этот человек надевал на меня наручники. Я не должна его бояться, он мой муж, черт возьми. Расправляю плечи, растягиваю в улыбке губы.

— Я собираюсь за покупками. Возьму с собой охранника.

— Конечно. Возьми братьев и Тейлора. — Судя по тому, что никаких дальнейших вопросов не следует, случилось что-то по-настоящему серьезное. Я стою, смотрю на него, но могу ли чем-то помочь?

— Что-то еще? — Хочет, чтобы я ушла. Вот черт.

— Тебе что-нибудь надо? — спрашиваю я.

Он улыбается своей милой, смущенной улыбкой.

— Нет, детка, ничего. Обо мне тут позаботятся.

— Хорошо. — Хочу поцеловать его — он ведь мой муж. Решительно подхожу к столу, целую в губы, чем немало его удивляю.

— Андреа, я перезвоню. — Кристиан откладывает «блэкберри», заключает меня в объятья и целует — страстно, с желанием. Потом отпускает.

Я перевожу дух.

— Ты меня отвлекаешь. Мне нужно поскорее со всем разобраться и вернуться к тебе. — Он проводит пальцем по моей щеке, поглаживает подбородок.

— Ладно. Извини.

— Пожалуйста, не извиняйтесь, миссис Грей. Мне нравится, когда вы меня отвлекаете. Идите, потратьте немного денег. — Он убирает руки.

— Так и сделаю. — Я притворно улыбаюсь и иду к двери. Мое подсознание качает головой и поджимает губы. «А ведь ты не сказала ему, что хочешь взять «джет-скай», — укоризненно напоминает оно. Я не слушаю… Гарпия.

Тейлор терпеливо ждет в салоне.

— С командованием все согласовано. Можно отправляться? — Я улыбаюсь, маскируя нотку сарказма. А вот Тейлору скрывать нечего, и он улыбается открыто, не скрывая восхищения.

— После вас, миссис Грей.

Потом Тейлор подробно объясняет мне систему управления «джет-скаем». Спокойный, уверенный в себе, хороший учитель. Моторка уже покачивается на тихой воде у борта яхты. Гастон смотрит прямо вперед из-под надвинутого на глаза козырька, у руля застыл один из матросов «Прекрасной леди». Со мной трое — и только лишь потому, что мне вздумалось пройтись по магазинам. Какая нелепость.

Застегивая спасательный жилет, беззаботно улыбаюсь Тейлору. Он подает руку, помогает мне сойти на «джет-скай».

— Ремешок ключа зажигания наденьте на запястье, миссис Грей. Если вы случайно упадете за борт, двигатель автоматически выключится, — инструктирует он.

— О'кей.

— Готовы?

Я киваю.

— Когда отойдете от яхты примерно на четыре фута, нажмите кнопку зажигания. Мы последуем за вами.

— О'кей.

Тейлор отталкивает «джет-скай» от моторки, и гидроцикл плавно уходит в сторону. Он кивает, и я нажимаю кнопку зажигания. Двигатель отзывается рокотом.

— Хорошо, миссис Грей, только полегче! — кричит Тейлор. Я добавляю газу. «Джет-скай» прыгает вперед, но мотор тут же глохнет. Черт! А ведь у Кристиана получается так легко. Повторяю попытку — результат тот же. Да что ж такое!

— Не так резко, миссис Грей! — кричит Тейлор.

— Да, да, да, — бормочу я и мягко давлю на рычаг. Гидроцикл опять прыгает, но на этот раз мотор не глохнет. Да! Получилось! Ха-ха, мы мчимся!

Хочется кричать, пищать и вопить, но я сдерживаюсь. Ухожу от яхты в глубь бухты. За спиной у меня — ровный рокот моторки. Я добавляю газу, и гидроцикл рвется вперед. Теплый ветерок треплет волосы, брызги разлетаются по сторонам — я чувствую себя свободной. Но как качает! Неудивительно, что Кристиан не пускает меня к рулю.

Вместо того чтобы повернуть к берегу, я делаю широкий круг. Вот это здорово! Стараясь не замечать следующих за мной Тейлора и остальных, иду на второй круг и в этот момент замечаю на палубе «Прекрасной леди» Кристиана. Он вроде бы смотрит на меня, но наверняка сказать трудно. Я смело поднимаю руку и приветственно машу ему. Кристиан напоминает каменное изваяние, но на мое приветствие все же отвечает, хотя жест получается немного скованный. Выражение его лица определить трудно, но что-то подсказывает, что присматриваться не стоит, и я поворачиваю к берегу. Средиземное море сверкает и искрится под послеполуденным солнцем. Я сбрасываю газ и жду, чтобы Тейлор пришел к причалу первым. Лицо у него хмурое, и мне делается не по себе, а вот Гастон как будто посмеивается втихомолку. Уж не случилось ли что-то, охладившее галло-американские отношения? Хотя, скорее всего, проблема все-таки во мне. Гастон выскакивает на причал, и, пока он возится со швартовыми, Тейлор руководит моими маневрами. Я осторожно, без рывков, подвожу гидроцикл к моторке. Тейлор немного смягчается.

— Просто выключите зажигание, миссис Грей, — говорит он и, ухватившись за руль, подтягивает «джетскай» к причалу и подает мне руку. Я перебираюсь в моторку и сама удивляюсь собственной ловкости — даже не упала.

— Миссис Грей. — Тейлор нервно моргает, и щеки его снова розовеют. — Мистеру Грею не очень нравится, что вы катаетесь на гидроцикле.

Охранник только что не ежится от смущения, и я понимаю, что у него уже состоялся неприятный разговор с Кристианом. Что же мне с тобой делать, мой бедный, патологически мнительный муж!

Я безмятежно улыбаюсь.

— Понимаю. Мистера Грея здесь нет, и если ему не очень что-то нравится, то он сам скажет мне об этом, когда я вернусь.

Тейлор кивает.

— Хорошо, миссис Грей, — говорит он спокойно и подает мне сумочку.

Сходя на пристань, я ловлю его вымученную улыбку, и мне тоже хочется улыбнуться. Мне нравится Тейлор, но слушать его упреки я не намерена. Ни его, ни отца, ни мужа.

Черт, Кристиан просто бешеный, а ведь у него сейчас и без меня забот хватает. И о чем я только думала?

В сумочке начинает вибрировать «блэкберри». Достаю. Мелодия Шаде «Твоя любовь — Король» — этот рингтон у меня только для Кристиана.

— Привет.

— Привет.

— Вернусь на моторке, так что не злись.

— Э... — Он явно удивлен.

— Но было здорово, — добавляю я шепотом.

Кристиан вздыхает.

— Что ж, миссис Грей, не стану вам мешать. Развлекайтесь как хотите, только, пожалуйста, будьте осторожны.

Вот так! Мне позволено развлекаться!

— Буду. Тебе нужно что-нибудь из города?

— Только одно: чтобы ты вернулась целая и невредимая.

— Постараюсь угодить, мистер Грей.

— Рад это слышать, миссис Грей.

— Наша цель — угодить, — отвечаю я со смехом.

— Мне звонят, — с улыбкой говорит он. — Пока, детка.

— Пока, Кристиан.

Разговор закончен. Кризис с «джет-скаем» предотвращен. Машина уже ждет, и Тейлор открывает дверцу. Я подмигиваю ему, и он, вздыхая, качает головой

Устроившись на заднем сиденье, отправляю мейл.

От кого: Анастейша Грей
Тема: Спасибо
Дата: 17 августа 2011 г. 16:55
Кому: Кристиан Грей

За то, что не очень ворчал.

Ваша любящая супруга
ххх

От кого: Кристиан Грей
Тема: Стараюсь оставаться спокойным
Дата: 17 августа 2011 г. 16:59
Кому: Анастейша Грей

Не за что.
Возвращайся целая и невредимая.
Это не просьба.
х

Кристиан Грей,
генеральный директор холдинга «Грей энтерпрайзес» и твой заботливый муж

Я невольно улыбаюсь. Мой тиран.

И с какой это стати мне так захотелось пройтись по магазинам? Ненавижу шопинг. Впрочем, в глубине души я знаю почему — и потому решительно шагаю мимо «Шанели», «Гуччи», «Диора» и прочих фирменных бутиков и в конце концов нахожу лекарство от терзающей меня хвори в маленьком тесном магазинчике для туристов. Это серебряный ножной браслетик с кро-

хотными сердечками и колокольчиками. Звенит очень
мило, а стоит всего пять евро. Покупаю и тут же его и
надеваю. Вот это — мое, то, что мне нравится. И сразу становится легче и покойнее. Я не хочу терять связь
с той девчонкой, которой нравилось такое. В глубине
души понимаю, что на меня давит не только сам Кристиан, но и его богатство. Привыкну ли когда-нибудь к
нему?

Тейлор и Гастон, как и положено, следуют за мной
по запруженным прохожими послеполуденным улочкам. В какой-то момент я даже забываю об их присутствии. Хочу купить что-нибудь Кристиану. Что-то,
что отвлекло бы его от случившегося в Сиэтле. Но что
купить человеку, у которого есть всё? Я останавливаюсь
посередине небольшой площади, окруженной магазин-
чиками, и осматриваюсь. Замечаю магазин электрони-
ки и сразу вспоминаю посещение галереи и наш поход в
Лувр... Венеру Милосскую... В памяти всплывают слова Кристиана: «Мы все можем оценить женские формы. Мы любуемся ими в мраморе и масле, атласе и на
пленке».

Идея приходит сама собой. Смелая идея. Вся проблема в том, чтобы не ошибиться с выбором, и в этом
мне может помочь только один человек. Достаю из сумки «блэкберри» и звоню Хосе.

— Кто... — сонно бормочет он.

— Это я, Ана.

— Ана? Ты хотя бы представляешь, который час? —
недовольно спрашивает он. Фу ты, я совсем забыла про
разницу во времени.

— Извини.

— Ты где? Все в порядке? — Тон меняется на озабоченный.

— Я в Каннах, на юге Франции, и у меня все в порядке.

— На юге Франции, вот как? В каком-нибудь ши-
карном отеле?

— Э... Вообще-то нет. Мы здесь на лодке.

— На лодке?

— То есть на яхте. Это большая лодка, — поясняю я со вздохом.

— Понятно. — Потянуло холодком. Черт, не стоило ему звонить. Только этого мне и не хватает.

— Послушай, мне нужен твой совет.

— Мой совет? — Он, похоже, поражен. — Конечно. — Уже гораздо дружелюбнее.

Я излагаю свой план.

Через два часа Тейлор помогает мне подняться из моторки на палубу яхты. Гастон с матросами ставит на место гидроцикл. Кристиана нигде не видно, и я торопливо прохожу в нашу каюту — завернуть подарок. На душе по-детски легко и радостно.

— Долго же вас не было. — Я вздрагиваю. Поворачиваюсь — Кристиан стоит в дверях каюты и внимательно на меня смотрит. Вот те на. А если история с «джетскаем» еще не закончилась? Или ситуация с пожаром в офисе серьезнее, чем казалось?

— У тебя в Сиэтле все под контролем? — осторожно спрашиваю я.

— Более или менее, — немного раздраженно отвечает он и чуть заметно хмурится.

— А я кое-что купила. — Я надеюсь хоть немного поднять ему настроение, вот только бы его раздражение не было направлено на меня. Он тепло улыбается — значит, все в порядке.

— И что же ты купила?

— Вот это. — Я ставлю ногу на кровать и демонстрирую браслет.

Кристиан подходит ближе, трогает, наклонившись, колокольчики у меня на лодыжке, хмурится, заметив красную полоску, и проводит по ней пальцем. Щекотно.

— Симпатично.

— И вот это. — Я протягиваю коробку, надеясь в глубине души, что подарок все же отвлечет его от проблем.

— Это мне? — удивленно спрашивает Кристиан. Я робко киваю. Он берет коробку и осторожно встряхивает. По-мальчишески широко ухмыляется, садится рядом со мной на кровать, наклоняется и целует. — Спасибо.

— Ты же еще не открыл.

— Неважно. Что бы там ни было, оно мне уже нравится. — Он смотрит на меня сияющими глазами. — Я нечасто получаю подарки.

— Тебе трудно что-то купить. У тебя все есть.

— У меня есть ты.

— Да, есть. — Я улыбаюсь ему. — И еще как есть.

Кристиан быстро расправляется с бумагой.

— «Никон»? — Он озадаченно смотрит на меня.

— Знаю, у тебя есть компактная цифровая камера, но эта будет для... э... для портретов и всякого такого. К ней два объектива.

До него никак не доходит.

— Сегодня, в галерее, тебе понравились фотографии Флоранс Делль. Я помню, что ты сказал в Лувре. И, конечно, те снимки... — Я сглатываю, изо всех сил стараясь не думать о картинках в шкафу.

Он замирает, начиная понимать, о чем идет речь, и я торопливо, боясь, что вот-вот сорвусь, продолжаю:

— Я подумала, что ты мог бы... что тебе, может быть, захочется... ну, сфотографировать меня.

— Сфотографировать... тебя?

Позабыв о коробке на коленях, Кристиан во все глаза смотрит на меня. Я отчаянно киваю, пытаясь предугадать его реакцию. Он наконец переводит взгляд на коробку, почтительно проводит пальцами по глянцевым картинкам.

О чем он думает? Реакция совсем не та, которой я ждала, и мое подсознание уже посматривает на меня сердито, как на тупую домашнюю скотинку. Кристиан всегда ведет себя непредсказуемо. Снова смотрит на меня, и в его глазах... что, боль? Черт... теперь-то что?

— Почему ты подумала, что мне этого захочется? Нет, нет, нет! Ты же сам сказал…

— А тебе не захочется? — спрашиваю я, отказываясь слушать подсознание, которое не верит, что кто-то может пожелать иметь мои эротические фотографии.

Кристиан сглатывает, приглаживает волосы. Такой потерянный, такой смущенный. Вздыхает.

— Для меня такого рода снимки были обычно чем-то вроде страховки. Я знаю, что долго рассматривал женщин только как объект. — Он останавливается, неловко пожимает плечами.

Что? К чему это ведет?

— И ты думаешь, что, фотографируя меня, тоже будешь видеть только объект?

— Ох… — Кристиан как будто сдувается. Кровь отливает от лица. Он жмурится. — Все так сложно, — шепчет он и открывает глаза. В них тревога, настороженность и что-то еще.

Черт. В чем тут проблема? Что так на него подействовало? Я? Я со своими расспросами о его биологической матери? Пожар в офисе?

— Почему ты так говоришь? — шепотом спрашиваю я, чувствуя, как к горлу подступает паника. Я думала, он счастлив. Думала, мы счастливы. Думала, что принесла ему счастье. Я не хочу смущать его, путать. Мысли разбегаются. Откуда эта внезапная перемена? Он не видел Флинна почти три недели. И это причина? Поэтому он такой пришибленный? Может, позвонить Флинну? И тут меня осеняет. Такие моменты необычайной ясности и глубины случаются крайне редко: пожар, «Чарли Танго», «джет-скай»… Он же просто боится. Боится за меня. А полоски от наручников довели его до точки. Кристиан переживал из-за них весь день и совсем запутался, потому что не привык испытывать неудобства, причиняя боль. От этой мысли мне делается нехорошо.

Он пожимает плечами и снова бросает взгляд на мое запястье, где еще недавно болтался купленный им браслет. Есть!

— Послушай, это ровным счетом ничего не значит. — Я поднимаю руку, демонстрируя еле видный рубец. — Ты дал слово. Да что там, вчера было здорово. Интересно. Перестань изводить себя — мне нравится жесткий секс, я тебе и раньше говорила.

Я заливаюсь краской и из последних сил сдерживаю подступающую панику. Он смотрит на меня пристально, но о чем думает? Может, анализирует сказанное мной? Я сбиваюсь с мысли.

— Это из-за пожара? Думаешь, пожар как-то связан с «Чарли Танго»? Ты поэтому беспокоишься? Поговори со мной... пожалуйста.

Кристиан смотрит на меня молча, и между нами снова пролегает молчание. Вот же гадство! Знаю, от него уже ничего не добьешься.

— Не надо выдумывать лишнего, — негромко выговариваю я, и слова отдаются эхом, тревожа память из недавнего прошлого — его собственное высказывание о том дурацком контракте.

Я наклоняюсь, беру у него с колен коробку и открываю. Он наблюдает за мной пассивно, словно я — какое-то забавное существо с другой планеты. Услужливый продавец уже подготовил камеру к работе, и я достаю ее и снимаю с объектива крышку. Навожу на Кристиана, и рамку видоискателя заполняет его прекрасное обеспокоенное лицо. Я нажимаю кнопку и удерживаю, сохраняя для потомства десять цифровых картинок озабоченного Кристиана.

— Ладно, тогда объектом будешь ты. — Снова нажимаю затвор. На последнем кадре его губы едва заметно вздрагивают. Жму еще, и на этот раз он улыбается — блекло, но все же... Я не отпускаю кнопку и вижу, как напряжение уходит, отпускает. Кристиан расслабляется, и я тихонько хихикаю. Слава богу. Мистер Непостоянство вернулся — и я как никогда рада его видеть.

— Э, это же вроде бы *мой* подарок, — шутливо ворчит он.

— Предполагалось, что будет весело, а вышло так, что теперь камера — символ женского доминирования, — отрезаю я, делая еще несколько кадров и видя на крупном плане, как меняется выражение прекрасного лица. В какой-то момент глаза Кристиана темнеют, и в чертах проступает что-то хищное.

— Так ты этого хочешь? Доминирования и подавления? — обманчиво мягким голосом спрашивает он.

— Нет, не хочу. Нет.

— Я ведь могу подавить вас по-крупному, миссис Грей, — зловещим тоном обещает Кристиан.

— Знаю, что можете, мистер Грей. И вы часто это делаете.

Он моргает, лицо вдруг вытягивается. Черт, что еще? Опускаю камеру и вопросительно смотрю на него.

— Что не так? — Мой голос звучит разочарованно. Ну же, скажи!

Молчит. Злится. Я снова поднимаю камеру.

— Так что случилось?

— Ничего, — говорит Кристиан и вдруг исчезает из видоискателя. Одним движением сметает на пол коробку из-под камеры, хватает меня, толкает на кровать и… вот он уже сверху.

— Эй! — Я успеваю сделать еще несколько снимков — Кристиан улыбается, и намерения у него самые недобрые. В следующий момент камера уже у него в руках, и фотограф оказывается в роли субъекта — Кристиан направляет объектив на меня и щелкает затвором.

— Итак, миссис Грей, хотите, чтобы я вас сфотографировал?

Я не вижу его лица — только всклокоченные волосы и сломанный ухмылкой безупречно вылепленный рот.

— Что ж, для начала, думаю, запечатлеем вас смеющейся.

Он безжалостно щекочет меня под ребрами, и я пищу, хохочу и верчусь под ним, безуспешно пытаясь схватить за руку и прекратить истязание. Его рот растягивается в ухмылке, а камера продолжает щелкать.

— Не надо! Прекрати! — кричу я.

— Шутишь? — Он откладывает камеру и пускает в ход вторую руку.

— Кристиан! — выдавливаю я, задыхаясь от смеха. Раньше он никогда меня не щекотал. Черт, да прекрати же! Я мотаю головой, пытаюсь вывернуться из-под него, толкаю обеими руками, но он неумолим, и роль беспощадного палача ему явно по вкусу.

— Перестань! — умоляю я, и он вдруг останавливается. Хватает меня за руки, прижимает их к подушке, привстает... Я никак не могу отдышаться. Он тоже. Смотрит на меня... как? Я замираю. Как? Удивленно? Восхищенно? С любовью? Ну и дела. Этот взгляд!

— Ты. Так. Прекрасна, — выдыхает он.

Смотрю на него, на его милое, дорогое, божественное лицо, и он вглядывается в меня так, словно видит впервые в жизни. Наклоняется, закрывает глаза, целует... Его восторг, неумеренная радость, восхищение — это как звонок для моего либидо. Даже не верится, что это все из-за меня. Ох... Он отпускает мои руки, просовывает ладони мне под голову, запускает пальцы в волосы, и я поднимаюсь ему навстречу, наполняюсь его желанием, отвечаю на его поцелуй. А поцелуй вдруг уже другой — не милый, сладкий, восхищенно-почтительный, но греховный, порочный, глубокий, жадный. Язык вторгается в мой рот не дарителем, а завоевателем, жадным и отчаянным, спешащим взять... Желание бежит по жилам, пробуждает мышцы и связки, отдается волнующей дрожью.

Что же не так?

Кристиан резко вздыхает.

— Что ты со мной делаешь, — бормочет он с рвущим душу отчаянием и вдруг опускается на меня, вдавливает в матрас — одной рукой держит за подбородок, другой шарит по телу, мнет груди, гладит по животу, бедрам, тискает снизу. Он снова целует, раздвигает мне ноги коленом, вжимает меня в себя, и его желание рвется через одежду, его и мою. Мой вздох и стон глохнут под его губами, я таю в жаре его страсти. Где-то далеко тревожно звенят колокольчики, но я не желаю их слышать, потому что знаю: он хочет меня, нуждается во мне, не может без меня и это — его любимая форма общения со мной, его самовыражения. Забыв обо всем, отбросив осторожность, я целую его, зарываю пальцы в его волосы, сжимаю кулаки и впитываю его вкус и запах.

О, Кристиан, мой Кристиан...

Он вдруг поднимается, стаскивает меня с кровати, и я стою перед ним, растерянная и ошеломленная. Он расстегивает пуговицы у меня на шортах, падает на колени, стаскивает их и заодно трусы... Не успев опомниться, я снова на кровати, под ним, и он уже рвет «молнию» на брюках. Боже, он даже не раздевается, даже не снимает с меня майку. Никакого вступления — он вонзается в меня с ходу, и я вскрикиваю, скорее от удивления, чем от чего-то еще...

Я слышу хрипящее дыхание над ухом.

— Да, да, да... — Он замирает, приподнимается и вгоняет еще глубже, вышибая из меня стон.

— Ты нужна мне, — хрипит Кристиан. Он пробегает зубами по моему подбородку, по скуле, покусывает и посасывает, потом снова целует — без нежностей, требовательно и алчно. Я обхватываю его руками, обвиваю ногами, сжимаю и не отпускаю, словно хочу выдавить все, что тревожит его, не дает покою. Он начинает двигаться, как будто пытается вскарабкаться внутри меня. Снова и снова, выше и выше, отчаянно, безумно, подчиняясь древнему инстинкту. Захваченная заданным им сумасшедшим темпом, я отдаюсь ему полностью, без остатка. Что гонит его? Что тревожит? Вопросы остаются без ответа, потому что мысль не успевает за телом, которое уносится выше и выше на волне безумных ощущений, отвечая выпадом на выпад, ударом на удар. Я слышу натужное, шипящее, резкое дыхание и знаю — он забылся во мне. За стоном — вздох, за хрипом — вскрик. Это так эротично — его неутолимая жажда, его ненасытный голод. Я уступаю, отдаю, а он требует больше и больше. Как же я хочу этого — и для себя, и для него.

— Кончай со мной, — выдыхает он и поднимается, разрывая мои объятия. — Открой глаза. Мне нужно видеть тебя. — Это не просьба, но приказ, требующий беспрекословного подчинения. Мои глаза тут же открываются, и я вижу напряженное, разгоряченное лицо и горящие, голодные глаза. Его страсть, его любовь — как удар потока: плотина рушится, и я кончаю, откинув голову, содрогаясь в конвульсиях.

— О, Ана! — вскрикивает он и, догнав меня последним рывком, замирает, а потом падает, но тут же скатывается, так что сверху оказываюсь я.

Оргазм уходит. Я хочу отпустить какую-нибудь шутку насчет подавления и объекта, но прикусываю язык — кто знает, какое у него настроение? Отрываюсь от его груди, смотрю в лицо. Его глаза закрыты, руки — на мне. Я целую Кристиана через тонкую ткань льняной рубашки.

— Что же все-таки не так? — мягко спрашиваю я и с волнением жду ответа. Может быть, теперь, после секса, он скажет, в чем дело.

Но нет, Кристиан молчит. И тут меня посещает вдохновение.

— Торжественно обещаю быть верным партнером в болезни и в здравии, в час счастливый и горький, делить радость и печаль…

Он застывает и лежит неподвижно. Потом открывает свои бездонные глаза и смотрит на меня. А я продолжаю повторять слова свадебного обета:

— Обещаю любить тебя безоговорочно, поддерживать во всех начинаниях и устремлениях, почитать и уважать, смеяться с тобой и плакать, делить надежды и мечты и нести утешение в пору испытаний. — Я делаю паузу, выжидаю; он смотрит на меня, чуть приоткрыв рот, но ничего не говорит.

— Заботиться о тебе, холить и лелеять, пока мы оба живы. — Я вздыхаю.

— Ох, Ана, — шепчет он и приподнимается, обрывая наш восхитительный контакт. Теперь мы лежим на боку, и он поглаживает меня по щеке.

— Торжественно клянусь оберегать наш союз и дорожить им и тобою, — шепчет он. — Обещаю любить тебя верно и преданно, отвергать всех других, быть с тобой рядом в радости и горе, в болезни и здравии, куда бы жизнь ни увела нас. Обещаю доверять тебе, защищать и уважать тебя. Делить с тобой радости и печали, утешать в тяжелые времена. Обещаю холить тебя и лелеять, поддерживать твои мечты и беречь от всех невзгод. Все, что мое, отныне и твое. Моя рука, мое сердце, моя любовь — отныне и навек твои.

Слезы наворачиваются на глаза. Кристиан смотрит на меня, и выражение его лица смягчается.

— Не плачь, — тихо говорит он, подхватывая сорвавшуюся с ресницы слезинку.

— Почему ты не хочешь поговорить со мной? Пожалуйста, Кристиан.

Он жмурится, как будто от боли.

— Я клялся нести тебе утешение в тяжелый час. Пожалуйста, не вынуждай меня нарушать обещание.

Кристиан со вздохом открывает глаза. Выражение лица унылое, безрадостное.

— В Сиэтле поджог. — Вот черт. Я смотрю на него — он такой юный, такой беззащитный. — И теперь они могут охотиться за мной. А если за мной, то... — Он замолкает.

— То и за мной, — заканчиваю за него я. Кристиан бледнеет, и я понимаю, что добралась наконец-то до истинной причины его беспокойства. — Спасибо.

Он хмурится.

— За что?

— За то, что рассказал мне.

Он качает головой, и губ его касается бледная тень улыбки.

— Вы умеете убеждать, миссис Грей.

— А ты умеешь изводить себя и, может быть, умрешь от сердечного приступа, не дожив до сорока, а мне нужно, чтобы ты оставался со мной еще долго-долго.

— Если меня кто-то и доведет до могилы, миссис Грей, так это вы. Я и так чуть не умер, когда увидел вас на гидроцикле. — Он откидывается на подушку, прикрывает ладонью глаза и ежится.

— Послушай, я всего лишь прокатилась на «джетскае». На них сейчас даже дети катаются. Подумай, что будет, когда мы приедем к тебе в Аспен и я впервые в жизни встану на лыжи.

Кристиан поворачивается, и я едва удерживаюсь, чтобы не рассмеяться, — такой ужас на его лице.

— К нам в Аспен, — поправляет он.

Я пропускаю реплику мимо ушей.

— Я уже взрослая и вовсе не такая хрупкая, какой кажусь. Когда ты это поймешь?

Он пожимает плечами и поджимает губы. Пора менять тему.

— Значит, пожар. Полиция знает о поджоге?

— Да.

— Хорошо.

— Я приму дополнительные меры безопасности, — сухо говорит он.

— Понимаю. — Мой взгляд скользит по Кристиану. Он по-прежнему в шортах и рубашке, а я — в майке. Вот так и потрахались по-скорому. Я прыскаю.

— Что? — спрашивает Кристиан.

— Ты.

— Я?

— Да. Ты. Все еще одет.

Он смотрит на себя, потом на меня, и его лицо расплывается в широкой улыбке.

— Ну, вы же знаете, миссис Грей, не могу удержаться. Смотрю на вас, и руки чешутся. Особенно когда вы вот так хихикаете. Как школьница.

Щекотка… Вот оно что. Я перекидываю ногу, чтобы оседлать его, но он уже просчитал мои коварные планы и хватает меня за обе руки.

— Нет.

Судя по тону, Кристиан не шутит.

Принимаю обиженный вид, но потом решаю, что он не готов.

— Пожалуйста, не надо. Не выдержу. Меня никогда не щекотали в детстве. — Я опускаю руки, показывая, что ему нечего опасаться. — Бывало, смотрел, как Каррик балуется с Миа и Элиотом, но сам…

Я прижимаю палец к его губам.

— Знаю, молчи. — Я нежно целую его в губы, туда, где только что был мой палец, и, свернувшись рядышком, кладу голову ему на грудь. Во мне опять нарастает знакомая боль, и сердце охватывает печаль. Ради этого человека я готова на все — потому что люблю его.

Он обнимает меня, прижимается носом к волосам и нежно поглаживает по спине. Мы лежим так какое-то время, нисколько не тяготясь молчанием, но в конце концов я первой нарушаю тишину:

— Тебе доводилось обходиться без доктора Флинна?

— Да. Однажды мы не виделись две недели. А почему ты спрашиваешь? Испытываешь неодолимую тягу пощекотать меня?

— Нет. Думаю, он тебе помогает.

— Так и должно быть, — фыркает Кристиан. — Я хорошо ему плачу. — Он легонько тянет меня за волосы, заставляя повернуться к нему. Поднимаю голову. — Озабочены состоянием моего здоровья, миссис Грей?

— Любая хорошая жена заботится о здоровье возлюбленного супруга, мистер Грей, — укоризненно напоминаю я.

— Возлюбленного? — шепчет он, и вопрос повисает между нами.

— Очень-очень возлюбленного. — Я приподнимаюсь, чтобы поцеловать его, и он смущенно улыбается.

— Не хотите ли пообедать на берегу, миссис Грей?

— Готова на все, лишь бы вы были довольны, мистер Грей.

— Хорошо, — усмехается он. — На борту я могу обеспечить вашу безопасность. Спасибо за подарок. — Он берет фотоаппарат и, держа его в вытянутой руке, снимает нас — в посткоитальной, постисповедальной, постщекотальной позе.

— Всегда пожалуйста. — Я улыбаюсь, и в его глазах вспыхивают огоньки.

Мы гуляем по Версальскому дворцу — роскошному, пышному, золоченому великолепию восемнадцатого века. Эту некогда скромную охотничью сторожку «короля-солнце» превратил в прекрасную монаршую резиденцию, пережившую в том же столетии последнего самодержца.

Самый потрясающий зал — Зеркальный. В западные окна вливается мягкий послеполуденный свет, и зеркала вдоль восточной стены как будто пылают, освещая позолоченное убранство и громадные хрустальные люстры. Восхитительно.

— Интересно. Вот что случается с деспотичным мегаломаном, добровольно заточающим себя в такой роскоши, — обращаюсь я к Кристиану. Чуть склонив голову, он смотрит на меня в зеркале.

— Вы это к чему, миссис Грей?

— Ни к чему, мистер Грей. Просто делюсь наблюдением.

Я делаю широкий жест рукой. Тихонько посмеиваясь, он выходит следом за мной на середину зала, откуда я, открыв рот, любуюсь открывшимся видом: великолепными садами, отражающимися в зеркалах, и великолепным же Кристианом Греем, моим супругом, наблюдающим за мной из зеркала.

— Я бы построил такой же для тебя, — шепчет он. — Хотя бы ради того, чтобы увидеть, как солнце полирует твои волосы. — Кристиан убирает мне за ухо выбившуюся прядку. — Ты словно ангел. — Он целует меня в шею пониже уха и тихонько шепчет: — Мы, деспоты, делаем это все ради любимых женщин.

Я краснею, застенчиво улыбаюсь, и мы идем дальше по огромному залу.

— О чем думаешь? — спрашивает Кристиан, делая глоток послеобеденного кофе.

— О Версале.

— Претенциозно, согласна? — Он усмехается, а я оглядываю обставленную с не меньшей роскошью столовую «Прекрасной леди» и поджимаю губы.

— Я бы не назвал это претенциозным, — оправдывается Кристиан, заметив мой взгляд.

— Знаю. Здесь просто мило. О таком медовом месяце любая девушка может только мечтать.

— Правда? — удивленно спрашивает он и застенчиво улыбается.

— Конечно.

— Осталось всего лишь два дня. Хочешь еще что-нибудь посмотреть? Что угодно, только скажи.

— Хочу просто быть с тобой.

Он поднимается из-за стола, подходит и целует меня в лоб.

— А обойтись без меня один час сможешь? Надо проверить почту, посмотреть, что происходит дома.

— Конечно, — говорю я, старательно скрывая разочарование. Целый час без него! Ну не странно ли, что мне так хочется постоянно быть с ним? Мое подсознание поджимает губы и изо всех сил кивает.

— Спасибо за фотоаппарат, — говорит он и уходит в кабинет.

Вернувшись в каюту, я решаю тоже заняться почтой и открываю лэптоп. Письма от мамы и Кейт с последними слухами и сплетнями и расспросами о медовом месяце. Что им сказать? Все было прекрасно, пока кто-то не вознамерился поджечь «Грей энтерпрайзес». Я уже отправляю письмо маме, когда в мой почтовый ящик падает сообщение от Кейт.

От кого: Кэтрин Л. Кавана
Дата: 17 августа 2011 г. 11:45 CTB
Кому: Анастейша Грей
Тема: ОМГ!!!!

Только что услышала о пожаре в офисе Кристиана. Думаешь,
поджог?

К хох

Она в сети! Я перескакиваю к своей новой игрушке —
скайпу — и вижу, что она доступна. Быстро пробегаю
пальцами по клавиатуре.

Ана: Ты здесь?
Кейт: ДА! Как ты? Как медовый месяц? Ты уже ви-
дела мое письмо? Кристиан знает о пожаре?
Ана: У меня все хорошо. Медовый месяц проходит
отлично. Твой мейл видела. Про пожар Кристиан знает.
Кейт: Я так и думала. Новости очень скудные. Что
случилось, непонятно. А Элиот, конечно, ничего не го-
ворит.
Ана: Ищешь материал для заметки?
Кейт: Ты слишком хорошо меня знаешь.
Ана: Кристиан почти ничего не рассказывает.
Кейт: Элиот узнал от Грейс!

Ну уж нет! Вот чего не надо Кристиану, так это того,
чтобы о пожаре узнал весь Сиэтл. Я решаю использовать проверенный на практике прием отвлечения из ар-
сенала Кавана.

Ана: Как Элиот и Итан?
Кейт: Итана приняли на магистерский курс по пси-
хологии в Сиэтле. Элиот — лапочка.
Ана: Какой молодец Итан!
Кейт: Как наш любимый экс-дон?
Ана: Кейт!
Кейт: Что?
Ана: Ты знаешь что!
Кейт: Извини.
Ана: Он в порядке. Более чем.

Кейт: Если тебе хорошо, то и я рада.
Ана: Я на седьмом небе от счастья.
Кейт: Мне надо бежать. Поговорим позже?
Ана: Не знаю, получится ли. Ты посмотри, буду ли я в сети. Эти три часовых пояса, жуть!
Кейт: Согласна. Я тебя люблю.
Ана: Я тоже тебя люблю. Пока.
Кейт: Пока.

Теперь уж Кейт эту историю из рук не выпустит. Я закатываю глаза и закрываю скайп, пока Кристиан не увидел нашу переписку. Реплика насчет экс-дона ему бы точно не понравилась. Да и экс ли он? Я в этом не совсем уверена. Вздыхаю. Кейт знает все со времен нашего девичника, когда я уступила ее инквизиторским расспросам. Приятно все-таки поболтать со знакомым человеком. Смотрю на часы. После обеда не прошло и часа, а я уже скучаю по мужу. Возвращаюсь на палубу — может, он уже закончил?

Я в Зеркальном зале. Кристиан стоит рядом, смотрит на меня с любовью и улыбается. Он словно ангел. Я улыбаюсь в ответ, но потом заглядываю в зеркало и вижу себя в своей серой, унылой комнатушке. Нет! Я торопливо оглядываюсь на Кристиана — он улыбается, грустно, печально. Протягивает руку, убирает мне за ухо выбившуюся прядку. Потом поворачивается и, не сказав ни слова, медленно уходит. Идет по бесконечному залу к богато расписанным дверям, и звук его шагов отскакивает эхом от зеркал — одинокий человек, человек без отражения…

Я просыпаюсь в панике, хватая ртом воздух.

— Эй, — озабоченно шепчет он из темноты.

Здесь, он здесь. Ему ничто не грозит. Облегченно перевожу дух.

— Ох, Кристиан, — шепчу я, пытаясь усмирить скачущее сердце.

Он обнимает меня, и лишь тогда я понимаю, что по лицу у меня катятся слезы.

— Ана, в чем дело? Что случилось? — Кристиан гладит меня по щеке, утирает слезы. Я слышу его боль.

— Ничего. Просто кошмар...

Он целует меня в лоб, в мокрые от слез губы. Утешает, успокаивает.

— Все хорошо. Это только сон, — шепчет Кристиан. — Ничего не бойся. Со мной тебе ничего не надо бояться.

Я вдыхаю его запах, прижимаюсь к нему, стараясь отогнать то ощущение отчаяния и потери, что пришло во сне, и вдруг понимаю, что больше всего на свете боюсь потерять его.

Глава 5

Я поворачиваюсь, привычно подкатываюсь к Кристиану и обнаруживаю, что его нет. Черт! Сна как не бывало. Я привстаю, беспокойно оглядываю каюту. Кристиан наблюдает за мной из небольшого кресла, стоящего у кровати. Он кладет что-то на пол, поднимается, подходит к кровати и растягивается рядом со мной. На нем серая футболка и шорты.

— Не бойся. Не паникуй. Все в порядке. — Голос мягкий, тон увещевающий, словно он разговаривает с испуганным, загнанным в угол зверьком. Протягивает руку, убирает у меня с лица волосы — и я мгновенно успокаиваюсь. Вижу, он и сам обеспокоен чем-то и безуспешно пытается это скрыть.

— Ты такая нервная в последние дни.

— Я в порядке. — Безмятежно улыбаюсь — не хочу, чтобы Кристиан знал, как меня тревожит этот случай с поджогом. Я хорошо помню, что чувствовала после случая с «Чарли Танго», когда от Кристиана не было известий: пустоту в душе и невыразимую боль. Теперь те же чувства всплывают вновь, и память скребет сердце. — Ты наблюдал за мной, пока я спала?

— Да, — коротко отвечает Кристиан, изучающе глядя на меня. — Ты разговаривала во сне.

— Неужели? — Черт! Чего я там наговорила?

— Ты чем-то обеспокоена, — добавляет он, продолжая смотреть мне в глаза. Я не выдерживаю, моргаю. Нет, от этого человека ничего скрыть невозможно. Он наклоняется, целует меня между бровей. — Когда ты хмуришься, у тебя между бровями появляется что-то вроде маленького треугольника. Его так приятно целовать. Не тревожься, малышка, я о тебе позабочусь.

— Я не о себе тревожусь, а о тебе. Кто позаботится о тебе?

Он снисходительно улыбается.

— Я уже большой и достаточно страшный, чтобы самому о себе позаботиться. А теперь вставай. Прежде чем отправиться домой, я бы хотел кое-что сделать.

Он широко, как будто напоминая, что ему всего лишь двадцать восемь, улыбается и хлопает меня пониже спины. Я вскрикиваю от неожиданности и вдруг понимаю, что уже сегодня мы отправимся в Сиэтл. От этой мысли становится грустно. Уезжать не хочется. Я была счастлива двадцать четыре часа в сутки и не готова делить мужа ни с его компанией, ни с его семьей. Мы провели чудесный, волшебный медовый месяц. Не без сбоев, надо признать, но ведь это нормально для новобрачных?

А вот Кристиан взволнован как мальчишка, и его возбуждение — даже при том, что в голове у меня бродят разные мрачные мысли — заразительно. Он легко соскальзывает с кровати, и я, заинтригованная, следую за ним. Интересно, что он задумал?

Кристиан вешает мне на запястье ключ.

— Хочешь, чтобы я вела?

— Да, — улыбается он. — Не слишком туго?

— Нет, нормально. — Я поднимаю брови. — Ты поэтому надел спасательный жилет?

— Да.

Я прыскаю со смеху.

— Какая уверенность в моих способностях, мистер Грей.

— Как всегда, миссис Грей.

— Ну так не читайте мне нотаций.

— Да я и не смею.

— Смеете и будете, но только на тротуар в заливе свернуть будет нельзя.

— Сказано справедливо и к месту, миссис Грей. Будем стоять здесь весь день и обсуждать ваши навыки или все-таки отправимся на берег и повеселимся?

— Сказано справедливо и к месту, мистер Грей.

Я становлюсь за руль гидроцикла, Кристиан устраивается сзади и отталкивается от яхты. Тейлор и двое матросов с интересом наблюдают за нами с палубы. Кристиан обхватывает меня руками, ерзает, прижимается теснее. Да, вот чем мне нравится такой транспорт. Я вставляю ключ зажигания, нажимаю кнопку, и мотор отвечает громким урчанием.

— Готов? — кричу я, перекрывая шум двигателя.

— Готов и всегда буду, — отвечает он, прижавшись губами к моему уху.

Я мягко включаю передачу, и «джет-скай» отходит от «Прекрасной леди» — слишком медленно, на мой вкус. Кристиан сжимает объятья. Добавляю газу, и мы прыгаем вперед. Двигатель работает ровно, не глохнет, и я счастлива.

— Полегче! — предостерегает Кристиан, но и в его голосе звучат радостные нотки.

Я проношусь мимо «Прекрасной леди» и беру курс в открытое море. Мы бросили якорь напротив Порт-де-Плезанс Сен-Клод-дю-Вар. Вдалеке, словно встроенный в Средиземное море, виднеется аэропорт Ниццы. Уже после прибытия сюда, прошлой ночью, я слышала звук идущего на посадку самолета и теперь решаю взглянуть поближе.

Мы несемся к цели, прыгая над волнами. Я в восторге, а самое главное — Кристиан дал мне полную свободу. Мы мчимся к аэропорту, и все беспокойство, все тревоги последних дней уходят сами собой.

— В следующий раз возьмем два гидроцикла! — кричит Кристиан. Я улыбаюсь — погонять с ним наперегонки было бы здорово.

Мы мчимся через прохладное синее море к концу взлетно-посадочной полосы, когда небо над головой вдруг раскалывает грохот идущего на посадку самолета. Я вздрагиваю и, поддавшись на мгновение панике, выворачиваю руль и одновременно жму на газ вместо тормоза.

— Ана! — кричит Кристиан, но уже поздно. Гидроцикл виляет, и я, раскинув руки и ноги и прихватив с собой Кристиана, лечу в море.

Здесь холодно, не то что у берега. Я погружаюсь, но тут же всплываю — спасибо спасательному жилету, — успев отведать средиземноморской водички. Кашляя и отплевываясь, протираю глаза и оглядываюсь. Кристиан уже плывет ко мне. Гидроцикл с заглохшим двигателем беззаботно покачивается неподалеку.

— Ты в порядке?

— Да, — хриплю я и не могу скрыть радости.

Видишь, Кристиан? Это худшее, что может случиться, когда катаешься на гидроцикле! Он заключает меня в объятья, отстраняется и с тревогой шарит глазами по моему лицу.

— Видишь, все не так уж плохо! — улыбаюсь я, шлепая ладонями по воде. Не сразу, но он все же улыбается, сначала недоверчиво, потом с облегчением.

— Да уж. Если не считать, что я весь мокрый, — ворчит он совсем не сердито.

— Я тоже.

— А ты нравишься мне мокрая, — ухмыляется он.

— Кристиан! — укоризненно говорю я тоном праведного негодования. Он улыбается своей роскошной улыбкой, наклоняется, крепко целует и отстраняется. Я перевожу дух. Его глаза темнеют под полуопущенными веками, и мне становится жарко.

— Давай вернемся. Нам все равно надо принять душ. Но поведу я.

Мы прохлаждаемся в зале для пассажиров первого класса лондонского аэропорта Хитроу, ожидая рейса на Сиэтл. Кристиан читает «Файнэншл таймс». Я беру фотоаппарат, хочу сделать парочку снимков. Он такой сексуальный в белой льняной рубашке и джинсах, с засунутыми за пуговицу очками. Вспышка. Кристиан мигает и улыбается мне своей застенчивой улыбкой.

— Как самочувствие, миссис Грей?

— Не хочется возвращаться. Мне так нравится, когда тебя не нужно ни с кем делить.

Он наклоняется, сжимает мою руку. Подносит ее к губам, целует костяшки пальцев...

— Мне тоже.

— Но?.. — спрашиваю я, услышав непроизнесенное короткое слово в конце его заявления.

Кристиан хмурится.

— Но?.. — Он делает вид, что не понял. Я слегка наклоняю голову и смотрю на него с выражением «ну же, скажи», которое довела до совершенства в последние пару дней. Кристиан вздыхает и откладывает газету. — Я хочу, чтобы этого поджигателя поймали поскорее и чтобы нам не о чем было беспокоиться.

— О... — Я и вправду удивлена его откровенностью.

— Уэлчу не поздоровится, если нечто подобное случится еще раз.

Обещание звучит так зловеще, что у меня по спине бегут мурашки. Кристиан бесстрастно смотрит на меня, и я не знаю, чего он от меня ждет и какой мне нужно быть — дерзкой, легкомысленной, беспечной? Мыслей нет, и, чтобы снять возникшее между нами напряжение, я делаю то единственное, что приходит в голову: поднимаю фотоаппарат и щелкаю затвором.

— Эй, соня, мы уже дома, — говорит Кристиан.

— М-м-м, — сонно ворчу я, пытаясь удержать сон, в котором мы с Кристианом валяемся на одеяле в Кью-Гарденсе. Я так устала! Поездки ужасно изнуряют, даже если путешествуешь первым классом. Мы провели в самолете часов восемнадцать или даже больше — я уже потеряла счет времени. Дверь открывается, я открываю глаза и вижу склонившегося надо мной Кристиана. Он расстегивает ремень и берет меня на руки.

— Эй, я и сама умею ходить!

Кристиан только фыркает.

— Мне нужно перенести тебя через порог.

Я обнимаю его за шею и вскидываю бровь.

— Понесешь на тридцатый этаж?

— Миссис Грей, рад сообщить, что вы набрали вес.

— Что?

Он улыбается.

— Так что, если не возражаешь, воспользуемся лифтом.

У входа в «Эскалу» нас встречает Тейлор.

— Добро пожаловать домой, мистер Грей, миссис Грей.

— Спасибо, Тейлор.

Я одариваю Тейлора мимолетной улыбкой, и он идет к «Ауди», за рулем которой сидит Сойер.

— Так что, я действительно набрала вес?

— Немного, — успокаивает Кристиан, но лицо его вдруг темнеет. О нет... что еще?

— Ты всего лишь вернула тот вес, что потеряла, когда ушла от меня, — негромко объясняет он, вызывая лифт, и еще больше мрачнеет.

Я вижу, чувствую его боль, и под сердцем как будто повисают гири. Нет!

— Эй. — Глажу его по щеке, запускаю пальцы в волосы, тяну к себе. Он не упирается, охотно уступает. — Если бы я не ушла тогда, стоял бы ты сейчас здесь? — шепчу я, глядя в глаза цвета грозовой тучи. На губах смущенная, моя любимая улыбка.

— Нет, — тихо говорит он и, не выпуская меня из объятий, входит в кабину. — Нет, миссис Грей, я не стоял бы здесь с вами сейчас. Но я бы знал, что могу защитить тебя, если бы ты не бросила мне вызов.

В его голосе слышится нотка сожаления. Черт.

— А мне нравится бросать тебе вызов, — осторожно говорю я.

— Знаю. И мне... мне это тоже нравится, — с улыбкой признается он.

Слава богу.

— Так я тебе даже толстая нравлюсь? — шепчу я. Он смеется.

— Даже толстая. — Мы снова целуемся, уже по-настоящему, с желанием. Я тяну его за волосы, наши языки переплетаются в медленном, чувственном танце, и когда лифт с мелодичным звоном останавливается, добравшись до пентхауса, мы с трудом отрываемся друг от друга.

— Мне очень хорошо с тобой. Очень... — Он смотрит на меня с вожделением, потом качает головой, словно прогоняя непристойные мысли. Мы входим в фойе.

— Добро пожаловать домой, миссис Грей. — Кристиан снова целует меня, теперь уже почти целомудренно, и выдает свою фирменную, на целый гигаватт, улыбку. Его глаза светятся от радости.

— Добро пожаловать домой, мистер Грей. — Я тоже улыбаюсь, чувствуя, как и мое сердце переполняется радостью.

Вопреки ожиданиям, он не опускает меня, а несет через фойе, потом по коридору, входит в большую комнату и усаживает на кухонный стол. Я сижу, болтая ногами, а Кристиан достает из шкафчика высокие бокалы и из холодильника — бутылку шампанского, своего любимого «Боланже». Ловко, не пролив ни капли, открывает, разливает бледно-розовое вино и вручает мне бокал. Потом берет другой, нежно раздвигает мне ноги и становится между ними.

— За нас, миссис Грей.

— За нас, мистер Грей, — шепчу я, невольно улыбаясь. Мы чокаемся и делаем по глотку.

— Знаю, ты устала. — Кристиан трется носом о мой нос. — Но вообще-то спать я еще не хочу. — Он целует меня в уголок рта. — Это наша первая ночь здесь, и теперь ты по-настоящему моя.

Его губы спускаются ниже и ниже. В Сиэтле ранний вечер, и я чертовски устала после перелета и от смены часовых поясов, но в глубине меня уже распускается желание.

Кристиан мирно посапывает рядом, а я смотрю на розовые и золотистые полосы новой зари в широких окнах. Его рука лежит на моей груди, и я стараюсь дышать в одном с ним ритме, но ничего не получается. Сон не приходит. Мой организм настроен на гринвичское время, и мысли бегают по кругу.

Столько всего случилось за последние три недели — нет, не надо никого обманывать, за последние три месяца, — я как будто витала в облаках. И вот, позвольте представиться: Ана Стил, она же миссис Анастейша Грей, жена самого восхитительного, соблазнительного, сексуального и невероятно богатого магната, какого только может встретить женщина. Как могло случиться, что все произошло так быстро?

Я поворачиваюсь и смотрю на него бесстрастно и оценивающе. Знаю, он частенько наблюдает за мной во сне, но мне такая возможность выпадает редко. Во сне Кристиан выглядит таким юным и беззаботным, длинные ресницы едва заметно подрагивают, словно крылья веера, на подбородке легкой тенью проступает щетина, губы, словно вышедшие из-под резца скульптора, слегка приоткрыты. Мне так хочется поцеловать его, раздвинуть его губы языком, пробежать пальцами по мягкой, но колючей щетине. Я с трудом удерживаюсь, чтобы не прикоснуться к нему, не погладить, не разбудить. Хм… Почему мне нельзя хотя бы поиграть с мочкой уха? Чуть-чуть прикусить, пососать. Подсознание бросает на меня сердитый взгляд поверх очков-половинок, отвлекшись на мгновение от второго тома полного собрания сочинений Чарльза Диккенса, и посылает мысленный упрек: «Ана, оставь беднягу в покое».

В понедельник мне возвращаться на работу. Сегодняшний день отведен на акклиматизацию, а потом — назад, в привычную рутину. В последние три недели мы не расставались ни на минуту, и не видеть Кристиана целый день будет, наверно, непривычно. Я откидываюсь на подушку и смотрю в потолок. Кто-то скажет, что проводить вместе столько времени невозможно, но это не мой случай. Я была счастлива с ним даже тогда, когда мы ссорились. И единственным, что омрачило мое счастье, стала новость о пожаре в Грей-хаусе.

У меня холодеет кровь. Кто мог пожелать зла Кристиану? Загадка не дает мне покоя. Кто-то из партнеров по бизнесу? Бывшая любовница? Обиженный служащий? Я понятия не имею, а Кристиан молчит и, стремясь защитить меня, выдает информацию по капле. Я вздыхаю. Мой рыцарь в сияющих черно-белых доспехах, всегда старающийся защитить меня. Что нужно сделать, чтобы он немного раскрылся?

Кристиан шевелится, и я замираю, не хочу будить его, но эффект получается обратный. Черт! Два горящих глаза смотрят, моргая, на меня.

— Что случилось?

— Ничего. Засыпай. — Я ободряюще улыбаюсь. Он потягивается, трет глаза, улыбается.

— Сбилась с ритма?

— Думаешь, дело в этом? Я не могу уснуть.

— У меня есть универсальное средство от бессонницы, и как раз для тебя, детка. — Он по-мальчишески широко ухмыляется, а я закатываю глаза и прыскаю. Все мои мрачные мысли улетают без следа, а зубы находят мочку его уха.

Мы едем на север по шоссе I-5 в сторону моста 520. Едем на «Ауди R8». Нас ждет ланч у родителей Кристиана, воскресный ланч по случаю возвращения домой. Соберется вся семья плюс Кейт и Итан. Мы долго были вдвоем, и оказаться теперь в большой компании немного непривычно. Мы даже не успели поговорить толком: он с самого утра ушел в кабинет, а мне пришлось разбирать вещи. Кристиан, правда, сказал, что это необязательно, что вещи разберет миссис Джонс, но к помощи по дому мне еще только предстоит привыкнуть. Мысли разбегаются, и я рассеянно постукиваю пальцами по кожаной обивке дверцы. Настроение паршивое, но из-за чего? Не успела акклиматизироваться? Или из-за поджога?

— Разрешишь мне сесть за руль? — спрашиваю я и сама удивляюсь тому, что произнесла это вслух.

— Конечно, — улыбается Кристиан. — Все, что мое, оно и твое тоже. Но если разобьешь или поцарапаешь, я отведу тебя в Красную комнату боли. — Он бросает в меня быстрый взгляд и зловеще ухмыляется.

Ничего себе! Я смотрю на него непонимающе. Это что, шутка?

— Ты же сказал это не всерьез, да? Ты ведь не станешь наказывать меня за то, что я поцарапаю твою машину? Неужели ты любишь ее больше, чем меня?

— Почти так же, — с улыбкой отвечает он и, опустив руку, тискает мое колено. — Но она не согревает меня по ночам.

— Уверена, это нетрудно устроить, и тогда ты мог бы спать в ней, — бросаю я.

Кристиан смеется.

— Мы и дня не пробыли дома, а ты меня уже выставляешь?

Он, похоже, в восторге и на мой недовольный взгляд отвечает широкой ухмылкой. Когда Кристиан в таком настроении, злиться на него совершенно невозможно. Подумав, прихожу к выводу, что он пребывает в таком настроении с того самого времени, как вышел утром из кабинета. И тут я начинаю понимать, из-за чего злюсь. Нам нужно возвращаться в реальный мир, а я не знаю, что нас ждет: станет ли Кристиан прежним, таким же закрытым, как до медового месяца, и смогу ли я поддерживать существование его новой, улучшенной версии.

— Почему ты такой довольный?

Мне достается еще одна улыбка.

— Потому что этот разговор такой… нормальный.

— Нормальный! — фыркаю я. — Но только не на четвертой неделе брака!

Улыбка соскальзывает и исчезает.

— Я шучу.

У меня нет ни малейшего желания испортить ему настроение. Просто поразительно, каким неуверенным в себе он порой бывает. Подозреваю, таким он был всегда, но скрывал эту неуверенность за суровым экстерьером. Поддевать его, подшучивать над ним легче легкого, наверно, потому, что он совершенно к этому не привык. Как многое, однако, нам еще предстоит узнать друг о друге!

— Не беспокойся, меня и «Сааб» устраивает, — говорю я и отворачиваюсь к окну, чтобы самой не поддаться скверному настроению.

— Эй, в чем дело?

— Ни в чем.

— С тобой бывает так трудно. Давай, говори, что не так.

Я поворачиваюсь.

— Посмотри на себя, Грей.

Он хмурится.

— Но я стараюсь.

— Знаю. Я тоже. — Я улыбаюсь. Настроение чуточку улучшается.

Каррик стоит у барбекю в поварском колпаке и фартуке с надписью «К грилю допущен». Вид у него до крайности нелепый, и я невольно улыбаюсь каждый раз, когда смотрю на него. Я и вообще чувствую себя значительно лучше. Мы все сидим за столом на террасе большого фамильного дома Греев, наслаждаясь теплым летним деньком. Грейс и Миа расставляют всевозможные салаты, Элиот и Кристиан дружески пикируются и обсуждают планы строительства нового дома, а Итан и Кейт выпытывают у меня подробности нашего медового месяца. Кристиан почти не выпускает мою руку и то и дело крутит мое обручальное кольцо.

— Что ж, если уладишь дела с Джиа, у меня будет окно с сентября по середину ноября. Смогу бросить всю бригаду, — говорит Элиот, обнимая Кейт за плечи. Она улыбается.

— Джиа должна приехать завтра вечером для окончательного согласования, — говорит Кристиан. — Наде юсь, тогда обо всем и договоримся. — Он поворачивается и выжидающе смотрит на меня.

О, вот так новость.

— Конечно. — Я улыбаюсь, главным образом для всех его родственников, но настроение снова падает. Почему он принимает такие решения, не поставив меня в известность? Или мне просто не дает покоя мысль о Джиа с ее роскошными бедрами и шикарной грудью, о ее дорогих дизайнерских нарядах и духах? Я представляю, как она соблазнительно улыбается моему мужу... Подсознание снова останавливает меня сердитым взглядом. Он не дает тебе повода для ревности. Черт, что-то меня бросает сегодня то туда, то сюда. С чего бы?

— Ана! — окликает меня Кейт. — Ты еще там, на юге Франции?

— Да, — отвечаю я с улыбкой.

— Хорошо выглядишь, — добавляет она и сама же при этом хмурится.

— Вы оба чудесно смотритесь, — расцветает улыбкой Грейс.

Итан наполняет бокалы.

— За счастливую пару, — предлагает Каррик, и все за столом поддерживают тост.

— Давайте поздравим Итана с тем, что записался наконец-то на программу в Сиэтле, — с гордостью вставляет Миа и нежно улыбается Итану, который отвечает ей тем же. Интересно, есть ли в их отношениях какой-то прогресс? Пока сказать трудно.

Я прислушиваюсь к разговорам за столом. Кристиан пересказывает всю программу нашего путешествия, время от времени останавливаясь чуть подробнее на том или ином пункте. Держится свободно и раскованно, ни малейших признаков беспокойства из-за поджога или поджигателя. А вот мне, напротив, никак не удается избавиться от нехорошего предчувствия. И аппетита нет. Кристиан сказал вчера, что я потолстела. Он же просто пошутил! Подсознание снова обжигает меня недовольным взглядом. Итан роняет бокал на каменный пол, и все вздрагивают от звука разлетевшегося вдребезги стекла. Размеренное течение ланча прерывается короткой вспышкой активности — все собирают осколки.

— Если не выведешь себя из этого настроения, отведу в лодочный сарай и отшлепаю по первое число, — шепчет мне на ухо Кристиан. Я вздрагиваю от неожиданности, поворачиваюсь и в изумлении смотрю на него.

Это что, шутка?

— Не посмеешь, — вполголоса отвечаю я, чувствуя, как где-то в глубине рождается знакомое, такое долгожданное волнение. Кристиан вопросительно выгибает бровь. Конечно, посмеет. Бросаю взгляд через стол — на Кейт. Она с интересом наблюдает за нами. Поворачиваюсь к Кристиану и пристально на него смотрю.

— Сначала поймай — я в босоножках, — цежу я сквозь зубы.

— С удовольствием постараюсь, — шепчет он, недвусмысленно усмехаясь. Шутит?

Я краснею от смущения, но чувствую себя уже лучше.

Мы едва успеваем закончить десерт — земляника со сливками, — как разверзаются хляби небесные, и все бросаются убирать со стола и переносить в кухню тарелки и стаканы.

— Хорошо еще, что хорошая погода продержалась почти до конца ланча, — замечает Грейс по пути в комнату. Кристиан садится за сверкающий черный рояль, прижимает ногой педаль и начинает играть знакомую мелодию, название которой выпало у меня из памяти.

Грейс интересуется моими впечатлениями от Сен-Поль-де-Ванс. Они с Карриком ездили туда много лет назад во время их собственного медового месяца, и мне вдруг приходит в голову, что это добрый знак, если учесть, как счастлива эта пара. Кейт и Элиот устраиваются вдвоем на большом мягком диване, а Итан, Миа и Каррик заводят разговор о психологии.

Внезапно все как один Греи умолкают, оборачиваются и смотрят на Кристиана.

Что?

Кристиан тихонько напевает что-то, подыгрывая себе на рояле. В комнате воцаряется тишина, в которой звучит лишь его мягкий, лиричный голос. Я и раньше слышала, как он поет, а они? Кристиан останавливается, заметив вдруг, что играет в полном безмолвии. Кейт оглядывается и вопросительно смотрит на меня. Я пожимаю плечами, а Кристиан, поняв, что невольно оказался в центре внимания, смущенно хмурится.

— Продолжай, — просит Грейс. — Никогда не слышала, как ты поешь.

Она смотрит на него удивленно, словно видит в первый раз. Кристиан сидит неподвижно, потом пожимает плечами, бросает нервный взгляд на меня и поворачивается к окну. Все вдруг начинают разговаривать, делая вид, что не обращают на него внимания, и только я одна смотрю на моего дорогого мужа.

— О, дорогая! — Грейс, подойдя, берет меня за руки, а потом вдруг заключает в объятия. — Спасибо тебе, спасибо! — шепчет она так тихо, что никто больше ее не слышит.

К горлу подступает комок.

— Э... — Я тоже обнимаю ее, хотя и плохо представляю, за что меня благодарят. Грейс улыбается, глаза ее сияют. Она целует меня в щеку. Ну и ну! Что же я такого сделала?

— Приготовлю чаю, — говорит Грейс хриплым от непролитых слез голосом.

Я иду к Кристиану. Он закончил играть и стоит у застекленной двери на террасу.

— Привет.

— Привет. — Кристиан кладет руку мне на талию, привлекает к себе, и я просовываю ладонь в задний карман его джинсов. За окном шумит дождь. — Ты как? Уже лучше?

Я киваю.

— Да. Ты определенно знаешь, как заставить всех замолчать.

— Только этим и занимаюсь, — говорит он с усмешкой.

— На работе — да, но не здесь.

— Верно, не здесь.

— Неужели никто никогда не слышал, как ты поешь?

— Похоже, что нет, — сухо отвечает он. — Пойдем?

Я смотрю на Кристиана — глаза у него теплые, мягкие — и решаю сменить тему.

— Собираешься меня отшлепать? — В животе у меня как будто просыпаются тысячи бабочек. Может быть, это как раз то, что нужно... то, чего мне недоставало.

Он смотрит на меня сверху вниз, и зрачки его темнеют.

— Делать больно не хочу, но поиграю с удовольствием.

— А... — Я нервно оглядываюсь, но нас никто не слышит.

— Только если будете плохо себя вести, миссис Грей, — шепчет он мне на ухо.

Несколько слов — и меня только что не колотит от желания. И как только у него это получается?

— Посмотрим, что можно сделать, — уклончиво говорю я.

Мы прощаемся со всеми и идем к машине.

— Держи. Только не разбей. — Кристиан бросает мне ключи от «Ауди» и абсолютно серьезно добавляет: — А то я буду чертовски недоволен.

У меня пересыхает во рту. Он разрешает мне вести свою машину? Моя внутренняя богиня натягивает кожаные шоферские перчатки и туфли без каблуков и вопит от восторга.

— Уверен? — Я едва шевелю губами.

— Да. И поторопись, пока я не передумал.

Наверное, я никогда еще не улыбалась так широко. Кристиан закатывает глаза и открывает передо мной дверцу. Я поворачиваю ключ и завожу мотор еще до того, как он успевает обойти машину спереди.

— Не терпится, миссис Грей? — с усмешкой спрашивает Кристиан.

— Ужасно.

Я тихонько сдаю назад и разворачиваюсь на подъездной дорожке с удивительной для меня самой ловкостью. Мотор работает ровно, чутко откликается на малейшее прикосновение. Осторожно маневрируя на дорожке, смотрю в зеркало заднего вида: Сойер и Райан, наши сегодняшние секьюрити, как раз забираются во внедорожник. Я и не знала, что они сопровождали нас сюда. Прежде чем выехать на шоссе, сбрасываю газ.

— Уверен?

— Да, — коротко отвечает Кристиан, и я понимаю, что он ни в чем не уверен.

Бедненький! Мне хочется смеяться и над ним, и над собой, я нервничаю, и волнуюсь, и думаю, как было бы здорово оторваться от Сойера и Райана. Смотрю влево, вправо и, убедившись, что нам ничто не угрожает, вывожу «Ауди» на шоссе.

Кристиан напрягается, но ничего не говорит. Удержаться невозможно. Дорога чиста. Я прижимаю педаль газа, и машина прыгает вперед.

— Эй, потише! — кричит Кристиан. — Ты нас убьешь!

Я тут же убираю газ. Какой послушный автомобиль, как легко им управлять!

— Извини, — бормочу я тоном кающейся грешницы, но результат получается совершенно неубедительный. Кристиан усмехается, скрывая облегчение.

— Что ж, это уже можно зачесть как плохое поведение, — небрежно замечает он, и я послушно сбавляю.

Смотрю в зеркало — «Ауди» не видно, позади нас только какой-то одинокий темный автомобиль с тонированными стеклами. Представляю, каково сейчас Сойеру и Райану, как они отчаянно пытаются сократить дистанцию. Не знаю почему, меня это только раззадоривает. Но думать надо и о муже, а потому я решаю вести себя прилично и уже без фокусов, обретая постепенно уверенность, еду к мосту 520.

Кристиан вдруг ругается и достает из кармана джинсов «блэкберри».

— Что? — сердито бросает он в трубку. — Нет. — Оглядывается. — Да. Она.

Что там еще? В зеркале вроде бы ничего странного — позади лишь несколько машин. Внедорожник отделен от нас четырьмя автомобилями, и вся эта группа движется на одной скорости.

— Понимаю. — Кристиан вздыхает и трет ладонью лоб. Я ощущаю исходящее от него напряжение. Что-то не так. — Да... Не знаю. — Он смотрит на меня и опускает телефон. — Все хорошо. Едем дальше. — Голос его спокоен, на губах улыбка, но глаза серьезные. Плохо дело! В крови уже бурлит адреналин. Кристиан снова поднимает телефон.

— Да-да, на 520. Как только доедем... Да... Да...

Он кладет аппарат на подставку и переключает в режим громкой связи.

— В чем дело?

— Не отвлекайся, детка, — говорит Кристиан.

Впереди — съезд с моста 520 в направлении Сиэтла. Бросаю взгляд на Кристиана — он смотрит прямо перед собой.

— Ты только не паникуй, но, когда мы окажемся на мосту, добавь газу. Нас ведут.

Нас ведут! Ни фига себе! Сердце подскакивает, колотится о ребра, по коже пробегают мурашки, и горло сжимается от паники. Но кто? Кто за нами следит? Я снова бросаю взгляд в зеркало заднего вида и убеждаюсь, что темная машина по-прежнему держится за нами. Черт! Так это они? Пытаюсь рассмотреть, кто сидит за рулем, но ничего не вижу.

— Смотри на дорогу, детка, — спокойно, даже мягко говорит Кристиан. Обычно, когда я за рулем, он пользуется другим, куда более жестким тоном.

Соберись, одергиваю я себя, чтобы не поддаться страху. А если наши преследователи вооружены? Вооружены, и их цель — Кристиан. Мне становится не по себе, к горлу подкатывает тошнота.

— Почему ты решил, что за нами следят? — срывающимся шепотом спрашиваю я.

— У «Доджа», что сзади, поддельные регистрационные номера.

Откуда он знает?

Мы приближаемся к мосту по въезду. День близится к вечеру, и хотя дождь перестал, дорога мокрая. Хорошо еще, что машин немного.

В голове эхом звучит голос Рэя, одна из его многочисленных лекций по самообороне. «Ты, Ана, погибнешь или серьезно пострадаешь от паники». Делаю глубокий вдох, пытаюсь взять под контроль дыхание. Тому, кто нас преследует — кем бы он ни был, — нужен Кристиан. Я делаю еще один вдох — в голове начинает проясняться, перестает сжиматься живот. Мне нужно спасти Кристиана. Я сама хотела прокатиться на этой машине, прокатиться с ветерком. Ну что ж, вот он, мой шанс. Вцепляюсь в руль и бросаю последний взгляд в зеркальце заднего вида. «Додж» приближается. Я сбрасываю газ, оставляя без внимания беспокойный жест Кристиана, и рассчитываю подъезд к мосту 520 таким образом, чтобы «Доджу» пришлось остановиться и ждать просвета в плотном потоке движения. И тогда я даю полный газ — и «Ауди» прыгает с места, вдавливая нас обоих в спинки сидений. Стрелка спидометра подлетает к семидесяти пяти милям в час.

— Не гони, детка, — спокойно говорит Кристиан, хотя спокойным я назвала бы его в последнюю очередь.

Мы мчимся между двумя рядами, прыгая то влево, то вправо, как черная дамка по шашечной доске, ускользая от грузовиков и легковушек. Мост так близко подходит к озеру, что мы как будто несемся по воде. Другим водителям мои маневры не по вкусу, но я стараюсь не замечать неодобрительных и откровенно сердитых взглядов. Кристиан сидит неподвижно, держа сцепленные руки на коленях, и я еще успеваю подумать, что он, наверное, делает так, чтобы меня не отвлекать.

— Молодец, хорошая девочка, — говорит он и оглядывается. — Не вижу «Доджа».

— Мы за несубом, мистер Грей, — доносится из «блэкберри» голос Сойера. — Он пытается догнать вас, сэр. Постараемся вклиниться между вами и «Доджем».

Несуб? Это еще что такое?

— Хорошо. Миссис Грей пока справляется. На этой скорости и при условии, что машин не прибавится, мы минуем мост через пару минут.

— Понял, сэр.

Мы проносимся мимо диспетчерской вышки, стоящей на середине пути через озеро Вашингтон. Спидометр показывает, что я держусь на одной и той же скорости — семьдесят пять миль в час.

— У тебя действительно хорошо получается, — говорит, оглядываясь, Кристиан, и его тон почему-то напоминает мне нашу первую встречу в игровой комнате. Я тут же отсекаю воспоминание, чтобы не отвлекаться.

— Куда едем? — почти спокойно спрашиваю я. Управлять машиной — одно удовольствие; даже не верится, что мы едем на приличной скорости.

— Миссис Грей, держите курс на I-5, а потом на юг. Мы хотим проверить, последует ли за вами «Додж», — отвечает по громкой связи Сойер. Впереди — слава богу — загорается зеленый, и я прибавляю.

Бросаю беспокойный взгляд на Кристиана — он подбадривает улыбкой и тут же меняется в лице.

— Черт!

У съезда с моста машины сбавляют, и мне тоже приходится сбросить газ. Смотрю в зеркало и вижу «Додж» (по крайней мере, мне так кажется).

— Сколько, десять или больше?

— Да, вижу, — говорит Кристиан. — Интересно, кто же это?

— Мне тоже. А кто за рулем? Узнать можно? — обращаюсь я к лежащему на подставке «блэкберри».

— Нет, миссис Грей. Тонировка слишком темная, не разглядеть. Может быть как мужчина, так и женщина.

— Женщина? — повторяет Кристиан.

Я пожимаю плечами и предлагаю свой вариант:

— Твоя миссис Робинсон?

Кристиан напрягается и берет с держателя телефон.

— Она не моя миссис Робинсон, — ворчит он. — Я и не разговаривал с ней с самого дня рождения. Да Элена и не стала бы так делать — это не ее стиль.

— Лейла?

— Она в Коннектикуте, с родителями. Я же тебе говорил.

— Уверен?

Кристиан отвечает не сразу.

— Нет. Но если бы она сбежала, родители точно предупредили бы Флинна. Давай обсудим это, когда вернемся домой. А пока тебе лучше не отвлекаться.

— Но ведь это может быть и просто какая-то случайная машина.

— Я не собираюсь рисковать. Тем более в ситуации с твоим участием, — обрывает меня Кристиан и возвращает «блэкберри» на подставку, так что мы снова можем держать связь с Сойером и Райаном.

Ну и ладно. Спорить с ним сейчас смысла нет... может быть, потом. Я придерживаю язык. К счастью, поток машин снова редеет. Мне даже удается протиснуться вперед и, достигнув разъезда Маунтлейк, рвануть в сторону I-5.

— А если копы остановят? — спрашиваю я.

— Это было бы неплохо.

— Только не для меня.

— За права не беспокойся, — уверяет он, и мне слышатся в его ответе нотки веселья.

Давлю на газ и снова подбираюсь к семидесяти пяти. Да, эта пташка умеет летать. Она такая легкая в управлении, такая послушная! Выдаю восемьдесят пять. Никогда и не думала, что буду ездить так быстро. Мой «жук» в лучшем случае вытягивал на полсотни в час.

— Набирает скорость, — спокойно и равнодушно докладывает Сойер. — Идет под девяносто.

Черт! Ну же, быстрее! Жму еще сильнее. Мотор урчит, но вытягивает на девяносто пять. Мы летим к пересечению I-5.

— Так и держи, — говорит Кристиан.

Я немного сбрасываю газ, проезжая перекресток. Движение здесь довольно спокойное, и мне в долю секунды удается выскочить на скоростную полосу. Снова газую — и вот мы уже летим по левой полосе, а прочие смертные подают вправо, пропуская нас вперед. Не будь я так напугана, наверно, получала бы удовольствие.

— Он вышел на сотню, сэр, — докладывает Сойер.

— Оставайся с ним, Люк, — бросает Кристиан.

Люк?

На нашу полосу выскакивает грузовик. Черт! Я успеваю ударить по тормозу.

— Чертов идиот! — клянет лихача Кристиан. Нас бросает вперед. Как хорошо, что есть ремни безопасности.

— Обходи его, детка, — цедит сквозь стиснутые зубы Кристиан.

Я проверяю, что там, сзади, и режу по диагонали через три линии. Мы снова вырываемся на скоростную полосу.

— Хороший маневр, миссис Грей, — одобрительно ворчит Кристиан. — И где, интересно, копы? Как надо, так их и нет.

— Мне штрафной талон ни к чему, — говорю я, не глядя на Кристиана. — Тебя разве никогда не штрафовали за превышение скорости?

— Нет. — Я кошу правым глазом и вижу, что он улыбается.

— И не останавливали?

— Останавливали.

— Понятно.

— О...

— Обаяние, миссис Грей. Все дело в обаянии. А теперь сосредоточьтесь. Сойер, где «Додж»?

— Идет на ста десяти, сэр, — сообщает Сойер. Ничего себе! У меня даже сердце подскакивает. Смогу ли я
ехать быстрее? Снова придавливаю педаль газа и уношусь вперед.

— Поморгай, — говорит Кристиан, имея в виду мая-
чащий впереди «Форд Мустанг».

— Я только дурой себя выставлю.

— Ну так выстави, — резко бросает он.

Ладно, раз тебе так надо.

— Э, а где фары?

— Индикатор. Потяни на себя.

Тяну на себя — и «Мустанг» уходит вправо. Водитель показывает мне палец, но я проношусь мимо.

— Придурок, — бормочет Кристиан и тут же поворачивается ко мне: — Сверни на Стюарт.

— Есть, сэр.

— Мы на Стюарт-стрит, — говорит Кристиан Сойеру.

Сбрасываю газ, смотрю в зеркало, показываю поворот, на удивление легко пересекаю четыре полосы и
скатываюсь с магистрали. Едем по Стюарт-стрит на юг.
Улица пустынная, машин почти нет. И где же все?

— Нам сегодня везет, никто не мешает. Но и «Доджу» тоже. Давай, Ана, гони. Вези нас домой.

— Не помню дорогу, — бормочу я. «Додж» по-
прежнему висит на хвосте, и меня это нервирует.

— Держи на юг, пока я не скажу.

Кристиан тоже волнуется. Мы пролетаем три квар-
тала, но на Йель-авеню светофор встречает нас желтым.

— Жми, Ана, — кричит Кристиан. Я жму на педаль
газа, нас бросает назад, и «Ауди» рвется вперед, на
красный свет.

— Повернул на Стюарт-стрит, — докладывает Сойер.

— Оставайся с ним, Люк.

— Люк?

— Его так зовут.

Невольно бросаю взгляд вправо — Кристиан смотрит
на меня, как на сумасшедшую.

— Следи за дорогой! — рявкает он.

Я не обращаю внимания на тон.

— Люк Сойер.

— Да!

Какие мы раздражительные. Но и я хороша: человек работал со мной последние шесть недель, а я даже имени его не знаю.

— Это я, мэм. — Я вздрагиваю, хотя голос из трубки спокойный и, как всегда у Сойера, монотонный. — Несуб идет по Стюарт-стрит, сэр. Набирает скорость.

— Давай, Ана, не спи. Поменьше болтай, — ворчит Кристиан.

— Стоим на первом перекрестке, — докладывает Сойер.

— Быстрее, сюда, — кричит Кристиан, указывая на парковочную стоянку на южной стороне Борен-авеню.

Я резко выворачиваю руль, и покрышки протестующее взвизгивают.

Площадка забита до отказа.

— Вокруг, быстро, — командует Кристиан. Маневр ясен: скрыться, чтобы нас не заметили с улицы. — Туда! — Он показывает свободное место. Хочет, чтобы я припарковалась? Что за дурь!

— Делай, что говорят. — Я и делаю. Получается идеально. Впервые в жизни удалась образцовая парковка.

— Мы спрятались. Парковка между Стюарт и Борен, — говорит Кристиан, наклонившись к «блэкберри».

— О'кей, сэр. — Сойер, похоже, не в лучшем расположении духа. — Оставайтесь на месте, а мы последим за «Доджем».

Кристиан поворачивается ко мне, всматривается...

— Ты в порядке?

— Конечно, — шепчу я едва слышно.

Он усмехается.

— Знаешь, те, в «Додже», нас не слышат.

И я смеюсь.

— Проезжаем Стюарт и Борен, сэр. Вижу парковку. «Додж» проскочил мимо.

Мы оба облегченно вздыхаем.

— А вы молодец, миссис Грей. Хорошо водите. — Кристиан проводит по моей щеке костяшками пальцев. Я вздрагиваю от прикосновения и перевожу дух.

— Надо ли понимать так, что ты больше не будешь жаловаться на мое плохое вождение? — спрашиваю я.

Он смеется, громко и от души.

— Так далеко я заходить, пожалуй, не стану.

— Спасибо, что разрешил прокатиться. Да еще при таких волнующих обстоятельствах. — Я старательно и безуспешно пытаюсь взять легкий тон.

— Может быть, сейчас за руль лучше сесть мне.

— По правде говоря, я, наверно, даже выбраться отсюда не смогу. Ноги как ватные. — Меня вдруг начинает трясти.

— Это адреналин, детка. Ты, как всегда, была великолепна. У меня нет слов. Ты ни разу меня не подвела. — Кристиан снова гладит меня по лицу, в его глазах любовь, страх, сожаление, столько эмоций сразу — и меня прорывает. Скопившиеся чувства вырываются из груди сдавленным всхлипом, и я рыдаю.

— Не надо, детка, не надо. Пожалуйста, не плачь. Пространство ограничено, но он все же дотягивается до меня, обнимает, привлекает к себе, убирает с лица волосы, целует глаза, щеки... Я обхватываю его руками, прижимаюсь к его плечу и тихонько всхлипываю. Он тычется носом в мои волосы, поглаживает по спине, и мы сидим так какое-то время, молча, не говоря ни слова, просто держимся друг за друга.

Действительность напоминает о себе голосом Сойера.

— Несуб возле «Эскалы». Объезжает заведение.

— Продолжайте наблюдение, — бросает Кристиан.

Я вытираю ладонью нос, перевожу дух.

— Воспользуйся моей рубашкой. — Он целует меня в висок.

— Извини, — смущенно говорю я.

— За что? Тебе не за что извиняться.

Я снова вытираю нос. Кристиан берет меня за подбородок и нежно целует в губы.

— Моя прекрасная, моя отважная девочка, у тебя такие мягкие губы, когда ты плачешь, — шепчет он.

— Поцелуй еще.

Кристиан замирает.

— Поцелуй меня, — выдыхаю я. Он наклоняется, берет стоящий на подставке «блэкберри» и бросает на водительское сиденье между моими ногами. И вот уже его губы впиваются в мои губы, а его язык врывается в мой рот, против чего у меня нет никаких возражений. Адреналин распаляет страсть, иглами разлетающуюся по телу. Я сжимаю его лицо между ладоней, я упиваюсь им, и он глухо рычит, воспламеняясь от моего огня, и там, внизу живота, свиваются упругие кольца желания. Он шарит жадной рукой по моей груди, талии, спине, спускается ниже. Я приподнимаюсь…

— Уф… — выдыхает Кристиан и отодвигается.

— Что? — шепчу я.

— Ана, мы на парковочной стоянке, в Сиэтле.

— И что?

— Ну, я хочу трахнуть тебя, а ты тут… ерзаешь. Неудобно.

Его слова только раздувают костер моего желания, и оно вырывается из-под контроля, стягивая мышцы внизу живота.

— Хочешь — трахни. — Я целую его в уголок рта. Эта гонка на машине… волнение… страх… напряжение… они подстегнули мое либидо. Кристиан отстраняется, смотрит на меня пристально из-под тяжело нависших век.

— Здесь? — хрипло спрашивает он. Во рту делается сухо. У него это получается, завести меня одним словом.

— Да. Я хочу. Сейчас.

Он смотрит на меня еще несколько секунд, чуть склонив голову набок.

— Какая вы бесстыдная, миссис Грей, — шепчет он после долгой, в целую вечность, паузы. Собирает мои волосы на затылке, оттягивает голову назад, и вот уже его губы захватывают мои, требовательно, жадно. Рука скользит по моей спине, ныряет под бедро…

— Какая радость, что на тебе юбка. — Он сует руку под мою клетчатую, белую с голубым юбку, гладит по бедру, и я зарываюсь пальцами в его волосы, верчусь у него на коленях.

— Не ерзай, — рычит он и сжимает в пригоршню все, что оказалось под рукой. Я мгновенно замираю. Его палец порхает по клитору, и у меня захватывает дух — где-то в глубине меня словно пробивает электрический разряд.

— Не елозь, — шепчет Кристиан и снова целует меня, кружа большим пальцем по тонким кружевам моих дизайнерских трусиков. Два пальца медленно пробираются под шелк и погружаются в меня. Я со стоном подаюсь им навстречу.

— Пожалуйста…

— О! Вы уже готовы, миссис Грей. — Он окунает пальцы глубже, вынимает, снова окунает. Какая томительная пытка. — Тебя так заводят погони?

— Ты меня заводишь.

Кристиан хищно, по-волчьи, ухмыляется и резко выводит пальцы, оставляя меня ни с чем. И тут же, без всякого предупреждения, подхватывает меня под колени, приподнимает и разворачивает лицом к ветровому стеклу.

— Разведи ноги, — командует он.

Я послушно исполняю приказ. Теперь мои ноги свешиваются до пола по обе стороны от него. Он гладит меня по ногам, снизу вверх, задирает юбку.

— Положи руки мне на колени. Наклонись вперед. И подними свою восхитительную задницу. Смотри головой не стукнись.

Черт! Мы все-таки сделаем это, прямо здесь, на общественной парковке. Я быстро оглядываюсь по сторонам и никого не вижу, но огонек возбуждения уже бежит в крови. Я на автостоянке! Круто! Кристиан возится у меня за

спиной, и я слышу, как вжикает «молния». Он обнимает
меня за талию одной рукой, стягивает трусики другой и
одним быстрым движением нанизывает меня на себя.

— А-а!

Я вжимаюсь в него и слышу, как он шипит мне в шею.
Его рука ползет вверх и хватает меня снизу за подбородок. Он тянет мою голову назад и в сторону, подается
вперед и целует в горло. Другая рука ложится на бедро.
Мы начинаем наш танец.

Я подбираю ноги, и он набирает темп. Ощущения...
Я громко стону. Как глубоко у него получается. Хватаюсь левой рукой за рычаг ручного тормоза, опираюсь
правым локтем на дверцу. Он терзает зубами мочку
моего уха, тянет... мне почти больно. Он таранит меня
снова, и снова, и снова. Я качаюсь вверх-вниз, и мы
находим наконец общий ритм. Кристиан просовывает руку под юбку и начинает нежно мять клитор через
тонкую ткань трусиков.

— А-а!

— Быстрее, — выдыхает Кристиан мне в ухо сквозь
стиснутые зубы. — Все надо сделать быстро, Ана. — Он
добавляет жару.

— А-а! — Я уже ощущаю знакомый гул приближающейся волны наслаждения, растущей, сгущающейся в
глубине меня.

— Ну же, детка, — хрипит мне в ухо. — Я хочу тебя
слышать.

Я снова стону, я теряюсь, тону в ощущениях, и глаза
мои закрыты. Его голос — у меня в ухе, его дыхание — у
меня на шее, и наслаждение изливается, пульсируя, из
того места, где его пальцы...

Меня захватывает водоворот, и мое тело требует раз-
рядки.

— Да, — шипит Кристиан, и я на миг открываю глаза
и вижу перед собой брезентовую крышу «R8». Я снова
жмурюсь и тут же кончаю.

— Ох, Ана, — удивленно шепчет он и, обняв меня,
посылает последний удар и замирает на пике внутри.

Трется носом о мою шею, целует в горло, в щеку, в висок.

— Ну как, миссис Грей, сбросили напряжение? — Кристиан снова тискает зубами мочку моего уха. Я полностью опустошена, и сил хватает только на что-то напоминающее мяуканье. Чувствую, как он улыбается.

— Мне так точно помогло. — Он снимает меня с себя. — Ты что, голос потеряла?

— Да.

— А теперь скажи, кто у нас распутник. Не думал, что ты такая эксгибиционистка.

Я тут же выпрямляюсь и беспокойно озираюсь по сторонам. Он напрягается.

— За нами ведь никто не наблюдает? — с тревогой спрашиваю я.

— По-твоему, я позволил бы, чтобы кто-то смотрел, как моя жена кончает? — Кристиан поглаживает меня по спине, но от его голоса по ней снова бегут мурашки. Я оглядываюсь и лукаво улыбаюсь.

— Секс в машине!

Кристиан усмехается и убирает у меня с лица прядку волос.

— Давай поменяемся. Я поведу.

Он открывает дверцу, чтобы я выбралась на площадку, и быстро застегивает «молнию». Потом выходит сам, открывает другую дверцу, быстро возвращается за руль, подбирает «блэкберри» и набирает номер.

— Где Сойер? И «Додж»? Как получилось, что Сойер не с тобой?

Он внимательно слушает ответ, наверное, Райана.

— Она? — Пауза. — Оставайся с ней. — Кристиан дает отбой и смотрит на меня.

Она? Райан говорил о водителе «Доджа»? Но кто? Элена? Лейла?

— В «Додже» была женщина?

— Похоже, что так, — тихо отвечает Кристиан. Его губы сжимаются в тонкую, сердитую линию. — Едем домой. — Он поворачивает ключ и осторожно сдает назад. «Ауди» плавно выкатывается со стоянки.

— А где... этот... несуб? И вообще, что это все значит? Звучит почти как БДСМ.

Кристиан едва заметно усмехается и сворачивает на Стюарт-стрит.

— Несуб — это неизвестный субъект. Райан — бывший фэбээровец.

— Бывший фэбээровец?

— Не спрашивай. — Кристиан качает головой, похоже, что-то обдумывает.

— И где же сейчас этот несуб?

— На шоссе I-5, движется на юг. — Он бросает на меня короткий взгляд. Глаза холодные, жестокие. Ух ты, такой переход от страсти к спокойствию! Несколько секунд — и передо мной другой человек. Тянусь, поглаживаю по бедру, пробегаю пальцами по внутреннему шву джинсов — надеюсь поднять настроение. Он отпускает руль, кладет свою руку на мою — дальше путь закрыт.

— Нет. Мы и так далеко зашли. Ты же не хочешь, чтобы я попал в аварию в трех кварталах от дома. — Подносит мою руку к губам — смягчить упрек бесстрастным поцелуем. Расчетливый, холодный, властный... Мой Пятидесятигранный. Впервые за долгое время я чувствую себя расшалившейся девчонкой. Убираю руку, отодвигаюсь и секунду-другую сижу тихо.

— Значит, женщина?

— Очевидно, да. — Кристиан вздыхает, поворачивает к подземному гаражу и набирает код на пульте. Двери распахиваются, он въезжает и аккуратно паркуется.

— Мне нравится эта машина, — мурлычу я.

— Мне тоже. И нравится, как ты с ней справилась. Даже не сломала.

— Можешь купить мне такую же на день рождения. — Я мило улыбаюсь и выхожу из машины — Кристиан сидит с открытым ртом. — Белую, — добавляю я.

Он ухмыляется и качает головой:

— Анастейша Грей, вы не перестаете изумлять меня.

Я захлопываю дверцу и жду Кристиана. Он выходит, смотрит на меня, и этот взгляд как будто обращается к чему-то, что живет глубоко во мне. Теперь я уже хорошо знаю этот взгляд. Кристиан подходит ближе, наклоняется и шепчет:

— Тебе нравится машина. Мне нравится машина. Я трахал тебя в ней... может быть, стоит трахнуть на ней.

Ответить я не успеваю — в гараж въезжает сверкающий серебристый «Мерседес». Кристиан смотрит на него сначала с беспокойством, потом с раздражением.

— Похоже, мы уже не одни. Идем. — Он берет меня за руку, ведет к гаражному лифту, нажимает кнопку вызова, и, пока мы ждем, к нам присоединяется водитель «Мерседеса». Молодой, одет с элегантной небрежностью, волосы длинные, темные. Обычно так выглядят телевизионщики или газетчики.

— Привет. — Он добродушно улыбается нам.

Кристиан обнимает меня за талию и вежливо кивает.

— Я здесь недавно. Мне шестнадцатый.

— Привет, — улыбаюсь я в ответ. У него добрые карие глаза. Приходит лифт. Мы входим. Кристиан смотрит на меня с непроницаемым выражением.

— Вы — Кристиан Грей, — говорит молодой человек.

Кристиан натянуто улыбается.

— Пол Харрисон. — Он протягивает руку. Кристиан неохотно ее пожимает. — Вам на какой этаж?

— Мне нужно ввести код.

— А-а...

— Пентхаус.

— О... — Пол снова улыбается. — Конечно. — Он нажимает кнопку восьмого этажа, и двери закрываются. — Миссис Грей, полагаю.

— Да. — Я вежливо улыбаюсь, мы обмениваемся рукопожатиями. Пол задерживает на мне взгляд и чуточку краснеет. Вот еще. Я тоже краснею и чувствую, как напрягается лежащая у меня на талии рука. — Когда вы въехали?

— В прошлый уикенд. Мне здесь нравится.

Неловкая пауза... звонок... кабина останавливается на этаже Пола.

— Рад познакомиться с вами обоими, — говорит он с облегчением и выходит. Двери бесшумно закрываются. Кристиан вводит код, и лифт снова идет вверх.

— Мне он показался милым. А других соседей я еще не встречала.

Кристиан хмурится.

— Предпочитаю, чтобы так и было.

— Это потому, что ты затворник. А мне он понравился.

— Затворник?

— Затворник. Прячущийся в башне из слоновой кости, — сухо констатирую я.

— Башня из слоновой кости. — Он усмехается. — Я так полагаю, теперь вы можете добавить еще одно имя в список своих поклонников, миссис Грей.

Я закатываю глаза.

— Ты каждого записываешь в мои поклонники.

— Ты сейчас закатила глаза?

Пульс учащается.

— Да, закатила. — Дышать становится труднее.

Он смотрит на меня, чуть наклонив голову, со своим фирменным, самодовольно-насмешливым выражением.

— И что мы будем с этим делать?

— Что-нибудь грубое.

Моргает. Не ожидал.

— Пожалуйста.

— Хочешь еще?

Я медленно киваю. Дверь открывается — мы дома.

— Насколько грубо? — Глаза его темнеют.

Я молча смотрю на него. Он закрывает на мгновение глаза, потом хватает меня за руку и вытаскивает в фойе.

Мы врываемся через двойные двери в холл и натыка-
емся на Сойера. Он выжидающе смотрит на нас.

— Сойер, доложишь обо всем через час, — говорит
Кристиан.

— Да, сэр. — Сойер поворачивается и идет в офис
Тейлора.

У нас целый час!

Кристиан смотрит на меня.

— Значит, грубо?

Я киваю.

— Что ж, миссис Грей, вам повезло. Сегодня у меня
день исполнения желаний.

Глава 6

—Кⲁкие есть идеи? — спрашивает Кристиан и смотрит мне в глаза, откровенно и бесстыдно.

Я пожимаю плечами, но дыхание вдруг стесняется от непонятного волнения. Я не знаю, в чем тут дело — в погоне, адреналине, моем прежнем плохом настроении, — но я хочу этого, хочу отчаянно. На лице мужа медленно проступает озадаченность. — Что-нибудь особенное? — Его слова — как нежная ласка. Я киваю, чувствуя, как вспыхивает лицо. Почему это так меня смущает? Я ведь чего только не делала с этим мужчиной. Он мой муж, в конце-то концов! А может, проблема в том, что я сама хочу этого и стесняюсь признаться? Мое подсознание бросает сердитый взгляд: «Хватит уже выдумывать лишнее».

— Карт-бланш? — Кристиан смотрит на меня задумчиво, словно пытается влезть мне в голову.

Карт-бланш? Ну и дела! А что же за этим может последовать?

— Да, — нервно говорю я, и возбуждение расцветает во мне пышным цветом. Кристиан улыбается своей ленивой сексуальной улыбкой.

— Идем. — Он берет меня за руку и ведет к лестнице. Теперь ясно. Игровая комната! Моя внутренняя богиня стряхивает дрему и торопится следом.

У подножия лестницы Кристиан отпускает мою руку и отпирает дверь. Ключ висит на цепочке, которую я недавно ему подарила.

— После вас, миссис Грей, — говорит он, отступая в сторону.

В игровой — знакомый запах дерева, кожи и полировки. Я краснею при мысли, что миссис Джонс заходила сюда прибраться, пока мы уезжали на медовый месяц. Кристиан сразу включает свет, и темно-красные стены заливает мягкий рассеянный свет. Я останавливаюсь и смотрю на него, и предвкушение разгоняет по венам густую, тяжелую кровь. Что у него в голове? Что он собирается сделать со мной? Кристиан запирает дверь, поворачивается и, задумчиво наклонив голову набок, смотрит на меня.

— Чего ты хочешь, Анастейша?

— Тебя.

Усмехается.

— Я у тебя есть. С того самого дня, как ты заявилась в мой офис.

— Ну так удивите меня, мистер Грей.

В кривой усмешке кроется веселье и обещание чего-то непристойного.

— Как пожелаете, миссис Грей.

Сложив руки на груди, он поглаживает длинным указательным пальцем нижнюю губу и окидывает меня оценивающим взглядом. Потом распахивает мою короткую джинсовую курточку и стаскивает с плеч, так что она падает на пол. Дергает за подол моей рубашки.

— Подними руки.

Я поднимаю, и Кристиан стаскивает рубашку через голову. Наклонившись, целует меня в губы. В глазах — любовь и желание. Рубашка тоже летит на пол.

— Вот. — Я снимаю с запястья и протягиваю ему резинку для волос. Он останавливается, но только на мгновение, лицо остается бесстрастным и ничего не выдает. Повязку все-таки берет и тут же командует:

— Повернись.

Я довольно улыбаюсь и поворачиваюсь. Похоже, это препятствие мы все же преодолели. Он быстро и ловко собирает мои волосы и перетягивает их резинкой.

— Хорошая мысль, миссис Грей, — шепчет он мне на ухо и тут же прикусывает мочку. — Не оборачивайся и сними юбку. Брось на пол.

Я поворачиваюсь, и Кристиан делает шаг назад. Глядя на него, расстегиваю пуговицы на поясе, потом — «молнию». Юбка, словно птица, взмахивает крыльями, плавно опускается и расстилается под ногами.

— Отойди.

Я делаю шаг в сторону, и он быстро опускается на колено и берет меня за правую лодыжку. Пока он возится с ремешками, я стою, держась за стену, под рядом крючков, на которых когда-то висели плетки, хлысты, паддлы и прочий инструмент. Теперь здесь остались только цеп и флоггер, все остальное убрали. Я с любопытством рассматриваю их. Интересно, пользуется ли он ими?

Сняв с меня босоножки — я остаюсь в кружевных трусиках и лифчике, — Кристиан смотрит снизу.

— Симпатичный вид, миссис Грей. — Он вдруг поднимается на колени, хватает меня за бедра, притягивает и утыкается носом мне между ног. — И пахнет от тебя тобой, мной и сексом. — Он шумно тянет носом и целует меня через трусики. — Такой пьянящий запах!

Какой же он… проказник.

Кристиан собирает одежду и обувь и без малейших усилий, легко и плавно, как спортсмен, выпрямляется.

— Иди к столу. — Он указывает подбородком. — Лицом к стене. Чтобы не знала, что я планирую. Наша цель, миссис Грей, — угодить клиенту, а вы пожелали сюрприз.

Я отворачиваюсь, но прислушиваюсь, ловлю каждый звук. У него это хорошо получается — создать атмосферу, поднять напряжение, разжечь желание. Я слышу, как он убирает мою обувь, потом кладет что-то в комод, сбрасывает свои туфли… Хм. Любовь босиком. Выдвигается ящик. Игрушки! Что же, черт возьми, он станет делать? Да, мне нравится это ожидание, это предвкушение. Ящик закрывается, и в спину мне как будто впивается миллион иголок. Странно, как один только, самый обыденный звук может производить такой эффект. Ерунда какая-то. Из динамиков доносится слабое шипение. Значит, будет музыкальная прелюдия. Мелодию начинает фортепиано, мягко, негромко. Печальные аккорды заполняют комнату. Что-то незнакомое. Затем присоединяется электрогитара. Что это? Потом вступает мужской голос. Странные слова о том, что не надо бояться смерти. Так что же это?

Кристиан идет через комнату, шлепая по деревянному полу босыми ногами. Он уже близко, когда к мужскому голосу присоединяется женский, жалобный, молящий.

— Так вы говорите, хотите погрубее, миссис Грей?

— М-м-м.

— Не забудь меня остановить, если будет слишком. Понятно?

— Да.

— Мне нужно обещание.

Черт, да что же такое он придумал?

— Обещаю, — говорю я.

— Вот и молодец. Хорошая девочка. — Кристиан целует меня в голое плечо и, подцепив пальцем бретельку, проводит по спине продольную полоску. Я сдерживаю стон. Как простое прикосновение может быть настолько эротичным?

— Сними это.

Я поспешно и с готовностью сбрасываю лифчик.

Он проделывает то же с трусами, и они сползают на пол.

— Выйди. — Я выступаю из трусиков.

Он целует меня пониже талии и выпрямляется.

— Я завяжу тебе глаза, чтобы ощущения были острее.

Он натягивает мне на глаза узкую маску, и мир погружается в темноту. Женщина продолжает петь. Слов не разобрать... что-то донельзя печальное, цепляющее, рвущее душу.

— А теперь наклонись и ляг на стол.

— Да. — Я без колебаний опускаюсь на полированное дерево, прижимаясь разгоряченным лицом к прохладной поверхности и вдыхая слабый запах воска с тонкой цитрусовой ноткой.

— Протяни руки и ухватись за край.

Ладно. Вытягиваюсь, нащупываю пальцами край. Стол довольно широкий, так что приходится тянуться.

— Отпустишь — отшлепаю. Понятно?

— Да.

— Хочешь, чтобы я тебя отшлепал, Анастейша?

Книзу от талии все напряжено. Я хотела этого с самого ланча, когда он пригрозил наказанием, и ни гонка на шоссе, ни перепих на автостоянке это желание не отбили.

— Да. — Мой голос падает до хриплого шепота.

— Почему?

Ох... неужели еще и объяснять надо? Вот дела. Я пожимаю плечами.

— Скажи.

— Ну...

Этого я никак не ожидала — звонкий шлепок, вылетевший неведомо откуда.

— Ай!

— Тише.

Кристиан нежно растирает то место, по которому шлепнул. Он наклоняется, и его бедро касается моего. Целует меня между лопатками и спускается вдоль позвоночника. Свою рубашку Кристиан тоже снял, так что волоски у него на груди щекочут спину, а член упирается мне в ягодицы через грубую ткань джинсов.

— Раздвинь ноги.

Раздвигаю.

— Шире.

Раздвигаю шире.

— Хорошая девочка. — Он ведет пальцем по спине, ниже, просовывает его в щель между ягодиц, потом еще глубже, в анус, который рефлекторно сжимается от прикосновения.

— Вот с этим мы и поиграем.

Что? Вот так дела!

Палец продолжает путешествие по промежности, понемногу проникая глубже.

— Вижу, ты уже мокренькая. Когда успела, раньше или сейчас?

Я стону, а Кристиан обрабатывает меня сзади пальцем, туда-сюда, туда-сюда. Подаюсь назад, подстраиваюсь, чтобы ему было удобнее.

— По-моему, тебе нравится бывать здесь, а?

Нравится? Да... о-о, да, да.

Он вынимает палец и снова меня шлепает.

— Отвечай. — Голос хриплый, напряженный.

— Да, нравится, — выдавливаю я.

Еще шлепок, посильнее. Я вскрикиваю, а он просовывает уже два пальца и, тут же вынув, обводит мой анус влажным кружком.

— Что ты собираешься делать? — спрашиваю я. Ну и ну, он же трахнет меня в попу?

— Не то, что ты думаешь, — уверяет Кристиан. — Я же говорил, детка, в этом деле спешить не надо. По шажочку, по чуть-чуть.

Я слышу, как льется какая-то жидкость, предположительно из пузырька, а потом он вдруг начинает массировать... там. Он меня смазывает... там! Страх перед неведомым смешивается с возбуждением, и я начинаю ерзать, но тут же получаю шлепок. Пониже. В самом чувствительном месте. Издаю стон. Странно, но ощущение... приятное.

— Стой смирно. Это масло, не пролей. — Наносит еще. Я стараюсь не дергаться, но сердце колотится, пульс зашкаливает, и желание в паре с тревогой шумят в крови.

— Я уже давно хотел это сделать.

Отвечаю стоном. По спине бежит что-то прохладное... как прохладный металл...

— Это тебе маленький презент, — шепчет Кристиан. Что еще за презент? В памяти всплывает... Чтоб его! Анальная пробка. Кристиан вставляет ее между ягодиц.

Уфф!

— Введу очень медленно.

Я вздрагиваю.

— Это больно?

— Нет, детка. Она маленькая. А когда вставлю, оттрахаю тебя по-настоящему жестко.

Меня уже трясет. Кристиан наклоняется и целует меня между лопаток.

— Готова?

Готова? А готова ли я к такому?

— Да, — шепчу чуть слышно, едва ворочая сухим языком. Он сует что-то в меня. Черт, это же большой палец. Другие пальцы ласкают клитор. Я стону... от наслаждения. И пока одни пальцы творят это маленькое чудо, другие вводят в анус холодную пробку.

— А-а! — Ощущение непривычное и необычное, и мышцы протестующе сжимаются, но Кристиан нажимает сильнее, и эта штука проскальзывает в меня. Может быть, потому, что я так завелась, а может, что Кристиан ловко отвлек мое внимание, но мое тело приняло чужака.

Я ощущаю в себе что-то тяжелое и... странное.

Палец вертится во мне, и пробка давит... о-о-о... а-а-а... Очередной поворот исторгает из меня протяжный стон.

— Кристиан, — бормочу я, словно повторяя позабытую мантру и стараясь приспособиться к новым ощущениям.

— Молодец, хорошая девочка, — снова шепчет он, и я слышу знакомый звук — расстегнул ширинку. Кладет руку мне на бедро, еще шире раздвигает ноги и предупреждает: — Не отпускай стол, Ана.

— Не отпущу.

— Тебе ничто не мешает? Если не понравится, скажи. Понятно?

— Да, — шепчу я, и он входит в меня, тянет на себя и проталкивает пробку глубже... еще глубже...

— Черт!

Кристиан замирает. Я слышу его хриплое, резкое дыхание и пытаюсь принять все ощущения: восхитительной полноты, тревожно-волнующей опасности, чисто эротическое наслаждение. Все они смешиваются, скручиваются в спирали, растекаются во мне. Кристиан осторожно нажимает на пробку. У-у-уф… Я стону и слышу, как он шипит, резко втягивая воздух, словно глотнул чистого, неразбавленного наслаждения. Кровь клокочет. Никогда еще я не чувствовала себя такой распущенной, похотливой…

— Еще? — спрашивает Кристиан.

— Да.

— Не поднимайся. — Он выходит и снова входит. О-о-о… Вот чего я хотела.

— Да…

Он добавляет, поддает, дыхание все тяжелее, под стать моему.

— Ана… — Кристиан убирает руку с бедра и снова поворачивает пробку, медленно тянет ее назад, потом снова толкает вперед. Ощущения неописуемые, и в какой-то момент я едва не вырубаюсь. Кристиан не останавливается ни на секунду, и ритм его сильный и жесткий; внутри у меня все дрожит и сжимается.

— Черт… — Еще немного, и он просто разорвет меня.

— Да, детка, да…

— Пожалуйста, — молю я, но чего прошу, не знаю сама: остановиться или не останавливаться? Внутри все сжалось вокруг него и пробки.

— Вот так, — выдыхает Кристиан и хлопает меня по правой ягодице, и я кончаю — снова и снова, падая, падая, кружась, вертясь… Он мягко вынимает пробку.

— Черт! — кричу я, и Кристиан сжимает мои бедра и взлетает вслед за мной.

Женщина все еще поет. В этой комнате Кристиан всегда закольцовывает записи. Странно. Я свернулась в его объятьях, положив голову ему на грудь. Мы на полу, возле стола.

— С возвращением. — Кристиан снимает повязку. Я моргаю, жмурюсь, привыкаю к приглушенному свету. Он целует меня в губы, всматривается, словно ищет что-то. Я поднимаю руку, глажу его по лицу. Он улыбается.

— Ну что, указания выполнены?

— Указания?

— Ты же хотела чего-то... такого...

Губы сами растягиваются в улыбке.

— Да, выполнены.

Кристиан вскидывает бровь и тоже улыбается.

— Рад слышать, миссис Грей. В данный момент вы выглядите вполне удовлетворенной, и вам это к лицу.

— Именно так я себя и чувствую.

Он наклоняется, нежно целует меня. Губы у него мягкие и теплые.

— Ты не разочаруешься. — Откидывается на спину. — Как самочувствие? — заботливо спрашивает он.

— Хорошее. — Меня бросает в краску. — Оттрахана по полной. — Я смущенно улыбаюсь.

— Миссис Грей, что вы такое говорите. — Кристиан принимает оскорбленный вид, но в глазах прыгают веселые искорки. — Как можно...

— Каков муж, такова и жена, мистер Грей.

Он глуповато, но счастливо улыбается.

— А я рад, что вы за него вышли.

Выбирает прядку волос, подносит к губам, целует кончики. Глаза его сияют любовью. Ну разве я могла устоять перед таким мужчиной?

Тянусь за его левой рукой, целую кольцо на безымянном пальце. Простое, без надписей, платиновое. Как и мое.

— Мой...

— Твой... — Он обнимает меня, трется носом о мою макушку. — Приготовить ванну?

— Ну-у-у... Если только составишь компанию.

— О'кей. — Встает. Джинсы все еще на нем. Помогает подняться мне.

— А другие не хочешь надеть?

Он хмурится.

— Другие?

— Те, что обычно надеваешь здесь.

— Те? — Он удивленно моргает.

— Ты в них круто смотришься.

— Правда?

— Да. Я серьезно.

Кристиан смущенно улыбается.

— Ради вас, миссис Грей, может быть, и надену. — Он снова меня целует и, потянувшись, берет со столика небольшую вазу с анальной пробкой, смазкой, повязкой и моими трусиками.

— И кто же моет эти игрушки? — спрашиваю я. Кристиан смотрит на меня так, словно не понимает вопроса.

— Я. Миссис Джонс.

— Что?

Он кивает, по-моему, немного смущенный. Выключает музыку.

— Ну…

— Твои сабы, да? — заканчиваю я за него.

Он неуверенно пожимает плечами.

— Держи. — Протягивает мне свою рубашку.

Я надеваю, запахиваюсь. Ткань хранит его запах, в котором растворяется моя досада из-за пробки. Вещи остаются на комоде. Он берет меня за руку, отпирает дверь. Мы выходим из комнаты, спускаемся по лестнице.

Беспокойство, плохое настроение, возбуждение, страх, волнение — все ушло. Я спокойна и расслаблена. Мы входим в ванную. Я зеваю и потягиваюсь. Давно не чувствовала такого согласия с собой.

— Что такое? — спрашивает Кристиан, поворачивая кран.

Я качаю головой.

— Расскажи, — просит он, наливая в воду жасминовое масло. Ванную наполняет сладковатый чувственный аромат.

— Просто чувствую себя лучше.

Он улыбается.

— Да, сегодня, миссис Грей, у вас было довольно странное настроение. — Привлекает меня в объятья. — Знаю, ты беспокоилась из-за всех этих недавних событий. Мне жаль, что ты оказалась в них замешана. Я не знаю, в чем там дело — вендетта, обиды уволенного служащего, происки конкурентов. Если бы с тобой случилось что-то из-за меня... — Он не может закончить и умолкает. Я обнимаю его.

— А если что-то случится с тобой? — В этом вопросе — весь мой страх.

— Разберемся. А теперь вылезай из этой рубашки — и в ванну.

— Ты поговоришь с Сойером?

— Это подождет. — Я вижу, как суровеет его лицо, и проникаюсь сочувствием к Сойеру. Чем он так расстроил Кристиана?

Он помогает мне снять рубашку, но хмурится, когда я поворачиваюсь к нему. На груди еще видны следы засосов и укусов, но напоминать ему о той ночи на яхте не хочется.

— Интересно, догнал ли Райан «Додж»?

— Вот примем ванну, а потом узнаем. Залезай. — Он подает мне руку. Я забираюсь в ванну и осторожно сажусь в горячую воду.

— У... — Моргаю от боли. Не стоило, наверно, так спешить.

— Полегче, детка, — предупреждает Кристиан, но неприятное ощущение уже проходит.

Кристиан раздевается и тоже залезает в ванну и садится за моей спиной. Я пристраиваюсь у него между ног, откидываюсь ему на грудь, и мы лежим в горячей воде, пресыщенные и довольные. Я поглаживаю его по ноге и собираю в пучок волосы, он осторожно накручивает их на палец.

— Надо посмотреть планы нового дома. Может, сегодня? Попозже?

— Конечно. — Та женщина снова поет — и мое подсознание отрывается от третьего тома полного собрания сочинений Чарльза Диккенса и сердито хмурится. Сегодня мы заодно. Я вздыхаю. К сожалению, планы Джиа Маттео превосходны.

— Мне надо приготовиться. Завтра на работу.

Кристиан замирает.

— Знаешь, тебе ведь вовсе не обязательно возвращаться в издательство, — говорит он.

Ну вот, снова то же самое.

— Послушай, мы уже обсуждали это все. Давай не будем начинать заново.

Кристиан тянет за «хвостик», а когда я поднимаю голову, целует в губы.

— Просто предложил…

Я натягиваю спортивные штаны и кофту. Надо забрать одежду из игровой комнаты. Иду через холл.

— Ты где, черт возьми? — доносится вдруг из кабинета Кристиана.

Я замираю. Вот черт. Это он на Сойера кричит. Пригнувшись, бегу к лестнице и быстренько поднимаюсь в игровую комнату. Слушать их разговор нет ни малейшего желания — орущий Кристиан меня пугает. Бедный Сойер. Я-то хотя бы могу повысить голос, а вот он себе такого позволить не может.

Собираю свою одежду, беру обувь Кристиана и замечаю небольшую фарфоровую вазу с анальной пробкой на крышке музейного комода. Наверно, предполагается, что я должна ее помыть. Прихватываю еще и вазу и спускаюсь по лестнице. Осторожно заглядываю в зал — там все тихо. И слава богу.

Тейлор вернется завтра вечером. Когда он под рукой, Кристиан обычно спокойнее. У Тейлора есть дочь, и эти два дня, сегодня и завтра, он проводит с ней. Познакомлюсь ли я когда-нибудь с ней?

Из хозяйственной комнаты выходит миссис Джонс. Мы едва не сталкиваемся.

— Миссис Грей… а я вас и не видела.

О, теперь я миссис Грей.

— Здравствуйте, миссис Джонс.

— Добро пожаловать домой. Примите мои поздравления. — Она радушно улыбается.

— Пожалуйста, зовите меня Ана.

— Мне будет неудобно, миссис Грей.

Ну вот, стоило только надеть кольцо на палец, и все изменилось — почему так?

— Не желаете ли посмотреть меню на неделю? — Она смотрит на меня вопросительно, ожидая ответа.

Меню?

— Э... — Вопрос из серии неожиданных. Миссис Джонс улыбается. — Когда я только начинала работать на мистера Грея, мы каждое воскресенье просматривали меню на следующую неделю и отмечали, что может понадобиться и что еще нужно купить.

— Понятно.

— Позвольте я все это заберу? — Она протягивает руки к моей одежде.

— О... э... Вообще-то я еще не закончила.

А еще у меня тут спрятана ваза с анальной пробкой! Я краснею от смущения, но — вот уж чудо! — нахожу силы смотреть миссис Джонс в лицо. Она, конечно, знает, чем мы там занимаемся, потому что убирает в комнате. Чертовски неудобно сознавать, что прислуга живет вместе с тобой и от нее ничего не скроешь.

— Когда освободитесь, миссис Грей, я буду счастлива обсудить с вами дела.

— Спасибо.

Дальнейший обмен любезностями прерывает Сойер. Бледный как смерть, он выходит из кабинета, торопливо пересекает зал, коротко кивает нам обеим и, не глядя по сторонам, исчезает в комнате Тейлора. Его появление спасает меня от продолжения неудобного разговора с миссис Джонс — обсуждать с ней меню или фаллоимитаторы мне совсем не хочется. Отделавшись улыбочкой, спешу в спальню. Привыкну ли я к тому, что прислуга всегда рядом и готова отозваться на любой зов? Я качаю головой: может быть, когда-нибудь.

В спальне я бросаю туфли Кристиана на пол, свою одежду — на кровать, беру вазу с пробкой и иду в ванную. Придирчиво рассматриваю смущающий меня предмет. Выглядит он вполне безобидным и на удивление чистым. Ладно. Быстренько мою его мыльной водой. Достаточно? Надо будет спросить Мистера Секс-эксперта, что с ней делать — стерилизовать или как? От этой мысли становится не по себе.

Хорошо, что Кристиан выделил мне библиотеку. Теперь здесь стоит симпатичный белый стол, за которым можно работать. Я открываю ноутбук и пересматриваю заметки по пяти рукописям, которые читала во время медового месяца. Отлично, все, что нужно, есть. Возвращаться к работе и хочется, и не хочется, но с Кристианом своими опасениями я делиться не стану — он сразу же воспользуется ими как предлогом, чтобы заставить меня уйти. Я хорошо помню реакцию Роуча, как он заискивал, когда узнал, за кого я вышла замуж. Помню и то, как вскоре после этого укрепилось мое положение в редакции. Теперь-то понятно: все дело было в том, что моим мужем стал босс. Думать об этом неприятно. Я больше не исполняющая обязанности редактора, я — Анастейша Стил, редактор. Я пока еще не набралась смелости сообщить Кристиану о своем решении не менять имя на работе. Причины такого решения достаточно весомы — между нами должна сохраняться некоторая дистанция, — но когда он все же узнает об этом, спора не избежать. Может, обсудить все заранее, например сегодня вечером? Устроившись в кресле, берусь за последнюю из намеченных на день работ. Часы в углу монитора показывают семь вечера.

Кристиан по-прежнему в кабинете, так что время у меня есть. Я вынимаю из «Никона» карту памяти и подключаю ее к ноутбуку — собираюсь перебросить фотографии. Пока снимки загружаются, размышляю обо всем, что случилось за день. Интересно, Райан вернулся или еще только едет в Портленд? Удалось ли ему догнать ту загадочную женщину на «Додже»? Получил ли Кристиан от него какую-то информацию? Мне нужны ответы. И пусть он занят — плевать, я хочу знать, что происходит. И вообще, с какой это стати Кристиан держит меня в неведении! Я поднимаюсь с твердым намерением пойти в кабинет и потребовать объяснений, но тут на экране ноутбука появляются фотографии, сделанные в последние дни медового месяца. Ничего себе!

Я, я и снова я. Вот я сплю — таких фотографий особенно много, — волосы упали на лицо или разметались по подушке, губы приоткрыты. А здесь... фу ты, сосу большой палец. Я же не сосала палец черт знает сколько лет! Как много фотографий... я и не знала, что он столько нащелкал. Несколько общих планов. На одном я стою у поручня яхты и угрюмо смотрю вдаль. Но почему я ничего не замечала? Смотрю и улыбаюсь — вот я под ним, волосы разметались, свернулась и хохочу, отчаянно сопротивляюсь, отбиваюсь от щекочущих пальцев. А здесь мы вместе на кровати — Кристиан сделал снимок, держа камеру в вытянутой руке. Моя голова — у него на груди, а он смотрит в объектив, молодой, красивый... В другой руке Кристиан держит чашку над моей головой, и я улыбаюсь, как влюбленная идиотка, но не могу отвести от него глаз. Он прекрасен, мой любимый мужчина, — взъерошенные, влажные после страстного секса волосы, серые глаза сияют, губы приоткрыты. Мой любимый, который не переносит щекотку, который еще совсем недавно не терпел, когда к нему прикасались. Надо будет спросить, нравятся ли ему мои прикосновения или он просто терпит их ради моего удовольствия. Я смотрю на него, но уже без улыбки — меня переполняют другие чувства. Кто-то там желает ему зла — сначала «Чарли Танго», потом пожар в серверной, теперь вот эта чертова погоня. Я вскидываю руку ко рту, останавливаю непроизвольный всхлип и, забыв про компьютер, бегу к Кристиану — не требовать объяснений, но убедиться, что ему ничто не угрожает.

Не удосужившись постучать, врываюсь в кабинет. Кристиан сидит за столом и разговаривает по телефону. Поворачивается к двери, и недовольное выражение на лице тотчас исчезает.

— Значит, больше увеличить не можешь? — говорит он в трубку, продолжая разговор и глядя на меня. Я обхожу стол. Кристиан поворачивается в кресле. Хмурится, наверное, спрашивает себя, что ей тут надо. Я забираюсь ему на колени — брови удивленно прыгают вверх. Обнимаю за шею, прижимаюсь. Он неуверенно кладет руку мне на талию.

— Э... да, Барни. Подожди секунду. — Кристиан закрывает трубку ладонью.

— Ана, что случилось?

Качаю головой. Кристиан берет меня за подбородок, смотрит в глаза. Я опускаю голову, сворачиваюсь у него на коленях. Он целует меня в макушку.

— Барни? Ты что-то говорил?

Разговаривая, Кристиан держит телефон между плечом и ухом и одновременно стучит пальцем по клавишам. На экране возникает зернистое черно-белое изображение — темноволосый мужчина в светлом комбинезоне. Кристиан трогает еще одну клавишу, и мужчина оживает, движется на камеру. Лица не видно, он идет, опустив голову. Кристиан останавливает картинку — незнакомец стоит в ярко освещенной, выкрашенной белым комнате с черными высокими ящиками вдоль левой стены. Должно быть, это и есть серверная.

— О'кей, Барни, еще разок.

Экран оживает. Голова человека на записи увеличивается в появившейся рамке. Я приподнимаюсь, подаюсь к монитору.

— Это Барни делает? — спрашиваю тихонько.

— Да, — отвечает Кристиан. — Можешь добавить резкости? — обращается он к Барни.

Картинка расплывается, фокус меняется, камера как будто наплывает на человека, который опускает голову. Я смотрю на него, и по спине пробегает холодок. В линии подбородка что-то знакомое. Короткие черные волосы как-то странно растрепаны... Изображение становится резче, и я вижу маленькое колечко в мочке уха.

Ни фига себе! А ведь я его знаю.

— Кристиан. Это Джек Хайд.

Глава 7

—Думаешь, он? — удивленно спрашивает Кристиан.

— Линия подбородка. — Я указываю на экран. — Серьги. Линия плеч. Фигура. И у него, должно быть, парик... или волосы подстриг и покрасил.

— Слышишь, Барни? — Кристиан кладет телефон на стол и включает громкую связь. — Похоже, миссис Грей, вы очень хорошо изучили своего бывшего босса, — недовольно ворчит он. Я отвечаю сердитым взглядом, но положение спасает Барни.

— Да, сэр. Я слышал миссис Грей. Сейчас провожу весь имеющийся материал через программу распознавания лиц. Посмотрим, где еще этот му... прошу прощения, мэм, — этот человек успел побывать.

Я поднимаю глаза — Кристиан уже не слушает объяснения Барни, все его внимание занимает изображение на экране.

— Но зачем ему это? — спрашиваю я.

Кристиан пожимает плечами.

— Может быть, из мести. Не знаю. Понять, почему люди ведут себя так, а не этак, бывает порой невозможно. Меня только злит, что ты близко работала с этим человеком. — Он еще крепче, словно защищая от какой-то беды, обнимает меня.

— У нас также есть содержимое его жесткого диска, — добавляет Барни.

Что?

— Да, помню. А есть ли у вас адрес мистера Хайда?

— Есть, сэр.

— Сообщите Уэлчу.

— Обязательно, сэр. Я просканирую весь городской видеоархив, может быть, смогу отследить его передвижения.

— Проверьте, какая у него машина.

— Понял, сэр.

— А Барни сможет все это сделать? — шепотом спрашиваю я.

Кристиан кивает и довольно усмехается.

— А что было на жестком диске?

Лицо тут же суровеет, улыбки как не бывало.

— Ничего особенного, — роняет он сквозь зубы.

— Расскажи.

— Нет.

Кристиан снова качает головой и прикладывает к моим губам указательный палец. Я насупливаю брови, но он смотрит на меня с прищуром, ясно давая понять, что сейчас лучше помолчать.

— У него «Камаро» 2006 года, — докладывает взволнованно Барни. — Я отправлю Уэлчу номера.

— Хорошо. Дайте мне знать, где еще успел побывать этот мерзавец. И сопоставьте это изображение с тем, что есть в его личном деле. — Кристиан скептически смотрит на меня. — Мне нужна полная уверенность.

— Уже сделано, сэр. Миссис Грей права. Это Джек Хайд.

Победно улыбаюсь. Ну что, и я пригодилась? Кристиан гладит меня по спине.

— Отлично, миссис Грей. Похоже, вы можете не только исполнять декоративную функцию, но и полезны в практическом смысле. — Он смотрит на меня, и в глазах прыгают веселые огоньки. Поддразнивает.

— Декоративную? — в тон ему говорю я.

— Очень. — Кристиан мягко целует меня в губы.

Он усмехается, целует еще раз, уже настойчивее, сжимает в объятьях...

— Проголодалась? — спрашивает Кристиан, слегка запыхавшись.

— Нет.

— А я — да.

— И чего хочешь?

Он растерянно мигает.

— Ну… э… вообще-то я хотел бы поесть, миссис Грей.

— Сейчас что-нибудь приготовлю.

— Мне это уже нравится.

— Нравится, что я предлагаю приготовить? — смеюсь я.

— Нравится, что ты смеешься. — Он целует меня в макушку, и я поднимаюсь.

— Так чего бы вы хотели, сэр? — заботливо спрашиваю я.

Он щурится.

— Хитрите, миссис Грей?

— Как всегда, мистер Грей. Ну, сэр?

На его губах — улыбка сфинкса.

— Знаешь, я еще могу положить тебя на колено… — Какое соблазнительное обещание.

— Знаю. — Я наклоняюсь и целую его. — И мне это нравится. Но сейчас поберегите ладонь — вы ведь голодны.

Он смущенно улыбается, и мое сердце сжимается от нежности.

— Ох, миссис Грей, что же мне с вами делать?

— Для начала ответить на заданный вопрос. Что бы вы хотели съесть?

— Что-нибудь легкое. Подумай. Удиви меня, — говорит он, повторяя мои слова из игровой комнаты.

— Хорошо, подумаю. — Покачивая бедрами, я выхожу из комнаты и иду в кухню. Настроение, однако, падает, когда я вижу там миссис Джонс.

— Здравствуйте, миссис Джонс.

— Миссис Грей. Желаете поесть?

— Э…

Она помешивает что-то в кастрюльке на плите. Аромат восхитительный.

— Вообще-то, я собиралась приготовить по сэндвичу для нас с мистером Греем.

Рука замирает над кастрюлькой, но только на мгновение.

— Конечно. Мистеру Грею нравится французский хлеб. В холодильнике есть как раз то, что надо. Я вам сделаю, мэм. С удовольствием.

— Да, конечно. Но я хотела бы сама.

— Понимаю. Пожалуйста, я подвинусь.

— А что вы такое готовите?

— Соус болоньезе. Есть можно в любое время. Я поставлю его в холодильник. — Она радушно улыбается и выключает плиту.

— А что... какие Кристиан любит сабы?[1] — Я умолкаю, поймав себя на двусмысленности. Поняла ли это миссис Джонс?

— Миссис Грей, в сэндвич, если это французская булка, можно класть что угодно. Не сомневайтесь, он съест.

Мы улыбаемся друг дружке.

— Ладно. Спасибо. — Подхожу к холодильнику. В морозильном отделении обнаруживаю уже порезанную французскую булку в закрытом пакете. Беру две порции, кладу на тарелку, ставлю в микроволновку и включаю режим размораживания.

Миссис Джонс ушла. Я возвращаюсь к холодильнику — поискать ингредиенты для сэндвича. Похоже, нам с миссис Джонс нужно установить какие-то правила для совместной работы. Я могла бы готовить для Кристиана по уикендам, а в остальные дни пусть это делает миссис Джонс — чем уж мне точно не хочется заниматься после работы, так это готовкой. Н-да... смахивает на то, что было у Кристиана с его сабами. Качаю головой. Ладно, надо поменьше об этом думать. Нахожу в холодильнике ветчину, а в контейнере — вполне созревшее авокадо. Делаю из авокадо пюре, добавляю щепотку соли, сбрызгиваю лимоном. Из кабинета выходит Кристиан с

---

[1] В данном случае — уменьшительное от «субмарина», как называют в США сэндвич. — *Примеч. пер.*

планами нового дома. Кладет бумаги на бар, подкрадывается ко мне, обнимает сзади и целует в шею.

— Босая и в кухне, — мурлычет он.

— Предпочитаешь босую и беременную в кухне? — усмехаюсь я. Он замирает, напрягается.

— Пока что нет. — В голосе слышны настороженные нотки.

— Конечно, нет. Пока что нет.

Он облегченно выдыхает.

— В этом у нас полное согласие, миссис Грей.

— Но ты ведь хочешь детей, да?

— Конечно, да. Потом. Но пока я еще не готов делить тебя с кем-либо. — Он снова целует меня в шею.

Ого... делить?

— Что ты такое готовишь? Выглядит вкусно. — Он целует меня за ухом — отвлекает. По спине пробегает приятный холодок.

— Сабы, — с лукавой улыбкой говорю я.

Чувствую, он тоже улыбается. Покусывает мочку уха.

— Мои любимые.

Я тычу его локтем в бок.

— Миссис Грей, вы меня стукнули. — Он хватается за бок, притворно морщась от боли.

— Нытик, — неодобрительно ворчу я.

— Нытик? — возмущенно повторяет он и хлопает меня ладонью пониже спины. Я вскрикиваю от неожиданности. — Поживей, красотка, мне хочется есть. А потом узнаешь, какой я нытик. — Он шлепает меня еще раз и отходит к холодильнику.

— Стакан вина?

— С удовольствием.

Кристиан разворачивает на баре подготовленные Джиа планы. Идеи у нее и впрямь есть, это видно с первого взгляда.

— Мне нравится ее предложение сделать всю заднюю нижнюю стену стеклянной, но...

— Но?..

Я вздыхаю.

— У этого дома уже есть свой характер, и мне не хотелось бы так уж сильно его ломать.

— Характер?

— Да. Предложения Джиа весьма радикальны, но... как бы это сказать... я уже люблю дом таким, какой он есть... со всеми его изъянами и недостатками.

Кристиан грозно сводит брови, словно я только что предала его анафеме.

— Дом нравится мне нынешним, — добавляю я шепотом. Что дальше?

Он смотрит на меня в упор.

— Я хочу, чтобы дом был таким, каким его хочешь видеть ты. Каким бы ты его ни видела. Он твой.

— А я хочу, чтобы он и тебе нравился. Чтобы ты тоже был в нем счастлив.

— Я буду счастлив где угодно, лишь бы там была ты. Все просто, Ана. — Вцепился в меня взглядом и не отпускает. Вот сейчас он искренен. Абсолютно искренен. Мое сердце переполняется теплом и нежностью. Ну и дела, а ведь он и впрямь меня любит.

— Ну... — Я сглатываю — в горле застрял комок эмоций. — Вообще-то мне даже нравится стеклянная стена. Может быть, мы попросим Джиа вписать ее в дом как-то симпатичнее?

Он усмехается.

— Конечно. Как пожелаешь. А что с остальным? С верхом? С подвалом?

— Я согласна.

— Хорошо.

Ладно. Я собираюсь с силами, чтобы задать вопрос на миллион долларов.

— Хочешь сделать игровую комнату? — По шее и лицу разливается знакомая теплая волна. Кристиан вскидывает брови.

— А ты хочешь? — немножко удивленно спрашивает он.

Я пожимаю плечами.

— Ну… если ты хочешь…

Он снова смотрит на меня задумчиво, потом кивает.

— Давай не будем пока принимать какое-то решение. В конце концов, это ведь будет семейный дом.

Не знаю почему, но я испытываю разочарование. Наверно, он прав, хотя… А когда у нас будет семья? Через много-много лет?

— Кроме того, нам ведь никто не запрещает импровизировать.

— Люблю импровизировать.

Он улыбается.

— Хочу еще кое-что обсудить. — Кристиан показывает на главную спальню, и мы начинаем говорить о ванных и раздельных гардеробных.

Когда мы заканчиваем, на часах уже половина десятого вечера.

Кристиан сворачивает бумаги.

— Собираешься еще поработать? — спрашиваю я.

— Нет, если ты не хочешь. — Он улыбается. — А чем бы тебе хотелось заняться?

— Можно посмотреть телевизор. — Читать желания нет и ложиться тоже не хочется… пока.

— Ладно, — охотно соглашается Кристиан, и я иду за ним в телевизионную.

Мы сидели там раза три или, может, четыре. Кристиан — обычно с книжкой. Телевизор его не интересует совершенно. Я устраиваюсь рядом на диване, поджимаю ноги и кладу голову ему на плечо. Он щелкает пультом и начинает бесцельно переключаться с канала на канал.

— Хочешь посмотреть что-то конкретное? У тебя есть какие-то любимые «сопли»?

— Тебе ведь не нравится телевидение, да? — говорю я. Он качает головой.

— Пустая трата времени. Но посмотрю что-нибудь с тобой за компанию.

— Я думала, мы могли бы заняться сексом.

Кристиан поворачивается ко мне.

— Заняться сексом? — Он смотрит на меня так, словно я какой-то уродец с двумя головами. Даже перестает щелкать пультом. На экране — какая-то испанская «мыльная опера».

— Да. — Что его так напугало?

— Сексом мы можем заняться и в постели.

— Да мы же только это и делаем. Когда ты в последний раз занимался сексом перед телевизором? — спрашиваю я робко и в то же время лукаво.

Он снова берет пульт, пробегает по каналам и останавливается на «Секретных материалах».

— Кристиан?

— Никогда, — тихо говорит он.

О!

— Никогда-никогда?

— Нет.

— И даже с миссис Робинсон?

Фыркает.

— Детка, я много чего делал с миссис Робинсон. Но сексом с ней не занимался. — Он усмехается и смотрит на меня с внезапно проснувшимся любопытством. — А ты?

Я вспыхиваю.

— Конечно. Вроде того…

— Что? И с кем же?

Ну нет. Ввязываться в эту дискуссию нет ни малейшего желания.

— Расскажи, — не отстает Кристиан.

Я смотрю на сплетенные, с побелевшими от напряжения костяшками пальцы. Он мягко накрывает их ладонью. Я поднимаю голову, и наши взгляды встречаются.

— Мне нужно знать. Я его так отделаю…

Тихонько хихикаю.

— Ну, в первый раз…

— В первый раз? Так были и другие? — рычит Кристиан. Меня пробирает смех.

— А чему вы так удивляетесь, мистер Грей?

Он хмурится, приглаживает ладонью волосы и смотрит на меня так, словно видит в другом свете. Пожимает плечами.

— Просто… Ну, принимая во внимание твою неопытность…

Я краснею.

— Этот свой пробел я устранила после знакомства с тобой.

— Верно. — Он усмехается. — И все-таки расскажи. Я хочу знать.

Смотрю в серые глаза. Пытаюсь понять, в каком он настроении и что будет дальше. Узнает и успокоится или взбесится? Я вовсе не хочу, чтобы он дулся. Кристиан невыносим, когда дуется.

— Ты и вправду хочешь, чтобы я все рассказала?

Он сдержанно кивает. На дрожащих губах — самоуверенная усмешка.

— Когда я была в десятом классе, мы ездили в Лас-Вегас. С мамой и ее мужем номер три. Его звали Брэдли, и мы вместе сидели на лабораторных по физике.

— Сколько тебе было тогда?

— Пятнадцать.

— И чем он сейчас занимается?

— Не знаю.

— И до какой же базы он дошел?

— Кристиан! — укоризненно говорю я, и он вдруг хватает меня за колени, потом за лодыжки и опрокидывает спиной на диван. Ложится сверху, просовывает ногу между моими. Все так неожиданно, что я вскрикиваю. Он сжимает мои руки, заводит их мне за голову.

— Итак… Этот Брэдли, он дошел до первой базы? — Кристиан трется носом о мой нос. Целует в уголок рта. Еще. И еще.

— Да, — бормочу я, едва шевеля губами. Он отпускает одну руку, чтобы взять меня за подбородок. Его язык грубо вторгается в мой рот, и мне ничего не остается, как только уступить страстному натиску.

— Вот так? — спрашивает Кристиан, отрываясь на передышку.

— Нет, не так, — выдавливаю я. Вся моя кровь как будто уходит вниз.

— А это он делал? Трогал тебя вот так? — Он отпускает подбородок и проводит рукой по телу, сверху вниз. Ладонь замирает на груди, большой палец кружит по соску, и тот напрягается в ответ на прикосновение.

— Нет. — Я извиваюсь под ним.

— И что, он дошел до второй базы? — шепчет мне на ухо Кристиан, и ладонь ползет по ребрам, минует талию и спускается на бедро. Он сжимает губами мочку моего уха и осторожно тянет.

— Нет, — выдыхаю я.

С экрана телевизора Малдер обличает ФБР.

Кристиан приподнимается, тянется за пультом, убирает звук. Смотрит на меня сверху.

— А как же придурок номер два? Он прошел вторую базу?

Его глаза дышат жаром. Сердится? Завелся? Не понять. Кристиан ложится рядом и просовывает руку мне под брюки.

— Нет... — шепчу я, глядя на него снизу. Я в плену его глаз, я бьюсь в силках его похотливого взгляда. Он издевательски усмехается.

— Хорошо. — Кристиан накрывает ладонью мой укромный уголок. — Не носите белья, мисс Грей? Одобряю. — Он снова целует меня, а его пальцы будто исполняют магический ритуал: большой дразняще порхает над клитором, указательный медленно продвигается вглубь.

— Мы же собирались заняться сексом, — жалобно выдавливаю я.

Он замирает.

— А это что?

— Это не секс.

— Что?

— Это не секс...

— Вот как? Значит, не секс? — Кристиан вытаскивает руку из моих штанов. — А так? — Он проводит по моим губам указательным пальцем, и я ощущаю собственный солоноватый вкус. Палец проникает глубже, копируя свои же недавние движения. Кристиан снова сверху, снова между моих ног, и я чувствую его эрекцию. Толчок... другой...

— Ты этого хочешь? — тихо спрашивает он, ритмично двигая бедрами.

— Да...

Его пальцы опять на моей груди, танцуют вокруг соска. Губы движутся вниз по скуле.

— Ты такая горячая, Ана... Знаешь, какая ты горячая?

Голос хриплый... ритм нарастает... Я раздвигаю губы, чтобы ответить, но вместо внятных слов с них срывается стон. Кристиан захватывает мою нижнюю губу зубами, оттягивает вниз, просовывает в рот язык. Освобождает другую мою руку, и я тут же хватаю его за плечи, запускаю пальцы в волосы, тяну... Он со стоном обрывает поцелуй и смотрит на меня.

— А...

— Нравится, когда я тебя трогаю? — шепотом спрашиваю я.

Он хмурится, словно не понимает вопрос. Останавливается.

— Конечно, нравится. Я как голодный на пиру, мне хочется больше и больше. — В голосе — страсть и искренность.

Кристиан опускается на колени у меня между ног, стаскивает кофту. Под ней — ничего. Он торопливо стягивает через голову рубашку, швыряет на пол, подхватывает меня снизу и усаживает себе на колени.

— Трогай меня. Ласкай...

— Уф... — Я осторожно касаюсь кончиками пальцев волос на его груди, провожу по шрамам от ожогов. Он замирает на вздохе, зрачки расширяются, но причиной тому не страх. Это сексуальная реакция на мое прикосновение. Он пристально наблюдает за моей рукой. Мои пальцы парят над кожей, касаются одного соска, потом другого. Те моментально встают. Подавшись вперед, целую его в грудь, глажу его плечи, щупаю твердые, как камень, мышцы... Здорово! Он в прекрасной форме.

— Я хочу тебя, — шепчет он. Для моего либидо это зеленый свет. Я отвожу назад его голову и получаю доступ ко рту. Огонь разгорается, в животе становится жарко.

Кристиан стонет и толкает меня на диван. Садится, срывает с меня штаны и одновременно расстегивает «молнию».

— Вот так... то, что надо... — Одно движение — и он уже во мне.

С моих губ срывается стон, и Кристиан замирает, сжимает ладонями мое лицо, смотрит в глаза.

— Я люблю вас, миссис Грей. — Медленно, нежно, бережно — он делает это так. Снова и снова, пока его любовь не переполняет меня и я не могу больше терпеть — выкрикиваю его имя, прижимаюсь, обхватываю его руками и ногами — не хочу отпускать, не хочу, чтобы это кончалось.

Как убитая, лежу на его груди. На полу в телевизионной.

— Знаешь, по-моему, мы обошли третью базу. — Я провожу пальцами по его груди.

Кристиан смеется.

— Оставим до следующего раза, миссис Грей. — Он целует меня в макушку, а я поворачиваюсь к телевизору — по экрану ползут финальные титры «Секретных материалов». Кристиан дотягивается до пульта и включает звук.

— Нравился сериал? — спрашиваю я.

— Да, когда был мальчишкой.

Да-а... Представляю: кикбоксинг, «Секретные материалы» и никаких ласк.

— А тебе? — спрашивает он.

— Это было еще до меня.

Кристиан улыбается, тепло и ласково.

— Ты такая юная. Мне нравится заниматься с вами сексом, миссис Грей.

— Взаимно, мистер Грей. — Я целую его в грудь, и мы молча досматриваем концовку «Секретных материалов» и рекламу.

— Чудные были эти три недели. Автомобильные погони, пожары, психованный босс — ничто их не испортило. Как будто мы жили в каком-то отдельном воздушном пузыре, — мечтательно говорю я.

— Угумс, — согласно мычит Кристиан. — Не уверен, что уже готов поделиться тобой с остальным миром.

— А завтра — возвращение в реальность, — вздыхаю я, стараясь, чтобы это не прозвучало слишком грустно.

Кристиан тоже вздыхает и гладит меня по волосам свободной рукой.

— Тебя будут охранять и... — Я прижимаю палец к его губам. Не хочу слушать повторение уже знакомой лекции.

— Знаю. И буду паинькой. Обещаю. — Кстати... Я приподнимаюсь на локте, чтобы лучше его видеть. — Ты почему кричал на Сойера?

Он тут же напрягается. Черт.

— Потому что за нами следили.

— Но Сойер ведь не виноват.

Кристиан смотрит на меня серьезно.

— Они не должны были так далеко тебя отпускать. И они это знают.

Я виновато краснею и снова кладу голову ему на грудь. Сойеру досталось из-за меня. Это я хотела оторваться от них.

— И все-таки...

— Хватит! — резко бросает Кристиан. — Это не обсуждается, Анастейша. Они отстали, это факт, и ничего подобного больше не повторится.

Анастейша! Если я Анастейша, значит, у меня проблемы. Так было дома, с матерью.

— Ладно, ладно. — Я отступаю, чтобы не злить его. Ни спорить, ни ругаться нет желания. — Райан догнал ту женщину в «Додже»?

— Нет. И я не уверен, что за рулем была женщина.

— Вот как? — Я снова приподнимаюсь и смотрю на него.

— Сойер видел кого-то с убранными назад волосами, но видел недолго, доли секунды. Он предположил, что в машине женщина. Теперь, когда ты опознала того хрена, можно предположить, что в «Додже» был он. Мы знаем, что он тоже убирал волосы назад. — Голос звенит от недовольства и омерзения.

Новость интересная, но что с ней делать? Кристиан гладит меня по голой спине, отвлекая от размышлений.

— Если с тобой что-то случится... — Глаза у него серьезные, голос дрожит.

— Знаю, — шепчу я. — Знаю и понимаю. — От мысли, что с ним может что-то случиться, мне становится не по себе. Я поеживаюсь.

— Все, хватит, ты уже замерзаешь. — Кристиан садится. — Пойдем в спальню. Надо же закрыть третью базу. — Он улыбается своей обольстительной улыбкой, как всегда летучей, переменчивой, в которой и страсть, и злость, и тревога, и желание. Я подаю руку, он помогает мне подняться, и мы идем в спальню.

На следующее утро мы паркуемся возле издательства. Кристиан сжимает мою руку. В темно-синем костюме и галстуке в тон он выглядит именно так, как и должен выглядеть влиятельный администратор. Я улыбаюсь. В последний раз он был таким на балете в Монако.

— Ты же знаешь, что не обязана это делать? — негромко говорит Кристиан. Опять! Я едва удерживаюсь, чтобы не закатить глаза.

— Знаю, — отвечаю шепотом. Не хочу, чтобы нас слышали Сойер и Райан, которые сидят впереди. Кристиан хмурится — я улыбаюсь.

— Но ты же знаешь, что я сама хочу этого. — Я привстаю на цыпочки и целую его. Кристиан все равно хмурится. — Что-то не так?

Он бросает неопределенный взгляд на Райана. Сойер выходит из машины.

— Мне будет недоставать тебя.

Глажу его по щеке.

— Мне тебя тоже. — Я целую его. — У нас был чудесный медовый месяц. Спасибо.

— Идите работать, миссис Грей.

— И вы тоже, мистер Грей.

Сойер открывает дверцу. Я глажу Кристиана по руке и выхожу на тротуар. Иду к зданию, потом поворачиваюсь и машу ему. Сойер пропускает меня вперед и входит сам.

— Привет, Ана. — Клэр улыбается мне из-за стола в приемной.

— Привет, Клэр, — отвечаю ей я улыбкой.

— Чудесно выглядишь. Медовый месяц удался?

— Лучше не бывает, спасибо. Как у нас здесь?

— Старик Роуч — в своем репертуаре. У нас теперь охрана, и в серверной все переделывают. Ханна тебе лучше расскажет.

Конечно. Я дружески улыбаюсь Клэр и иду в свой офис. Ханна — моя помощница. Высокая, подтянутая, аккуратная, в высшей степени эффективная — никаких поблажек ни себе, ни другим. Я, признаться, порой ее побаиваюсь. Но со мной она любезна, хотя и старше на два года. Латте уже готов и ждет — другого кофе я ей готовить не разрешаю.

— Привет, Ханна.

— Ана! Как медовый месяц?

— Фантастика! Это тебе. — Я ставлю на стол коробочку с духами, и она хлопает от радости в ладоши.

— Спасибо тебе, спасибо! — восторженно говорит Ханна. — Вся срочная корреспонденция на твоем столе. Роуч ждет тебя в десять. Пока все.

— Хорошо. Спасибо. И за кофе тоже. — Я прохожу в кабинет, кладу на стол портфель и смотрю на стопку писем. Сколько же работы!

Около десяти слышу робкий стук в дверь.

— Войдите.

В комнату заглядывает Элизабет.

— Привет, Ана. Я только хотела сказать, что рада твоему возвращению.

— Ох. Должна сказать, разбираясь со всеми этими письмами, я уже не раз пожалела, что не осталась на юге Франции.

Элизабет смеется, но как-то безрадостно, принужденно. Я смотрю на нее, чуть склонив голову набок, как смотрит на меня Кристиан.

— Хорошо, что с тобой ничего не случилось, — говорит она. — Увидимся у Роуча.

— Хорошо. — Элизабет исчезает, а я смотрю на закрывшуюся дверь и хмурюсь. Что она имела в виду? Пожимаю плечами, ладно, не ломай голову. Звонок, пришло сообщение. От Кристиана.

От кого: Кристиан Грей
Тема: Заблудшие жены
Дата: 22 августа 2011 г. 09:56
Кому: Анастейша Стил

Жена,
Я послал е-мейл, и письмо вернулось.
Потому что ты не поменяла фамилию.
Хочешь что-то сказать?

Кристиан Грей,
генеральный директор «Грей Энтрепрайзес»

Приложение

От кого: Кристиан Грей
Тема: Пузырь
Дата: 22 августа 2011 г. 09:32
Кому: Анастейша Грей

Миссис Грей

Закрыл бы все базы.

Всего наилучшего в первый день.

Уже скучаю без нашего пузыря.

x

вернувшийся в реальный мир Кристиан Грей,
генеральный директор «Грей Энтрепрайзес»

Черт! Торопливо исправляюсь.

От кого: Анастейша Стил

Тема: Не порви пузырь

Дата: 22 августа 2011 г. 09:58

Кому: Кристиан Грей

Муж

С вами, мистер Грей, я только за бейсбольные метафоры. И я хочу остаться здесь под своей фамилией.

Объясню вечером.

Сейчас ухожу на совещание.

Тоже скучаю.

PS. Думала воспользоваться «блэкберри».

Анастейша Стил,
редактор, SIP

Чувствую, драчка будет еще. Вздыхая, собираю бумаги для совещания.

Совещание длится уже два часа. Присутствуют все редакторы, а еще Роуч и Элизабет. Обсуждаем штатный состав, стратегию, маркетинг, безопасность и планы на конец года. Чем дальше, тем больше чувствую себя не в своей тарелке. Отношение ко мне в коллективе немножко другое — сдержанное, более почтительное. Раньше, до медового месяца, ничего такого не было. А Кортни, она возглавляет отдел нон-фикш, воспринимает меня с откровенной враждебностью. Может, я все это воображаю, может, у меня паранойя, но тогда чем объяснить странное поведение Элизабет?

Мысленно возвращаюсь то на яхту, то в игровую комнату, то к загадочному «Доджу», преследовавшему нас на автостраде I-5. Что, если Кристиан прав и я не смогу больше заниматься этим? От этой мысли становится еще тоскливее. Но ведь я всегда хотела только этого. Уйду отсюда, а что потом? Возвращаясь в кабинет, стараюсь гнать подальше мрачные мысли. Сажусь за стол, быстренько проверяю почту. От Кристиана ничего. Заглядываю в «блэкберри». Тоже ничего. Вот и хорошо. По крайней мере, почта не принесла ничего такого, что спровоцировало бы негативную реакцию. Может быть, получится обсудить все вечером? Хотя верится с трудом. Игнорируя невнятное беспокойство, открываю маркетинговый план, который получила на совещании.

Следуя заведенному ритуалу, Ханна приносит тарелку с ланчем, любезно собранным миссис Джонс. Едим мы вместе, обсуждая заодно планы на неделю. Ханна посвящает меня в последние офисные сплетни, которых, учитывая, что я отсутствовала три недели, набралось совсем немного. Мы еще треплемся, когда в дверь стучат.

— Войдите.

Дверь открывается. На пороге — Роуч, за ним — Кристиан. Вот так сюрприз, я даже немею от неожиданности. Кристиан бросает на меня испепеляющий взгляд и проходит в кабинет, любезно улыбнувшись Ханне.

— Здравствуйте, вы, должно быть, Ханна. Я — Кристиан Грей.

Ханна неловко поднимается и протягивает руку.

— Мистер Грей... П-п-приятно познакомиться, — бормочет она, заикаясь. — Принести кофе?

— Да, пожалуйста. — Мой муж — сама любезность.

Ханна бросает на меня озадаченный взгляд и торопливо выходит из комнаты, протискиваясь мимо застывшего на пороге Роуча.

— Если позволите, Роуч, я хотел бы переговорить с *мисс Стил*.

«С» выходит у него нарочито шипящим, отчего и обращение звучит пренебрежительно, сдобренное сарказмом. Так вот в чем дело. Вот почему он здесь. Вот же засада.

— Конечно, мистер Грей. Пока, Ана. — Роуч поворачивается, выходит и закрывает за собой дверь.

Я наконец-то обретаю дар речи.

— Мистер Грей, как приятно вас видеть. — Я мило улыбаюсь.

— Мне можно сесть, мисс Стил?

— Это же ваша компания. — Делаю жест в сторону освободившегося после бегства Ханны стула.

— Да, моя. — Он хищно улыбается, но глаза остаются холодными. Тон резкий. Я чувствую его напряжение. Хреново. Сердце уходит в пятки.

— У вас очень маленький офис, — говорит Кристиан, подсаживаясь к столу.

— Меня устраивает.

Он смотрит на меня бесстрастно, но я знаю, вижу — зол как черт. Перевожу дыхание. Сейчас будет не до смеха.

— Итак, Кристиан, что я могу для тебя сделать?

— Я просто проверяю свои активы.

— Твои активы? Все?

— Все. Некоторым определенно требуется ребрендинг.

— Ребрендинг? Какой же?

— Думаю, ты знаешь. — Голос его звучит угрожающе спокойно.

— Только не говори, что ты в первый же по возвращении день отложил все дела и примчался сюда, чтобы поцапаться из-за моей фамилии. — Я, черт возьми, не какой-то там актив!

Он закидывает ногу за ногу.

— Не цапаться. Не совсем так.

— Кристиан, я работаю.

— Работаешь? А по-моему, сплетничаешь со своей ассистенткой и обсуждаешь меня.

Чувствую, как вспыхивают щеки.

— Мы занимались нашим расписанием, — бросаю я.

— Ты не ответила на мой вопрос.

В дверь стучат.

— Войдите! — Получается слишком громко. В комнату входит Ханна с маленьким подносом. Молочник, сахарница, френч-пресс — притащила все. Она ставит поднос на стол.

— Спасибо, — бормочу я смущенно.

— Что-нибудь еще, мистер Грей? — запыхавшись, спрашивает Ханна. Я только что не закатываю глаза.

— Нет, спасибо. Это все. — Кристиан улыбается своей ослепительной, неотразимо-обольстительной улыбкой, и Ханна, залившись краской, выходит. Кристиан снова поворачивается ко мне. — Итак, мисс Стил, на чем мы остановились?

— На том, что ты ворвался в мой кабинет, чтобы поругаться из-за моего имени.

Кристиан моргает, удивленный, как я думаю, горячностью моего ответа. Ловко снимает с колена невидимую пушинку. Я знаю, что он делает это намеренно, и, стараясь не отвлекаться, не подпасть под магию его длинных хватких пальцев, в упор смотрю в серые глаза.

— Мне нравится наносить неожиданные визиты. Чтобы люди не расслаблялись, а жены знали свое место. — Он с самодовольным видом пожимает плечами.

Чтобы жены знали свое место!

— Не думала, что у тебя так много свободного времени, — бросаю я.

Взгляд холодеет.

— Почему ты не захотела поменять имя? — обманчиво мягко спрашивает Кристиан.

— Нам что, обязательно нужно обсуждать это сейчас?

— Почему бы и нет, если я уже здесь.

— У меня куча работы, и за три недели ее меньше не стало.

Смотрит на меня. Бесстрастно, оценивающе, даже отстраненно. Как ему это удается? После всего, что было прошлой ночью. После трех последних недель. Паршиво. Похоже, он и впрямь не в себе. Безумен. Безумен по-настоящему. Научится ли когда-нибудь не реагировать так остро на каждую мелочь?

— Ты меня стыдишься?

Что?

— Нет, Кристиан, конечно, нет. — Я сердито качаю головой. — Дело во мне, а не в тебе. — Да, вот уж кто умеет действовать на нервы. Глупый, деспотичный мегаломан.

— Как же не во мне?

Он склоняет набок голову; выражение уже не отстраненное, а недоуменное. Смотрит на меня во все глаза. Зацепило. Надо же. Я задела его чувства. Задела за живое. Да нет же. У меня и в мыслях не было обидеть его. Надо объяснить ему мою логику. Объяснить причины моего решения.

— Кристиан, когда я пришла сюда на работу, мы только-только познакомились, — терпеливо начинаю я, тщательно подбирая нужные слова. — Я не знала, что ты собираешься покупать компанию.

Что можно сказать о том эпизоде в нашей короткой истории? Все его безумные страхи и комплексы — неудержимое стремление к контролю, недоверие и подозрительность — реализовались в принятом решении только потому, что Кристиан богат. Я знаю, он заботится о моей безопасности, но главная, фундаментальная проблема в том, что SIP — его собственность. Если бы он не вмешивался, я продолжала бы работать как ни в чем не бывало, и мне не пришлось бы сталкиваться с недовольством коллег, ловить их завистливые взгляды и слышать перешептывания у себя за спиной. Закрываю лицо ладонями — только бы не смотреть ему в глаза.

— Почему это для тебя так важно? — спрашиваю я, с трудом сохраняя видимость спокойствия. Отнимаю руки — он смотрит на меня бесстрастно, глаза блестят, но ничего не выражают, ничего не выдают, даже обиду прячут. Я задаю вопрос, в глубине души уже зная ответ.

— Хочу, чтобы все знали — ты моя.

— Я твоя — посмотри. — Поднимаю левую руку, показываю два кольца.

— Этого недостаточно.

— Недостаточно, что я вышла за тебя замуж? — Голос срывается на шепот.

Он моргает, заметив отразившийся на моем лице ужас. Куда уж дальше? Что еще я могу сделать?

— Я не это имею в виду, — бросает он и проводит ладонью по волосам. Одна прядка падает на лоб.

— А что ты имеешь в виду?

Он сглатывает.

— Я хочу, чтобы твой мир начинался с меня и мною же заканчивался.

Вот так! У меня просто нет слов. Как будто получила под дых и не могу ни вдохнуть, ни выдохнуть. А перед глазами видение: маленький испуганный мальчик, сероглазый, с волосами цвета меди в грязной, разносортной, не по размеру одежде.

— Так оно и есть, — говорю я, ничуть не лукавя, потому что это правда. — Я просто стараюсь выстроить собственную карьеру и не хочу торговать твоим именем. Мне нужно что-то делать. Я не могу сидеть взаперти в «Эскале» или в новом доме и ничем не заниматься. Я сойду с ума. Я всегда работала. И мне это нравится. Сейчас у меня работа, о которой можно только мечтать. Но это вовсе не значит, что я люблю тебя меньше. Ты для меня — весь мир.

К горлу подступает комок. На глаза наворачиваются слезы. Но плакать нельзя. Здесь плакать нельзя. «Ты не должна плакать, — мысленно повторяю я. — Ты не должна плакать».

Кристиан смотрит на меня и молчит. Едва заметно хмурится, обдумывает услышанное.

— Значит, я тебя подавляю? — Голос холодный, безрадостный, как эхо какого-то заданного раньше вопроса.

— Нет... да... нет. — Какой дурацкий, неприятный, бессмысленный разговор! Вот уж без чего бы я обошлась, так это без выяснения отношений. Закрываю глаза, тру лоб — как же мы докатились до этого? — Послушай, речь идет о моем имени. Я хочу оставить его, чтобы между нами была какая-то дистанция, чтобы меня не воспринимали как продолжение тебя. Но это только здесь, только на работе. Ты же понимаешь, здесь все считают, что я получила работу благодаря тебе, хотя на самом деле... — Я останавливаюсь на полуслове, замираю... О нет... неужели и вправду благодаря ему?

— Хочешь знать, почему получила эту работу? Хочешь, Анастейша?

Анастейша? Вот черт.

— Что? Что ты имеешь в виду?

Он ерзает, устраивается поудобнее. Хочу ли я знать?

— Тебе отдали работу Хайда. Не хотели тратиться на редактора, учитывая, что с продажами у них не очень. Они не знали, как поступит с издательством новый владелец, и, что вполне логично, не шли на увеличение штата. Поэтому тебя посадили вместо Хайда. Временно, до появления нового хозяина. — Он выдерживает паузу и иронически улыбается. — А именно меня.

Вот, значит, как.

— Что ты хочешь сказать? — Так вот оно что. Меня взяли из-за него. Черт.

Он усмехается и, заметив мое смятение, качает головой.

— Успокойся. Ты справилась. Показала себя с лучшей стороны. — Я слышу в его голосе нотку гордости.

— Ох... — От такой новости голова идет кругом. Я откидываюсь на спинку кресла и смотрю на него. Он снова ерзает.

— Я не хочу подавлять тебя, Ана. Не хочу держать тебя в золотой клетке. Ну... — Лицо его мрачнеет. — По крайней мере, этого не хочет моя рассудочная половина. — Он задумчиво поглаживает подбородок, как будто составляет какой-то новый план.

Интересно, что у него в голове?

Кристиан вдруг вскидывает голову, как человек, нашедший верное решение.

— Я пришел сюда не только для того, чтобы привести в чувство заблудшую жену, но и чтобы обсудить главный вопрос: что делать с компанией.

Заблудшая жена! Я не заблудшая, но я и не какой-то актив. Смотрю на него сердито, и слезы незаметно отступают.

— И что же ты собираешься делать? — Я склоняю голову набок, копируя его жест, и вопрос, независимо от моего желания, звучит саркастически.

На его губах подрагивает усмешка — настроение снова поменялось. Ну как мне угнаться за этим Мистером Непостоянство?

— Я переименую компанию — в «Грей паблишинг».

Вот так новость.

— И через год она будет твоей.

Что? У меня даже челюсть отваливается.

— Это мой свадебный подарок тебе.

Я закрываю рот, пытаюсь что-то сказать — ничего не выходит. В голове пусто.

— Так что, поменять название на «Стил паблишинг»?

А ведь он не шутит. Офигеть.

— Кристиан, — мне удается наконец наладить контакт между головой и языком. — Ты уже сделал мне подарок, часы. Я не могу управлять издательством.

Он наклоняет голову и смотрит на меня критически.

— Я управлял бизнесом в двадцать один год.

— Но это ты. Особая статья. Ты помешан на контроле. В бизнесе ты как рыба в воде. Ты даже изучал экономику в Гарварде. У тебя-то хотя бы есть какое-то представление обо всем этом. А я три года продавала краски и кабельные стяжки. Я почти ничего не видела и совсем ничего не знаю! — Незаметно для себя я говорю все громче и заканчиваю тираду едва ли не на крике.

— Ты самая начитанная из всех, кого я знаю, — парирует он. — Ты любишь хорошие книги. Ты даже во время медового месяца не могла забыть о работе. Сколько рукописей ты прочитала? Четыре?

— Пять, — бормочу я.

— И все прорецензировала. Ты очень умная женщина, Анастейша. Уверен, ты справишься.

— Ты с ума сошел?

— Да, по тебе.

Что? Я хмыкаю, потому что это единственное, на что я сейчас способна. Он щурится.

— Над тобой будут потешаться. Покупать компанию для человека, у которого весь опыт работы — несколько месяцев.

— Да мне наплевать, что там кто-то подумает. К тому же ты будешь не одна.

Я пялюсь на него во все глаза. Нет, на этот раз он определенно сдвинулся.

— Кристиан...

Я закрываю лицо руками — эмоций уже не осталось, как будто меня пропустили через особую отжимную машину. О чем он только думает? Откуда-то из темной глубины внутри меня вдруг поднимается абсолютно неуместное желание рассмеяться. Я опускаю руки, поднимаю голову и ловлю его удивленный взгляд.

— Вас что-то позабавило, мисс Стил?

— Да. Ты.

Он шокирован, но хотя бы не сердится.

— Потешаетесь над мужем? Это вам так не пройдет. И кусаете губу. — Глаза его темнеют... О нет, я знаю этот взгляд. Страстный, похотливый, прельщающий... Нет, нет, нет! Только не здесь.

— Даже не думай, — предупреждаю я.

— О чем, Анастейша?

— Я знаю этот твой взгляд. Мы на работе.

Он наклоняется, продолжая неотрывно смотреть на меня серыми голодными глазами. Полный отпад. Я невольно сглатываю.

— Мы в небольшой, относительно звуконепроницае-
мой комнате с запирающейся дверью.

— Это серьезный этический проступок, — тщательно
подбирая слова, выговариваю я.

— Но не с мужем.

— С боссом.

— Ты моя жена.

— Нет, Кристиан, нет. Я серьезно. Вечером можешь
трахать меня как тебе заблагорассудится. По всем семи
оттенкам воскресенья. Но не сейчас. Не здесь.

Он моргает, щурится, а потом вдруг смеется.

— По всем семи оттенкам?.. — Вскидывает бровь. —
Я это запомню, мисс Стил.

— Только перестань тыкать меня этой мисс Стил! —
бросаю раздраженно я и хлопаю ладонью по столу. Мы
оба вздрагиваем. — Ради бога. И если тебе так уж не-
вмоготу, я поменяю имя!

Он переводит дыхание. И улыбается — широко, во
весь рот. Офигеть...

— Хорошо. — Он хлопает в ладоши и неожиданно
поднимается. — Прошу извинить, миссис Грей.

Что? Ну как можно с таким разговаривать! Он же
кого угодно сведет с ума!

— Но...

— Что «но», миссис Грей?

Я устало вздыхаю.

— Ничего. Просто уходи.

— Уже собрался. Увидимся вечером. Буду с нетерпением ожидать семи оттенков воскресенья.

Корчу гримасу.

— И да... У меня намечено несколько деловых встреч,
и я хочу, чтобы ты меня сопровождала.

Смотрю на него молча. Ты уйдешь когда-нибудь?

— Скажу Андреа, чтобы позвонила Ханне: пусть от-
метит даты в твоем расписании. Тебе нужно познакомиться с кое-какими людьми. Отныне Ханна должна
вести твой график.

— Хорошо, — бормочу я. Столько всего свалилось — ни думать, ни говорить, ни реагировать на что-либо я уже не в состоянии. Он подходит к столу. Наклоняется. Ну, что еще? Его взгляд гипнотизирует.

— Мне нравится вести бизнес с вами, миссис Грей.

Он наклоняется еще ближе, а я сижу как парализованная. Нежно целует меня в губы. Выпрямляется, подмигивает и уходит. Я опускаю голову на стол — чувствую себя так, словно меня только что переехал грузовой поезд. И этот поезд — мой любимый муж. Самый несносный, невозможный, противоречивый человек во всем свете. Я выпрямляюсь. Отчаянно тру глаза. И на что я сейчас согласилась? Ах да, Ана Грей — директор SIP. То есть «Грей паблишинг». Безумец. В дверь стучат — Ханна просовывает голову.

— Ты в порядке?

Я тупо смотрю на нее. Она хмурится.

Я киваю.

— «Твайнингс инглиш брекфаст», слабый и без молока?

Еще раз киваю.

— Я мигом.

Еще не оправившись от шока, смотрю на экран. Как же сделать так, чтобы он понял? Электронное письмо!

От кого:
Тема: НЕ АКТИВ!
Дата: 22 августа 2011 г. 14:33
Кому: Кристиан Грей

Мистер Грей,
Когда надумаете прийти в следующий раз, сообщите заранее, чтобы я могла, по крайней мере, подготовиться к проявлениям подростковой мегаломании.

Ваша
Анастейша Стил — прошу запомнить,
редактор, SIP

От кого: Кристиан Грей
Тема: Семь оттенков воскресенья
Дата: 22 августа 2011 г. 14:34
Кому: Анастейша Стил

Моя дорогая миссис Грей (ударение на Моя)
Что я могу сказать в свою защиту? Был неподалеку, в вашем районе. И, конечно, вы не мой ценный актив — вы моя возлюбленная супруга.

Кристиан Грей
Мегаломан и генеральный директор холдинга «Грей энтерпрайзес»

Пытается обратить все в шутку, но мне не до смеха. Я перевожу дыхание и возвращаюсь к работе.

Вечером, после работы, Кристиан встречает меня настороженным молчанием.

— Привет, — говорю я, садясь в машину.

— Привет, — сдержанно отвечает он.

— Кому еще сегодня помешал? — нарочито любезно спрашиваю я.

— Только Флинну, — отвечает он с едва заметной улыбкой.

— Когда соберешься к нему в следующий раз, возьми список интересующих меня тем, — ворчливо говорю я.

— Вы, похоже, не в духе, миссис Грей.

Молчу. Смотрю прямо перед собой, на затылки Сойера и Райана.

Кристиан подсаживается ближе.

— Эй. — Он тянется к моей руке. Всю вторую половину дня я, вместо того чтобы сосредоточиться на работе, думала о том, что скажу ему. Но с каждым часом только злилась все сильнее. Надоело. Сыта по горло его бесцеремонностью, упрямством. Ведет себя как мальчишка. Я убираю руку и отворачиваюсь — совсем по-детски.

— Злишься? — шепотом спрашивает Кристиан.

— Да. — Складываю руки на груди и смотрю в окно. Он снова подсаживается ближе, но я приказываю себе не оборачиваться. Почему злюсь на него? Не знаю. Но злюсь. С ума сойти.

Едва мы останавливаемся у «Эскалы», как я в нарушение всех правил и инструкций выскакиваю из машины вместе с портфелем и быстро иду к дому, даже не посмотрев, кто меня сопровождает. Оказывается, Райан. В фойе он первым успевает к лифту и нажимает кнопку вызова

— Что? — отрывисто бросаю я.

Он краснеет.

— Извините, мэм.

Кристиан подходит и становится рядом со мной в ожидании кабины. Райан незаметно ретируется.

— Так ты не только на меня злишься? — сухо спрашивает Кристиан.

Я поворачиваюсь и успеваю заметить на его лице тень улыбки.

— Так ты еще и смеешься надо мной? — Обжигаю его взглядом.

— Ну что ты, я бы не посмел. — Кристиан поднимает руки, как будто я держу его под дулом пистолета. На нем темно-синий костюм, и выглядит он в нем аккуратным и свежим. На лице невинное выражение, волосы сексуально свисают на лоб.

— Тебе надо постричься, — говорю я и, отвернувшись, вхожу в кабину.

— Правда? — Он убирает волосы со лба и входит следом за мной.

— Да. — Ввожу код на панели.

— Так ты со мной разговариваешь?

— Только сейчас.

— А из-за чего именно ты злишься? — осторожно спрашивает он.

Я поворачиваюсь и выразительно смотрю на него.

— Неужели не понимаешь? Ты же такой умный, должен как-то догадаться. Не могу поверить, что ты такой тупой.

Растерянный, он делает шаг назад.

— Ну ты даешь. Мы же вроде со всем разобрались еще в твоем офисе.

— Я просто не хотела спорить. Ты такой требовательный и такой упрямый.

Дверцы расходятся, и я выхожу. В коридоре стоит Тейлор. Увидев меня, отступает в сторону и тут же закрывает рот.

— Здравствуйте, Тейлор, — говорю я.

— Добрый вечер, миссис Грей.

Я оставляю в холле кейс и иду в комнату.

У плиты — миссис Джонс.

Я здороваюсь, прохожу к холодильнику и достаю бутылку белого вина. Кристиан не отстает. Наблюдает за мной, как ястреб. Я беру из шкафчика стакан. Он снимает пиджак, бросает на стул.

— Хочешь выпить? — любезно осведомляюсь я.

— Нет, спасибо, — отвечает он, не спуская с меня глаз.

Я знаю: сейчас он беспомощен, потому что не знает, что со мной делать. С одной стороны, смешно, с другой — трагично. «Так тебе и надо», — думаю я. После нашего разговора в офисе никакого сочувствия у меня не осталось. Он медленно развязывает галстук, расстегивает верхнюю пуговицу рубашки. Я наливаю себе большой стакан совиньона. Кристиан приглаживает ладонью волосы. Оборачиваюсь — миссис Джонс уже нет. Черт.

Она — мой щит. Делаю глоток. М-м-м. Вкусно.

— Перестань, — шепчет Кристиан и, сделав два шага, останавливается передо мной. Протягивает руку, поправляет мне волосы, касается кончиками пальцев мочки уха.

Меня словно пронзает током. Так что, выходит, мне этого недоставало? Его прикосновения? Качаю головой и смотрю на него в упор. Молча.

— Поговори со мной, — бормочет он.

— А какой смысл? Ты же меня не слушаешь.

— Слушаю. Ты — одна из немногих, кого я слушаю. Отпиваю еще вина.

— Это из-за твоего имени?

— И, да и нет. Все дело в том, как ты поступаешь, когда я не согласна с тобой. — Смотрю, жду его реакции — должен рассердиться. Он насупливается.

— Ана, ты ведь знаешь, у меня есть... пунктики. Мне трудно быть объективным, когда дело касается тебя. И тебе это известно.

— Но я не ребенок и не ценный актив.

— Знаю. — Он вздыхает.

— А если знаешь, то и обращайся со мной соответственно, — умоляюще шепчу я.

Он гладит меня по щеке, проводит большим пальцем по верхней губе.

— Не сердись. Ты так дорога мне. Как бесценный актив, как ребенок, — шепчет он кающимся тоном. А я цепляюсь за сказанное. Как ребенок. Значит, ребенок для него нечто ценное.

— Я не то и не другое. Я — твоя жена. Если тебя задело, что я не пользуюсь твоим именем, надо было так и сказать.

— Задело? — Кристиан хмурится, решает, права ли я. Потом вдруг выпрямляется и смотрит на часы. — Через час здесь будет архитектор. Надо поесть.

Ну вот. Он так и не ответил, и теперь мне придется иметь дело с Джиа Маттео. Дерьмовый день заканчивается еще дерьмовее.

— Разговор не закончен, — предупреждаю я.

— А о чем говорить?

— Ты мог бы продать компанию.

Он фыркает.

— Продать?

— Да.

— Думаешь, я найду покупателя при сегодняшнем положении на рынке?

— Во сколько она тебе обошлась?

— Я купил ее довольно дешево, — осторожно отвечает он.

— Так что если она закроется?..

— Мы переживем, — усмехается он. — Но она не закроется. Не закроется, пока ты там.

— А если я уйду?

— И чем займешься?

— Еще не знаю. Чем-нибудь другим.

— Ты ведь сказала, что всегда мечтала о такой работе. И извини, если ошибаюсь, но я обещал перед Господом, его преподобием Уолшем и всеми нашими родными и близкими заботиться о тебе, лелеять и беречь.

— Ты цитируешь свою брачную клятву, а это нечестно.

— А я и не обещал быть честным в том, что касается тебя. К тому же ты первой использовала против меня брачную клятву.

Я отвечаю сердитым взглядом. Сказать нечего, это правда.

— Анастейша, если злишься, излей свою злость в постели. — Голос его меняется, в нем слышны глухие нотки желания, глаза темнеют.

Что? Постель? Как?

Кристиан снисходительно улыбается. Чего он ждет? Что я снова его свяжу? С ума сойти.

— Семь Оттенков Воскресенья, — шепчет он. — Жду с нетерпением.

Ух ты!

— Гейл! — кричит он вдруг, и ровно через четыре секунды в кухне появляется миссис Джонс. Интересно, где она была? В кабинете Тейлора? Подслушивала? Вот черт.

— Мистер Грей?

— Мы хотим поесть. Прямо сейчас. Пожалуйста.

— Хорошо, сэр.

Кристиан не сводит с меня глаз. Как будто сторожит. Как будто я — какой-то экзотический зверек и могу сбежать. Отпиваю вина.

— Я, пожалуй, тоже выпью, — вздыхает он и еще раз проводит ладонью по волосам.

— Ты еще не доела?

— Нет. — Я смотрю на тарелку с едва тронутыми фетучини — не выдерживаю его пристального внимания — и, прежде чем он успевает что-то сказать, поднимаюсь и убираю со стола посуду.

— Джиа вот-вот приедет, — объясняю я. Кристиан недовольно морщится, но ничего не говорит.

— Я уберу, миссис Грей, — говорит миссис Джонс, когда я вхожу в кухню.

— Спасибо.

— Не понравилось? — озабоченно спрашивает она.

— Нет, все хорошо. Просто я не голодна.

Миссис Джонс сочувственно кивает и, отвернувшись, ставит тарелки в посудомойку.

— Мне нужно сделать пару звонков, — говорит Кристиан и, окинув меня оценивающим взглядом, исчезает в кабинете.

Я облегченно вздыхаю и отправляюсь в спальню. Обед прошел в атмосфере неловкости. Я все еще злюсь на Кристиана, а он, похоже, не считает, что чем-то провинился. А провинился ли? Мое подсознание поднимает бровь и смотрит на меня поверх очков-половинок. Да, провинился. Из-за него я чувствую себя на работе еще более неловко. И дома, где нам никто не мешает, продолжать разговор не соизволил. А если бы я ворвалась в его офис и стала там распоряжаться? Как бы он себя почувствовал? Мало того, Кристиан еще вознамерился отдать мне SIP! И что я буду делать с компанией? Я же совершенно не разбираюсь в бизнесе.

Смотрю в окно, на город, залитый розоватым светом заката. Как обычно, Кристиан хочет стереть все наши разногласия в спальне. Или в игровой комнате. Или в телевизионной. Или даже на кухонном столе. Стоп! С ним все сводится к сексу. Секс — его механизм совладания[1].

---

[1] Механизм совладания (coping mechanism, *англ.*) — в психологии механизмы совладания определяют способность человека приспособиться к стрессовой ситуации. — *Примеч. пер.*

Я вхожу в ванную. Смотрю на свое отражение в зеркале. Возвращаться в реальный мир всегда нелегко. Пока мы были в нашем пузыре, разногласия как-то сгладились. Мы просто не замечали их, потому что были полностью заняты друг другом. Но теперь? Вспоминаю день свадьбы, мои тогдашние тревоги — такой поспешный брак... Нет, так думать нельзя. Я ведь знала, за кого выхожу замуж. Нужно просто поговорить с ним обо всем, объясниться. Снова смотрю в зеркало — бледная. А ведь сейчас мне придется иметь дело с той женщиной.

На мне узкая серая юбка и блузка без рукавов. Правильно! Моя внутренняя богиня достает ярко-красный лак для ногтей. Я расстегиваю две верхние пуговицы. Умываюсь, тщательно наношу макияж — туши чуть больше обычного, помаду чуть поярче и с блеском. Безжалостно, от корней до кончиков, расчесываю волосы, и, когда встаю, волосы взлетают каштановой дымкой и спускаются до груди. Я убираю их за уши и принимаюсь за поиски «лодочек» — без каблуков сегодня делать нечего.

Я выхожу в большую комнату. Кристиан стоит у обеденного стола перед расстеленными планами. Играет музыка. Я останавливаюсь.

— Миссис Грей, — говорит он приветливо, потом поворачивается и удивленно на меня смотрит.

— Что это? — спрашиваю я, имея в виду музыку.

— «Реквием» Габриэля Форе. А ты по-другому выглядишь, — рассеянно замечает он.

— Вот как. Никогда прежде не слышала.

— Хорошая музыка для релаксации. — Кристиан удивленно поднимает бровь. — Ты что-то сделала с волосами?

— Всего лишь расчесала. — Чистые, неземные голоса зовут куда-то, уводят...

Кристиан отодвигает бумаги и неторопливо, слегка покачиваясь в такт музыке, направляется ко мне.

— Потанцуем?

— Что? Под реквием?

— Да. — Он кладет руки мне на плечи, зарывается лицом в мои волосы и шумно вдыхает, а я наслаждаюсь его божественным запахом. Как же мне не хватало его сегодня! Прижимаюсь к нему и с трудом сдерживаюсь, чтобы не расплакаться. Ну почему же ты такой несносный?

— Не хочу, не могу с тобой ссориться, — шепчет он.

— Ну так перестань вести себя как задница.

Кристиан усмехается и еще крепче меня обнимает.

— Как задница?

— Как задница.

— А мне больше нравится «жопа».

— Так и должно быть. Оно тебе подходит.

Кристиан смеется и снова целует меня в макушку.

— Значит, реквием? — Я никак не могу поверить, что мы танцуем под такую музыку.

Он пожимает плечами.

— Всего лишь хорошая музыка.

У порога чуть слышно откашливается Тейлор. Кристиан поворачивается к нему.

— Пришла мисс Маттео.

Какая радость!

— Проводи. — Кристиан берет меня за руку, и в ту же секунду в комнату входит мисс Джиа Маттео.

Глава 8

Джиа Маттео — высокая симпатичная женщина. Коротко стриженная крашеная блондинка. Искусно завитые волосы уложены в нечто, напоминающее корону. На ней бледно-серый костюм; брюки и приталенный, облегающий роскошные формы жакет. Одежда, судя по виду, дорогая. Под горлом поблескивает одинокий бриллиант, в ушах — бриллиантики поменьше. Стильная, ухоженная, породистая — чувствуются и деньги, воспитание. Впрочем, последнее сегодня, похоже, отодвинуто; ее нежно-голубая блузка чересчур откровенна. Как и моя. Я краснею.

— Кристиан, Ана, добрый вечер. — Она улыбается, демонстрируя идеально ровные, белые зубы, и протягивает холеную, с идеальным маникюром руку — сначала Кристиану, потом мне, вынуждая меня выпустить его руку. Джиа лишь чуточку ниже Кристиана, но это из-за высоченных шпилек.

— Здравствуйте, Джиа, — вежливо отвечает мой муж. Я отделываюсь бесстрастной улыбкой.

— Вы оба хорошо выглядите после медового месяца, — замечает Джиа, рассматривая Кристиана из-под длинных, тяжелых от туши ресниц. Глаза у нее карие.

Кристиан обнимает меня за талию.

— Да, отдохнули чудесно. Спасибо.

Он вдруг наклоняется и целует меня в висок, как бы говоря: она моя. Невозможная, даже невыносимая, но моя. Я улыбаюсь. Я люблю тебя, Кристиан Грей. Обнимаю его, просовываю руку в задний карман брюк, чуть тискаю. Джиа кисло улыбается.

— Успели просмотреть планы?

— Да, мы их посмотрели, — говорю я и бросаю взгляд на Кристиана, который отвечает мне усмешкой и вскидывает бровь. Интересно, что его так позабавило? Моя реакция на Джиа или то, что я потискала его задницу?

— Они здесь. — Кристиан кивает на обеденный стол и, держа меня за руку, идет к нему. Джиа следует за нами. Я наконец-то вспоминаю об обязанностях хозяйки.

— Не хотите ли выпить? Может быть, бокал вина?

— С удовольствием. Если можно, белого сухого.

Черт! Белый совиньон — это ведь сухое вино? Оставлять мужа не хочется, но делать нечего, и я тащусь в кухню. Кристиан выключает музыку.

— Ты еще выпьешь? — спрашиваю я Кристиана, не оборачиваясь.

— Да, детка, пожалуйста, — отвечает он нежным голоском. Такой милый, такой обходительный — сейчас, а ведь порой бывает таким несносным.

Привстаю на цыпочки, открываю шкафчик. Спиной чувствую — Кристиан за мной наблюдает. Ощущение неприятное, словно мы оба участвуем в каком-то шоу, разыгрываем представление — только на этот раз мы на одной стороне, объединились против мисс Маттео. Знает ли он? Понимает ли, что ее тянет к нему, и это ясно как божий день? Может быть, Кристиан пытается поддержать меня, ободрить? Что ж, приятно. Или, может, он просто, ясно и недвусмысленно дает ей понять, что занят?

Мой. Да, чертовка, он — мой. Моя внутренняя богиня облачается в гладиаторские доспехи. Настроена решительно — никакой жалости, пленных не брать. Улыбаясь про себя, беру три бокала, прихватываю из холодильника уже открытую бутылку совиньона и ставлю это все на стойку. Джиа — у обеденного стола, склонилась над бумагами, Кристиан стоит рядом и указывает на что-то.

— Насчет стеклянной стены у Аны есть какие-то сомнения, но в целом мы вполне довольны.

— Я так рада, — с облегчением говорит Джиа и, протягивая руку к плану, как бы ненароком касается плеча Кристиана. Он тут же напрягается, но она, похоже, не замечает.

«Оставьте его в покое, леди. Моему мужу не нравится, когда его трогают», — мысленно шиплю я. Кристиан делает шаг в сторону и, оказавшись вне досягаемости, поворачивается ко мне.

— Жаждущие ждут.

— Сейчас иду.

Кристиан точно ведет игру. Присутствие Джиа определенно его тяготит. И как только я не замечала этого раньше? Вот почему она мне не нравится. Кристиан привык к тому, как женщины на него реагируют, и обычно не придает этому никакого значения. А вот прикосновения — дело совсем другое. Ладно, миссис Грей спешит на помощь.

Я торопливо разливаю вино по бокалам и тороплюсь к моему попавшему в беду рыцарю. Предлагая бокал Джиа, вклиниваюсь между нею и Кристианом. Она отвечает любезной улыбкой. Второй бокал подаю Кристиану — он с облегчением выдыхает и благодарно смотрит на меня.

— Ваше здоровье! — говорит он нам обеим, но смотрит на меня. Мы с Джиа поднимаем бокалы и отвечаем в унисон. Я делаю глоток.

Джиа поворачивается ко мне.

— Ана, у вас, как я поняла, есть какие-то возражения против стеклянной стены?

— Да. Не поймите неправильно, она мне нравится. Но я бы хотела немножко иначе вписать ее в дом. Я уже влюбилась в него и не хочу радикальных изменений.

— Понятно.

— По-моему, эту стеклянную стену следовало бы встроить как-то посимпатичнее, чтобы она больше соответствовала оригинальному плану. — Сморю на Кристиана — он слушает меня задумчиво, потом кивает.

— Другими словами, никакой масштабной модернизации.

— Нет. — Я решительно трясу головой.

— Он нравится вам таким, как есть?

— В общем, да. Я всегда думала, что ему нужно лишь немного заботы и внимания.

Его взгляд теплеет.

Джиа смотрит на нас, и ее щеки розовеют.

— О'кей, — говорит она. — Думаю, я начинаю понимать вас, Ана. Что, если мы сохраним стеклянную стену, но сделаем так, чтобы она открывалась на широкую террасу в средиземноморском стиле. Собственно говоря, сама терраса уже есть. Можно поставить колонны из подходящего камня, оставив между ними большие промежутки, чтобы не закрывать вид. И добавить стеклянную крышу или же подобрать соответствующую плитку. Тогда там получится удобная обеденная зона.

Надо отдать должное, свое дело она знает. И знает хорошо.

— Есть и другой вариант, — продолжает Джиа. — Вместо террасы тонировать стеклянные двери под дерево и таким образом сохранить тот самый средиземноморский дух.

— Как те ярко-голубые ставни на юге Франции, — говорю я Кристиану, который по-прежнему пристально за мной наблюдает.

Он отпивает вина и с невозмутимым видом пожимает плечами. Хм-м. Второе предложение ему не по вкусу, но критиковать меня, затыкать мне рот и выставлять в глупом свете он не хочет. Что за человек, просто клубок противоречий! На память приходят его вчерашние слова: «Я хочу, чтобы дом был таким, каким его хочешь видеть ты. Каким бы ты его ни видела. Он твой». Кристиан хочет, чтобы я была счастлива. Счастлива во всем, что делаю. В глубине души я понимаю, что так оно и есть. Просто... Стоп. Не надо сейчас думать об этом. Подсознание сердито хмурится. Джиа смотрит на Кристиана, ждет его решения. Наблюдаю за ней: зрачки расширены, губы приоткрыты. Перед тем как выпить вина, проводит языком по блестящей верхней губе. Я смотрю на Кристиана — он по-прежнему смотрит на меня, а совсем не на нее. Да! Моя внутренняя богиня триумфально потрясает кулачком. У меня еще есть парочка слов для мисс Маттео.

— Что думаешь, Ана? — спрашивает Кристиан.

— Мне нравится идея с террасой.

— Мне тоже.

Поворачиваюсь к Джиа. Так и хочется крикнуть: «Эй, леди, смотрите сюда, а не туда. Здесь решаю я».

— Я бы хотела увидеть новый вариант плана с расширенной террасой и колоннами в едином с домом стиле.

Джиа неохотно переводит взгляд с моего мужа на меня и снисходительно улыбается. Неужели думает, что я ничего не замечаю?

— Конечно, — любезно говорит она. — Что-нибудь еще?

Кроме того, что трахаешь глазами моего мужа?

— Кристиан хочет переделать спальню.

Кто-то осторожно кашляет. Мы все одновременно поворачиваемся — на пороге стоит Тейлор.

— Что такое? — спрашивает Кристиан.

— Мне нужно поговорить с вами, мистер Грей. Дело срочное.

Кристиан подходит ко мне сзади, кладет руки на плечи и обращается к Джиа:

— Этим проектом занимается миссис Грей. У нее карт-бланш. Все будет так, как она захочет, а я полностью полагаюсь на ее чутье, вкус и прозорливость. — Голос звучит немного иначе, и я слышу в нем замаскированное предостережение. Кому? Джиа?

Полагается на мое чутье? Ну как тут не злиться! Еще сегодня прошелся по чувствам коваными ботинками, а теперь… Качаю от досады головой, но в глубине души благодарна: наконец-то Кристиан сказал этой мисс Соблазнительнице, которая, к сожалению, еще и хорошо разбирается в своем деле, кто тут отдает распоряжения. Я поглаживаю его по руке.

— Прошу меня извинить. — Прежде чем последовать за Тейлором, Кристиан нежно сжимает мои плечи. Интересно, в чем там дело?

— Итак... спальня? — нервно спрашивает Джиа.

Я смотрю на нее, дожидаясь, пока Кристиан и Тейлор отойдут подальше. Потом, собравшись с силами и напомнив себе, как бесцеремонно обходились со мной последние пять часов, выплескиваю на нее все, что накопилось.

— У вас есть все основания нервничать, потому что сейчас ваша работа над проектом висит на волоске. Но я уверена, мы поладим, если только вы будете держать руки подальше от моего мужа.

Она замирает на полувздохе.

— Иначе вы уволены. Понятно? — Я произношу это медленно и внятно, четко выговаривая каждое слово.

Джиа быстро моргает, она потрясена и ошарашена. Слушает и не может поверить, что *это* говорю ей я. Я и сама не могу в это поверить, но держусь и бесстрастно смотрю в ее вытаращенные карие глаза.

Только не отступай! Только держись! Я переняла это холодно-бесстрастное выражение у Кристиана, а уж он умеет быть бесстрастным, как никто другой. Перестройка главной резиденции Грея — престижный проект для архитектурной фирмы Джиа. И огромный успех для нее лично. Потерять такой заказ она не может. А что мисс Маттео — подруга Элиота, так мне сейчас на это наплевать.

— Ана... миссис Грей... я... Извините, мне очень жаль. У меня и в мыслях... — Она заливается краской, не зная, что еще сказать.

— Давайте начистоту, чтобы все было предельно ясно. Моему мужу вы неинтересны.

— Конечно, — бормочет она, бледнея.

— Как я уже сказала, для полной ясности.

— Миссис Грей, если вы подумали... я... Приношу свои извинения... — Она умолкает, растерянная и ошарашенная.

— Хорошо. Пока мы понимаем друг друга, все будет хорошо. А сейчас я хочу, с вашего позволения, объяснить, что именно мы хотим изменить в спальне, и пройтись по списку предлагаемых вами материалов. Как вам известно, мы с Кристианом хотим, чтобы дом отвечал экологическим требованиям. Мне нужно знать, откуда поступили материалы и что они собой представляют.

— Разумеется, — бормочет она, запинаясь и хлопая испуганно ресницами.

Впервые меня кто-то боится. Моя внутренняя богиня бегает по рингу перед обезумевшей от восторга толпой.

Джиа нервно приглаживает волосы.

— Значит, спальня? — чуть слышно говорит она.

Я победила и теперь, впервые после разговора с Кристианом в офисе, позволяю себе расслабиться. Могу позволить. Моя внутренняя богиня салютует своей внутренней стерве.

Мы уже заканчиваем, когда возвращается Кристиан.

— Все сделали? — спрашивает он и, обняв меня за талию, поворачивается к Джиа.

— Да, мистер Грей. — Она беззаботно улыбается, хотя улыбке недостает убедительности. — Через пару дней у вас будет переделанный план.

— Отлично. — Кристиан вопросительно смотрит на меня. — Ты довольна?

Я киваю и почему-то краснею.

— Пожалуй, пойду, — с той же фальшивой улыбкой говорит Джиа и протягивает руку, сначала мне, потом Кристиану.

— Пока, Джиа, — говорю я.

— До свидания, миссис Грей. Мистер Грей...

На пороге снова возникает Тейлор.

— Тейлор вас проводит, — говорю я так, чтобы он услышал.

Джиа еще раз приглаживает волосы, поворачивается на каблуках и уходит в сопровождении Тейлора.

— А она вела себя гораздо сдержаннее, — констатирует Кристиан.

— Ты так думаешь? Я и не заметила. — Пожимаю равнодушно плечами. — Чего хотел Тейлор? — Мне и впрямь любопытно, да и тему хочется сменить.

Кристиан подходит к столу и начинает сворачивать планы.

— Это касается Хайда.

— Хайда? Что такое?

— Тебе не о чем беспокоиться, Ана. — Кристиан снова обнимает меня. — Оказывается, Хайд уже несколько недель не был у себя дома. — Он целует меня в затылок и возвращается к столу.

А...

— Итак, что же ты все-таки решила? — Понимаю, ему не хочется говорить о Хайде и отвечать на мои вопросы.

— Договорились по тем изменениям, которые мы обсуждали с тобой вчера, — отвечаю я и тихо добавляю: — По-моему, ты ей нравишься.

Кристиан фыркает.

— Ты ей что-то сказала? — Я краснею. Как он догадался? Не зная, что сказать, опускаю голову. — До ее прихода мы были Кристианом и Аной, а когда она ушла, стали мистером и миссис Грей. — Тон сухой, бесстрастный.

— Может, что-то и сказала, — бормочу я и бросаю на него робкий взгляд из-под ресниц. Странно, но он смотрит на меня отнюдь не сурово, а тепло и как будто даже... доволен.

Кристиан отводит глаза, качает головой, и выражение его лица меняется.

— Ей всего лишь нравится это лицо. — Я слышу нотку горечи и даже отвращения.

О нет, нет!

— Что? — спрашивает он, видя мою растерянность. В его глазах — тревога и даже ужас. — Ты ведь не ревнуешь?

Я сглатываю и смотрю на свои сплетенные пальцы. А ревную ли я?

— Ана, эта женщина — сексуальная хищница. Совсем не мой тип. Как ты можешь ревновать меня к ней? Или к кому-либо вообще? Она нисколько мне не интересна. — Смотрит на меня так, как будто у меня выросло что-то лишнее. Проводит ладонью по волосам. — Есть только ты, Ана. И всегда будешь только ты.

Вот так да. Кристиан снова отодвигает планы, подходит и берет меня за подбородок.

— Как ты можешь думать иначе? Разве я дал повод для подозрений? — Он впился мне в глаза и не отпускает.

— Нет, — чуть слышно шепчу я. — Знаю, что поступила глупо. Просто… ты сегодня…

Все пережитое за день, все разнообразные эмоции вдруг вырываются и перемешиваются. Как объяснить свои смущение и растерянность? Как сказать, что меня огорчило его сегодняшнее поведение в моем кабинете? То он хочет, чтобы я оставалась дома, то вдруг дарит мне компанию. Ну как тут быть?

— Что?

— Ох, Кристиан… — Голос мой дрожит. — Я никогда не представляла для себя такой жизни. Стараюсь привыкнуть к ней, но… Я как будто получаю все на тарелочке — работу, чудесного мужа… Никогда не думала, что могу полюбить кого-то так… так сильно, так быстро, так… — Я пытаюсь перевести дух, а Кристиан наблюдает за мной, открыв рот.

— Ты словно грузовой поезд, и я не хочу оказаться на твоем пути, потому что тогда та девушка, в которую ты влюбился, будет раздавлена. А что останется? Останется что-то пустое, бессодержательное, способное лишь исполнять благотворительные функции. — Я снова останавливаюсь, ищу слова, чтобы передать свои чувства. — Сейчас ты хочешь поставить меня во главе компании, к чему я никогда не стремилась и к чему совершенно не готова. Что мне думать? Как быть? Чего ты действительно для меня хочешь — чтобы я сидела дома или чтобы руководила издательством? Все так запуталось. — На глаза наворачиваются слезы. Я останавливаюсь, чтобы не расплакаться. — Ты должен дать мне возможность самой принимать решения, рисковать, ошибаться и извлекать урок из собственных ошибок.

Прежде чем бежать, надо научиться ходить, неужели ты этого не понимаешь? Мне нужно немного независимости. Вот почему для меня так важно сохранить собственное имя. Вот что я хотела сказать тебе сегодня.

— Так ты чувствуешь, что я на тебя давлю? Принуждаю? — спрашивает Кристиан едва ли не шепотом.

Я киваю.

Он закрывает глаза и проводит ладонью по волосам — этот жест всегда выдает его волнение.

— Я всего лишь хочу дать тебе мир. Все, чего ты хочешь. И, конечно, спасти тебя от него. Защитить от всех бед. Но я также хочу, чтобы все знали, что ты — моя. Я запаниковал сегодня, когда получил твое письмо. Почему ты не объяснила насчет имени?

Понимаю, что Кристиан прав, и краснею.

— Я думала об этом, когда мы были на юге Франции, но ничего не сказала, чтобы не портить тебе настроение, а потом забыла. Вспомнила только вчера вечером, но... снова отвлеклась. Извини, мне, конечно, следовало обсудить это с тобой, но я никак не могла выбрать подходящий момент.

Он пристально смотрит на меня, и оттого я только еще больше нервничаю. Чувство такое, словно он пытается проникнуть в мою голову, но при этом ничего не говорит.

— Почему ты запаниковал?

— Не хочу, чтобы ты просочилась сквозь пальцы.

— Господи, ну куда я денусь! Когда ты наконец вобьешь это в свою тупую башку. Я. Тебя. Люблю. — Я машу рукой, как делает иногда для выразительности и сам Кристиан. — Ты мне дороже глаз, свободы, мира[1].

Он делает большие глаза.

— Любишь как дочь отца? — Иронически улыбается.

— Нет, — смеюсь я. — Просто это единственная цитата, что пришла на ум.

— Безумный король Лир?

---

[1] Цитата из «Короля Лира» У. Шекспира (перевод М. Кузмина). — *Примеч. пер.*

— Мой дорогой, мой милый, безумный король Лир. — Я ласково глажу его по щеке, и он льнет к моей ладони и закрывает глаза. — А ты не хочешь поменять свое имя и стать Кристианом Стилом, чтобы все знали, что ты принадлежишь мне?

Глаза распахиваются. Он смотрит на меня так, будто я объявила, что земля — плоская. Морщит лоб.

— Принадлежу тебе? — произносит он медленно, словно пробует слова на вкус.

— Мне.

— Тебе. — Те же слова, что мы говорили в игровой комнате вчера. — Да, пожалуй. Если это так много для тебя значит.

Опять.

— А для тебя это много значит?

— Да, — не раздумывая, твердо отвечает Кристиан.

— Хорошо. — Я готова ему уступить. Готова дать ту уверенность, которой ему по-прежнему недостает.

— Мне казалось, ты еще раньше согласилась.

— Да, согласилась, но теперь мы обсудили тему более детально, и я довольна своим решением.

— Вот как, — удивленно бормочет Кристиан и улыбается своей открытой мальчишеской улыбкой, от которой захватывает дух. Он хватает меня обеими руками за талию и кружит. Я визжу, пищу и смеюсь одновременно, даже не зная, счастлив он, доволен или что-то еще…

— Сознаете ли вы, миссис Грей, что это значит для меня?

— Теперь — да.

Он наклоняется и целует меня, накручивает волосы на палец, не дает даже пошевелиться.

— Это Семь Оттенков Воскресенья. — Он трется носом о мой нос.

— Думаешь? — Я отклоняюсь назад, смотрю на него испытующе.

— Обещания даны, сделка заключена, — шепчет Кристиан, и глаза его вспыхивают безумным восторгом.

— Э… — Я никак не могу понять его настроение.

— Хочешь взять свое слово назад? — неуверенно спрашивает он и на мгновение задумывается. — Есть идея.

Что еще за идея?

— Вопрос крайней важности, требует безотлагательного рассмотрения. — Кристиан вдруг переходит на серьезный тон. — Да, миссис Грей, именно так. Дело первостепенной важности.

Стоп, да он смеется надо мной.

— Что за дело?

— Мне нужно постричься. Волосы слишком длинные, и моей жене такие не нравятся.

— Я не смогу тебя постричь!

— Сможешь. — Он ухмыляется и трясет головой, так что волосы падают на глаза.

— Ну, если у миссис Джонс найдется миска для пудинга, — прыскаю я.

Он смеется.

— О'кей, к сведению принял. Обращусь к Франко.

Что? Нет! Франко ведь работает на нее? Может, мне и удастся хотя бы подрезать челку. В конце концов, я ведь много лет подстригала Рэя, и он никогда не жаловался.

— Идем.

Я хватаю его за руку и веду в нашу ванную, где вытаскиваю из угла белый деревянный стул и ставлю перед раковиной. Кристиан наблюдает за мной с плохо скрытым интересом, засунув большие пальцы за ремень.

— Садись. — Я указываю на пустой стул, пытаясь сохранить ведущую роль.

— Вымоешь мне волосы?

Я киваю. Кристиан удивленно вскидывает бровь, и мне кажется, он сейчас отступит и откажется от моих услуг.

— Ладно.

Он начинает медленно расстегивать пуговицы своей белой рубашки, начиная с верхней. Пальцы спускаются ниже и ниже, пока рубашка не распахивается. Ох...

Моя внутренняя богиня замирает, не завершив триумфальный проход по арене.

Кристиан нетерпеливо протягивает руку в хорошо знакомом мне жесте, означающем «ну-ка расстегни». Губы подрагивают, рот кривится... На меня это действует безотказно.

Ах да, запонки. Я беру его левую руку и снимаю первую запонку, платиновый диск с выгравированными курсивом инициалами. Потом вторую. Закончив, бросаю взгляд на него и вижу совсем другое лицо, потемневшее, жаркое, напряженное. Я стягиваю с плеча рубашку, и та, соскользнув, падает на пол.

— Готов? — шепотом спрашиваю я.

— Ко всему, чего ты только пожелаешь.

Мой взгляд спускается от его глаз к губам. Полуоткрытым. Прекрасным, как творение гениального скульптора. К тому же Кристиану прекрасно известно, как им пользоваться. Я вдруг ловлю себя на том, что наклоняюсь и тянусь к ним...

— Нет. — Он кладет руки мне на плечи. — Нет и нет. Иначе я так и останусь с длинными волосами.

Вот еще!

— Я так хочу. — Его лицо так близко. Глаза округлились.

Это выше моих сил.

— Почему? — спрашиваю я.

Секунду-другую он молча смотрит на меня, и я вижу, как расширяются его зрачки.

— Потому что тогда буду чувствовать себя желанным.

Мое бедное сердце вздрагивает и почти останавливается. О Кристиан... в тебе и впрямь все Пятьдесят Оттенков.

Я замыкаю его в круг рук и начинаю целовать в грудь, тычусь носом в пружинистые волосы...

— Ана... Моя Ана... — Он тоже обнимает меня, и мы стоим неподвижно посередине ванной. Как же хорошо в его объятьях! И пусть он задница, диктатор и мегаломан, которому требуется пожизненная доза внимания и заботы. Не отпуская его, я откидываюсь назад.

— Ты и вправду этого хочешь?

Кристиан кивает и застенчиво улыбается. Я тоже улыбаюсь и высвобождаюсь из плена.

— Тогда садись.

Он послушно садится на стул спиной к раковине. Я снимаю с него туфли и отодвигаю их в сторону, к лежащей на полу смятой рубашке. Достаю из душевой шампунь, «Шанель». Мы купили его во Франции.

— Вам нравится, сэр? — Я протягиваю бутылочку, держа ее на обеих ладонях, словно продаю по Интернету по QVC[1]. — Доставлено собственноручно с юга Франции. Мне нравится его запах. Он пахнет, — шепчу я голосом телеведущей, — ... тобой.

— Пожалуйста. — Кристиан улыбается.

Я беру с полки полотенце. Оно теплое и мягкое — чувствуется внимание миссис Джонс.

— Наклонись, — командую я. Кристиан подчиняется. Накидываю ему на плечи полотенце, включаю краны и наполняю раковину теплой водой.

— Откинься назад.

Ох и люблю же я командовать! Кристиан откидывается, но он слишком высок. Ерзает, подвигает вперед стул, сползает и наконец касается затылком раковины. То, что надо. Он отклоняет назад голову и смотрит на меня. Я улыбаюсь. Беру стакан, зачерпываю воды и выливаю ему на волосы. Потом повторяю.

— Как хорошо от вас пахнет, миссис Грей, — бормочет он и закрывает глаза.

Я лью и лью воду, а сама смотрю на него и не могу насмотреться. Приестся ли мне когда-нибудь это лицо? Длинные темные ресницы, приоткрытые губы сложены сердечком, мягкое дыхание... Вот бы просунуть язык и...

Вода льется ему на лицо. А, черт!

---

[1] QIWI Visa Card — специальная виртуальная карта Visa для оплаты через Интернет. — *Примеч. пер.*

— Извини! Извини!

Он хватает край полотенца и, смеясь, вытирает глаза.

— Эй, осторожнее! Знаю, я задница, но не надо меня топить.

Наклоняюсь и, хихикая, целую его в лоб.

— А ты не соблазняй!

Он подтягивается, обнимает меня одной рукой за шею, поворачивается и целует в губы. Целует коротко, довольно при этом крякая. Звук отдается у меня в животе сексуальным эхом. Кристиан убирает руку, послушно опускает голову на раковину и выжидательно на меня смотрит. Выглядит он при этом таким трогательно-беззащитным, таким по-детски уязвимым, что у меня сердце сжимается от жалости.

Я выдавливаю на ладонь немного шампуня и втираю ритмичными круговыми движениями, начиная от висков. Кристиан закрывает глаза и тихонько что-то мурлычет.

— Хорошо, — говорит он чуть погодя и расслабляется.

— Да, хорошо. — Я снова целую его в лоб.

— Мне нравится, как ты скребешь ноготками. — Глаза закрыты, на лице выражение полного довольства — ни следа недавней уязвимости. Как быстро у него все меняется — настроение, выражение... Приятно сознавать, что это дело моих рук.

— Подними голову, — командую я, и он подчиняется. Хм, так и во вкус войти недолго. Втираю шампунь в затылок, легонько скребу ногтями.

— Назад.

Он отклоняется назад, и я смываю пену. Теперь уже осторожнее, чтобы не облить.

— Еще?

— Да, пожалуйста. — Ресницы вздрагивают, глаза ищут меня. Я улыбаюсь.

— Поднимайтесь, мистер Грей.

Я поворачиваюсь к той раковине, которой обычно пользуется Кристиан, и наполняю ее теплой водой.

— Для полоскания, — отвечаю на его недоуменный взгляд.

Повторяю все сначала, слушая его глубокое, ровное дыхание. Намылив голову, отступаю на секунду в сторону, чтобы еще раз полюбоваться скульптурным лицом мужа. И ничего не могу с собой поделать — нежно поглаживаю по щеке. Он приоткрывает глаза и почти сонно поглядывает на меня из-под ресниц. Я наклоняюсь и мягко, целомудренно целую его в губы. Он улыбается, закрывает глаза и умиротворенно вздыхает. Кто бы мог подумать после нашего сегодняшнего спора, что он сможет вот так расслабиться. И без секса.

— М-м-м, — бормочет Кристиан, когда его лица касаются мои груди. Сдерживаюсь, чтобы не пуститься в пляс. Вытаскиваю затычку, спускаю из раковины воду. Он щупает меня сзади.

— Ласки не помощь, — с притворной суровостью говорю я.

— Не забывай, я глуховат, — отзывается Кристиан и, по-прежнему не открывая глаз, начинает тянуть вверх юбку. Хлопаю по руке — мне нравится изображать парикмахершу. Он ухмыляется, широко и дерзко, как подросток, пойманный за чем-то непозволительным и втайне гордящийся тем, что сделал.

Я снова беру стакан воды и начинаю поливать волосы, смывая шампунь. При этом наклоняюсь все ниже и ниже, а он барабанит пальцами по моей попке, вверх-вниз, влево-вправо... Я выгибаюсь, виляю... Он негромко рычит.

— Ну вот, закончила.

— Хорошо.

Кристиан тискает меня сзади и резко выпрямляется. С мокрых волос капает вода. Он тянет меня к себе, усаживает на колени, гладит по спине, по шее, берет за подбородок. Я успеваю только охнуть от удивления — и вот уже его губы впиваются в мои, язык рвется в мой рот. Я хватаю его за волосы, и капли катятся по моим рукам. Поцелуй затягивает нас все глубже, его пальцы пробираются к верхней пуговице моей блузки.

— Хватит жеманничать. Я хочу трахать тебя по всем семи оттенкам воскресенья, и мы можем сделать это либо здесь, либо в спальне. Решать тебе.

Его взгляд прожигает меня насквозь, и мы оба уже мокрые. У меня пересыхает во рту.

— Так что решила, Анастейша? — спрашивает он, держа меня на коленях.

— Ты мокрый.

Кристиан наклоняет вдруг голову и трется влажными волосами о мою блузку. Я пищу и верчусь, но он не отпускает.

— Нет, нет, детка. — Он поднимает голову и похотливо ухмыляется, и теперь я — Мисс Мокрая Блузка-2011. Просвечивает насквозь. Я мокрая... вся.

— Чудный вид. — Кристиан водит носом вокруг проступающего под тонкой тканью соска. Я уворачиваюсь. — Отвечай, Ана. Здесь или в спальне?

— Здесь, — шепчу я, не видя выхода. К черту стрижку, подождет. Его губы растягиваются в многообещающей улыбке.

— Хороший выбор, миссис Грей. — Он отпускает мой подбородок и переносит руку на колено, скользит ладонью по ноге, задирает юбку... Щекотно. Губы прокладывают дорожку от уха вниз, вдоль скулы.

— И что с тобой делать? — Его пальцы останавливаются у края чулок. — Мне это нравится. — Палец ползет по внутренней стороне бедра, и я ерзаю у него на коленях.

Глухой горловой стон.

— Сиди смирно, чтобы я мог трахнуть тебя во всех семи оттенках воскресенья.

— А ты заставь, — дерзко бросаю я.

Он смотрит на меня из-под опущенных век.

— Что ж, миссис Грей. Вы только попросите. — Пальцы перебираются от чулка к трусикам. — Давайте-ка избавимся от лишнего. — Тянет их вниз, а я в меру сил помогаю.

— Не дергайся, — строго предупреждает он.

— Я же помогаю, — обиженно говорю я, и он захватывает зубами мою нижнюю губу.

— Сиди смирно. — Мои трусики сползают по ногам. Кристиан сдвигает вверх юбку, сжимает меня обеими руками за бедра и поднимает. Трусики уже у него.

— Садись на меня. Как в седло. — Он пристально смотрит на меня, а я, исполнив приказ, невинно смотрю на него. Ну же!

— Миссис Грей, вы куда-то меня подталкиваете? — грозно спрашивает он. В глазах — задор, внизу — пожар. Соблазнительная комбинация.

— Да. А что?

Его глаза жадно вспыхивают в ответ на брошенный вызов, и я чувствую под собой просыпающуюся силу.

— Убери руки за спину.

Я послушно выполняю, и Кристиан ловко связывает запястья моими же трусиками.

— Какой вы бесстыдник, мистер Грей, — укоряю я.

— Только не в том, что касается вас, миссис Грей, но это вы и без меня знаете.

Он приподнимает меня и чуть-чуть сдвигает назад. Капли воды стекают по шее и груди. Я бы наклонилась и слизала их, но со связанными руками такой трюк исполнить нелегко.

Кристиан поглаживает меня по ногам, потом мягко их раздвигает и, удерживая в таком положении, принимается за пуговицы на блузке.

— Думаю, это нам тоже не понадобится.

Действует он методично и аккуратно, при этом постоянно смотрит мне в глаза. Его собственные темнеют и темнеют. Мой пульс учащается, дыхание сбивается. Невероятно. Он еще и не касался меня толком, а я уже... готова. Закончив с пуговицами, оставляет блузку расстегнутой и гладит меня по лицу, а потом вдруг сует мне в рот палец.

— Соси.

Я сжимаю палец губами и приступаю. Что ж, такая игра по мне. Вкус хороший. Что бы еще пососать? От этой мысли мышцы внизу сжимаются. Я пускаю в ход зубы, покусываю подушечку пальца и вижу, как его губы приоткрываются.

Кристиан стонет, медленно вытаскивает палец и ведет им вниз, по подбородку, горлу, груди. Цепляет чашку бюстгальтера, стягивает, высвобождая грудь. При этом продолжает пристально на меня смотреть, отмечает все мои реакции на его прикосновения. Я точно так же наблюдаю за ним. В этом что-то есть. Мы как будто овладеваем друг другом, прибираем по-хозяйски к рукам. Мне нравится. Кристиан стягивает вторую чашку и теперь, когда обе мои груди свободны, переносит акцент на соски. Его пальцы медленно, с тягучей неторопливостью палача, кружат над ними, дразнят, заставляют напрягаться и тянуться вверх. Я честно стараюсь не двигаться, но соски связаны с лоном, и я стону и мотаю головой, закрываю глаза и уступаю перед сладкой пыткой.

— Ш-ш-ш... — Такой успокаивающий звук плохо сочетается и с тем, что он делает, и с ритмом не знающих пощады пальцев. — Спокойно, детка, спокойно.

Отпустив одну грудь, Кристиан кладет ладонь мне на шею, наклоняется и, впившись в сосок, втягивает его резко, с силой. Мокрые волосы щекочут. Он зажимает оставленный на время без внимания второй сосок двумя пальцами и осторожно тискает и покручивает.

— А-а! — Я подаюсь вперед, но он не останавливается и продолжает медленную мучительную пытку. Я уже горю, и в самом удовольствии все отчетливее проступают темные тона.

— Пожалуйста, — умоляю я.

— Ммм... Я хочу, чтобы ты кончила... вот так...

На время краткой паузы сосок получает передышку. Кристиан как будто обращается к некоей потаенной, темной стороне моей души, о существовании которой известно только ему. Истязание возобновляется, теперь уже с использованием зубов, и наслаждение становится почти невыносимым. Я мычу и верчусь у него на коленях, пытаясь найти то, обо что можно потереться.

Я жажду прикосновения, контакта плоти с плотью, но тону в предательском блаженстве.

— Пожалуйста, — молю я, но блаженство раскатывается по телу, от шеи до ног, до самых пальчиков, и там, где оно прошло, остается поющий след.

— Какие красивые у тебя губы, — шепчет сквозь зубы Кристиан. — Когда-нибудь я трахну их.

Что? Ха! О чем это он? Я открываю глаза и смотрю на него, приникшего ко мне. Все мое тело поет. Я больше не чувствую ни своей влажной блузки, ни его мокрых волос, ничего, кроме жара пламени. Этот жар прекрасен, и источник его где-то в глубине меня. Мысли выгорают и испаряются, а тело напрягается, сжимается, готовясь разрядиться. Кристиан не останавливается и гонит меня все дальше по дороге безумия. Я хочу… хочу…

— Давай, — выдыхает он, и я кончаю, шумно, в конвульсиях оргазма, а Кристиан останавливает пытку и обнимает меня, прижимает к себе и держит, пока я качусь с пика наслаждения.

Открываю глаза — он смотрит на меня сверху. Я — на его груди.

— Господи, Ана, как мне нравится смотреть на тебя. — В его голосе — изумление и восторг, как будто он узрел чудо.

— Было… — У меня нет слов.

— Знаю. — Наклоняется, целует, потом приподнимает, подложив ладонь под шею, и целует еще, глубже.

И я тону в этом поцелуе.

Кристиан отстраняется, перевести дыхание. Его глаза цвета тропического шторма.

— А вот теперь я трахну тебя жестко.

Ух ты!

Он хватает меня и переносит на самый край колен, расстегивает верхнюю пуговицу темно-синих брюк. Левая рука пробегает по моему бедру, каждый раз останавливаясь у кромки чулка. Мы смотрим друг на друга, и я беспомощна, запуталась в бюстгальтере и трусиках. Я всматриваюсь в чудесные серые глаза и нисколько не смущаюсь своей неловкой наготы. Это же Кристиан. Мой муж и любовник, мой тиран и деспот, любовь всей моей жизни, он весь мой — во всех своих пятидесяти оттенках.

— Нравится? — шепчет он с усмешкой.

— М-м-м, — отвечаю я одобрительно. Он водит ладонью по своей груди, вверх-вниз, и я смотрю на него из-под ресниц. Какой же он сексуальный!

— Вы кусаете губу, миссис Грей.

— Потому что проголодалась.

— Проголодалась? — Он удивленно открывает рот.

— М-м-м, — подтверждаю я и облизываю губы.

Он загадочно улыбается и продолжает поглаживать себя, закусив при этом нижнюю губу. Не знаю почему, но меня эта картинка заводит.

— Понятно. Надо было за обедом поесть, — с насмешливой строгостью выговаривает он. — Но, может быть, я еще смогу что-то сделать. — Вставай.

Я знаю, что будет дальше, и поднимаюсь. Ноги уже не дрожат.

— На колени.

Опускаюсь на прохладный пол.

— Поцелуй меня.

Он подвигается вперед и, держа член, проводит языком по верхним зубам. Не знаю почему, но в этом есть что-то невозможно эротичное. Я наклоняюсь вперед и целую самый кончик члена. Он шумно выдыхает и замирает, стиснув зубы. Потом кладет ладонь мне на голову, и я пробую его на вкус, слизнув капельку выступившей росы. Ммм... вкусно. Он застывает с открытым ртом, а я втягиваю и жадно сосу.

— А-а... — шипит Кристиан сквозь зубы и подает бедрами вперед, но я не останавливаюсь и продвигаюсь выше. Он хватается за мою голову обеими руками и едва заметно покачивается взад-вперед. Дыхание его учащается. Я провожу языком вокруг, и Кристиан щурится и постанывает. Он отвечает. Мне. Вот где улет. Я отвожу губы, но оставляю зубы.

— А-а! — Кристиан перестает двигаться, хватает меня и тянет на колени. — Хватит! — рычит он, срывая с моих запястий трусики.

Я потираю покрасневшие места и смотрю на него из-под ресниц. Он тоже смотрит, и в его взгляде — любовь, желание и страсть. Это меня он хочет трахнуть во всех семи оттенках воскресенья. Как же я хочу его! Хочу видеть, как он кончит, как сдастся предо мной. Я беру член и опускаюсь на него. Медленно и осторожно, держась за его плечо. Он рычит и издает еще какие-то грозные, первобытные звуки. Стягивает с меня блузку и швыряет на пол.

— Замри. — Его пальцы впиваются в мои бедра. — Дай мне вкусить тебя.

Я останавливаюсь. О-о-о... Как хорошо, когда он внутри меня. Гладит по лицу, ест глазами. Он выгибается подо мной, и я, не сдержав стона, закрываю глаза.

— Мое любимое место, — шепчет Кристиан. — В тебе. В моей жене.

Ну же, Кристиан. Я больше не могу сдерживаться. Пальцы скользят по влажным волосам, губы находят губы, и я начинаю снова. Вверх-вниз. Пусть берет все, и я тоже возьму все. Губы на губах, языки сплетены, стон за стоном... При всех наших спорах и обидах у нас всегда останется вот это. Я так его люблю, что не могу даже вместить эту любовь. Он держит руки на моих бедрах, контролирует темп, помогает мне и подгоняет себя.

Ход ускоряется, и мой беспомощный стон уходит в его рот. Меня уносит... уносит...

— Да... да... Ана... — Кристиан изливает на меня дождь поцелуев — на лицо, руки, грудь, шею. Снова захватывает мой рот.

— Я люблю тебя, Кристиан. Люблю. И всегда буду любить. — Я хочу, чтобы он знал это и не сомневался — после нашей сегодняшней схватки.

Он сжимает меня и кончает с громким всхлипом, и этого достаточно, чтобы и я последовала за ним. Я обнимаю его за шею, и слезы жгут глаза, потому что я так сильно его люблю.

— Эй? — Он берет меня за подбородок и озабоченно смотрит в глаза. — Ты почему плачешь? Я сделал тебе больно?

— Нет.

Он убирает пряди волос с моего лица, смахивает слезинку и нежно целует в губы. Он все еще во мне, и, когда выходит, я моргаю.

— Что случилось, Ана? Скажи мне.

— Ничего. Просто иногда я не выдерживаю этой огромной любви.

Он смотрит на меня пристально, потом застенчиво улыбается.

— У меня с тобой тоже такое бывает.

— Правда?

— Ты же сама знаешь, — усмехается он.

— Иногда. Не всегда.

— Взаимно, миссис Грей.

Я целую его в грудь. Он меня в плечо.

— Вы божественно пахнете, миссис Грей.

— Вы тоже, мистер Грей.

Я трусь о него носом, втягиваю его запах, смешанный с тяжелым запахом секса. Я могла бы всю жизнь лежать в его объятьях. Только это мне и надо после рабочего дня со всеми спорами, криками, разборками. Вот место, где я хочу быть, даже несмотря на то, что это место — рядом с повернутым на контроле фриком. Кристиан втягивает запах моих волос, и я довольно вздыхаю. Мы сидим, взявшись за руки. Молчим. Но реальность все же напоминает о себе.

— Уже поздно.

— Тебя еще нужно подстричь.

— А вам, мисс Грей, хватит сил закончить начатое?

— Ради вас, мистер Грей, я готова на жертвы. — Я целую его в грудь и с неохотой поднимаюсь.

— Не уходи. — Он удерживает меня, поворачивает и начинает расстегивать юбку. Она падает на пол. Он подает руку, и я выступаю из кучки ткани. Теперь на мне только чулки и пояс.

— Какой вид, миссис Грей. — Кристиан откидывается на спинку и складывает руки на груди.

Я верчусь под его одобрительным взглядом.

— Боже, какой же я везунчик, — с восхищением говорит он.

— Согласна.

Он усмехается.

— Накинь рубашку и постриги меня. В этой блузке ты меня только отвлекаешь. Так мы и до кровати не доберемся.

Ничего не могу поделать, губы сами разъезжаются в улыбке. Зная, что он наблюдает за каждым моим движением, иду, покачивая бедрами туда, где остались мои туфли и его рубашка. Медленно наклоняюсь, поднимаю рубашку, подношу к носу — м-м-м! — и набрасываю на плечи.

Кристиан смотрит на меня круглыми глазами. Брюки он уже застегнул.

— Ну и представление вы здесь устроили, миссис Грей.

— У нас есть ножницы? — невинным тоном спрашиваю я, хлопая ресницами.

— В моем кабинете, — хрипло отвечает он.

— Я поищу. — Оставив его в ванной, иду в нашу спальню, беру с туалетного столика расческу и отправляюсь в кабинет. Проходя по коридору, замечаю, что дверь к Тейлору чуть приоткрыта. За ней, почти у порога, стоит миссис Джонс. Я застываю как вкопанная. Тейлор гладит ее по щеке и нежно улыбается. Потом наклоняется и целует.

Вот это номер! Тейлор и миссис Джонс? Стою с открытым в полном изумлении ртом. Хотя... если подумать, я ведь и подозревала что-то в этом роде. Значит, они вместе.

Краснею, чувствуя себя какой-то вуайеристкой, быстро проскакиваю дальше и влетаю в кабинет. Включаю свет, подхожу к столу. Тейлор и миссис Джонс... Ух ты! Просто голова идет кругом. Мне всегда казалось, что миссис Джонс старше Тейлора. Вот и пойми их. Выдвигаю верхний ящик стола, и все посторонние мысли вылетают из головы — в ящике пистолет. У Кристиана есть пистолет!

Точнее, револьвер. Черт! У меня и в мыслях не было, что Кристиан держит оружие. Вынимаю, проверяю барабан. Заряжен полностью. Только какой-то он легкий... слишком легкий. Должно быть, из углеродистой стали. Но зачем ему оружие? Надеюсь, он хотя бы умеет им пользоваться. Вспоминаю, как Рэй постоянно предупреждал насчет оружия. «Эти штуки убивают, Ана. Ты должна точно знать, что делаешь, когда берешь в руки оружие». Кладу револьвер на место и ищу ножницы, а найдя, бегом возвращаюсь к Кристиану. Голова раскалывается от мыслей. Тейлор и миссис Джонс... револьвер... В конце коридора натыкаюсь на Тейлора.

— Миссис Грей... извините... — Заметив мой наряд, он густо краснеет.

— Э... м-м-м... да. Собираюсь вот постричь Кристиана, — выпаливаю смущенно.

Тейлору еще хуже, чем мне. Открывает рот, хочет что-то сказать, но тут же закрывает и делает шаг в сторону.

— После вас, мэм.

Я, наверно, одного цвета с моей старой «Ауди», сабмиссив-спешл. Вот же попала, хоть сгорай от смущения.

— Спасибо, — бормочу я и мчусь дальше. Вот же гадство! Надо как-то привыкать к тому, что мы здесь не одни. Влетаю, запыхавшись, в ванную.

— Что случилось? — Кристиан стоит передо мной, держа в руках мои туфли. Одежда собрана и аккуратно сложена возле стены.

— Напоролась на Тейлора.

— О... — Кристиан хмурится. — В таком-то виде. Черт!

— Тейлор же не виноват.

Его брови сдвигаются к переносице.

— Нет. Но все равно...

— Я одета.

— Едва ли.

— Даже не знаю, кто из нас больше смутился, я или он. — Пускаю в ход отвлекающий прием. — А ты знал, что они с Гейл... ну, вместе?

Кристиан смеется.

— Разумеется, знал.

— И не сказал мне?

— Думал, ты тоже знаешь.

— Нет.

— Ана, они взрослые люди и живут под одной крышей. У обоих никого нет. Оба симпатичные.

Я краснею: какой же надо быть дурочкой, чтобы не заметить.

— Ну, раз уж ты так говоришь... Я просто думала, что Гейл старше Тейлора.

— Так и есть, старше, хотя и ненамного. — Кристиан смотрит на меня недоуменно. — Некоторым мужчинам нравятся женщины постарше... — Он останавливается, поймав мой взгляд. Я сердито хмурюсь.

— Знаю.

Кристиан сокрушенно качает головой и виновато улыбается. Ага! Приемчик сработал. Мое подсознание закатывает глаза — и какой же ценой? На нас снова ложится тень той, чье имя не произносится, миссис Робинсон.

— Кстати, вспомнил, — бодро говорит Кристиан.

— Что именно? — бурчу я недовольно и, схватив стул, поворачиваю его лицом к зеркалу. — Садись!

Кристиан смотрит на меня с легкой снисходительностью, но не перечит и делает, как ему сказано. Я начинаю расчесывать ему волосы. Они уже не мокрые, но еще влажные.

— Те комнаты, над гаражом, в новом доме, можно было бы переделать и отдать им. Пусть устраиваются. Как дома. С другой стороны, и дочь Тейлора могла бы оставаться у него почаще. — Кристиан настороженно наблюдает за мной в зеркале.

— А почему она здесь не остается?

— Тейлор ни разу меня не спрашивал.

— Может, тебе самому стоит предложить? Но тогда нам придется вести себя поприличнее.

Он качает головой.

— Об этом я не подумал.

— Может быть, поэтому Тейлор и не спрашивал. А ты с ней знаком?

— Да. Милая девочка. Застенчивая. Очень симпатичная. Я оплачиваю ее учебу.

Вот как? Я смотрю на него в зеркале.

— Не знала.

Кристиан пожимает плечами.

— Сделал что мог. По крайней мере, это значит, что он не уйдет.

— Уверена, ему нравится на тебя работать.

Он смотрит на меня пустыми глазами, потом пожимает плечами.

— Не знаю.

— Думаю, он очень предан тебе. — Продолжаю расчесывать ему волосы. Он смотрит на меня, не сводя глаз.

— Думаешь?

— Да.

Фыркает, как будто для него это мелочь, но я вижу: ему приятно.

— Хорошо. Ты поговоришь с Джиа насчет комнат над гаражом?

— Да, конечно.

Упоминание ее имени уже не отзывается, как раньше, раздражением. Мое подсознание с мудрым видом кивает: «Да, сегодня мы все сделали правильно». Моя внутренняя богиня торжествует. Теперь Джиа оставит моего мужа в покое и не будет доставлять ему неудобств.

Я уже готова приступить к стрижке.

— Уверен, что хочешь этого? Последний шанс отступить.

— Делайте свое черное дело, миссис Грей. Не мне на себя смотреть, а вам.

Я усмехаюсь.

— Я могла бы смотреть на тебя весь день, с утра до вечера.

Он раздраженно качает головой.

— Ничего особенного тут нет, обычное приятное лицо.

— И за ним очень и очень приятный мужчина. — Я целую его в висок. — Мой мужчина.

Он смущенно улыбается.

Беру первую прядь, расчесываю снизу вверх, зажимаю между средним и указательным пальцами. Держу расческу зубами, беру ножницы и срезаю кончик примерно на дюйм длины. Кристиан закрывает глаза и замирает. Сидит неподвижно, как статуя, и только довольно вздыхает. Я продолжаю стричь. Время от времени он открывает глаза и внимательно за мной наблюдает. Пока работаю, он меня не трогает, за что я ему признательна: его прикосновения... отвлекают.

Я закончила. На всю работу ушло пятнадцать минут.

— Готово. — Результат радует. Кристиан выглядит так же сексуально, как раньше, только волосы чуть короче. Он смотрит на себя в зеркало и, похоже, приятно удивлен. Ухмыляется.

— Отличная работа, миссис Грей. — Крутит головой из стороны в сторону, потом обнимает меня за талию, притягивает к себе, целует, тычется носом в живот, щекочет. — Спасибо.

— Не за что. — Я наклоняюсь и целую его.

— Уже поздно. В постель. — Он игриво шлепает меня по попе.

— Мне еще надо прибраться здесь.

Волосы разлетелись по всему полу. Кристиан смотрит на них и хмурится, как будто мысль об уборке никогда не приходила ему в голову.

— Ладно, принесу щетку, — хмуро говорит он. — Не хочу смущать прислугу твоим неподобающим видом.

— А ты знаешь, где щетка? — спрашиваю я с невинным видом. Кристиан останавливается.

— Э... нет.

Я смеюсь.

— Сама схожу.

Забираюсь в постель и жду Кристиана. А ведь день мог закончиться совсем по-другому. Я так на него злилась, и он злился на меня. И что теперь делать со всей этой ерундой насчет управления компанией? Ни малейшего желания чем-либо управлять у меня нет. Я — не он. С этим надо что-то делать. Может, надо завести какой-то пароль специально для тех случаев, когда он начинает командовать и распоряжаться... когда становится, грубо говоря, задницей. И пусть пароль будет «задница». А что, неплохо придумано.

— Что такое? — спрашивает Кристиан, подходя к кровати. На нем пижамные штаны и ничего больше.

— Ничего. Просто подумала...

— О чем? — Он вытягивается рядом.

Ну вот. Опять у меня ничего не выйдет.

— Послушай, я не хочу управлять компанией.

Кристиан приподнимается на локте и смотрит на меня сверху.

— Почему?

— Потому что меня никогда к этому не тянуло.

— Ты справишься, Анастейша.

— Мне нравится читать книги. Управлять компанией — это совсем другое. Я уже не смогу читать книги.

— Ты могла бы заниматься творческой работой.

Я хмурюсь.

— Видишь ли, — продолжает он, — чтобы управлять успешной компанией, нужно использовать талант каждого имеющегося в твоем распоряжении сотрудника. Если твои таланты и интересы лежат в этой сфере, ты и выстраиваешь компанию соответствующим образом.

Что?

— Не отказывайся вот так, сразу. Ты очень способная женщина, Анастейша. Я думаю, ты могла бы справиться с чем угодно, если бы только постаралась как следует.

Ух ты. И откуда, хотелось бы мне знать, ему это известно?

— А еще меня беспокоит, что работа будет отнимать слишком много времени.

Он хмурится.

— Времени, которое я могла бы посвятить тебе. — Я пускаю в ход секретное оружие, и его глаза темнеют.

— Я знаю, что ты делаешь, — бормочет он с усмешкой.

Черт!

— Что? — Хлопаю ресницами.

— Пытаешься отвлечь меня от дела первостепенной важности. Ты всегда так делаешь. Просто не принимай решения второпях. Не отказывайся, Ана. Подумай. О большем я не прошу.

Он наклоняется, сдержанно меня целует, проводит пальцем по щеке. Похоже, этот разговор надолго. Я улыбаюсь ему, а память вдруг подбрасывает кое-что, сказанное им раньше.

— Можно вопрос? — осторожно спрашиваю я.

— Конечно.

— Ты сказал сегодня, что если я разозлюсь на тебя за что-то, то могу выместить злость в спальне. Что ты имел в виду?

Кристиан напрягается.

— А сама-то как думаешь?

Черт. Придется выкладывать.

— Что ты захочешь, чтобы я тебя связала.

Он удивленно вскидывает брови.

— Э-э... нет. Я вовсе не это имел в виду.

— Ой... — невольно вырывается у меня.

— Так ты хочешь связать меня? — Он все-таки уловил нотку разочарования и, похоже, шокирован.

Я краснею.

— Ну…

— Ана, я… — Он останавливается, лицо его словно накрывает тень.

— Кристиан, — с тревогой шепчу я и, повернувшись, приподнимаюсь на локте. Протягиваю руку, поглаживаю его по щеке. В больших серых глазах — страх.

Он печально качает головой. Дело дрянь.

— Кристиан, перестань. Это неважно. Я просто подумала, что ты сам хотел этого.

Он берет мою руку, прикладывает ладонью к груди, и я чувствую, как колотится его сердце. Черт! Да что же с ним такое?

— Ана, я не знаю, что буду чувствовать, если ты станешь трогать меня связанного.

У меня как будто мурашки по черепу. Он так это говорит, словно признается в чем-то тайном, нехорошем.

— Для меня это все еще слишком ново, — негромко говорит Кристиан.

Надо же. Обычный вопрос. Я вдруг понимаю, что, хотя Кристиан и прошел большой путь, конец еще неблизок. Тревога сжимает сердце. Наклоняюсь — он замирает, но я лишь целую его в уголок рта.

— Кристиан, я просто сказала, не подумав. Пожалуйста, не волнуйся. Пожалуйста, не думай об этом больше.

Я снова целую его. Он стонет, отвечает тем же и вдавливает меня в матрас. Сжимает руками мой подбородок… и вот уже все позади и мы снова забываемся друг в друге.

Глава 9

На следующее утро просыпаюсь еще до будильника. Кристиан обвился вокруг меня, как плющ: голова — на груди, руки — на талии, нога застряла между моими. Мало того, он еще и скатился на мою сторону кровати. Всегда одно и то же. Стоит нам поспорить вечером, как все вот этим и заканчивается: он сворачивается у меня под боком, а мне жарко и неудобно.

Ох, мои Пятьдесят Оттенков! Какой же он бедненький и несчастненький... в некоторых отношениях. Кто бы мог подумать?

Перед глазами — знакомый образ: грязный, неприсмотренный, несчастный мальчик. Этот образ постоянно меня преследует. Глажу его по стриженым волосам, и меланхолия отступает. Кристиан ворочается, открывает заспанные глаза, смотрит на меня и пару раз мигает.

— Привет. — Улыбается.

— Привет. — Люблю просыпаться под эту улыбку.

Водит носом по моим грудям, довольно мурлычет. Его рука ползет по моей талии, по прохладному атласу халата.

— Ты такая соблазнительная, — бормочет он и бросает взгляд на будильник, — но мне надо вставать. — Потягивается, откатывается от меня, поднимается.

Я лежу на спине, заложив руки за голову. Любуюсь...

Кристиан раздевается — пора в душ. Я смотрю на него — само совершенство. Ни убавить, ни прибавить. Я бы и волоска не изменила... ну, разве что подстригла бы, когда отрастут.

— Созерцаете и восхищаетесь, миссис Грей? — Он вскидывает иронически бровь.

— Прекрасный вид, мистер Грей.

Кристиан усмехается и швыряет мне в лицо штаны, но я успеваю вовремя их схватить. Хохочу, как школьница. Он наклоняется с недоброй ухмылкой, стягивает одеяло, хватает меня за лодыжки и тащит вверх. Рубашка задирается, я пищу, а он атакует меня серией быстрых поцелуев — колени, бедра... о...

— Доброе утро, миссис Грей, — приветствует меня миссис Джонс. Я вспоминаю ее вчерашний визит к Тейлору и краснею.

— Доброе утро.

Она подает мне чашку чаю. Я забираюсь на стул у стойки, рядом с мужем. Кристиан выглядит, как всегда, потрясающе — свежий, только что из душа, волосы еще влажные, в белоснежной рубашке и серебристо-сером галстуке. Моем любимом. С этим галстуком связаны самые приятные воспоминания.

— Как дела, миссис Грей? — У него такой теплый взгляд.

— Думаю, вы и сами знаете, мистер Грей. — Смотрю на него из-под ресниц. Он кивает.

— Ешь. Ты вчера совсем не ела.

О, мы сегодня в роли босса.

— Не ела, потому что ты был задницей.

Миссис Джонс роняет что-то в раковину. Я вздрагиваю. Кристиан, как будто не слыша, бесстрастно смотрит на меня.

— Задница или нет — ешь. — Тон серьезный. С ним лучше не спорить.

— Ладно! Ложку в руку, ешь гранолу, — бормочу я тоном упрямого подростка.

Тянусь за греческим йогуртом, кладу пару ложек на свою кашу, добавляю немного голубики и бросаю взгляд на миссис Джонс. Наши глаза встречаются. Я улыбаюсь, и она отвечает теплой улыбкой. Такой завтрак я выбрала сама во время медового месяца, и вот получила.

— Мне на этой неделе, возможно, придется слетать в Нью-Йорк, — сообщает Кристиан, вторгаясь в приятный ход моих мыслей.

— А...

— Придется остаться на ночь. Я хочу, чтобы ты полетела со мной.

О нет...

— Кристиан, я работаю.

Он смотрит на меня так, словно хочет сказать: да, ты работаешь, но босс ведь я.

Вздыхаю.

— Да, ты владеешь компанией, но меня не было три недели. Пожалуйста. Как я буду управлять бизнесом, если меня там нет? Со мной ничего не случится. Тейлор, конечно, полетит с тобой, но Сойер и Райан ведь останутся, и... — Я замолкаю, потому что Кристиан усмехается. — Что еще?

— Ничего. Только ты.

Хмурюсь. Он что, смеется надо мной? И тут вдруг...

— А как ты собираешься добираться до Нью-Йорка?

— На самолете компании, а что?

— Просто хотела проверить, берешь ли ты «Чарли Танго». — По спине бегут мурашки — вспоминаю его последний полет. Как волновалась, ожидая часами новостей! К горлу подступает тошнота. За всю жизнь я так не переживала, как тогда. Замечаю, что и мистер Джонс притихла.

— Я не полечу в Нью-Йорк на «Чарли Танго». Он для таких расстояний не предназначен. К тому же его вернут из ремонта только через две недели.

Слава богу. Я улыбаюсь — сразу полегчало. В последние недели Кристиан слишком много времени посвящал инциденту с «Чарли Танго».

— Что ж, я рада, что его почти починили, но... — Стоит ли говорить, как неспокойно у меня на душе, когда он куда-то улетает?

— Что? — спрашивает он, расправляясь с омлетом.

Я пожимаю плечами.

— Ана? — не отстает Кристиан.

— Нет, ничего. Я просто... ну, знаешь... Когда ты летал в прошлый раз... я думала... мы думали, что ты... — Закончить не могу. Он смягчается.

— Эй! — Тянется через стол, проводит по моей щеке костяшками пальцев. — Там был саботаж. — Он мрачнеет, и я спрашиваю себя, а не знает ли Кристиан, кто за всем этим стоял.

— Я не могу тебя потерять...

— Виновные были уволены. Пять человек. Ничего подобного больше не повторится.

— Пять человек?

Он кивает с серьезным лицом.

С ума сойти!

— Кстати, вспомнила. У тебя в столе — револьвер.

Он хмурится; наверное, мой переход показался ему нелогичным. Или мой обвинительный тон зацепил, хотя я ничего такого и не имела в виду.

— Это револьвер Лейлы, — говорит наконец Кристиан.

— Он заряжен.

— Откуда ты знаешь?

— Проверила. Вчера.

Смотрит на меня сердито.

— Я не желаю, чтобы ты трогала оружие. Надеюсь, оставила на предохранителе.

Я моргаю, сбитая с толку.

— Э... на этом револьвере нет предохранителя. Ты в оружии-то разбираешься?

Он мнется.

— Э... нет.

У порога деликатно покашливает Тейлор. Кристиан кивает ему.

— Нам пора. — Кристиан поднимается, надевает свой серый пиджак. Я выхожу вслед за ним в холл.

У него лежит револьвер Лейлы. Вот так новость. Интересно, что с ней случилось? Она ведь еще в... Где? В Нью-Гемпшире? Забыла.

— Доброе утро, Тейлор, — говорит Кристиан.

— Доброе утро, мистер Грей. Миссис Грей. — Тейлор здоровается с нами обоими, но встречаться со мной глазами избегает, за что я, помня нашу неловкую встречу прошлой ночью, ему признательна.

— Я только почищу зубы. — Кристиан всегда чистит зубы до завтрака. Почему? Не понимаю.

— Попроси Тейлора, пусть научит тебя стрелять, — говорю я, когда мы спускаемся в лифте.

Кристиан удивленно смотрит на меня.

— Думаешь, стоит? — сухо спрашивает он.

— Да.

— Анастейша, я не люблю оружие. Моя мать была против оружия. Мой отец был против. Я перенял их отношение к оружию и поддержал по меньшей мере две инициативы по контролю за оружием здесь, в штате Вашингтон.

— А Тейлор носит оружие?

— Иногда, — коротко отвечает Кристиан, поджав губы.

— А ты против? — спрашиваю я, когда мы выходим из лифта на первом этаже.

— Да, — так же коротко отвечает он. — Скажем так, мы с Тейлором придерживаемся разных взглядов по вопросу контроля за оружием.

О! Что ж, а вот я на стороне Тейлора. Кристиан открывает и придерживает дверь, и я иду к машине. После случая с «Чарли Танго» он не разрешает мне ездить в SIP одной. Сойер любезно улыбается, распахивая перед нами дверцу.

— Пожалуйста. — Я беру Кристиана за руку.

— Пожалуйста — что?

— Научись стрелять.

Он закатывает глаза.

— Нет. И все, хватит. Разговор окончен.

Я — опять ребенок, которого отчитывают. Открываю рот, чтобы сказать что-то резкое, но в последний момент решаю не портить настроение в начале рабочего дня. Складываю руки на груди и тут замечаю, что Тей-

лор смотрит на меня в зеркало заднего вида. Он тут же
отводит глаза, но при этом едва заметно качает головой.
Похоже, Кристиан и его иногда достает. Я улыбаюсь, и
мое хорошее настроение остается со мной.

Он смотрит в окно.

— А где сейчас Лейла? — спрашиваю я.

— В Коннектикуте, с родителями.

— Уверен? У нее ведь тоже длинные волосы, так что
в «Додже» могла быть и она.

— Я проверял. Она записалась в художественную
школу в Хэмдене. Занятия начались на этой неделе.

— Ты с ней разговаривал? — шепотом спрашиваю я,
чувствуя, как отливает от лица кровь.

Кристиан резко поворачивается.

— Не я, Флинн. — Он смотрит на меня испытующе,
пытается понять, о чем я думаю.

— Понятно, — шепчу я с облегчением.

— Что?

— Ничего.

Теперь уже он вздыхает.

— Ана, в чем дело?

Пожимаю плечами — не признаваться же, что ревную. Тем более что для ревности нет никаких основа-
ний.

— Я за ней присматриваю, — продолжает Кристиан. — Проверяю, там ли она. Ей уже лучше. Флинн по-
рекомендовал ей психолога в Нью-Хейвене, и все от-
четы очень позитивные. Лейла всегда интересовалась
искусством, так что... — Не договорив, он снова всматривается в мое лицо. И тут я начинаю подозревать, что
занятия в школе оплачивает он. Хочу ли я это знать?
Надо ли спросить? Дело, разумеется, не в деньгах — он
вполне может это позволить, — но почему он считает,
что обязан за нее платить? Вздыхаю. Груз прошлого
Кристиана — это не Бредли Кент с факультета биологии
с его неуклюжими попытками меня поцеловать. Кристиан берет мою руку в свои.

— Не думай об этом, — говорит он, и я отвечаю по-
жатием. Я знаю, он делает то, что считает правильным.

Утром, в перерыве между встречами, снимаю трубку и уже собираюсь позвонить Кейт, когда замечаю электронное письмо от Кристиана.

От кого: Кристиан Грей
Тема: Лесть
Дата: 23 августа 2011 г. 09:54
Кому: Анастейша Грей

Миссис Грей
Я получил три комплимента по поводу моей новой стрижки. Комплименты от собственных сотрудников — это что-то новенькое. Должно быть, дело в том, что, думая о прошлой ночи, я постоянно глуповато улыбаюсь. Ты — чудесная, талантливая. Прекрасная.
И вся моя.

Кристиан Грей,
генеральный директор холдинга «Грей энтерпрайзес»

Я читаю и таю.

От кого: Анастейша Грей
Тема: Стараюсь сосредоточиться
Дата: 23 августа 2011 г. 10:48
Кому: Кристиану Грею

Мистер Грей
Я пытаюсь работать и не желаю отвлекаться на приятные воспоминания.
Не пора ли признать, что я регулярно постригала Рэя?
И даже не думала, что это — всего лишь отличная тренировка.
И, да, я — твоя, а ты, мой дражайший властолюбивый муженек, упрямо отказывающийся пользоваться предоставленным Второй поправкой правом носить оружие, — мой. Но не беспокойся — я тебя защищу. Всегда.

Анастейша Грей,
редактор, SIP

От кого: Кристиан Грей
Тема: Энни Оукли
Дата: 23 августа 2011 г. 10:53
Кому: Анастейша Грей

Миссис Грей

Рад видеть, что вы все же поговорили с техотделом и поменяли имя. Буду спать спокойно, зная, что рядом — любимая жена-воительница.

Кристиан Грей, хоплофоб и генеральный директор холдинга «Грей энтерпрайзес»

Хоплофоб? Это еще что за чертовщина?

От кого: Анастейша Грей
Тема: Длинные слова
Дата: 23 августа 2011 г. 10:58
Кому: Кристиан Грей

Мистер Грей

Вы в очередной раз поразили меня своими лингвистическими способностями. И не только лингвистическими. Думаю, вы понимаете, что я имею в виду.

Анастейша Грей,
редактор SIP

От кого: Кристиан Грей
Тема: Выдох!
Дата: 23 августа 2011 г. 11:01
Кому: Анастейша Грей

Миссис Грей
Вы со мной флиртуете?

Кристиан Грей,
изумленный генеральный директор холдинга «Грей энтерпрайзес»

От кого: Анастейша Грей
Тема: Не хотите ли...
Дата: 23 августа 2011 г. 11:04
Кому: Кристиан Грей

чтобы я флиртовала с кем-то еще?

Анастейша Грей,
отважный редактор SIP

От кого: Кристиан Грей
Тема: Гр-р-р-р-р-р
Дата: 23 августа 2011 г. 11:09
Кому: Анастейша Грей

НЕТ!

Кристиан Грей,
собственник, генеральный директор холдинга
«Грей энтерпрайзес»

От кого: Анастейша Грей
Тема: Ого...
Дата: 23 августа 2011 г. 11:14
Кому: Кристиан Грей

Ты на меня рычишь? Круто.

Анастейша Грей,
дрожащая (по-хорошему) редактор SIP

От кого: Кристиан Грей
Тема: Берегись
Дата: 23 августа 2011 г. 11:16
Кому: Анастейша Грей

Вы со мной флиртуете и заигрываете, миссис Грей?
Я, может быть, загляну к вам во второй половине дня.

Кристиан Грей,
приапический генеральный директор холдинга «Грей
энтерпрайзес»

От кого: Анастейша Грей
Тема: О нет!
Дата: 23 августа 2011 г. 11:20
Кому: Кристиан Грей

Обещаю вести себя хорошо. Не хочу, чтобы босс моего босса набрасывался на меня на работе.
А теперь дай мне, наконец, заняться делом, иначе босс босса моего босса может надрать мне задницу.

Анастейша Грей,
редактор SIP

От кого: Кристиан Грей
Тема: &*%$&*&*
Дата: 23 августа 2011 г. 11:23
Кому: Анастейша Грей

Поверь мне, с твоей задницей он мог бы сделать многое, но вариант «надрать» в списке не значится.

Кристиан Грей,
генеральный директор&задница холдинга «Грей энтерпрайзес»

Прыскаю со смеху.

От кого: Анастейша Грей
Тема: Сгинь!
Дата: 23 августа 2011 г. 11:26
Кому: Кристиан Грей

Не пора ли поуправлять империей?
Хватит меня отвлекать.
Мне здесь еще работать.
Тебе же вроде бы больше нравилась грудь...
Будешь думать о моей заднице, я буду думать о твоей...

Анастейша Грей,
уже взмокшая редактор SIP

В четверг еду на работу с Сойером. Настроение паршивое. Кристиан все-таки улетел в Нью-Йорк, и, хотя его нет лишь несколько часов, я уже скучаю. Включаю компьютер и вижу, что меня уже ждет мейл. Настроение сразу поднимается.

От кого: Кристиан Грей
Тема: Уже скучаю
Дата: 25 августа 2011 г. 04:32
Кому: Анастейша Грей

Миссис Грей
Вы были восхитительны сегодня утром.
В мое отсутствие ведите себя пристойно.
Я тебя люблю.

Кристиан Грей,
генеральный директор холдинга «Грей энтерпрайзес»

Впервые после свадьбы мы не будем спать вместе. Думаю пропустить парочку коктейлей с Кейт — надеюсь, поможет уснуть. Знаю, он еще в воздухе, но удержаться не могу — пишу ответ.

От кого: Анастейша Грей
Тема: Веди себя хорошо
Дата: 25 августа 2011 г. 09:03
Кому: Кристиан Грей

Дай знать, когда приземлишься. Беспокоюсь.
Буду вести себя хорошо. Кстати, какие проблемы могут быть с Кейт?

Анастейша Грей,
редактор SIP

Отправляю письмо и пью латте, любезно приготовленный Ханной. Кто бы мог подумать, что я полюблю кофе? Хотя вечером меня и ждет встреча с Кейт, чувствую себя так, словно чего-то не хватает. И то, чего не хватает, летит сейчас на высоте в тридцать пять тысяч футов — через Америку в Нью-Йорк. Никак не думала, что буду так переживать и беспокоиться только из-за того, что Кристиана нет рядом. Но ведь это ощущение утраты и неуверенности наверняка пройдет со временем? Тяжело вздыхаю и снова берусь за работу. Ближе к ланчу начинаю нервничать, лихорадочно просматриваю почту на компьютере, заглядываю в «блэкберри». Где же он? Все ли в порядке? Самолет ведь уже совершил посадку. Ханна спрашивает, что я буду на ланч, но я только отмахиваюсь — не до еды. Знаю, это иррационально, но мне нужно удостовериться, что у него все в порядке. Звонит телефон — я вздрагиваю.

— Ана Сти... Грей.

— Привет. — Теплый, с легкой ноткой удивления, голос Кристиана.

Меня накрывает волна облегчения.

— Привет. — Рот растягивается в широкую, от уха до уха, улыбку. — Как долетел?

— Слишком все долго. Что собираешься делать с Кейт?

О нет!

— Ничего особенного, просто посидим, выпьем.

Кристиан молчит.

— Со мной поедет Сойер и эта новенькая... Прескотт. Они за нами присмотрят, — говорю я, пытаясь его успокоить.

— Я думал, Кейт сама придет к тебе.

— Она долго засиживаться не любит. — Ну отпусти меня, пожалуйста!

В трубке — тяжелый вздох.

— Почему ты ничего мне не сказала? — спрашивает он тихо. Слишком тихо.

Мысленно даю себе пинок.

— Кристиан, все будет хорошо. Здесь Райан, Сойер, Прескотт. Мы только выпьем по-быстрому.

Он стойко молчит, и я понимаю, что новость его не обрадовала.

— Я ее и не видела почти после того, как мы с тобой познакомились. Пожалуйста. Она же моя лучшая подруга.

— Ана, я не хочу мешать твоему общению с друзьями. Но я думал, что она приедет к нам.

— Хорошо, — соглашаюсь я. — Мы останемся, никуда не пойдем.

— Это не навсегда. Только пока тот сумасшедший на свободе. Пожалуйста...

— Я же сказала, хорошо. — Закатываю глаза: вот же зануда!

Кристиан фыркает.

— Я всегда знаю, когда ты закатываешь глаза.

Негодующе смотрю на трубку.

— Послушай, мне очень жаль. Не хотела тебя беспокоить. Я поговорю с Кейт.

— Ладно, — с облегчением вздыхает он. Я чувствую себя виноватой — столько беспокойств ему доставила.

— Ты где сейчас?

— В «JFK».

— А, так ты уже приземлился.

— Ты же сама просила позвонить, как только прилечу.

Я улыбаюсь. Мое подсознание хмурится: «Видишь? Он свои обещания выполняет».

— Что ж, мистер Грей, я рада, что хотя бы один из нас такой пунктуальный.

Он смеется.

— Миссис Грей, ваша способность все гиперболизировать не знает границ. Что мне с вами делать?

— Уверена, вы что-нибудь придумаете. Обычно ведь так и бывает.

— Вы со мной заигрываете?

— Да.

Я чувствую его усмешку.

— Мне пора. Ана, пожалуйста, делай, как я тебе говорю. Охранники свое дело знают.

— Хорошо, Кристиан, я так и поступлю. — Слышу раздражение — но, черт возьми, он таки своего добился.

— Увидимся завтра вечером. Я позвоню позже.

— Будешь меня проверять?

— Да.

— Ох, Кристиан! — укоризненно вздыхаю я.

— Au revoir, миссис Грей.

— Au revoir, Кристиан. Я тебя люблю.

Он вздыхает.

— И я тебя, Ана.

Отбой никто не дает.

— Положи трубку, — шепчу я.

— Любишь покомандовать, а?

— Это ты любишь покомандовать.

— Делай, как тебе говорят, — шепчет он. — Повесь трубку.

— Слушаюсь, сэр.

Я даю отбой и глупо улыбаюсь телефону. Через несколько секунд в почтовый ящик падает письмо.

От кого: Кристиан Грей
Тема: Трясущиеся руки
Дата: 25 августа 2011 г. 13:42 ВПВ
Кому: Анастейша Грей

Миссис Грей
С вами забавно и по телефону.
Я серьезно. Делай, как тебе сказано.
Мне нужно знать, что ты в безопасности.
Люблю тебя.

Кристиан Грей,
Генеральный директор холдинга «Грей энтерпрайзес»

Если честно, он настоящий деспот. Но всего один телефонный звонок — и мои тревоги рассеялись без следа. Он долетел, с ним все в порядке, и он уже спешит опекать меня. Боже, как же я его люблю! В дверь стучит Ханна, и я, вздрогнув, возвращаюсь в реальный мир.

Кейт выглядит роскошно. В обтягивающих белых джинсах и красной кофточке... умереть — не встать. Когда я появляюсь, она треплется о чем-то с Клэр.

— Ана! — восклицает Кейт и тут же заключает меня в объятья. Потом отстраняется. — Да ты и выглядишь как жена могущественного магната! Кто бы подумал, а? Малышка Ана Стил... Такая... такая утонченная. Такая искушенная.

Она улыбается, а я закатываю глаза. На мне светло-кремовое платье с темно-синим поясом и темно-синие лодочки.

— Рада тебя видеть. — Я обнимаю Кейт.

— Ну что, куда пойдем?

— Кристиан хочет, чтобы мы вернулись домой.

— Правда? А может, заглянем в кафе «ЗигЗаг», выпьем по коктейлю? Я уже и столик заказала.

Я открываю рот...

— Пожалуйста... — хнычет Кейт и мило надувает губки. Должно быть, научилась этому у Миа. Раньше она никогда так не делала.

Я бы с удовольствием заглянула в «ЗигЗаг». В последний раз мы там классно посидели. Да и от квартиры Кейт — рукой подать.

Поднимаю палец.

— Только по одному.

Она улыбается.

— По одному. — Берет меня под руку, и мы идем к припаркованной к тротуару машине.

За рулем — Сойер. В автомобиле сопровождения сегодня мисс Саманта Прескотт, новенькая в нашей службе безопасности, высокая серьезная афроамериканка. Я к ней пока еще не привыкла, может быть, потому, что она слишком профессиональна и держится немного отстраненно. Как и всех остальных членов

команды, ее выбрал лично Тейлор. В одежде мисс Прескотт берет пример с Сойера — на ней темный брючный
костюм.

— Сойер, пожалуйста, можете отвезти нас в «Зиг-
Заг»?

Сойер поворачивается ко мне, и я вижу, что он хочет
что-то сказать. Ясно, что какие-то распоряжения полу-
чены, и я ставлю его в неловкое положение.

— Кафе «ЗигЗаг». Мы только выпьем по коктейлю.

Я кошу глаз на Кейт — она сердито смотрит на Сойера. Бедняга.

— Да, мэм.

— Мистер Грей просил вас вернуться в квартиру, —
вмешивается Прескотт.

— Мистера Грея здесь нет, — резко напоминаю я. —
В «ЗигЗаг», пожалуйста.

— Мэм. — Сойер бросает косой взгляд на Прескотт,
которая благоразумно помалкивает.

Кейт смотрит на меня большими глазами, словно
не верит ни своим ушам, ни своим глазам. Я пожимаю
плечами. Да, теперь я немножко другая, чуть более уверенная, чем раньше.

Сойер отъезжает от тротуара, и машина вливается в
поток движения.

— Знаешь, эта дополнительная охрана сильно не по
вкусу Грейс и Миа, — замечает Кейт.

Что? Я недоуменно смотрю на нее.

— А ты не знала? — недоверчиво спрашивает она.

— Не знала что?

— Что Греи утроили меры безопасности. Повсюду.

— Правда?

— Он тебе не сказал?

Я чувствую, что краснею.

— Нет. — Черт возьми, Кристиан! Как же так? —
А ты знаешь, из-за чего?

— Джек Хайд.

— А что Джек? Я думала, ему нужен Кристиан. — Ну
почему он ничего мне не сказал?

— С понедельника, — добавляет Кейт.

С прошлого понедельника? Хм… Джека мы опознали в воскресенье. Но почему повсюду? Что происходит?

— А ты откуда все это знаешь?

— От Элиота.

Конечно.

— Тебе ведь Кристиан ничего этого не сказал, да?

Я снова краснею.

— Нет.

— Ох, Ана, тебя это не раздражает?

Вздыхаю. Кейт, как всегда, попала не в бровь, а в глаз, да не пальцем, а, в своей обычной манере, кулаком.

— А ты знаешь, в чем дело? — Если Кристиан не желает ничего говорить, то, может быть, Кейт просветит.

— Элиот сказал, что дело в какой-то информации, хранившейся на компьютере Джека Хайда в ту пору, когда он был в SIP.

Ничего себе.

— Не может быть. — Я вспыхиваю от злости. Как же так? Кейт знает то, чего не знаю я?

Поднимаю глаза и вижу, что Сойер наблюдает за мной в зеркало заднего вида. Красный глаз светофора меняется с красного на зеленый, и Сойер подается вперед, переводит взгляд на дорогу. Я подношу палец к губам, и Кейт кивает. Уверена, Сойер тоже все знает, а я — нет.

Надо сменить тему.

— Как Элиот?

Она глуповато улыбается и выкладывает все, что мне надо знать.

Сойер паркуется в конце проезда, ведущего к кафе «ЗигЗаг», и Прескотт открывает дверцу. Я выскакиваю первой, Кейт выбирается следом. Мы идем под ручку дальше, Прескотт с мрачной миной вышагивает за нами. Боже мой, речь всего лишь о походе в кафе! Сойер отъезжает на стоянку.

— Так откуда все-таки Элиот знает Джиа? — спрашиваю я, пробуя второй клубничный мохито.

Бар уютный, атмосфера интимная, так что уходить не хочется. Мы болтаем наперебой. Я уже и забыла, как мне нравились такие посиделки с Кейт. Какое это удовольствие — так вот расслабиться в ее компании. Может, отправить сообщение Кристиану? Подумав, я все-таки отказываюсь от этой мысли. Он только разозлится и отправит меня домой, как провинившегося ребенка.

— Не напоминай мне об этой стерве! — взрывается Кейт.

Ее реакция вызывает у меня смех.

— А что смешного, Стил? — резко, но не всерьез, бросает она.

— Разделяю твои чувства.

— Да?

— Да. Она подкатывала к Кристиану.

— И с Элиотом крутила, — хмуро сообщает Кейт.

— Да ты что!

Она кивает и поджимает губы — фирменная гримаса Кэтрин Кавана.

— Недолго. Думаю, в прошлом году. Карьеристка. И я нисколько не удивляюсь, что она нацелилась теперь на Кристиана.

— Кристиан занят. Я ей так и сказала: либо оставишь его в покое, либо останешься без заказа.

Потрясенная, Кейт смотрит на меня большими глазами. Я с гордостью киваю, и она, расцветая улыбкой, поднимает стакан.

— Миссис Анастейша Грей! Так держать!

Мы чокаемся.

— У Элиота есть оружие?

— Нет. Он против всякого оружия. — Кейт помешивает трубочкой в третьем стакане.

— Кристиан — тоже. Думаю, это влияние Грейс и Каррика, — говорю я слегка заплетающимся языком.

— Каррик — хороший человек, — кивает Кейт.

— Он настаивал на брачном контракте, — грустно вздыхаю я.

— Ох, Ана. — Кейт тянется через стол, берет мою руку. — Он ведь думал только о своем мальчике. А у тебя на лбу, как мы обе знаем, было написано «проходимка». — Она улыбается мне, а я показываю ей язык.

— Взрослейте, миссис Грей, — говорит Кейт почти тем же тоном, что и Кристиан. — Придет время, и ты сама сделаешь то же самое для своего сына.

— Для сына?

Я смотрю на нее, открыв рот. Мне как-то и в голову не приходило, что мои дети будут богаты. Ничего себе. Они ни в чем не будут нуждаться. Вообще ни в чем. Это все надо как следует обдумать... но только не сейчас. Бросаю взгляд в сторону Прескотт и Сойера. Они сидят неподалеку, наблюдают за нами и за компанией в сторонке. У каждого в руке — стакан с искрящейся минералкой.

— Может, поедим? — предлагаю я.

— Нет, давай выпьем.

— Что с тобой такое сегодня?

— Просто слишком редко тебя вижу. Вот уж не думала, что ты выскочишь за первого парня, который вскружил тебе голову. — Она качает головой. — Честно говоря, вы так быстро поженились, что я даже подумала, не забеременела ли ты.

Я хихикаю.

— Все так думали. Только давай не будем больше об этом. Пожалуйста. И мне надо в туалет.

Прескотт идет за мной за компанию. Молча. Впрочем, и без слов все ясно. Если бы ее осуждение превратилось в радиацию, я получила бы смертельную дозу.

— Я никуда не выходила с тех пор, как вышла замуж, — бормочу я, обращаясь к закрытой двери и зная, что Прескотт стоит по ту сторону ее и ждет, пока я справлюсь. И вообще, что Хайду делать в баре? Кристиан, как всегда, перестраховывается.

— Кейт, уже поздно. Нам пора.

На часах — четверть одиннадцатого, и на моем счету — четыре мохито, эффект которых уже чувствуется: мне жарко, мысли разбегаются. С Кристианом все устроится. Как-нибудь. В конце концов.

— Конечно, Ана. Рада была встретиться. Ты теперь такая... такая... не знаю... уверенная. Замужество определенно пошло тебе на пользу.

Чувствую, как горят щеки. Такие слова от мисс Кэтрин Кавана — большой комплимент.

— Так и есть, — шепчу я, и глаза пощипывает от подступивших слез.

Мне так хорошо, что лучше и быть не может. Да, у него, как говорится, свои тараканы, но все равно мне повезло встретить и выйти замуж за мужчину своей мечты. Торопливо меняю тему, чтобы отвлечься от сентиментальных мыслей, потому что иначе точно расплачусь.

— Чудесный вечер. — Я сжимаю ее руку. — Спасибо, что вытащила!

Мы обнимаемся, потом Кейт отстраняется, а я киваю Сойеру, и он передает Прескотт ключи от машины.

— Эта ханжа Прескотт наверняка уже нажаловалась Кристиану, что я не дома. Вот будет крику, — тихонько говорю я подруге. Может, он даже придумает какой-нибудь восхитительный способ наказать меня. Надеюсь, так оно и будет...

— А чего ж ты тогда ухмыляешься? Нравится выводить Кристиана из себя?

— Вообще-то нет, но он сам легко заводится. Любит, чтобы все было так, как он сказал. Любит все контролировать.

— Я уже заметила.

Мы останавливаемся у дома, где живет Кейт. Обнимаемся.

— Не забывай, — шепчет она, целует меня в щеку и выходит из машины. Я машу ей, и меня вдруг охваты-

вает острое чувство меланхолии. Как же мне не хватало таких вот девчоночьих посиделок. Было так здорово,
так весело. Праздник души. Напоминание о том, что я
еще молодая. Надо бы почаще встречаться, но дело в
том, что мне нравится в своем пузыре, с Кристианом.
Накануне мы вместе были на благотворительном обе-
де. Столько солидных мужчин в костюмах, столько хо-
леных, элегантных женщин, и все разговоры только о
ценах на недвижимость, экономическом кризисе и положении на биржах. Скукотища. Так что возможность
оторваться с ровесницей — это как глоток свежего воздуха.

В животе урчит. Да я же не ела совсем. Черт, Кристиан! Я роюсь в сумочке, достаю «блэкберри». Ну ничего
себе... Пять пропущенных звонков! И одна эсэмэска...

«ТЫ ГДЕ, ЧЕРТ ВОЗЬМИ?»

И еще один мейл.

От кого: Кристиан Грей
Тема: Сердит. Такого сердитого ты еще не видела
Дата: 26 августа 2011 г. 00:42 ВПВ
Кому: Анастейша Грей

Анастейша
Сойер говорит, что ты в баре, хотя и обещала, что не пойдешь.
Ты хотя бы представляешь, как я сейчас зол?
До завтра

Кристиан Грей,
генеральный директор холдинга «Грей энтерпрайзес»

Душа уходит в пятки. Вот же гадство! Мое подсознание бросает укоризненный взгляд и пожимает плечами,
как бы говоря: что ж, как постелешь, так и поспишь.
А чего я ожидала? Может, позвонить? Хотя нет, там
уже поздно, и он, наверно, спит... или расхаживает по
комнате. Пожалуй, достаточно будет и эсэмэс.

«Я В ЦЕЛОСТИ И СОХРАННОСТИ. ОТЛИЧНО ПРОВЕЛА ВРЕМЯ. СКУЧАЮ. ПОЖАЛУЙСТА, НЕ ЗЛИСЬ».

Смотрю на «блэкберри», заклинаю ответить, но он зловеще молчит. Вздыхаю.

Прескотт останавливается возле «Эскалы». Сойер выходит и открывает дверцу. В вестибюле, пока мы ждем лифт, я решаюсь его спросить:

— Когда вам звонил Кристиан?

Сойер краснеет.

— Около половины десятого, мэм.

— Почему вы мне не сказали? Я могла бы поговорить с ним.

— Мистер Грей распорядился ничего вам не говорить.

Поджимаю губы. Приходит лифт. Поднимаемся молча. В какой-то момент вдруг понимаю, как хорошо, что Кристиан сейчас далеко-далеко и впереди у него целая ночь, чтобы остыть и успокоиться. И у меня тоже есть время. С другой стороны... я без него скучаю.

Дверцы кабины расходятся, и я в недоумении смотрю на столик в фойе. Что это с картиной? Цветочная ваза разбита, осколки разлетелись по полу, цветы разбросаны, столик перевернут...

Сойер хватает меня за руку и втягивает в кабину.

— Оставайтесь здесь, — шипит он и выхватывает пистолет. Делает шаг в фойе и исчезает из виду.

О нет!

Я отступаю к стенке. Что происходит?

— Люк! — доносится из комнаты голос Райана. — Синий код!

Синий код?

— Ты его взял? — отзывается Сойер. — Господи!

Я забиваюсь в угол. Да что же тут происходит? В крови гудит адреналин, сердце колотится у самого горла. Слышу приглушенные голоса, потом передо мной снова появляется Сойер. Он останавливается прямо в лужице, убирает в кобуру пистолет.

— Выходите, миссис Грей.

— Что случилось, Люк? — едва слышно спрашиваю я.

— У нас гость. — Он берет меня за локоть, что весьма кстати — ноги у меня как ватные.

Мы проходим через двойные двери.

На пороге большой комнаты стоит Райан. Из пореза над глазом течет кровь, губа разбита, и весь он какой-то взъерошенный. Но, что самое поразительное, у ног его лежит мистер Джек Хайд.

Глава 10

Сердце колотится, и кровь громко стучит в барабанные перепонки; алкоголь растекается во все клеточки, усиливая звук.

— Он... — выдавливаю я, но не могу досказать и только испуганно смотрю на Райана. Смотреть на распростершееся на полу тело нет сил.

— Нет, мэм. Я его только вырубил.

Слава богу. Мне сразу становится легче.

— А что с вами? — Я ловлю себя на том, что не знаю его имени. Дышит Райан тяжело, как будто пробежал марафон. Он вытирает уголок рта, там, где кровь, и на щеке начинает проступать синяк.

— Пришлось повозиться, но я в порядке, миссис Грей. — Райан подкрепляет свои слова улыбкой. Если бы я знала его получше, назвала бы ее самодовольной.

— А как же Гейл? Миссис Джонс? — О нет, только бы она не пострадала.

— Я здесь, Ана. — Оглядываюсь: миссис Джонс в ночной рубашке и халате, волосы распущены, лицо серое, глаза испуганные — наверное, как и у меня. — Райан разбудил. Настоял, чтобы я пришла сюда. — Она указывает за спину, в сторону кабинета Тейлора. — Все хорошо. Вы-то как?

Я коротко киваю. Ага, миссис Джонс, должно быть, только что вышла из убежища, примыкающего к кабинету Тейлора. Кто бы подумал, что нам придется им воспользоваться? Его встроили вскоре после нашей помолвки по требованию Кристиана. «Какой же он все-таки предусмотрительный», — думаю я, глядя на стоящую у порога Гейл. И...

Меня отвлекает какой-то звук — дверь в фойе поскрипывает на петлях. А с ней что такое?

— Он был один? — спрашиваю я у Райана.

— Да, мэм. В противном случае, уж можете мне поверить, вы бы здесь не стояли. — Мой вопрос, похоже, почему-то его задел.

— Как он сюда проник? — продолжаю я, не обращая внимания на тон.

— По служебному лифту.

Я смотрю на распростертую на полу фигуру. На Джеке — какая-то форма, что-то вроде комбинезона.

— Когда это случилось?

— Минут десять назад. Я засек его на мониторе. Перчатки на руках... для августа довольно странно. Присмотрелся, узнал, решил пропустить. Чтобы взять наверняка. Вас не было, Гейл ничего не угрожало, вот и подумал — теперь или никогда. — В голосе Райана снова слышатся нотки самодовольства, и Сойер неодобрительно смотрит на него.

Перчатки? Смотрю на Джека — точно, на руках коричневые кожаные перчатки. Жутковато.

— Что дальше? — Я стараюсь не давать воли воображению.

— Надо его связать.

— Связать?

— На случай, если очнется. — Райан смотрит на Сойера.

— Вам что-нибудь нужно? — спрашивает, подходя ближе, миссис Джонс. Она уже пришла в себя и держится уверенно.

— Шнур или веревка, — отвечает Райан.

«Кабельные стяжки», — думаю я и краснею. В голову лезут картинки из прошлой ночи. Я машинально потираю запястья и опускаю глаза. Нет, синяков не осталось. Вот и хорошо.

— У меня есть. Кабельные стяжки. Подойдут?

Все смотрят на меня.

— Да, мэм. Подойдут. То, что надо, — говорит Сойер. На лице — ни тени улыбки.

Мне хочется провалиться сквозь землю, но я все же поворачиваюсь и иду в спальню. Иногда и наглость может пригодиться. В этот раз мне, наверное, помогли страх с алкоголем.

Вернувшись, вижу, что миссис Джонс уже занялась уборкой в фойе, а к Сойеру и Райану присоединилась мисс Прескотт. Я отдаю стяжки Сойеру, и тот аккуратно, даже с ненужной осторожностью связывает Хайду руки за спиной. Миссис Джонс исчезает в кухне и возвращается с аптечкой. Берет Райана за руку, уводит его из комнаты и начинает обрабатывать ссадины и порезы. Райан моргает и морщится. И тут я замечаю на полу «глок» с глушителем. Ничего себе! Значит, Джек был вооружен? Мне стоит немалых сил сдержать подступившую к горлу тошноту.

— Не трогайте его, миссис Грей, — говорит Прескотт, когда я наклоняюсь за пистолетом. Из кабинета Тейлора выходит Сойер в латексных перчатках.

— Оружием я займусь сам.

— Пистолет его? — спрашиваю я.

— Да, мэм. — Райан снова моргает, но терпит. Надо же, вступил в схватку с вооруженным человеком. В моем доме. От одной этой мысли мне становится не по себе.

Сойер наклоняется и осторожно берет «глок».

— Полагаете, это ваше дело? — спрашиваю я.

— Этого хотел бы мистер Грей.

Сойер опускает оружие в пакет с застежкой, опускается на корточки и начинает обыскивать Хайда. Я вижу, как он достает что-то из кармана, останавливается и, вдруг побледнев, сует это что-то в тот же карман. Рулон клейкой ленты...

Но зачем? Некоторое время я с какой-то странной отстраненностью пассивно наблюдаю за манипуляциями Сойера, но потом вдруг осознаю, что именно может означать лента, и к горлу снова подкатывает тошнота. Спешу прогнать неприятную мысль. Не надо, Ана!

— Может, стоит позвонить в полицию? — спрашиваю я, стараясь скрыть страх. Больше всего мне сейчас хочется, чтобы Хайда поскорее убрали отсюда.

Райан и Сойер переглядываются.

— Думаю, лучше все же вызвать полицию, — уже увереннее говорю я. Между Сойером и Райаном что-то происходит, но что?

— Я только что пытался дозвониться до Тейлора, но он не отвечает. Может, спит. — Сойер смотрит на часы. — На Восточном побережье сейчас без четверти два ночи.

О нет!

— Вы звонили Кристиану? — шепотом спрашиваю я.

— Нет, мэм.

— Хотели получить у Тейлора инструкции?

Сойер смущенно отводит глаза.

— Да, мэм.

Ну как тут не злиться! Этот человек — я бросаю взгляд на Хайда — вторгся в мой дом, и его нужно как можно быстрее удалить отсюда. И пусть это сделает полиция. Но я смотрю на них четверых, смотрю им в глаза, вижу, как они встревожены, и понимаю, что, должно быть, упускаю что-то. Все-таки надо позвонить Кристиану. По голове как будто бегут мурашки. Знаю, он на меня злится, злится по-настоящему. Представляю, что он скажет, и мне становится не по себе. Представляю, в каком он сейчас состоянии из-за того, что его здесь нет и не будет до завтрашнего вечера. И все из-за меня. Может быть, хватит с него неприятностей на сегодня? Может, лучше не звонить? И тут вдруг... А если бы я была здесь? Слава богу, меня не было. Может быть, я зря беспокоюсь?

— Он в порядке? — я указываю на Джека.

— Голова будет болеть, когда очнется, — отвечает Райан, бросая на лежащую неподвижно фигуру неприязненный взгляд. — Но на всякий случай надо бы убедиться.

Я открываю сумочку, достаю «блэкберри» и, не успев даже подумать, машинально набираю номер Кристиана. Попадаю на голосовую почту. Наверно, так разозлился, что даже отключился. Я поворачиваюсь и прохожу несколько шагов по коридору, подальше от остальных.

— Привет, это я. Пожалуйста, не злись. У нас небольшая неприятность. Но все под контролем, так что не волнуйся. Никто не пострадал. Позвони. — Я даю отбой и поворачиваюсь к Сойеру. — Вызывайте полицию. — Он кивает, достает сотовый и звонит.

Полицейский по фамилии Скиннер разговаривает с Райаном за обеденным столом. Его напарник, Уокер, опрашивает Сойера в кабинете Тейлора. Где Прескотт, я не знаю. Наверно, с ними, в кабинете. Мы с детективом Кларком сидим на диване в большой комнате. Высокий брюнет, он был бы даже симпатичным, если бы не хмурился постоянно и был повежливее. Подозреваю, что его разбудили среди ночи и вытащили из теплой постели потому лишь только, что кто-то вломился в дом одного из самых богатых и влиятельных бизнесменов Сиэтла.

— Так он был вашим боссом? — резко спрашивает Кларк.

— Да. — Я безмерно устала и хочу только одного: спать. От Кристиана по-прежнему ничего. Хорошо хотя бы то, что «Скорая» наконец-то увезла Хайда. Миссис Джонс приносит нам с детективом по чашке чаю.

— Спасибо, — ворчливо благодарит Кларк и снова поворачивается ко мне. — А где мистер Грей?

— В Нью-Йорке. По делам. Вернется завтра вечером. Точнее, уже сегодня. — На часах — за полночь.

— Хайда мы знаем, — говорит Кларк. — Вам нужно прийти в участок и написать заявление. Но это может подождать. Сейчас поздно, а внизу, на тротуаре, уже ошивается парочка репортеров. Не против, если я здесь осмотрюсь?

— Конечно, нет.

Кажется, все закончилось. Какое счастье. Я поеживаюсь при мысли о фотографах. Ладно, до завтра о них можно не думать. Надо только позвонить маме и Рэю, чтобы не беспокоились, если уже что-то прослышали.

— Позвольте проводить вас в спальню? — заботливо спрашивает миссис Джонс.

Я смотрю в ее теплые, добрые глаза и чувствую, что вот-вот расплачусь. Она подходит и осторожно касается моего плеча.

— Все кончилось. Нам ничто не угрожает. Вам надо поспать. Утро вечера мудренее. И мистер Грей скоро вернется.

Забыв про слезы, я вскидываю голову. Мистер Грей вернется... злой как черт.

— Вам дать что-нибудь перед сном? — спрашивает миссис Джонс.

Что? Я вдруг понимаю, что жутко проголодалась.

— Я бы съела что-нибудь.

Она широко улыбается.

— Сэндвич и молоко?

Я благодарно киваю, и она уходит в кухню. Райан — все еще со Скиннером. Детектив Кларк — в коридоре, возле лифта. Хмурится, но вид задумчивый. Господи, как же мне не хватает Кристиана! Я сжимаю голову ладонями. Скорей бы он вернулся. Он знает, что делать. Ну и вечерок выдался. Свернуться бы у него на коленях, согреться в его объятьях и слушать, слушать, как он говорит, что любит меня, несмотря даже на то, что я его ослушалась. Но ничего этого не будет до самого вечера. Мысленно закатываю глаза... Почему Кристиан не сказал, что усилил охрану? Что такое было у Джека в компьютере? Впрочем, сейчас думать об этом не хочется. Только бы муж поскорее вернулся. Я скучаю по нему.

— Пожалуйста, Ана, дорогая. — В круговерть мыслей врывается голос миссис Джонс. Я поднимаю голову — она подает мне ореховое масло и сэндвич с мармеладом. Глаза ее блестят. Я уже и забыла, когда ела его в последний раз. Смущенно улыбаюсь и с аппетитом откусываю.

Наконец-то в постели. На мне — футболка Кристиана. Лежу, свернувшись калачиком. Обе подушки и футболка пахнут им. Думая о нем, желая ему счастливого возвращения и... хорошего настроения, я и засыпаю.

Просыпаюсь внезапно, словно от толчка. Светло. Голова раскалывается, в висках стучит. О нет... Только бы не похмелье. Опасливо открываю глаза и первым делом замечаю, что кресло сдвинуто и в нем сидит Кристиан. На нем — смокинг, из нагрудного кармана выглядывает краешек «бабочки». А не сон ли это? Его левая рука лежит на спинке кресла и держит стакан с какой-то жидкостью янтарного цвета. Бренди? Виски? Понятия не имею. Нога закинута за ногу. Темные носки. Строгие туфли. Правый локоть — на подлокотнике, ладонь подпирает подбородок, безымянный палец медленно скользит по нижней губе. Глаза в неярком утреннем свете кажутся темными, серьезными. Лицо бесстрастное.

Сердце замирает. Он дома. Но как?.. Должно быть, вылетел из Нью-Йорка еще ночью. Давно ли он здесь? Давно ли наблюдает за мной спящей?

— Привет, — шепчу я.

Кристиан смотрит на меня молча, без всякого выражения, и мое сердце снова дает сбой. О нет. Он перестает водить пальцем по губе, допивает то, что оставалось в стакане, и, подавшись вперед, ставит стакан на прикроватный столик. Жду, что он поцелует меня. Но... Он снова садится и продолжает с бесстрастным видом на меня смотреть.

— Привет, — говорит наконец негромко. Все еще злится. По-настоящему.

— Ты вернулся.

— Похоже, что так.

Не спуская с него глаз, подтягиваюсь, сажусь. Во рту пересохло.

— И давно ты здесь сидишь?

— Довольно давно.

— И все еще злишься. — Язык у меня едва ворочается.

Он смотрит так, словно обдумывает ответ.

— Злюсь. — Произносит так, словно проверяет слово на звучание, взвешивает все его оттенки и значения. — Нет, Ана. Я уже не злюсь. Я прошел эту стадию.

Ну и дела. Пытаюсь сглотнуть, но это не так-то легко, когда во рту пересохло.

— Прошел эту стадию... Нехорошо.

Черт!

Смотрит молча, лицо каменное. Между нами пролегает, все расширяясь, молчание. Я протягиваю руку за стаканом с водой и отпиваю глоток, одновременно стараясь успокоить трепещущее сердце.

— Райан поймал Джека, — сообщаю я, пробуя другой подход. Ставлю стакан на место.

— Знаю, — ледяным тоном отвечает Кристиан.

Конечно, знает.

— И долго будешь отделываться такими вот ответами?

Его брови едва заметно подпрыгивают, как будто он не ожидал такого вопроса.

— Да.

Ох... Ладно. Что же делать? Защита — лучшая форма нападения?

— Извини, что вышла вчера.

— Извини? Так ты сожалеешь?

— Нет, — говорю я после небольшой паузы, потому что так оно и есть.

— Тогда зачем извиняться?

— Не хочу, чтобы ты на меня злился.

Он вздыхает так тяжело, словно жил под напряжением целую тысячу часов, и приглаживает ладонью волосы. Он прекрасен. Безумен, но прекрасен. Я смотрю на него и не могу насмотреться — Кристиан вернулся. Пусть злой, но целый и невредимый.

— По-моему, с тобой хочет поговорить детектив Кларк.

— Не сомневаюсь.

— Кристиан, пожалуйста...

— Что?

— Не будь таким... холодным.

Брови снова удивленно подпрыгивают.

— Анастейша, в данный момент я вовсе не холоден. Я горю. Во мне все кипит. От гнева. И я не знаю, что делать с этими... — Он делает жест рукой, подыскивая подходящее слово: — Чувствами.

Ой-ой-ой. Меня обезоруживает его искренность. Забраться бы ему на колени. Со вчерашнего вечера я хотела только этого, и ничего больше. Но то было вчера, а сегодня идея уже не выглядит столь привлекательной. Или?.. К черту. Я поднимаюсь и, явно застав его врасплох, неуклюже забираюсь ему на колени и сворачиваюсь калачиком. Боялась, что оттолкнет, но нет, не отталкивает. После небольшой паузы даже обнимает и тычется носом в мои волосы. От него пахнет виски. Господи, сколько ж он выпил? А еще от него пахнет гелем и... Кристианом. Я обнимаю его за шею, и он снова тяжело вздыхает.

— Ох, миссис Грей. Что же мне с вами делать? — Кристиан целует меня в макушку.

Я закрываю глаза, наслаждаясь близостью с ним.

— И сколько ты выпил?

Он напрягается.

— Почему ты спрашиваешь?

— Ты же обычно не пьешь виски.

— Это мой второй стакан. У меня была напряженная ночь. Человеку нужно расслабиться.

Я улыбаюсь.

— Ну, если вы так настаиваете, мистер Грей, — говорю, прижимаясь губами к его шее. — М-м-м... божественный запах. Я спала на твоей половине постели, потому что твоя подушка пахнет тобой.

Трется о мои волосы.

— А я никак не мог понять, почему ты туда перекатилась. И я все еще зол.

— Знаю.

Поглаживает меня по спине.

— Я тоже на тебя злюсь.

Останавливается.

— И что же такого я сделал? Чем заслужил твой гнев?

— Скажу потом, когда остынешь. — Целую его в горло. Он закрывает глаза, но поцеловать меня в ответ даже не пытается, только обнимает еще крепче.

— Когда я думаю о том, что могло случиться... — чуть слышно шепчет он.

— Я в порядке.

— Ох, Ана... — У него срывается голос.

— Я в порядке. Мы все в порядке. Немного поволновались. Ни с кем ничего не случилось — ни с Гейл, ни с Райаном. И Джека забрали.

Кристиан качает головой.

— Нет уж, спасибо.

Что? О чем он говорит? Я отстраняюсь и смотрю на него.

— Что ты имеешь в виду?

— Я не хочу обсуждать это сейчас.

Вот как? Ну, может, я хочу? Хотя... ладно, пусть. По крайней мере, он со мной разговаривает. Устраиваюсь поудобнее. Он играет с моими волосами. Наклоняется и шепчет:

— Я хочу наказать тебя. По-настоящему. Выбить дурь.

Сердце подпрыгивает. Вот жуть! Мороз по коже.

— Знаю.

— И, может быть, накажу.

— Надеюсь, что не станешь.

Он обнимает меня еще крепче.

— Ана, Ана, Ана! С тобой и у святого терпения не хватит.

— Я могла бы во многом вас обвинить, мистер Грей, но только не в том, что вы святой.

Усмехается. Наконец-то.

— Как всегда в точку, миссис Грей. — Кристиан целует меня в лоб. — Иди-ка в постельку. Ты ведь поздно легла. — Он поднимается, ловко подхватывает меня на руки и кладет на кровать.

— Полежишь со мной?

— Нет, у меня много дел. — Кристиан берет со столика стакан. — Поспи. Разбужу через пару часов.

— Еще злишься?

— Да.

— Тогда я посплю.

— Вот и хорошо. — Он укрывает меня и еще раз целует в лоб. — Спи.

Я еще не пришла в себя после прошлого вечера, а тут этот эмоционально выматывающий разговор... В общем, меня и впрямь потянуло в сон. Засыпая, думаю о том, почему он все-таки не воспользовался своим механизмом совладания, хотя, с другой стороны, оно и к лучшему, учитывая мое состояние и гадкий вкус во рту.

— Выпей соку, — говорит Кристиан, когда я снова открываю глаза. Два часа сна пошли на пользу: я проснулась отдохнувшая, голова больше не болит. Апельсиновый сок — именно то, что надо. Да и созерцание мужа бодрит. Он в тренировочном костюме. Невольно вспоминаю отель «Хитман», где я впервые проснулась вместе с ним. Его серая майка потемнела от пота. То ли занимался в спортзале, то ли был на пробежке.

— Приму душ, — говорит он и уходит в ванную. Держится по-прежнему отстраненно. Может, это из-за случившегося прошлой ночью ему не до меня? Или еще злится? А может, причина в чем-то другом?

Я сажусь, беру стакан и быстро выпиваю. Какой все-таки восхитительный вкус! К тому же сок холодный, и во рту сразу свежеет. Выбираюсь из постели — хочется поскорее сократить дистанцию, как в реальном смысле, так и в метафизическом. Бросаю взгляд на будильник. Восемь. Стягиваю футболку и тоже иду в ванную. Кристиан в душевой, моет волосы, так что я без колебаний проскальзываю в кабинку, обнимаю его сзади — он замирает — и прижимаюсь всем телом к мокрой мускулистой спине. На его реакцию внимания не обращаю, обнимаю покрепче, трусь о него щекой и закрываю глаза. Он делает полшага вперед, так что мы оба оказываемся под горячими струями, и продолжает мыть голову. Вспоминаю, сколько раз он трахал меня здесь, сколько раз мы занимались любовью. И хмурюсь. Раньше он никогда не был таким тихим. Не разжимая объятий, поворачиваю голову и покрываю его спину поцелуями. Он снова напрягается.

— Ана...

— М-м-м...

Мои руки медленно спускаются по твердому, как камень, животу... ниже... еще ниже... Он сжимает их и качает головой.

— Не надо.

Я тут же отступаю. Отказывается? Не хочет? Когда же такое бывало? Мое подсознание качает головой и поджимает губы. Смотрит на меня поверх очков, словно говоря: «Ну что, на этот раз ты и впрямь облажалась». Чувство такое, словно мне дали пощечину. Оттолкнули. Отвергли. В голове бьется страшная мысль: он больше меня не хочет. Я задыхаюсь от острой, пронзительной боли. Кристиан поворачивается, и я с облегчением отмечаю, что совсем уж равнодушным к моим чарам он все же не остался. Он берет меня за подбородок, заставляет поднять голову, и вот я уже смотрю в настороженные и такие прекрасные глаза.

— Я по-прежнему без ума от тебя, — тихо и серьезно говорит он. Потом наклоняется, прислоняется лбом к моему, закрывает глаза.

Я поднимаю руку, глажу его по лицу.

— Не злись на меня. Пожалуйста. По-моему, ты из-лишне остро на все реагируешь.

Кристиан резко выпрямляется, и я роняю руки.

— Слишком остро реагирую? — рявкает он. — Ка-кой-то гребаный маньяк проникает в мою квартиру, чтобы похитить мою жену, а ты говоришь, что я слиш-ком остро реагирую? — Голос его звучит так грозно, что мне становится страшно. В глазах молнии, и смотрит он на меня так, словно это я — гребаный маньяк.

— Нет, нет. Я не это имела в виду. Думала, ты злишь-ся из-за того, что я пошла в кафе с Кейт.

Он снова, будто от боли, закрывает глаза и качает головой.

— Меня здесь не было.

— Знаю, — шепчет он и открывает глаза. — И все потому, что ты не можешь сделать даже то, о чем тебя просят. — Я слышу горечь и отчаяние. — Не хочу об-суждать это здесь, в душе. И да, Анастейша, я все еще злюсь на тебя. Из-за тебя я уже и в себе начинаю со-мневаться.

Он поворачивается, выходит из кабинки и, прихва-тив полотенце, — из ванной. А я остаюсь одна — мерз-нуть под горячими струями.

Черт. Черт. Черт.

И только тут до меня доходит смысл сказанного.

Похитить?

Джек хотел похитить меня? Вспоминаю рулон клей-кой ленты. Я не хочу, не могу думать о том, зачем ему нужна была лента. А что знает Кристиан?

Я быстренько моюсь, ополаскиваю голову. Я хочу все знать. Мне это нужно. И я не позволю держать меня во тьме неведения.

Выхожу из ванной — Кристиана в спальне уже нет. Быстро же он оделся! Я торопливо натягиваю свое лю-бимое сливовое платье, надеваю черные босоножки и ловлю себя на том, что выбрала наряд, который нра-вится Кристиану. Быстренько вытираю волосы, рас-чесываю и собираю в пучок. Бриллиантовые сережки в уши. Бегом в ванную — подкраситься. Смотрю на себя в зеркало — какая ж я бледная! Перевожу дыхание, успокаиваюсь и напоминаю себе, что я всегда бледная. Что ж, повеселилась с подругой — теперь отдувайся. Вздыхаю. Да, да, Кристиан смотрит на это иначе.

В большой комнате его тоже нет. В кухне хлопочет миссис Джонс.

— Доброе утро, Ана, — приветливо говорит она.

— Доброе утро, — улыбаюсь я. Ага, я снова Ана.

— Чаю?

— Да, пожалуйста.

— Съедите что-нибудь?

— Не отказалась бы от омлета.

— С грибами и шпинатом?

— И сыром.

— Сейчас сделаю.

— А где Кристиан?

— Мистер Грей в своем кабинете.

— Он уже позавтракал?

— Нет, мэм.

— Спасибо.

Кристиан разговаривает по телефону. В белой рубашке, без галстука — именно так и положено выглядеть расслабляющемуся генеральному директору. Какой же обманчивой бывает внешность. В офис он, может быть, и не поедет, но… Увидев меня на пороге, Кристиан качает головой, показывает, что занят. Вот досада. Я поворачиваюсь и бреду нехотя к бару. Появляется Тейлор. Подтянутый, бодрый, в деловом костюме — словно после восьми часов непрерывного здорового сна.

— Доброе утро, — бормочу я с тайной надеждой проверить, в каком он настроении и не подскажет ли, что именно здесь происходит.

— Доброе утро, миссис Грей. — Всего четыре слова, но я слышу в них симпатию. Сочувственно улыбаюсь: я-то знаю, каково это — терпеть злого, недовольного Кристиана, вынужденного бросить дела и досрочно вернуться в Сиэтл.

— Как прошел полет? — спрашиваю, набравшись смелости.

— Нелегко, миссис Грей. — Коротко, но выразительно. — Позвольте узнать, как вы?

— Я в порядке.

Он кивает.

— Прошу извинить. — Идет к кабинету Кристиана, и его впускают. А меня — нет.

— Ну, вот и готово. — Миссис Джонс ставит передо мной поднос с завтраком. Есть уже не хочется, но я ем, чтобы не обидеть ее.

Заканчиваю, а Кристиан так и не появился. Избегает? Не хочет меня видеть?

— Спасибо, миссис Джонс. — Соскальзываю со стула и иду в ванную почистить зубы.

Пока чищу, вспоминаю, как Кристиан дулся из-за брачной клятвы. Тогда он тоже отсиживался в коридоре. Так что, история повторяется? Он снова дуется? Я зябко поеживаюсь, вспоминая, какие кошмары мучили его потом. Неужели они случатся? Нам обязательно нужно поговорить. Я должна знать все: о Джеке, о принятых мерах безопасности и о многом другом, что держалось в секрете от меня, но о чем известно Кейт. Ясно, что ей обо всем рассказывает Элиот.

Смотрю на часы: без десяти девять. Я уже опаздываю на работу. Слегка подкрашиваю губы, захватываю легкий черный жакет и выхожу в большую комнату. Кристиан уже здесь. Завтракает.

— Ты идешь?

— На работу? Да, конечно. — Я решительно подхожу к нему. Он смотрит на меня пустыми глазами. — Послушай, мы всего неделю как вернулись. Мне нужно ходить на работу.

— Но… — Он останавливается, проводит ладонью по волосам… В комнату тихонько входит миссис Джонс.

— Знаю, нам о многом нужно поговорить. Может быть, вечером, если ты успокоишься?

У него отваливается челюсть.

— Если успокоюсь? — Голос обманчиво мягкий.

Кровь бросается в лицо.

— Ты знаешь, что я имею в виду.

— Нет, Анастейша, не знаю.

— Не хочу спорить. Я зашла спросить, могу ли взять машину.

— Нет, — бросает он.

— Хорошо. — Я уступаю без боя.

Кристиан растерянно моргает. Ясно, не ожидал.

— Тебя отвезет Прескотт. — Тон уже не такой воинственный.

Вот только Прескотт мне и не хватало. Первый порыв — надуться, возразить, но я сдерживаюсь. Теперь, когда Джека забрали и опасности нет, дополнительные меры безопасности можно было бы и снять. На память приходит мамино наставление перед свадьбой: «Ана, милая, на всех фронтах не повоюешь».

— Ладно.

Оставлять его в таком состоянии, не попытавшись снять напряжение, не хочется, и я осторожно подхожу к нему. Он напрягается, настороженно смотрит на меня и выглядит таким трогательно-уязвимым, таким ранимым, что мне становится не по себе. Ох, Кристиан, мне так жаль! Я целую его в уголок рта. Он закрывает глаза, как будто наслаждается моим прикосновением.

— Не злись.

Он хватает меня за руку.

— Я и не злюсь.

— Ты меня не поцеловал, — шепчу я.

Смотрит с прищуром, подозрительно.

— Знаю.

Так и тянет спросить почему, но я вовсе не уверена, что хочу знать ответ. Он вдруг поднимается, сжимает ладонями мое лицо и впивается в губы. От неожиданности даже дух захватывает, и я неосмотрительно впускаю его язык. Он пользуется моей неосторожностью в полной мере — вторгается, берет свое и требует большего, а когда я уже начинаю отвечать, отстраняется.

— В SIP вас с Прескотт отвезет Тейлор. — Дышит тяжело, в глазах — жар желания. — Тейлор!

Я стараюсь успокоиться.

— Да, сэр. — Тейлор уже на пороге.

— Скажите Прескотт, что миссис Грей едет на работу. Вы сможете их отвезти?

— Конечно. — Тейлор четко, по-военному, поворачивается и уходит.

— Буду признателен, если ты постараешься не попасть сегодня ни в какие неприятности.

— Я посмотрю, что можно сделать. — Мило улыбаюсь.

Уголки губ трогает улыбка. Но только уголки — Кристиан успевает остановиться.

— Что ж, тогда... пока, — говорит он бесстрастно.

— Пока, — шепчу я.

Чтобы не нарваться на репортеров, мы с Прескотт спускаемся в подземный гараж на служебном лифте. Арест Джека, как и тот факт, что его задержали в нашей квартире, — уже достояние публики. Садясь в «Ауди», я думаю, не ждут ли папарацци около SIP, как в день объявления о нашей помолвке.

Некоторое время едем молча, потом я вспоминаю, что собиралась позвонить маме и Рэю, сообщить, что у нас все в порядке. К счастью, оба разговора удается свернуть достаточно быстро, до прибытия в издательство. Как и следовало ожидать, у входа собралась небольшая толпа репортеров и фотографов. Все они, как по команде, поворачиваются и выжидательно смотрят на «Ауди».

— Уверены, что хотите этого, миссис Грей? — спрашивает Тейлор. Я бы и вернулась домой, но тогда придется провести день с мистером Кипящим Гневом. Надеюсь, со временем положение изменится к лучшему. Джек — в полиции, и Кристиану следовало бы радоваться, но он не радуется. Отчасти я понимаю, в чем тут дело — слишком многое вышло из-под его контроля, включая меня, — но сейчас размышлять об этом некогда.

— Пожалуйста, отвезите меня к служебному входу.

— Да, мэм.

Час дня. Проработала все утро. Стук в дверь — в кабинет заглядывает Элизабет.

— Тебя можно чуть-чуть отвлечь? — спрашивает она. — На минутку?

— Конечно, — говорю я, немного удивленная незапланированным визитом. Элизабет входит, садится, отбрасывает за плечо длинные черные волосы. — Хотела убедиться, что ты в порядке. Вообще-то меня Роуч попросил к тебе заглянуть, — добавляет она торопливо и густо краснеет. — Ну, насчет всего этого...

Об аресте Джека Хайда уже написали все газеты, но с пожаром в «Грей энтерпрайзес» его никто пока не связал.

— Со мной все в порядке. — Не хочется ни задумываться, ни вникать в детали, ни анализировать собственные чувства. Джек замышлял что-то против меня. Что ж, это не новость. Он и раньше пытался. Куда больше меня беспокоит Кристиан.

Быстренько просматриваю почту. От него по-прежнему ничего. Что же делать? Я бы отправила мейл, но боюсь, не подолью ли масла в огонь его гнева.

— Вот и хорошо, — говорит Элизабет и впервые за все время улыбается мне искренне. — Если я чем-то могу помочь, чем угодно — дай знать.

— Обязательно.

Она поднимается.

— Знаю, ты занята. Не буду отрывать от дел.

— Э... спасибо.

Какой бессмысленный разговор. Мог бы претендовать на звание самого пустого во всем Западном полушарии. Может быть, ее заслал Роуч? Может, забеспокоился, учитывая, что я все-таки жена босса? Я гоню

мрачные мысли и достаю «блэкберри» с надеждой увидеть сообщение от Кристиана. И в этот момент в ящик
падает новое письмо.

От кого: Кристиан Грей
Тема: Заявление
Дата: 26 августа 2011 г. 13:04
Кому: Анастейша Грей

Анастейша
Детектив Кларк зайдет к тебе сегодня в 3 часа дня за заявлени-
ем. Не хочу, чтобы ты ехала в полицию, поэтому настоял, чтобы
он приехал к тебе сам.

Кристиан Грей,
генеральный директор холдинга «Грей энтерпрайзес»

Минут пять смотрю на его сообщение, стараясь придумать остроумный и беззаботный ответ, чтобы поднять мужу настроение. Но ничего такого в голову не
приходит, и я, за неимением лучших опций, выбираю
краткость.

От кого: Анастейша Грей
Тема: Заявление
Дата: 26 августа 2011 г. 13:12
Кому: Кристиан Грей

О'кей.
А х

Анастейша Грей,
редактор SIP

Смотрю на экран еще пять минут, жду ответа — ничего. Кристиан сегодня не в настроении.

Я отодвигаюсь от стола. Можно ли его винить? Мой
бедный муж так бушевал сегодня утром. И тут мне в го-

лову приходит одна мысль. Когда я утром проснулась, Кристиан был в смокинге. Когда же он решил вернуться из Нью-Йорка? С работы он обычно уходит между десятью и одиннадцатью. Вчера в это время я еще вовсю отрывалась с Кейт.

Почему же все-таки Кристиан вернулся? Потому что меня не было дома или из-за инцидента с Джеком? Если он улетел из-за того, что я где-то веселилась, то не мог ничего знать ни о Джеке, ни о полиции — до приземления в Сиэтле. Я вдруг понимаю, что должна все выяснить. Если Кристиан прилетел только потому, что я не осталась дома, значит, он, в своем стиле, слишком грубо и остро отреагировал на ситуацию. Мое подсознание поджимает губы и снова становится похожим на гарпию. Ладно, ладно, я рада, что он вернулся, поэтому остальное, может быть, неважно. И тем не менее… Представляю, какой шок он испытал после приземления. Чего же удивляться, если ему сегодня не по себе. На память приходят сказанные им когда-то слова насчет того, что со мной он порой сомневается в собственном здравомыслии.

Я должна знать: он вернулся из-за «Коктейльгейта» или из-за этого сбрендившего придурка.

От кого: Анастейша Грей
Тема: Твой полет
Дата: 26 августа 2011 г. 13:24
Кому: Кристиан Грей

Во сколько ты вчера решил вернуться в Сиэтл?

Анастейша Грей,
редактор SIP

От кого: Кристиан Грей
Тема: Твой полет
Дата: 26 августа 2011 г. 13:26
Кому: Анастейша Грей

Зачем?

Кристиан Грей,
генеральный директор «Грей энтерпрайзес»

От кого: Анастейша Грей
Тема: Твой полет
Дата: 26 августа 2011 г. 13:29
Кому: Кристиан Грей

Скажем, из любопытства.

Анастейша Грей,
редактор SIP

От кого: Кристиан Грей
Тема: Твой полет
Дата: 26 августа 2011 г. 13:32
Кому: Анастейша Грей

От любопытства кошка сдохла.

Кристиан Грей,
генеральный директор холдинга «Грей энтерпрайзес»

От кого: Анастейша Грей
Тема: А?
Дата: 26 августа 2011 г. 13:35
Кому: Кристиан Грей

Что за туманные намеки? Очередная угроза?
Ты ведь знаешь, куда я с этим пойду?
Почему ты решил вернуться? Из-за того, что я отправилась выпить с подругой, до того пообещав не ходить, или из-за того, что в твою квартиру забрался псих?

Анастейша Грей,
редактор SIP

Смотрю на экран. Ответа нет. Смотрю на часы в уголке экрана. Без четверти два, а ответа все нет.

От кого: Анастейша Грей
Тема: Вот какое дело...
Дата: 26 августа 2011 г. 13:56
Кому: Кристиан Грей

Принимаю твое молчание как подтверждение того, что ты действительно вернулся в Сиэтл, потому что я ПЕРЕДУМАЛА. Я взрослая женщина, пошла посидеть с подругой. Ни о каких дополнительных мерах по усилению безопасности ТЫ НИЧЕГО МНЕ НЕ СКАЗАЛ. От Кейт я узнала, что эти меры касались не только нас, но всех Греев. Как всегда, когда дело касается моей безопасности, ты отреагировал чересчур остро, и я понимаю почему. Но в данном случае ты напоминаешь того мальчика, который кричал «Волки! Волки!». Я понятия не имею об истинной причине твоего беспокойства или о том, что ты считаешь таковой. Со мной были двое охранников. Я полагала, что мы с Кейт в безопасности. Как оказалось, в баре нам и впрямь угрожала меньшая опасность, чем в квартире. Будь я в ПОЛНОЙ МЕРЕ ИНФОРМИРОВАНА о ситуации, я бы поступила иначе.

Понимаю, что твое беспокойство имеет отношение к материалам, хранившимся на компьютере Джека, — по крайней мере, так полагает Кейт. Понимаешь ли ты, как досадно сознавать, что лучшая подруга лучше меня знает, что происходит? А ведь я твоя ЖЕНА. Итак, ты собираешься все мне рассказать? Или так и будешь отделываться мальчишескими угрозами?

И ты не единственный, кому это осточертело. Понятно?

Ана

Анастейша Грей,
редактор SIP

Нажимаю «отправить». Вот так, Грей, и заруби это себе на носу. Перевожу дыхание. Вот так накрутила себя. А то ведь страдала из-за того, что плохо себя вела. Все, хватит.

От: Кристиан Грей
Тема: Вот какое дело...
Дата: 26 августа 2011 г. 13:59
Кому: Анастейша Грей

Как всегда, миссис Грей, вы откровенны и требовательны. Возможно, мы обсудим этот вопрос, когда вернемся ДОМОЙ. И следите за своей речью. Мне это тоже осточертело.

Кристиан Грей,
генеральный директор холдинга «Грей энтепрайзес»

Следите за своей речью! Я сердито кошусь на экран и понимаю, что это ничего мне не даст. Не отвечаю. Беру присланную недавно рукопись молодого перспективного автора и начинаю читать.

Встреча с детективом Кларком проходит спокойно и буднично. Сегодня он менее ворчлив, чем накануне. Может быть, немного поспал. Или просто предпочитает работать днем.

— Спасибо за заявление, миссис Грей.

— Не за что, детектив. Хайд ведь еще под арестом?

— Да, мэм. Из больницы его отпустили утром. При тех обвинениях, что предъявлены сейчас, ему еще придется побыть у нас. — Кларк улыбается, и в уголках его темных глаз проступают морщинки.

— Хорошо. Нам с мужем пришлось поволноваться.

— Я уже разговаривал сегодня с мистером Греем. Он также выразил свое удовлетворение. Интересный человек ваш муж.

«Вы даже не представляете насколько», — думаю я.

— Да, спасибо. — Я вежливо улыбаюсь, давая понять, что ему пора.

— Если что-то вспомните, позвоните мне. Вот визитка.

Он достает из бумажника карточку и протягивает мне.

— Спасибо, детектив. Я так и сделаю. Обязательно.

— До свидания, миссис Грей.

— До свидания.

Кларк уходит, а я думаю, какие же именно обвинения предъявлены Джеку. Кристиан, конечно, не расколется. Я обиженно поджимаю губы.

В «Эскалу» едем молча. За рулем на этот раз Сойер. Прескотт — рядом с ним. На душе тяжело, и легче не становится. Знаю, мы крупно поругаемся, а сил на ссоры у меня уже не осталось.

Пока мы с Прескотт поднимаемся в лифте из гаража, пытаюсь привести в порядок мысли. Что я хочу сказать? Все уже сказано в электронном письме.. Может быть, Кристиан что-то объяснит. По крайней мере, я на это надеюсь. А вот с нервами ничего поделать не могу. Сердце колотится, во рту пересохло, ладони влажные от пота. Не хочу ругаться, но порой с ним бывает так трудно, и я должна стоять на своем, не уступать.

Дверцы кабины расходятся. За ними — фойе. На сей раз здесь чисто и аккуратно. Столик на месте, в новой вазе роскошный букет бледно-розовых и белых пионов. На ходу проверяю картины — все «Мадонны» в целости. Разбитую дверь починили, она снова в полном порядке, и Прескотт любезно открывает ее передо мной. Сегодня она тихая, такой она нравится мне больше.

— Добрый вечер, миссис Грей, — говорит Кристиан. Стоит возле рояля. На нем черная футболка и джинсы… те джинсы, в которых он был в игровой комнате. Ого. Застиранные до белизны, обтягивающие, с дыркой на коленях. Он подходит ко мне, и я вижу, что он босиком, а верхняя пуговица расстегнута. Глаза подернуты дымкой, взгляд цепко держится за меня.

— Рад видеть вас дома. Жду.

Глава 11

— **П**равда? — шепчу я. Во рту пересыхает еще сильнее, сердце колотится в груди. Почему он так одет? Что это значит? Все еще дуется?

— Да. — Голос такой мягкий, но он ухмыляется, приближаясь ко мне.

Черт, какой же он умопомрачительно сексуальный в этих своих джинсах, низко сидящих на бедрах! Ну нет, я не дам мистеру Ходячий Секс себя отвлечь. Пытаюсь оценить настроение Кристиана, пока он приближается ко мне, словно хищник к жертве. Злой? Игривый? Похотливый? Невозможно понять.

— Мне нравятся твои джинсы, — говорю я. Хищная ухмылка не затрагивает глаз. Чтоб тебя, он все еще злится. А оделся так, чтобы меня отвлечь. Он останавливается, и его пристальный взгляд буквально опаляет меня. Широко открытые непроницаемые глаза прожигают насквозь. Я сглатываю.

— Я так понимаю, у вас есть вопросы, миссис Грей, — вкрадчиво говорит он и вытаскивает что-то из заднего кармана джинсов. Мой взгляд прикован к его глазам, но я слышу, как он разворачивает листок бумаги. Поднимает — и я, коротко взглянув в сторону, узнаю свой мейл. Мы смотрим друг на друга глаза в глаза, и его взгляд пылает гневом.

— Да, у меня есть вопросы, — шепчу я прерывающимся голосом. Если мы собираемся это обсуждать, мне нужно держаться от него подальше. Но прежде чем я отступаю назад, он наклоняется и трется носом о мой нос. Глаза мои сами собой закрываются от удовольствия.

— У меня тоже, — шепчет он, и при этих словах я открываю глаза. Он выпрямляется и снова сверлит меня пристальным взглядом.

— Думаю, я знаю твои вопросы, Кристиан, — говорю ироническим тоном, и он щурится, пряча искорки изумления. Неужели будем ссориться?

Я делаю осторожный шаг назад. Мне необходимо физически дистанцироваться от него — от его запаха, его взгляда, его отвлекающего тела в этих невозможно сексуальных джинсах. Он хмурит брови.

— Почему ты вернулся из Нью-Йорка раньше времени? — шепчу я. Лучше уж поскорее покончить с этим.

— Ты знаешь почему. — В его тоне слышатся предостерегающие нотки.

— Потому что я встретилась с Кейт не дома?

— Потому что ты нарушила слово и подвергла себя ненужному риску.

— Нарушила слово? Ты так считаешь? — ошеломленно выдыхаю я, оставляя без внимания вторую половину обвинения.

— Да.

Господи. Ну что за человек! Я начинаю закатывать глаза, но останавливаюсь, когда он грозно насупливается.

— Кристиан, я передумала, — объясняю я медленно, терпеливо, как ребенку. — Я женщина. Нам это свойственно. С нами такое случается.

Он моргает, смотрит на меня, словно до него никак не доходит.

— Если бы я хоть на минуту подумала, что ты отменишь свою деловую поездку...

Мне не хватает слов. Я не знаю, что сказать. Вспоминаю спор из-за наших брачных клятв. «Я никогда не обещала повиноваться тебе, Кристиан». Но я придерживаю язык, потому что в глубине души рада его возвращению. Несмотря на всю его ярость, я рада, что он здесь, передо мной, целый и невредимый, пусть и дымящийся от злости.

— Ты передумала? — Он не может скрыть своего негодования.

— Да.

— И не подумала позвонить мне? — Он возмущенно фыркает, потом добавляет: — Более того, ты оставила здесь неполный наряд охранников и подвергла риску Райана.

Ой, вот об этом я не подумала.

— Мне следовало позвонить, но я не хотела тебя беспокоить. Если бы позвонила, уверена, ты запретил бы мне пойти, а я соскучилась по Кейт. Мне хотелось ее видеть. Кроме того, меня не оказалось здесь, когда сюда заявился Джек. Райану не следовало его впускать.

Все это так запутано. Если б Райан не впустил его, Джек все еще был бы на свободе.

Глаза Кристиана дико блестят, потом закрываются, лицо напрягается, словно от боли. О нет. Он качает головой, и не успеваю я ничего понять, как он заключает меня в объятия и крепко прижимает к себе.

— Ох, Ана, — шепчет он, сжимая меня еще крепче. Так крепко, что мне нечем дышать. — Если бы с тобой что-то случилось... — Голос падает до шепота.

— Со мной ничего не случилось, — не без труда выдавливаю я.

— Но могло. Я сегодня умер тысячью смертей, думая о том, что могло произойти. Я был так зол, Ана. Зол на тебя. На себя. На всех. Не припоминаю, чтобы еще когда-то был так зол... разве что... — Он снова замолкает.

— Разве что? — подсказываю я.

— Тогда, в твоей старой квартире. Когда Лейла была там.

Ох. Не хочу об этом думать.

— Ты был такой чужой сегодня утром, — бормочу я. Голос мой прерывается на последнем слове, когда я вспоминаю, что почувствовала, когда он не захотел меня. Руки его перемещаются ко мне на затылок, и я делаю глубокий вдох. Он заставляет меня поднять голову.

— Я не знаю, как справиться с этой злостью. Не думаю, что хочу причинить тебе боль, — говорит Кристиан. В глазах — тревога. — Утром мне хотелось наказать тебя, сильно наказать, и… — Он останавливается, не находя слов или боясь произнести их.

— Боялся, что сделаешь что-то плохое? — заканчиваю я за него, не веря ни минуты, что он сделал бы это, но все равно испытывая облегчение. Какая-то маленькая, порочная часть меня страшилась другого: того, что он уже потерял ко мне интерес.

— Я не доверял себе, — тихо проговорил он.

— Кристиан, я знаю, что ты никогда не сделал бы ничего плохого. В физическом смысле, во всяком случае. — Я сжимаю его голову в ладонях.

— Правда? — спрашивает он скептически.

— Конечно. Я знала: то, что ты сказал, было пустой угрозой. Знала, что ты бы ни за что меня не избил.

— Я хотел.

— Нет, не хотел. Ты просто думал, что хотел.

— Не знаю… — бормочет он.

— Ну сам подумай, — говорю я, вновь обвивая его руками и потираясь носом о его грудь через черную футболку. — Вспомни, что ты чувствовал, когда я ушла. Ты сам рассказывал об этом. Как изменил свой взгляд на мир, на меня. Я знаю, от чего ты отказался ради меня. Вспомни, что ты чувствовал, когда увидел следы от наручников у меня на запястьях в наш медовый месяц.

Он замирает, переваривая эту информацию. Я сжимаю руки; мои ладони лежат у него на спине, и я ощущаю крепкие напряженные мускулы под футболкой. Постепенно Кристиан расслабляется, и напряжение уходит.

Так, значит, вот что его беспокоило. Боялся причинить мне боль? Почему я верю в него больше, чем он сам в себя? Я не понимаю, мы ведь совершенно точно продвинулись вперед. Он обычно такой сильный, такой властный, но без этого — потерянный. Как жаль. Он целует меня в макушку. Я поднимаю лицо, и его губы находят мои. Ищут, берут, дают, умоляют — о чем, не знаю. Я просто хочу чувствовать его рот на своем и страстно отвечаю на поцелуй.

— Ты так веришь в меня, — шепчет он, оторвавшись.

— Да, верю.

Он гладит мое лицо тыльной стороной ладони и пристально смотрит мне в глаза. Гнев прошел. Мой Кристиан вернулся оттуда, куда уходил, и мне приятно его видеть.

Застенчиво поднимаю глаза и улыбаюсь.

— Кроме того, — шепчу я, — тебе не надо возиться с бумагами.

Он открывает в изумлении рот и снова прижимает меня к груди.

— Ты права. Не надо. — Смеется.

Мы стоим посреди гостиной, обнявшись, поддерживая друг друга.

— Идем в постель, — шепчет он через какое-то время.

Ох ты боже мой…

— Кристиан, нам надо поговорить.

— Потом, — мягко настаивает он.

— Кристиан, пожалуйста. Поговори со мной.

Он вздыхает.

— О чем?

— Ты знаешь. Ты держишь меня в неведении.

— Я хочу защитить тебя.

— Я не ребенок.

— Это мне прекрасно известно, миссис Грей. — Ладони скользят вниз. Он хватает меня сзади и прижимает к себе, одновременно подавшись вперед, чтобы я оценила силу его желания.

— Кристиан! — ворчу я. — Поговори со мной.

Он раздраженно вздыхает.

— Что ты хочешь знать? — Смирившись, опускает руки. Но я же совсем не этого хотела. Берет меня за руку, наклоняется за листком на полу.

— Много чего, — говорю я, пока он ведет меня к кушетке.

— Садись, — приказывает Кристиан.

Кое-кто никогда не меняется, размышляю я, делая, как велено. Он садится рядом и, подавшись вперед, обхватывает голову руками.

Да нет же! Неужели ему это так тяжело? Выпрямляется, взъерошивает обеими руками волосы и поворачивается ко мне, как человек, смирившийся с судьбой.

— Спрашивай.

Все оказалось легче, чем я думала.

— Зачем понадобилась дополнительная охрана для членов семьи?

— Хайд представляет для них угрозу.

— Откуда ты знаешь?

— Нашли кое-что в его компьютере. Кое-какие сведения, касающиеся меня и остальных членов семьи. Особенно Каррика.

— Каррика? А что такое?

— Пока не знаю. Пойдем в постель.

— Кристиан, скажи мне!

— Что сказать?

— Ты такой... несносный.

— Ты тоже. — Он сверлит меня взглядом.

— Ты ведь, когда только обнаружил информацию о своей семье на компьютере, не сразу усилил охрану. Так что же произошло потом? Почему ты сделал это сейчас?

Кристиан смотрит на меня с прищуром.

— Я же не знал, что он попытается поджечь здание или... — Он замолкает. — Мы не воспринимали его всерьез, считали немножко помешанным, но ты же знаешь, — Кристиан пожимает плечами, — когда человек на виду, людям становится интересно. Материал был разрозненный, бессистемный: газетные статьи обо мне в пору учебы в Гарварде — мое участие в соревнованиях по гребле, моя карьера. Статьи про Каррика — отслеживание его карьеры, маминой, кое-что касающееся Элиота и Миа.

Как странно.

— Ты сказал «или», — напоминаю я.

— Или что?

— Ты сказал «попытается поджечь здание или...», как будто собирался что-то добавить.

— Ты есть хочешь?

Что? Я хмурюсь, и в животе у меня урчит.

— Ты сегодня ела? — Голос суровеет, глаза подергиваются ледяной завесой.

Меня выдает прилившая к лицу краска.

— Так я и думал, — отрывисто бросает он. — Ты же знаешь, как я отношусь к тому, что ты не ешь. Идем. — Встает и протягивает мне руку. — Давай я тебя покормлю. — Голос его полон чувственного обещания.

— Покормишь меня? — шепчу я, и все, что ниже пупка, плавится. Черт. Как быстро он перескочил с одной темы на другую. И это все? Все, что мне удалось вытянуть из него?

Идем на кухню. Кристиан хватает барный стул и переносит по другую сторону стойки.

— Садись.

— А где миссис Джонс? — спрашиваю я, взбираясь на табурет и только сейчас замечая ее отсутствие.

— Я дал им с Тейлором выходной.

О как.

— Почему?

Он смотрит на меня с привычной надменной насмешливостью.

— Потому что могу.

— Ты будешь готовить? — с сомнением спрашиваю я.

— Какая ты недоверчивая. Закрой глаза.

Ух ты. Я думала, нам предстоит полномасштабное сражение, а мы — вот тебе и раз — играем в кухне.

— Закрой, — приказывает он.

Я закатываю глаза, потом подчиняюсь.

— Хм-м. Не совсем то, что надо, — бормочет он. Я приоткрываю один глаз и вижу, как он вытаскивает шелковый шарф сливового цвета из заднего кармана джинсов. Шарф такого же цвета, как мое платье. Ну и ну. Где он его взял?

— Закрой. Не подглядывать.

— Собираешься завязать мне глаза? — бормочу я, шокированная. Мне вдруг становится нечем дышать.

— Да.

— Кристиан…

Он прикладывает палец к моим губам.

Я хочу поговорить.

— Потом поговорим. Сейчас я хочу, чтоб ты поела. Ты сказала, что голодна. — Он легко целует меня в губы. Шелк шарфа мягко прижимается к векам, когда он завязывает его у меня на затылке.

— Что-нибудь видишь?

— Нет, — ворчу я, фигурально закатывая глаза. Он тихонько усмехается.

— Я знаю, когда ты закатываешь глаза… и ты знаешь, как это на меня действует.

Поджимаю губы.

— Нельзя ли нам как-нибудь поскорее покончить с этим? — огрызаюсь я.

— Какая вы нетерпеливая, миссис Грей. Так жаждете поговорить, — игривым тоном.

— Да!

— Вначале я должен тебя накормить. — Он касается губами моего виска, и я сразу же успокаиваюсь.

Ладно, пусть будет по-твоему. Я смиряюсь с судьбой и прислушиваюсь к его перемещениям по кухне. Открывается дверца холодильника… Кристиан ставит блюда на стойку позади меня… проходит к микроволновке… что-то нажимает, и печка включается. И все-таки он меня заинтриговал. Я слышу, как поворачивается ручка тостера, как он включается… слышу тиканье таймера. Хм, тосты?

— Да. Я очень хочу поговорить. — Принюхиваюсь — кухню наполняют экзотические пряные ароматы. Я ерзаю на стуле.

— Сиди смирно, Анастейша. — Кристиан снова рядом со мной. — Я хочу, чтобы ты вела себя прилично... — шепчет он.

Господи. Моя внутренняя богиня цепенеет и даже не моргает.

— И не кусай губу. — Он мягко тянет мою нижнюю губу, высвобождая из зубов, и я не могу сдержать улыбки.

Следующее, что я слышу, это хлопок пробки... Вино льется в бокал. Мгновение тишины... тихий щелчок и мягкое шипение ожившей стереосистемы. Резкие гитарные аккорды начинают песню, которой я не знаю. Кристиан приглушает звук до фонового уровня. Поет мужчина, голос у него низкий, глубокий и чувственный.

— Сначала, думаю, вино, — шепчет Кристиан, отвлекая меня от песни. — Подними голову. — Я запрокидываю голову. — Еще, — велит он.

Я подчиняюсь — и его губы оказываются на моих губах. Прохладное вино течет в рот. Я рефлекторно сглатываю. Полный улет. Из не такого уж далекого прошлого накатывают воспоминания: я, связанная, на своей кровати в Ванкувере перед выпускным, и возбужденный, злой Кристиан, которому не понравился мой мейл. Многое ли изменилось? Не особенно. Разве что теперь я узнаю вино, любимое вино Кристиана — сансер.

— М-м, — довольно мурлычу я.

— Нравится вино? — шепчет он. Его теплое дыхание — у меня на щеке. Я купаюсь в его близости, его энергии, жаре, исходящем от его тела, пусть даже он и не прикасается ко мне.

— Да, — выдыхаю я.

— Еще?

— С тобой я всегда хочу еще.

Я почти слышу его улыбку. И не могу не улыбнуться.

— Миссис Грей, вы заигрываете со мной?

— Да.

Его обручальное кольцо звякает о бокал, когда он делает еще глоток вина. Какой сексуальный звук. Он отводит мою голову назад, еще раз целует, и я жадно глотаю вино, льющееся из его рта. Он улыбается и снова целует меня.

— Проголодалась?

— Полагаю, мы уже установили это, мистер Грей.

Трубадур на айподе поет о порочных играх. В самый раз.

Микроволновка издает отрывистый звук, и Кристиан отпускает меня. Я выпрямляюсь. Пахнет специями: чеснок, орегано, розмарин, мята. Да, и, кажется, баранина. Дверца микроволновки открывается, и восхитительный запах становится сильнее.

— Вот черт! — ругается Кристиан, и блюдо с грохотом ударяется о стойку.

Бедняжка.

— Ты в порядке?

— Да! — рявкает он раздраженно и ссекунду спустя снова стоит рядом.

— Просто обжегся. Вот. — Просовывает указательный палец мне в рот. — Может, если пососешь, полегчает.

— Ага.

Взяв его за руку, я медленно вытаскиваю палец изо рта и, наклонившись вперед, дую на него и дважды нежно целую. Кристиан перестает дышать. Я вновь втягиваю палец в рот и мягко сосу. Он резко вдыхает, и этот звук устремляется прямиком мне в пах. А ведь это его игра — медленное, томительное обольщение. Я думала, он страшно зол, а сейчас?.. Этот мужчина, мой муж, такой противоречивый. Но именно таким я его и люблю. Игривым. Забавным. Чертовски сексуальным. Кое-какие ответы он дал, но мне мало. Я хочу больше, но хочу и поиграть. После всех треволнений напряжен-

ного дня и кошмара прошлой ночи с Джеком почему бы
не развлечься?

— О чем думаешь? — Кристиан нарушает приятный
ход мыслей, вытаскивая палец изо рта.

— О том, какой ты переменчивый.

Он по-прежнему рядом со мной.

— Пятьдесят Оттенков, детка. — Он нежно целует
меня в уголок рта.

— Мои Пятьдесят Оттенков, — шепчу я и, схватив его
за футболку, притягиваю к себе.

— Ну нет, миссис Грей. Никаких прикосновений...
пока. — Он берет меня за руку, отрывает от футболки и
целует каждый палец по очереди.

— Сядь.

Я надуваю губы.

— Я тебя отшлепаю, если будешь дуться. А сейчас открой рот. Пошире.

Черт. Я открываю рот, и он закладывает в него вилку
пряной горячей баранины, политой мятным йогурто-
вым соусом. Жую.

— Нравится?

— Да.

Он одобрительно мычит, и я догадываюсь, что он
тоже ест и ему тоже нравится.

— Еще?

Я киваю. Он скармливает мне еще вилку, и я снова
жую. Кладет вилку и что-то ломает. Хлеб?

— Открой рот.

В этот раз это пита и хумус. Похоже, кто-то — миссис Джонс или сам Кристиан — побывал в лавке дели-
катесов, которую я обнаружила недель пять назад всего
в двух кварталах от «Эскалы». Я с удовольствием жую.
Кристиан в игривом настроении — отличный стимуля-
тор для моего аппетита.

— Еще? — спрашивает он.

Я киваю.

— Еще всего. Пожалуйста. Умираю с голоду.

Слышу его довольную усмешку. Медленно и тер-пеливо он кормит меня, время от времени поцелуем снимая крошки и капли с уголка моего рта или стирая их пальцами. В промежутках предлагает глоток вина — своим уникальным способом.

— Открой пошире и откуси. — Я исполняю приказ. М-м, одно из моих любимых блюд: долма, мясо, завер-нутое в виноградные листья. Даже холодное, оно такое вкусное, что пальчики оближешь, хотя я предпочитаю разогретое. Но не хочу, чтобы Кристиан снова обжегся. Он кормит меня медленно и, когда я доедаю, облизы-вает свои пальцы.

— Еще? — Голос низкий и хриплый.

Качаю головой — наелась.

— Хорошо, — шепчет он у меня над ухом, — пото-му что пришло время для моего любимого блюда. И это блюдо — ты. — Он подхватывает меня на руки, и я от неожиданности взвизгиваю.

— Можно снять повязку с глаз?

— Нет.

Я уже собираюсь надуть губы, но вспоминаю его угрозу и передумываю.

— Игровая комната.

Ой... не знаю, хорошая ли это идея.

— Готова принять вызов? — спрашивает он. И по-скольку он использует слово «вызов», я не могу отказать.

— Готова, — шепчу я, и желание и что-то еще, что я не хочу называть, поют в моем теле.

Кристиан несет меня через двери, затем вверх по лестнице на второй этаж.

— Мне кажется, ты похудела, — неодобрительно ворчит он. В самом деле? Это хорошо. Я помню его за-мечание, когда мы вернулись из нашего свадебного пу-тешествия, и как сильно оно меня задело. Неужели это было всего неделю назад?

Перед комнатой для игр он дает мне соскользнуть и ставит на ноги, но продолжает обнимать за талию. Бы-стро отпирает дверь.

Тут всегда пахнет одинаково: полированным деревом и цитрусом. Я уже привыкла и нахожу этот запах приятным, а его эффект расслабляющим. Кристиан поворачивает меня так, чтобы я оказалась лицом к нему. Развязывает шарф, и я моргаю в мягком свете. Бережно вытаскивает заколки и распускает волосы. Наматывает волосы на палец и тихонько тянет назад, так что мне приходится отступить.

— У меня есть план, — шепчет он мне на ухо, и по спине бегут мурашки.

— Ничуть не сомневаюсь, — отвечаю я. Он целует меня за ухом.

— О да, миссис Грей. — Тон мягкий, завораживающий. Он убирает мои волосы в сторону и прокладывает дорожку из нежных поцелуев вниз по шее.

— Вначале мы тебя разденем. — Голос рокочет в горле и отдается в моем теле.

Я хочу этого — что бы он там ни запланировал. Снова разворачивает меня лицом к себе. Я бросаю взгляд на его джинсы — верхняя пуговица по-прежнему расстегнута — и не могу удержаться. Провожу указательным пальцем вдоль пояса, обходя футболку, костяшкой ощущая волоски на животе. Он резко втягивает воздух, и я смотрю на него. Останавливаюсь у расстегнутой пуговицы. Глаза его темнеют до насыщенного серого... Это что-то.

— Ты должен их оставить, — шепчу я.

— Непременно, Анастейша.

Он кладет руку мне на затылок, подхватывает сзади, притягивает к себе — и вот уже его рот на моем, и он целует меня так, словно от этого зависит его жизнь.

Ух ты!

Наши языки сплетаются, и он подталкивает меня назад, пока я не чувствую позади деревянный крест. Объятья все крепче, наши тела втискиваются одно в другое.

— Давай избавимся от этого. — Он тянет мое платье вверх — по ногам, по бедрам, по животу... восхитительно медленно ткань скользит по коже груди.

— Наклонись.

Я подчиняюсь, и он стягивает платье через голову и бросает на пол, оставив меня в босоножках, трусиках и лифчике. Глаза его горят, он хватает обе мои руки и поднимает над головой. Моргает один раз и наклоняет голову набок — спрашивает моего разрешения. Что он собирается со мной делать? Я сглатываю, затем киваю, и по его губам скользит довольная улыбка. Он пристегивает мои запястья кожаными наручниками к деревянной планке сверху и вновь вытаскивает шарф.

— Думаю, ты видела достаточно. — Снова завязывает мне глаза, и я ощущаю, как легкая дрожь предвкушения бежит по мне; все мои чувства обостряются. Его дыхание, мой возбужденный отклик, пульсация в ушах, запах Кристиана, смешанный с ароматом цитруса и полировки, — все это ощущается острее, потому что я не вижу. Его нос касается моего.

— Я сведу тебя с ума, — шепчет он и стискивает мои бедра, опускается, стаскивает с меня трусики, ладони скользят по ногам. Сведу с ума... ух ты!

— Подними ноги. — Я подчиняюсь, и он по очереди снимает с меня босоножки. Бережно ухватив за лодыжку, тянет мою ногу вправо.

— Шагни, — велит он. Пристегивает правую лодыжку к кресту, затем проделывает то же самое с левой. Я беспомощна, распята на кресте. Поднявшись, Кристиан делает шаг, и меня снова омывает его тепло. Секунду спустя он берет меня за подбородок и целомудренно целует.

— Теперь музыка и кое-какие игрушки. Вы великолепно смотритесь, миссис Грей. Пожалуй, воспользуюсь моментом, полюбуюсь видом. — Голос его мягок.

Все у меня внутри сжимается.

Несколько секунд спустя я слышу, как он тихо идет к комоду и выдвигает один из ящиков. Ящик со стеками? Понятия не имею. Достает что-то и кладет наверх, потом что-то еще. Динамики оживают, и через секунду фортепианные звуки нежной, спокойной мелодии наполняют комнату. Кажется, Бах, но что именно, не знаю. Что-то в этой музыке пробуждает во мне тревогу. Возможно, потому, что она слишком холодная, слишком отстраненная. Я хмурюсь, пытаясь понять, почему она меня беспокоит, но Кристиан берет меня за подбородок и мягко тянет, заставляя отпустить нижнюю губу. Я улыбаюсь, стараюсь успокоиться. Отчего я тревожусь? Из-за музыки?

Ладонь скользит вдоль шеи, вниз к груди. Большим пальцем стягивает чашку, высвобождая правую грудь из бюстгальтера. Тихо, одобрительно урчит и целует в шею. Губы его следуют по оставленной пальцами дорожке. Пальцы перемещаются к левой груди, освобождая и ее. Я мычу — он катает большим пальцем по левому соску, а губы смыкаются на правом, потягивая и мягко дразня, пока оба соска не поднимаются и не твердеют.

— А-а-а...

Он не останавливается. С изысканной осторожностью наращивает интенсивность ласк. Я тщетно натягиваю путы — острые стрелы удовольствия пронзают тело от сосков к паху. Я пытаюсь поерзать, но почти не могу двигаться, и мука становится невыносимой.

— Кристиан, — молю я.

— Знаю, — бормочет он хрипло. — Ты так же поступаешь со мной.

Что? Я стону, и он начинает опять, подвергая мои соски сладкой пытке снова и снова, подводя меня ближе и ближе.

— Пожалуйста, — хнычу я.

Он издает какой-то утробный, первобытный горловой звук, затем выпрямляется, оставив меня задыхаться и извиваться в оковах. Одна ладонь ложится на мое бедро, другая ползет по животу.

— Посмотрим, как ты тут, — мягко воркует он. Нежно обхватывает меня между ног, легонько касаясь большим пальцем клитора. Я вскрикиваю. Медленно вводит в меня один, затем два пальца. Я мечусь, верчусь, подаюсь навстречу его пальцам и ладони.

— Ох, Анастейша, ты такая… готовая, — говорит он.

Он водит пальцами внутри меня, снова и снова, подушечкой большого пальца поглаживая клитор, вперед-назад, еще и еще. Это единственная точка на моем теле, где он прикасается ко мне, и все напряжение, все тревоги дня сосредоточиваются в этой части моего тела.

О боже правый… это так пронзительно… и странно… музыка… напряжение внутри меня начинает нарастать…

Кристиан шевелится… Пальцы все еще ласкают меня снаружи и внутри… и я слышу какое-то низкое жужжание.

— Что? — выдыхаю я.

— Ш-ш-ш.

Губы на губах — надежная печать. Я приветствую более теплый, более интимный контакт, с жаром отвечая на поцелуй. Увы, недолгий. Он отстраняется. И жужжание становится ближе.

— Это массажер, детка. Он вибрирует.

Он прикладывает его к моей груди, и такое чувство, будто на мне вибрирует какой-то большой шарообразный предмет. Я вздрагиваю; массажер движется по мне, вниз между грудями, через один, потом через второй сосок — и я омыта ощущениями, легкими покалываниями всюду, и вот уже горячее, обжигающе порочное желание растекается внизу живота.

— А-а. — Пальцы продолжают двигаться внутри меня. Я уже близко… вся эта стимуляция… Я мычу, запрокинув голову, и пальцы замирают. Все как отрезало.

— Нет! Кристиан! — умоляю я, пытаясь подняться.

— Спокойно, детка, — говорит он. Между тем мой приближавшийся оргазм улетучивается. Кристиан снова наклоняется и целует меня.

— Такое разочарование, верно?

О нет! Внезапно до меня доходит, что за игру он ведет.

— Кристиан... пожалуйста...

— Ш-ш-ш, — отзывается он и целует меня.

Массажер и пальцы оживают, убийственное сочетание чувственной пытки. Кристиан чуть передвигается. Он по-прежнему одет, и мягкая джинсовая ткань трется о мою ногу. Так мучительно близко. Он снова подводит меня к краю и, когда мое тело начинает петь от нестерпимого желания, останавливается.

— Нет, — громко протестую я.

Кристиан осыпает мягкими поцелуями мое плечо, вынимает пальцы и ведет массажер вниз. Прибор вибрирует у меня на животе, на лобке, на клиторе.

— А-а! — вскрикиваю я, натягивая путы.

Мое тело так чувствительно, что, кажется, я вот-вот взорвусь, но в последний момент, у последней черты, Кристиан вновь останавливается.

— Кристиан! — вскрикиваю я.

— Какое разочарование, да? — бормочет он мне в шею. — И ты такая же. Обещаешь одно, а потом... — Он смолкает.

— Кристиан, пожалуйста, — умоляю я.

Он водит по мне массажером снова и снова, всякий раз останавливаясь в самый важный момент.

— После каждой остановки ощущения только острее. Верно?

— Пожалуйста, — хнычу я. Мои нервные окончания требуют сброса невыносимого напряжения.

Жужжание прекращается, и Кристиан целует меня. Тычется носом в мой нос.

— Ты самая непредсказуемая из всех известных мне женщин.

Нет, нет, нет!

— Кристиан, я никогда не обещала повиноваться тебе. Пожалуйста, пожалуйста...

Он передо мной. Хватает меня сзади и атакует тараном; пуговицы джинсов вжимаются в меня, с трудом удерживая рвущуюся наружу плоть. Одной рукой стягивает шарф, и я, моргая, гляжу в горящие огнем глаза.

— Ты сводишь меня с ума, — шепчет он, атакуя меня еще один раз, второй, третий — ощущение такое, что *там* у меня уже летят искры и вот-вот полыхнет пламя. И снова обрыв. Я так его хочу. Закрываю глаза и шепчу молитву. Это — наказание. Я беспомощна, а он безжалостен. Слезы подступают к глазам. Я не знаю, как далеко он намерен зайти.

— Пожалуйста...

Он смотрит на меня неумолимо. Будет продолжать. Как долго? Могу ли я играть в эту игру? Нет. Нет. Нет. Не могу и не хочу. Он намерен и дальше мучить меня. Его рука снова скользит по мне вниз. Нет... И плотину прорывает — все дурные предчувствия, все тревоги и страхи последних дней вновь переполняют меня, и глаза наливаются слезами. Я отворачиваюсь. Это не любовь. Это месть.

— Красный, — всхлипываю я. — Красный. Красный. — Слезы текут по лицу.

Он застывает.

— Нет! — потрясенно выдыхает. — Господи, нет!

Он быстро отстегивает мои руки, обхватывает за талию и наклоняется, чтобы отстегнуть лодыжки, я а закрываю лицо руками и плачу.

— Нет, нет, нет, Ана, пожалуйста. Нет.

Подхватив меня на руки, Кристиан идет к кровати, садится и обнимает, усадив на колени, а я безутешно всхлипываю. Я подавлена... тело истерзано, мозг опустошен, а эмоции развеяны по ветру. Он протягивает руку назад, стаскивает атласную простыню с кровати и укутывает меня в нее. Прикосновение прохладной простыни неприятно воспаленной коже. Он обнимает меня, привлекает к себе и мягко покачивает взад-вперед.

— Прости. Прости, — бормочет Кристиан хрипло и целует мои волосы снова и снова. — Ана, прости меня, пожалуйста.

Уткнувшись ему в шею, я плачу и плачу, и вместе со слезами постепенно уходит напряжение. Так много произошло за последние дни — пожар в серверной, погоня на шоссе, неожиданные карьерные планы, развратные архитекторши, вооруженные психи в квартире, споры, его гнев — и разлука. Ненавижу расставания... Краешком простыни вытираю нос и постепенно начинаю сознавать, что стерильная музыка Баха все еще звучит в комнате.

— Пожалуйста, выключи музыку. — Я шмыгаю носом.

— Да, конечно. — Кристиан наклоняется, не выпуская меня, и вытаскивает из заднего кармана пульт. Нажимает на кнопку, и фортепиано смолкает, сменяясь судорожными вздохами. — Лучше? — спрашивает он.

Я киваю, мои всхлипы почти стихли. Кристиан нежно вытирает мне слезы подушечкой большого пальца.

— Не любительница баховских «Вариаций Гольдберга»?

— По крайней мере, не этой пьесы.

Он смотрит на меня, безуспешно пытаясь скрыть стыд в своих глазах.

— Прости, — снова говорит он.

— Зачем ты это делал? — Мой голос едва слышен; я силюсь собрать в кучу свои смятенные мысли и чувства.

Печально качает головой и закрывает глаза.

— Я увлекся, — неубедительно говорит он.

Я хмурюсь, и он вздыхает.

— Ана, лишение оргазма — стандартное средство в... ты никогда... — Он замолкает. Я ерзаю у него на коленях. Он морщится.

Ах да. Я вспыхиваю.

— Прости.

Он закатывает глаза, затем неожиданно отклоняется назад, увлекая меня с собой, и вот уже мы оба лежим на кровати, я — в его объятиях. В сдвинутом лифчике неудобно, и я поправляю белье.

— Помочь? — тихо спрашивает Кристиан.

Качаю головой. Не хочу, чтобы он касался моей груди. Он поворачивается так, чтобы видеть меня, и, неуверенно подняв руку, нежно гладит пальцами мое лицо. На глазах опять выступают слезы. Ну как он может быть то таким бесчувственным, то нежным?

— Пожалуйста, не плачь.

Этот мужчина не перестает изумлять меня и приводить в замешательство. В минуту душевного смятения гнев покидает меня… и приходит оцепенение. Хочется свернуться в клубочек и уйти в себя. Я моргаю, стараясь сдержать слезы, когда смотрю в его полные муки глаза. Что же мне делать с этим властолюбивым тираном? Научиться подчиняться? Это вряд ли…

— Я никогда что?

— Не делаешь, как тебе сказано. Ты передумываешь, не говоришь мне, где ты. Ана, я в Нью-Йорке был злой как черт из-за собственного бессилия. Если б я был в Сиэтле, то привез бы тебя домой.

— Значит, ты наказываешь меня?

Он сглатывает, потом закрывает глаза. Ему незачем отвечать, я и так знаю, что наказание было его истинным намерением.

— Ты должен это прекратить.

Он хмурится.

— Во-первых, ты же сам потом чувствуешь себя гадко.

Он фыркает.

— Это верно. Мне не нравится видеть тебя такой.

— А мне не нравится чувствовать такое. Ты сказал на «Прекрасной леди», что женился не на сабе.

— Знаю, знаю. — Тихим, хриплым голосом.

— Ну так перестань обращаться со мной как с сабой. Я сожалею, что не позвонила тебе. Больше такой эгоисткой не буду. Я знаю, что ты обо мне беспокоишься.

Он смотрит на меня пристально, вглядывается печально и встревоженно.

— Ладно. Хорошо, — говорит он в конце концов. Наклоняется, но приостанавливается, прежде чем коснуться губ, молча спрашивая разрешения. Я поднимаю к нему лицо, и он нежно целует меня.

— Твои губы всегда такие мягкие после того, как ты поплачешь.

— Я никогда не обещала повиноваться тебе, Кристиан, — шепчу я.

— Я знаю.

— Справься с этим, пожалуйста. Ради нас обоих. А я постараюсь быть более терпимой к твоей… склонности командовать.

Он выглядит потерянным и уязвимым. Он в полном смятении.

— Я постараюсь. — В голосе искренность.

Я судорожно вздыхаю.

— Пожалуйста, постарайся. Кроме того, если б я была здесь…

— Знаю, — отвечает он и бледнеет. Откинувшись на спину, закрывает лицо рукой.

Я свиваюсь рядышком и кладу голову ему на грудь. Мы лежим молча несколько минут. Ладонь его скользит к моему «хвосту». Он стаскивает резинку, распускает волосы и нежно их перебирает. Вот она, подлинная причина всего этого — его страх… иррациональный страх за мою безопасность. У меня перед глазами — Джек Хайд с глоком, лежащий на полу… Да, возможно, страх Кристиана не так уж иррационален.

— Что ты имел в виду, когда сказал «или»? — спрашиваю я.

— Или?

— Что-то насчет Джека.

Он вглядывается в меня.

— Ты не сдаешься?

Я лежу, купаясь в его расслабляющих ласках.

— Сдаться? Никогда. Говори. Не люблю оставаться в неведении. Ты, похоже, одержим какой-то идеей и считаешь, что мне нужна защита, а сам даже не умеешь стрелять. А я умею. Ты думаешь, я не смогу справиться с чем-то, о чем ты мне не рассказываешь, Кристиан? Твоя бывшая саба наставляла на меня пушку, твоя бывшая любовница-педофилка тебя преследует... И не смотри на меня так! — бросаю я, когда он грозно насупливает брови. — Твоя мама относится к ней точно так же.

— Ты говорила с моей матерью об Элене? — Голос Кристиана поднимается на несколько октав.

— Да, мы с Грейс говорили о ней.

Он потрясенно таращится на меня.

— Она очень переживает по этому поводу. Винит себя.

— Не могу поверить, что ты говорила с моей матерью. Черт! — Он откидывается на спину и снова закрывает лицо рукой.

— Я не вдавалась в подробности.

— Надеюсь. Грейс незачем их знать. Господи, Ана. С отцом тоже?

— Нет! — Я мотаю головой. С Карриком у меня нет таких доверительных отношений, и его обидные слова о брачном контракте до сих пор у меня в ушах. — Как бы то ни было, ты опять пытаешься меня отвлечь. Джек. Что насчет Джека?

Кристиан на секунду поднимает руку и смотрит на меня, укрывшись за непроницаемой маской. Потом вздыхает и снова кладет руку на лицо.

— Хайд замешан в истории с «Чарли Танго». Служба безопасности нашла частичный отпечаток, но идентификация не удалась. Потом ты узнала Хайда в серверной комнате. Когда он еще был несовершеннолетним, в Детройте его судили. Отпечатки сверили, и они совпали.

Я силюсь осмыслить информацию; пока голова идет кругом. Джек замешан в инциденте с «Чарли Танго»?

— Сегодня утром в здешнем гараже обнаружили фургон. На нем приехал Хайд. Вчера он доставлял какую-то фигню тому парню, который недавно переехал. Ну, тому, с которым мы встретились в лифте.

— Я не помню, как его зовут.

— Я тоже, — говорит Кристиан. — Но именно так Хайду удалось проникнуть в здание законным путем. Он работает в какой-то службе доставки.

— И?.. Что такого важного в фургоне?

Молчит.

— Кристиан, скажи мне.

— Копы обнаружили в фургоне... кое-какие вещи. — Он вновь замолкает и крепче меня сжимает.

Молчание затягивается, и я уж было открываю рот, чтобы напомнить о себе, но он опережает.

— Матрас, лошадиный транквилизатор — столько, что хватило бы усыпить дюжину лошадей, — и записку. — Голос падает почти до шепота, ужас и отвращение идут волнами.

Вот жуть.

— Записку? — Я вторю его интонациям.

— Адресованную мне.

— Что в ней?

Кристиан качает головой; либо не знает, либо не собирается посвящать меня в это.

Ох.

— Хайд заявился прошлой ночью с намерением похитить тебя. — Кристиан цепенеет, лицо застыло от напряжения. А я вспоминаю ленту в кармане Джека, и меня передергивает, хотя для меня эта новость и не нова.

— Вот черт.

— Именно, — натянуто отзывается Кристиан.

Я пытаюсь вспомнить Джека в офисе. Всегда ли он был психом? И как он, интересно, собирался это провернуть? То есть, конечно, он тот еще слизняк, но чтобы настолько ненормальный?

— Я не понимаю зачем, — бормочу я. — Нелепость какая-то.

— Знаю. Полиция копает глубже, и Уэлч тоже. Но мы думаем, что это как-то связано с Детройтом.

— С Детройтом? — Я озадаченно смотрю на него.

— Да. Что-то там есть.

— Все равно не понимаю.

Кристиан приподнимает голову и смотрит на меня бесстрастно.

— Ана, я родился в Детройте.

Глава 12

— Я думала, ты родом отсюда, из Сиэтла, — говорю я. В голове — полный сумбур. Какое отношение это имеет к Джеку?

Кристиан убирает руку с лица, протягивает ее назад и хватает одну из подушек. Кладет себе под голову, откидывается на спину и смотрит на меня настороженно. Через минуту качает головой.

— Нет. Нас с Элиотом усыновили в Детройте. Мы переехали сюда вскоре после моего усыновления. Грейс хотела жить на Западном побережье, подальше от востока с его стремительной урбанизацией. Она получила работу в Северо-западной больнице. Я плохо помню то время. Миа удочерили уже здесь.

— Так Джек из Детройта?

— Да.

Ой...

— А откуда ты знаешь?

— Я изучил его анкетные данные, когда ты пошла работать на него.

Кто бы сомневался.

— Значит, у тебя и на него есть досье? — усмехаюсь я. — Этакая папочка...

Кристиан кривит рот, скрывая улыбку.

— Думаю, она светло-голубая. — Он продолжает теребить мои волосы. Мне приятно и комфортно.

— И что же в этой папке?

Кристиан моргает. Протягивает руку, чтобы погладить меня по щеке.

— Ты действительно хочешь знать?

— Неужели все настолько плохо?

Он пожимает плечами.

— Бывало и похуже, — шепчет он.

Нет! Неужели он имеет в виду себя? Перед глазами — маленький Кристиан, грязный, напуганный и потерянный. Я обнимаю его, прижимаюсь крепче, натягиваю на него простыню и ложусь щекой ему на грудь.

— Что? — спрашивает он, озадаченный моей реакцией.

— Ничего.

— Нет уж. Давай признавайся, в чем дело?

Я поднимаю глаза, оцениваю его встревоженное выражение и, вновь прильнув щекой к груди, решаю рассказать.

— Иногда я представляю тебя ребенком... до того, как ты стал жить с Греями.

Кристиан застывает.

— Я говорил не о себе. Я не хочу твоей жалости, Анастейша. С тем периодом моей жизни давно покончено.

— Это не жалость, — потрясенно шепчу я. — Это сочувствие и сожаление — сожаление о том, что кто-то способен сделать такое с ребенком. — Я перевожу дух: живот как будто перекручивает, слезы вновь подступают к глазам. — С тем периодом твоей жизни не покончено, Кристиан, как ты можешь так говорить? Ты каждый день живешь со своим прошлым. Ты же сам мне сказал: пятьдесят оттенков, помнишь? — Мой голос едва слышен.

Кристиан фыркает и свободной рукой гладит меня по волосам, но молчит, и напряжение остается при нем.

— Я знаю, что именно поэтому ты испытываешь потребность контролировать меня. Чтобы со мной ничего не случилось.

— И, однако же, ты предпочитаешь бунтовать, — озадаченно ворчит он, продолжая гладить меня по голове.

Я хмурюсь. Вот черт! Неужели я делаю это намеренно? Мое подсознание снимает свои очки-половинки, покусывает дужку, поджимает губы и кивает. Я не обращаю на него внимания. Ерунда какая-то. Я ведь его жена, не его саба, не какая-нибудь случайная знакомая. И не шлюха-наркоманка, какой была его мать... черт. Нет, не надо мне так думать. Вспоминаю слова доктора Флинна: «Просто продолжайте делать то, что делаете. Кристиан по уши влюблен... это так приятно видеть».

Вот оно. Я просто делаю то, что делала всегда. Разве не это в первую очередь привлекло Кристиана?

Сколько же в нем противоречий!

— Доктор Флинн сказал, что я должна тебе верить. Мне кажется, я верю... не знаю. Возможно, это мой способ вытащить тебя в настоящее, увести подальше от твоего прошлого, — шепчу я. — Не знаю. Наверное, я просто никак не могу привыкнуть к твоей чересчур бурной реакции на все.

Он с минуту молчит.

— Чертов Флинн, — ворчит себе под нос.

— Он сказал, что мне следует и дальше вести себя так, как я всегда вела себя с тобой.

— Неужели? — сухо отзывается Кристиан.

Ладно, была не была.

— Кристиан, я знаю, ты любил свою маму, и ты не мог спасти ее. Тебе это было не по силам. Но я не она.

Он снова цепенеет.

— Не надо.

— Нет, послушай. Пожалуйста. — Я поднимаю голову и заглядываю в серые глаза, сейчас парализованные страхом. Он затаил дыхание. Ох, Кристиан... У меня сжимается сердце. — Я не она. Я гораздо сильнее. У меня есть ты. Ты теперь намного сильнее, и я знаю, что ты любишь меня. Я тоже люблю тебя.

Между бровей у него появляется морщинка, словно мои слова — не то, чего он ожидал.

— Ты все еще любишь меня? — спрашивает он.

— Конечно, люблю. Кристиан, я всегда буду любить тебя. Что бы ты со мной ни сделал. — То ли это заверение, которое ему нужно?

Он выдыхает, закрывает глаза, но в то же время крепче обнимает меня.

— Не прячься. — Приподнявшись, я беру его руку и убираю с его лица. — Ты всю жизнь прятался. Пожалуйста, не надо больше, не от меня.

Он недоверчиво смотрит на меня и хмурится.

— Прятался?

— Да.

Он неожиданно переворачивается на бок и подвигает меня так, что я лежу рядом с ним. Протягивает руку, убирает волосы с моего лица и заправляет за ухо.

— Сегодня ты спросила, ненавижу ли я тебя. Я не понимал почему, а сейчас...— Он замолкает, глядя на меня так, словно я — полнейшая загадка.

— Ты все еще думаешь, что я ненавижу тебя? — недоверчиво спрашиваю я.

— Нет. — Он качает головой. — Теперь нет. — На лице написано облегчение. — Но мне нужно знать... почему ты произнесла пароль, Ана?

Чувствую, что бледнею. Что мне ему сказать? Что он напугал меня? Что не знала, остановится ли он? Что умоляла его, а он не остановился? Что не хотела, чтоб все переросло в то... что было здесь однажды? Меня передергивает, когда вспоминаю, как он стегал меня ремнем.

Я сглатываю.

— Потому... потому что ты был таким злым и отстраненным... холодным. Я не знала, как далеко ты зайдешь.

Прочитать что-то на его лице невозможно.

— Ты дал бы мне кончить? — Мой голос чуть громче шепота, и я чувствую, как краска заливает щеки, но удерживаю его взгляд.

— Нет, — в конце концов говорит он.

Черт.

— Это... жестоко.

Костяшками пальцев он нежно гладит меня по щеке.

— Зато эффективно. — Смотрит на меня так, словно пытается заглянуть в душу, глаза потемнели. Проходит вечность, и он признается:

— Я рад, что ты это сделала.

— Правда? — Я не понимаю.

Кристиан криво усмехается.

— Да. Я не хочу причинить тебе боль. Меня занесло. — Он наклоняется и целует меня. — Я чересчур увлекся. — Он снова целует меня. — С тобой у меня это часто случается.

Да? И по какой-то непонятной причине эта мысль мне приятна... Я улыбаюсь. Почему это меня радует? Он тоже улыбается.

— Не знаю, чему вы улыбаетесь, миссис Грей.

— Я тоже.

Он обвивается вокруг меня и кладет голову мне на грудь. Мы — сплетение рук, ног и алых атласных простыней. Я глажу его по спине, ерошу шевелюру. Он вздыхает и расслабляется.

— Это значит, что я могу доверять тебе... остановить меня. Я ни за что не хочу причинить тебе боль. Мне нужен... — Он замолкает.

— Что тебе нужно?

— Мне нужен контроль, Ана. Как нужна ты. Это единственный способ моего существования. Я не могу отказаться от этого. Не могу. Я пытался... и все же с тобой... — Он расстроенно качает головой.

Я сглатываю. В этом суть проблемы: его потребность в контроле и его потребность во мне. Не хочу верить, что эти две потребности так уж неразделимы.

— Ты тоже мне нужен, — шепчу я и обнимаю его еще крепче. — Я постараюсь, Кристиан. Постараюсь быть внимательнее.

— Я хочу быть нужным тебе.

Вот так раз.

— Ты нужен мне! Еще как! — горячо говорю я. Да, нужен. Я так люблю его.

— Я хочу заботиться о тебе, — шепчет он.

— Ты и заботишься. Все время. Я так скучала, пока тебя не было.

— Правда? — В его голосе слышится удивление.

— Да, конечно. Ненавижу, когда ты уезжаешь.

Чувствую его улыбку.

— Ты могла поехать со мной.

— Кристиан, пожалуйста. Давай не будем начинать этот спор заново. Я хочу работать.

Он вздыхает, а я нежно тереблю его волосы.

— Я люблю тебя, Ана.

— Я тоже люблю тебя, Кристиан. Я всегда буду любить тебя.

Лежим тихо, умиротворенные после промчавшейся бури. Слушая ровное биение его сердца, я медленно погружаюсь в сон.

Я просыпаюсь, как от толчка, сбитая с толку. Где я? В игровой. Свет все еще горит, мягко освещая кровавокрасные стены. Кристиан снова стонет, и я сознаю, что это меня и разбудило.

— Нет, — стонет он. Вытянулся рядом со мной, откинул голову назад, лицо искажено мукой.

Вот черт! Снова кошмар.

— Нет! — вскрикивает он.

— Кристиан, проснись. — Я сажусь, сбрасывая ногой простыню. Опустившись рядом с ним на колени, хватаю его за плечи и трясу, а к глазам подступают слезы. — Кристиан, пожалуйста. Проснись!

Глаза распахиваются, серые и безумные, зрачки расширены от страха. Он невидяще смотрит на меня.

— Кристиан, тебе приснился кошмар. Ты дома. Ты в безопасности.

Он моргает, шарит глазами по комнате и хмурится, видя, что нас окружает. Потом взгляд возвращается ко мне.

— Ана, — выдыхает он и без предупреждения сжимает мое лицо обеими руками, рывком притягивает к себе, целует. Крепко. Его язык вторгается ко мне в рот, и я чувствую вкус его отчаяния и желания. Не дав даже вздохнуть, он наваливается сверху, вдавливая меня в твердый матрас кровати, его губы не отпускают мои. Одной рукой сжимает мой подбородок, другая лежит у меня на макушке, удерживая меня на месте. Он раздвигает коленом мне ноги и, не раздеваясь, устраивается у меня между бедер.

— Ана, — хрипло выдыхает он, словно не может поверить, что я здесь, с ним. Долю секунды смотрит на меня, дав мне вздохнуть. Потом его губы — опять на моих, жадные, ищущие, требовательные. Он громко стонет, вжимается в меня. Напрягшаяся плоть таранит мою, мягкую. Я стону, и все накопившееся сексуальное напряжение прорывается наружу, заявляя о себе с удвоенной силой, воспламеняя тело желанием и страстью. Гонимый своими демонами, он пылко целует мое лицо, глаза, щеки, скулу.

— Я здесь, — шепчу я, пытаясь успокоить его, и наши разгоряченные, прерывистые дыхания смешиваются. Я обвиваю его руками за плечи, подаюсь ему навстречу, трусь о него.

— Ох, Ана, — выдыхает он. — Ты нужна мне.

— Ты мне тоже, — горячо шепчу я. Мое тело отчаянно жаждет его прикосновений. Я хочу его. Хочу прямо сейчас. Хочу исцелить его. Хочу, чтоб он исцелил меня… Мне это нужно. Он тянет за пуговицу ширинки, секунду возится и…

О боже. Еще минуту назад я спала.

Он приподнимается и вопросительно на меня смотрит.

— Да. Пожалуйста… — выдыхаю я охрипшим от желания голосом.

Он погружается в меня полностью одним быстрым движением.

— А-а-а! — вскрикиваю я, но не от боли, а от удивления. Какая страсть! Какое неистовство!

Он стонет, и его губы вновь находят мои. Он врезается в меня снова и снова, и язык его тоже овладевает мной. Он движется лихорадочно, отчаянно, подгоняемый страхом, вожделением, желанием… любовью? Я не знаю, но с готовностью встречаю каждый его удар.

— Ана… — рычит он почти нечленораздельно и кончает, изливаясь в меня — лицо напряжено, тело словно сдавлено тисками, — а потом валится на меня всем своим весом, тяжело дыша. И я снова остаюсь при своих.

Вот черт. Сегодня не моя ночь. Моя внутренняя богиня готовится сделать себе харакири. Я обнимаю его, втягиваю в легкие воздух и чуть ли не корчусь под ним от неутоленного желания. Он выходит из меня, но не отпускает. Долго. Наконец качает головой и приподнимается на локтях, снимая часть веса. Смотрит на меня так, словно видит впервые в жизни.

— Ох, Ана, Господи... — Наклоняется и нежно целует меня.

— Ты в порядке? — выдыхаю я, глядя любимое лицо. Он кивает. Он потрясен и взволнован. Мой потерянный мальчик. Хмурится и напряженно вглядывается в меня, словно до него наконец доходит, где он.

— А ты? — спрашивает он озабоченно.

— М-м-м... — Я извиваюсь под ним, и спустя секунду он улыбается медленной чувственной улыбкой.

— Миссис Грей, у вас есть свои потребности, — бормочет он. Быстро целует меня, затем слезает с кровати.

Встав на колени возле кровати, хватает меня за ноги и подтягивает к краю постели.

— Сядь, — бормочет он. Я сажусь, и волосы каскадом рассыпаются по спине, плечам и груди. Не отпуская от меня взгляд, он мягко разводит мои ноги в стороны. Я опираюсь сзади на руки, прекрасно зная, что он собирается делать. Но как... он же только что...

— Ты такая невозможно красивая, Ана, — выдыхает он, и я смотрю, как его медно-каштановая голова опускается и прокладывает дорожку поцелуев вверх по моему правому бедру. Все мое тело сжимается в предвкушении. Он смотрит на меня сквозь длинные ресницы.

— Смотри, — приказывает он, и вот его рот уже на мне.

О боже! Я вскрикиваю — весь мир там, у меня между ног. И это невероятно эротично — наблюдать за ним. Наблюдать за его языком на самой чувствительной части моего тела. Он беспощаден, он дразнит, ласкает и боготворит. Я напрягаюсь, руки начинают дрожать от усилий сидеть прямо.

— Нет... да...

Он мягко вводит один палец. И больше не в силах этого выносить, я откидываюсь спиной на кровать, наслаждаясь этим ртом и этими пальцами на мне и во мне. Медленно и нежно он разминает это сладкое, чувствительное местечко внутри меня. И я не выдерживаю — взрываюсь, бессвязно выкрикивая, вторя его имя, когда сила оргазма буквально приподнимает меня с кровати. Мне кажется, я вижу звезды, настолько первобытное это чувство... Смутно улавливаю мягкие, нежные прикосновения его губ к животу. Протягиваю руку, глажу его по волосам.

— Я еще не закончил с тобой, — бормочет он. И не успеваю я окончательно прийти в себя, вернуться в Сиэтл, на планету Земля, как он тащит меня с кровати к себе на колени, где уже приготовлено и ждет главное оружие.

Кристиан входит в меня, заполняет меня всю, и я тихо вскрикиваю.

— А... — выдыхает он и затихает, потом обнимает и целует. Он приподнимается, и наслаждение разгорается глубоко внутри меня. Он обхватывает меня сзади и, следуя за мной, ловит мой ритм.

— А-а, — стону я, и его губы вновь оказываются на моих губах. Мы движемся медленно, вверх-вниз. Я обнимаю его за шею, отдаваясь этому мягкому ритму, следуя за ним. Я поднимаюсь и опускаюсь. Отклонившись назад, я откидываю голову, и рот мой широко открывается в безмолвном крике наслаждения. Я упиваюсь его нежными и бережными любовными ласками.

— Ана... — выдыхает он и, наклонившись вперед, целует меня в шею и медленно скользит туда-сюда, подталкивая меня... выше и выше... так изысканно равномерно... Я ощущаю его тягучую чувственную силу. Блаженное удовольствие растекается внутри меня из самых глубин.

— Я люблю тебя, Ана, — хрипло шепчет он мне в ухо и снова качает меня — вверх-вниз, вверх-вниз. Мои пальцы вплетаются ему в волосы.

— Я тоже люблю тебя, Кристиан.

Открываю глаза: он с нежностью смотрит на меня, и все, что я вижу, — это его любовь, ярко и отчетливо сияющая в мягком свете игровой комнаты; его ночной кошмар, похоже, позабыт. И, чувствуя, как тело приближается к освобождению, я сознаю, что именно этого и хотела — этой связи, этой демонстрации его любви.

— Ну, же, детка, давай, — шепчет он.

Я крепко зажмуриваюсь, мое тело напрягается от сексуального звучания его голоса, и распадаюсь на части, достигая блаженной кульминации. Он затихает, прислонившись лбом к моему лбу, и кончает сам с моим именем на выдохе.

Кристиан бережно поднимает меня и кладет на кровать. Я лежу в его объятиях, опустошенная и счастливая. Он нежно водит губами по моей шее.

— Теперь лучше? — шепчет он.

— М-м-м.

— Пойдем в постель или ты хочешь спать тут?

— М-м-м.

— Миссис Грей, поговорите со мной. — В его голосе проскальзывают веселые нотки.

— М-м-м.

— Это все, на что ты способна?

— М-м-м.

— Идем, я уложу тебя в постель. Не люблю здесь спать.

Я неохотно поворачиваюсь к нему лицом.

— Подожди, — шепчу я.

Он моргает, глядя на меня широко открытыми глазами, такой расслабленный и невинный и в то же время такой чертовски сексуальный и довольный собой.

— Ты как? — спрашиваю я.

Он самодовольно, как подросток, улыбается.

— Теперь хорошо.

— Ох, Кристиан. — Я качаю головой и нежно гляжу любимое лицо. — Я говорила о твоем дурном сне.

Выражение его лица моментально леденеет, он закрывает глаза и сжимает кулаки, прячет лицо у меня на шее.

— Не надо, — шепчет он хрипло и сдавленно. Сердце мое снова переворачивается в груди, и я крепко обнимаю его, глажу по спине и волосам.

— Прости, — шепчу я, встревоженная его реакцией. Ну и как мне поспеть за этой стремительной сменой настроений? Что, черт побери, ему приснилось? Мне не хочется причинять ему еще больше боли, выспрашивая подробности. — Все хорошо, — мягко шепчу я, отчаянно желая вернуть того игривого мальчишку, каким он был минуту назад. — Все хорошо, — успокаивающе вторю я вновь и вновь.

— Идем в постель, — тихо говорит он спустя некоторое время и высвобождается из моих объятий, оставляя во мне чувство пустоты и сердечной боли. Я неуклюже поднимаюсь, обернувшись атласной простыней, и наклоняюсь за своей одеждой.

— Оставь, — говорит он и подхватывает меня на руки. — Не хочу, чтоб ты споткнулась о простыню и сломала шею.

Я обвиваю его руками, дивясь тому, как быстро к нему вернулось самообладание, и нежно целую в шею, пока он несет меня вниз, в постель.

Открываю глаза. Что-то не так. Кристиана рядом нет, хотя еще темно. Гляжу на электронный будильник: двадцать минут четвертого. Где же Кристиан? И тут я слышу звуки фортепиано.

Быстро выскользнув из постели, хватаю халат и бегу через холл к гостиной. Мелодия, которую он играет, такая печальная — жалобная песня, что он уже играл раньше. Я останавливаюсь в дверях и наблюдаю за ним в круге света. Берущая за душу, печальная музыка наполняет комнату. Он заканчивает и начинает сначала. Почему такая грустная мелодия? Обхватив себя руками, я зачарованно слушаю. Но сердце болит. Кристиан, почему так печально? Неужели из-за меня? Неужели это моя вина? Он заканчивает, но только чтобы начать в третий раз, — и я больше не выдерживаю. Не поднимает глаз, когда я приближаюсь к фортепиано, но подвигается, чтобы я могла сесть с ним рядом на стул. Снова звучит музыка, и я кладу голову ему на плечо. Он целует мои волосы, но не останавливается, пока не доигрывает пьесу до конца. Я поднимаю на него глаза, и он настороженно смотрит на меня.

— Я разбудил тебя?

— Только потому, что ушел. Что это было?

— Шопен. Одна из его прелюдий ми-минор. — Кристиан на мгновение замолкает. — Она называется «Удушье»…

Я беру его за руку.

— Ты сильно потрясен всем этим, да?

Он фыркает.

— В мою квартиру забирается псих, чтобы похитить мою жену. Жена поступает не так, как ей сказано. Она сводит меня с ума. Пользуется паролем. — Он на мгновение закрывает глаза, а когда снова открывает, они уже застывшие и холодные. — Да, я здорово потрясен.

Я сжимаю его руку.

— Прости.

Он приникает лбом к моему.

— Мне приснилось, что ты умерла, — шепчет он.

Что?

— Лежишь на полу, такая холодная, и не просыпаешься.

Опять Пятьдесят…

— Эй, это был всего лишь дурной сон. — Я сжимаю его голову ладонями. Глаза его горят, прожигая меня насквозь, а мука в них отрезвляет. — Я здесь и замерзла без тебя рядом. Вернись со мной в постель, пожалуйста.

Я беру его за руку и встаю, не зная, последует ли он за мной. Наконец он тоже поднимается. На нем пижамные штаны, низко сидящие на бедрах, и мне хочется пробежать пальцами вдоль пояса, но я сдерживаюсь и веду его назад в спальню.

Когда я снова просыпаюсь, Кристиан мирно спит рядом. Я расслабляюсь. Наслаждаюсь окутывающим меня теплом его тела, его близостью. Лежу очень тихо, боясь потревожить.

Уф, ну и вечерок выдался! Я чувствую себя так, словно меня переехал товарняк, в роли которого выступил мой муж. Трудно поверить, что этот мужчина, лежащий рядом со мной, выглядящий во сне безмятежным и юным, так страдал и терзался прошлой ночью... и заставлял страдать и терзаться меня. Смотрю в потолок, и мне приходит в голову, что я всегда думаю о Кристиане как о сильном и властном, а на самом деле он такой слабый и ранимый, мой потерянный мальчик. И ирония в том, что он смотрит на меня как на слабую, а я не считаю себя такой. В сравнении с ним *я* — сильная.

Но достаточно ли во мне силы для нас обоих? Достаточно ли я сильна, чтоб делать то, что он мне говорит, чтобы он перестал так сильно беспокоиться? Я вздыхаю. Он ведь не так уж многого просит. Перебираю в памяти наш ночной разговор. Решили ли мы что-нибудь, кроме того, что оба будем лучше стараться? Главное то, что я люблю его, и мне надо наметить курс для нас обоих. Такой, который позволит мне оставаться собой и по-прежнему быть для него чем-то большим. Я — его *большее*, а он — мое. Я твердо намерена сделать все от меня зависящее, чтобы в этот уикенд не дать ему повода для беспокойства.

Кристиан шевелится и, сонно глядя на меня, поднимает голову с моей груди.

— Доброе утро, мистер Грей. — Я улыбаюсь.

— Доброе утро, миссис Грей. Хорошо спала? — Он с наслаждением потягивается.

— После того как мой муж прекратил ужасный грохот на рояле, да.

Он улыбается своей застенчивой улыбкой, и я таю.

— Ужасный грохот? Надо будет послать письмо мисс Кэти — пусть знает.

— Мисс Кэти?

— Моя учительница музыки.

Я хихикаю.

— Какой чудесный звук, — говорит он. — Пусть сегодняшний наш день будет лучше?

— Хорошо, — соглашаюсь я. — Что ты хочешь делать?

— После того как займусь любовью со своей женой и она приготовит мне завтрак, я бы хотел отвезти ее в Аспен.

Я разеваю рот.

— В Аспен? Который в Колорадо?

— Тот самый. Если только его никуда не перенесли. В конце концов, ты заплатила за это удовольствие двадцать четыре тысячи долларов.

Я улыбаюсь.

— Это были твои деньги.

— Наши деньги.

— Когда я предлагала их на аукционе, они были твоими. — Я закатываю глаза.

— Ох уж эти ваши фокусы с закатыванием глаз, миссис Грей! — шепчет он, проводя ладонью по моему бедру.

— Но ведь до Колорадо далеко, — говорю я, чтобы отвлечь его.

— Не на самолете, — вкрадчиво отвечает он, добираясь до моей попки.

Ну конечно, у моего мужа есть самолет. Как я могла забыть? Его ладонь продолжает путешествие по моему телу, по пути задирая ночную рубашку, и скоро я забываю обо всем.

Тейлор везет нас по бетонированной площадке туда, где ждет самолет компании «Грей энтерпрайзес». В Сиэтле пасмурно, но я не позволяю погоде омрачить мое приподнятое настроение. Кристиан в гораздо лучшем состоянии духа. Он полон какого-то радостного предвкушения — светится, как рождественская елка, и дергается, как мальчишка, которого распирает большой секрет. Интересно, что еще он задумал. Он выглядит убийственно красивым и непосредственным со своими взъерошенными волосами, в белой футболке и черных джинсах и совсем не похож сегодня на генерального директора. Тейлор плавно останавливается у трапа, и Кристиан берет меня за руку.

— У меня для тебя сюрприз, — шепчет он и целует мои пальцы.

Я расплываюсь в улыбке.

— Приятный?

— Надеюсь. — Он тепло улыбается.

Хм-м-м... что же это может быть?

Сойер выскакивает из машины и открывает мою дверцу. Тейлор открывает дверцу Кристиана, затем достает из багажника наши чемоданы. Стивен ждет наверху трапа. Бейли в кабине щелкает тумблерами на внушительной приборной доске.

Кристиан со Стивеном обмениваются рукопожатиями.

— Доброе утро, сэр. — Стивен улыбается.

— Спасибо, что подготовили все за такой короткий срок, — улыбается в ответ Кристиан. — Наши гости здесь?

— Да, сэр.

Гости? Я поворачиваюсь и удивленно ахаю. Кейт, Элиот, Миа и Итан — все сидят на кремовых кожаных сиденьях и улыбаются. Ух ты! Я разворачиваюсь к Кристиану.

— Сюрприз! — говорит он.

— Как? Когда? Кто? — бессвязно бормочу я, пытаясь сдержать свою бурную радость.

— Ты сказала, что мало видишь своих друзей. — Он пожимает плечами и улыбается немного виновато.

— Ох, Кристиан, спасибо. — Я бросаюсь ему на шею и крепко целую перед всеми. Он кладет руки мне на бедра, просовывая пальцы в петли моих джинсов, и добавляет от себя.

Улет.

— Продолжай в том же духе, и я утащу тебя в спальню, — шепчет он.

— Не посмеешь, — также шепотом отвечаю я.

— Ох, Анастейша. — Он ухмыляется, качая головой. Отпускает меня и без предупреждения наклоняется. Хватает меня за ноги и взваливает на плечо.

— Кристиан, верни меня на место! — Я шлепаю его по спине.

Мельком вижу улыбку Стивена — он поворачивается и направляется в кабину. Тейлор в дверях старательно прячет улыбку. Не обращая внимания на мои мольбы и тщетное сопротивление, Кристиан проходит по узкому салону мимо Миа и Итана, которые сидят лицом друг к другу, мимо Кейт и Элиота, который вопит и улюлюкает, как свихнувшийся гиббон.

— С вашего позволения, — говорит он нашим четверым гостям. — Мне надо переговорить с женой наедине.

— Кристиан! — кричу я. — Верни меня на место!

— Всему свое время, детка.

Передо мной мелькают смеющиеся Миа, Кейт и Элиот. Проклятье! Это уже не смешно, это неловко. Итан таращится на нас разинув рот, совершенно шокированный, а мы исчезаем в салоне.

Кристиан закрывает за собой дверь и отпускает меня — я соскальзываю так медленно, что чувствую каждый его мускул и каждое сухожилие. Он улыбается мальчишеской улыбкой, крайне довольный собой.

— Вы устроили целое представление, мистер Грей, — ворчу я, скрестив руки и глядя на него с напускным негодованием.

— Было забавно, миссис Грей. — Ухмылка растягивается. Офигеть. Он выглядит таким молодым.

— Собираешься довести дело до конца? — Я вскидываю бровь, сама не зная, что чувствую. То есть я имею в виду, другие ведь услышат. Мне вдруг становится неловко. Нервно взглянув на кровать, я вспоминаю нашу брачную ночь и чувствую, как щеки заливает румянец. Мы так много вчера говорили, так много сделали. Как будто перепрыгнули какое-то неизвестное препятствие. Но в том-то и беда, что оно неизвестное. Кристиан наблюдает за мной со слегка насмешливым выражением, и я не в состоянии оставаться серьезной. Его улыбка так заразительна.

— Мне кажется, было бы не совсем вежливо заставлять наших гостей ждать, — вкрадчиво говорит он, делая шаг ко мне. Когда это его стало волновать, что думают люди? Я отступаю к стене салона, дальше отступать некуда. Он наклоняется и трется носом о мой нос.

— Приятный сюрприз? — В вопросе нотки беспокойства.

— Ох, Кристиан, сюрприз фантастический. — Я пробегаю ладонями по его груди, обнимаю за шею и целую.

— Когда ты все это организовал? — спрашиваю я, отстраняясь и гладя его по волосам.

— Прошлой ночью, когда не мог уснуть. Отправил мейл Элиоту и Миа, и вот они здесь.

— Очень мило. Спасибо тебе. Уверена, мы классно проведем время.

— Надеюсь. Я подумал, в Аспене будет легче избежать прессы, чем дома.

Папарацци! Он прав. Если бы мы остались в «Эскале», то оказались бы в осаде. Я с дрожью вспоминаю треск фотоаппаратов и ослепительные вспышки, от которых мы умчались этим утром.

— Идем. Нам лучше занять свои места — Стивен скоро взлетает. — Он протягивает руку, и мы вместе возвращаемся в главный салон.

Элиот встречает нас одобрительными возгласами.

— Как прошел предполетный инструктаж? — насмешливо вопрошает он.

Кристиан не обращает на него внимания.

— Пожалуйста, садитесь, дамы и господа, так как мы скоро выруливаем на взлетную полосу, — разносится по салону спокойный и уверенный голос Стивена. Брюнетка… э-э-э… Натали? Та, что была на борту в нашу брачную ночь, появляется из бортовой кухни и собирает чашки из-под кофе. Наталия… Ее зовут Наталия.

— Доброе утро, мистер Грей, миссис Грей, — мурлычет она. Почему в ее присутствии мне как-то не по себе? Может, все дело в том, что она брюнетка? Как он сам признавался, Кристиан обычно не нанимает брюнеток, потому что находит их привлекательными. Он награждает Наталию вежливой улыбкой и садится за стол лицом к Элиоту и Кейт. Я быстро обнимаю Кейт и Миа, машу Итану и Элиоту, сажусь рядом с Кристианом и пристегиваюсь. Он кладет ладонь мне на колено. Выглядит расслабленным и счастливым, даже несмотря на то, что мы с компанией. Мимолетно задаюсь вопросом, почему он не может быть всегда таким, а не властным тираном.

— Надеюсь, ты взяла с собой походную обувь.

— А разве мы не будем кататься на лыжах?

— В августе это было бы проблематично, — весело отзывается он.

А, ну конечно!

— Ты умеешь ходить на лыжах, Ана? — прерывает нас Элиот.

— Нет.

Кристиан убирает ладонь с колена, чтобы взять меня за руку.

— Уверен, мой младший брат тебя научит. — Элиот подмигивает мне. — Он у нас на все руки мастер.

Чувствую, что краснею. Поднимаю взгляд на Кристиана — он бесстрастно смотрит на Элиота, но, думаю, пытается подавить смех. Самолет выруливает на взлетную полосу.

Наталия ясным звенящим голосом рассказывает о правилах безопасности на борту. На ней аккуратная синяя блузка с короткими рукавами и такого же цвета юбка-карандаш. Макияж безупречен — она на самом деле очень привлекательная. Мое подсознание вскидывает свою тонко выщипанную бровь.

— Ты как? В порядке? — многозначительно спрашивает Кейт. — Я имею в виду это историю с Хайдом.

Я киваю. Не хочу сейчас ни говорить, ни думать о Хайде, но у Кейт, похоже, другие планы.

— А что это вдруг на него нашло? — спрашивает она, в своей неподражаемой манере сразу беря быка за рога.

Тряхнув головой, отбрасывает волосы за спину, готовясь досконально изучить вопрос.

Кристиан холодно смотрит на нее и пожимает плечами.

— Я его уволил, — говорит он напрямик.

— О? За что? — Кейт склоняет голову набок: она в своей стихии.

— Он приставал ко мне, — бормочу я. Пытаюсь пнуть Кейт по ноге под столом, но промахиваюсь. Черт!

— Когда?

— Да уже давно.

— Ты не рассказывала, что он к тебе приставал! — шипит она.

Я примирительно пожимаю плечами.

— Конечно, можно понять его недовольство, вот только реакция больно уж острая, — продолжает Кейт, но теперь адресует свои вопросы Кристиану. — Он что, психически нестабилен? Что насчет той информации, которую нашли у него на вас, Греев?

Такой допрос с пристрастием мне совсем не нравится, но Кейт уже установила, что я ничего не знаю, поэтому расспрашивать меня не может. Неприятная мысль.

— Мы считаем, что тут есть связь с Детройтом, — мягко отвечает Кристиан. Слишком мягко. О нет, Кейт, оставь это пока.

— Хайд тоже из Детройта?

Кристиан кивает.

Самолет ускоряется, и я крепко сжимаю руку мужа. Он бросает на меня успокаивающий взгляд. Знает, как я ненавижу взлеты и посадки. Стискивает в ответ мою ладонь и большим пальцем поглаживает костяшки пальцев, успокаивая меня.

— А что *ты* знаешь о нем? — спрашивает Элиот, не обращая внимания, что мы несемся по взлетной полосе в маленьком самолетике, который вот-вот взлетит в небо, а также явно растущего раздражения Кристиана из-за расспросов Кейт. Та подается вперед, внимательно слушая.

— Это не для огласки, — говорит Кристиан непосредственно ей. Рот Кейт сжимается в чуть заметную тонкую линию. Я сглатываю. О черт.

— Мы знаем о нем мало, — продолжает Кристиан. — Его отец был убит в пьяной драке в баре. Мать спилась. Ребенком он переходил из одной приемной семьи в другую, попал в дурную компанию, которая занималась в основном грабежом машин. Провел некоторое время в колонии для несовершеннолетних. Потом его мать по какой-то программе для малообеспеченных вылечилась от алкоголизма, и Хайд полностью изменился. Выиграл стипендию в Принстон.

— В Принстон? — изумленно переспрашивает Кейт.

— Да. Он смышленый парень. — Кристиан пожимает плечами.

— Не такой уж смышленый, раз попался, — бормочет Элиот.

— Но ведь не мог же он провернуть все это в одиночку? — спрашивает Кейт.

Я чувствую, как напрягается Кристиан.

— Мы пока не знаем, — тихо говорит он. Черт. Возможно ли такое, что с ним кто-то работает?

Я поворачиваюсь и в ужасе смотрю на Кристиана. Он снова пожимает мою руку, но не смотрит в глаза. Самолет плавно поднимается в воздух, и у меня в животе появляется ужасное тянущее ощущение.

— Сколько ему лет? — спрашиваю я Кристиана, наклонившись так, что слышит только он. Как бы мне ни хотелось знать, что происходит, я не желаю поощрять расспросы Кейт. Знаю, что они раздражают Кристиана, и уверена, она у него в немилости после нашего «Коктейльгейта».

— Тридцать два. А что?

— Просто любопытно.

Кристиан напрягается.

— Хайд — неподходящий объект для твоего любопытства. Я очень рад, что его арестовали. — Это почти выговор, но я решаю не обращать внимания на его тон.

— А как *ты* думаешь, у него есть сообщники? — От мысли, что в события может быть замешан кто-то еще, мне становится нехорошо. Это означает, что еще ничего не закончено.

— Не знаю, — сдержанно отвечает Кристиан.

— Может быть, кто-то, у кого на тебя зуб? — предполагаю я. Проклятье, надеюсь, это не педофилка. — Например, Элена? — шепчу я. Сознаю, что произнесла ее имя вслух, но слышит только он. Бросаю встревоженный взгляд на Кейт, но она занята разговором с Элиотом, который, похоже, зол на нее. Хм-м-м.

— Тебе очень хочется демонизировать ее, да? — Кристиан закатывает глаза и недовольно качает головой. — Может, она и имеет на меня зуб, но ничего подобного не выкинула бы. — Он пригвождает меня твердым взглядом. — Давай не будем обсуждать ее. Знаю, она не является твоей любимой темой для разговора.

— А ты ее спрашивал? — шепчу я, не уверенная, что на самом деле хочу это знать.

— Ана, я не разговаривал с ней со своего дня рождения. Пожалуйста, оставь это. Я не хочу говорить о ней. — Он подносит мою руку к губам и легонько целует костяшки пальцев. Глаза его прожигают меня насквозь, и я понимаю, что сейчас не время продолжать расспросы.

— Найдите кроватку, — поддразнивает Элиот. — Ах да, вы уже нашли, но что-то давненько ею не пользовались. — Он ухмыляется.

Кристиан поднимает глаза и пригвождает Элиота холодным взглядом.

— Пошел к черту, Элиот, — беззлобно говорит он.

— А что я? Я просто говорю так, как оно есть. — Глаза Элиота вспыхивают весельем.

— Как будто ты знаешь, — сардонически бормочет Кристиан, вскидывая бровь.

Элиот ухмыляется, явно получая удовольствие от пикировки.

— Ты женился на своей первой подружке. — Он указывает на меня.

Черт. Куда он клонит? Я краснею.

— И кто меня в этом обвинит? — Кристиан снова целует мою руку.

— Только не я. — Элиот смеется и качает головой.

Я вспыхиваю, а Кейт шлепает Элиота по бедру.

— Прекрати! Не будь ослом, — ворчит она.

— Послушай свою подружку, — говорит Кристиан Элиоту, и его прежняя озабоченность, кажется, исчезает.

Мы набираем высоту, у меня откладывает уши. Напряжение в каюте рассеивается, самолет выравнивается. Кейт сверлит Элиота сердитым взглядом. Между ними что-то происходит, но что — я не уверена.

Элиот прав. В самом деле, какая ирония судьбы. Я была первой девушкой Кристиана, и теперь я его жена. Пятнадцать саб и порочная миссис Робинсон не в счет. Но, с другой стороны, Элиот не знает о них, и Кейт явно ничего ему не рассказала. Я улыбаюсь ей, и она заговорщически мне подмигивает. Ей можно доверить любой секрет.

— Итак, дамы и господа, мы летим на высоте приблизительно тридцать две тысячи футов. Расчетное время полета — один час пятьдесят шесть минут, — объявляет Стивен. — Можно отстегнуть ремни.

Из кухонного отсека внезапно появляется Наталия.

— Могу я предложить кому-нибудь кофе? — осведомляется она.

Глава 13

В Сарди-Филд приземляемся в двенадцать двадцать пять. Стивен останавливает самолет невдалеке от главного терминала, и через иллюминаторы я замечаю ожидающий нас «Фольксваген»-минивэн.

— Отличная посадка. — Кристиан улыбается и пожимает Стивену руку. Мы готовимся сойти.

— Это все благодаря расчету плотности воздуха, сэр. — Стивен улыбается в ответ. — У Бейли хорошо с математикой.

Кристиан кивает первому помощнику Стивена.

— Вы молодчина, Бейли. Плавная посадка.

— Спасибо, сэр. — Она довольно улыбается.

— Хорошего уикенда, мистер Грей, миссис Грей. Увидимся завтра. — Стивен отступает в сторону, пропуская нас к выходу, и Кристиан ведет меня по трапу и дальше к машине, где нас ждет Тейлор.

— Мини-вэн? — удивленно говорит Кристиан, когда Тейлор открывает дверь.

Тейлор виновато улыбается и слегка пожимает плечами.

— В последнюю минуту, знаю, — произносит Кристиан, тут же смягчаясь. Тейлор возвращается к самолету, чтобы забрать наш багаж.

— Хочешь осмотреть салон? — шепчет мне на ухо Кристиан. Глаза его озорно блестят.

Я хихикаю. Кто этот незнакомец и что он сделал с мистером Злым Серым Волком последних двух дней?

— Ну же, вы, двое. Залезайте, — нетерпеливо говорит Миа. Мы забираемся в машину, проходим к двойному сиденью сзади и садимся. Я прижимаюсь к Кристиану, и он кладет руку на спинку.

— Удобно?

Миа с Итаном усаживаются напротив нас.

— Да. — Я улыбаюсь, и Кристиан чмокает меня в лоб. По какой-то неведомой причине я сегодня его стесняюсь. Почему? Из-за прошлой ночи? Из-за того, что мы не одни? Не могу разобрать.

Кейт с Элиотом усаживаются последними, а Тейлор открывает багажник, чтобы загрузить багаж. Через пять минут мы уже едем.

Мы направляемся в Аспен, и я смотрю в окно. Деревья еще зеленые, но признаки приближающейся осени повсюду уже заметны в пожелтевших кончиках листьев. Небо кристально ясной голубизны, хотя на западе темнеют тучи. Нас окружают Скалистые горы, и самая высокая вершина — прямо впереди. Склоны укрыты буйной растительностью, пики увенчаны снежными шапками и похожи на детские рисунки гор.

Мы в излюбленном зимнем месте отдыха богатых и знаменитых. И у меня здесь есть дом. Верится в это с трудом. В глубине души появляется знакомая неловкость, возникающая всякий раз, когда я пытаюсь осмыслить размеры богатства Кристиана. Я даже чувствую себя виноватой. Что я сделала, чтобы заслужить такой образ жизни? Ничего. Ничего, кроме того, что полюбила.

— Ты когда-нибудь бывала в Аспене, Ана? — спрашивает Итан, отрывая меня от размышлений.

— Нет, это первый раз. А ты?

— Мы с Кейт часто приезжали сюда подростками. Папа — страстный лыжник. Мама — нет.

— Я надеюсь, муж научит меня кататься на лыжах. — Я бросаю взгляд на своего мужчину.

— На твоем месте я бы не был так уверен, — бормочет Кристиан.

— Я не настолько безнадежна!

— Ты можешь сломать себе шею. — От улыбки ни следа.

Не хочу спорить и портить ему настроение, поэтому меняю тему.

— Давно у тебя здесь дом?

— Около двух лет. Теперь он и ваш тоже, миссис Грей, — мягко отвечает он.

— Знаю, — шепчу я, но в глубине души хозяйкой себя не чувствую.

Наклонившись, целую Кристиана в подбородок и снова прижимаюсь к его плечу, слушаю, как он смеется и шутит с Итаном и Элиотом. Миа время от времени что-то вставляет, но Кейт молчалива, и я гадаю, размышляет ли она о Джеке Хайде или о чем-то еще. И кое-что вспоминаю. Аспен... Этот дом Кристиана проектировала Джиа Маттео, а перестраивал Элиот. Не об этом ли думает Кейт? Я не могу спросить ее в присутствии Элиота, учитывая его прошлые отношения с Джиа. Да и известно ли Кейт о связи Джиа с домом? Хмурюсь, снова и снова задаваясь вопросом, что же ее беспокоит. Решаю спросить, когда мы будем одни.

Мы проезжаем через центр Аспена, и мое настроение улучшается. Город прекрасен. Он застроен квадратными зданиями по большей части из красного кирпича, в стиле швейцарских шале, и множеством старинных домов, выкрашенных в «амстердамский» цвет — темно-террактовый. Еще тут на каждом шагу банки, рестораны и модные бутики, выдающие богатство местного населения. Конечно, Кристиан прекрасно вписывается в эту атмосферу.

— Почему ты выбрал Аспен? — интересуюсь я.

— Что? — озадаченно смотрит на меня.

— Для покупки дома.

— Мама с папой, бывало, привозили нас сюда, когда мы были детьми. Здесь я научился ходить на лыжах, и мне здесь нравится. Надеюсь, тебе тоже понравится — в противном случае продадим этот дом и купим где-нибудь еще.

Ну разумеется, чего уж проще!

Он заправляет мне за ухо выбившуюся прядку.

— Ты сегодня чудесно выглядишь.

Моим щекам жарко. На мне обычная дорожная одежда: джинсы, майка и легкий синий пиджак. Проклятье. Откуда вдруг взялось это стеснение?

Он целует меня нежным, сладким, любящим поцелуем.

Мы выезжаем из города и начинаем подниматься на другую сторону долины, кружа по извилистой горной дороге. Чем выше поднимаемся, тем сильнее меня охватывает радостное возбуждение. А вот Кристиан напрягается.

— Что случилось? — спрашиваю я, когда мы делаем поворот.

— Надеюсь, тебе нравится, — тихо говорит он. — Мы приехали.

Тейлор сбрасывает газ, проезжает через ворота, сложенные из серого, бежевого и красного камня, едет по подъездной аллее и, наконец, останавливается перед внушительным домом с двойным фасадом и заостренными крышами. Темное дерево и тот же, что и ворота, камень. Смотрится потрясающе — современный и строгий, вполне в стиле Кристиана.

— Дом, — произносит он одними губами, пока наши гости начинают выгружаться из машины.

— Выглядит замечательно.

— Идем. Посмотришь, — говорит он с радостным и взволнованным блеском в глазах, словно собирается показать мне свой научный проект или что-то в этом роде.

Миа бежит по ступенькам — туда, где в дверях стоит женщина. Миниатюрная, с иссиня-черными волосами, припорошенными сединой. Миа бросается ей на шею и крепко обнимает.

— Кто это? — спрашиваю я, когда Кристиан помогает мне выйти из вэна.

— Миссис Бентли. Они с мужем живут здесь. Присматривают за домом.

Ну и ну… очередная прислуга?

Миа представляет Итана, потом Кейт. Элиот тоже обнимает миссис Бентли. Пока Тейлор выгружает багаж, Кристиан берет меня за руку и ведет к входной двери.

— С возвращением, мистер Грей. — Миссис Бентли улыбается.

— Кармела, это моя жена Анастейша, — гордо объявляет Кристиан. Его язык ласкает мое имя, и сердце сбивается с ритма.

— Здравствуйте, миссис Грей. — Миссис Бентли уважительно кивает. Я протягиваю руку, и мы обмениваемся рукопожатием. Меня не удивляет, что с Кристианом она более официальна, чем с остальными членами семьи.

— Надеюсь, полет был приятным. Погоду на все выходные обещали хорошую, хотя я не уверена. — Она оглядывает темнеющие серые тучи позади нас.

— Ланч готов, так что милости прошу. — Она снова улыбается, ее темные глаза тепло поблескивают, и я сразу же проникаюсь к ней симпатией.

— Ну-ка. — Кристиан подхватывает меня на руки.

— Что ты делаешь? — взвизгиваю я.

— Переношу вас через порог, миссис Грей.

Я улыбаюсь во весь рот, а он вносит меня в просторный холл и после короткого поцелуя мягко опускает на паркетный пол. Интерьер строгий и напоминает гостиную в «Эскале» — белоснежные стены, темное дерево и современная абстрактная живопись. Холл переходит в большую гостиную, где три белых кожаных дивана окружают занимающий доминирующее положение каменный камин. Единственное цветное пятно — разбросанные по диванам мягкие подушки. Миа хватает Итана за руку и тащит дальше в дом. Кристиан провожает их взглядом. Глаза прищурены, рот плотно сжат. Он качает головой, затем поворачивается ко мне.

Кейт громко присвистывает.

— Красота!

Я оглядываюсь, вижу, что Элиот помогает Тейлору с багажом, и снова спрашиваю себя, знает ли она, что Джиа приложила руку к этому дому.

— Показать тебе дом? — спрашивает меня Кристиан. Какие бы мысли в отношении Миа и Итана его ни занимали, теперь они забыты. Он излучает радостное волнение — или это беспокойство? Трудно сказать.

— Конечно. — Я вновь потрясена его богатством. Сколько стоил этот дом? А я не внесла в него никакого вклада. Переношусь в мыслях в тот день, когда Кристиан впервые привел меня в «Эскалу». Тогда я была ошеломлена. «Ты привыкла к этому», — шипит мое подсознание.

Кристиан хмурится, но берет меня за руку и ведет по дому. Оборудованная по последнему слову техники кухня — сплошь белые мраморные стойки и черная мебель. Есть тут и внушительный винный погреб, а на первом этаже — уютная семейная гостиная с большой плазменной панелью, мягкими диванами и… бильярдным столом. Я изумленно таращу глаза и краснею под взглядом Кристиана.

— Хочешь сыграть? — спрашивает он с лукавым блеском в глазах. Я качаю головой, и он снова хмурит брови и, взяв меня за руку, ведет на второй этаж. Там четыре спальни, каждая — с отдельной ванной.

Главная спальня — это что-то. Кровать широченная, больше, чем дома, и стоит перед огромным панорамным окном, выходящим на Аспен и зеленые горы.

— Это гора Аякс… или гора Аспен, если хочешь, — говорит Кристиан, настороженно глядя на меня. Он стоит в дверях, засунув большие пальцы в петли пояса своих черных джинсов.

Я киваю.

— Ты что-то притихла, — бормочет он.

— Тут так красиво, Кристиан. — И внезапно мне ужасно хочется назад, в «Эскалу».

В пять широких шагов он становится передо мной, берет за подбородок и освобождает мою нижнюю губу из плена.

— Что случилось? — спрашивает он, заглядывая мне в глаза.

— Ты очень богат.

— Да.

— Иногда твое богатство застает меня врасплох.

— Наше богатство.

— Наше, — машинально повторяю я.

— Не переживай из-за этого, Ана, пожалуйста. Это всего лишь дом.

— А что конкретно делала здесь Джиа?

— Джиа? — Он удивленно поднимает брови.

— Да. Она ведь что-то здесь перестраивала?

— Ну да. Она спроектировала семейную гостиную. Элиот ее построил. — Он проводит рукой по волосам и хмурится. — А почему мы говорим о Джиа?

— Ты знал, что у нее был роман с Элиотом?

Кристиан с минуту смотрит на меня.

— Элиот переспал с половиной Сиэтла, Ана.

Я изумленно таращу глаза.

— Главным образом с женщинами, как я понимаю, — шутит Кристиан. Думаю, его забавляет выражение моего лица.

— Нет!

Кристиан кивает.

— Это не мое дело. — Он вскидывает руки ладонями вверх.

— Не думаю, что Кейт знает.

— Не уверен, что он кричит об этом на каждом углу. Полагаю, Кейт тоже не все о себе рассказывает.

Я потрясена. Милый, скромный, белокурый, голубоглазый Элиот? Не могу в это поверить.

Кристиан наклоняет голову набок, внимательно меня разглядывая.

— Не может быть, что это все из-за Джиа и неразборчивости Элиота.

— Знаю. Прости. Просто после всего, что случилось на этой неделе... — Я пожимаю плечами, и глаза у меня ни с того ни с сего на мокром месте. Кристиан крепко меня обнимает, зарывается носом в волосы.

— Знаю. Ты тоже прости. Давай расслабимся и будем получать удовольствие, хорошо? Ты можешь оставаться здесь и читать или смотреть телевизор, можешь походить по магазинам, погулять по окрестностям и даже порыбачить. Все, что пожелаешь. И забудь, что я сказал про Элиота. Брякнул, не подумав.

— Это несколько объясняет, почему он вечно над тобой подтрунивает, — бормочу я, утыкаясь носом в его грудь.

— На самом деле он понятия не имеет о моем прошлом. Я же говорил, в семье меня считали геем. Девственником, но геем.

Я хихикаю. Напряжение понемногу уходит. Обнимая мужа, удивляюсь, как кто-то может считать его геем. Какая нелепость.

— Миссис Грей, вы надо мной подсмеиваетесь?

— Ну, может, чуть-чуть, — признаюсь я. — Знаешь, вот чего я не понимаю, так это зачем ты купил этот дом.

— Что ты имеешь в виду? — Он целует меня в волосы.

— У тебя есть яхта, это понятно, есть квартира в Нью-Йорке для бизнеса, но дом здесь? Ты ведь ни с кем тут не жил.

Кристиан затихает и несколько секунд молчит.

— Я ждал тебя, — мягко говорит он, и его серые глаза темнеют и светятся.

— Это... это так мило... так приятно слышать.

— Это правда. Просто тогда я сам этого не знал, — Он улыбается своей неотразимой улыбкой.

— Рада, что ты дождался.

— Вы стоите любого ожидания, миссис Грей. — Он наклоняется и нежно меня целует.

— Ты тоже. — Я улыбаюсь. — Хотя я чувствую себя обманщицей. Мне совсем не пришлось ждать тебя долго.

Он усмехается.

— Я такой желанный приз?

— Кристиан, ты — джек-пот в лотерее, лекарство от рака и три желания от лампы Аладдина вместе взятые.

Он вскидывает бровь.

— Когда же ты это наконец поймешь? — ворчу я. — Ты был весьма завидным холостяком. И я не имею в виду все это. — Я обвожу жестом окружающую нас роскошь. — Я имею в виду это. — Кладу ладонь ему на грудь там, где сердце, и зрачки его расширяются. Мой уверенный в себе, сексуальный муж бесследно исчез, и передо мной — потерянный мальчик. — Поверь мне, пожалуйста, — шепчу я и тянусь к его губам. Он стонет, и я не знаю, от чего — от сказанного ли мною или такова его обычная реакция. Я целую его, мои губы смакуют его губы, язык проникает в рот…

Когда нам обоим становится нечем дышать, он отрывается от меня и глядит с сомнением.

— Когда же до тебя наконец дойдет, что я люблю тебя? — в отчаянии спрашиваю я.

Он сглатывает.

— Когда-нибудь.

Уже прогресс. Я улыбаюсь и в награду получаю ответную застенчивую улыбку.

— Идем поедим, а то остальные уже недоумевают, где мы. Заодно обсудим, кто чем хочет заняться.

— О нет! — внезапно восклицает Кейт.

Все взгляды устремляются на нее.

— Смотрите, — говорит она, указывая на панорамное окно. Дождь. Даже ливень. Мы сидим за темным деревянным столом в кухне, уничтожив целую гору фантастически вкусной итальянской пасты, приготовленной миссис Бентли, и уговорив бутылку или две фраскати. Я наелась до отвала и немножко захмелела.

— Плакал наш поход, — бормочет Элиот, и в его тоне слышатся нотки облегчения. Кейт сверлит его сердитым взглядом. Между ними определенно что-то происходит. Со всеми нами они чувствуют себя свободно, друг с другом — нет.

— Мы можем поехать в город, — предлагает Миа. Итан довольно улыбается ей.

— Отличная погода для рыбалки, — говорит Кристиан.

— Я пойду рыбачить, — заявляет Итан.

— Давайте разделимся. — Миа хлопает в ладоши. — Девочки — по магазинам, мальчики — развлекаться на природу.

Я бросаю взгляд на Кейт, которая снисходительно смотрит на Миа. Рыбалка или магазины? Ну и выбор.

— Ана, что ты хочешь делать? — спрашивает Кристиан.

— Я не возражаю, — лгу я.

Кейт ловит мой взгляд и одними губами произносит «магазины». Наверно, хочет потрепаться. Криво улыбаюсь ей и Миа. Кристиан ухмыляется. Он знает, что я терпеть не могу ходить по магазинам.

— Я могу остаться здесь с тобой, — говорит он, и что-то темное и порочное шевелится у меня в животе от его тона.

— Нет, ты иди порыбачь, — отвечаю я. Кристиану нужно побыть в мужской компании.

— Это уже план, — провозглашает Кейт, поднимаясь из-за стола.

— Тейлор поедет с вами, — говорит Кристиан, и это не просьба, а приказ, не подлежащий обсуждению.

— Нам не нужна нянька, — резко заявляет Кейт.

Я кладу ладонь ей на руку.

— Кейт, Тейлору следует поехать.

Она хмурит брови, потом пожимает плечами и впервые в жизни придерживает язык.

Я несмело улыбаюсь Кристиану. Лицо его бесстрастно. Надеюсь, он не злится на Кейт.

Элиот хмурится.

— Мне надо купить в городе батарейку для часов. — Он бросает быстрый взгляд на Кейт и слегка краснеет. Кейт не замечает, потому что подчеркнуто его игнорирует.

— Возьми «Ауди», Элиот. Когда вернешься, пойдем рыбачить, — говорит Кристиан.

— Ладно, — рассеянно отзывается Элиот. — Отличный план.

— Сюда. — Миа за руку тащит меня в дизайнерский бутик — сплошь розовый шелк и псевдофранцузская, грубо сработанная мебель. Кейт идет за нами следом, а Тейлор остается ждать снаружи, спрятавшись от дождя под козырьком. Из динамиков громко разносится «Say a Little Prayer» Ареты Франклин. Мне нравится эта песня. Надо бы записать ее на айпод Кристиана.

— Это будет чудесно смотреться на тебе, Ана. — Миа поднимает какой-то серебряный лоскут. — Давай, примерь.

— Э... оно коротковато.

— Ты будешь выглядеть в нем офигительно. Кристиану понравится.

— Думаешь?

Миа буквально сияет от удовольствия.

— Ана, у тебя классные ноги, и если мы сегодня пойдем в клуб... — Она улыбается, чувствуя близкую победу. — Муж глаз не оторвет.

Я моргаю, слегка ошеломленная. Мы идем в клуб? Но я не хожу по клубам.

Видя мою растерянность, Кейт смеется. Сейчас, вдали от Элиота, она кажется более раскованной.

— Немножко размяться не помешает.

— Иди и примерь, — приказывает Миа. И я неохотно направляюсь в примерочную.

Дожидаясь, когда же Кейт и Миа появятся из гардеробной, я прохожу к витрине и смотрю на залитую дождем центральную улицу. Душещипательное пение продолжается: Дайон Уорвик поет «Walk On By». Еще одна классная вещь — одна из маминых любимых. Я опускаю глаза, смотрю на платье. Хотя *платье* — это, пожалуй, преувеличение. Оно с открытой спиной и очень короткое, но Миа заявила, что это «самый шик», то, что надо для клубной тусовки. По всей видимости, мне нужны еще и туфли, а также крупные бусы, на поиски которых мы и отправляемся. Я снова размышляю о том, как мне повезло, что у меня есть Кэролайн Эктон, мой персональный ассистент.

В окно бутика я вижу Элиота. Он появляется на другой стороне тенистой главной улицы, выбираясь из большого «Ауди», и ныряет в магазин, словно убегая от дождя. Похоже на ювелирный магазин... быть может, он ищет батарейку для часов. Через несколько минут он появляется вновь. И не один — с женщиной.

Вот так номер! Он разговаривает с Джиа! Какого черта она здесь делает?

Пока я наблюдаю, они коротко обнимаются, и она беззаботно смеется над его словами. Элиот целует Джиа в щеку и бежит к ожидающей машине. Она поворачивается и идет по улице, а я смотрю ей вслед разинув рот. Оборачиваюсь к гардеробным, но ни Кейт, ни Миа пока не видно.

Я смотрю на Тейлора, который ждет перед магазином. Он ловит мой взгляд и пожимает плечами. Снова оборачиваюсь, Миа и Кейт выходят наконец, обе смеются. Кейт смотрит на меня вопросительно.

— Что случилось, Ана? — спрашивает она. — Охладела к платью? Ты в нем такая... чувственная.

— Э... нет.

— С тобой все в порядке? — настораживается Кейт.

— Все хорошо. Расплатимся? — Я направляюсь к кассе и присоединяюсь к Миа, которая выбрала две юбки.

— Добрый день, мэм. — Девушка-продавец, на которой блеска для губ больше, чем мне когда-либо доводилось видеть в одном месте, улыбается. — Восемьсот пятьдесят долларов.

Что? За этот кусочек ткани! Я ошеломленно моргаю и покорно подаю ей свою черную «American Express».

— Миссис Грей, — мурлычет мисс Блеск Для Губ.

Следующие два часа я следую за Кейт и Миа как в тумане, борясь с собой. Следует ли рассказать Кейт? Мое подсознание твердо качает головой. Да. Я должна ей рассказать. Нет, не должна. Это могла быть просто невинная встреча. Вот черт. Что же мне делать?

— Ну, тебе нравятся туфли, Ана? — Миа стоит передо мной, уперев руки в боки.

— А... да, конечно.

В результате я становлюсь обладательницей дизайнерских босоножек на невероятно высоких каблуках и с ремешками, которые выглядят так, словно сделаны из зеркал. Они идеально гармонируют с платьем и обходятся Кристиану почти в тысячу долларов. С длинной серебряной цепочкой, на которой настояла Кейт, мне везет больше: ее удается купить за восемьдесят четыре доллара.

— Привыкаешь к тому, что есть деньги? — беззлобно спрашивает Кейт, когда мы возвращаемся к машине. Миа бежит впереди.

— Ты же знаешь, что это не я, Кейт. Я все время чувствую себя из-за этого как-то неловко. Но меня предупреждали, что это входит в комплект. — Я поджимаю губы, и Кейт обнимает меня.

— Ты привыкнешь, Ана, — сочувственно говорит она. — И будешь выглядеть обалденно.

— Кейт, как у вас с Элиотом? — спрашиваю я.

Ее широко открытые голубые глаза на секунду встречается с моими.

Ой!

Она качает головой.

— Не хочу сейчас об этом говорить. — Она кивает в сторону Миа. — Но все... — Она не заканчивает предложение.

Это так не похоже на мою несгибаемую Кейт. Я знаю: что-то случилось. Нужно ли сказать ей, что видела? А что я видела? Элиот и мисс Холеная Сексуальная Хищница поговорили, обнялись и поцеловались в щечку. Они ведь просто старые друзья, да? Нет, я не расскажу ей ничего. Не сейчас. Киваю, даю знать, что прекрасно понимаю и уважаю ее частную жизнь. Она берет меня за руку и благодарно сжимает, и вот оно — быстрый проблеск боли и обиды в ее глазах, который она тут же прикрывает, моргнув. Я чувствую внезапную потребность защитить свою дорогую подругу. Что за игру, черт побери, ведет этот распутник Элиот Грей?

По возвращении домой Кейт решает, что после такого успешного, но утомительного похода по магазинам мы заслуживаем коктейля, и смешивает для нас клубничный дайкири. Мы устраиваемся с ногами на диванах перед горящим камином в гостиной.

— Элиот в последнее время какой-то отчужденный, — бормочет Кейт, устремив взгляд в огонь. Наконец-то мы с ней одни, Миа удалилась со своими покупками.

— А?

— И, думаю, я в немилости из-за того, что втянула тебя в неприятности.

— Ты слышала об этом?

— Да. Кристиан позвонил Элиоту, Элиот позвонил мне.

Я закатываю глаза. Ой, ой...

— Извини. Кристиан... у него пунктик насчет моей безопасности. Ты не видела Элиота после нашей встречи?

— Нет.

— Ясно.

— Он мне по-настоящему нравится, Ана, — шепчет она. И на одно ужасное мгновение мне кажется, что она заплачет. Это так не похоже на Кейт. Возвращение розовой пижамы? Она поворачивается ко мне.

— Я влюбилась в него. Вначале думала, что это просто классный секс. Но он обаятельный, добрый, теплый и забавный. Я вижу, как мы старимся вместе, — ну, ты знаешь... дети, внуки и все такое.

— Твое «жили долго и счастливо», — шепчу я.

Она грустно кивает.

— Может, тебе стоит с ним поговорить. Постарайся найти возможность побыть с ним наедине. Выяснить, что его тревожит.

«Или кто», — рычит мое подсознание. Я пощечиной затыкаю ему рот, потрясенная непокорностью своих мыслей.

— Быть может, вы, ребята, сходите завтра утром куда-нибудь? Прогуляетесь?

— Посмотрим.

— Кейт, мне ужасно не нравится видеть тебя такой.

Она слабо улыбается, и я наклоняюсь, чтобы ее обнять. Я твердо решаю не упоминать Джиа, а вот поговорить об этом с самим распутником не мешало бы. Как он может играть чувствами моей подруги!

Миа возвращается, и мы меняем тему.

Огонь шипит и сыплет искрами, когда я подбрасываю последнее полено. У нас почти закончились дрова. Хотя сейчас и лето, огонь в этот промозглый день совсем не лишний.

— Миа, ты знаешь, где лежат дрова для камина? — спрашиваю я, пока она смакует свой дайкири.

— Думаю, в гараже.

— Пойду принесу. Заодно и осмотрюсь.

Дождь немного утих. Я выхожу на улицу и направляюсь к примыкающему к дому гаражу на три машины. Боковая дверь не заперта, и я вхожу и включаю свет, чтобы развеять мрак. Флуоресцентные лампы с тихим гудением оживают.

В гараже стоит машина, и до меня доходит, что это та самая «Ауди», в которой я сегодня видела Элиота. Еще тут два снегохода. Но по-настоящему привлекают мое внимание два мотоцикла, оба по 125 кубов. Вспоминаю Итана, храбро вызвавшегося прошлым летом научить меня ездить на мотоцикле. Я машинально потираю руку, которую здорово ушибла, когда упала.

— Умеешь водить? — спрашивает Элиот у меня за спиной.

Я резко поворачиваюсь.

— Ты вернулся.

— Похоже на то. — Он улыбается, и я сознаю, что Кристиан мог бы сказать мне то же самое — но без широкой, ослепительной улыбки. — Так как?

Распутник!

— Немного.

— Хочешь прокатиться?

Я фыркаю.

— Хм, нет... не думаю, что Кристиану это понравится.

— Кристиана здесь нет. — Элиот ухмыляется (о, это семейная черта) и делает жест рукой, показывая, что мы одни. Подходит к ближайшему мотоциклу и перебрасывает ногу через сиденье, садится и кладет руки на руль.

— Кристиан... э... беспокоится о моей безопасности. Мне не следует...

— А ты всегда делаешь так, как он говорит? — Светло-голубые глаза Элиота озорно поблескивают, и я вижу проблеск плохого мальчишки — плохого мальчишки, в которого влюбилась Кейт. Плохого мальчишки из Детройта.

— Нет. — Я укоризненно вскидываю бровь. — Но стараюсь. Ему и без того есть о чем беспокоиться. Он вернулся?

— Не знаю.

— Ты не ездил на рыбалку?

Элиот качает головой.

— У меня были кое-какие дела в городе.

Дела! Дела по имени «холеная блондинка»!

— Если не хочешь прокатиться, то что ты делаешь в гараже? — интересуется Элиот.

— Ищу дрова для камина.

— Вот ты где. А, Элиот… ты вернулся. — К нам присоединяется Кейт.

— Привет, детка. — Он широко улыбается.

— Поймал что-нибудь?

Я пристально слежу за реакцией Элиота.

— Нет. Была пара дел в городе. — Я улавливаю в его голосе нотку неуверенности.

Вот черт.

— Вообще-то я пришла за Аной. — Кейт в замешательстве смотрит на нас.

— Мы просто болтали, — говорит Элиот, а напряжение между ними буквально потрескивает.

Мы все замолкаем, услышав шум подъезжающей машины. А, Кристиан вернулся. Слава богу. Гаражная дверь начинает со скрежетом открываться, напугав всех нас, и когда она медленно поднимается, нашим взорам предстают Кристиан и Итан, а также черный грузовичок. Кристиан останавливается, увидев нас в гараже.

— Гаражная банда? — насмешливо осведомляется он, входя и направляясь прямо ко мне.

Я широко улыбаюсь. Ужасно рада видеть его. Под курткой на нем — рабочий комбинезон, который я продала ему в «Клейтоне».

— Привет. — Кристиан вопросительно смотрит на меня, не обращая внимания на Элиота и Кейт.

— Привет. Симпатичный комбинезон.

— Много карманов. Очень удобно для рыбалки. — Голос мягкий и соблазнительный — только для моих ушей, в глазах — жар страсти.

Я вспыхиваю, и он расплывается в широкой восторженной улыбке, предназначенной только для меня.

— Ты мокрый.

— Там дождь. А что вы, ребята, делаете в гараже? — Он наконец замечает, что мы не одни.

— Ана пришла взять дров. — Элиот ухмыляется. Он умудряется произнести это так, что предложение звучит непристойно. — Я пытался подбить ее прокатиться. — Он мастер вкладывать в свои слова двойной смысл.

Лицо Кристиана вытягивается, и мое сердце останавливается.

— Она отказалась. Сказала, тебе это не понравится, — говорит Элиот добродушно и без подтекста.

Серые глаза Кристиана вновь обращаются на меня.

— Вот как?

— Послушайте, я целиком и полностью за то, чтоб стоять тут и обсуждать, что Ана сделала или не сделала, но, может, вернемся в дом? — резко бросает Кейт. Она наклоняется, хватает два полена и, развернувшись на пятках, решительно шагает к двери. Черт. Кейт разозлилась — но я знаю, что не на меня. Элиот вздыхает и, не говоря ни слова, идет за ней. Я смотрю им вслед, но Кристиан отвлекает меня.

— Ты умеешь водить мотоцикл? — недоверчиво спрашивает он.

— Не очень хорошо. Итан учил.

Глаза его тут же леденеют.

— Ты приняла правильное решение, — говорит он заметно холоднее. — Земля сейчас очень твердая, а после дождя еще и скользко.

— Куда положить снасти? — кричит Итан снаружи.

— Оставь их. Тейлор об этом позаботится.

— А как насчет рыбы? — продолжает Итан чуть насмешливо.

— Ты поймал рыбу? — удивленно спрашиваю я.

— Не я, Кавана. — И Кристиан очаровательно надувает губы.

Я весело смеюсь.

— Отдай миссис Бентли — она разберется, — отзывается он. Итан усмехается и направляется в дом.

— Я вас забавляю, миссис Грей?

— Ужасно. Ты мокрый... давай приготовлю тебе ванну.

— Только если составишь компанию. — Он наклоняется и целует меня.

Я наполняю водой большую круглую ванну в просторной ванной комнате и вливаю дорогого масла, которое тут же начинает пениться. Аромат божественный... жасмин? Вернувшись в спальню, вешаю платье.

— Хорошо провела время? — спрашивает Кристиан, входя в комнату. Он в майке, спортивных штанах и босиком. Закрывает за собой дверь.

— Да. — Я любуюсь им. Я соскучилась по нему. Нелепо, ведь прошло лишь несколько часов.

Он склоняет голову набок и смотрит на меня.

— Что такое?

— Думаю, как сильно соскучилась по тебе.

— Вы говорите так, словно ужасно страдали, миссис Грей.

— Так и есть, мистер Грей.

Он идет ко мне.

— Что ты купила? — шепчет он, меняя тему разговора.

— Платье, туфли и цепочку. Потратила кучу твоих денег. — Я виновато вскидываю на него глаза.

Кристиан довольно улыбается.

— Хорошо, — говорит он и заправляет прядь волос мне за ухо. — И в сотый раз: наших денег. — Он тянет мой подбородок, высвобождая губу из зубов, и проводит указательным пальцем по майке, между грудями, через живот, к нижнему краю.

— В ванне тебе это не понадобится, — шепчет он и обеими руками медленно тянет майку вверх. — Подними руки.

Я подчиняюсь, не отрывая от него глаз, и он бросает майку на пол.

— Я думала, мы просто примем ванну. — Пульс учащается.

— Сначала я хочу как следует тебя испачкать. Я тоже
соскучился. — Он наклоняется и целует меня.

— Черт, вода! — Я пытаюсь сесть, вся размякшая и
разнеженная после секса. Кристиан не отпускает.

— Кристиан, ванна! — Я смотрю на него сверху, лежа
у него на груди.

Он смеется.

— Расслабься, ничего страшного. — Он перекатывается на меня и быстро целует. — Сейчас закручу кран.

Он грациозно поднимается с кровати и идет в ванную. Мои глаза жадно следуют за ним. М-м-м... мой
муж, обнаженный... и скоро будет мокрый. Моя внутренняя богиня сладострастно облизывает губы и похотливо ухмыляется. Я спрыгиваю с кровати.

Мы сидим в противоположных концах ванны. Она
такая полная, что вода при каждом нашем шевелении
выплескивается через край на пол. Нежимся. Кристиан
моет мне ноги, массирует ступни, мягко тянет за пальцы. Он целует каждый палец и легонько прикусывает
мизинец.

— Ах! — Я чувствую это — *там*, внизу живота.

— Нравится? — выдыхает он.

— М-м-м, — бессвязно бормочу я.

Он снова начинает массировать. О, как приятно!
Я закрываю глаза.

— Я видела в городе Джиа.

— Правда? Мне кажется, у нее здесь есть дом, — небрежно отзывается он. Эта тема его нисколько не интересует.

— Она была с Элиотом.

Кристиан останавливается. Зацепило. Я открываю
глаза — он сидит с озадаченным выражением.

— Что ты имеешь в виду?

Я объясняю, что видела.

— Ана, они просто друзья. Мне кажется, Элиот здорово запал на Кейт. — Кристиан на секунду замолкает, затем добавляет спокойнее: — В сущности, *я знаю,* что он здорово запал на нее. — И смотрит на меня своим понятия - не - имею - почему взглядом.

— Кейт — красавица. — Я ощетиниваюсь, защищая подругу.

Он фыркает.

— Все равно я рад, что это ты свалилась ко мне в офис.

Он целует мой большой палец, отпускает левую ногу и берет правую, чтобы возобновить массаж. Пальцы у него такие сильные и умелые, и я снова расслабляюсь. Не хочу спорить из - за Кейт. Закрываю глаза и позволяю ему творить волшебство на своих стопах.

Я изумленно гляжу на себя в большое, во весь рост, зеркало и не узнаю знойную красотку, которая смотрит на меня из него. Кейт сегодня превзошла себя, потрудившись над моей прической и макияжем. Мои волосы прямые и густые, глаза ярко накрашены, губы алого цвета. Я выгляжу… сексуально. Ноги от ушей, особенно в этих босоножках на высоченных каблуках и неприлично коротком платье. Хорошо бы получить добро от Кристиана; у меня ужасное чувство, что ему не понравится, как я оголилась. Ввиду нашего «сердечного согласия» решаю, что спросить все же следует. Беру свой «блэкберри».

От кого: Анастейша Грей
Тема: Мой зад в этом не слишком большой?
Дата: 27 августа 2011 г. 18:53
Кому: Кристиан Грей

Мистер Грей! Нужен ваш совет стилиста.

Ваша миссис Г.

От кого: Кристиан Грей
Тема: Потрясающе
Дата: 27 августа 2011 г. 18:55
Кому: Анастейша Грей

Миссис Грей! Сильно в этом сомневаюсь. Но приду и хорошенько рассмотрю ваш зад, просто чтобы убедиться.
Весь в предвкушении мистер Г.

Кристиан Грей, генеральный директор холдинга «Грей энтерпрайзес» и по совместительству Инспектор Задов

Пока я читаю мейл, дверь спальни открывается. И Кристиан застывает на пороге. Челюсть у него отвисает, глаза лезут на лоб.

Черт... неизвестно чем это все обернется.

— Ну? — шепчу я.

— Ана, ты выглядишь... ух...

— Тебе нравится?

— Да, пожалуй. — Голос слегка охрипший.

Он медленно входит в комнату и закрывает дверь. На нем черные джинсы и белая рубашка с черным пиджаком. Выглядит божественно. Он медленно приближается ко мне, но как только подходит, кладет мне руки на плечи и поворачивает лицом к большому зеркалу, а сам встает позади меня. Я встречаюсь с ним взглядом в зеркале, и он опускает глаза, очарованный моей голой спиной. Палец скользит вниз по позвоночнику и достигает кромки на пояснице, где бледная кожа встречается с серебристой тканью.

— Оно очень открытое, — бормочет он.

Его рука скользит ниже, по моей заднице, и дальше, к обнаженному бедру. Рука приостанавливается, серые глаза, напряженные и горячие, вглядываются в голубые. Медленно ведет пальцы назад.

Я наблюдаю, как пальцы скользят, легко и дразняще по моей коже, оставляя за собой покалывающий след, и мои губы округляются.

— Как близко отсюда, — он дотрагивается до края, тянется выше, — досюда...

Я замираю: он гладит меня через трусики, лаская и дразня.

— И ты хочешь сказать?.. — шепчу я.

— Я хочу сказать... что отсюда так недалеко, — пальцы плавно движутся по кружеву, затем один ныряет внутрь, на мою мягкую увлажнившуюся плоть, — досюда. А потом... досюда. — Он погружает один палец внутрь.

Я ахаю и издаю тихий мяукающий звук.

— Это мое, — бормочет он мне на ухо. Закрыв глаза, медленно вводит и выводит палец. — Не хочу, чтобы кто-то еще это видел.

Дыхание мое сбивается, подстраиваясь под ритм его пальца. Наблюдать в зеркале, как он делает это... так невозможно эротично.

— Так что будь паинькой и не наклоняйся, и все будет отлично.

— Ты одобряешь? — шепчу я.

— Нет, но не собираюсь запрещать. Ты выглядишь потрясающе, Анастейша. — Он резко вытаскивает палец, оставляя меня жаждущей большего, и обходит кругом. Кладет кончик своего пальца-скитальца на мою нижнюю губу. Я инстинктивно вытягиваю губы и целую его и в награду получаю порочную ухмылку. Он кладет палец себе в рот. И выражение его лица говорит, что мой вкус хорош... очень хорош. Я вспыхиваю. Неужели меня всегда будет шокировать то, как он это делает?

Он хватает меня за руку

— Идем. — Я хочу возразить, что и так собиралась, но, помня о вчерашнем, решаю воздержаться.

Мы ждем десерта в роскошном ресторане. До сих пор все шло чудесно, и Миа полна решимости продолжать в том же духе. Сейчас же она в кои-то веки сидит молча, ловя каждое слово Итана, беседующего с Кристианом. Миа явно увлечена Итаном, а Итан... ну, трудно сказать. Я не знаю, то ли они просто друзья, то ли между ними нечто большее.

Кристиан кажется непринужденным. Он оживленно болтает с Итаном. Рыбалка явно их сблизила. Они говорят главным образом о психологии. Кристиан, как ни смешно, выглядит более компетентным. Я тихонько хмыкаю, вполуха слушая их разговор, с грустью признавая, что его познания — результат собственного опыта общения с множеством психоаналитиков.

«Ты — лучшее лекарство». Его слова, шепотом произнесенные однажды, когда мы занимались любовью, эхом звучат у меня в голове. Так ли это? Ох, Кристиан, надеюсь, что так.

Перевожу взгляд на Кейт. Она выглядит потрясающе, впрочем, как всегда. Они с Элиотом самые тихие. Он как будто нервничает, его шутки чересчур громкие, а смех несколько натянутый. Поругались? Что с ним такое? Может, это из-за той женщины? Сердце сжимается при мысли, что Элиот мог обидеть мою подругу. Я бросаю взгляд на вход, почти ожидаю увидеть Джиа, как ни в чем не бывало шествующую к нам через ресторан. Подсознание играет со мной плохие шутки, как я подозреваю, от выпитого. Начинает болеть голова.

Все вдруг вздрагивают: это Элиот, поднявшись, так резко отодвигает стул, что тот скрежещет по полу. Он несколько секунд смотрит на Кейт, затем опускается перед ней на колено.

Ну и ну!

Он берет ее за руку — и тишина, словно одеяло, опускается на весь ресторан; все перестают жевать, разговаривать, ходить и только смотрят.

— Моя прекрасная Кейт, я люблю тебя. Твое изящество, твоя красота и твой пламенный дух не знают себе равных, ты пленила мое сердце. Выходи за меня замуж и будь моей женой.

Вот это да!

Глава 14

В нимание всего ресторана сосредоточено на Кейт и Элиоте, все как один ждут затаив дыхание. Ожидание невыносимо. Тишина тянется, как тугая резиновая лента. Атмосфера гнетущая, тревожная и все же полная надежды.

Кейт тупо смотрит на Элиота, взирающего на нее с тоскливым желанием, даже со страхом. Черт побери, Кейт! Положи же конец его страданиям. Пожалуйста. Бог мой, он мог бы сделать это наедине.

Одинокая слезинка скатывается по ее щеке, хотя лицо по-прежнему ничего не выражает. Проклятье! Кейт плачет? Потом она улыбается медленной, изумленной, счастливой улыбкой.

— Да, — шепчет она. Это трепетное, нежное согласие так не похоже на Кейт.

На долю секунды возникает пауза, потом весь ресторан испускает коллективный вздох облегчения, за этим следует оглушающий шум. Спонтанные аплодисменты, подбадривающие возгласы, свист, радостные крики — и внезапно по моим щекам катятся слезы, размазывая безупречный макияж.

Не замечая ничего вокруг себя, влюбленная пара находится в собственном маленьком мире. Из кармана Элиот достает маленькую коробочку, открывает ее и преподносит Кейт. Кольцо. Насколько я вижу, эксклюзивное кольцо, но мне надо рассмотреть поближе. Не это ли он делал с Джиа? Выбирал кольцо? Черт! Ох, как я рада, что не рассказала Кейт!

Кейт переводит взгляд с кольца на Элиота и обнимает его за шею. Они целуются — на удивление целомудренно, — и толпа неистовствует. Элиот встает и выражает признательность за поддержку удивительно грациозным поклоном, затем, сияя широкой самодовольной улыбкой, снова садится. Я не могу оторвать от них глаз. Вынув кольцо из коробочки, он бережно надевает его Кейт на палец, и они снова целуются.

Кристиан сжимает мою руку. Я и не заметила, что так крепко тискаю его ладонь. Отпускаю, немного смущенная, и он трясет рукой, одними губами говоря «ох».

— Извини. Ты знал об этом? — шепчу я.

Кристиан улыбается, и я понимаю, что знал. Он подзывает официанта.

— Две бутылки «Кристаль», пожалуйста. Две тысячи второго года, если есть.

Я усмехаюсь.

— Что? — спрашивает он.

— Потому что две тысячи второй год гораздо лучше, чем две тысячи третий, — поддразниваю я.

Он смеется.

— Для того, кто умеет распознавать вкус, Анастейша.

— А вы очень даже умеете распознавать вкус, мистер Грей, — улыбаюсь я.

— Что есть, то есть, миссис Грей. — Он наклоняется ближе. — Твой вкус самый лучший, — шепчет он и целует чувствительное местечко за ухом. По спине бежит приятный, волнующий холодок. Я краснею как рак и с нежностью вспоминаю его недавнюю демонстрацию явных недостатков моего платья.

Миа первая вскакивает, спеша обнять Кейт и Элиота, и мы все по очереди поздравляем счастливую пару. Я стискиваю Кейт в крепком объятии.

— Видишь? Он просто нервничал из-за своего предложения, — шепчу я.

— Ох, Ана! — Она полуплачет, полусмеется.

— Кейт, я так счастлива за тебя! Поздравляю.

Кристиан позади меня. Он пожимает Элиоту руку, затем — удивив и Элиота, и меня — обнимает его. Я могу лишь уловить, что он говорит.

— Молодец, Лелиот, — бормочет он. Элиот ничего не отвечает, явно потрясенный и растроганный, затем тоже обнимает брата.

Лелиот?

— Спасибо, Кристиан, — выдавливает Элиот.

Кристиан коротко, немножко неуклюже обнимает Кейт на расстоянии вытянутой руки. Я знаю, что отношение Кристиана к Кейт в лучшем случае терпимое и по большей части двойственное — прогресс налицо. Отпустив ее, он говорит так тихо, что слышим только она и я.

— Надеюсь, ты будешь так же счастлива в своем браке, как я в своем.

— Спасибо, Кристиан. Я тоже надеюсь, — мило отзывается она.

Возвращается официант с шампанским, которое тут же и открывает с подчеркнутой торжественностью.

Кристиан поднимает свой бокал с шампанским.

— За Кейт и моего дорогого брата Элиота. Поздравляю!

Мы все отпиваем шампанского. Хм, «Кристаль» действительно хорош, и я вспоминаю тот первый раз, когда пила его в клубе Кристиана, и нашу последующую поездку в лифте на первый этаж.

Кристиан хмурится.

— О чем ты думаешь? — шепчет он.

— О том, как пила это шампанское в первый раз.

Он вопросительно вскидывает брови.

— Мы были в твоем клубе, — напоминаю я.

Он ухмыляется.

— О да. Я помню. — И подмигивает мне.

— Элиот, вы назначили дату церемонии? — интересуется Миа.

Элиот бросает на сестру раздраженный взгляд.

— Я же только что сделал предложение Кейт, когда бы мы успели?

— Ой, пусть это будет рождественская свадьба. Это было бы так романтично, и вам не составит труда помнить годовщину. — Миа хлопает в ладоши.

— Приму это к сведению, — усмехается Элиот.

— После шампанского можем мы пойти в клуб, пожалуйста? — Миа поворачивается и устремляет на Кристиана взгляд своих больших карих глаз.

— Думаю, нам следует спросить Элиота и Кейт, хотят ли они пойти.

Мы все, как один, с надеждой поворачиваемся к ним. Элиот пожимает плечами, а Кейт становится пунцово-красной. Ее чувственное влечение к своему жениху так очевидно, что я чуть не разливаю по столу четырехсот-долларовое шампанское.

«Закс» — самый шикарный ночной клуб в Аспене, по крайней мере, так говорит Миа. Кристиан, обнимая меня за талию, проходит мимо короткой очереди, и нас сразу же впускают. Я коротко задаюсь вопросом, не является ли он владельцем. Бросаю взгляд на часы — половина двенадцатого, и у меня слегка кружится голова. Два бокала шампанского и несколько бокалов вина за обедом начинают оказывать свое действие, и я благодарна Кристиану за поддержку.

— Мистер Грей, добро пожаловать, — говорит очень привлекательная длинноногая блондинка в узких черных атласных брючках, такой же по цвету блузке без рукавов и с маленьким красным галстуком-«бабочкой». Она демонстрирует широкую ослепительную улыбку, показывая идеальные белые зубы, обрамленные алыми, как и галстук, губами. — Макс возьмет ваше пальто.

Молодой человек, одетый во все черное, к счастью не атласное, улыбается, предлагая взять мое пальто. У него теплые, располагающие глаза. Я единственная в пальто — Кристиан настоял, чтобы я взяла его у Миа, чтобы прикрыться сзади, — поэтому Максу приходится заниматься только мной.

— Красивое пальто, — говорит он, пристально глядя на меня.

Кристиан ощетинивается и пригвождает Макса
убийственным взглядом. Тот краснеет и быстро вручает
Кристиану номерок.

— Позвольте, я провожу вас к вашему столику.

Мисс Атласные Брючки хлопает ресницами, встряхивает своими длинными белокурыми волосами и плав-
ной походкой идет через фойе. Я сжимаю пальцы на
руке Кристиана, и он вопросительно смотрит на меня,
затем ухмыляется. Мы следуем за мисс Атласные Брючки в бар.

Свет приглушен, стены черные, мебель темно-крас-
ная. По бокам у стен — кабинки, а посредине — большой
бар в форме подковы. Тут многолюдно, учитывая, что
сейчас не сезон, но не слишком — просто богатые жители Аспена пришли приятно провести субботний вечер.
Дресс-код не строгий, и я впервые чувствую себя чересчур разодетой или… э… раздетой, точно не знаю. Пол и
стены вибрируют от музыки, пульсирующей с танцпола
за баром, и огни кружатся и вспыхивают. В моем слегка
одурманенном состоянии все это смахивает на эпилеп-
тический кошмар.

Атласные Брючки ведет нас к угловой кабинке. Она
рядом с баром, и из нее легко попасть на танцпол.
Определенно лучшие места.

— Сейчас кто-нибудь подойдет, чтобы принять ваш
заказ. — Она ослепляет нас улыбкой на пару сотен ватт
и, еще разок взмахнув ресницами в сторону моего мужа,
уплывает туда, откуда пришла. Миа уже приплясывает
на месте, так ей не терпится пойти потанцевать. Итан
проявляет благородство.

— Шампанского? — спрашивает Кристиан, когда
они, держась за руки, направляются к танцполу. Итан
вскидывает большие пальцы, а Миа с энтузиазмом кивает.

Кейт с Элиотом усаживаются на мягкие бархатные
сиденья, рука об руку. Они выглядят такими счастли-
выми, их лица мягко светятся в бликах, отражающихся
от хрустальных подставок на низком столике. Кристиан

жестом предлагает мне сесть, и я устраиваюсь рядом с Кейт. Он садится рядом со мной и беспокойно оглядывает зал.

— Покажи мне свое кольцо. — Повышаю голос, чтобы перекричать музыку. К тому времени, как уходить, точно охрипну. Кейт ослепительно улыбается мне и протягивает руку. Кольцо изящное, один большой солитер в изысканной оправе, с крошечными бриллиантами по обе стороны. Похоже на викторианское ретро.

— Какая красота!

Она восторженно кивает и кладет руку на бедро Элиота. Он наклоняется и целует ее.

— Найдите кроватку! — кричу я.

Элиот ухмыляется.

Молодая женщина с короткими темными волосами и озорной улыбкой в уже знакомых сексуальных атласных брючках — по-видимому, здешняя униформа — подходит, чтобы принять наш заказ.

— Что будете пить? — спрашивает Кристиан.

— Ты же не собираешься и за это платить, — ворчит Элиот.

— Элиот, не начинай, — мягко отзывается Кристиан.

Несмотря на возражения Кейт, Элиота и Итана, Кристиан заплатил за наш обед в ресторане. Он просто отмахнулся от них и не захотел даже слышать, что платить будет кто-то еще. Я с нежностью смотрю на него. Командир.

Элиот открывает рот, чтобы что-то сказать, но, подумав, закрывает.

— Я буду пиво, — говорит он.

— Кейт? — спрашивает Кристиан.

— Еще шампанского, пожалуйста. «Кристаль» восхитителен. Но я уверена, Итан предпочтет пиво.

Она ласково — да, ласково — улыбается Кристиану. Моя подруга буквально светится от счастья. Я чувствую, как оно исходит от нее, и это такое удовольствие — купаться в ее радости.

— Ана?

— Шампанское, пожалуйста.

— Бутылку «Кристаль», три перони, бутылку охлажденной минеральной воды, шесть бокалов, — говорит Кристиан в своей обычной властной, строгой манере.

И это так сексуально.

— Спасибо, сэр. Сейчас принесу. — Мисс Атласные Брючки Номер Два адресует ему милую улыбку, но, по крайней мере, не хлопает ресницами, хотя щеки ее слегка краснеют.

Я решительно качаю головой. Он мой, подруга.

— Что? — спрашивает меня Кристиан.

— Она не похлопала ресницами. — Я усмехаюсь.

— О. А должна была? — осведомляется он весело.

— Все женщины обычно хлопают, — иронически отвечаю я.

Он улыбается.

— Миссис Грей, неужели вы ревнуете?

— Ни капельки. — Я надуваю губы. И в этот момент сознаю, что начинаю терпеть женщин, пожирающих моего мужа жадными взглядами. Почти. Кристиан берет меня за руку и целует костяшки пальцев.

— У вас нет причин ревновать, миссис Грей, — бормочет он у моего уха, его дыхание щекочет меня.

— Знаю.

— Вот и хорошо.

Официантка возвращается, и минуту спустя я уже потягиваю шампанское.

— Вот. — Кристиан вручает мне стакан воды. — Выпей это.

Я хмурюсь и скорее вижу, чем слышу его вздох.

— Три бокала белого вина за обедом и два шампанского после клубничного дайкири и двух бокалов фраскати за ланчем. Пей. Быстро, Ана.

Откуда он знает про коктейли днем? Я сердито насупливаюсь. Но вообще-то он прав. Взяв стакан воды, выпиваю его залпом, дабы показать свой протест против того, что мне снова указывают. Вытираю рот тыльной стороной ладони.

— Умница, — усмехается он. — Тебя уже однажды вырвало на меня. Не желаю повторять этот опыт.

— Не знаю, на что ты жалуешься. Ты же переспал со мной после этого.

Он улыбается, и его глаза смягчаются.

— Да.

Итан и Миа возвращаются.

— Итан пока больше не хочет. Идемте, девочки, покажем класс. Растрясем жирок, сожжем калории от шоколадного мусса.

Кейт тут же поднимается.

— Ты идешь? — спрашивает она Элиота.

— Дай мне полюбоваться на тебя, — отвечает он. И я вынуждена быстро отвести глаза, краснея от взгляда, которым он на нее смотрит. Я встаю, и она улыбается.

— Собираюсь сжечь немного калорий, — говорю я и, наклонившись, шепчу на ухо Кристиану: — Ты тоже можешь полюбоваться на меня.

— Не наклоняйся, — рычит он.

— Хорошо. — Я резко выпрямляюсь. Ух ты! Голова кружится, и я хватаюсь за плечо Кристиана, когда комната слегка наклоняется и покачивается.

— Может, тебе стоит выпить еще воды? — бормочет Кристиан с явным предостережением в голосе.

— Все в порядке. Просто эти сиденья низкие, а каблуки у меня высокие.

Кейт берет меня за руку, и, сделав глубокий вдох и ничуточки не качаясь, я иду следом за ней и Миа на танцпол.

Пульсирует музыка, техноритм с бухающей басовой темой. На танцполе мало народу, а значит, у нас есть пространство. Микс электризующий — и молодежь, и люди постарше, все одинаково дергаются под музыку. Танцую я плохо. По сути дела, начала танцевать только после знакомства с Кристианом. Кейт обнимает меня.

— Я так счастлива! — кричит она, пытаясь перекрыть музыку, и начинает танцевать.

Миа — в своей стихии. Улыбаясь нам обеим, расходится вовсю. Места на танцполе ей явно мало. Я оглядываюсь на наш столик. Мужчины наблюдают за нами. Начинаю двигаться. Ритм пульсирует. Я закрываю глаза и отдаюсь танцу.

Открыв глаза, обнаруживаю, что танцпол заполняется. Кейт, Миа и я вынуждены сдвинуться поближе друг к другу. И, к своему удивлению, обнаруживаю, что на самом деле получаю удовольствие. Добавляю энтузиазма. Кейт одобрительно вскидывает большие пальцы, и я широко улыбаюсь ей.

Снова закрываю глаза. Почему я не делала этого первые двадцать лет жизни? Танцам я предпочитала чтение. Во времена Джейн Остин такой музыки не было, а Томас Гарди... хм-м-м, он бы чувствовал себя виноватым из-за того, что не танцевал со своей первой женой. От этой мысли я хихикаю.

Это все Кристиан. Он дал мне уверенность и смелость в движениях.

Неожиданно мне на бедра ложатся две ладони. Я улыбаюсь. Кристиан присоединился ко мне. Я изгибаюсь, и его руки скользят на мои ягодицы, тискают и возвращаются на бедра.

Я открываю глаза. Миа в ужасе таращится на меня. Неужели все так плохо? Я кладу руки поверх ладоней Кристиана. Они волосатые. Черт! Это не его руки. Я разворачиваюсь — надо мной возвышается здоровенный блондин, зубов у которого, кажется, даже больше, чем полагается. А еще он похотливо ухмыляется, демонстрируя челюсти.

— Убери от меня руки! — кричу я сквозь грохочущую музыку, вне себя от злости.

— Да ладно тебе, киска, мы же просто веселимся. — Он улыбается, вскидывая свои обезьяньи лапы, голубые глаза блестят в пульсирующих ультрафиолетовых огнях.

Даже не успев сообразить, что делаю, наотмашь бью его по лицу.

Ой! Черт... моя рука. Как больно!

— Отойди от меня! — ору я. Он изумленно таращится на меня, держась за щеку. Я сую другую свою руку ему под нос, растопырив пальцы, чтобы показать кольцо.

— Я замужем, придурок!

Он довольно надменно пожимает плечами и нерешительно смущенно улыбается.

Я лихорадочно озираюсь. Миа справа от меня, сверлит белокурого великана убийственным взглядом. Кейт увлеченно танцует, ничего не замечая вокруг. Кристиана за столиком нет. Ой, надеюсь, он ушел в туалет. Я отступаю на позицию, которую хорошо знаю. А, черт. Кристиан обнимает меня за талию и притягивает к себе.

— Убери свои грязные лапы от моей жены, — говорит он. Не кричит, но почему-то его слышно, несмотря на грохот музыки.

О господи!

— Она и сама может постоять за себя! — кричит Белобрысый Великан. Он убирает руку от щеки, куда я ударила его, и Кристиан выбрасывает кулак вперед. Я как будто наблюдаю за этим в замедленной съемке. Идеально рассчитанный удар в подбородок с такой скоростью и такой силы, что блондин не успевает отреагировать и валится на пол, как мешок с дерьмом.

О черт!

— Кристиан, нет! — в панике кричу я, вставая перед ним, чтобы удержать. Господи, он же его убьет. — Я уже приложилась! — перекрикиваю я музыку.

Кристиан на меня не смотрит. Он сверлит противника таким убийственно злобным взглядом, какого я еще никогда у него не видела. Впрочем, быть может — один раз, после того, как Джек Хайд приставал ко мне.

Другие танцующие отходят назад, как рябь на воде, расчищая пространство вокруг нас, держась на безопасном расстоянии. Блондин поднимается на ноги, и тут к нам присоединяется Элиот.

Ой-ой! Кейт со мной, смотрит на всех нас, разинув рот.

Элиот хватает Кристиана за руку, Итан тоже возникает рядом.

— Успокойся, ладно? Я не хотел никого обидеть. — Белобрысый вскидывает руки, признавая поражение, и торопливо ретируется. Кристиан взглядом провожает его с танцпола. На меня он не смотрит.

Музыка сменяется с лирической на танцевальную, в техноритме. Элиот бросает взгляд на меня, потом на брата и, отпустив Кристиана, притягивает Кейт к себе. Они танцуют. Я обнимаю Кристиана руками за шею, пока он наконец не встречается со мной глазами, которые все еще сверкают свирепо и мрачно. Вот он, тот самый драчливый подросток. Боже мой.

Он внимательно вглядывается в мое лицо.

— Ты в порядке?

— Да. — Я потираю ладонь, пытаясь унять жжение, и кладу руки ему на грудь. Руку дергает. Я никогда раньше никого не била. Что на меня нашло? Прикосновение — не самое страшное преступление против человечества, ведь так?

И все же в глубине души я понимаю, почему ударила блондина. Я инстинктивно знала, как отреагирует Кристиан, увидев, что меня лапает какой-то незнакомец. Знала, что он потеряет свое драгоценное самообладание. И мысль, что какое-то ничтожество может вывести из себя моего мужа... меня взбесила. Ужасно взбесила.

— Хочешь присесть? — спрашивает Кристиан под грохот музыки.

Вернись ко мне, пожалуйста!

— Нет. Потанцуй со мной.

Он смотрит на меня бесстрастно, ничего не говоря.

«Прикоснись ко мне», — поет женщина.

— Потанцуй со мной. — Он все еще зол. — Потанцуй, Кристиан. Пожалуйста. — Я беру его за руки. Кристиан бросает сердитый взгляд вслед парню, но я начинаю двигаться, обвиваясь вокруг него.

Толпа танцующих снова окружает нас, хотя теперь в радиусе двух футов — запретная зона.

— Ты ударила его? — спрашивает Кристиан, стоя как вкопанный. Я беру за руки.

— Разумеется. Думала, это ты, но у него руки волосатые. Пожалуйста, потанцуй со мной.

Кристиан смотрит на меня — и огонь в его глазах медленно меняется, перерождается во что-то другое, что-то более темное, более знойное. Он хватает меня за запястья и рывком притягивает к себе, пригвождая руки за своей спиной.

— Хочешь потанцевать? Давай потанцуем, — рычит мне в ухо и прижимается ко мне. Захваченная в плен, я вынуждена подчиниться.

Ого! Кристиан умеет двигаться, двигаться по-настоящему. Он держит меня крепко, не отпуская, но пальцы на моих запястьях постепенно расслабляются. Мои ладони пробираются вверх по его рукам, по бугрящимся под пиджаком мышцам, поднимаются к плечам. Он прижимает меня к себе, и я повторяю его движения.

В какой-то момент он хватает меня за руку и кружит сначала в одну сторону, потом в другую, и я понимаю, что Кристиан вернулся. Я улыбаюсь. Он тоже.

Мы танцуем вместе, и это так здорово, так весело. Либо позабыв, либо подавив гнев, он виртуозно кружит меня на нашем маленьком пространстве танцпола, ни на мгновение не отпуская. С ним я легкая и грациозная. С ним я сексуальная, потому что таков он сам. Он дает мне почувствовать себя любимой, потому что, при всех своих оттенках, хранит в себе море нерастраченной любви. Наблюдая за ним таким, веселящимся, можно подумать, что это самый беззаботный человек на свете. Но я же знаю, что любовь Кристиана омрачена проблемами гиперопеки и контроля, хотя от этого люблю его не меньше.

Я совсем запыхалась. Одна песня плавно переходит в другую.

— Посидим? — выдыхаю я.

— Конечно. — Он уводит меня с танцпола.

— Я такая горячая и потная, — шепчу я, когда мы возвращаемся за столик.

Он притягивает меня в свои объятия.

— Я люблю, когда ты горячая и потная. Хотя предпочитаю тебя такую наедине, — мурлычет он, и сладострастная улыбка приподнимает уголки его губ.

Такое чувство, будто инцидента на танцполе никогда и не было. Я немного удивляюсь, что нас не вышвырнули. Оглядываю бар. Никто на нас не смотрит, а здоровяка-блондина нигде не видно. Может, он ушел, или, может, его вышвырнули. Кейт с Элиотом ведут себя на танцполе до неприличия раскрепощенно, Итан с Миа — чуть сдержаннее. Отпиваю шампанского.

— Вот. — Кристиан ставит передо мной еще один стакан с водой и внимательно смотрит. Выражение лица выжидающее. Оно говорит: «Выпей. Выпей сейчас же».

Делаю, как сказано. Кроме того, я ужасно хочу пить.

Он вынимает бутылку перони из ведерка со льдом, ставит ее на стол и делает затяжной глоток.

— А если бы здесь была пресса? — спрашиваю я.

Кристиан сразу же понимает, что я имею в виду наш маленький инцидент.

— У меня дорогие адвокаты, — холодно отзывается он, воплощенная надменность.

Я хмурюсь.

— Но ты не выше закона, Кристиан. И я действительно контролировала ситуацию.

Его глаза покрываются ледяной коркой.

— Никто не смеет трогать то, что принадлежит мне, — говорит он с пугающей категоричностью, словно я не понимаю очевидного.

Ничего себе. Я делаю еще глоток шампанского и чувствую, что с меня довольно. Музыка слишком громкая, стучит в висках, голова и ноги гудят, и меня слегка подташнивает.

— Пошли. Я хочу отвезти тебя домой, — говорит он и хватает меня за руку. К нам подходят Кейт и Элиот.

— Вы уходите? — спрашивает Кейт с надеждой в голосе.

— Да, — отвечает Кристиан.

— Хорошо, мы с вами.

Пока ждем возле гардеробной Кристиана, Кейт расспрашивает меня:

— Что там, с тем парнем на танцполе?

— Он меня лапал.

— Я только и увидела, как ты влепила ему пощечину. Пожимаю плечами.

— Ну, я же знала, что Кристиан рассвирепеет, а это могло испортить ваш вечер. — Я еще не до конца разобралась в своем отношении к поступку Кристиана. Меня беспокоит, что могло быть хуже.

— Наш вечер. А он довольно вспыльчивый, да? — сухо добавляет Кейт, глядя на Кристиана, забирающего в гардеробной пальто.

Я фыркаю и улыбаюсь.

— Что есть, то есть.

— Думаю, ты хорошо с ним справилась.

— Справилась? — Я хмурюсь. Справилась с Кристианом?

— Я здесь. — Он уже держит пальто наготове.

— Проснись, Ана. — Кристиан легонько трясет меня. Мы приехали домой. Я неохотно открываю глаза и, пошатываясь, выхожу из мини-вэна. Кейт и Элиот исчезли, а Тейлор терпеливо ждет рядом с машиной.

— Тебя отнести? — спрашивает Кристиан.

Качаю головой.

— Я привезу мисс Грей и мистера Кавана, — говорит Тейлор.

Кристиан кивает и ведет меня к передней двери. Ноги гудят, и я едва ковыляю следом за ним. У двери он наклоняется, хватает меня за лодыжку и осторожно снимает вначале одну босоножку, потом вторую. Ах, какое облегчение! Он выпрямляется и с нежностью, держа в руке мою обувь, смотрит на меня.

— Лучше? — спрашивает он.

Я киваю.

— А я так мечтал, как твои ноги в них будут обвивать меня за шею, — бормочет он, с тоской глядя на босоножки. Качает головой и, снова взяв меня за руку, ведет через темный дом, потом — вверх по лестнице, в нашу спальню.

— Ты совсем без сил, да? — мягко спрашивает Кристиан, глядя на меня.

Я киваю. Он начинает расстегивать пояс пальто.

— Я сама, — бормочу я, делая неуверенную попытку отказаться от его помощи.

— Позволь мне.

Вздыхаю. Я понятия не имела, что так устала.

— Это высота. Ты к ней не привыкла. И спиртное, разумеется.

Он усмехается, снимает с меня пальто и бросает на стул. Взяв за руку, ведет в ванную. Зачем мы туда идем?

— Сядь, — велит он.

Я сажусь на стул и закрываю глаза. Слышу, как он возится с пузырьками на трельяже. Я слишком устала, чтоб открыть глаза и посмотреть, что он делает. Секунду спустя он отводит мою голову назад, и я удивленно открываю глаза.

— Глаза закрыты, — командует Кристиан. Господи, ватный диск! Он мягко вытирает мой правый глаз. Я сижу потрясенная, пока он методично удаляет макияж.

— А вот и женщина, на которой я женился, — говорит он через минуту.

— Тебе не нравится макияж?

— Нравится, нравится, но я предпочитаю то, что под ним. — Он целует меня в лоб. — Вот, выпей. — Он кладет в мою ладонь пару таблеток адвила и вручает стакан воды.

Я недовольно надуваю губы.

— Выпей.

Закатываю глаза, но подчиняюсь.

— Хорошо. Тебе нужна минутка уединения? — сардонически интересуется он.

Я фыркаю.

— Вы сама скромность, мистер Грей. Да, мне надо пописать.

Он смеется.

— Ждешь, чтобы я ушел?

Я хихикаю.

— А ты хочешь остаться?

Он склоняет голову набок. Улыбается.

— Ах ты, извращенный сукин сын. Прочь. Я не хочу, чтобы ты смотрел, как я писаю. Это уж слишком. — Я встаю и взмахом руки выпроваживаю его.

Когда я появляюсь из ванной, он уже переоделся в пижамные штаны. Хм-м-м... Кристиан в пижаме. Зачарованная, смотрю на его живот, мускулы, полоску волос. Это отвлекает. Он подходит ко мне.

— Любуешься видом? — насмешливо спрашивает он.

— Всегда.

— Думаю, вы слегка пьяны, миссис Грей.

— Думаю, в кои-то веки вынуждена с вами согласиться, мистер Грей.

— Давай помогу тебе снять этот лоскуток, который почему-то называют платьем. Ей-богу, его следует продавать с предупреждением «Опасно для здоровья». — Он поворачивает меня и расстегивает единственную пуговицу на шее.

— Ты был так зол, — бормочу я.

— Да.

— На меня?

— Нет. Не на тебя. — Он целует меня в плечо. — В кои-то веки.

Я улыбаюсь. Не злится на меня. Это прогресс.

— Приятное разнообразие.

— Точно. — Он целует другое мое плечо, затем стаскивает платье вниз по моему телу и на пол. Вместе с
платьем снимает и трусики, оставляя меня обнаженной.
Берет за руку.

— Шагай, — командует он, и я выступаю из платья,
держась за его руку для равновесия.

Он подбирает платье и трусики и бросает их на стул
к пальто Миа.

— Руки вверх, — мягко приказывает Кристиан. Надевает на меня свою майку и тянет вниз, прикрывая
мою наготу. Ко сну готова.

Он привлекает меня в свои объятия и целует; мое
мятное дыхание смешивается с его.

— Как бы ни хотелось мне заняться с вами любовью,
миссис Грей, вы слишком много выпили, вы на высоте
почти восьми тысяч футов, и вы плохо спали прошлой
ночью. Идем. Забирайся в постель. — Он откидывает
покрывало, и я ложусь. Накрывает меня и снова целует
в лоб.

— Закрывай глаза. Когда я приду, ты уже должна
спать. — Это угроза, это приказ... это Кристиан.

— Не уходи, — молю я.

— Мне надо сделать несколько звонков, Ана.

— Сегодня же суббота. Уже поздно. Пожалуйста.

Он ерошит волосы.

— Ана, если лягу сейчас с тобой в постель, ты совсем
не отдохнешь. Спи. — Он непреклонен.

Я закрываю глаза, и его губы касаются моего лба.

— Спокойной ночи, детка, — выдыхает он.

Образы прошедшего дня мелькают передо мной:
Кристиан несет меня на плече в самолете. Его волнение — понравится ли мне дом. Мы занимаемся любовью. Ванна. Его реакция на мое платье. Инцидент
со здоровяком-блондином — у меня еще побаливают
пальцы. И Кристиан, укладывающий меня в постель.

Кто бы мог подумать? Я широко улыбаюсь, в голове
проносится слово «прогресс», и я засыпаю.

Глава 15

Мне слишком тепло. Как всегда, когда Кристиан обнимает меня во сне. Его голова — на моем плече, и он мягко дышит мне в шею, ноги переплетены с моими, рука обвивает талию. Понимаю, что если полностью проснусь, разбужу и его тоже, а он мало спал. Мысленно перебираю события вчерашнего вечера. Я слишком много выпила — даже слишком много. Удивительно, что Кристиан не остановил. Я улыбаюсь, вспоминая, как он укладывал меня в постель. Это было мило, действительно мило и неожиданно. Наспех провожу ревизию. Желудок? Отлично. Голова? На удивление хорошо, но в тумане. Ладонь все еще красная после вчерашнего. Интересно, рассеянно думаю я, у Кристиана болела ладонь, когда он шлепал меня. Я ерзаю, и он просыпается.

— Что случилось? — Сонные серые глаза вглядываются в мои.

— Ничего. Доброе утро. — Пропускаю его волосы сквозь пальцы здоровой руки.

— Миссис Грей, вы чудесно выглядите этим утром, — говорит он, целуя меня в щеку, и я вспыхиваю изнутри.

— Спасибо за то, что позаботился обо мне вчера вечером.

— Мне нравится заботиться о тебе. Это то, что я хочу делать, — тихо отзывается он, но глаза выдают его: в их серых глубинах вспыхивает триумф. Он как будто выиграл первенство по бейсболу или Суперкубок.

Ох, мои Пятьдесят Оттенков!

— Ты даешь мне почувствовать себя нежно любимой.

— Это потому, что ты нежно любима, — шепчет он, и мое сердце сжимается.

Он стискивает мою руку. И я морщусь. Он тут же отпускает меня, встревоженный.

— Болит рука? — Глаза затягиваются льдом, а голос звенит от гнева.

— Ладонь. Я дала ему пощечину.

— Негодяй!

Я думала, мы покончили с этим вчера вечером.

— Мне невыносимо, что он к тебе прикасался.

— Он не сделал ничего плохого, просто вел себя развязно. Кристиан, со мной все в порядке. Ладонь немножко красная, вот и все. Ты же знаешь, как это бывает? — улыбаюсь я, и он веселеет.

— Да, миссис Грей, мне это хорошо знакомо. — Его губы насмешливо дергаются. — И я могу освежить это ощущение сию же минуту, если вы желаете.

— Ой, поберегите свою чешущуюся ладошку, мистер Грей.

Я глажу его лицо покрасневшей рукой, пальцами лаская волосы на висках. Мягко тяну за короткие волоски. Это его отвлекает, и он берет мою руку и нежно целует ладонь. Чудесным образом боль проходит.

— Почему ты вчера не сказала, что болит?

— Ну... я вчера как-то не чувствовала боли. И сейчас все в порядке.

Его глаза смягчаются, только губы подрагивают.

— Как ты себя чувствуешь?

— Лучше, чем заслуживаю.

— Крепкая вы женщина, миссис Грей.

— И вам не мешало бы это помнить, мистер Грей.

— О, в самом деле? — Он внезапно перекатывается на меня, вжимая в матрас, держа мои руки над головой. И с нежностью взирает на меня. — Готов побороться с вами с любое время, миссис Грей. В сущности, подчинить тебя в постели — вот моя фантазия. — Он целует меня в шею.

Что?

— Я думала, ты постоянно это делаешь. — Я ахаю, когда он легонько закусывает мочку уха.

— Но мне бы хотелось сопротивления, — бормочет он, тычась носом в мою скулу.

Сопротивления? Я затихаю. Он останавливается, отпускает мои руки и приподнимается на локтях.

— Хочешь, чтобы я боролась с тобой? Здесь? — шепчу я, пытаясь скрыть удивление. Ладно — шок. Он кивает, глаза непроницаемые, но настороженные — оценивает мою реакцию.

— Сейчас?

Он пожимает плечами, и я вижу, как эта мысль проносится в его голове. Улыбается мне своей застенчивой улыбкой и снова медленно кивает.

Он напряжен, лежит на мне сверху, и я чувствую нарастающее давление на мою разбуженную и уже ждущую плоть. Что это будет? Драка? Борьба? Сделает ли он мне больно? Моя внутренняя богиня качает головой: никогда. Она облачается в свою каратистскую форму и разминается. Клод был бы доволен.

— Ты это имел в виду, когда говорил, что в постель надо ложиться злым?

Он снова кивает, глаза по-прежнему настороженные.

Так, Пятьдесят Оттенков хотят побороться.

— Не кусай губу, — предостерегает он.

Я послушно отпускаю губу.

— Думаю, я по сравнению с вами в невыгодном положении, мистер Грей. — Я хлопаю ресницами и провокационно ерзаю под ним. Это может быть забавно.

— В невыгодном?

— Вы ведь уже заполучили меня туда, куда хотели?

Он ухмыляется и вновь вжимается в меня.

— Справедливо подмечено, миссис Грей, — шепчет он и быстро целует меня в губы. Потом резко перекатывается вместе со мной так, что я оказываюсь на нем сверху.

Хватаю его руки и прижимаю у него над головой, не обращая внимания на ноющую боль в ладони. Волосы падают, накрывая нас каштановым шатром, и я трясу

головой так, чтобы пряди щекотали ему лицо. Он от-
дергивает лицо, но не пытается меня остановить.

— Значит, тебе хочется грубой игры? — Я трусь о
него низом живота.

Кристиан открывает рот и резко втягивает воздух.

— Да, — шипит он, и я отпускаю.

— Подожди. — Я протягиваю руку за стаканом воды
рядом с кроватью, где он сам его и оставил. Вода холодная и пузырящаяся — слишком холодная для комнаты.
Интересно, когда же Кристиан лег.

Пока делаю большой глоток, Кристиан рисует пальцами круги на моем бедре, оставляя после себя пока-
лывающую кожу, потом обхватывает и стискивает мою
голую попу.

Следуя примеру из его впечатляющего репертуара,
я наклоняюсь и целую его, вливая чистую прохладную
воду ему в рот.

Он пьет.

— Очень вкусно, миссис Грей. — Расплывается в
мальчишеской игривой улыбке.

Поставив стакан на прикроватную тумбочку, я убираю его руки на место.

— Значит, я должна изображать нежелание? — усмехаюсь я.

— Да.

— Актриса из меня не ахти.

Он ухмыляется.

— Постарайся.

Я наклоняюсь и целомудренно целую его.

— Ладно, попробую, — шепчу я и прохожусь зубами
по подбородку, чувствуя под губами и языком колючую
щетину.

Кристиан глухо ворчит — получается довольно сексуально — и бросает меня на кровать рядом с собой.
Я удивленно вскрикиваю — и вот он уже на мне сверху;
я начинаю вырываться, а он пытается поймать мои
руки. Я упираюсь ладонями в грудь и с силой толкаю,
пытаясь отпихнуть, тогда как он стремится раздвинуть
мои ноги коленом.

Продолжаю толкать его в грудь — ого, какой тяжелый! — но он не останавливается, как когда-то. Ему это нравится! Пытается поймать мои запястья и наконец завладевает одним, несмотря на мои храбрые попытки вывернуть руку. В плен попала ушибленная рука, поэтому я уступаю ее ему, но другой хватаю его за волосы и силой тяну.

— А-а! — Он рывком высвобождает голову и смотрит на меня дикими горящими глазами.

— Дикарка, — шепчет он, голос пронизан сладострастным восторгом.

В ответ на это единственное произнесенное шепотом слово мое либидо прорывается наружу. Я перестаю играть и снова силюсь вырвать руку. В то же время пытаюсь сцепить лодыжки и стараюсь сбросить его с себя. Он слишком тяжелый. Уф! Это так утомительно и так возбуждает.

Кристиан завладевает другой моей рукой. Теперь он держит оба моих запястья в своей левой руке, а правая неспешно — почти оскорбительно медленно — путешествует вниз по моему телу, по пути поглаживая и пощупывая, потом сжимает сосок.

Я вскрикиваю в ответ, удовольствие коротко, резко и жарко выстреливает от соска к паху. Предпринимаю еще одну бесплодную попытку сбросить Кристиана, но он уже всем телом на мне.

Пытается поцеловать меня, но я отдергиваю голову в сторону. Его нахальная рука тут же перемещается от края майки вверх к подбородку, удерживая меня на месте. Он проводит зубами по моей скуле, повторяя то, что я только что делала с ним.

— Давай же, детка, сопротивляйся, — хрипит он.

Я дергаюсь и извиваюсь, пытаясь высвободиться из его безжалостной хватки, но это безнадежно. Он гораздо сильнее. Мягко прикусывает мою нижнюю губу, пытается проникнуть ко мне в рот. И я осознаю, что не хочу больше сопротивляться. Я хочу его, как всегда — сейчас, немедленно. Перестаю бороться и пылко отвечаю на поцелуй. Мне плевать, что я не чистила зубы.

Плевать, что мы должны играть в какую-то игру. Желание, горячее и сильное, бурлит в моей крови, и я терплю поражение. Расцепив лодыжки, обвиваю его ногами и пятками тащу пижамные штаны вниз.

— Ана, — выдыхает он и целует меня везде. И больше нет борьбы, только руки, языки, прикосновения и ласки, быстрые и нетерпеливые.

Он подтягивает меня выше и одним стремительным движением стаскивает майку.

— Ты, — шепчу я, потому что это единственное, что мне приходит в голову. Я хватаюсь спереди за его штаны и сдергиваю их вниз, освобождая возбужденную плоть. Хватаю и сжимаю его. Какой твердый, упругий. Кристиан со свистом втягивает воздух, и я упиваюсь его откликом.

— Черт, — бормочет он. Отклоняется назад, приподнимает меня, опускает на кровать — все это время я не оставляю его пульсирующий член. Обнаружив капельку влаги, обвожу его большим пальцем. Он опускает меня на матрас, и я втягиваю палец в рот, чтобы попробовать его на вкус, в то время как его ладони рыщут по моему телу, выглаживая выпуклости, живот, груди.

— Вкусно? — спрашивает он, нависая надо мной и обжигая взглядом.

— Да. Вот. — Я вталкиваю свой большой палец ему в рот, и он посасывает и прикусывает подушечку. Я стону, хватаю его за голову и тяну на себя, чтобы поцеловать. Обхватываю ногами за спину, пальцами стянув штаны, — и крепко сжимаю. Его губы с остановками прокладывают дорожку поцелуев вдоль скулы к подбородку.

— Ты такая красивая. — Он опускает голову ниже, к впадинке на шее. — Такая прекрасная кожа. — Дыхание его мягкое, губы скользят вниз к правой груди.

Что? Сбитая с толку, я тяжело дышу и сгораю от желания. Думала, это будет быстро.

— Кристиан. — Я слышу тихую мольбу в своем голосе и тяну его за волосы.

— Тише, — шепчет он и обводит мой сосок языком, потом всасывает в рот и с силой тянет.

— А-а! — Я извиваюсь, верчусь под ним, но прием соблазна не срабатывает. Он улыбается и переключает внимание на левую грудь.

— Не терпится, миссис Грей? — Теперь сладкая боль пронзает левый сосок. Я тяну его за волосы. Он стонет и поднимает глаза. — Я свяжу тебя.

— Возьми меня, — умоляю я.

— Всему свое время. — Он щекочет меня языком, а его рука спускается вниз к моему бедру. Медленно, так невыносимо медленно! Дыхание сбилось, и я снова пытаюсь заманить его в себя, пуская в ход все известные приемы. Но он не спешит и вовсю наслаждается своей чувственной игрой.

К черту. Я дергаюсь и извиваюсь, решительно настроенная скинуть его с себя.

— Какого...

Схватив меня за руки, Кристиан пригвождает их широко раскинутыми к кровати и наваливается всем телом, полностью подчиняя меня себе. Я задыхаюсь.

— Ты хотел сопротивления, — говорю я, тяжело дыша. Он приподнимается и смотрит на меня, по-прежнему крепко удерживая мои руки. Я кладу подошвы ему на ноги и толкаю. Он не двигается. Ух!

— Не хочешь по-хорошему? — удивляется он.

— Я просто хочу, чтоб ты занялся со мной любовью, Кристиан.

Ну можно ли быть таким бестолковым? То мы боремся и деремся, то он весь такой нежный и ласковый. Это сбивает с толку. Я в постели с мистером Непостоянство.

— Пожалуйста. — Я снова прижимаю пятки к его ягодицам. Горящие серые глаза вглядываются в мои. О чем он думает? Во взгляде мелькает смущение. Он отпускает мои руки и садится на пятки, притягивая меня к себе на колени.

— Ладно, миссис Грей, пусть будет по-вашему. — Приподнимает и медленно опускает меня на себя.

— Ах!

Вот оно — то, чего я хочу. То, что мне нужно. Обвив
его руками за шею, я запутываюсь пальцами в волосах,
упиваясь ощущением его в себе. Я начинаю двигаться.
Задавая тон, овладеваю им в собственном темпе, со
своей скоростью. Он тихо стонет, его губы находят мои,
и мы отдаемся нашей страсти.

Я пропускаю сквозь пальцы волосы на груди Кристиана. Он лежит рядом со мной, тихо, не шевелясь и лишь
неспешно поглаживая меня по спине. Мы оба переводим дух.

— Ты притих, — шепчу я и целую его в плечо. Он поворачивается и смотрит на меня. Лицо, как обычно,
бесстрастное. — Было здорово. Черт, что-то случилось?

— Вы смутили меня, миссис Грей.

— Смутила тебя?

Он поворачивается так, что мы лежим лицом друг к
другу.

— Да. Ты. Тем, что распоряжалась. Это... по-другому.

— По-другому хорошо или по-другому плохо? —
Я обвожу пальцем его губы. Он хмурит брови, словно не
вполне понимает вопрос. Рассеянно целует мой палец.

— По-другому хорошо, — отвечает он не слишком
уверенно.

— Ты никогда раньше не предавался этой маленькой
фантазии?

Я краснею, спрашивая это. Действительно ли я хочу
знать о пестрой... калейдоскопической сексуальной
жизни моего мужа до меня? Мое подсознание настороженно оглядывает меня поверх своих очков в черепахо-
вой оправе: «Ты действительно хочешь знать?»

— Нет, Анастейша. Ведь только ты можешь прикасаться ко мне. — Это простое объяснение, которое говорит о многом. Конечно, те пятнадцать не могли.

— Миссис Робинсон дотрагивалась до тебя, — бормочу я прежде, чем успеваю себя остановить. Черт, зачем я упомянула о ней?

Он застывает. Глаза его расширяются, в них читается: «О боже, опять она об этом».

— То было другое, — шепчет он.

Внезапно я понимаю, что хочу знать.

— Другое хорошее или другое плохое?

Он смотрит на меня. Сомнение и, возможно, боль мелькают на его лице, и на короткий миг он становится похожим на тонущего.

— Плохое, я думаю. — Его почти не слышно.

Вот это да!

— Я думала, тебе это нравилось.

— Нравилось. В то время.

— Не сейчас?

Он смотрит на меня долгим взглядом, потом медленно качает головой.

Вот так так.

— Ох, Кристиан!

Меня переполняют нахлынувшие чувства. Мой потерянный мальчик! Я кидаюсь к нему, целую лицо, шею, грудь, маленькие круглые шрамы. Он стонет, притягивает меня к себе, страстно целует в ответ. И очень медленно и нежно, в своем собственном темпе, снова занимается со мной любовью.

— Ана Тайсон. Выступает против тяжеловесов! — Итан аплодирует, когда я выхожу в кухню к завтраку. Он сидит с Миа и Кейт за барной стойкой, а миссис Бентли печет вафли. Кристиана нигде не видно.

— Доброе утро, миссис Грей. — Миссис Бентли улыбается. — Что хотите на завтрак?

— Доброе утро. Что угодно, что есть, спасибо. А где Кристиан?

— Во дворе. — Кейт указывает головой в сторону заднего двора.

Я подхожу к окну, которое выходит во двор и на горы за ним. День ясный, небо изумительно голубое, и мой красавец-муж футах в двадцати разговаривает с каким-то мужиком.

— Он разговаривает с мистером Бентли! — кричит Миа от стойки.

Я поворачиваюсь посмотреть на нее, привлеченная ее угрюмым тоном. Она сердито поглядывает на Итана. Ну вот. Я вновь задаюсь вопросом, что между ними происходит. Хмурюсь и опять перевожу взгляд на своего мужа и мистера Бентли.

Муж миссис Бентли, светловолосый, черноглазый и жилистый, одет в рабочие штаны и майку с надписью «Пожарное депо Аспена». На Кристиане черные джинсы и футболка. Вместе они не спеша идут по лужайке в сторону дома. Кристиан небрежно наклоняется, чтобы поднять что-то похожее на бамбуковую палку, которую, должно быть, принесло ветром. Приостановившись, рассеянно вытягивает руку, словно взвешивает находку, и с силой рассекает воздух.

Мистер Бентли, похоже, не видит ничего странного в его поведении. Они продолжают свою беседу, снова приостанавливаются, и Кристиан повторяет жест. Кончик палки ударяет по земле. Подняв глаза, он видит меня у окна. Я вдруг чувствую себя какой-то шпионкой. Он останавливается. Я смущенно машу ему, поворачиваюсь и возвращаюсь к кухонной стойке.

— Что ты там делала? — спрашивает Кейт.

— Просто смотрела на Кристиана.

— Тяжелый случай, — фыркает она.

— А твой — нет, сестричка? — отвечаю я с улыбкой, пытаясь избавиться от стоящей перед глазами картины: Кристиан, рубящий палкой воздух.

Я вздрагиваю — это Кейт подпрыгивает и обнимает меня.

— Сестричка! — восклицает она, и ее радостью трудно не заразиться.

— Эй, соня! — Кристин будит меня. — Скоро приземляемся. Пристегнись.

Сонно нащупываю ремень. Но Кристиан уже его застегивает. Он целует меня в лоб и откидывается на сиденье. Я снова кладу голову ему на плечо и закрываю глаза.

Невозможно долгая пешая прогулка и пикник на вершине захватывающе красивой горы измотали меня. Остальная компания тоже притихла, даже Миа. Выглядит подавленной и была такой весь день. Интересно, как у нее дела с Итаном? Я даже не знаю, где они спали этой ночью. Ловлю ее взгляд и улыбаюсь легкой улыбкой. В ответ она печально улыбается и возвращается к своей книге. Я поглядываю сквозь ресницы на Кристиана. Он работает над контрактом или еще чем-то, внимательно читает документ и делает пометки. Элиот тихонько похрапывает рядом с Кейт.

Надо было бы припереть Элиота к стенке и выспросить насчет Джиа, но оторвать его от Кейт невозможно. Кристиану это неинтересно, и он никого спрашивать не собирается, что раздражает, но давить на него я не хочу. Мы так замечательно провели время. Элиот по-хозяйски кладет руку на колено Кейт. Она вся светится. Даже не верится, что всего сутки назад ситуация выглядела неопределенной. Как Кристиан его назвал? Лелиот? Может, это семейное прозвище? Оно милое, лучше, чем «распутник». Элиот открывает глаза и смотрит прямо на меня. Я краснею, будто меня поймали за подглядыванием.

Он усмехается.

— А мне нравится, как ты краснеешь, Ана, — дразнит он, потягиваясь. Кейт улыбается самодовольной улыбкой кошки, съевшей канарейку.

Бейли объявляет, что мы заходим на посадку, и Кристиан сжимает мою руку.

— Как вам наш уикенд, миссис Грей? — спрашивает Кристиан, когда мы, загрузившись в «Ауди», направляемся домой. Тейлор и Райан сидят впереди.

— Хорошо, спасибо. — Я улыбаюсь, отчего-то вдруг застеснявшись.

— Мы можем ездить туда в любое время. И брать кого пожелаешь.

— Надо будет взять Рэя. Он любит рыбалку.

— Хорошая идея.

— А тебе как было? — спрашиваю я.

— Хорошо, — отвечает он через секунду, удивленный моим вопросом. — По-настоящему хорошо.

— Выглядишь отдохнувшим.

Он пожимает плечами.

— Я знал, что ты в безопасности.

Я хмурюсь.

— Кристиан, я в безопасности большую часть времени. И уже говорила, что ты и до сорока не дотянешь, если все время будешь так дергаться. А я хочу стариться и седеть вместе с тобой. — Сжимаю его руку.

Он смотрит на меня так, словно не понимает, о чем речь. Мягко целует мои пальцы и меняет тему.

— Как твоя рука?

— Лучше, спасибо.

Он улыбается.

— Очень хорошо, миссис Грей. Готова снова встретиться с Джиа?

Черт. Я и забыла, что мы встречаемся с ней сегодня вечером для обсуждения окончательного проекта дома. Закатываю глаза.

— Пожалуй, мне лучше убрать тебя с дороги, чтобы обезопасить. — Я усмехаюсь.

— Защищаешь меня? — Кристиан смеется надо мной.

— Как всегда, мистер Грей. От сексуальных хищниц.

Кристиан чистит зубы, а я забираюсь в кровать. Завтра мы возвращаемся в реальный мир — с работой, с папарацци и с Джеком под арестом, но с вероятностью, что у него есть сообщник. Кристиан не сказал по этому поводу ничего определенного. Знает ли он? И если знает, скажет ли мне? Вздыхаю. Выведывать что-то у Кристиана — все равно что тянуть зуб, а у нас был такой замечательный уикенд. Хочу ли я испортить приятный момент, пытаясь вытащить из него информацию?

Для меня было откровением увидеть Кристиана вне обычного окружения, за пределами этой квартиры, спокойного и счастливого, в семейном кругу. Я рассеянно гадаю, не потому ли он заводится, что мы здесь, в этой квартире, со всеми ее воспоминаниями и ассоциациями. Может, нам лучше переехать?

Я фыркаю. Мы и так переезжаем — у нас огромный дом на побережье. Проект Джиа готов и одобрен, и бригада Элиота начинает строительство на следующей неделе. Усмехаюсь, вспоминая потрясенное выражение лица Джиа, когда я сказала, что видела ее в Аспене. Выяснилось, что это не более чем совпадение. Она поехала туда на выходные, чтобы вплотную поработать над нашим проектом. В какой-то момент я даже подумала, что она приложила руку к выбору кольца, но, по-видимому, мои подозрения безосновательны. И все же я еще не доверяю Джиа. Хочу услышать ту же историю от Элиота. По крайней мере, в этот раз она держится от Кристиана на почтительном расстоянии.

Смотрю на ночное небо. Я скучала по этому виду: Сиэтл у наших ног, город, полный стольких возможностей и притом такой далекий... Быть может, в этом проблема Кристиана — он слишком долго изолировал себя от настоящей жизни, удалившись в добровольную ссылку. И все же в кругу семьи он не такой властный, не такой беспокойный, он свободнее, счастливее. Возможно, ему нужна собственная семья. Я качаю головой — мы слишком молоды, все это для нас слишком ново.

Кристиан входит в комнату, как обычно невозможно красивый, но задумчивый.

— Все хорошо? — спрашиваю я. Он рассеянно кивает и забирается в кровать.

— Мне совсем не хочется возвращаться к реальности, — говорю я.

— Не хочется?

Я качаю головой и глажу его красивое лицо.

— Чудесный был уикенд. Спасибо.

Он мягко улыбается.

— Ты — моя реальность, Ана.

— Ты скучаешь по всему этому?

— По чему? — озадаченно спрашивает он.

— Сам знаешь. Трости, порка... все такое прочее, — смущенно шепчу я.

Он смотрит на меня бесстрастным взглядом. Потом на его лице мелькает сомнение, а взгляд как будто спрашивает: «К чему она клонит?»

— Нет, Анастейша, не скучаю. — Голос у него ровный и тихий. Он гладит меня по щеке. — Доктор Флинн сказал мне кое-что, когда ты ушла, кое-что, что осталось со мной. Он сказал, что я могу не быть тем, чем был, если ты этого не хочешь. Для меня это стало откровением. — Он замолкает и хмурится. — Я не знал никакого другого пути, Ана. Теперь знаю. Я многому научился.

— У меня? — Я фыркаю.

Его взгляд смягчается.

— А ты не скучаешь по этому? — спрашивает он.

— Я не хочу, чтобы ты делал мне больно, но мне нравится играть, Кристиан. Ты это знаешь. Если тебе хочется сделать что-нибудь... — Я смотрю на него и пожимаю плечами.

— Что-нибудь?

— Ну, ты знаешь, с флоггером или с твоей плеткой... — Я краснею и замолкаю.

Он удивленно вскидывает бровь.

— Что ж... посмотрим. А прямо сейчас мне бы хотелось старой доброй ванили. — Он проводит большим пальцем по моей нижней губе и снова целует.

От кого: Анастейша Грей
Тема: Доброе утро
Дата: 29 августа 2011 г., 09:14
Кому: Кристиан Грей

Мистер Грей! Я просто хотела сказать, что люблю вас.
Это все.

Всегда ваша,

Анастейша Грей,
редактор SIP

От кого: Кристиан Грей
Тема: Изгнание понедельничной хандры
Дата: 29 августа 2011 г., 09:18
Кому: Анастейша Грей

Миссис Грей! Какое удовольствие слышать эти слова от жены (даже от заблудшей) утром в понедельник. Позвольте заверить вас, что я чувствую то же самое. Извините за прием сегодня вечером. Надеюсь, он не будет для вас слишком утомительным.

Кристиан Грей,
генеральный директор холдинга «Грей энтерпрайзес»

Ах да. Прием, который дает Американская судостроительная ассоциация. Я закатываю глаза… Очередное мероприятие. Кристиан определенно знает, чем меня развлечь.

От кого: Анастейша Грей
Тема: Корабли, проплывающие в ночи
Дата: 29 августа 2011 г., 09:26
Кому: Кристиан Грей

Дорогой мистер Грей!
Уверена, вы придумаете, как придать трапезе остроты…
Вся в приятном ожидании,
ваша миссис Г.

Анастейша (и вовсе не заблудшая) Грей,
редактор SIP

От кого: Кристиан Грей
Тема: Разнообразие — вот что придает остроту жизни
Дата: 29 августа 2011 г., 09:35
Кому: Анастейша Грей

Есть парочка идей...

Кристиан Грей,
генеральный директор холдинга «Грей энтерпрайзес», теперь с
нетерпением ожидающий приема АСА

Хм, интересно, что он задумал. Я уже дрожу в нетерпении. Стук в дверь прерывает мои размышления.

— Готова посмотреть свое расписание на эту неделю, Ана?

— Конечно. Садись. — Я улыбаюсь, восстанавливая самообладание, и минимизирую свою программу электронной переписки.

— Мне пришлось перенести пару встреч. Мистера Фокса — на следующую неделю, а доктора...

Звонит телефон. Это Роуч. Просит зайти к нему в кабинет.

— Мы можем вернуться к этому через двадцать минут?

— Конечно.

От кого: Кристиан Грей
Тема: Вчерашний вечер
Дата: 30 августа 2011 г., 09:24
Кому: Анастейша Грей

Было... весело. Кто бы мог подумать, что ежегодный прием АСА может быть таким стимулирующим?
Вы, как всегда, не разочаровываете, миссис Грей.
Я люблю тебя.

Кристиан Грей,
благоговеющий генеральный директор холдинга «Грей энтерпрайзес»

От кого: Анастейша Грей
Тема: Люблю поиграть с мячиком...
Дата: 30 августа 2011 г., 09:33
Кому: Кристиан Грей

Дорогой мистер Грей! Я скучала по серебряным шарикам.
Это *вы* никогда не разочаровываете.
Это все.
Миссис Г.

Анастейша Грей,
редактор SIP

Ханна стучит в дверь, прерывая мои эротические мысли о предыдущем вечере. Руки Кристиана... его рот.

— Входи.

— Ана, только что звонила секретарь мистера Роуча. Он хочет, чтобы этим утром ты присутствовала на совещании. Это означает, что мне опять придется перенести несколько назначенных встреч. Ничего?

Его язык...

— Конечно. Да, — бормочу я, пытаясь остановить своевольные мысли.

Ханна улыбается и выходит из кабинета, оставляя меня наедине со сладостными воспоминаниями о вчерашнем вечере.

От кого: Кристиан Грей
Тема: Хайд
Дата: 1 сентября 2011 г., 15:24
Кому: Анастейша Грей

Анастейша! Сообщаю тебе, что Хайду было отказано в освобождении под залог и он остался под арестом. Его обвиняют в попытке похищения и поджога. Дата суда пока не назначена.

Кристиан Грей,
генеральный директор холдинга «Грей энтерпрайзес»

От кого: Анастейша Грей
Тема: Хайд
Дата: 1 сентября 2011 г., 15:53
Кому: Кристиан Грей

Это хорошая новость. Значит ли она, что ты сократишь охрану?

Ана

Анастейша Грей,
редактор SIP

От кого: Кристиан Грей
Тема: Хайд
Дата: 1 сентября 2011 г., 15:59
Кому: Анастейша Грей

Нет. Охрана останется на месте. Никаких возражений.
Что не так с Прескотт? Если она тебе не нравится, я ее заменю.

Кристиан Грей,
генеральный директор холдинга «Грей энтерпрайзес»

Я недовольно хмурюсь. Прескотт не так уж и плоха.

От кого: Анастейша Грей
Тема: Не выпрыгивай из штанов!
Дата: 1 сентября 2011 г., 16:03
Кому: Кристиан Грей

Я просто спросила (закатывает глаза). И я подумаю насчет Прескотт.
Уйми свою чешущуюся руку!

Ана

Анастейша Грей,
редактор SIP

От кого: Кристиан Грей
Тема: Не искушай меня
Дата: 1 сентября 2011 г., 16:11
Кому: Анастейша Грей

Заверяю вас, миссис Грей, что штаны мои на месте — пока.
Рука, однако, чешется.

Сегодня вечером мне, возможно, придется с этим что-то сделать.

Кристиан Грей,
генеральный директор холдинга «Грей энтерпрайзес»

От кого: Анастейша Грей
Тема: Ерзание
Дата: 1 сентября 2011 г., 16:20
Кому: Кристиан Грей

Обещания, обещания...
И хватит докучать мне. Я пытаюсь работать. У меня импровизированная встреча с автором. Постараюсь не отвлекаться на мысли о тебе во время встречи.

А.

Анастейша Грей,
редактор SIP

От кого: Анастейша Грей
Тема: Плавание & Парение & Шлепанье
Дата: 5 сентября 2011 г., 09:18
Кому: Кристиан Грей

Муж! А ты знаешь, как развлечь девушку. Буду, разумеется, ожидать такого обращения каждые выходные.
Ты меня балуешь. И мне это нравится.

Твоя жена.

Анастейша Грей,
редактор SIP

От кого: Кристиан Грей
Тема: Главная цель моей жизни...
Дата: 5 сентября 2011 г., 09:25
Кому: Анастейша Грей

...баловать вас, миссис Грей. И беречь как зеницу ока, потому что я люблю вас.

Кристиан Грей,
влюбленный генеральный директор холдинга «Грей энтерпрайзес»

Ну и ну. Куда как романтично.

От кого: Анастейша Грей
Тема: Главная цель моей жизни...
Дата: 5 сентября 2011 г., 09:33
Кому: Кристиан Грей

...отпустить — потому что я тоже люблю.
А теперь перестань быть таким сентиментальным, или я расплачусь.

Анастейша Грей,
по уши влюбленный редактор SIP

Следующий день. Я просматриваю настольный календарь. Всего пять дней до 10 сентября — моего дня рождения. Я знаю, мы едем посмотреть на дом, как идут дела у Элиота и его бригады. Интересно, есть ли у Кристиана еще какие-нибудь планы? Я улыбаюсь. Ханна стучит в дверь кабинета.

— Входи.

За ее спиной маячит Прескотт. Странно...

— Привет, Ана, — говорит Ханна. — Тебя хочет видеть некая Лейла Уильямс. Говорит, по личному делу.

— Лейла Уильямс? Я не знаю никакой... — Во рту у меня пересыхает, и Ханна делает большие глаза.

Лейла? Черт. Что ей нужно?

Глава 16

—Хочешь, чтобы я ее отфутболила? — спрашивает Ханна, встревоженная моим видом.

— Э... нет. Где она?

— В приемной. Она не одна. С ней еще какая-то девушка.

Ой!

— И мисс Прескотт хочет поговорить с тобой, — добавляет Ханна.

Кто бы сомневался.

— Пришли ее сюда.

Ханна отступает в сторону, и Прескотт входит в кабинет. Она при исполнении, сама деловитость и профессионализм.

— Дай мне минутку, Ханна. Прескотт, присаживайтесь.

Ханна закрывает дверь, оставляя нас с Прескотт наедине.

— Миссис Грей, Лейла Уильямс входит в черный список посетителей.

— Что? У меня есть черный список?

— В перечне наших обязанностей, мэм. Тейлор и Уэлч особо указывали на недопустимость ее контакта с вами.

Я непонимающе хмурюсь.

— Она опасна?

— Не могу сказать, мэм.

— Почему мне вообще сообщили, что она здесь?

Прескотт натужно сглатывает, неловко мнется.

— Я отошла в туалет. Она вошла, заговорила прямо с Клэр, а Клэр позвонила Ханне.

— А, понятно. — Я сознаю, что Прескотт тоже надо писать, и смеюсь. — Черт...

— Да, мэм. — Прескотт смущенно улыбается. И я впервые вижу трещину в ее доспехах. У нее красивая улыбка. — Мне надо еще раз переговорить с Клэр на-счет протокола, — говорит она уныло.

— Конечно. А Тейлор знает, что она здесь? — Я не-произвольно скрещиваю пальцы, надеясь, что она не сказала Кристиану.

— Я оставила ему короткое голосовое сообщение.

— Значит, у меня очень мало времени. Я бы хотела знать, что ей надо.

Прескотт несколько мгновений смотрит на меня.

— Я бы вам не советовала, мэм.

— Есть ведь какая-то причина, по которой она хочет меня видеть.

— Я обязана предотвратить это, мэм. — Тон мягкий, но решительный.

— Но я действительно хочу услышать, что она хочет сказать, — упираюсь я.

Прескотт подавляет вздох.

— Прежде я бы хотела обыскать их обеих.

— Ладно. Вы имеете право это делать?

— Я здесь, чтобы защитить вас, миссис Грей, поэтому да, имею. Я бы также хотела остаться с вами, пока вы будете разговаривать.

— Хорошо. — Я иду на эту уступку. Кроме того, когда я в последний раз встречалась с Лейлой, она была во-оружена. — Действуйте.

Прескотт поднимается.

— Ханна, — зову я.

Ханна открывает двери слишком быстро. Должно быть, стояла рядом.

— Не могла бы ты посмотреть, свободен ли зал за-седаний?

— Уже посмотрела, свободен.

— Прескотт, это подойдет? Вы можете обыскать их там?

— Да, мэм.

— Значит, я приду туда через пять минут. Ханна, проводи Лейлу Уильямс и кто там с ней в зал заседаний.

— Хорошо. — Ханна переводит встревоженный взгляд с Прескотт на меня. — Мне отменить твою следующую встречу? Она в четыре, но это на другом конце города.

— Да, — рассеянно бормочу я. Ханна кивает и уходит. Какого черта надо Лейле? Не думаю, что она пришла с каким-то злым умыслом. Она ведь не сделала ничего плохого в прошлый раз, когда имела такую возможность. Кристиан будет вне себя. Мое подсознание поджимает губы, чопорно скрещивает ноги и кивает. Надо сказать ему. Взглянув на часы, я быстро печатаю небольшое письмо. Чувствую мимолетный укол сожаления. После Аспена между нами все было так хорошо. Нажимаю «отправить».

От кого: Анастейша Грей
Тема: Посетители
Дата: 6 сентября 2011 г., 15:27
Кому: Кристиан Грей

Кристиан! Пришла Лейла, хочет увидеться со мной. Я встречусь с ней в присутствии Прескотт. Воспользуюсь своим недавно приобретенным навыком давать пощечину теперь уже зажившей рукой, если понадобится. Очень прошу тебя, постарайся не волноваться. Я большая девочка. Позвоню, когда мы поговорим.

Анастейша Грей,
редактор SIP

Я поспешно прячу трубку в ящик стола. Встаю, расправляю серую юбку-карандаш на бедрах, щиплю щеки, чтобы придать им немного цвета, и расстегиваю еще одну пуговицу на своей серой шелковой блузке. Ладно, готова. Сделав глубокий вдох, выхожу из кабинета, чтобы встретиться с Лейлой, не обращая внимания на доносящийся из ящика стола рингтон «Твоя любовь — король».

Лейла выглядит намного лучше. Не просто лучше — она очень привлекательна: румянец на щеках, живые карие глаза, чистые и блестящие волосы. На ней бледно-розовая блузка и белые брюки. Я вхожу в зал заседаний, и она встает. Как и ее подруга — темноволосая девушка с мягкими карими глазами цвета бренди. Прескотт застыла в углу, не сводя глаз с Лейлы.

— Миссис Грей, большое спасибо, что согласились встретиться со мной.

— Э… извините насчет охраны, — говорю я, потому что не могу придумать, что еще сказать, и рассеянно машу в сторону Прескотт.

— Моя подруга Сьюзи.

— Здравствуйте. — Я киваю Сьюзи. Она похожа на Лейлу. И похожа на меня. О нет. Еще одна.

— Да, — говорит Лейла, словно читает мои мысли. — Сьюзи тоже знает мистера Грея.

Что, черт побери, я должна на это сказать? Адресую ей вежливую улыбку.

— Пожалуйста, присаживайтесь, — бормочу я.

Стук в дверь. Это Ханна. Я киваю, прекрасно зная, почему она нас беспокоит.

— Извини, что прерываю, Ана. У меня на линии мистер Грей.

— Скажи ему, что я занята.

— Он очень настойчив, — испуганно говорит она.

— Не сомневаюсь. Пожалуйста, извинись перед ним и скажи, что я очень скоро перезвоню.

Ханна колеблется.

— Прошу тебя.

Она кивает и торопливо выходит. Я вновь поворачиваюсь к двум сидящим передо мной женщинам. Они обе взирают на меня с благоговейным почтением. От этого как-то неловко.

— Чем я могу вам помочь? — спрашиваю я.

— Я знаю, это несколько странно, но мне тоже хотелось встретиться с вами. Женщина, которая завоевала Крис...

Я поднимаю руку, останавливая ее на середине предложения. Не желаю этого слышать.

— Э... мне все понятно.

— Мы называем себя саб-клубом. — Она улыбается мне, в глазах радость.

О господи.

Лейла охает и делает Сьюзи большие глаза, она потрясена и в то же время с трудом сдерживает смех. Сьюзи морщится. Подозреваю, Лейла пнула ее под столом.

Ну и что на это сказать? Бросаю нервный взгляд на Прескотт, которая бесстрастно наблюдает за Лейлой.

Сьюзи, кажется, опомнилась. Она краснеет, потом кивает и встает.

— Я подожду в приемной. Это шоу Лулу. — Я вижу, что она смущена.

Лулу?

— Все в порядке? — спрашивает она Лейлу, которая улыбается ей. Сьюзи посылает мне открытую, искреннюю улыбку и выходит из комнаты.

Сьюзи и Кристиан... Это не та мысль, на которой я хотела бы задерживаться. Прескотт вытаскивает из кармана телефон и отвечает. Я не слышала, чтобы он звонил.

— Мистер Грей, — говорит она. Мы с Лейлой поворачиваемся к ней. Прескотт закрывает глаза, словно от боли.

— Да, сэр. — Она подходит и протягивает мне телефон.

Я закатываю глаза.

— Кристиан. — Я стараюсь скрыть свое раздражение. Встаю и быстро выхожу из комнаты.

— Какого черта, во что ты играешь? — орет он, кипя от злости.

— Не кричи на меня.

— Что значит «не кричи на тебя»? — орет он еще громче. — Я дал особые указания, которыми ты опять полностью пренебрегла. Проклятье, Ана, я страшно зол.

— Когда успокоишься, поговорим.

— Не вешай трубку, — шипит он.

— До свидания, Кристиан. — Я выключаю телефон Прескотт.

Черт. У меня совсем мало времени. Сделав глубокий вдох, я снова вхожу в комнату в зал заседаний. Лейла и Прескотт выжидательно смотрят на меня, и я отдаю Прескотт ее телефон.

— На чем мы остановились? — спрашиваю я Лейлу, садясь напротив. Глаза ее слегка расширяются.

«Да, я умею с ним обращаться», — так и подмывает меня сказать. Но не думаю, что она хочет это слышать.

Лейла нервно теребит концы своих волос.

— Первым делом я хотела бы извиниться, — тихо говорит она.

Ой.

Она поднимает глаза и замечает мое удивление.

— Да, да. И поблагодарить за то, что не выдвинули обвинение. Ну, знаете, за вашу машину и тот инцидент в вашей квартире.

— Я знаю, вы не… э, в общем… — бессвязно лепечу я. Вот уж чего не ожидала, так это извинений.

— Нет.

— Сейчас вы чувствуете себя лучше? — мягко спрашиваю я.

— Намного. Спасибо.

— А врач знает, что вы здесь?

Она качает головой.

О-хо-хо.

Она делает виноватое лицо.

— Я знаю, потом мне придется расплачиваться за это, но я должна была забрать кое-какие вещи и хотела повидать Сьюзи, и вас, и… мистера Грея.

— Вы хотите видеть Кристиана? — Мой желудок ухает куда-то вниз. Вот зачем она здесь.

— Да. Я хотела спросить у вас разрешения.

Ну дела! Я изумленно смотрю на нее и хочу сказать, что не разрешаю. Не хочу, чтобы она приближалась к моему мужу. Зачем она пришла? Оценить противника? Расстроить меня? Или, быть может, ей нужно это, чтобы в некотором роде поставить точку?

— Лейла. — Я с трудом подбираю слова. — Это не мне решать, а Кристиану. Вам надо спросить его самого. Ему не требуется мое разрешение. Он взрослый человек... по большей части.

Она бросает на меня быстрый взгляд, словно удивляясь моей реакции, потом тихонько смеется, нервно теребя волосы.

— На все мои просьбы увидеться с ним он упорно отвечает отказом.

Дело плохо. Меня ждут еще большие неприятности, чем я думала.

— Почему вам так важно увидеться с ним? — спрашиваю я.

— Чтобы поблагодарить. Если б не он, я бы гнила в вонючей тюремной психушке. Я знаю. — Она опускает глаза и проводит пальцем по кромке стола. — У меня было серьезное расстройство психики. И без мистера Грея и Джона, доктора Флинна... — Она пожимает плечами и снова с признательностью смотрит на меня.

И опять я не знаю, что сказать. Чего она ждет от меня? Она, конечно же, должна сказать все это Кристиану, не мне.

— И за художественную школу. Не знаю, как и благодарить его за нее.

Я знала! Кристиан платит за ее уроки. Сохраняя бесстрастное выражение лица, неуверенно прощупываю свои чувства к этой женщине теперь, только что подтвердившей мои подозрения о великодушии и щедрости Кристиана. К моему удивлению, я не держу на нее зла. Это откровение. И я рада, что ей лучше. Теперь, надо надеяться, она заживет своей жизнью и уйдет из нашей.

— Вы сейчас пропускаете уроки? — спрашиваю я, потому что мне интересно.

— Только два. Завтра я еду домой.

Вот и славно.

— Какие у вас планы, пока вы здесь?

— Забрать свои вещи из квартиры Сьюзи, вернуться в Хэмден. Продолжать рисовать и учиться. У мистера Грея уже есть пара моих картин.

Какого черта! Мой желудок снова проваливается вниз. Неужели они висят в нашей гостиной? От этой мысли меня коробит.

— Какие картины вы рисуете?

— Абстракции по большей части.

— Понятно. — Я мысленно уношусь к теперь уже знакомым картинам в гостиной. Две из них нарисованы его экс-сабой... возможно. М-да.

— Миссис Грей, могу я говорить откровенно? — спрашивает она, не замечая моих душевных терзаний.

— Разумеется, — отвечаю я, взглянув на Прескотт, которая, кажется, немного расслабилась. Лейла подается вперед, словно собираясь поведать страшную тайну.

— Я любила Джефа, моего бойфренда, который не так давно погиб. — Голос опускается до печального шепота.

Вот черт, переходит на личное.

— Мне очень жаль, — вставляю я машинально, но она продолжает, как будто и не слышала:

— Я любила своего мужа... и... и...

— Моего мужа. — Слова вырываются у меня помимо воли.

— Да, — произносит она одними губами.

Это для меня не новость. Она поднимает на меня свои карие глаза; в них отражаются противоречивые эмоции, и преобладает, похоже, страх... моей реакции, быть может? Но меня переполняет лишь сострадание к этой бедной девушке. Я мысленно перебираю всю классическую литературу, которую могу вспомнить, где рассказывается о безответной любви. Тяжело сглотнув, цепляюсь за основы высокой морали.

— Знаю. Его очень легко любить, — шепчу я.

Ее большие глаза делаются еще больше от удивления, и она улыбается.

— Да. Мне тоже... было, — быстро поправляется она и краснеет. Потом хихикает так заразительно, что я не могу удержаться и тоже хихикаю. Да, у Кристиана Грея все смешливые. Мое подсознание в отчаянии закатывает глаза и возвращается к чтению томика «Джейн Эйр» с загнутыми уголками страниц. Я бросаю взгляд на часы. Чувствую, Кристиан скоро будет здесь.

— У вас будет возможность увидеть Кристиана.

— Я так и думала. Знаю, каким он бывает... осторожным. — Она улыбается.

Вот, значит, каков ее замысел. Умна. «Или умеет манипулировать», — шепчет мое подсознание.

— Вы поэтому пришли ко мне?

— Да.

— Ясно. — И Кристиан играет ей на руку. Приходится признать, что она хорошо его знает.

— Он, кажется, очень счастлив. С вами, — говорит она.

Что?

— Откуда вы знаете?

— Сужу по тому, что видела в квартире, — осторожно говорит она.

Черт... как я могла об этом забыть?

— И часто вы там бывали?

— Нет. Но с вами он не такой, каким был со мной.

Хочу ли я это слышать? Меня охватывает дрожь. Я вспоминаю свой страх перед невидимой тенью в нашей квартире.

— Вы знаете, что это противозаконно. Проникновение в чужой дом.

Она кивает, опускает глаза. Проводит кончиком пальца по краю стола.

— Это было всего несколько раз, и мне посчастливилось не попасться. И опять надо поблагодарить за это мистера Грея. Он мог бы засадить меня за решетку.

— Не думаю, что он бы сделал это, — возражаю я.

За дверью зала доносится какой-то шум, топот, и я понимаю, что Кристиан в здании. Минуту спустя он врывается в комнату, распахнув дверь, и я ловлю взгляд Тейлора. Рот его угрюмо сжат. И на мою натянутую улыбку он не отвечает. Вот черт, даже он зол на меня.

Горящие глаза Кристиана пригвождают сначала меня, потом Лейлу к стулу. Его поведение подчеркнуто спокойно, но я-то знаю, как обстоит дело, и Лейла, подозреваю, тоже. Угрожающий холодный блеск в глазах выдает правду: он весь кипит от ярости, хоть и хорошо это скрывает. В сером костюме с темным ослабленным галстуком и белой рубашке с расстегнутой верхней пуговкой он выглядит одновременно деловым и небрежным… и чертовски сексуальным. Волосы растрепаны — наверняка в раздражении ерошил их сам.

Лейла нервно опускает глаза на край стола, снова пробегает по нему указательным пальцем. Кристиан переводит взгляд с меня на нее, потом на Прескотт.

— Вы, — говорит он Прескотт обманчиво мягким тоном. — Вы уволены. Убирайтесь немедленно.

Я бледнею. Ну нет, это несправедливо.

— Кристиан… — Я хочу встать.

Он предостерегающе наставляет на меня указательный палец.

— Не надо, — говорит он. Голос его такой угрожающе спокойный, что я тут же замолкаю и прирастаю к стулу. Опустив голову, Прескотт быстро выходит из комнаты. Кристиан закрывает за ней дверь и подходит к краю стола. Черт, черт, черт! Это я виновата. Кристиан встает напротив Лейлы и, положив обе ладони на деревянную поверхность, наклоняется вперед.

— Какого черта ты здесь делаешь? — рычит он на нее.

— Кристиан! — возмущенно восклицаю я. Он не обращает на меня внимания.

— Ну? — рявкает он.

— Я хотела увидеть тебя, а ты мне не позволял, — шепчет она.

— Значит, ты явилась сюда, чтобы докучать моей жене? — Голос тихий. Слишком тихий.

Лейла снова опускает взгляд в стол.

Он выпрямляется, сверля ее убийственным взглядом.

— Лейла, если ты еще раз приблизишься к моей жене, я прекращу всякую помощь. Доктора, художественная школа, медицинская страховка — ничего этого не будет. Тебе понятно?

— Кристиан... — Я снова делаю попытку вмешаться, но он ледяным взглядом заставляет меня замолчать. Почему он ведет себя так неразумно? Мое сострадание к этой бедняжке возрастает.

— Да, — чуть слышно отзывается она.

— Что делает в приемной Сюзанна?

— Она пришла со мной.

Он проводит рукой по волосам, испепеляя ее взглядом.

— Кристиан, пожалуйста, — умоляю я его. — Лейла просто хотела поблагодарить тебя, вот и все.

Он не обращает на меня внимания, сосредоточив гнев на Лейле.

— Ты жила с Сюзанной, когда болела?

— Да.

— Она знала, что ты делала, пока жила с ней?

— Нет. Она была в отпуске.

Указательным пальцем он гладит свою нижнюю губу.

— Зачем тебе надо было видеть меня? Ты знаешь, что все просьбы должна передавать через Флинна. Тебе что-то нужно? — Его тон чуточку смягчается.

Лейла продолжает водить пальцем по краю стола.

Прекрати запугивать ее, Кристиан!

— Мне надо было знать. — И впервые она смотрит прямо на него.

— Что знать? — рявкает он.

— Что у тебя все хорошо.

От удивления он открывает рот и недоверчиво фыркает.

— Что у меня все хорошо?

— Да.

— У меня все прекрасно. Все, вопрос исчерпан. А сейчас Тейлор отвезет тебя в аэропорт, и ты вернешься на Восточное побережье. И если ты сделаешь хоть шаг в западную сторону, все прекратится. Понятно?

Ну и ну… Кристиан! Я не верю своим ушам! Что на него нашло? Он не может запретить ей быть там, где она захочет.

— Да, понятно, — тихо отвечает Лейла.

— Вот и отлично. — Тон уже примирительнее.

— Быть может, Лейле неудобно возвращаться сейчас. У нее свои планы, — с негодованием возражаю я.

Кристиан испепеляет меня взглядом.

— Анастейша, — предостерегает он ледяным голосом, — это тебя не касается.

Я бросаю на него рассерженный взгляд. Разумеется, это меня касается. Она в моем кабинете. Тут, должно быть, есть что-то еще, о чем мне неизвестно. Он ведет себя неразумно.

«Пятьдесят Оттенков», — шипит на меня мое подсознание.

— Лейла пришла ко мне, а не к тебе, — раздраженно ворчу я.

Лейла поворачивается ко мне, глаза у нее невозможно огромные.

— У меня были определенные инструкции, миссис Грей, я их нарушила. — Она бросает нервный взгляд на моего мужа, затем — снова на меня.

— Это тот Кристиан Грей, которого я знаю, — говорит она печально. Кристиан грозно хмурится, а у меня из легких уходит весь воздух. Мне нечем дышать. Неужели Кристиан был таким с ней все время? И был ли он вначале таким и со мной? Я почему-то не могу вспомнить. Послав мне жалкую улыбку, Лейла поднимается из-за стола.

— Я бы хотела остаться до завтра. Мой рейс в полдень, — тихо говорит она Кристиану.

— Я отправлю кого-нибудь забрать тебя в десять, чтобы отвезти в аэропорт.

— Спасибо.

— Ты остановилась у Сюзанны?

— Да.

— Хорошо.

Я сверлю Кристиана взглядом. Он не может так командовать ею... и откуда он знает, где живет Сюзанна?

— До свидания, миссис Грей. Спасибо, что согласились встретиться со мной.

Я встаю и протягиваю руку. Она с благодарностью принимает ее, и мы обмениваемся рукопожатием.

— Э... до свидания. Удачи, — говорю я, потому что не представляю, что положено говорить на прощанье бывшей сабмиссив моего мужа.

Она кивает и поворачивается к нему.

— До свидания, Кристиан.

Глаза Кристиана немного смягчаются.

— До свиданья, Лейла. — Он понижает голос. — Доктор Флинн, не забывай.

— Да, сэр.

Он открывает дверь, чтобы выпустить ее, но она задерживается перед ним и поднимает глаза. Он цепенеет, настороженно наблюдая за ней.

— Я рада, что ты счастлив. Ты этого заслуживаешь, — говорит она и уходит, не дожидаясь ответа.

Он хмуро смотрит ей вслед, затем кивает Тейлору, который идет следом за Лейлой в сторону приемной. Закрыв дверь, Кристиан неуверенно смотрит на меня.

— Даже не думай злиться на меня, — шиплю я. — Позвони Клоду Бастилю и подерись с ним или поезжай к Флинну.

У него отвисает челюсть, так он удивлен моей вспышкой, и на лбу снова залегает хмурая складка.

— Ты обещала, что не будешь этого делать. — Голос строгий, обвиняющий.

— Что делать?

— Открыто не повиноваться мне.

— Нет, не обещала. Я сказала, что буду более внимательной и осторожной. Я предупредила тебя, что она здесь. Я дала Прескотт обыскать ее и твою другую подружку. Прескотт была со мной все время. А теперь ты уволил бедную женщину, когда она лишь делала то, о чем я ее попросила. Я сказала тебе, чтобы ты не беспокоился, но ты все равно примчался. Не помню, чтобы получала официальный указ Вашего Величества, запрещающий мне видеться с Лейлой. И не знала, что мои посетители прогоняются через черный список. — Я разошлась, и голос поднимается едва ли не до крика. Кристиан смотрит на меня непроницаемым взглядом.

— Указ Вашего Величества? — насмешливо переспрашивает он и заметно расслабляется.

Я не намеревалась обращать наш разговор в шутку, а он — вот тебе раз — ухмыляется, и я распаляюсь еще больше. Мне было очень тяжело наблюдать за тем, как он разговаривает со своей бывшей. Разве можно вести себя подобным образом?

— Что? — раздраженно спрашивает он, видя, что я не поддаюсь.

— Ты. Почему ты был так груб с ней?

Он вздыхает и, шагнув ближе, усаживается на край стола.

— Анастейша, — говорит он, как с ребенком. — Ты не понимаешь. Лейла, Сюзанна — все они были приятным, увлекательным времяпрепровождением. Но и только. Ты — центр моей вселенной. И последний раз, когда вы двое были в одной комнате, она держала тебя на мушке. Я не хочу, чтобы она когда-нибудь приближалась к тебе.

— Но, Кристиан, она же была больна.

— Я это знаю и знаю, что сейчас ей лучше, но больше не верю ей. То, что она сделала, непростительно.

— Но ты же только что сыграл ей на руку. Она хотела увидеть тебя и знала, что ты примчишься, если она придет повидаться со мной.

Кристиан пожимает плечами, словно ему все равно.

— Не хочу, чтобы ты была запятнана моей прежней жизнью.

Что?

— Кристиан... ты такой, какой есть благодаря своей прежней жизни, своей теперешней жизни, всему. Что затрагивает тебя, затрагивает и меня. Я приняла это, когда согласилась выйти за тебя, потому что люблю тебя.

Он застывает. Я знаю, ему тяжело слышать это.

— Она не сделала мне ничего плохого. И она тоже любит тебя.

— Мне плевать.

Я потрясенно взираю на него. Как ему удается так долго шокировать меня. «Это тот Кристиан Грей, которого я знаю». Слова Лейлы проносятся у меня в голове. Его реакция на нее была такой холодной и так не вязалась с тем мужчиной, которого я знаю и люблю! Я хмурюсь, вспоминая, как он переживал и раскаивался, когда у нее был нервный срыв, когда он думал, что в какой-то степени мог быть виновен в ее боли. Я сглатываю, вспоминая, как он ее купал. Желудок мой болезненно сжимается при этой мысли, и желчь подступает к горлу. Как он может говорить, что ему нет до нее дела? Ведь тогда было. Что же изменилось? Иногда, как сейчас, я просто его не понимаю. Он действует на каком-то далеком, очень далеком от меня уровне.

— А с чего это ты вдруг стала за нее заступаться? — спрашивает он озадаченно и раздраженно.

— Послушай, Кристиан, я сомневаюсь, что мы с Лейлой когда-нибудь будем обмениваться рецептами и вязальными узорами. Но я не думала, что ты будешь так бессердечен к ней.

Его глаза закрываются ледяной коркой.

— Я же говорил тебе однажды, что у меня нет сердца.

Я закатываю глаза: ох, теперь он ведет себя как подросток.

— Это полная чушь, Кристиан. Ты говоришь ерунду. Она тебе небезразлична, иначе ты не платил бы за ее уроки рисования и все остальное.

Для меня вдруг становится жизненно важным заставить его понять это. Совершенно очевидно, что ему не все равно. Почему же он так упорно это отрицает? Так похоже на его чувства к биологической матери. Вот черт, ну конечно. Его чувства к Лейле и другим сабам переплелись с его чувствами к матери. «Мне нравится наказывать плетью маленьких брюнеток, таких как ты, потому что они все похожи на шлюху-наркоманку». Неудивительно, что он так зол. Я вздыхаю и качаю головой. Как же он этого не понимает?

Мое сердце тут же переполняется состраданием. Мой потерянный мальчик… Почему же ему так трудно вновь войти в соприкосновение с человечностью, сочувствием, которое он проявлял, когда у Лейлы был нервный срыв?

Он сверлит меня взглядом, глаза сверкают гневом.

— Дискуссия закончена. Поехали домой.

Я бросаю взгляд на часы. Двадцать три минуты пятого. Меня ждет работа.

— Еще слишком рано.

— Домой, — настаивает он.

— Кристиан, — говорю я усталым голосом. — Мне надоело спорить с тобой об одном и том же.

Он хмурится, словно не понимает.

— Ты знаешь. Я делаю что-то, что тебе не нравится, и ты придумываешь какой-нибудь способ поквитаться со мной. Обычно это включает секс с вывертами, от которого выносит мозг. — Я пожимаю плечами. Какой выматывающий разговор. У меня уже не осталось сил.

— Выносит мозг? — переспрашивает он.

Что?

— Обычно да.

— А что было такого, от чего тебе выносило мозг? — спрашивает он, и в глазах поблескивают искорки чувственного любопытства. Я понимаю, что он пытается отвлечь меня.

Ну уж нет, не хочу обсуждать это в зале заседаний SIP. Мое подсознание презрительно разглядывает свои идеально наманикюренные ногти. «Тогда нечего было поднимать эту тему».

— Сам знаешь. — Я краснею, злясь и на него, и на себя.

— Догадываюсь, — шепчет он.

Вот черт. Я пытаюсь урезонить его, а он смущает меня.

— Кристиан, я...

— Мне нравится доставлять тебе удовольствие. — Он нежно проводит большим пальцем по моей нижней губе.

— Да, — шепчу я.

— Я знаю, — мягко говорит он. Наклоняется вперед и шепчет мне на ухо: — Это единственное, что я знаю. — Ох, как же хорошо он пахнет! Выпрямляется и смотрит на меня с надменной улыбкой собственника.

Поджав губы, я силюсь сделать вид, что его прикосновения на меня не действует. Он такой мастак отвлекать меня от всего неприятного или того, что он не хочет обсуждать. «И ты ему позволяешь», — ехидно напоминает мне подсознание, глядя поверх томика «Джейн Эйр».

— Так что же было такого, от чего тебе выносило мозг, Анастейша? — напоминает он с лукавым блеском в глазах.

— Ты хочешь список? — спрашиваю я.

— А есть список? — Он доволен.

Ох, этот мужчина когда-нибудь сведет меня с ума.

— Ну, наручники, — говорю я, мысленно возвращаясь в наш медовый месяц.

Он хмурит брови и хватает меня за руку, гладит внутреннюю сторону запястья большим пальцем.

— Я не хочу оставить на тебе следы.

Офигеть.

На его губах играет медленная чувственная улыбка.

— Поехали домой. — Зазывно.

— Мне надо работать.

— Домой, — повторяет он настойчивее.

Мы смотрим друг на друга — расплавленный серый взгляд и смущенный голубой, — испытывая друг друга, испытывая наши пределы и наши характеры. Я ищу в его глазах понимание, силюсь постичь, как этот мужчина может в мгновение ока превратиться из свирепого деспотичного чудовища в обольстительного любовника. Его серые глаза становятся больше и темнеют, его намерения ясны. Он нежно гладит меня по щеке.

— Мы можем остаться здесь. — Голос его низкий и хриплый.

Только не это. Моя внутренняя богиня тоскливо взирает на деревянный стол. Нет. Нет. Нет. Только не в офисе.

— Кристиан, я не хочу заниматься сексом здесь. Твоя любовница только что была в этой комнате.

— Она никогда не была моей любовницей, — рычит он, и рот сжимается в угрюмую складку.

— Это всего лишь семантика, Кристиан.

Он озадаченно хмурится. Обольстительный любовник исчез без следа.

— Забудь о ней, Ана. Она в прошлом, — небрежно говорит он.

Я вздыхаю… может, он и прав. Я просто хочу, чтобы он признался себе, что эта девушка ему небезразлична. Ледяной холод сжимает сердце. О нет. Вот почему мне это так важно. Предположим, *я* совершу что-нибудь непростительное. Предположим, перестану соответствовать. Тогда я тоже останусь в прошлом? Если он вот так может отвернуться от Лейлы, с которой был таким заботливым и внимательным, когда она болела, не отвернется ли он и от меня? У меня перехватывает дыхание, когда я вспоминаю фрагменты сна: позолоченные зеркала и звук его шагов по мраморному полу, и он оставляет меня одну среди ослепительной роскоши.

— Нет… — в ужасе шепчу я, не успев остановиться.

— Да, — говорит он и, взяв за подбородок, наклоняется и нежно целует в губы.

— Ох, Кристиан, иногда ты меня пугаешь. — Я хватаю его за голову и притягиваю к себе. Он на мгновение замирает, потом обнимает меня.

— Почему?

— Ты смог так легко отвернуться от нее...

Он хмурится.

— И ты думаешь, что я могу отвернуться и от тебя, Ана? Почему, черт побери, ты так думаешь? С чего ты это взяла?

— Ни с чего. Поцелуй меня. Забери меня домой, — молю я. И когда его губы касаются моих, забываю обо всем на свете.

— О-о-о... пожалуйста, — умоляю я.

Кристиан нежно дует на мою сверхчувствительную плоть.

— Всему свое время, — бормочет он.

Я натягиваю путы и громким стоном протестую против его чувственных атак. Я в мягких кожаных наручниках, локти привязаны к коленям, и голова Кристиана поднимается и опускается у меня между ног, а проворный язык немилосердно меня дразнит. Я открываю глаза и устремляю невидящий взгляд на омытый мягким вечерним светом потолок нашей спальни. Язык Кристиана кружит и кружит, обводя и огибая центр моей вселенной. Я хочу распрямить ноги в тщетной попытке контролировать удовольствие. Но не могу. Мои пальцы стискивают его волосы, и я с силой тяну, борясь с этой утонченной пыткой.

— Не кончай, — предостерегающе бормочет он, мягким дыханием омывая мою теплую плоть, сопротивляясь моим пальцам. — Отшлепаю тебя, если кончишь.

Я стону.

— Контролируй себя, Ана. Ты должна научиться контролировать себя. — Его язык возобновляет свой эротический набег.

Да, он знает, что делает. Я не в силах ни сопротивляться, ни остановить свою чувственную реакцию, хотя
стараюсь, очень стараюсь, но тело взрывается под его
немилосердными манипуляциями, и его язык не останавливается — он высасывает из меня удовольствие, все
до последней капли.

— Ох, Ана, — ворчит Кристиан. — Ты кончила. —
Голос его полон торжествующей укоризны. Он переворачивает меня на живот, и я опираюсь на дрожащие
руки. Он звонко шлепает меня по заду.

— Ай! — вскрикиваю я.

— Ты должна контролировать себя, — наставляет
он и, схватив за бедра, рывком входит в меня. Я снова
вскрикиваю, еще дрожа после потрясшей меня волны
оргазма. Он замирает глубоко внутри меня и, наклонившись, расстегивает вначале один, потом второй на-
ручник. Обнимает, притягивает к себе на колени спиной
к нему, обхватывает ладонью за подбородок и за шею.

— Двигайся, — приказывает он.

Я стону, приподнимаясь и опускаясь у него на коленях.

— Быстрее, — шепчет он.

И я двигаюсь быстрее и быстрее. Он громко стонет,
запрокидывает мою голову назад, легонько покусывает меня в шею. Другая рука неспешно скользит вниз, от
бедра ниже, через холмик к клитору, все еще чувстви-
тельному от прежних щедрых ласк. Я тихо постанываю,
когда пальцы смыкаются вокруг меня, снова дразня.

— Да, Ана, — хрипит он мне в ухо. — Ты моя. Только
ты.

— Да, — выдыхаю я и напрягаюсь, сжимаюсь вокруг
него, втягиваю в свои тайные глубины.

— Кончи для меня, — требует он.

Я даю себе волю, и тело послушно исполняет приказ.
Он держит меня крепко, и в момент кульминации, содрогаясь в экстазе, выкрикиваю его имя.

— Ана, я люблю тебя, — стонет он и спешит за мной,
выгибаясь навстречу собственной разрядке.

Он целует меня в плечо и убирает волосы с лица.

— Это есть в списке, миссис Грей? — говорит он. Я лежу, чуть живая, ничком на кровати. Кристиан мягко массирует мои ягодицы. Он лежит рядом, опираясь на локоть.

— М-м-м.

— Это означает «да»?

— М-м-м. — Я улыбаюсь.

Он улыбается и целует меня снова, и я неохотно переворачиваюсь на бок, лицом к нему.

— Итак? — не унимается Кристиан.

— Да. Это есть в списке. Но список длинный. Его лицо чуть не раскалывается надвое от широкой ухмылки, и он наклоняется для нежного поцелуя.

— Хорошо. Пообедаем? — Глаза его светятся любовью и добродушным юмором.

Я киваю. Есть хочется ужасно. Протягиваю руку и мягко тереблю волоски у него на груди.

— Хочу кое-что тебе сказать.

— Что?

— Только не злись.

— Что такое, Ана?

— Тебе не все равно.

Зрачки его расширяются, и хорошего настроения как не бывало.

— Я хочу, чтоб ты признал, что тебе не все равно. Потому что тому Кристиану, которого я знаю и люблю, было бы не все равно.

Он застывает, не сводит с меня глаз, и я становлюсь свидетельницей внутренней борьбы, результатом которой должно стать соломоново решение. Он открывает рот, потом закрывает, и тень какого-то мимолетного чувства скользит по лицу. Может быть, боли.

«Скажи это», — мысленно приказываю я.

— Да. Да, мне не все равно. Довольна? — Голос его чуть громче шепота.

И на том спасибо. Какое облегчение.

— Да. Очень.

Он хмурит брови.

— Не могу поверить, что говорю с тобой сейчас, здесь, в нашей постели, о...

Я прикладываю палец к его губам.

— Ш-ш. Давай поедим. Я проголодалась.

Он вздыхает и качает головой.

— Вы смущаете меня, миссис Грей.

— Это хорошо. — Я наклоняюсь и целую его.

От кого: Анастейша Грей
Тема: Список
Дата: 9 сентября 2011 г., 09:33
Кому: Кристиан Грей

Это, определенно, в первых пунктах.

Анастейша Грей,
редактор SIP

От кого: Кристиан Грей
Тема: Скажи мне что-нибудь новенькое
Дата: 9 сентября 2011 г., 09:42
Кому: Анастейша Грей

Ты говоришь это последние три дня. Уж свыкнись с этим. Или... мы могли бы попробовать что-нибудь еще.

Кристиан Грей,
получающий удовольствие от этой игры генеральный директор холдинга «Грей энтерпрайзес»

Я улыбаюсь, глядя на экран. Последние несколько вечеров были... забавными. Мы снова расслабились, позабыв о коротком вмешательстве Лейлы в нашу жизнь. Я так и не набралась смелости спросить, висят ли на стенах ее картины, да и, честно говоря, мне все равно. Мой «блэкберри» звонит, и я отвечаю, ожидая, что это Кристиан.

— Ана?

— Да?

— Ана, солнышко, это Хосе-старший.

— Мистер Родригес! Здравствуйте! — В череп как будто втыкаются тысячи иголочек. Что нужно от меня отцу Хосе?

— Милая, прости, что звоню тебе на работу. Рэй... — Его голос дрожит.

— Что такое? Что случилось? — Сердце подпрыгивает к горлу.

— Рэй попал в аварию.

О нет! Папа. Я забываю вдохнуть.

— Он в больнице. Тебе лучше поскорее приехать сюда.

Глава 17

— **М**истер Родригес, что произошло? — Голос у меня хриплый от непролитых слез. Рэй. Милый Рэй. Мой папа.

— Он попал в аварию.

— Хорошо, я приеду... сейчас же приеду. — Адреналин растекается по моим жилам, оставляя после себя панику. Мне становится нечем дышать.

— Его перевезли в Портленд.

Портленд? Какого черта он делает в Портленде?

— Переправили самолетом, Ана. Я направляюсь сейчас туда. Городская больница скорой помощи. Ох, Ана, я не видел машину. Я просто ее не видел... — Голос его прерывается.

Мистер Родригес... Нет!

— Увидимся там, — выдавливает мистер Родригес, и связь прерывается.

Страх и паника хватают за горло. Нет. Нет. Я делаю успокаивающий вдох, беру телефон и звоню Роучу. Он отвечает после второго гудка:

— Ана?

— Джерри. С моим отцом произошло несчастье.

— Ана, что случилось?

Я объясняю, с трудом переводя дух.

— Поезжай. Конечно, ты должна ехать. Надеюсь, с твоим отцом все будет хорошо.

— Спасибо. Я буду держать тебя в курсе. — Я небрежно швыряю трубку, но сейчас мне ни до чего.

— Ханна! — зову я и слышу тревогу в своем голосе.

Минуту спустя она просовывает голову в дверь, а я бросаю вещи в сумку и хватаю бумаги, чтобы сунуть их в портфель.

— Да, Ана? — Она хмурится.

— Мой отец попал в аварию. Я должна ехать.

— О боже…

— Отмени все мои встречи на сегодня. И на понедельник. Тебе придется закончить подготовку презентации книги — записи в общей папке. Пусть Кортни поможет, если потребуется.

— Хорошо, — шепчет Ханна. — Надеюсь, с ним все в порядке. О делах не беспокойся. Мы прорвемся.

— Я беру с собой «блэкберри»: звони, если что.

Озабоченность отражается на ее узком бледном лице, и мне с большим трудом удается не расплакаться. Папочка.

Я хватаю жакет, сумку и портфель.

— Позвоню, если что понадобится.

— Конечно. Удачи, Ана. Надеюсь, все будет хорошо.

Я выдавливаю короткую улыбку и, силясь сохранить самообладание, выскакиваю из кабинета. Очень стараюсь не бежать всю дорогу до приемной. Сойер при виде меня вскакивает на ноги.

— Миссис Грей? — спрашивает он, озадаченный моим внезапным появлением.

— Мы едем в Портленд, сию минуту.

— Хорошо, мэм, — говорит он хмуро, но дверь открывает.

Движение — это хорошо. Когда двигаешься, немного легче.

— Миссис Грей, — говорит Сойер, когда мы мчимся к стоянке. — Могу я спросить, почему мы совершаем эту незапланированную поездку?

— Мой отец попал в аварию.

— Понятно. А мистер Грей знает?

— Я позвоню ему из машины.

Сойер кивает и открывает заднюю дверцу «Ауди», и я забираюсь внутрь. Дрожащими пальцами вытаскиваю телефон и набираю номер Кристиана.

— Миссис Грей. — Голос у Андреа бодрый и деловой.

— Кристиан там? — спрашиваю я.

— Э... он где-то в здании, мэм. Оставил свой «блэк-берри», чтобы я отвечала на звонки.

Я мысленно испускаю расстроенный стон.

— Вы не могли бы сказать ему, что я звонила и что мне нужно поговорить с ним? Это срочно.

— Я могу попробовать отследить его. Думаю, он где-то неподалеку.

— Просто передайте, чтобы он позвонил мне, пожалуйста, — умоляю я, борясь со слезами.

— Конечно, миссис Грей. — Она мешкает. — Все в порядке?

— Нет, — шепчу я, не доверяя своему голосу. — Пожалуйста, пусть он мне позвонит.

— Хорошо, мэм.

Я отключаюсь. Не в силах больше сдерживаться, подтягиваю колени к груди, сворачиваюсь клубочком на заднем сиденье, а слезы безостановочно текут по щекам.

— Где в Портленде, миссис Грей? — мягко спрашивает Сойер.

— Городская больница скорой помощи, — выдавливаю я сквозь слезы.

Сойер вливается в уличное движение и направляется к трассе I-5, а я тихо всхлипываю на заднем сиденье машины, шепча бессвязную молитву. «Пожалуйста, пусть с ним все будет хорошо. Пожалуйста, пусть с ним все будет хорошо».

Услышав рингтон «Твоя любовь — король», вздрагиваю от неожиданности.

— Кристиан, — выдыхаю я.

— Господи, Ана, что случилось?

— Рэй... он попал в аварию.

— Черт!

— Да. Я на пути в Портленд.

— В Портленд? Ради бога, скажи, что Сойер с тобой.

— Да, он за рулем.

— Где Рэй?

— В городской больнице скорой помощи.

Я слышу приглушенные голоса на заднем фоне.

— Да, Рос! — сердито рявкает Кристиан. — Я знаю! Извини, детка, я смогу быть там часа через три. Необходимо закончить здесь одно дело. И сразу прилечу.

О боже. «Чарли Танго» снова в строю, и последний раз, когда Кристиан летел на нем...

— У меня встреча с ребятами с Тайваня. Я не могу ее отменить. Мы готовили эту сделку несколько месяцев.

Почему я ничего об этом не знаю?

— Приеду, как только смогу.

— Хорошо, — шепчу я. Мне бы сказать — да все в порядке, оставайся в Сиэтле, но правда в том, что я хочу, чтобы он был рядом.

— Ох, детка, — шепчет он.

— Со мной все будет хорошо, Кристиан. Делай все, что нужно. Не спеши. Я не хочу переживать еще и за тебя. Береги себя.

— Непременно.

— Люблю тебя.

— Я тоже люблю тебя, детка. Буду с тобой, как только смогу. Держи Люка поблизости.

— Ладно.

— До скорого.

— Пока. — Отключаюсь и снова обнимаю колени. Я ничего не знаю о бизнесе Кристиана. Какие, интересно знать, у него дела с тайванцами? Я смотрю в окно, когда мы проезжаем аэропорт «Боинг Филд-Кинг». Он должен долететь целым и невредимым. У меня скручивает желудок и подступает тошнота. Рэй и Кристиан. Вряд ли я смогу такое выдержать. Откинувшись на сиденье, я вновь начинаю свою мантру: «Пожалуйста, пусть с ним все будет хорошо. Пожалуйста, пусть с ним все будет хорошо».

— Миссис Грей. — Меня будит голос Сойера. — Мы на территории больницы. Мне только надо найти приемный покой.

— Я знаю, где это. — Вспоминаю свой прошлый визит в городскую больницу, когда на второй день работы в «Клейтоне» я свалилась со стремянки и подвернула ногу. Вспоминаю и как Пол Клейтон стоял у меня над душой; меня передергивает.

Сойер останавливается в месте высадки и выпрыгивает, чтобы открыть мою дверцу.

— Сейчас поставлю машину, мэм, и приду к вам. Оставляйте свой портфель, я принесу.

— Спасибо, Люк.

Он кивает, и я быстро иду к приемному покою. Регистратор за стойкой вежливо улыбается мне, через пару минут находит, куда поместили Рэя, и отсылает меня в хирургическое отделение на третьем этаже.

Хирургическое отделение? О господи!

— Спасибо, — бормочу я, стараясь сосредоточиться на ее объяснении, как пройти к лифту. Я почти бегу туда, и тошнота подкатывает к горлу.

«Пусть с ним все будет хорошо. Пожалуйста, пусть с ним все будет хорошо».

Лифт едет мучительно медленно, останавливается на каждом этаже. «Давай же... давай!» Я мысленно подгоняю его, сердито поглядывая на входящих и выходящих из него людей, которые мешают мне попасть к отцу.

Наконец дверь открывается на третьем этаже, и я несусь к еще одной регистрационной стойке, укомплектованной медсестрами в голубой униформе.

— Чем могу помочь? — спрашивает одна услужливая сестра с близоруким взглядом.

— Мой отец, Рэймонд Стил. Только что поступил. Мне сказали, он в четвертой операционной. — Даже произнося эти слова, я мысленно молю, чтобы это оказалось не так.

— Сейчас посмотрю, мисс Стил.

Я киваю, не трудясь поправить ее, и она внимательно вглядывается в экран своего компьютера.

— Да. Поступил пару часов назад. Если вы не против подождать, я дам им знать, что вы здесь. Комната ожидания вот там. — Она указывает на большую белую дверь, предусмотрительно снабженную соответствующей табличкой с крупными синими буквами.

— Как он? — спрашиваю я, стараясь, чтобы голос не дрожал.

— Чтобы узнать о его состоянии, вам придется подождать кого-то из лечащих врачей, мэм.

— Спасибо, — говорю я, но в душе кричу: «Я хочу знать сейчас!»

Открываю дверь в функциональную, аскетическую комнату ожидания, где сидят мистер Родригес и Хосе.

— Ана! — вскрикивает мистер Родригес. Его рука — в гипсе, а на щеке — синяк. Он сидит в кресле для перевозки больных, одна нога тоже загипсована. Я осторожно обнимаю его.

— Ох, мистер Родригес, — всхлипываю я.

— Ана, милая. — Похлопывает меня по спине здоровой рукой. — Мне так жаль, — бормочет он хриплым, срывающимся голосом.

О нет!

— Нет, папа, — говорит Хосе с мягкой укоризной. Когда я поворачиваюсь, он привлекает меня к себе и обнимает.

— Хосе, — шепчу я. Не могу больше сдерживаться, слезы брызжут из глаз, все напряжение, страх и сердечная боль последних трех часов дают о себе знать.

— Эй, Ана, не плачь. — Хосе мягко гладит меня по волосам.

Я обнимаю его за шею и тихо всхлипываю. Мы стоим так целую вечность, и я так благодарна, что мой друг здесь. Мы разнимаем объятия, когда в комнату ожидания заходит Сойер. Мистер Родригес дает мне бумажный носовой платок из предусмотрительно поставленной тут коробки, и я вытираю слезы.

— Это мистер Сойер. Охрана, — сообщаю я. Сойер вежливо кивает Хосе и мистеру Родригесу, затем проходит и садится в углу.

— Присядь, Ана. — Хосе подводит меня к одному из обитых дерматином кресел.

— Что произошло? Мы знаем, как он? Что они делают?

Хосе вскидывает руки, останавливая мой град вопросов, и садится рядом со мной.

— Нам пока ничего не известно. Мы с папой и Рэем ехали на рыбалку в Асторию. В нас врезался какой-то пьяный идиот...

Мистер Родригес пытается вмешаться, бормоча извинения.

— Calmate, папа! — резко бросает Хосе. — На мне нет ни царапины, только пара ушибленных ребер и шишка на голове. Папа... в общем, у папы сломаны запястье и лодыжка. Но удар пришелся со стороны пассажирского места, где сидел Рэй.

О нет, нет... На меня вновь накатывает паника. Нет, нет, нет! Меня трясет и знобит, когда я представляю, что произошло с Рэем.

— Он в операционной. Нас доставили в общую больницу в Астории, но они переправили Рэя сюда. Мы не знаем, что они делают. Ждем новостей.

Меня начинает бить дрожь.

— Эй, Ана, тебе холодно?

Киваю. Я в белой блузке-безрукавке и черном летнем пиджаке, который не слишком греет. Хосе осторожно стягивает свою кожаную куртку и набрасывает мне на плечи.

— Принести вам чаю, мэм? — Сойер рядом со мной. Я признательно киваю, и он тут же исчезает.

— Почему вы поехали рыбачить в Асторию? — спрашиваю я.

Хосе пожимает плечами.

— Говорят, там хороший клев. Решили провести время в чисто мужской компании, поближе пообщаться друг с другом, пока не начался последний год моей учебы. — В больших темных глазах Хосе светятся страх и сожаление.

— Ты тоже мог покалечиться. И мистер Родригес... еще хуже. — При этой мысли я натужно сглатываю. Температура еще больше падает, и я опять дрожу. Хосе берет меня за руку.

— Черт, Ана, ты холодная как лед.

Мистер Родригес придвигается ближе и берет другую мою руку в свою здоровую.

— Ана, мне так жаль.

— Мистер Родригес, пожалуйста. Это был несчастный случай... — Мой голос сходит на шепот.

— Зови меня Хосе, — поправляет он меня. Я посылаю ему слабую улыбку, потому что больше ничего не могу выдавить из себя, и меня опять трясет.

— Полиция взяла этого отморозка под стражу. Семь часов утра, а он уже вдрызг, — с отвращением шипит Хосе.

Возвращается Сойер, неся бумажный стаканчик с горячей водой и отдельно чайный пакетик. Он знает, как я пью чай! Я удивляюсь и радуюсь этому небольшому событию. Мистер Родригес и Хосе отпускают мои руки, и я с благодарностью беру стаканчик у Сойера.

— Кто-нибудь из вас что-нибудь хочет? — спрашивает Сойер у мистера Родригеса и Хосе. Они оба качают головами, и Сойер снова устраивается в углу. Я опускаю чайный пакетик в воду и, слегка поболтав, выбрасываю в маленькую мусорную корзинку.

— Почему они так долго? — бормочу я, ни к кому конкретно не обращаясь, и делаю глоток.

Папочка... пожалуйста, пусть с ним все будет хорошо. Пожалуйста, пусть с ним все будет хорошо.

— Скоро узнаем, Ана, — мягко отзывается Хосе. Я киваю и делаю еще глоток. Снова сажусь с ним рядом. Мы ждем... и ждем. Мистер Родригес сидит с закрытыми глазами и, думаю, молится, а Хосе держит мою руку и время от времени сжимает ее. Я медленно отхлебываю чай. Это не «Твайнингз», а какой-то дешевый сорт, на вкус отвратительный.

Я вспоминаю последний раз, когда так же ждала новостей. Последний раз я думала, что все потеряно, когда «Чарли Танго» пропал. Закрыв глаза, я возношу безмолвную молитву за благополучный перелет мужа. Бросаю взгляд на часы: пятнадцать минут третьего. Он должен скоро быть. Мой чай остыл... бр-р!

Встаю и меряю шагами комнату, потом снова сажусь. Почему врачи до сих пор не пришли? Я беру Хосе
за руку, и он успокаивающе сжимает мою ладонь. «Пожалуйста, пусть с ним все будет хорошо. Пожалуйста,
пусть с ним все будет хорошо».

Время тянется так медленно.

Вдруг дверь открывается, и все мы с надеждой вски-
дываем глаза, а мой желудок скручивает. Неужели?

Входит Кристиан. Лицо его тут же темнеет, когда он
замечает, что моя рука в руке Хосе.

— Кристиан! — вскрикиваю я и вскакиваю, благодаря бога, что он благополучно долетел. И вот я уже в его
объятиях, его нос — у меня в волосах, и я вдыхаю его
запах, его тепло, его любовь. Какая-то часть меня чувствует себя спокойнее, сильнее и крепче, потому что он
здесь. Как же благотворно его присутствие действует на
мой душевный покой!

— Какие-нибудь новости?

Я качаю головой, не в состоянии говорить.

— Хосе, здравствуй. — Он кивает.

— Кристиан, это мой отец, Хосе-старший.

— Мистер Родригес, мы встречались на свадьбе.
Я так понимаю, вы тоже были в аварии?

Хосе коротко излагает историю.

— Вы оба достаточно хорошо себя чувствуете, чтобы
быть здесь? — спрашивает Кристиан.

— Мы останемся, — отвечает мистер Родригес тихим,
пронизанным болью голосом. Кристиан кивает. Взяв за
руку, он усаживает меня, затем садится рядом.

— Ты ела? — спрашивает он.

Я качаю головой.

— Хочешь?

Я снова качаю головой.

— Но тебе холодно? — Он оглядывает куртку Хосе.

Я киваю. Кристиан ерзает в кресле, но благоразумно
ничего не говорит.

Дверь снова открывается, и входит молодой доктор
в ярко-голубом операционном костюме. Врач выглядит
уставшим и измученным.

Кровь отливает от головы. Я неуклюже поднимаюсь.

— Рэй Стил, — шепчу я, а Кристиан встает рядом со мной и обвивает рукой за талию.

— Вы его ближайшая родственница? — спрашивает доктор. Его ярко-голубые глаза почти такого же цвета, как и больничная форма, и при иных обстоятельствах я бы нашла его привлекательным.

— Я его дочь, Ана.

— Мисс Стил...

— Миссис Грей, — прерывает его Кристиан.

— Прошу прощения, — запинаясь, говорит доктор, и у меня мелькает желание пнуть Кристиана. — Я доктор Кроув. Состояние вашего отца стабильное, но критическое.

Что это значит? Ноги подкашиваются, и только твердая рука Кристиана не дает мне свалиться на пол.

— У него несколько внутренних повреждений, — говорит доктор Кроув, — главным образом диафрагмы, но нам удалось устранить их, и мы сумели спасти селезенку. К сожалению, во время операции из-за потери крови он пережил остановку сердца. Нам удалось снова запустить сердце, но пока состояние вызывает озабоченность. Однако больше всего нас беспокоит то, что у него сильная контузия головы, и томограмма показывает опухоль в мозгу. Мы ввели пациента в искусственную кому, чтобы он был неподвижен. Будем пока наблюдать.

Повреждение мозга? Нет.

— Это стандартная процедура в таких случаях. Пока остается только ждать.

— И каков прогноз? — холодно спрашивает Кристиан.

— Мистер Грей, в данный момент трудно сказать. Возможно, он полностью поправится, но это в руках божьих.

— Как долго вы будете держать его в коме?

— Зависит от реакции мозга. Обычно семьдесят два или девяносто шесть часов.

Так долго!

— Могу я его увидеть? — шепчу я.

— Да, вы сможете увидеть его примерно через полчаса. Его переведут в отделение интенсивной терапии на шестой этаж.

— Спасибо, доктор.

Доктор Кроув кивает, поворачивается и уходит.

— Что ж, он жив, — шепчу я Кристиану. И слезы снова катятся у меня по лицу.

— Сядь, — мягко приказывает Кристиан.

— Папа, думаю, нам лучше уйти. Тебе надо отдохнуть. Больше мы пока все равно ничего не узнаем, — говорит Хосе мистеру Родригесу, который уставился на сына невидящим взглядом. — Можем снова приехать вечером, после того как ты отдохнешь. Ты не против, Ана? — Хосе поворачивается и умоляюще смотрит на меня.

— Конечно, нет.

— Вы остановились в Портленде? — спрашивает Кристиан.

Хосе кивает.

— Вас надо подвезти?

Хосе хмурится.

— Я вызову такси.

— Люк может вас отвезти.

Сойер встает, и Хосе смотрит недоуменно.

— Люк Сойер, — проясняю я.

— А... конечно. Да, было бы неплохо. Спасибо, Кристиан.

Я обнимаю мистера Родригеса и Хосе.

— Крепись, Ана, — шепчет Хосе мне на ухо. — Он сильный и здоровый мужчина. Перевес на его стороне.

— Надеюсь. — Я крепко обнимаю его. Затем, отпустив, снимаю куртку и вручаю ему.

— Оставь, если замерзла.

— Нет, уже все в порядке. Спасибо. — Нервно взглянув на Кристиана, вижу, что он бесстрастно взирает на нас. Потом берет меня за руку.

— Если будут какие-то изменения, я сразу дам вам знать, — говорю я, когда Хосе везет каталку отца к двери, которую Сойер держит открытой.

Мистер Родригес поднимает руку, и они приостанавливаются в дверях.

— Я буду за него молиться, Ана. — Голос его дрожит. — Было так здорово возобновить наше общение после стольких лет. Он стал мне добрым другом.

— Я знаю.

С этим они уходят. Мы с Кристианом одни. Он гладит меня по щеке.

— Ты бледная. Иди сюда.

Он садится и сажает меня к себе на колени, и я с готовностью принимаю его объятия. Прижимаюсь к нему. Я ужасно подавлена несчастьем с отчимом, но глубоко признательна мужу за то, что он приехал, чтобы утешить меня. Он мягко гладит меня по волосам и держит за руку.

— Как «Чарли Танго»? — спрашиваю я.

Он усмехается.

— О, он просто яр, — говорит он с тихой гордостью в голосе. Я по-настоящему улыбаюсь впервые за несколько часов и озадаченно гляжу на него.

— Яр?

— Это из «Филадельфийской истории». Любимый фильм Грейс.

— Не видела.

— Кажется, он есть у меня дома на диске. Можем как-нибудь вместе посмотреть. — Он целует мои волосы и снова улыбается.

— Могу я убедить тебя что-нибудь съесть?

Я перестаю улыбаться.

— Не сейчас. Сначала хочу увидеть Рэя.

Плечи его тяжело опускаются, но он не настаивает.

— Как тайваньцы?

— Сговорчивы.

— В чем сговорчивы?

— Позволили мне купить судостроительный завод за меньшую цену, чем я готов был заплатить.

Он купил судостроительный завод?

— Это хорошо?

— Да, это хорошо.

— Но я думала, у тебя уже есть судостроительный завод. Здесь.

— Есть. Тот мы будем использовать для производства оснащения. А корпуса строить на Востоке. Так дешевле.

— А как насчет рабочих здешней верфи?

— Переведем их на другую работу. Думаю, нам удастся свести сокращения к минимуму. — Он целует меня в волосы. — Посмотрим, как там Рэй?

Отделение интенсивной терапии на шестом этаже строгое, стерильное, функциональное, здесь пищат аппараты и люди переговариваются шепотом. Четыре пациента помещены каждый в отдельный высокотехнологичный бокс. Рэй — в дальнем конце.

Папа.

Он кажется таким маленьким на большой кровати, в окружении всей этой аппаратуры. Для меня это шок. Мой папа никогда не был ни маленьким, ни слабым. Изо рта у него торчит трубка, и обе руки подсоединены к капельницам. На одном пальце — маленький зажим. Я рассеянно гадаю, для чего это. Нога лежит поверх простыни, заключенная в голубой гипс. Монитор показывает его сердечный ритм: пип-пип-пип. Сердце бьется сильно и ровно. Это я знаю. Медленно подхожу к нему. На груди — широкая белоснежная повязка, которая скрывается под тонкой простыней.

Папочка.

До меня доходит, что трубка, натягивающая правый угол рта, ведет к вентилятору. Его гудение сплетается с писком сердечного монитора в настойчивый, монотонный ритм. Вдох, выдох, вдох, выдох, происходящие одновременно с писком аппарата. На экране четыре линии, отражающие работу его сердца, каждая равномерно бежит поперек, ясно демонстрируя, что Рэй все еще с нами.

Ох, папочка!

Хоть рот и искажен вентиляционной трубкой, Рэй выглядит спокойным и умиротворенным. Словно крепко спит.

Хорошенькая медсестра стоит в сторонке, следя за мониторами.

— Можно мне к нему прикоснуться? — спрашиваю я ее, неуверенно протягивая руку.

— Да. — Она улыбается доброй улыбкой. На бейджике написано «Келли Н. Р.», и ей, должно быть, двадцать с небольшим. Она блондинка с темными-претемными глазами.

Кристиан стоит у изножья кровати, внимательно наблюдая за мной, когда я сжимаю руку Рэя. Она на удивление теплая, и я не выдерживаю. Опускаюсь на стул возле кровати, осторожно опускаю голову на руку и всхлипываю.

— Папа. Пожалуйста, поправляйся, — шепчу я. — Пожалуйста.

Кристиан кладет мне руку на плечо и успокаивающе сжимает.

— Все жизненно важные органы мистера Стила в норме, — тихо говорит сестра Келли.

— Спасибо, — бормочет Кристиан. Я вскидываю глаза как раз вовремя, чтобы увидеть ее потрясенный взгляд. Она наконец-то как следует разглядела моего мужа. Ну и черт с ней. Пусть глазеет на Кристиана сколько хочет, лишь бы помогла моему отцу выздороветь.

— Он меня слышит? — спрашиваю я.

— Он в глубокой коме. Но кто знает?

— Можно мне немножко посидеть?

— Конечно. — Она улыбается мне, щеки красноречиво пылают. Я ловлю себя на неуместной мысли, что она ненатуральная блондинка.

Кристиан с нежностью смотрит на меня, не обращая на медсестру внимания.

— Мне надо сделать звонок. Буду за дверью. Дам тебе время побыть наедине с отцом.

Я киваю. Он целует меня в волосы и выходит из палаты. Я держу руку Рэя, размышляя над иронией того, что только сейчас, когда он без сознания и не слышит

меня, я действительно хочу сказать, как сильно люблю
его. Этот мужчина был в моей жизни постоянной ве-
личиной. Моей скалой. И я никогда не думала об этом
до сих пор. Я не плоть от плоти его, но он мой папа, и я
очень сильно его люблю. Слезы текут у меня по щекам.
Пожалуйста, пожалуйста, поправляйся.

Тихо-тихо, так, чтобы никого не потревожить, я рассказываю ему о нашем уикенде в Аспене. Я рассказываю
ему о нашем новом доме, о наших планах, о том, что мы
надеемся сделать дом экологичным. Я обещаю взять его
с собой в Аспен, чтобы он порыбачил там с Кристианом,
и заверяю, что мы также будем рады мистеру Родригесу и Хосе. Прошу тебя, только выздоравливай, папочка,
пожалуйста.

Рэй неподвижен, вентилятор всасывает и выпускает
воздух, и монотонный, но успокаивающий писк аппарата, показывающего работу сердца, — единственный
ответ.

Когда я поднимаю глаза, Кристиан тихо сидит в изножье кровати. Я не знаю, как давно он там.

— Привет, — говорит он, и глаза светятся сочувствием.

— Привет.

— Так, значит, я еду рыбачить с твоим отцом, мистером Родригесом и Хосе? — спрашивает он.

Я киваю.

— Ладно. Пошли поедим. Пусть спит.

Я хмурюсь. Не хочу оставлять его.

— Ана, он в коме. Я дал номера наших мобильных
здешним медсестрам. Если будут какие-то изменения,
они нам позвонят. Мы поедим, поселимся в гостинице,
отдохнем, а вечером опять приедем.

Номер в «Хитмане» выглядит точно так же, как я
помню. Как часто я думала о той первой ночи и утре,
что провела с Кристианом Греем? Словно парализованная, я стою на входе в номер. Бог мой, все это на-
чалось здесь.

— Дом вдалеке от дома, — говорит Кристиан мягким голосом и кладет мой портфель на одну из пухлых кушеток.

— Хочешь принять душ? Ванну? Чего ты хочешь, Ана?

Кристиан пристально вглядывается в меня, и я понимаю, что он растерян — мой потерянный мальчик, столкнувшийся с событиями, которыми не может управлять. Он замкнут и задумчив. Он не может контролировать ситуацию, которую не может предсказать. Это реальная жизнь во всей ее неприглядности, а он слишком долго отгораживался от нее и теперь незащищен и беспомощен. Мой милый, ранимый Пятьдесят Оттенков!

— Ванну. Я бы хотела принять ванну, — бормочу я, понимая, что он почувствует себя лучше, если будет занят, даже полезен. Ох, Кристиан, мне холодно и страшно, но я так рада, что ты со мной.

— Ванна. Хорошо. Да. — Он выходит из спальни и скрывается в роскошной ванной. Минуту спустя оттуда доносится шум воды.

В конце концов я заставляю себя войти следом за ним в спальню. На кровати с удивлением вижу несколько пакетов из «Нордстрома». Кристиан выходит из ванной без галстука и пиджака, рукава рубашки закатаны.

— Я отправил Тейлора купить кое-какие вещи. Ночное белье и все такое, — говорит он, неуверенно глядя на меня.

Ну разумеется. Я одобрительно киваю, чтобы он почувствовал себя лучше. А где же Тейлор?

— Ох, Ана, — вздыхает Кристиан. — Я никогда не видел тебя такой. Обычно ты такая храбрая и сильная.

Не знаю, что сказать. Просто смотрю на него широко открытыми глазами. Сейчас мне нечего ему дать. Наверное, это шок. Я обхватываю себя руками, пытаясь сдержать озноб, хотя и понимаю, что это бесполезно, потому что холод идет изнутри. Кристиан заключает меня в объятия.

— Детка, он жив. Все жизненно важные органы функционируют. Нам просто надо набраться терпения. Идем.

Он берет меня за руку и ведет в ванную. Мягко стаскивает пиджак с моих плеч и кладет на стул, затем, повернувшись, расстегивает пуговицы блузки.

Вода восхитительно теплая и душистая, влажный, душный воздух ванной густо пропитан запахом цветков лотоса. Я ложусь между ног Кристиана, спиной к нему, кладу ноги поверх его. Мы оба молчаливы и задумчивы, и я наконец чувствую тепло. Время от времени Кристиан целует мои волосы, а я рассеянно лопаю пузырьки пены. Он обнимает меня за плечи.

— Ты ведь не садился в ванну с Лейлой, нет? В тот раз, когда купал ее? — спрашиваю я.

Он застывает и фыркает, рука сжимает мое плечо.

— Э... нет. — Судя по голосу, он потрясен.

— Я так и думала. Это хорошо.

Он легонько тянет меня за волосы, скрученные в тугой пучок, поворачивая мою голову так, чтобы видеть лицо.

— А почему ты спрашиваешь?

Я пожимаю плечами.

— Нездоровое любопытство. Не знаю... встреча с ней на этой неделе...

Его взгляд твердеет.

— Ясно. Более чем нездоровое. — Тон укоризненный.

— Долго ты собираешься поддерживать ее?

— Пока не встанет на ноги. Не знаю. — Он пожимает плечами. — А что?

— Есть и другие?

— Другие?

— Бывшие, которых ты поддерживаешь.

— Была одна, да. Но больше нет.

— О?

— Она училась на врача. Сейчас уже получила диплом и нашла кого-то еще.

— Очередного доминанта?

— Да.

— Лейла сказала, у тебя есть две ее картины, — шепчу я.

— Были. Они мне не очень нравились. Техника недурна, но для меня они слишком пестрые. Думаю, сейчас они у Элиота. Как нам известно, у него нет вкуса.

Я хихикаю, и он обнимает меня, расплескивая воду через край ванны.

— Так-то лучше, — шепчет он и целует меня в висок.

— Элиот женится на моей лучшей подруге.

— Тогда мне лучше закрыть рот.

После ванны чувствую себя лучше. Укутанная в мягкий махровый халат, смотрю на пакеты, лежащие на кровати. Хм, должно быть, здесь не только ночная одежда. Нерешительно заглядываю в один. Пара джинсов и трикотажная куртка с капюшоном моего размера. Бог ты мой... Тейлор накупил одежды на целый уикенд, и он знает, что я люблю. Я улыбаюсь, вспоминая, что он не первый раз покупает мне одежду, и именно когда я здесь, в «Хитмане».

— Не считая того случая, когда ты изводил меня у Клейтонов, ты когда-нибудь ходил в магазин и покупал что-нибудь?

— Изводил тебя?

— Да. Изводил.

— Ты нервничала и суетилась, насколько я помню. А тот мальчишка так и вился вокруг тебя. Как его звали?

— Пол.

— Один из многих твоих обожателей.

Я закатываю глаза, и Кристиан улыбается. И целует меня.

— Вот это моя девочка, — шепчет он. — Одевайся. Не хочу, чтобы ты опять замерзла.

— Готова, — говорю я. Кристиан работает на своем ноутбуке в оборудованной под кабинет части номера. Он одет в черные джинсы и серый свитер грубой вязки, а я в джинсах, белой майке и куртке с капюшоном.

— Ты выглядишь такой юной, — мягко говорит Кристиан, поднимая сияющие глаза. — Подумать только: завтра станешь на целый год старше.

Я печально улыбаюсь.

— У меня как-то нет настроения праздновать. Мы можем поехать к Рэю сейчас?

— Конечно. Я бы хотел, чтоб ты что-нибудь поела. Ты почти не притронулась к еде.

— Кристиан, пожалуйста. Я не голодна. Может, после того, как мы навестим Рэя. Хочу пожелать ему спокойной ночи.

Прибыв в отделение интенсивной терапии, мы встречаем уходящего Хосе.

Он один.

— Ана, Кристиан. Привет.

— Где твой папа?

— Он слишком устал, чтобы вернуться. Как-никак побывал в аварии. — Хосе печально улыбается. — Да и подействовали болеутоляющие, так что он сейчас спит. А мне пришлось повоевать, чтобы получить разрешение навестить Рэя, поскольку я не родственник.

— И? — спрашиваю я.

— Все хорошо. Состояние прежнее... но стабильное.

На меня накатывает облегчение. Отсутствие вестей — хорошая весть.

— Увидимся завтра, именинница?

— Конечно. Мы будем здесь.

Хосе бросает быстрый взгляд на Кристиана, затем коротко обнимает меня.

— Macana.

— Спокойной ночи, Хосе.

— До свидания, Хосе, — говорит Кристиан. Хосе кивает и идет по коридору.

— Он все еще сохнет по тебе, — тихо произносит Кристиан.

— Да нет же. А если и так... — Я пожимаю плечами, потому что сейчас мне не до этого.

Кристиан выдает мне натянутую улыбку, и мое сердце тает.

— Молодец, — бормочу я.

Он хмурится.

— Что не скрежетал зубами.

— Я никогда не скрежещу зубами. Идем к твоему отцу. У меня для тебя сюрприз.

— Сюрприз? — Я с тревогой смотрю на него.

— Идем. — Кристиан берет меня за руку, и мы распахиваем двери в отделение интенсивной терапии.

У кровати Грейс беседует с Кроувом и вторым доктором, женщиной, которую я вижу впервые. Заметив нас, Грейс улыбается.

Слава богу!

— Кристиан. — Она целует его в щеку, затем поворачивается и заключает меня в свои теплые объятия.

— Ана, ты как, держишься?

— Я-то да, а вот за отца беспокоюсь.

— Он в хороших руках. Доктор Слудер — лучший специалист в своей области. Мы вместе учились в Йельском университете.

Ого...

— Миссис Грей, здравствуйте. — Доктор Слудер сдержанно здоровается со мной. У нее короткие волосы, застенчивая улыбка ребенка и мягкий южный акцент.

— Как ведущий лечащий врач вашего отца, рада сообщить, что он полностью поправится. Рост мозговой опухоли остановился, и она показывает признаки убывания. Это весьма обнадеживающе через такое короткое время.

— Хорошая новость, — бормочу я.

Она тепло улыбается мне.

— Да, миссис Грей. Мы очень хорошо заботимся о нем. Здорово было повидаться с тобой, Грейс.

Грейс улыбается.

— Мне тоже, Лорейн.

— Доктор Кроув, давайте дадим этим добрым людям побыть с мистером Стилом. — Кроув выходит вслед за доктором Слудер.

Я смотрю на Рэя, впервые после аварии — с оптимизмом. Добрые слова доктора Слудер и Грейс вновь зажгли надежду.

Грейс берет меня за руку и мягко сжимает.

— Ана, милая, садись поговори с ним. Вам обоим это на пользу. А мы с Кристианом побудем в комнате ожидания.

Я киваю. Кристиан ободряюще улыбается, и они с Грейс оставляют меня с моим любимым отцом, мирно спящим под тихую колыбельную вентилятора и сердечного монитора.

Я надеваю белую майку Кристиана и забираюсь в кровать.

— Ты, кажется, повеселела, — осторожно говорит он, натягивая пижаму.

— Да. Думаю, здорово помог разговор с доктором Слудер и твоей мамой. Это ты попросил Грейс приехать сюда?

Кристиан ложится в постель и притягивает меня в объятия, повернув спиной к себе.

— Нет. Она сама захотела приехать проведать твоего отца.

— Откуда узнала?

— Я позвонил ей сегодня утром.

А-а.

— Детка, ты вымоталась. Тебе надо поспать.

— М-м, — согласно бормочу я. Он прав. Я так устала. День был напряженный и нервный.

Я поворачиваю голову и смотрю на него. Мы не будем заниматься любовью? Вот и хорошо. В сущности, он весь день практически не притрагивался ко мне, и я задаюсь вопросом, следует ли мне тревожиться по этому поводу, но поскольку моя внутренняя богиня покинула здание и унесла с собой мое половое влечение, я подумаю об этом утром. Переворачиваюсь и прижимаюсь к Кристиану, положив на него ногу.

— Обещай мне кое-что, — мягко говорит он.

— М-м? — Я слишком устала, чтобы что-то произнести.

— Обещай, что завтра что-нибудь поешь. Я готов стерпеть, не скрежеща зубами, что ты носишь куртку другого мужчины. Но, Ана... ты должна есть. Пожалуйста.

— М-м, — молча соглашаюсь я. Он целует мои волосы. — Спасибо, что ты здесь, — бормочу и сонно целую его в грудь.

— Где же еще мне быть? Я хочу быть там, где ты, Ана. Думаю о том, какой большой путь мы уже прошли. И та ночь, когда я в первый раз спал с тобой... Что это была за ночь! Я любовался тобой часами. Ты была просто... необыкновенной.

Я улыбаюсь ему в грудь.

— Спи, — шепчет он, и это приказ. Я закрываю глаза и проваливаюсь в сон.

Глава 18

Просыпаюсь и открываю глаза в яркое сентябрьское утро. Мне так тепло и уютно под чистыми, накрахмаленными простынями, и, сориентировавшись через мгновение, я испытываю дежавю. Ну конечно, я в «Хитмане».

— Черт! Папа! — громко вскрикиваю я, вспомнив с тревогой, сжимающей сердце и переворачивающей душу, почему я в Портленде.

— Эй. — Кристиан сидит на краю кровати. Он гладит меня по щеке костяшками пальцев, и я тут же успокаиваюсь. — Я звонил утром в отделение интенсивной терапии. Рэй нормально пережил ночь. Все хорошо.

— Ох, слава богу. Спасибо.

Он наклоняется и прижимается к моему лбу губами.

— Доброе утро, Ана, — шепчет он и целует меня в висок.

— Привет, — бормочу я. Кристиан уже встал, на нем черная майка и голубые джинсы.

— Привет, — отвечает он, глаза мягкие и теплые. — Хочу поздравить тебя с днем рождения. Не против?

Я нерешительно улыбаюсь и глажу его по щеке.

— Нет, конечно. Спасибо. За все.

Он хмурит брови.

— За все?

— За все.

На его лице отражается замешательство, но лишь мимолетно, и в широко открытых глазах читается приятное ожидание.

— Вот. — Он вручает мне маленькую, красиво упакованную коробочку с крошечной подарочной карточкой.

Несмотря на всю тревогу за отца, я чувствую радостное волнение Кристиана, и оно заразительно.

За все наши «впервые» в твой первый день рождения
в качестве моей возлюбленной жены.
Я люблю тебя. К.

Как же это мило!

— Я тоже люблю тебя.

Он усмехается.

— Открой.

Осторожно, чтобы не порвать, развернув бумагу, нахожу красивую коробочку из красной кожи. «Картье». Я это знаю благодаря своим купленным с рук серьгам и часам. Осторожно открываю коробку и обнаруживаю изящный браслет с брелоками из серебра, платины или белого золота — не знаю, но он совершенно очарователен. К нему прицеплены несколько брелоков: Эйфелева башня, лондонское черное такси, вертолет «Чарли Танго», катамаран «Грейс», кровать и рожок мороженого. Я поднимаю на него вопросительный взгляд.

— Ванильное? — Он сконфуженно пожимает плечами, и я не могу не рассмеяться. Ну конечно!

— Кристиан, какая прелесть. Спасибо.

Он широко улыбается.

— Больше всего мне нравится сердечко. Это медальон.

— Ты можешь вложить в него фото или еще что-нибудь.

— Твое фото. — Я взглядываю на него сквозь ресницы. — Всегда в моем сердце.

Я нежно поглаживаю два последних брелока: букву «К» — о да, я была его первой подружкой, которая называла его по имени. От этой мысли я улыбаюсь. И, наконец, ключик.

— От моего сердца и души, — шепчет он.

Слезы щиплют глаза. Я кидаюсь к нему, обвиваю за шею руками и устраиваюсь на коленях.

— Какой тщательно продуманный подарок. Он мне безумно нравится. Спасибо, — бормочу ему на ухо. Ох, как же хорошо он пахнет: чистотой, свежим бельем, гелем для душа и Кристианом. Как дом, мой дом. К глазам подступают слезы.

Он тихо стонет и заключает меня в нежные объятия.

— Я не знаю, что бы я делала без тебя. — Голос мой срывается, когда я пытаюсь сдержать захлестывающую меня волну эмоций.

Он натужно сглатывает и крепче обнимает меня.

— Пожалуйста, не плачь.

Я неделикатно шмыгаю носом.

— Прости. Просто я так счастлива и опечалена и обеспокоена в одно и то же время. Этакая горькая радость.

— Эй. — Голос мягкий как шелк. Приподняв мою голову, он запечатлевает нежный поцелуй на губах. — Я понимаю.

— Знаю, — шепчу я и в награду снова получаю застенчивую улыбку.

— Хотел бы я, чтобы мы оказались в более счастливых обстоятельствах и дома. Но мы здесь. — Он вновь сконфуженно пожимает плечами. — А теперь давай-ка вставай. После завтрака проведаем Рэя.

После того как я облачаюсь в свои новые джинсы и майку, ко мне, хоть и ненадолго, возвращается аппетит. Я знаю, Кристиан рад видеть, что я ем гранолу и греческий йогурт.

— Спасибо, что заказал мой любимый завтрак.

— Это же твой день рождения, — мягко говорит Кристиан. — И перестань меня благодарить. — Он закатывает глаза с наигранным раздражением и в то же время с нежностью, как мне кажется.

— Просто хочу, чтоб ты знал, что я ценю это.

— Анастейша, я ведь твой муж. Это мой долг. — Он серьезно смотрит на меня; ну конечно, Кристиан всем командующий и все контролирующий — как я могла забыть... и хочу ли я, чтобы было по-другому?

Я улыбаюсь.

— Да.

Он бросает на меня озадаченный взгляд, затем качает головой.

— Пошли?

— Только почищу зубы.

Усмехается.

— Хорошо.

Почему он усмехается? Эта мысль не дает мне покоя, когда я направляюсь в ванную. В голове неожиданно вспыхивает воспоминание. Я пользовалась его зубной щеткой в ту нашу с ним первую ночь. Усмехнувшись, хватаю его зубную щетку как дань тому первому разу. Смотрю на себя, пока чищу зубы. Бледная, слишком бледная. В тот раз я была незамужняя, а теперь замужем в двадцать два! Старею. Я полощу рот.

Подняв руку, встряхиваю, и брелоки на браслете мелодично позвякивают. Откуда мой любимый Пятьдесят Оттенков всегда точно знает, что мне подарить? Делаю глубокий вдох, пытаясь распознать чувство, все еще таящееся в душе, и снова с нежностью смотрю на браслет. Могу поспорить, он стоит целое состояние. А, ну что ж. Он может себе это позволить.

Мы идем к лифту, Кристиан берет мою руку и целует костяшки пальцев, подушечкой большого поглаживая «Чарли Танго» на браслете.

— Тебе нравится?

— Больше чем нравится. Я его просто обожаю. Как и тебя.

Он улыбается и снова целует мою руку. Я чувствую себя гораздо лучше, чем вчера. Быть может, потому, что сейчас утро, а утром жизнь всегда кажется более многообещающей, чем ночью. Или, быть может, дело в очаровательном подарке мужа. Или, возможно, оттого, что Рэю не хуже.

Мы заходим в пустой лифт, я поднимаю взгляд на Кристиана. Его глаза вспыхивают, и он снова усмехается.

— Не надо, — шепчу я, когда двери закрываются.

— Что не надо?

— Смотреть на меня так.

— Проклятая бумажная работа, — бормочу я, улыбаясь.

Он смеется беззаботным, мальчишеским смехом. Привлекает меня в свои объятия и приподнимает мою голову.

— Когда-нибудь я арендую этот лифт на целый день.

— Всего лишь на день? — Я выгибаю бровь.

— Миссис Грей, какая ж вы ненасытная.

— Когда дело касается тебя — да.

— Очень рад это слышать. — Он нежно целует меня.

И я не знаю, оттого ли, что мы в *этом* лифте, или оттого, что он не трогал меня больше суток, или просто все дело в его одурманивающей близости, но желание разворачивается и лениво растягивается у меня в животе. Я зарываюсь пальцами в шевелюру Кристиана и углубляю поцелуй, толкаю к стене и прижимаюсь к нему всем телом.

Он стонет мне в рот и обхватывает за голову, пока мы целуемся — по-настоящему целуемся, исследуя языками такую знакомую, но все еще такую новую, такую волнующую территорию — рты друг друга. Моя внутренняя богиня впадает в экстаз, освобождая мое либидо из затворничества. Я беру дорогое лицо в ладони.

— Ана, — выдыхает он.

— Я люблю тебя, Кристиан Грей. Не забывай об этом, — шепчу я, глядя в его потемневшие серые глаза.

Лифт плавно останавливается, и двери открываются.

— Пошли посмотрим, как так твой отец, пока я не решил арендовать лифт сегодня же. — Он быстро целует меня, берет за руку и выводит в вестибюль.

Мы проходим мимо консьержа, и Кристиан подает какой-то чуть заметный сигнал улыбающейся женщине средних лет за стойкой. Она кивает и вытаскивает свой телефон. Я бросаю на Кристиана вопросительный взгляд, и он отвечает мне своей загадочной улыбкой. Я хмурюсь и на мгновение замечаю, что он нервничает.

— А где Тейлор? — спрашиваю я.

— Мы скоро его увидим.

Ну конечно, он подгоняет машину.

— А Сойер?

— Выполняет кое-какие поручения.

Какие поручения?

Кристиан уклоняется от вертящейся двери, и я знаю — это потому, что он не хочет отпускать мою руку. Эта мысль согревает меня. Снаружи — мягкое утро позднего лета, но в воздухе уже чувствуется запах приближающейся осени. Я озираюсь, ища «Ауди» и Тейлора. Рука Кристиана сжимает мою, и я вскидываю на него глаза. Какой-то он взволнованный.

— Что случилось?

Он пожимает плечами. Меня отвлекает урчание мотора. Оно какое-то гортанное... знакомое. Когда я оборачиваюсь, чтобы обнаружить источник звука, он прекращается. Тейлор выбирается из белой спортивной машины, остановившейся перед нами.

Бог ты мой! Это же «R-8». Я резко разворачиваюсь к Кристиану, который осторожно за мной наблюдает. «Ты можешь купить мне такую на день рождения... белую, пожалуй».

— С днем рождения, — говорит он, и знаю, что он оценивает мою реакцию. Я потрясенно таращусь на него, потому что больше просто ни на что не способна. Кристиан протягивает ключи.

— Ты просто псих, — шепчу я.

Он купил мне чертову «Ауди R-8»! Мама дорогая. В точности как я просила! Мое лицо расплывается в широченной улыбке, а моя внутренняя богиня делает кувырок назад в высоком прыжке. Я подпрыгиваю на месте в порыве неудержимой, неукротимой радости. Выражение лица Кристиана, как в зеркале, отражает мое, и я кидаюсь ему на шею. Он кружит меня.

— У тебя денег больше, чем здравого смысла! — воплю я. — Здорово! Спасибо. — Он останавливается и внезапно низко опрокидывает меня. От неожиданности я хватаю его за руки.

— Для вас — все, что угодно, миссис Грей. — Он улыбается, глядя на меня сверху. Наклоняется и целует. Уфф. Какая публичная демонстрация любви.

— Поехали навестим твоего отца.

— Да. И я поведу?

Он усмехается.

— Конечно. Это же твоя машина. — Ставит меня и отпускает, и я бегу к водительской дверце.

Тейлор открывает ее для меня, широко улыбаясь.

— С днем рождения, миссис Грей.

— Спасибо, Тейлор. — Я пугаю его тем, что быстро обнимаю, и он неуклюже отвечает на мое объятие.

Я забираюсь в машину, и все еще пунцовый Тейлор быстро захлопывает за мной дверцу.

— Езжайте осторожно, миссис Грей, — ворчливо говорит он. Я ослепительно улыбаюсь, не в силах сдержать радостное возбуждение.

— Хорошо, — обещаю я, вставляя ключ в зажигание. Кристиан усаживается рядом со мной.

— Не усердствуй. Никто за нами сейчас не гонится, — предупреждает он. Я поворачиваю ключ, и мотор с ревом просыпается. Бросаю взгляд в зеркало заднего вида и в боковые и, дождавшись короткого перерыва в движении, эффектно разворачиваюсь и с ревом устремляюсь в сторону городской больницы скорой помощи.

— Эй, эй! — обеспокоенно восклицает Кристиан.

— Что?

— Не хочу, чтоб ты оказалась в отделении интенсивной терапии рядом со своим отцом. Потише, — рычит он, не допуская возражений. Я снижаю скорость и усмехаюсь ему.

— Лучше?

— Намного, — говорит он, изо всех стараясь выглядеть строгим, — и ничего у него не выходит.

Состояние Рэя остается без изменений. Это возвращает меня на землю после головокружительной езды. *Мне и вправду надо ездить поосторожнее.* Кто может поручиться, что откуда-нибудь на тебя не выскочит очередной пьяный водитель? Надо спросить Кристиана, что стало с тем придурком, который врезался в Рэя, — уверена, он знает. Несмотря на трубочки и проводки, отец выглядит немного лучше, и кажется, щеки у него уже не такие бледные. Пока я рассказываю ему о своем утре, Кристиан идет в комнату ожидания, чтобы сделать несколько звонков.

Сестра Келли тоже тут, проверяет трубки и провода Рэя и делает записи в карту.

— Все показатели хорошие, миссис Грей. — Она тепло улыбается мне.

— Это очень обнадеживает.

Чуть погодя появляется доктор Кроув с двумя ассистентками и бодро заявляет:

— Миссис Грей, пора везти вашего отца в рентгеновский кабинет. Сделаем ему МРТ.

— Это долго?

— Около часа.

— Я подожду. Хочу знать результат.

— Разумеется, миссис Грей.

Я иду в пустую, по счастью, комнату ожидания, где Кристиан, расхаживая взад-вперед, говорит по телефону. Разговаривая, он смотрит в окно на панорамный вид Портленда. Поворачивается ко мне, когда я закрываю дверь, с сердитым видом.

— Какое превышение?.. Ясно... Все обвинения, все. Отец Аны в отделении интенсивной терапии. Хочу, чтоб он ответил по всей строгости закона, папа... хорошо. Держи меня в курсе. — Он дает отбой.

— Тот водитель?

Кивает.

— Какое-то пьяное отребье из южного Портленда, — рычит он, и я шокирована как словами, так и презрительным тоном. Он подходит ко мне, и его голос смягчается. — Закончила с Рэем? Хочешь уехать?

— Э... нет. — Я вглядываюсь в него, все еще потрясенная этой вспышкой злобы.

— Что случилось?

— Ничего. Рэя повезли делать томограмму мозга. Я бы хотела дождаться результатов.

— Хорошо. Подождем. — Он садится и протягивает руки. Поскольку мы одни, я с готовностью уютно сворачиваюсь у него на коленях.

— Не так я думал провести этот день, — шепчет он мне в волосы.

— Я тоже, но сейчас чувствую себя гораздо увереннее. Приезд твоей мамы очень мне помог. Так любезно с ее стороны приехать.

Кристиан гладит меня по спине и кладет подбородок мне на макушку.

— Моя мама — удивительная женщина.

— Да. Тебе очень повезло с ней.

Кристиан кивает.

— Надо позвонить маме. Рассказать о Рэе, — бормочу я, и Кристиан застывает. — Странно, что она до сих пор не позвонила мне.

До меня доходит, и я хмурюсь. В сущности, я обижена. В конце концов, у меня же день рождения, и она присутствовала при моем рождении. Почему не позвонила?

— Может, звонила, — говорит Кристиан. Я выуживаю из кармана «блэкберри». Пропущенных звонков нет, зато несколько сообщений с днем рождения: от Кейт, Хосе, Миа и Итана. От мамы ничего. Я уныло качаю головой.

— Позвони ей сейчас, — мягко советует Кристиан. Я звоню, но ответа нет, только автоответчик. Я не оставляю сообщения. Как родная мать могла забыть про день рождения дочери?

— Не отвечает. Позвоню позже, когда узнаю результаты томографии.

Кристиан сжимает обнимающие меня руки, трется носом о волосы и благоразумно воздерживается от замечаний по поводу маминой невнимательности. Я скорее чувствую, чем слышу вибрацию его «блэкберри». Он не позволяет мне встать, но неуклюже вытаскивает его из кармана.

— Андреа, — отрывисто бросает он, снова сама деловитость. Я делаю еще одну попытку встать, и он не дает. Я снова льну к его груди и слушаю односторонний разговор.

— Хорошо. Расчетное время прибытия? В котором часу?.. А как насчет... э... остального? — Кристиан бросает взгляд на часы. — «Хитман» оставил все детали?.. Хорошо... Да. Я могу задержаться до утра понедельника, но на всякий случай пришли мне это электронной почтой — я распечатаю, подпишу и отправлю тебе обратно... Это может подождать. Поезжай домой, Андреа... Нет, у нас все хорошо, спасибо. — Он отключается.

— Все в порядке?

— Да.

— Это насчет тайваньцев?

— Да. — Он ерзает подо мной.

— Я слишком тяжелая?

Он фыркает.

— Нет, детка.

— Ты беспокоишься из-за этой сделки с тайваньцами?

— Нет.

— Я думала, это важно.

— Важно. От этого зависит наша верфь. На карту поставлено множество рабочих мест.

Ого!

— Мы просто обязаны продать ее. Это работа Сэма и Роба. Но при нынешнем состоянии экономики шансы у всех у нас невелики.

Я зеваю.

— Я утомляю вас, миссис Грей? — Он снова трется носом о мои волосы.

— Нет! Никогда... мне просто очень уютно у тебя на коленях. Нравится слушать про твой бизнес.

— Правда? — Он, кажется, удивлен.

— Конечно. — Я отклоняюсь, чтобы посмотреть прямо на него. — Мне нравится слушать все, чем ты соизволяешь со мной поделиться. — Улыбаюсь, а он смотрит на меня, забавляясь и качая головой.

— Всегда жадны до информации, миссис Грей?

— Расскажи мне, — прошу я его, вновь уютно устраиваясь у него на коленях.

— Что рассказать?

— Почему ты это делаешь.

— Что делаю?

— Так работаешь.

— Мужчина должен зарабатывать себе на жизнь, — улыбается он.

— Кристиан, ты зарабатываешь больше, чем на жизнь, — с иронией говорю я.

Он хмурится и с минуту молчит. Думаю, он не собирается выдавать никаких секретов, но он удивляет меня.

— Я не хочу быть бедным, — говорит он слегка осипшим голосом. — Я это уже проходил и не намерен к этому возвращаться. Кроме того... это игра. На победу. Игра, которую я всегда находил очень легкой.

— В отличие от жизни, — тихо замечаю я, потом сознаю, что произнесла слова вслух.

— Да, наверное. — Он хмурится. — Хотя с тобой гораздо легче.

Со мной легче? Я крепко обнимаю его.

— Все не может быть игрой. Ты такой филантроп.

Он пожимает плечами, и я знаю, что ему неловко.

— В некоторых вещах, возможно.

— Я люблю Кристиана-филантропа,— бормочу я.

— Только его?

— О, я люблю и Кристиана с манией величия, и Кристиана с командирскими замашками, и Кристиана-секс-эксперта, и Кристиана-извращенца, и Кристиана-романтика, и Кристиана-скромнягу... список бесконечен.

— Целая уйма Кристианов.

— Я бы сказала, по меньшей мере пятьдесят.

Он смеется.

— Пятьдесят оттенков.

— Мои Пятьдесят Оттенков.

Он шевелится, запрокидывает мою голову и целует в губы.

— Что ж, миссис Оттенки, давайте посмотрим, как там ваш папа.

— Давай.

— Прокатимся?

Мы с Кристианом — снова в «R-8», я бодра и в хорошем настроении. Мозг Рэя вне опасности — опухоль исчезла. Доктор Слудер решила вывести его из комы завтра. Говорит, что довольна прогрессом.

— Конечно. — Кристиан широко улыбается мне. — Это же твой день рождения — можешь делать все, что хочешь.

Ого! Его тон заставляет меня повернуться и посмотреть на него. Глаза темные.

— Все-все?

— Все-все.

Сколько же обещания он может вложить в одно слово!

— Что ж, я хочу прокатиться.

— Тогда поехали, детка. — Он ухмыляется, и я улыбаюсь в ответ.

Управлять моей машиной — одно удовольствие, и когда мы выезжаем на трассу I-5, я потихоньку давлю на педаль, вжимая нас в сиденья.

— Тише, детка, — предостерегает Кристиан.

На въезде в Портленд мне в голову приходит идея.

— Ты запланировал ланч? — нерешительно спрашиваю я Кристиана.

— Ты проголодалась? — с надеждой спрашивает он.

— Да.

— Куда хочешь пойти? Это твой день, Ана.

— Я знаю одно подходящее место.

Подъезжаю к галерее, где проходила выставка работ Хосе, и паркуюсь перед рестораном «Ле Пикотин», куда мы ходили после выставки.

Кристиан ухмыляется.

— На минуту мне показалось, что ты поведешь меня в тот ужасный бар, откуда звонила мне навеселе.

— Зачем бы я это делала?

— Чтобы проверить, живы ли все еще азалии. — Он сардонически изгибает бровь.

Я краснею.

— Не напоминай мне! Кроме того… ты же все равно потом отвез меня к себе в номер. — Я самодовольно улыбаюсь.

— Лучшее решение за всю мою жизнь, — говорит он.

— Да. — Я наклоняюсь и целую его.

— Как думаешь, тот расфуфыренный павлин по-прежнему обслуживает столики?

— Расфуфыренный? Мне он таким не показался.

— Он пытался произвести на тебя впечатление.

— Что ж, ему это удалось.

Рот Кристиана кривится презрительно-насмешливо.

— Пойдем посмотрим? — предлагаю я.

— Ведите, миссис Грей.

После ланча мы забегаем в «Хитман», чтобы забрать ноутбук Кристиана, и возвращаемся в больницу. Я провожу день с Рэем, читаю ему вслух одну из рукописей, которые мне прислали. Мой единственный аккомпанемент — звуки аппаратов, поддерживающих его жизнь, удерживающих его со мной. Теперь, когда я знаю, что он идет на поправку, я могу дышать чуть свободнее и расслабиться. Я настроена оптимистически. Ему просто нужно время, чтобы выздороветь. Время у меня есть — это я могу ему дать. Я раздумываю, стоит ли попробовать еще раз позвонить маме, но решаю сделать это позже. Я держу Рэя за руку, пока читаю, время от времени сжимая пальцы, мысленно внушая поправиться. Пальцы его мягкие и теплые. На безымянном все еще виднеется углубление в том месте, где он носил обручальное кольцо, — после стольких лет.

Спустя час или два, точно не знаю сколько, я поднимаю глаза и вижу Кристиана с ноутбуком в руке, стоящего в изножье кровати, и сестру Келли.

— Пора ехать, Ана.

— Ой, — я крепко стискиваю руку Рэя. Мне не хочется его оставлять.

— Я хочу накормить тебя. Идем. Уже поздно. — Кристиан настойчив.

— Я собираюсь обтереть мистера Стила губкой, — говорит сестра Келли.

— Хорошо, — уступаю я. — Мы вернемся завтра утром.

Целую Рэя в щеку, ощущая губами незнакомую щетину. Мне это не нравится. Скорее поправляйся, папочка. Я люблю тебя.

— Я подумал, мы пообедаем внизу. В отдельном кабинете, — говорит Кристиан, открывая дверь в наш номер.

— Вот как? Чтобы закончить то, что начал несколько месяцев назад?

Он самодовольно ухмыляется.

— Если вам очень повезет, миссис Грей.

Я смеюсь.

— Кристиан, у меня нет с собой ничего нарядного.

Он улыбается, протягивает руку и ведет меня в спальню. Открывает шкаф, где висит большой белый пакет.

— Тейлор? — спрашиваю я.

— Кристиан, — отвечает он с нажимом, слегка оскорбленный. Мне смешно. Расстегнув «молнию» сумки, нахожу внутри темно-синее атласное платье и вытаскиваю. Оно потрясающее. С тонкими бретелями. Маленькое.

— Какое красивое. Спасибо. Надеюсь, подойдет.

— Подойдет, — уверенно заявляет Кристиан. — И вот... — он достает обувную коробку, — туфли к нему. — Он плотоядно улыбается.

— Ты обо всем подумал. Спасибо. — Привстаю на цыпочки и целую его.

— Да. — Он вручает мне еще одну коробку.

Я вопросительно смотрю на него. Внутри черное боди без бретелек с кружевной вставкой посредине. Он гладит мое лицо, приподнимает за подбородок и целует.

— Жду не дождусь, когда сниму это с тебя.

Чистая и свежая после ванны, чувствуя себя королевой, я сижу на краю кровати и сушу волосы феном. Кристиан входит в спальню. Думаю, он работал.

— Давай я, — говорит он, указывая на стул перед туалетным столиком.

— Будешь сушить мне волосы?

Он кивает. Я недоуменно моргаю.

— Идем, — говорит он, напряженно глядя на меня. Я знаю это выражение и знаю, что лучше подчиниться. Медленно и методично он высушивает мои волосы, прядь за прядью. Несомненно, делал это раньше... и часто.

— Ты не новичок в этом деле, — бормочу я. Его улыбка отражается в зеркале, но он ничего не говорит и продолжает расчесывать мои волосы. Это так приятно и так хорошо расслабляет.

В лифте мы спускаемся не одни. Кристиан выглядит сногсшибательно в своей белоснежной рубашке, черных джинсах и пиджаке. Без галстука. Две женщины в кабине бросают восхищенные взгляды на него и менее щедрые на меня. Я прячу улыбку. Да, дамы, он мой. Кристиан берет меня за руку, привлекает к себе, и мы молча спускаемся в бельэтаж.

Тут шумно, полно людей в вечерних нарядах, сидящих, болтающих, выпивающих, начинающих субботний вечер. Я радуюсь, что одета соответственно. Платье облегает как перчатка, подчеркивая выпуклости и удерживая все на месте. Должна признаться… я чувствую себя в нем привлекательной. Знаю, что Кристиану нравится.

Вначале я думаю, что мы направляемся в отдельный кабинет, где впервые обсуждали контракт, но он ведет меня мимо кабинета в дальний конец зала, где открывает дверь в другую комнату, обшитую деревянными панелями.

— Сюрприз!

Ну и дела! Кейт и Элиот, Миа и Итан, Каррик и Грейс, мистер Родригес и Хосе, моя мама и Боб — все здесь с поднятыми бокалами. Я стою, тараща́сь на них, потеряв дар речи. Как? Когда? В оцепенении поворачиваюсь к Кристиану, и он сжимает мою руку. Мама выходит вперед и обнимает меня. Ох, мамочка!

— Дорогая, ты замечательно выглядишь. С днем рождения.

— Мама! — всхлипываю я, обнимая ее. Ох, мамочка. Слезы бегут у меня по щекам, и я прячу лицо у нее на шее.

— Ну-ну, милая, не плачь. С Рэем все будет хорошо. Он такой сильный. Не плачь. Это же твой день рождения. — Мамин голос срывается, но она сохраняет самообладание. Берет мое лицо в ладони и большими пальцами стирает слезы.

— Я думала, ты забыла.

— Ой, Ана! Как я могла? Семнадцать часов схваток — не то, что можно легко забыть.

Я хихикаю сквозь слезы, и она улыбается.

— Вытри глазки, милая. Смотри, сколько людей приехало, чтобы разделить с тобой этот особенный для тебя день.

Я шмыгаю носом, не глядя больше ни на кого в комнате, испытывая смущение и в то же время неописуемую радость от того, что все они не сочли за труд приехать и поздравить меня.

— Как вы добрались сюда? Когда приехали?

— Твой муж прислал за нами самолет, дорогая. — Она гордо улыбается.

И я смеюсь.

— Спасибо, что приехали, мам. — Она вытирает мне нос платком, как делают только мамы. — Мама! — ворчу я, успокаиваясь.

— Так-то лучше. С днем рождения, дорогая. — Она отступает в сторону, и все выстраиваются в очередь, чтобы обнять меня и поздравить с днем рождения.

— Он поправится, Ана. Доктор Слудер — одна из лучших в стране. С днем рождения, ангел! — Грейс обнимает меня.

— Плачь сколько хочешь, Ана, это ж твой день рождения. — Хосе заключает меня в объятия.

— С днем рождения, дорогая девочка. — Каррик улыбается, беря мое лицо в ладони.

— Выше нос, детка. Все будет тип-топ. — Это Элиот. — С днем рождения.

— Ну, ну. — Кристиан вытаскивает меня из медвежьих объятий Элиота. — Хватит обнимать мою жену. Иди обнимай свою невесту.

Элиот озорно улыбается ему и подмигивает Кейт.

Официант, которого я не заметила, вручает нам с Кристианом по бокалу розового шампанского.

Кристиан прокашливается.

— День был бы идеальный, если б Рэй был с нами, но он недалеко. Состояние его не вызывает опасений, и я знаю, он хотел, чтобы ты, Ана, хорошо провела время. Спасибо всем вам за то, что приехали отметить день рождения моей жены, первый из многих. С днем рожденья, любимая!

Кристиан поднимает свой бокал под хор «С днем рожденья!», и я опять вынуждена бороться с подступающими слезами.

Прислушиваюсь к оживленным разговорам за обеденным столом. Странно находиться в кругу семьи, зная, что человек, которого я считаю своим отцом, лежит в холодном клиническом окружении отделения интенсивной терапии и его жизнь поддерживается медицинскими аппаратами. Я чувствую себя несколько отстраненно, но рада, что все здесь. Наблюдаю за пикировкой между Элиотом и Кристианом, за беззлобными остроумными шутками Хосе, за восторгом Миа и ее энтузиазмом по поводу еды, за Итаном, исподволь поглядывающим на нее. Думаю, она ему нравится... хотя трудно сказать. Мистер Родригес сидит, откинувшись на стуле, как я, и наслаждается разговорами. Он выглядит лучше. Отдохнувшим. Хосе очень внимателен к отцу, разрезает ему еду, подливает в бокал. То, что его единственный живой родитель был так близок к смерти, заставляет Хосе еще больше дорожить мистером Родригесом, я знаю.

Смотрю на маму. Она — в своей стихии, очаровательная, остроумная и сердечная. Я так люблю ее. Не забыть бы сказать ей об этом. Жизнь так драгоценна, теперь я это сознаю.

— Ты как? Нормально? — спрашивает Кейт несвойственным ей мягким голосом.

Я киваю и сжимаю ее руку.

— Да. Спасибо, что приехала.

— Думаешь, мистер Денежный Мешок позволил бы мне пропустить твой день рождения? Мы прилетели на вертолете! — Она ухмыляется.

— Правда?

— Да. Все мы. Подумать только, Кристиан умеет им управлять.

— Я киваю.

— Это круто.

— Ага, я тоже так думаю.

Мы улыбаемся.

— Вы остановились здесь? — спрашиваю я.

— Да. Мы все, полагаю. Ты ничего об этом не знала?

Я качаю головой.

— Ловко он все провернул, а?

Я киваю.

— Что подарил тебе на день рождения?

— Это. — Я поднимаю руку с браслетом.

— О, прелестная вещица!

— Да.

— Лондон, Париж... мороженое?

— Лучше тебе не знать.

— Могу догадаться.

Мы смеемся, и я краснею, вспоминая «Бен & Джерри & Ана».

— О... и «R-8».

Кейт давится вином, и оно довольно непривлекательно стекает у нее по подбородку, отчего мы обе смеемся еще сильнее.

— Офигеть! — Она хихикает.

На десерт мне преподносят роскошный шоколадный торт, на котором горит двадцать одна серебристая свечка, и громкий хор «С днем рожденья!». Грейс смотрит, как Кристиан поет вместе с моими друзьями и родными, и глаза ее сияют любовью. Поймав мой взгляд, она посылает воздушный поцелуй.

— Загадай желание, — шепчет мне Кристиан. Одним выдохом я задуваю все свечки, горячо желая папиного выздоровления. Папочка, поправляйся. Пожалуйста, выздоравливай. Я так люблю тебя.

В полночь уходят мистер Родригес и Хосе.

— Большое спасибо, что пришел. — Я крепко обнимаю Хосе.

— Не пропустил бы это ни за что на свете. Рад, что Рэй движется в правильном направлении.

— Да. Мистер Родригес и Рэй должны как-нибудь съездить порыбачить с Кристианом в Аспен.

— Да? Классно. — Хосе широко улыбается и идет за отцовским пальто, а я опускаюсь на корточки, чтобы попрощаться с мистером Родригесом.

— Знаешь, Ана, было время... ну, в общем, я думал, что вы с Хосе... — Он смолкает и смотрит на меня, темный взгляд напряженный, но теплый.

Ой, нет.

— Я очень люблю вашего сына, мистер Родригес, но он мне как брат.

— Из тебя бы вышла замечательная невестка. И вышла. Для Греев. — Он тоскливо улыбается, а я краснею.

— Надеюсь, вы удовлетворитесь дружбой.

— Конечно. Твой муж — прекрасный человек. Ты не ошиблась в выборе, Ана.

— Я тоже так думаю, — шепчу я. — Я так люблю его. — И обнимаю мистера Родригеса.

— Обращайся с ним хорошо, Ана.

— Непременно, — обещаю я.

Кристиан закрывает дверь нашего номера.

— Одни наконец-то, — бормочет он, прислоняясь к двери и наблюдая за мной.

Я шагаю к нему и провожу пальцами по лацканам пиджака.

— Спасибо за чудесный день рождения. Ты самый заботливый, внимательный и щедрый муж на свете.

— Это для меня удовольствие.

— Кстати... насчет твоего удовольствия. Давай предпримем что-нибудь по этому поводу, — шепчу я и, ухватившись за лацканы, притягиваю к себе.

После совместного завтрака я открываю подарки и бодро прощаюсь со всеми Греями и Кавана, которые возвращаются в Сиэтл на «Чарли Танго». Мы с мамой и Кристианом отправляемся в больницу с Тейлором за рулем, поскольку трое в мою «R-8» не войдут. Боб отказался ехать, чему я втайне рада. Было бы слишком странно, и, я уверена, Рэю не хотелось бы, чтобы Боб видел его в таком состоянии.

Рэй выглядит гораздо лучше. Зарос еще больше. Мама потрясена, когда видит его, и вместе мы немножко плачем.

— Ох, Рэй! — Она сжимает его руку, мягко гладит по лицу, и меня трогает любовь ее к бывшему мужу, которую я читаю у нее на лице.

Я рада, что у меня в сумочке бумажные платки. Мы сидим с ним рядом, я держу мамину руку, она держит его.

— Ана, было время, когда этот мужчина был центром моей жизни. Солнце вставало и садилось вместе с ним. Я всегда буду любить его. Он так хорошо заботился о тебе.

— Мама... — выдавливаю я, и она гладит мое лицо и заправляет прядь волос за ухо.

— Знаешь, я всегда буду любить Рэя. Мы просто постепенно отдалились друг от друга. — Она вздыхает. — И я не могла жить с ним.

Она смотрит на свои пальцы, а я гадаю, думает ли она о Стиве, муже Номер Три, о котором мы не говорим.

— Я знаю, ты любишь Рэя, — шепчу я, вытирая глаза. — Сегодня врачи выведут его из комы.

— Вот и хорошо. Уверена, он поправится. Он такой упрямый. Думаю, ты научилась этому от него.

Я улыбаюсь.

— Ты разговаривала с Кристианом?

— Он считает, что ты упрямая?

— Вот именно.

— Я скажу ему, что это семейная черта. Ты прекрасно выглядишь сегодня, Ана. Такой счастливой.

— Мы счастливы, я думаю. Во всяком случае, на пути к этому. Я люблю его. Он центр моей жизни. Солнце встает и садится вместе с ним.

— Он обожает тебя, дорогая.

— И я обожаю его.

— Непременно скажи ему об этом. Мужчины любят слышать все эти сантименты так же, как и мы.

Я настаиваю на том, чтобы поехать в аэропорт проводить маму с Бобом. Тейлор едет следом на «R-8», а Кристиан ведет «SUV». Жалко, что они не могут остаться подольше, но им надо возвращаться в Саванну. Прощание выходит слезным.

— Хорошенько заботься о ней, Боб, — шепчу я, когда он обнимает меня.

— Обязательно, Ана.

Я поворачиваюсь к маме.

— До свидания, мама. Спасибо, что приехала, — шепчу я севшим голосом. — Я очень люблю тебя.

— Моя дорогая девочка, я тоже люблю тебя. И с Рэем все будет в порядке. Он еще не готов покинуть этот бренный мир. Наверняка: скоро игра «Маринеров», которую он не может пропустить.

Я смеюсь. Она права. Решаю сегодня вечером почитать Рэю спортивные страницы воскресной газеты. Смотрю, как мама с Бобом садятся в самолет компании «Грей энтерпрайзес». Мама со слезами на глазах машет мне на прощанье. Кристиан обнимает меня за плечи.

— Поехали назад, детка, — бормочет он.

— Ты поведешь?

— Конечно.

Когда мы возвращаемся в больницу тем вечером, Рэй выглядит по-другому. До меня не сразу доходит, что дыхательного аппарата больше нет. Я гляжу его заросшее щетиной лицо и достаю платок, чтобы аккуратно вытереть слюну с его рта.

Кристиан идет, чтобы найти доктора Слудер и доктора Кроува и узнать последние новости, а я сажусь на уже знакомый стул рядом с кроватью, чтобы неотлучно дежурить у его постели.

Разворачиваю спортивный раздел воскресной «Орегониан» и добросовестно начинаю читать репортаж об игре «Саундерсов» против «Реал Солт-лейк». Судя по отзывам, матч был бурный, но «Саундерсы» потерпели поражение. Единственный гол забил Кейси Келлер. Я твердо держу Рэя за руку и продолжаю читать:

— Окончательный счет 2:1 в пользу «Реал Солт-лейк».

— Эй, Ана, мы проиграли? Нет! — хрипит Рэй и стискивает мою ладонь.

Папа!

Глава 19

С лезы струятся по лицу. Он вернулся. Мой папа вернулся!

— Не плачь, Анни. — Голос у Рэя хриплый. — Что случилось?

Я беру его руку в обе свои и прижимаю к лицу.

— Ты попал в аварию. Сейчас ты в больнице в Портленде.

Рэй хмурится, и я не знаю, оттого ли, что ему неловко из-за нехарактерной для меня демонстрации чувств, или он не помнит происшествие.

— Хочешь воды? — спрашиваю я, хотя не уверена, что ему можно. Он кивает, озадаченный. Мое сердце переполняет радость. Я встаю и склоняюсь над ним, целую в лоб. — Я люблю тебя, папочка. С возвращением.

Он смущенно взмахивает рукой.

— Я тебя тоже, Анни. Воды.

Я как на крыльях лечу к сестринскому посту.

— Мой отец — он очнулся! — Я широко улыбаюсь сестре Келли, которая улыбается в ответ.

— Сообщи доктору Слудер, — говорит она своей коллеге и быстренько обходит стойку.

— Он хочет воды.

— Я принесу.

Несусь обратно к папиной койке, радость кружит голову. Когда я подхожу, глаза его закрыты — не провалился ли он снова в кому?

— Папа?

— Я здесь, — бормочет он, и глаза приоткрываются. Появляется сестра Келли с кувшином кусочков льда и стаканом.

— Здравствуйте, мистер Стил. Я — Келли, ваша медсестра. Ваша дочь сказала, что вы хотите пить.

В комнате ожидания Кристиан сосредоточенно смотрит в экран своего ноутбука. Поднимает глаза, когда я закрываю дверь.

— Он очнулся, — объявляю я.

Мой муж улыбается, и напряжение вокруг его глаз исчезает. Ой... а я и не замечала. Неужели он был так напряжен все это время? Отодвигает ноутбук в сторону, встает и обнимает меня.

— Как Рэй? — спрашивает Кристиан, когда я обвиваю его руками.

— Разговаривает, хочет пить, сбит с толку. Совсем не помнит аварию.

— Это понятно. Теперь, когда он очнулся, я хочу перевезти его в Сиэтл. Тогда мы сможем поехать домой, и моя мама будет присматривать за ним.

Уже?

— Не уверена, что его сейчас можно транспортировать.

— Я поговорю с доктором Слудер. Узнаю ее мнение.

— Ты соскучился по дому?

— Да.

— Ладно.

— Ты не перестаешь улыбаться, — говорит Кристиан, когда я торможу перед «Хитманом».

— Я очень рада. И счастлива.

Кристиан ухмыляется.

— Это хорошо.

День на исходе, и я ежусь, когда выхожу в прохладный, бодрящий вечер и вручаю ключи служителю парковки. Он с вожделением оглядывает мою машину, и я его не виню. Кристиан обнимает меня.

— Отпразднуем? — спрашивает он, когда мы входим в вестибюль.

— Что?

— Выздоровление твоего отца.

Я хихикаю.

— Скучал по этому звуку. — Кристиан целует меня в волосы.

— Не могли бы мы просто поесть в своем номере? Ну, знаешь, провести тихий, спокойный вечер?

— Конечно. Идем. — Взяв за руку, он ведет меня к лифтам.

— Бесподобно вкусно, — удовлетворенно бормочу я, отодвигая тарелку, впервые за долгое время наевшись до отвала. — Здешние повара знают, как готовить отличный tarte Tatin[1].

Я только что приняла ванну, и на мне лишь трусы и майка Кристиана. На заднем фоне тихонько играет айпод Кристиана, и Дидо щебечет о белых флагах. Кристиан раздумчиво смотрит на меня. Волосы его все еще влажные после ванны, и на нем только черная майка и джинсы.

— Впервые за все время, что мы здесь, я вижу, что ты нормально ешь, — говорит он.

— Я проголодалась.

Он откидывается на стуле с самодовольной ухмылкой и делает глоток белого вина.

— Чем бы ты хотела сейчас заняться?

— А ты что хочешь?

Он насмешливо вскидывает бровь.

— То же, что хочу всегда.

— И что это?

— Не прикидывайтесь скромницей, миссис Грей.

Потянувшись через стол, я хватаю его руку, переворачиваю и вожу указательным пальцем по ладони.

— Я бы хотела, чтобы ты дотронулся до меня вот этим. — Я провожу своим пальцем по его.

Он ерзает на стуле.

---

[1] Пирог с яблоками в карамели (*фр.*).

— Только этим? — Глаза его тут же темнеют и вспыхивают.

— Может, вот этим? — Я веду кончиком пальца по его среднему и обратно к ладони. — И этим. — Мой ноготь обводит безымянный палец с кольцом. — Определенно, этим. — Мой палец останавливается у обручального кольца. — Оно ужасно сексуальное.

— В самом деле?

— О да. Оно говорит: «Этот мужчина мой». — И я обвожу небольшую огрубелость, которая уже образовалась у него на ладони ниже кольца. Он наклоняется вперед и берет меня за подбородок другой рукой.

— Миссис Грей, вы соблазняете меня?

— Надеюсь.

— Анастейша, я весь твой. — Голос его звучит низко. — Иди сюда. — Он тянет меня за руку, к себе на колени. — Мне нравится, когда ты такая доступная. — Он скользит рукой по моему бедру к ягодицам. Обхватывает меня за шею другой рукой и целует.

У него вкус белого вина, и яблочного пирога, и Кристиана. Я пропускаю его волосы сквозь пальцы, прижимая к себе, пока наши языки исследуют, обвиваются вокруг друг друга, разогревая кровь в жилах. Когда Кристиан отрывается от меня, дыхания не хватает обоим.

— Пойдем в постель.

— В постель?

Он отстраняется чуть дальше и тянет меня за волосы, заставляя посмотреть на него.

— А вы что предпочитаете, миссис Грей?

Я пожимаю плечами, изображая безразличие.

— Удиви меня.

Он ухмыляется.

— Ты сегодня что-то несговорчива. — Он трется носом о мой.

— Возможно, меня надо связать.

— Возможно. А ты в свои преклонные годы становишься прямо командиршей. — Он щурится, но не может скрыть веселых искорок в глазах.

— И что ты намерен с этим делать? — дерзко спрашиваю я.

Его глаза блестят.

— Я знаю, что хотел бы с этим сделать. Зависит от того, согласишься ли ты.

— Ах, мистер Грей, в последние пару дней вы были со мной очень нежным.

— Тебе не нравится нежность?

— С тобой — конечно. Но знаешь... разнообразие — вот что придает остроту жизни. — Я хлопаю ресницами.

— У тебя на уме что-то не слишком нежное?

— Кое-что жизнеутверждающее.

Он удивленно вскидывает брови.

— Жизнеутверждающее, — повторяет он, потрясенный моим тоном.

Я киваю. Он мгновение смотрит на меня.

— Не кусай губу, — шепчет он, затем внезапно поднимается, держа меня на руках. Я вскрикиваю и от неожиданности хватаюсь за его руки, боясь оказаться на полу. Он идет к самому маленькому из трех диванов и усаживает меня на него.

— Жди здесь. Не двигайся. — Бросает на меня горячий напряженный взгляд и разворачивается, направляясь в спальню. Ох... Кристиан босиком. Почему его босые ноги — это так сексуально? Он возвращается через минуту, застигнув меня врасплох, и наклоняется надо мной сзади.

— Думаю, мы освободимся от этого. — Хватает мою майку и стягивает ее через голову, оставляя меня в одних трусах. Тянет за собранные в хвост волосы и целует.

— Встань, — приказывает он и отпускает. Я немедленно подчиняюсь. Он расстилает на диван полотенце.

Полотенце?

— Сними трусики.

Я сглатываю, но делаю, как велено, бросая их рядом с диваном.

— Сядь. — Он снова хватает меня за хвост и оттягивает голову назад. — Ты скажешь, чтобы я остановился,
если это будет слишком, ведь так?

Я киваю.

— Скажи. — Голос его строг.

— Да, — пищу я.

Он ухмыляется.

— Хорошо. Итак, миссис Грей... удовлетворяя вашу
просьбу, я свяжу вас. — Голос опускается до прерыви-
стого шепота. Желание пронзает мое тело, словно молния, от одних только слов. Ох, мой любимый Пятьдесят
Оттенков... на диване?

— Подтяни колени вверх, — мягко приказывает он. —
И откинься назад.

Я ставлю ноги на край дивана, коленями перед собой. Он берет мою левую ногу и, подобрав пояс от бан-
ного халата, обвязывает один конец вокруг колена.

— Банный халат?

— Я импровизирую. — Он опять ухмыляется и, обвя-
зав вторую коленку, заводит оба конца за спинку дивана, тем самым раздвигая мне ноги.

— Не двигайся, — предупреждает он, завязывая конца поясов за спинкой.

С ума сойти. Я сижу на диване, ноги широко разве-
дены.

— Нормально? — мягко спрашивает Кристиан, глядя
на меня из-за дивана.

Я киваю, ожидая, что он свяжет руки тоже. Но он
этого не делает. Наклоняется и целует меня.

— Ты даже не представляешь, как соблазнительно
сейчас выглядишь, — бормочет он и трется носом о мой
нос. — Думаю, надо сменить музыку. — Он выпрямляется и вальяжной походкой идет туда, где лежит его
айпод.

Как ему это удается? Я тут сижу, связанная и до-
веденная до крайности, а он такой спокойный и невоз-
мутимый. Он все еще в поле моего зрения, и я любуюсь игрой мышц под майкой, когда он меняет музыку.

Нежный, почти детский, женский голос начинает петь о том, что кто-то следит за мной.

Мне нравится эта песня.

Кристиан поворачивается, и глаза его находят и не отпускают мои. Он подходит к дивану и грациозно опускается передо мной на колени.

Неожиданно я чувствую себя ужасно открытой, незащищённой.

— Незащищённая? Уязвимая? — спрашивает он, прочитав мои мысли.

Я киваю.

— Хорошо, — бормочет он. — Протяни руки.

Я не могу оторваться от его завораживающих глаз, но делаю то, что сказано. На каждую ладонь Кристиан наливает из маленького прозрачного пузырька немного маслянистой жидкости. У нее насыщенный мускусный, чувственный запах, определить который я не могу.

— Потри руки. — Я ерзаю под его горячим, тяжелым взглядом. — Сиди спокойно, — предупреждает он.

А как же.

— А теперь, Анастейша, я хочу, чтобы ты прикасалась к себе.

Вот дела.

— Начни с шеи и продвигайся вниз.

Я мешкаю.

— Не стесняйся, Ана. Давай. Сделай это. — Веселье и вызов читаются на его лице так же ясно, как и желание.

Нежный голосок продолжает петь. Я кладу ладони себе на шею и позволяю им соскользнуть вниз, к вершине груди. Благодаря маслу они катятся, как санки по снегу. Ладони теплеют.

— Ниже, — бормочет Кристиан. Он не дотрагивается до меня.

Обхватываю груди.

— Подразни себя.

Вот так. Я осторожно тяну за соски.

— Сильнее, — побуждает Кристиан. Он неподвижно сидит у меня между ног и просто наблюдает. — Как сделал бы я, — добавляет он, глаза его блестят мрачно и загадочно. Мышцы внизу живота сжимаются. Я тихо стону в ответ и сильнее тяну соски, чувствуя, как они твердеют и удлиняются под моими прикосновениями.

— Да. Вот так. Еще.

Закрыв глаза, я снова тяну, мну и тискаю их между пальцами. Из горла вырывается непроизвольный стон.

— Открой глаза.

Я моргаю.

— Еще. Я хочу видеть тебя. Видеть, как ты наслаждаешься своими прикосновениями.

Надо же. Я повторяю движения. Это так... эротично.

— Руки. Ниже.

Я ерзаю.

— Сиди смирно, Ана. Впитывай удовольствие. Ниже. — Голос низкий и хриплый, обольщающий и завораживающий.

— Сделай это сам, — шепчу я.

— Сделаю — и очень скоро. А сейчас ты. Ниже. Давай же. — Кристиан проводит языком по своим губам. Ну нет. Я извиваюсь, натягивая путы.

Он медленно качает головой.

— Спокойно. — Кладет руки мне на колени, удерживая на месте. — Давай, Ана, ниже.

Мои ладони скользят по животу к лону.

— Ниже, — приказывает он.

— Кристиан, пожалуйста.

Его руки скользят от моих колен по бедрам к моим вратам.

— Ну, же, Ана. Прикоснись к себе.

Мой левая рука спускается вниз, и я обвожу медленный круг и выдыхаю беззвучное «о».

— Еще, — шепчет он.

Я стону громче и повторяю движение. Голова откидывается назад, дыхание сбивчивое, частое.

— Еще.

Я издаю громкий протяжный стон, и Кристиан резко втягивает воздух. Схватив меня за руки, наклоняется и пробегает носом, а потом языком в основании моих бедер.

— Ах!

Я хочу дотронуться до него, но, когда пытаюсь сделать это, его пальцы крепче сжимают мои запястья.

— Привяжу и их. Сиди смирно.

Я стону. Он отпускает меня, затем вводит два средних пальца и кладет ладонь на клитор.

— Я собираюсь сделать так, что ты кончишь быстро, Ана. Готова?

— Да, — выдыхаю я.

Он начинает двигать пальцами и ладонью вверх и вниз, быстро, одновременно лаская самое чувствительное место внутри меня и клитор. Ощущения такие интенсивные, такие яркие. Наслаждение нарастает и стрелами прошивает нижнюю половину тела. Я хочу вытянуть ноги, но не могу. Ногти царапают полотенце подо мной.

— Сдавайся, — шепчет Кристиан.

Я взрываюсь вокруг его пальцев, выкрикивая что-то нечленораздельное. Он прижимает ладонь к клитору, и волны блаженства прокатываются по телу, продлевая восхитительную агонию. Смутно сознаю, что он развязывает мои ноги.

— Моя очередь, — бормочет он и одним рывком переворачивает меня так, что я лежу лицом вниз на диване, коленями на полу. Он раздвигает мне ноги и сильно шлепает по заду.

— Ай! — вскрикиваю я, и он одним мощным ударом вламывается в меня.

— Ох, Ана, — шипит Кристиан сквозь стиснутые зубы, начиная двигаться. Пальцы с силой вонзаются в бедра. И блаженство снова нарастает.

— Давай, Ана! — кричит Кристиан, и я снова рассыпаюсь на тысячи кусочков, сжимаясь вокруг него и вскрикивая в пароксизме страсти.

— Достаточно жизнеутверждающе для тебя? — Кристиан целует мои волосы.

— О да, — бормочу я, устремив взгляд в потолок. Лежу на муже спиной, мы оба на полу рядом с диваном. Он все еще одет.

— Думаю, надо повторить. И в этот раз никакой одежды.

— Господи, Ана. Дай человеку шанс.

Я хихикаю, и он усмехается.

— Я рад, что Рэй пришел в себя. Похоже, твои аппетиты вернулись, — говорит он, не скрывая в голосе улыбки.

Переворачиваюсь и сердито насупливаю брови.

— Ты забыл про эту ночь и утро? — Я надуваю губы.

— Разве это можно забыть? — Он улыбается и при этом выглядит таким молодым, беззаботным и счастливым. Потом обхватывает мой зад. — У вас фантастическая попка, миссис Грей.

— У вас тоже. — Я выгибаю бровь. — Хотя ты до сих пор прикрыт.

— И что же вы собираетесь предпринять по этому поводу, миссис Грей?

— Я собираюсь раздеть вас, мистер Грей. Всего.

Он ухмыляется.

— И, думаю, в тебе очень много милого, — бормочу я, имея в виду песню, которая все играет, поставленная на повтор. Его улыбка сникает.

О нет.

— Да, да, — шепчу я. Наклоняюсь и целую его в уголок рта. Он закрывает глаза, и руки, обнимающие меня, сжимаются.

— Кристиан, да. Ты сделал этот уикенд таким особенным — несмотря на то что случилось с Рэем.

Он открывает свои большие серьезные глаза — и мне больно видеть выражение его лица.

— Потому что я люблю тебя.

— Знаю. И я тоже люблю тебя. — Я глажу его лицо. — Ты тоже дорог мне. Ты ведь знаешь это, правда?

Он с потерянным видом замирает.

Ох, Кристиан... мои сладкие Пятьдесят Оттенков!

— Поверь мне, — шепчу я.

— Это нелегко. — Его голос чуть слышен.

— Постарайся. Очень постарайся, потому что это правда. — Я снова глажу его по лицу, пальцами касаясь бачков. Глаза — серые океаны растерянности, страдания и боли. Мне хочется забраться внутрь его тела и обнять. Все что угодно, лишь бы стереть этот взгляд. Когда же он наконец поймет, что дорог мне больше жизни? Что он более чем достоин моей любви, любви своих родителей, брата и сестры? Я говорила ему это уже сотни раз и все равно снова вижу этот потерянный, полный боли взгляд. Время. На это потребуется время.

— Ты замерзнешь. Идем. — Он грациозно поднимается на ноги и поднимает меня.

Я обнимаю его, и мы идем в спальню. Не стану давить, но после несчастного случая с Рэем для меня стало еще важнее, чтобы он знал, как сильно я люблю его.

Входим в спальню, и я лихорадочно придумываю способ восстановить то желанное, легкомысленное настроение, которое было всего пару минут назад.

— Посмотрим телевизор? — спрашиваю я.

Кристиан фыркает.

— Я надеялся на второй раунд. — Мой переменчивый Пятьдесят Оттенков снова вернулся.

Я выгибаю бровь и останавливаюсь у кровати.

— Что ж, в таком случае командовать буду я.

Он изумленно смотрит на меня, а я толкаю его на кровать и, быстро усевшись верхом, пригвождаю его руки над головой.

Он ухмыляется.

— Что ж, миссис Грей, теперь, когда я в вашей власти, что вы намерены со мной делать?

Я наклоняюсь и шепчу ему на ухо:

— Буду любить тебя.

Он закрывает глаза и резко вдыхает, а я мягко скольжу зубами по его подбородку.

Кристиан работает на компьютере. Сейчас раннее солнечное утро, и он печатает электронное письмо.

— Доброе утро, — тихо говорю я от двери. Он поворачивается и улыбается мне.

— Миссис Грей. Вы рано поднялись. — Он раскрывает мне объятия.

Я вихрем проношусь через комнату и сворачиваюсь у него на коленях.

— Как и ты.

— Я просто работал. — Он чуть сдвигается и целует мои волосы.

— Что? — спрашиваю я, чувствуя, что что-то не так. Он вздыхает.

— Получил мейл от детектива Кларка. Хочет поговорить с тобой об этой скотине Хайде.

— Правда? — Я выпрямляюсь.

— Да. Я сказал, что ты пока в Портленде, так что ему придется подождать. Но он говорит, что хотел бы побеседовать с тобой здесь.

— Приедет сюда?

— По-видимому. — Кристиан выглядит озадаченным.

Я хмурюсь.

— Что ж там такого важного, что не может подождать?

— Вот и я о том же.

— Когда приезжает?

— Сегодня. Я напишу, чтобы не приезжал.

— Мне нечего скрывать. Интересно, что он хочет узнать?

— Узнаем, когда приедет. Я тоже заинтригован. — Кристиан опять сдвигается. — Завтрак скоро принесут. Давай поедим, а потом навестим твоего отца.

Я киваю.

— Можешь остаться здесь, если хочешь. Вижу, ты занят. Он хмурится.

— Нет, я хочу поехать с тобой.

— Хорошо. — Я улыбаюсь, обнимаю его за шею и целую.

Рэй не в духе. Это радует. Все у него чешется, все ему мешает, все раздражает, все надоело.

— Папа, ты побывал в серьезной аварии. Нужно время, чтобы восстановиться. Мы с Кристианом хотим перевезти тебя в Сиэтл.

— Не понимаю, зачем ты со мной возишься. Я прекрасно справлюсь здесь и сам.

— Не глупи. — Я с нежностью сжимаю его руку, и он отвечает улыбкой.

— Тебе что-нибудь нужно?

— Я б не отказался от пончика, Анни.

Я снисходительно улыбаюсь ему.

— Добуду тебе парочку. Мы поедем в «Вуду».

— Здорово!

— А приличного кофе хочешь?

— Черт, да!

— Ладно, привезу.

Кристиан снова в комнате ожидания, разговаривает по телефону. Он прямо-таки устроил себе там офис. Странно, но в комнате никого больше нет, хотя другие боксы отделения тоже заняты. Интересно, не распугал ли Кристиан других посетителей. Он дает отбой.

— Кларк приедет к четырем.

Я хмурюсь. Что может быть такого срочного?

— Ладно. Рэй хочет кофе с пончиками.

Кристиан смеется.

— На его месте я бы тоже захотел. Попроси Тейлора съездить.

— Нет, я сама.

— Тогда возьми Тейлора с собой. — Голос строгий.

— Хорошо. — Я закатываю глаза, а он хмурится. Потом ухмыляется и склоняет голову набок.

— Здесь никого нет. — Теперь голос его восхитительно низкий, и я знаю, что он так грозится отшлепать меня.

Я уже собираюсь бросить вызов, когда в комнату входит молодая пара. Женщина тихо плачет. Я прими-

рительно пожимаю плечами, и Кристиан кивает. Подхватывает свой ноутбук, берет меня за руку и выводит
из комнаты.

— Похоже, им уединение нужно больше, чем нам, —
говорит Кристиан. — Развлечемся позже.

Тейлор терпеливо ждет на улице.

— Поехали привезем кофе и пончики.

Ровно в четыре раздается стук в дверь. Тейлор вводит детектива Кларка, который выглядит раздраженнее
обычного. Он, похоже, всегда чем-то недоволен. А может, у него просто такое лицо.

— Мистер Грей, миссис Грей, спасибо, что согласились встретиться со мной.

— Детектив Кларк, здравствуйте. — Кристиан пожимает ему руку и приглашает сесть.

Я сажусь на диван, где получила такое удовольствие
прошедшей ночью. От этой мысли я краснею.

— Я хотел бы побеседовать с миссис Грей, — подчеркнуто говорит Кларк Кристиану и Тейлору, который
занимает позицию у двери. Кристиан бросает взгляд,
затем чуть заметно кивает Тейлору, который поворачивается и уходит, прикрыв за собой дверь.

— Все, что вы желаете сказать моей жене, вы можете
сказать в моем присутствии. — Голос холодный и дело-
витый.

Детектив Кларк поворачивается ко мне.

— Вы уверены, что хотите, чтобы ваш муж присут-
ствовал?

Я хмурюсь.

— Конечно. Мне нечего скрывать. Вы же просто
опрашиваете меня?

— Да, мэм.

— Тогда я хочу, чтобы мой муж остался.

Кристиан сидит рядом со мной, излучая напряжение.

— Хорошо, — говорит Кларк, смирившись. Откашливается. — Миссис Грей, мистер Хайд утверждает, что

вы сексуально преследовали его и сделали ему несколько непристойных предложений.

Что?! Я едва удерживаюсь, чтоб не рассмеяться, но кладу ладонь на колено мужа, чтобы успокоить его, поскольку Кристиан подается вперед.

— Какая чушь! — шипит он. Я сжимаю пальцы, заставляя его замолчать.

— Это неправда, — спокойно заявляю я. — В сущности, все было наоборот. Это он сделал мне непристойное предложение в весьма агрессивной манере, за что и был уволен.

— Хайд заявляет, — продолжает после паузы Кларк, — что вы сфабриковали историю о сексуальных домогательствах, чтобы его уволили. Он утверждает, вы сделали это потому, что он отверг ваши притязания, и потому, что хотели занять его место.

Я хмурю брови. Ну и дела. Джек — еще больший псих, чем я думала.

— Это неправда. — Качаю головой.

— Детектив, только не говорите мне, что вы проехали весь этот путь, чтобы волновать мою жену этими нелепыми обвинениями.

Детектив Кларк обращает взгляд своих голубых, отдающих сталью глаз на Кристиана.

— Мне надо услышать это от миссис Грей, сэр, — говорит он со спокойной сдержанностью. Я снова стискиваю ногу Кристиана, молча умоляя его сохранять самообладание.

— Ты не обязана слушать этот бред, Ана.

— Думаю, мне следует рассказать детективу Кларку, как все было на самом деле.

Кристиан несколько секунд бесстрастно смотрит на меня, потом смиренно машет рукой.

— То, что говорит Хайд, — полнейшая клевета. — Мой голос звучит спокойно, хотя спокойствия я отнюдь не испытываю. Я озадачена обвинениями и нервничаю, зная, что Кристиан может взорваться. Что за игру ведет Джек? — Как-то вечером мистер Хайд стал приставать ко мне в офисной кухне. Он сказал, что это благодаря ему меня наняли, а в благодарность он ждет моей благосклонности. Пытался шантажировать меня, используя электронные письма, которые я посылала Кристиану, в то время еще не моему мужу. Я не знала, что Хайд просматривает мою почту. Он ненормальный — даже обвинил меня, что я шпионка, посланная Кристианом, предположительно чтобы помочь ему завладеть компанией. Он не знал, что Кристиан уже купил издательство. — Я качаю головой, вспоминая тот крайне неприятный эпизод.

— В конце концов я… э… сбила его с ног.

Брови Кларка удивленно поднимаются.

— Сбили с ног?

— Мой отец — бывший военный. Хайд… э… дотронулся до меня, а я умею защищаться.

В коротком взгляде Кристиана читается гордость.

— Ясно. — Кларк откидывается на спинку дивана, тяжело вздыхая.

— Вы говорили с кем-нибудь из бывших помощниц Хайда? — интересуется Кристиан почти добродушно.

— Да, говорили. Но, по правде сказать, нам не удается разговорить ни одну из его помощниц. Все они твердят, что он был примерным боссом, даже несмотря на то, что ни одна из них не продержалась больше трех месяцев.

— У нас была та же проблема, — бормочет Кристиан.

Ого?! Мы с детективом Кларком смотрим на Кристиана разинув рты.

— Мой начальник службы безопасности расспрашивал пять последних помощниц.

— И зачем?

Кристиан бросает на него суровый взгляд.

— Затем, что моя жена работала на него, а я проверяю всех, с кем работает моя жена.

Детектив Кларк вспыхивает. Я сконфуженно пожимаю плечами; в моей улыбке читается: «Добро пожаловать в мой мир».

— Понятно, — говорит Кларк. — Думаю, тут есть нечто большее, чем кажется на первый взгляд, мистер Грей. Завтра мы проводим более тщательный обыск его квартиры, может, что-то еще и прояснится. Хотя, по нашим сведениям, он уже какое-то время там не живет.

— Вы уже проводили обыск?

— Да. Это будет повторный. На этот раз будем искать отпечатки пальцев.

— Вы все еще не предъявили ему обвинение в покушении на убийство Рос Бейли и меня? — тихо спрашивает Кристиан.

Что?

— Мы надеемся найти больше доказательств в связи с повреждением вашего вертолета, мистер Грей. Нам нужно больше, чем частичный отпечаток пальца, и пока Хайд под арестом, мы сможем построить дело.

— И это все, за чем вы приехали?

Кларк ощетинивается.

— Да, мистер Грей, если только у вас не появилось никаких новых мыслей насчет записки.

Записки? Какой записки?

— Нет. Я же говорил вам. Для меня она не имеет смысла. — Кристиан не может скрыть раздражение. — И не понимаю, почему нельзя было сделать это по телефону.

— Кажется, я говорил вам, что предпочитаю практический подход. К тому же заодно навещу свою двоюродную тетку, которая живет здесь, в Портленде, — убью сразу двух зайцев, так сказать. — Кларк сохраняет невозмутимое лицо, ничуть не обескураженный вспышкой моего мужа.

— Что ж, если это все, мне нужно работать. — Кристиан встает, и детектив Кларк следом за ним.

— Спасибо, что уделили мне время, миссис Грей, — вежливо говорит он.

Я киваю.

— Мое почтение, мистер Грей.

Кристиан открывает дверь, и Кларк выходит.

Я бессильно опускаюсь на диван.

— Ну каков негодяй, а? — взрывается Кристиан.

— Ты о Кларке?

— Нет, об этом подонке Хайде.

— Просто в голове не укладывается.

— Что за игру он ведет? — шипит Кристиан сквозь стиснутые зубы.

— Не знаю. Думаешь, Кларк поверил мне?

— Разумеется, поверил. Он знает, что Хайд — гнида, каких поискать.

— Ты ужасный сквернослов.

— Сквернослов? — ухмыляется Кристиан.

— Да.

Он неожиданно широко улыбается и садится рядом со мной, притягивая меня в свои объятия.

— Не думай об этом подонке. Пойдем посмотрим, как там твой отец, и попробуем обсудить завтрашнюю транспортировку.

— Он хочет остаться в Портленде и не быть обузой.

— Я с ним поговорю.

— Я бы хотела сопровождать его.

Кристиан смотрит на меня, и сначала мне кажется, что он скажет «нет».

— Хорошо. Я тоже поеду. Сойер и Тейлор могут взять машины. Сегодня вечером я дам Сойеру вести твою «R-8».

На следующий день Рэй знакомится со своим новым жилищем — просторной, светлой комнатой в реабилитационном центре Северо-западной больницы Сиэтла. Сейчас полдень, и Рэй выглядит сонным. Перелет на вертолете сильно его утомил.

— Скажи Кристиану, что я ему очень благодарен, — тихо говорит он.

— Ты сам можешь сказать. Он будет сегодня вечером.

— А ты разве не идешь на работу?

— Возможно. Просто хочу убедиться, что тебе здесь хорошо.

— Давай уже иди. Незачем со мной носиться.

— А мне нравится носиться с тобой.

Звонит мой «блэкберри». Я смотрю на номер — какой-то незнакомый.

— Собираешься отвечать? — спрашивает Рэй.

— Нет. Я не знаю, кто это. Голосовая почта примет звонок. Я принесла тебе кое-что почитать. — Указываю на стопку спортивных журналов на прикроватной тумбочке.

— Спасибо, Анни.

— Ты устал, да?

Он кивает.

— Тогда спи. — Я целую его в лоб. — Пока, папочка.

— Увидимся, милая. И спасибо. — Рэй берет мою руку и мягко сжимает. — Я люблю, когда ты называешь меня папочкой. Прямо как раньше.

Ох, папа. Я тоже жму его руку.

Выхожу через центральный вход и направляюсь к машине, где ждет Сойер. Слышу, как кто-то меня окликает.

— Миссис Грей! Миссис Грей!

Обернувшись, я вижу, что ко мне спешит доктор Грин, выглядящая, как всегда, безупречно, но слегка взволнованная.

— Миссис Грей, как поживаете? Вы получили мое послание? Я вам звонила.

— Нет. — У меня начинает покалывать кожу головы.

— Я хотела узнать, почему вы отменили четыре встречи.

Четыре? Я недоуменно смотрю на нее. Я пропустила четыре назначенные встречи? Как?

— Быть может, нам стоит поговорить об этом у меня в кабинете. Я вышла позавтракать... у вас есть сейчас время?

Я смиренно киваю.

— Конечно, я... — Слова изменяют мне. Я пропустила четыре встречи? И опоздала с уколом. Черт.

Как в тумане, возвращаюсь в больницу и поднимаюсь к ней в кабинет. Как я могла пропустить четыре встречи? Смутно помню о переносе одной — Ханна упоминала об этом, — но четыре? Как я умудрилась пропустить четыре?

Кабинет доктора Грин просторный, в минималистском стиле и хорошо обставленный.

— Хорошо, что вы застали меня до того, как я ушла, — бормочу я, все еще потрясенная. — Мой отец попал в аварию, и мы только что перевезли его сюда из Портленда.

— Мне очень жаль. Как он?

— Все хорошо, спасибо. Поправляется.

— Прекрасно. И это объясняет, почему вы отменили встречу в пятницу.

Доктор Грин двигает мышкой на своем столе, и ее компьютер оживает.

— Да... уже больше тринадцати недель. Вы немного запаздываете. Нам лучше сделать тест, прежде чем делать вам еще один укол.

— Тест? — шепчу я, и вся кровь отливает у меня от головы.

— Тест на беременность.

Нет.

Она лезет в ящик своего стола.

— Вы знаете, что с этим делать. — Протягивает мне маленькую емкость. — Туалет прямо напротив моего кабинета.

Я поднимаюсь, словно в трансе, и тащусь в туалет.

Черт, черт, черт, черт. Как я могла допустить это... опять? Мне вдруг делается нехорошо, и я возношу безмолвную молитву: «Пожалуйста, нет. Еще слишком рано. Слишком рано. Слишком рано».

Когда я вновь вхожу в кабинет доктора Грин, она натянуто улыбается мне и жестом предлагает сесть у стола.

Я сажусь и без слов подаю ей свой образец. Она окунает в него маленькую белую палочку и наблюдает. Потом поднимает брови, когда палочка становится бледно-голубой.

— Что это означает? — Напряжение буквально душит меня.

Она поднимает на меня глаза. Взгляд серьезный.

— Что ж, миссис Грей, это означает, что вы беременны.

Что? Нет. Нет. Нет. Проклятье.

Глава 20

Я в оцепенении смотрю на доктора Грин, и мой мир рушится. Ребенок. Ребенок. Я не хочу ребенка... пока не хочу. И в глубине души знаю, что Кристиан придет в ярость.

— Миссис Грей, вы очень бледны. Хотите стакан воды?

— Пожалуйста. — Мой голос чуть слышен. Мысли путаются. Беременна? Как? Когда?

— Я так понимаю, вы удивлены.

Я киваю доброму доктору, и она подает мне стакан воды, налитой из стоящего рядом кулера. Делаю желанный глоток.

— Потрясена, — шепчу я.

— Мы можем сделать ультразвук, чтобы определить срок. Судя по вашей реакции, подозреваю, недели две или около того с момента оплодотворения — четыре или пять недель беременности. Насколько я понимаю, других симптомов у вас не было?

Я безмолвно качаю головой. Симптомов? Вроде бы нет.

— Я думала... думала, это надежная форма контрацепции.

Доктор Грин приподнимает бровь.

— Обычно да, когда не забывают делать укол.

— Должно быть, я потеряла счет времени. — Кристиан разозлится. Я знаю.

— Месячные у вас были?

Я хмурюсь.

— Нет.

— Это нормально для подобного вида контрацепции. Давайте сделаем ультразвук, хорошо? Я меня есть время.

Я оцепенело киваю, и доктор Грин ведет меня к обтянутому черной кожей смотровому столу за ширмой.

— Вам надо снять юбку и белье, накроетесь одеялом, мы приступим, — бодро говорит она.

Белье? Я ожидала ультразвукового обследования живота. Зачем снимать белье? Я недоуменно пожимаю плечами, делаю, как сказано, и ложусь под мягкое белое одеяло.

— Вот и замечательно. — Доктор Грин появляется у стола, подтягивает поближе ультразвуковой аппарат. Усевшись, она поворачивает монитор так, чтобы мы обе видели его, и стучит по клавишам. Экран оживает.

— Пожалуйста, согните ноги в коленях, потом широко раздвиньте их, — прозаично говорит она.

Я недоуменно хмурюсь.

— Это трансвагинальный ультразвук. Если срок очень маленький, с его помощью мы сможем найти ребенка. — Она берет длинный белый зонд.

Это еще что за штука?

— Хорошо, — бормочу я, краснея от стыда, и делаю, как она говорит. Грин натягивает на конец зонда презерватив и смазывает его прозрачным гелем.

— Миссис Грей, расслабьтесь.

Расслабиться? Я беременна, черт побери! Как я могу расслабиться? Я еще сильнее краснею и пытаюсь подумать о чем-то хорошем... но в данный момент с этим у меня большая проблема.

Медленно и мягко она вводит зонд.

О господи!

Единственное, что я вижу на экране, — это какая-то серовато-белая бесформенная масса. Доктор Грин медленно двигает зондом, и это ужасно смущает.

— Вот, — говорит она. Нажимает кнопку, фиксируя картинку на экране, и указывает на крошечный комочек среди всей этой серо-белой аморфной массы.

Маленький комочек. Крошечный комочек в моем животе. Совсем малюсенький. Ух ты. Я забываю про свой дискомфорт, потрясенно глядя на комочек.

— Сердцебиение пока еще не прослушивается, слишком рано, но да, вы определенно беременны. Четыре или пять недель, я бы сказала. — Она хмурится. — Похоже, действие укола закончилось раньше времени. Ну что ж, такое случается.

Я слишком ошарашена, чтобы что-нибудь сказать. Маленький комочек — ребенок. Настоящий ребенок. Ребенок Кристиана. Мой ребенок. Ну и ну! Ребенок!

— Хотите, чтобы я распечатала для вас снимок?

Я киваю, все еще не в состоянии говорить, и доктор Грин нажимает кнопку. Затем мягко вынимает зонд и вручает мне бумажное полотенце, чтобы вытереться.

— Поздравляю, миссис Грей, — говорит она, когда я сажусь. — Я назначу вам еще один прием. Скажем, через четыре недели. Тогда мы сможем определить точный срок беременности и установить дату родов. Можете одеваться.

— Хорошо.

Я торопливо одеваюсь. Голова идет кругом. У меня есть комочек. Маленький комочек. Когда я выхожу из-за ширмы, доктор Грин уже снова сидит за своим столом.

— А пока я рекомендую вам начать курс фолиевой кислоты и специальных витаминов. Вот список запретов и предписаний.

Вручая мне пакет с витаминами и списком, она продолжает говорить со мной, но я не слушаю. Я потрясена. Я в глубоком шоке. Наверное, мне следовало бы радоваться... если б мне было лет тридцать. Еще так рано, слишком рано. Я пытаюсь подавить поднимающуюся волну паники.

Вежливо прощаюсь с доктором Грин и, как в тумане, выхожу из больницы в прохладу осеннего дня. Внезапно меня начинает бить озноб от холода и дурного предчувствия. Кристиан будет в ярости, я знаю, но как сильно и как долго, не представляю. Его слова преследуют меня: «Я пока еще не готов ни с кем тебя делить». Поплотнее закутываюсь в пиджак, стараясь прогнать озноб.

Сойер выпрыгивает из машины и придерживает дверцу. Он хмурится, когда видит мое лицо, но я оставляю без внимания его озабоченность.

— Куда, миссис Грей? — мягко спрашивает он.

— В SIP.

Я усаживаюсь на заднее сиденье машины, закрываю глаза и откидываю голову на подголовник. Я должна радоваться. Но не рада. Слишком рано. Чересчур несвоевременно. А как же моя работа? Как же SIP? Как же мы с Кристианом? Нет. Нет. Нет. Все будет хорошо. У нас все будет хорошо. Кристиан любил маленькую Миа — я помню, Каррик мне рассказывал, — он и сейчас ее обожает. Быть может, следует предупредить Флинна... Быть может, не стоит говорить Кристиану. Быть может, мне... мне следует... избавиться от ребенка. Я решительно останавливаю свои мысли, испугавшись мрачного направления, которое они приняли. Инстинктивно моя ладонь защитным жестом ложится на живот. Нет. Мой маленький комочек. Слезы подступают к глазам. Что же мне делать?

Видение маленького мальчика с медными волосами и яркими серыми глазами, бегущего по лугу у нашего нового дома, вторгается в мои мысли, дразня и маня возможностями. Мальчик хохочет и взвизгивает, когда мы с Кристианом гонимся за ним. Кристиан подбрасывает его высоко в воздух и несет на руках, и мы идем рука об руку к дому.

Я вижу Кристиана, с отвращением отворачивающегося от меня. Я толстая и неуклюжая, с большим животом. Он идет по длинному зеркальному коридору, удаляясь от меня, и звук его шагов эхом отдается от зеркальных стен и пола. Кристиан...

Вздрогнув, я просыпаюсь. Нет. Он страшно разозлится.

Сойер останавливается перед издательством, и я выскакиваю из машины и направляюсь в здание.

— Ана, рада тебя видеть. Как твой папа? — спрашивает Ханна, когда я подхожу к своему кабинету. Я холодно смотрю на нее.

— Лучше, спасибо. Не могла бы ты зайти ко мне в кабинет?

— Конечно. — Она идет за мной, вид удивленный. — Все в порядке?

— Мне нужно знать, переносила ли ты или отменяла мои встречи с доктором Грин.

— Доктором Грин? Да. Две или три. Главным образом потому, что ты была на других встречах или опаздывала. А что?

«А то, что теперь я беременна!» — мысленно кричу на нее я. Делаю глубокий вдох, успокаиваясь.

— Если переносишь какие-то встречи, обязательно давай мне знать. Я не всегда заглядываю в свой ежедневник.

— Хорошо, — тихо говорит Ханна. — Извини. Я что-то напортачила?

Я качаю головой и громко вздыхаю.

— Не могла бы ты сделать мне чаю? А потом обсудим, что тут было в мое отсутствие.

— Конечно. Я мигом. — Повеселев, она выходит из кабинета.

Я смотрю ей вслед.

— Ты видел эту женщину? — тихо спрашиваю я Комочка. — Возможно, именно благодаря ей ты здесь.

Я легонько похлопываю по животу, чувствуя себя полнейшей идиоткой, потому что разговариваю с комочком. Мой крошечный Комочек. Я качаю головой, злясь на себя и на Ханну... хотя в глубине души понимаю, что ее вины тут нет.

Унылая и подавленная, включаю компьютер. Там — мейл от Кристиана.

От кого: Кристиан Грей
Тема: Скучаю по тебе
Дата: 13 сентября 2011 г., 13:58
Кому: Анастейша Грей

Миссис Грей! Я пробыл в офисе всего три часа, а уже соскучился по тебе. Надеюсь, Рэй хорошо устроился в своей новой палате. Мама навестит его сегодня и посмотрит, как он там.

Я заберу тебя около шести вечера, и мы можем заехать к нему, прежде чем поедем домой.

Как тебе?

Твой любящий муж Кристиан Грей,
Генеральный директор холдинга «Грей энтерпрайзес»

Я быстро печатаю ответ.

От кого: Анастейша Грей
Тема: Скучаю по тебе
Дата: 13 сентября 2011 г., 14:10
Кому: Кристиан Грей

Отлично.

Анастейша Грей,
редактор SIP

От кого: Кристиан Грей
Тема: Скучаю по тебе
Дата: 13 сентября 2011 г., 14:14
Кому: Анастейша Грей

У тебя все нормально?

Кристиан Грей,
Генеральный директор холдинга «Грей энтерпрайзес»

Нет, Кристиан, не все. Я страшно боюсь, что ты придешь в ярость. Я не знаю, что делать. Но я не собираюсь сообщать об этом через электронную почту.

От кого: Анастейша Грей
Тема: Скучаю по тебе
Дата: 13 сентября 2011 г., 14:17
Кому: Кристиан Грей

Все хорошо. Просто занята. Увидимся в шесть.

Анастейша Грей,
редактор SIP

Когда я скажу ему? Сегодня вечером? Может, после
секса? Или во время секса? Нет, это может быть опасно
для нас обоих. Когда он будет спать? Я обхватываю голову руками. Что же, черт возьми, мне делать?

— Привет, — осторожно говорит Кристиан, когда я
забираюсь в машину.

— Привет, — бормочу я.

— Что случилось? — Он хмурится. Я качаю головой. Тейлор трогается с места и направляется в сторону
больницы.

— Ничего. — Может, сейчас? Я могла бы сказать ему
сейчас, когда мы в ограниченном пространстве и с нами
Тейлор.

— На работе все нормально? — продолжает допыты-
ваться Кристиан.

— Да. Отлично. Спасибо.

— Ана, что случилось? — Тон его чуть более настойчивый, и я трушу.

— Просто соскучилась по тебе. И беспокоилась о Рэе.

Кристиан заметно расслабляется.

— У Рэя все хорошо. Я сегодня разговаривал с мамой, и она поражена его успехами. — Кристиан находит
мою руку. — Бог мой, какая холодная рука! Ты сегодня
ела?

Я краснею.

— Ана, — раздраженно выговаривает он.

Что ж, я не ела, потому что знаю, что ты будешь ме-
тать громы и молнии, когда я скажу, что беременна.

— Поем вечером. У меня толком не было времени.

Он в расстройстве качает головой.

— Хочешь, чтоб я добавил «кормить мою жену» к
списку обязанностей службы охраны?

— Прости. Я поем. Просто сегодня день такой сум-
бурный. Транспортировка папы и все прочее.

Его губы сжимаются в жесткую линию, но он ничего
не говорит. Я смотрю в окно. «Скажи ему!» — шипит
мое подсознание. Нет, я трусиха.

Кристиан прерывает мои размышления:

— Возможно, мне придется полететь на Тайвань.

— Когда?

— В конце этой недели. Или, может, на следующей.

— Хорошо.

— Я хочу, чтоб ты поехала со мной.

Я сглатываю.

— Кристиан. Прошу тебя. У меня работа. Давай не будем возвращаться к этому спору.

Он вздыхает и надувает губы, как капризный подросток.

— Я просто спросил, — недовольно ворчит он.

— На сколько ты едешь?

— Не больше чем на пару дней. Я бы хотел, чтобы ты рассказала мне, что тебя беспокоит.

Как он догадался?

— Ну как же, ведь мой любимый муж уезжает...

Кристиан целует мои костяшки пальцев.

— Я ненадолго.

— Это хорошо. — Я слабо улыбаюсь.

Мы приходим к Рэю. Он уже намного бодрее и гораздо менее ворчлив. Я тронута его спокойной признательностью Кристиану и на мгновение забываю о том, что предстоит, пока сижу и слушаю, как они говорят о рыбалке и бейсболе. Но Рэй быстро утомляется.

— Папа, мы пойдем, а ты поспи.

— Спасибо, Ана, детка. Я рад, что вы заглянули. Видел сегодня и вашу маму, Кристиан. Она меня здорово ободрила. И она болеет за «Маринеров».

— Она и рыбалку обожает, — улыбается Кристиан, поднимаясь.

— Да, таких женщин еще поискать, а? — усмехается Рэй.

— Увидимся завтра, хорошо? — Я целую его. Подсознание поджимает губы. «Это в том случае, если Кри-

стиан не посадит тебя под замок... или чего похуже».
Настроение резко падает.

— Идем. — Кристиан протягивает руку, хмуря брови.
Я беру ее, и мы покидаем больницу.

Я ковыряю вилкой в тарелке. Миссис Джонс приготовила куриное фрикасе, но мне кусок в горло не лезет.
Желудок скручен в тугой узел тревоги.

— Проклятье, Ана, ты скажешь мне, в чем дело? —
Кристиан раздраженно отодвигает пустую тарелку.
Я поднимаю на него глаза. — Пожалуйста. Ты сводишь
меня с ума.

Я сглатываю и пытаюсь утихомирить панику, хватающую за горло. Делаю успокаивающий вдох. Сейчас
или никогда.

— Я беременна.

Он застывает, и очень медленно краска сползает с его
лица.

— Что? — шепчет он, мертвенно-бледный.

— Я беременна.

Кристиан непонимающе сдвигает брови.

— Как?

Как... как... Что за нелепый вопрос? Я краснею и
взглядом спрашиваю: «А ты как думаешь?»

Его поведение тут же меняется, глаза становятся каменными.

— А укол? — рычит он.

О черт!

— Ты забыла про укол?

Я просто смотрю на него, не в состоянии говорить.
Господи, он зол, ужасно зол.

— Господи, Ана! — Он с грохотом опускает кулак на
стол, отчего я подпрыгиваю, и встает так резко, что чуть
не опрокидывает обеденный стул. — Тебе надо было
помнить только одну, одну-единственную вещь. Проклятье! Не могу в это поверить. Как ты могла быть такой дурой?

Дурой! Я открываю рот, как рыба, выброшенная из воды. Черт. Хочу сказать, что укол оказался неэффективным, но не могу вымолвить ни слова. Смотрю на свои пальцы.

— Извини, — шепчу я.

— «Извини»? Проклятье! — снова рявкает он.

— Знаю, что время не очень удачное.

— Не очень удачное! — кричит он. — Да мы знаем друг друга всего каких-то пять минут, черт бы побрал все на свете! Я хотел показать тебе мир, а теперь... проклятье. Подгузники, отрыжка и дерьмо!

Он закрывает глаза. Думаю, пытается справиться со своим гневом и проигрывает битву.

— Ты забыла? Скажи мне. Или ты сделала это нарочно? — Глаза сверкают, и гнев так и брызжет из них, словно огненные искры.

— Нет, — шепчу я. Я не могу сказать про Ханну, он ее уволит. Я знаю.

— Я думал, мы договорились! — кричит он.

— Знаю. Мы договорились. Прости.

Он не слушает меня.

— Вот почему. Вот почему я люблю все держать под контролем. Чтоб дерьмо вроде этого не вплывало и не портило все на свете.

Нет... маленький Комочек.

— Кристиан, пожалуйста, не кричи на меня. — У меня по лицу текут слезы.

— Не начинай разводить тут сырость! — рявкает он. — Проклятье. — Он проводит рукой по волосам и дергает их. — Ты думаешь, я готов стать отцом? — Голос его срывается, в нем — смесь ярости и паники.

И все сразу становится ясно — эти страх и отвращение в его глазах. Его ярость — ярость бессильного подростка. Ох, Пятьдесят Оттенков, мне так жаль! Для меня это тоже шок.

— Знаю, никто из нас не готов к этому, но, думаю, из тебя получится чудесный отец, — выдавливаю я. — Мы справимся.

— Откуда ты, черт побери, знаешь! — орет он еще громче. — Скажи мне, откуда! — Серые глаза горят, и так много эмоций мелькают на лице. Но самая заметная из них — страх. — Да пошло все к дьяволу! — рявкает Кристиан и вскидывает руки в жесте поражения.

Разворачивается на пятках и, схватив на ходу пиджак, выскакивает в холл. Его шаги гулко стучат по паркету, и он исчезает через двойные двери в фойе, с силой захлопнув их за собой, отчего я снова подпрыгиваю.

Я одна в тишине — в неподвижной, безмолвной, пустой огромной гостиной. Непроизвольно вздрагиваю, немо глядя на закрытые двери. Он ушел от меня. Проклятье! Его реакция даже хуже, чем я могла представить. Отодвигаю тарелку и, сложив руки на столе, опускаю на них голову и даю волю слезам.

— Ана, дорогая. — Рядом со мной возникает миссис Джонс.

Быстро выпрямляюсь, смахнув слезы с лица.

— Я слышала. Мне очень жаль, — мягко говорит она. — Хотите травяного чаю или еще чего-нибудь?

— Я бы хотела бокал белого вина.

Миссис Джонс долю секунды медлит, и я вспоминаю про Комочка. Теперь мне нельзя алкоголь. Или можно? Надо изучить список предписаний и запретов, который дала мне доктор Грин.

— Я принесу.

— Вообще-то, пожалуй, лучше выпью чаю. — Я вытираю нос. Миссис Джонс по-доброму мне улыбается.

— Чашка чая — это прекрасно.

Она собирает тарелки и идет в кухонную зону. Я плетусь следом и усаживаюсь на табурет, наблюдая, как она готовит мне чай.

Миссис Джонс ставит передо мной исходящую паром кружку.

— Может, вам дать что-нибудь еще, Ана?

— Нет, больше ничего, спасибо.

— Вы уверены? Вы почти ничего не ели.

Я смотрю на нее.

— Как-то не хочется.

— Ана, вы должны есть. Вы теперь не одна. Пожалуйста, позвольте мне соорудить для вас что-нибудь. Чего бы вы хотели? — Она взирает на меня с надеждой. Но я правда не могу ни на что смотреть.

Мой муж только что ушел от меня, потому что я беременна. Мой отец попал в серьезную аварию, и еще этот подонок Джек Хайд пытается обвинить меня в сексуальных домогательствах. Вдруг возникает неконтролируемая смешливость. Видишь, что ты сделал со мной, Маленький Комочек? Я глажу себя по животу.

Миссис Джонс снисходительно улыбается мне.

— Вы знаете, какой у вас срок? — мягко спрашивает она.

— Совсем небольшой. Четыре или пять недель, врач не уверена.

— Если не будете есть, то, по крайней мере, вам следует отдохнуть.

Я киваю и, взяв чай, направляюсь в библиотеку. Это мое убежище. Вытаскиваю из сумочки «блэкберри» и раздумываю, не позвонить ли Кристиану. Знаю, для него это шок, но его реакция уж слишком резкая. А когда она не бывает такой? Мое подсознание выгибает идеально выщипанную бровь. Я вздыхаю. Пятьдесят Оттенков переменчивости.

— Да, это твой папочка, Маленький Комочек. Будем надеяться, он остынет и скоро вернется.

Вытаскиваю листок со списком предписаний и запретов и сажусь читать.

Не могу сосредоточиться. Кристиан никогда не уходил от меня вот так. Последние дни он был таким внимательным и добрым. Таким любящим, а теперь... А вдруг он никогда не вернется? Черт! Может, следует позвонить Флинну? Я не знаю, что делать. Я в растерянности. Он такой ранимый во многих отношениях, и я знала, что он плохо воспримет эту новость. В выходные он был таким милым. Многие обстоятельства он

был не в состоянии контролировать, но все же он прекрасно справился. Однако эта новость выбила почву у
него из-под ног.

С тех пор как я познакомилась с ним, моя жизнь
была сложной. В нем ли дело? Или в нас обоих? Предположим, он не справится с этим? Предположим, по-
требует развода? Желчь подкатывает к горлу. Нет. Я не
должна так думать. Он вернется. Вернется. Я знаю, что
вернется. Знаю, что, несмотря на весь его гнев и резкие слова, он любит меня… да. И Маленького Комочка
тоже будет любить.

Откинувшись на спинку кресла, я засыпаю.

Просыпаюсь от того, что мне холодно, и не сразу со-
ображаю, где я. Ежась, смотрю на часы: одиннадцать
вечера. Ах да… ты. Я глажу себя по животу. Где же
Кристиан? Вернулся ли? Поднимаю из кресла затекшие
члены и иду на поиски мужа.

Пять минут спустя сознаю, что его нет дома. Надеюсь, с ним ничего не случилось. Наваливаются воспоминания о долгом ожидании, когда пропал «Чарли
Танго».

Нет, нет, нет. Прекрати так думать. Возможно, он
пошел… куда? К кому он мог пойти? К Элиоту? Или,
может, к Флинну? Надеюсь, что так. Я отыскиваю в
библиотеке свой «блэкберри» и пишу ему: «Где ты?»

Я наполняю себе ванну — меня знобит.

Его все еще нет, когда я, переодевшись в атласную
ночную рубашку в стиле тридцатых годов и халат, иду в
гостиную. По дороге заглядываю в свободную спальню.
Быть может, это будет комната Маленького Комочка.
Я потрясена этой мыслью и останавливаюсь в дверях,
размышляя над новой реальностью. Интересно, мы по-
красим ее в голубой или розовый? Эта приятная мысль
омрачена тем, что мой блудный муж так ужасно зол на
меня. Схватив с кровати стеганое одеяло, я направляюсь в гостиную ждать его.

Что-то меня будит. Какой-то звук.

— Черт!

Это Кристиан в фойе. Я снова слышу, как скрежещет стол по полу.

— Черт! — повторяет он, глуше на этот раз.

Выпрямляюсь и вижу, как он, пошатываясь, входит через двойные двери. Он пьян. Мне делается не по себе. О боже, пьяный Кристиан? Я знаю, как он ненавидит пьяниц. Вскакиваю и бегу к нему.

— Кристиан, ты в порядке?

Он прислоняется к дверному косяку.

— Миссис Грей, — невнятно бормочет он.

Черт. Он сильно пьян. Я не знаю, что делать.

— Ох... ты просто классно выглядишь, Анастейша.

— Где ты был?

Он прикладывает пальцы к губам и криво улыбается мне.

— Ш-ш!

— Мне кажется, тебе лучше лечь в постель.

— С тобой... — Он сдавленно хихикает.

Хихикает! Хмурясь, я мягко обхватываю его за талию, потому что он с трудом держится на ногах, не говоря уж о том, чтобы идти. Где же он был? И как попал домой?

— Давай я помогу тебе лечь. Обопрись на меня.

— Ты очень красивая, Ана. — Он опирается на меня и нюхает мои волосы, чуть не свалив нас обоих.

— Кристиан, пошли. Я уложу тебя в постель.

— Ладно, — говорит он, словно пытаясь сосредоточиться.

Мы, пошатываясь, идем по коридору и наконец добираемся до спальни.

— Кровать, — говорит он, ухмыляясь.

— Да, кровать. — Я подвожу его к краю, но он держит меня.

— Присоединяйся ко мне, — говорит он.

— Кристиан, думаю, тебе надо поспать.

— Вот так это и начинается. Я об этом слышал.

Я хмурюсь.

— О чем?

— Дети означают конец сексу.

— Уверена, что это не так. Иначе во всех семьях было бы только по одному ребенку.

Он с нежностью смотрит на меня.

— Ты смешная.

— А ты пьяный.

— Да. — Он улыбается, но улыбка его меняется, когда он думает об этом, и затравленное выражение мелькает на лице. Взгляд, от которого меня до костей пробирает озноб.

— Ну же, Кристиан, — мягко говорю я. Ненавижу это его выражение. Оно говорит об ужасных, кошмарных воспоминаниях, которых не должно быть ни у одного ребенка. — Давай уложим тебя в постель. — Я мягко подталкиваю его, и он плюхается на кровать, раскидывает руки и ноги и ухмыляется мне. Затравленный взгляд исчезает.

— Иди ко мне, — невнятно бормочет он.

— Сначала давай тебя разденем.

Он широко пьяно ухмыляется.

— Вот это другой разговор.

Ну и ну. Пьяный Кристиан милый и игривый. Таким он мне нравится куда больше, чем злой.

— Сядь. Дай мне снять с тебя пиджак.

— Комната кружится.

Черт... его что, стошнит?

— Кристиан, сядь!

Он глупо ухмыляется мне.

— Миссис Грей, а вы, оказывается, командирша...

— Да. Сядь, тебе говорят. — Я упираю руки в бока. Он опять ухмыляется, с трудом приподнимается на локтях, затем садится так неуклюже, так несвойственно Кристиану. Прежде чем он снова плюхается на спину, я хватаю его за галстук и стаскиваю серый пиджак.

— От тебя хорошо пахнет.

— А от тебя — крепким спиртным.

— Ага... бур... бон. — Он произносит слово так старательно, что я с трудом удерживаюсь от смеха. Бросив пиджак на пол рядом, берусь за галстук. Он кладет руки мне на бедра.

— Мне нравится, как эта ткань облегает тебя, Ана... стейша, — бормочет он. — Ты всегда должна быть в атласе или шелке. — Проводит вверх-вниз по моим бедрам, затем дергает меня на себя и прижимается ртом к животу. — А здесь у нас незваный гость.

Я перестаю дышать. О господи. Он разговаривает с Комочком.

— Ты не будешь давать мне спать, так ведь? — говорит он моему животу.

Да-а. Кристиан смотрит на меня сквозь длинные черные ресницы, серые глаза мутные и тусклые. Мое сердце сжимается.

— Ты предпочтешь мне его, — печально говорит он.

— Кристиан, ты сам не понимаешь, что говоришь. Не глупи, я никого никому не предпочту. И это может быть она.

Он хмурится.

— Она... боже. — Он плюхается спиной на кровать и прикрывает глаза рукой.

Мне удалось расслабить ему галстук. Я развязываю шнурки и стаскиваю туфлю и носок вначале с одной ноги, потом — с другой. Когда встаю, то вижу, почему не встретила сопротивления — Кристиан полностью отключился. Он крепко спит и тихо похрапывает.

Я смотрю на него. Он непозволительно красив, даже пьяный и храпящий. Его скульптурные губы приоткрыты, одна рука над головой, волосы взъерошены, лицо расслаблено. Он выглядит молодым — да он и есть молодой; мой молодой, пьяный, несчастный муж. Эта мысль камнем ложится мне на сердце.

Что ж, по крайней мере, он дома. Интересно, где был. Не уверена, что у меня еще есть энергия и силы передвигать его или раздевать дальше. К тому же он поверх покрывала. Вернувшись в гостиную, беру стеганое одеяло, которым укутывалась, и приношу его в спальню.

Он по-прежнему спит, все еще в галстуке и ремне. Я забираюсь на кровать с ним рядом, снимаю с него галстук и мягко расстегиваю верхнюю пуговицу рубашки. Он бормочет что-то нечленораздельное, но не просыпается. Я осторожно расстегиваю ремень и тащу его сквозь петли на поясе. С некоторыми трудностями, но мне все же удается его вытащить. Рубашка вылезла из брюк, открывая дорожку волос на животе. Я не могу устоять. Наклоняюсь и целую его туда. Он шевелится, приподнимается, но не просыпается

Я выпрямляюсь и снова смотрю на него. Ох, мои Пятьдесят Оттенков... что мне с тобой делать? Я пропускаю его волосы сквозь пальцы, они такие мягкие. Потом целую в висок.

— Я люблю тебя, Кристиан. Даже если ты пьяный и шлялся бог знает где, я все равно люблю тебя. Всегда буду любить.

— М-м-м-м, — бормочет он. Я еще раз целую мужа в висок, затем слезаю с кровати и накрываю его стеганым одеялом. Я могу спать рядом с ним поперек кровати. Да, так и сделаю.

Но сначала надо привести в порядок его одежду. Я качаю головой и подбираю носки и галстук, потом вешаю пиджак на руку. При этом его «блэкберри» падает на пол. Я подбираю и нечаянно разблокирую. Он открывается на списке эсэмэс. Я вижу свою эсэмэску, а над ней — еще одну.

Черт. Все у меня внутри холодеет.

Приятно было повидаться. Теперь я понимаю. Не бойся, ты будешь прекрасным отцом.

Это от нее. От миссис Элены Педофилки Робинсон. Проклятье. Так вот где он был. Встречался с ней.

Глава 21

Я ошеломленно смотрю на эсэмэс, затем поднимаю глаза на своего спящего мужа. Он болтался где-то до полвторого ночи, пил — *с ней!* А теперь тихо похрапывает, как ни в чем не бывало, в пьяном забытьи. И выглядит таким невинным и безмятежным.

О нет, нет, нет! Ноги подкашиваются, и я медленно опускаюсь на стул рядом с кроватью, не в силах поверить в то, что только что узнала. Предательство, горькое и унизительное, пронзает меня. Как он мог? Как мог пойти к ней? Обжигающие злые слезы текут по моим щекам. Его ярость и страх, его потребность накричать на меня, выместить на мне свою злость я могу понять и простить. Но это… это предательство — это уж слишком. Я подтягиваю колени к груди и обнимаю их руками, защищая себя и защищая своего Комочка. Покачиваюсь взад-вперед и тихо плачу.

А чего я ждала? Слишком быстро выскочила за него замуж. Я знала… знала, что до этого дойдет. Почему? Почему? *Почему?* Как он мог так со мной поступить? Он же знает мои чувства к этой женщине. Как он мог побежать к ней? Как? В моем сердце медленно и болезненно глубоко поворачивается нож, разрезая меня на части. Неужели так будет всегда?

Сквозь слезы его распростертая фигура расплывается и мерцает. Ох, Кристиан. Я вышла за него замуж, потому что люблю его и в глубине души знаю, что и он любит меня. Знаю, что любит. Мне вспоминается его невозможно милый подарок на день рождения. «За все наши «впервые» в твой первый день рождения в качестве моей возлюбленной жены. Я люблю тебя. К.».

Нет, нет, нет, я не могу поверить, что вот так вот будет всегда, два шага вперед, три назад! Но с ним так всегда и было. После каждого отступления, после каждой неудачи мы продвигаемся вперед дюйм за дюймом. Он придет в себя... непременно. А я? Оправлюсь ли я от этого... этого предательства? Я думаю о том, каким он был в этот последний, ужасный и чудесный уикенд. Его тихая сила и поддержка, пока мой отец лежал в коме в отделении интенсивной терапии... его сюрприз на мой день рождения, когда он собрал всех родных и друзей вместе... как он опрокинул меня перед «Хитманом» и поцеловал на виду у всех. Ох, Кристиан, ты злоупотребляешь всем моим доверием, всей моей верой... а я люблю тебя.

Но теперь я не одна. Я кладу ладонь на живот. Нет, я не позволю поступать так со мной и нашим Комочком. Доктор Флинн сказал, я должна верить ему — что ж, не в этот раз. Я смахиваю слезы с глаз и вытираю нос тыльной стороной ладони.

Кристиан шевелится и переворачивается, подтягивает ноги с края кровати и сворачивается под одеялом. Он вытягивает руку, словно ища чего-то, потом ворчит и хмурится, но снова засыпает с вытянутой рукой.

Ох, Пятьдесят Оттенков. Что же мне с тобой делать? И что, скажите на милость, ты делал с этой педофилкой миссис Робинсон? Я должна знать.

Я снова смотрю на проклятый текст и быстро придумываю план. Сделав глубокий вдох, я пересылаю сообщение на свой «блэкберри». Дело сделано. Быстро просматриваю другие недавние сообщения, но там лишь послания от Элиота, Андреа, Рос и меня. Ничего от Элены. Что ж, это хорошо. Выхожу из программы, испытывая облегчение, что он не писал ей, и мое сердце подскакивает к горлу. О боже. Фоновые картинки на его телефоне — сплошь мои фотографии, калейдоскоп крошечных Анастейш в различных позах — наш медовый месяц, недавний уикенд на яхте, в Аспене, и несколько снимков, сделанных Хосе. Когда он это сделал? Должно быть, недавно.

Я замечаю иконку электронной почты, и у меня возникает сильный соблазн… Я могу прочитать переписку Кристиана. Посмотреть, разговаривал ли он с ней. Но стоит ли? Затянутая в нефритово-зеленый шелк, моя внутренняя богиня настойчиво кивает, угрюмо сжав рот. Не успев остановить себя, я вторгаюсь в его личную жизнь.

Сотни и сотни мейлов. Я быстро просматриваю их, все они кажутся смертельно скучными… по большей части от Рос, Андреа, от меня и различных сотрудников его компании. От педофилки — ничего. И, к моему облегчению, от Лейлы — тоже.

Один мейл привлекает мое внимание. Он от Барни Салливана, сотрудника службы безопасности Кристиана, и тема послания — «Джек Хайд». Я бросаю виноватый взгляд на Кристиана, но он по-прежнему тихо похрапывает. Никогда не слышала, чтобы он храпел. Я открываю письмо.

От кого: Барни Салливан
Тема: Джек Хайд
Дата: 13 сентября 2011 г., 14:09
Кому: Кристиан Грей

Нами установлено, что белый вэн приехал с Саус-Ирвинг-стрит. Никаких других следов обнаружить не удалось, следовательно, Хайд, вероятно, обосновался в том районе.

Как докладывал вам Уэлч, машина была арендована по фальшивым водительским правам какой-то неизвестной женщиной, хотя нет ничего, что связывало бы ее с районом Саус-Игвинг-стрит.

Подробности о сотрудниках холдинга «ГЭ» и SIP, которые живут в этом районе, — в присоединенном файле, который я переслал также и Уэлчу.

На издательском компьютере Хайда нет ничего о его бывших личных помощниках.

В качестве напоминания — список материалов, извлеченных из компьютера в кабинете Хайда в SIP:

Адреса Греев:
пять квартир в Сиэтле,
две квартиры в Детройте.
Подробные резюме на:
Каррика Грея,
Элиота Грея,
Кристиана Грея,
доктора Грейс Тревельян,
Анастейшу Стил,
Миа Грей.

Газетные и интернет-статьи, относящиеся к:
доктору Грейс Тревельян,
Каррику Грею,
Кристиану Грею,
Элиоту Грею.

Фотографии:
Каррика Грея,
доктора Грейс Тревельян,
Кристиана Грея,
Элиота Грея,
Миа Грей.

Продолжаю расследование. Посмотрю, что еще смогу нарыть.

Б. Салливан, глава службы безопасности ХГЭ

Этот странный мейл моментально отвлекает меня от страданий. Я нажимаю на присоединенный файл, чтобы просмотреть имена в списке, но он явно огромный, слишком велик, чтобы открыться на «блэкберри».

Что я делаю? Уже поздно. У меня был тяжелый день. Ни от педофилки, ни от Лейлы Уильямс сообщений нет, и я нахожу в этом слабое утешение. Бросаю быстрый взгляд на будильник: начало третьего ночи. Сегодня был день откровений. Я скоро стану матерью, а мой муж встречался с врагом. Что ж, пусть поварится в собственном соку. Я не буду с ним спать. Пусть завтра проснется один.

Положив его «блэкберри» на прикроватную тумбочку, я поднимаю свою сумку с пола, бросаю последний взгляд на своего ангельски спящего Иуду и ухожу из спальни.

Запасной ключ от игровой комнаты — на своем обычном месте в шкафчике в кладовой. Я беру его и иду наверх. Из бельевого шкафа достаю подушку, одеяло и простыню, затем отпираю дверь игровой комнаты, вхожу и включаю свет. Странно, что я нахожу запах и обстановку этой комнаты такой успокаивающей, если учесть, что последний раз, когда мы здесь были, я произнесла пароль. Запираю за собой дверь, оставляя ключ в замке. Я знаю, что утром Кристиан кинется на мои поиски, и не думаю, что он станет смотреть здесь, если дверь будет заперта. Что ж, поделом ему.

Я устраиваюсь на честерфильдской кушетке, закутываюсь в одеяло и вытаскиваю из сумки телефон «блэкберри». Проверяю эсэмэски, нахожу ту злополучную от педофилки, которую переслала с телефона Кристиана. Нажимаю «переслать» и печатаю:

Не хочешь, чтобы миссис Линкольн присоединилась к нам, когда мы рано или поздно будем обсуждать это сообщение, которое она прислала тебе? В этом случае тебе не придется бежать к ней потом. Твоя жена.

Я нажимаю «отправить» и переключаю трубку на беззвучный режим. Съеживаюсь под одеялом. Несмотря на всю свою браваду, я потрясена чудовищностью обмана Кристиана. Ведь это должно было быть счастливым временем. Господи, мы же будем родителями! Я оживляю в памяти, как говорю Кристиану, что беременна, и фантазирую, как он от радости падает передо мной на колени, заключает в объятия и говорит, как сильно любит меня и нашего Комочка.

Но вот я здесь, одна мерзну в игровой комнате для БДСМ-фантазий. Внезапно я чувствую себя старой, старше своих лет. Между мной и Кристианом всегда будет вестись борьба характеров, но в этот раз он зашел уж слишком далеко. О чем он думал? Что ж, хочет войны — будет ему война. Я ни за что не спущу ему то, что он побежал к этому чудовищу в женском обличье, как только у нас возникла проблема. Ему придется выбирать: она или мы с Комочком. Я тихо шмыгаю носом, но усталость и нервное напряжение берут свое, и я быстро проваливаюсь в сон.

Я просыпаюсь резко, как от толчка, не сразу сообразив, где нахожусь... Ах да, я же в игровой комнате. Из-за отсутствия окон я не имею представления, который час. Дверная ручка гремит.

— Ана! — кричит Кристиан с той стороны двери. Я застываю, но он не входит. Я слышу приглушенные голоса, но они удаляются. Я выдыхаю и смотрю время на телефоне. Без десяти восемь — и четыре пропущенных звонка и два голосовых сообщения. Пропущенные звонки почти все от Кристиана и один от Кейт. О нет. Должно быть, он звонил ей. У меня нет времени их прослушивать. Я не хочу опоздать на работу.

Я заворачиваюсь в одеяло, беру сумку и иду к двери. Медленно отпираю дверь и выглядываю наружу. Никого не видно. О черт. Пожалуй, это как-то слишком уж мелодраматично. Я закатываю глаза, делаю глубокий вдох и спускаюсь вниз.

Тейлор, Сойер, Райан, миссис Джонс и Кристиан — все стоят у входа в гостиную, а Кристиан раздает распоряжения. Все как один поворачиваются и таращатся на меня. Кристиан все еще в той одежде, в которой спал ночью. Он помятый, растрепанный, бледный и невозможно красивый. Его серые глаза расширены, не знаю, от страха или от гнева. Трудно сказать.

— Сойер, я буду готова выехать минут через двадцать, — бормочу я, поплотнее закутываясь в одеяло.

Он кивает, и все взоры обращаются на Кристиана, который продолжает неотрывно глазеть на меня.

— Хотите завтрак, миссис Грей? — спрашивает миссис Джонс. Я качаю головой.

— Нет, не хочу, спасибо.

Она неодобрительно поджимает губы, но ничего не говорит.

— Где ты была? — спрашивает Кристиан низким и хриплым голосом. Сойер, Тейлор, Райан и миссис Джонс поспешно разбегаются — кто в кабинет Тейлора, кто в фойе, кто на кухню, — как крысы с тонущего корабля.

Я не обращаю внимания на Кристиана и иду к нашей спальне.

— Ана, — окликает он, — ответь мне.

Я слышу его шаги, когда вхожу в спальню, и направляюсь в ванную. Быстро запираю дверь.

— Ана! — Кристиан колотит в дверь. Я включаю душ. Дверь грохочет. — Ана, открой эту чертову дверь!

— Уходи!

— Я никуда не уйду.

— Как хочешь.

— Ана, пожалуйста.

Я захожу в душ, чтобы не слышать. Ох, как тепло! Исцеляющая вода каскадом стекает по мне, смывая с кожи изнеможение прошедшей ночи. О боже, как же хорошо. На миг, на один краткий миг я притворяюсь, что все прекрасно. Я мою голову и к тому времени, когда заканчиваю эту процедуру, чувствую себя лучше, сильнее, готовой смело встретить товарняк по имени Кристиан Грей. Оборачиваю голову полотенцем, быстро вытираюсь еще одним и заворачиваюсь в него.

Отпираю дверь и открываю ее. Кристиан подпирает стену напротив, сложив руки за спиной. Выражение его лица настороженное, как у преследуемого хищника. Я прохожу мимо него и вхожу в гардеробную.

— Ты игнорируешь меня? — ошеломленно спрашивает Кристиан, стоя на пороге гардеробной.

— Как ты догадался? — рассеянно бормочу я, выбирая, что надеть. Ах да, сливовое платье. Я снимаю его с «плечиков», выбираю высокие черные сапоги на «шпильках» и возвращаюсь в спальню. Приостанавливаюсь, ожидая, когда Кристиан отойдет с дороги, что он в конце концов и делает — хорошие манеры все же берут верх. Я чувствую, как он сверлит меня взглядом, когда я прохожу к своему комоду, и украдкой бросаю взгляд в зеркало — Кристиан стоит неподвижно и наблюдает за мной. Жестом, достойным обладательницы «Оскара», я даю полотенцу упасть на пол и делаю вид, что не замечаю своего обнаженного тела. Слышу, как он с шумом втягивает воздух, но остаюсь невозмутимой.

— Зачем ты это делаешь? — спрашивает он низким голосом.

— А ты как думаешь? — Голос мой мягкий, как бархат, я выуживаю из ящика красивые трусики из черного кружева.

— Ана... — Когда я натягиваю их, он замолкает.

— Пойди спроси свою миссис Робинсон. Уверена, у нее найдется для тебя объяснение, — бормочу я, ища бюстгальтер в пару.

— Ана, я же говорил тебе, она не моя...

— Не желаю ничего слышать, Кристиан, — небрежно отмахиваюсь я. — Время для разговоров было вчера, но вместо этого ты решил устроить скандал и напиться с женщиной, которая несколько лет тебя избивала. Позвони ей. Уверена, она сейчас с радостью выслушает тебя. — Я нахожу лифчик, медленно надеваю его и застегиваю. Кристиан проходит дальше в спальню и упирает руки в бока.

— А почему это ты копалась в моем телефоне? — вопрошает он.

Несмотря на свою решимость, я краснею.

— Вопрос не в этом, Кристиан, — огрызаюсь я. — Вопрос в том, что при первой же возникшей трудности ты побежал к ней.

Его рот складывается в угрюмую линию.

— Все было не так.

— Мне неинтересно. — Взяв пару черных чулок с кружевным верхом, я иду к кровати. Сажусь, вытягиваю ногу и мягко натягиваю на нее тонкий чулок.

— Где ты была? — спрашивает он, глазами следуя за моими руками, но я продолжаю игнорировать его и медленно натягиваю второй чулок. Встав, наклоняюсь, чтобы вытереть волосы насухо. Между раздвинутыми бедрами вижу его босые ноги и ощущаю напряженный взгляд. Вытершись, выпрямляюсь и возвращаюсь к комоду и беру фен.

— Ответь мне. — Голос Кристиана низкий и хриплый.

Я включаю фен, поэтому больше не слышу его и в зеркало наблюдаю за ним сквозь ресницы, пальцами приподнимая и высушивая волосы. Он сверлит меня взглядом, глаза суженные и холодные, даже ледяные. Я отвожу взгляд, сосредоточившись на своей непосредственной задаче, и пытаюсь подавить охвативший меня озноб. Я натужно сглатываю и продолжаю старательно сушить волосы. Он все еще зол как черт. Он бегал к этой проклятой ведьме и злится на меня? Да как он смеет? Когда мои волосы превращаются в буйную шевелюру, я останавливаюсь. Да... так мне нравится. Я выключаю фен.

— Где ты была? — шепчет он холодным арктическим тоном.

— А тебе не все равно?

— Ана, прекрати. Сейчас же.

Я пожимаю плечами, и Кристиан быстро направляется через комнату ко мне. Я разворачиваюсь, отступая назад, когда он протягивает руку.

— Не прикасайся ко мне, — шиплю я, и он цепенеет.

— Где ты была? — рычит он. Руки сжаты в кулаки.

— Уж точно не пила со своим бывшим, — огрызаюсь я. — Ты с ней спал?

Он резко втягивает воздух.

— Что? Нет! — Он потрясенно смотрит на меня, имея наглость выглядеть оскорбленным и разгневанным одновременно. Мое подсознание тихо облегченно выдыхает.

— Ты думаешь, я бы изменил тебе? — Тон у него возмущенный.

— Ты изменил, — рычу я, — тем, что побежал плакаться в жилетку к этой женщине, как бесхребетный слабак. Тем, что обсуждал с ней нашу личную жизнь.

У него отвисает челюсть.

— Бесхребетный. Вот как ты думаешь? — Глаза его сверкают.

— Кристиан, я видела сообщение. Вот то, что я знаю.

— То сообщение было предназначено не для тебя, — рычит он.

— Факт, что я увидела его, когда твой «блэкберри» выпал из кармана пиджака, когда я раздевала тебя, потому что ты был слишком пьян, чтобы раздеться самому. Ты хоть представляешь, какую боль мне причинил тем, что виделся с этой женщиной?

Он тут же бледнеет, но меня уже несет, внутренняя стерва вырвалась на волю.

— Ты помнишь прошлую ночь, когда пришел домой? Помнишь, что ты сказал?

Он тупо смотрит на меня с застывшим лицом.

— Что ж, ты был прав. Я действительно предпочитаю этого беззащитного ребенка тебе. Именно так поступает любой любящий родитель. Именно это должна была сделать твоя родная мать. И мне очень жаль, что она этого не сделала, — потому что, если бы сделала, сейчас мы бы не вели этот разговор. Но ты теперь взрослый — тебе надо вырасти и перестать вести себя как капризный подросток.

Возможно, ты не испытываешь радости по поводу этого ребенка, я тоже не в восторге, учитывая выбор времени и твое такое откровенное неприятие новой жизни, этой плоти от плоти твоей. Но либо ты делаешь это со мной, либо я делаю это без тебя. Решение за тобой. Пока ты упиваешься жалостью и презрением к себе, я еду на работу. А когда вернусь, перенесу свои вещи в комнату наверху.

Он ошарашенно моргает.

— А теперь, с твоего позволения, я бы хотела одеться. — Я тяжело дышу.

Кристиан очень медленно отступает на шаг, выражение лица его ожесточается.

— Это то, чего ты хочешь? — шепчет он.

— Я уже больше не знаю, чего хочу. — Мой тон в точности отражает его, и требуются колоссальные усилия, чтобы изобразить безразличие, когда я небрежно окунаю кончики пальцев в увлажняющий крем и аккуратно наношу его на лицо. Вглядываюсь в отражение в зеркале. Голубые глаза широко открыты, лицо бледное, но щеки пылают. Ты отлично справляешься. Только не отступай. Не отступай.

— Ты не хочешь меня? — шепчет он.

Ну нет... даже и не думай, Грей.

— Я ведь все еще здесь, не так ли? — резко бросаю я. Взяв тушь, наношу вначале на правый глаз.

— Ты думала о том, чтобы уйти? — Его слова едва слышны.

— Когда твой муж предпочитает компанию своей бывшей любовницы, это обычно недобрый знак.

Я удерживаю презрение как раз на нужном уровне, уклоняясь от ответа на вопрос. Теперь — блеск для губ. Я выпячиваю свои блестящие губы и разглядываю их в зеркале. Оставайся сильной, Стил... то есть Грей. Проклятье, я даже не помню своего имени. Я беру сапоги, снова иду к кровати и быстро натягиваю их выше колен. Вот так. Знаю, что выгляжу чертовски сексуально в сапогах и одном белье. Встав, бесстрастно смотрю на него. Он моргает, и глаза его окидывают мое тело быстрым жадным взглядом.

— Я знаю, что ты делаешь, — бормочет он, и в голосе его появляются теплые соблазнительные нотки.

— Да? — Мой голос срывается. Нет, Ана… держись.

Он сглатывает и делает шаг вперед. Я отступаю назад и вскидываю руки.

— Даже не думай об этом, Грей, — предостерегающе шепчу я.

— Ты моя жена, — говорит он мягко, угрожающе.

— Я беременная женщина, которую ты вчера бросил, и если ты дотронешься до меня, я закричу на весь дом.

Его брови ошеломленно ползут вверх.

— Ты закричишь?

— Как резаная. — Я суживаю глаза.

— Никто тебя не услышит, — бормочет он; взгляд напряженный, и мне на миг вспоминается утро в Аспене. Нет. Нет. Нет.

— Ты пытаешься меня напугать? — отрывисто спрашиваю я, намеренно стараясь осадить его.

Это срабатывает. Он замирает и сглатывает.

— Я этого не хотел. — Он хмурится.

Я едва дышу. Если он дотронется до меня, я не устою. Мне известна власть, которую он имеет над моим предательским телом. Да, известна. Я цепляюсь за свой гнев.

— Я должен был выпить с кем-нибудь, с кем когда-то был близок. Мы выяснили отношения. Я больше не собираюсь с ней видеться.

— Ты искал ее?

— Вначале нет. Я пытался увидеться с Флинном. Но оказался в салоне, сам не знаю как.

— И ты ждешь, чтобы я поверила, что ты больше не будешь с ней видеться? — Я не могу сдержать злость и шиплю на него. — А как насчет следующего раза, когда я переступлю какую-нибудь воображаемую черту? Это тот самый спор, который мы ведем снова и снова, словно бегаем по кругу. Если я опять что-то напортачу, ты снова побежишь к ней?

— Я больше не собираюсь с ней видеться, — говорит он с пугающей категоричностью. — Она наконец поняла, что я чувствую.

Я недоуменно моргаю.

— И что это значит?

Он выпрямляется и приглаживает ладонью волосы, раздраженный, рассерженный и безмолвный. Я захожу с другой стороны.

— Почему ты можешь разговаривать с ней, но не со мной?

— Я был жутко зол на тебя. Как зол и сейчас.

— Да что ты говоришь! — огрызаюсь я. — Это *я* жутко зла на тебя. Зла за то, что был такой холодный и бесчувственный вчера, когда я нуждалась в тебе. Зла, что ты сказал, будто я забеременела нарочно, когда это неправда. Зла за то, что ты предал меня.

Мне удается сдержать всхлип. Рот его потрясенно открывается, и Кристиан на миг прикрывает глаза, как будто я его ударила. Я сглатываю. Спокойно, Анастейша.

— Мне надо было внимательнее отнестись к уколам, но я сделала это не нарочно. Эта беременность для меня тоже как гром среди ясного неба, — бормочу я, стараясь сохранять хоть каплю вежливости. — Возможно, укол оказался неэффективным.

Он сверлит меня взглядом и молчит.

— Ты вчера здорово накосячил, — шепчу я, кипя от гнева. — Мне очень нелегко было эти последние несколько недель.

— А ты здорово накосячила три или четыре недели назад. Или когда ты там забыла про свой укол.

— Да упаси меня бог быть такой идеальной, как ты!

Ох, остановись, остановись, остановись! Мы стоим, сверкая друг на друга глазами.

— Какое представление, миссис Грей, — говорит он.

— Что ж, рада, что, даже брюхатая, я тебя забавляю.

Он тупо глазеет на меня.

— Мне нужен душ, — бормочет он.

— А я уже достаточно развлекла тебя.

— Развлечение было что надо, — шепчет он. Шагает вперед, и я снова отступаю назад.

— Нет.

— Мне не нравится, что ты не позволяешь мне дотронуться до тебя.

— Смешно, а?

Глаза его снова превращаются в узкие щелки.

— Мы мало что решили, да?

— Я бы сказала, ничего. Не считая того, что я переезжаю из этой спальни.

Глаза его вспыхивают и на миг расширяются.

— Она ничего для меня не значит.

— Кроме тех случаев, когда нужна тебе.

— Она мне не нужна. Мне нужна ты.

— Вчера не была нужна. Эта женщина мне глубоко противна, Кристиан, ты же знаешь.

— Она ушла из моей жизни.

— Хотелось бы тебе верить.

— Бога ради, Ана.

— Пожалуйста, дай мне одеться.

Он вздыхает и вновь приглаживает рукой волосы.

— До вечера, — говорит он унылым, лишенным чувства голосом.

На краткий миг у меня возникает желание заключить его в объятия и утешить... но я не поддаюсь этому желанию, потому что слишком зла. Кристиан поворачивается и идет в ванную. Я стою как вкопанная, пока не слышу, что дверь закрылась.

Я тащусь к кровати и плюхаюсь на нее. И моя внутренняя богиня, и мое подсознание аплодируют мне стоя. Я не прибегла к слезам, крику или убийству и устояла перед его секс-мастерством. Я заслуживаю награды, но чувствую себя такой подавленной. Черт, мы ничего не решили. Мы на грани разрыва. Неужели наш брак под угрозой? Почему он не понимает, как глупо и подло повел себя, побежав к этой женщине? И что он имел в виду, когда сказал, что больше никогда не будет с ней видеться? Как, скажите на милость, я могу в это поверить? Я бросаю взгляд на будильник: половина девятого. Дьявольщина! Я не хочу опоздать. Я делаю глубокий вдох.

— Второй раунд был тупиковым, Маленький Комочек, — шепчу я, похлопывая себя по животу. — Возможно, папочка — дело проигранное, но я надеюсь, что нет. Зачем, ну зачем ты появился так рано, Маленький Комочек? Все только-только стало налаживаться. — Губа моя дрожит, но я делаю глубокий очищающий вдох и беру под контроль свои растрепанные чувства. — Пошли, ударно поработаем.

Я не говорю Кристиану «до свидания». Он все еще в душе, когда мы с Сойером уходим. В машине я смотрю через тонированное стекло, мое самообладание дает трещину, и на глазах выступают слезы. Настроение отражается в сером, сумрачном небе, и меня охватывает какое-то дурное предчувствие. Мы совсем не поговорили о ребенке. У меня было меньше суток, чтобы свыкнуться с новостью о ребенке, у Кристиана — и того меньше.

— Он даже не знает твоего имени. — Я глажу живот и вытираю слезы с лица.

— Миссис Грей. — Сойер прерывает мои мысли. — Мы приехали.

— А. Спасибо, Сойер.

— Я собираюсь сбегать в магазин, мэм. Принести вам чего-нибудь?

— Нет. Спасибо, не надо. Я не голодна.

Ханна уже приготовила для меня латте. Я делаю глоток, и меня начинает мутить.

— Э... можно мне чаю, пожалуйста? — смущенно бормочу я. Я знала, что не без причины никогда особенно не любила кофе. Черт, как отвратительно пахнет.

— Ты в порядке. Ана?

Я киваю и спешу укрыться в своем кабинете. Звонит мой «блэкберри». Это Кейт.

— Почему Кристиан тебя искал? — спрашивает она без предисловий.

— Доброе утро, Кейт. Как ты?

— Не увиливай, Стил. Что случилось? — Инквизиция Кэтрин Кавана начинается.

— Мы с Кристианом поссорились, вот и все.

— Он обидел тебя?

Я закатываю глаза.

— Да, но не так, как ты думаешь. — Сейчас я не могу говорить с Кейт. Я знаю, что расплачусь, а я ведь так горда собой за то, что утром не сломалась. — Кейт, у меня встреча. Я тебе перезвоню.

— Хорошо. Ты в порядке?

— Да. — Нет. — Я позвоню тебе позже, ладно?

— Ладно, Ана, пусть будет по-твоему. Я с тобой.

— Я знаю, — шепчу я, и глаза мои опять на мокром месте от ее добрых слов. Я не расплачусь. Не расплачусь.

— Рэй в порядке?

— Да, — выдавливаю я.

— Ох, Ана, — шепчет она.

— Не надо.

— Ладно. Потом поговорим.

— Да.

В течение утра я время от времени проверяю электронную почту, надеясь на веточку от Кристиана. Но ничего нет. К середине дня сознаю, что он не собирается связываться со мной вообще и что он все еще зол. Что ж, я тоже все еще зла. Я с головой ухожу в работу, делая перерыв лишь на ланч, чтобы съесть бутерброд с сыром и лососиной. Просто удивительно, насколько лучше я себя чувствую после того, как что-то съела.

В пять часов мы с Сойером едем в больницу навестить Рэя. Сойер еще более бдителен и даже чрезмерно заботлив. Это раздражает. Когда мы подходим к палате Рэя, он не отстает ни на шаг.

— Принести вам чаю, пока вы будете с отцом? — спрашивает он.

— Нет, спасибо, Сойер. Ничего не нужно.

— Я подожду на улице. — Он открывает передо мной дверь, и я рада, что на какое-то время от него избавлюсь.

Рэй сидит в кровати и читает журнал. Он выбрит, одет в пижамную куртку и выглядит совсем как прежде.

— Привет, Анни. — Он улыбается. И его лицо вытягивается.

— Ох, папа… — Я бросаюсь к нему, и совсем не характерным для него жестом он широко раскрывает объятия и обнимает меня.

— Анни? — шепчет он. — Что случилось? — Он крепко прижимает меня и целует в волосы.

В его руках я сознаю, какими редкими были такие моменты между нами. Но почему? Не потому ли я так люблю забираться к Кристиану на колени? Через минуту я отстраняюсь и сажусь на стул рядом с кроватью. Брови Рэя озабоченно сдвинуты.

— Расскажи своему старику.

Я качаю головой. Ему не нужны мои проблемы.

— Все нормально, папа. Ты хорошо выглядишь. — Я сжимаю его руку.

— Чувствую себя почти человеком, хотя нога в гипсе адски чешется.

Я улыбаюсь.

— Ох, папа, я так рада, что тебе лучше.

— Я тоже, Анни. Мне бы хотелось когда-нибудь покачать внуков на этой чещущейся коленке. Ни за что на свете не хочу это пропустить.

Я недоуменно моргаю. Черт. Он знает? И я борюсь со слезами, которые пощипывают уголки глаз.

— Вы с Кристианом ладите?

— Мы поссорились, — шепчу я, преодолевая ком в горле. — Но мы разберемся.

Рэй кивает.

— Он отличный парень, твой муж, — говорит он успокаивающе.

— У него временами бывают заскоки. Что сказали врачи?

Сейчас я не хочу говорить о своем муже, это для меня болезненная тема.

Я возвращаюсь в «Эскалу», Кристиана нет дома.

— Кристиан звонил и сказал, что задержится на работе, — сообщает мне миссис Джонс извиняющимся тоном.

— А. Спасибо, что дали мне знать.

Почему он не мог мне позвонить? Господи, кажется, все и в самом деле очень плохо. Мне вспоминается наш спор из-за брачных обетов и как он тогда злился и дулся. Но оскорбленная сторона здесь я.

— Чего бы вы хотели поесть? — В глазах миссис Джонс — решительный стальной блеск.

— Пасту.

Она улыбается.

— Спагетти, пенне, фузилли?

— Спагетти. С вашим болоньезе.

— Я мигом. И, Ана… вы должны знать, что сегодня утром, когда мистер Грей думал, что вы ушли, он был в отчаянии. Он был просто не в себе. — Миссис Джонс с нежностью улыбается.

Ох…

В девять его все еще нет. Я сижу за столом в библиотеке в недоумении. Звоню ему.

— Ана, — говорит он, голос сдержанный и холодный.

— Привет.

До меня доносится тихий вздох.

— Привет, — отзывается он.

— Ты придешь домой?

— Позже.

— Ты в офисе?

— Да. А где я, по-твоему, могу быть?

С ней.

— Я отпущу тебя.

Никто из нас не вешает трубку, молчание тянется и тянется между нами.

— Спокойной ночи, Ана, — говорит он в конце концов.

— Спокойной ночи, Кристиан.

Он отключается.

А, черт. Я смотрю на «блэкберри». Не знаю, чего он от меня ждет. Я не собираюсь позволить ему одержать легкую победу. Да, он зол, это понятно, и я тоже зла. Но мы там, где мы есть. Не я побежала плакаться в жилетку своей бывшей любовнице-педофилке. Я хочу, чтоб он признал, что такое поведение неприемлемо.

Я откидываюсь в кресле, смотрю на бильярдный стол в библиотеке и вспоминаю то веселое время, когда мы играли в снукер. Я кладу ладонь на живот. Может, просто еще слишком рано. Может, этого не должно быть... Но не успеваю я подумать об этом, как мое подсознание кричит: «Нет!» Если я прерву эту беременность, то никогда не прощу этого ни себе, ни Кристиану.

— Ох, Комочек, что ты с нами сделал?

Я не могу заставить себя разговаривать с Кейт. Не могу вообще ни с кем разговаривать. Я пишу ей эсэмэску, обещая, что скоро позвоню.

К одиннадцати глаза уже слипаются. Смирившись, поднимаюсь в свою старую комнату. Свернувшись калачиком под одеялом, наконец даю волю слезам, шумно и горько всхлипывая в подушку...

Просыпаюсь с тяжелой головой. В огромное окно комнаты льется бодрящий осенний свет. Смотрю на будильник — половина восьмого. Моя первая мысль: «Где Кристиан?» Я сажусь и свешиваю ноги с кровати. На полу рядом с кроватью — серебристо-серый галстук Кристиана, мой любимый. Вчера вечером, когда я ложилась, его здесь не было. Я поднимаю галстук, гляжу шелковистую ткань пальцами, потом прижимаю к щеке. Кристиан был здесь, смотрел на меня, спящую. И искорка надежды вспыхивает у меня в душе.

Я спускаюсь вниз. На кухне хлопочет миссис Джонс.
— Доброе утро, — бодро говорит она.
— Доброе утро. Кристиан?
Ее лицо вытягивается.
— Он уже ушел.
— Значит, он приезжал домой? — Я должна проверить, даже несмотря на то, что у меня есть его галстук в виде доказательства.
— Приезжал. — Она медлит в нерешительности, потом говорит: — Ана, пожалуйста, простите, что лезу не в свое дело, но не сдавайтесь. Он упрямец.
Я киваю, и она замолкает. Уверена, выражение моего лица говорит ей, что сейчас у меня нет желания обсуждать своего блудного мужа.

Приехав на работу, проверяю электронную почту. Сердце мое пускается вскачь, когда я вижу одно письмо от Кристиана.

От кого: Кристиан Грей
Тема: Портленд
Дата: 15 сентября 2011 г., 06:45
Кому: Анастейша Грей

Ана, я сегодня лечу в Портленд, надо закончить одно срочное дело. Я подумал, ты захочешь знать.

Кристиан Грей, генеральный директор холдинга «Грей энтерпрайзес»

Ох. Слезы щиплют глаза. Желудок протестует. О боже, меня сейчас стошнит! Я рысью бегу в туалет и только-только успеваю вывернуть свой завтрак в унитаз. Я опускаюсь на пол кабинки и обхватываю голову руками. Господи, можно ли быть еще несчастнее? Через некоторое время раздается тихий стук в дверь.

— Ана? — Это Ханна.

Черт.

— Да?

— Ты в порядке?

— Буду через минуту.

— К тебе пришел Бойс Фокс.

Только не это.

— Проводи его в зал заседаний. Я сейчас приду.

— Хочешь чаю?

— Пожалуйста.

После ланча — еще один бутерброд с сыром и лососиной, который, к счастью, остался во мне — я сижу, апатично таращась в компьютер, ищу вдохновения и гадаю, как мы с Кристианом решим нашу огромную проблему.

Звонит мой «блэкберри», и я подпрыгиваю от неожиданности. Смотрю на экран — это Миа. Господи, только ее мне сейчас не хватает с ее словоохотливостью и энтузиазмом. Я медлю, раздумывая, может, просто не отвечать, но вежливость берет верх.

— Да, Миа, — бодро говорю я.

— Ну, здравствуй, Ана, сколько лет сколько зим, — отвечает знакомый мужской голос.

Волосы шевелятся у меня на голове, по телу ползут мурашки, а внутри все холодеет.

Это Джек Хайд.

Глава 22

—Д жек. — От страха у меня сдавливает горло и пропадает голос. Как он вышел из тюрьмы? И откуда у него телефон Миа? Кровь отливает от моего лица, кружится голова.

— Ты ведь помнишь меня, — говорит он обманчиво мягким тоном. В голосе слышится горькая ухмылка.

— Да, конечно, — автоматически отвечаю я, пока мысли лихорадочно мелькают в голове.

— Ты, наверное, гадаешь, зачем я тебе звоню.

— Да.

Повесь трубку.

— Не вешай трубку. Я тут болтаю с твоей маленькой золовкой.

Что? Миа! Нет!

— Что ты сделал? — шепчу я, пытаясь унять заползающий в сердце страх.

— Слушай сюда, ты, дешевая шлюха, золотоискательница гребаная. Ты испоганила мне жизнь. Грей испоганил мне жизнь. Вы мне должны. Эта меленькая сучка — у меня. И теперь ты, этот хрен, за которого ты вышла замуж, и вся его поганая семейка — вы все заплатите.

Злоба и ненависть Хайда меня потрясают. Семья? Что за черт?

— Чего ты хочешь?

— Я хочу денег. Денег, деньжат, бабла, лавэ. Усекла? Если б все сложилось по-другому, это мог бы быть я. Поэтому ты достанешь их для меня. Я хочу пять миллионов долларов. Сегодня.

— Джек, у меня нет доступа к подобным суммам.

Он с издевкой фыркает.

— У тебя два часа, чтоб раздобыть их. Слышала? Два часа. Никому ничего не говори, иначе эта маленькая сучка поплатится. Ни копам, ни этому хрену, своему муженьку. Ни его службе безопасности. Если кому скажешь, я узнаю. Поняла? — Он замолкает, и я пытаюсь ответить, но горло перехватило от паники и страха.

— Ты поняла?! — орет он.

— Да, — шепчу я.

— Или я ее убью.

Мне трудно дышать.

— Держи свой телефон при себе. Никому не говори, иначе я трахну ее, прежде чем убить. У тебя есть два часа.

— Джек, мне нужно больше. Хотя бы часа три. И как я узнаю, что она у тебя?

Связь прерывается. Я в ужасе таращусь на телефон, во рту, пересохшем от страха, чувствуется отвратительный металлический привкус. Миа, у него Миа. Так ли это? Я лихорадочно пытаюсь придумать, что делать, и меня опять начинает мутить. Кажется, меня вот-вот вырвет, но я делаю глубокий вдох, пытаясь унять панику, и тошнота проходит. Итак, что же предпринять? Рассказать Кристиану? Тейлору? Позвонить в полицию? Как Джек узнает? Неужели Миа и правда у него? Мне нужно время, время, чтобы подумать, — но я могу это сделать, лишь следуя его распоряжениям. Я хватаю сумку и направляюсь к двери.

— Ханна, мне надо отъехать. Не знаю, как долго меня не будет. Отмени мои встречи на сегодня. Передай Элизабет, что мне надо уладить одно срочное дело.

— Конечно, Ана. Все в порядке? — Ханна озабоченно хмурится, морщинка перерезает ее лоб, когда она смотрит, как я убегаю.

— Да, — рассеянно отвечаю я, спеша к приемной, где ждет Сойер.

— Сойер. — Он вскакивает из кресла при звуке моего голоса и хмурится, когда видит мое лицо. — Я не очень хорошо себя чувствую. Пожалуйста, отвезите меня домой.

Я смотрю в окно, скованная полнейшим ужасом, пока прокручиваю в голове свой план. Приехать домой. Переодеться. Найти чековую книжку. Как-то уйти от Райана и Сойера. Поехать в банк. Черт, сколько места занимают пять миллионов? Сколько они будут весить? Понадобится ли мне чемодан? Следует ли заранее позвонить в банк? Миа. Миа. А вдруг он блефует и Миа у него нет? Как проверить? Если я позвоню Грейс, это возбудит ее подозрения и может подвергнуть Миа опасности. Он сказал, что узнает. Я бросаю взгляд в заднее стекло «SUV». Следят ли за мной? Сердце мое колотится, когда я всматриваюсь в машины, едущие за нами. Они выглядят вполне безобидно. Ох, Сойер, поезжай быстрее. Пожалуйста. В зеркале заднего вида мои глаза на мгновение встречаются с его, и Сойер хмурится.

Он нажимает кнопку на своем блютусе и отвечает на звонок.

— Я хотел сказать вам, что миссис Грей со мной. — Глаза Сойера вновь встречаются с моими, прежде чем возвращаются на дорогу, и он продолжает: — Она плохо себя чувствует. Я везу ее в «Эскалу»... ясно... сэр. — Сойер опять бросает на меня взгляд в зеркальце заднего вида. — Да, — соглашается он и отключается.

— Тейлор? — шепчу я.

Он кивает.

— Он с мистером Греем?

— Да, мэм. — Взгляд Сойера сочувственно смягчается.

— Они все еще в Портленде?

— Да, мэм.

Это хорошо. Я должна обезопасить Кристиана. Ладонь моя ложится на живот, и я непроизвольно глажу его. И тебя, мой Комочек. Вас обоих.

— Нельзя ли побыстрее, пожалуйста? Мне нехорошо.

— Да, мэм. — Сойер нажимает на газ, и наша машина плавно ускоряется.

Мы с Сойером поднимаемся в квартиру. Миссис Джонс нигде не видно. Поскольку в гараже нет ее машины, я предполагаю, что они с Тейлором отправились по делам. Сойер направляется в офис Тейлора, а я прямиком мчусь в кабинет Кристиана. В панике обежав его стол, рывком выдвигаю ящик, чтобы найти чековые книжки. Из глубины ящика наперед выскальзывает пистолет Лейлы. Меня охватывает мимолетное несвоевременное раздражение на Кристиана за то, что не запер оружие. Он же не умеет им пользоваться и мог ранить себя.

После минутного колебания хватаю пистолет, убеждаюсь, что он заряжен, и засовываю его за пояс своих черных брюк. Оружие может мне понадобиться. Я натужно сглатываю. Я тренировалась только на мишенях и никогда ни в кого не стреляла. Надеюсь, Рэй меня простит. Вновь возвращаюсь к поиску чековой книжки. Их пять, и только одна на имя мистера и миссис Грей. На моем счету — около пятидесяти четырех тысяч долларов. Сколько на этой — не имею представления, но у Кристиана наверняка есть пять миллионов. Может, деньги есть в сейфе? Черт, я понятия не имею, какой номер. Кажется, он упоминал, что комбинация в его картотечном шкафу? Я пробую открыть шкаф, но он заперт. Черт, черт. Придется придерживаться плана «А».

Я делаю глубокий вдох и, взяв себя в руки, решительно иду в нашу спальню. Кровать застелена, и на мгновение я чувствую внезапную острую боль. Возможно, прошедшей ночью мне стоило бы спать здесь. Какой смысл спорить с тем, кто, по собственному признанию, — Пятьдесят Оттенков? Теперь он даже не разговаривает со мной. Нет... Сейчас у меня нет времени думать об этом.

Я быстро переодеваюсь в джинсы, кофту с капюшоном и кроссовки и засовываю пистолет за пояс джинсов сзади. Достаю большую спортивную сумку. Войдет ли сюда пять миллионов долларов? Спортивная сумка Кристиана лежит здесь же на полу. Я открываю ее, ожидая найти в ней грязное белье, но нет — спортивная форма чистая и свежая. Миссис Джонс воистину ни о чем не забывает. Я выгружаю содержимое на пол и запихиваю его форму в свою сумку. Ну вот, это должно подойти. Проверяю, с собой ли мои водительские права для удостоверения личности, и смотрю на время. После звонка Джека прошла тридцать одна минута. Теперь надо выбраться из «Эскалы», чтоб Сойер не увидел.

Я медленно и тихо иду к фойе, помня о камере слежения, которая направлена на лифт. Думаю, Сойер все еще в кабинете Тейлора. Осторожно открываю дверь в фойе, стараясь как можно меньше шуметь. Тихонько прикрыв дверь за собой, стою на пороге у самой двери, так чтобы меня не видела камера. Достаю из сумки телефон и звоню Сойеру.

— Миссис Грей.

— Сойер, я в комнате наверху, не поможешь мне тут кое с чем? — Я стараюсь говорить тихо, зная, что он совсем рядом, по ту сторону двери.

— Сейчас буду, мэм, — говорит он, и я слышу его замешательство. Я никогда раньше не звонила ему с просьбой о помощи. Сердце лихорадочно стучит в горле. Получится ли у меня? Я отключаюсь и слушаю, как его шаги пересекают холл и направляются к лестнице. Делаю еще один глубокий вдох и на короткий миг задумываюсь: смешно, я бегу из собственного дома, как какая-нибудь преступница.

Как только Сойер поднимается на площадку верхнего этажа, несусь к лифту и нажимаю кнопку вызова. Двери распахиваются со слишком громким звуком, возвещающим, что лифт готов. Я влетаю внутрь и лихорадочно тычу в кнопку подземного гаража. После мучительно долгой паузы двери начинают медленно закрываться, и я слышу крики Сойера:

— Миссис Грей! — За мгновение до того, как двери лифта закрываются, я вижу, как он рысью бежит в фойе! — Ана! — потрясенно кричит он, не веря своим глазам. Но поздно — он исчезает из виду.

Лифт плавно опускается на уровень гаража. У меня есть пара минут форы, и я знаю, что Сойер попытается остановить меня. Я с тоской гляжу на свой «R-8» и мчусь к «Саабу». Распахиваю дверцу, бросаю сумку на пассажирское сиденье и сажусь за руль.

Завожу мотор и несусь к выезду. Визжат тормоза: я жду одиннадцать мучительно долгих секунд, пока поднимется шлагбаум. Едва он поднимается, я газую, мельком уловив в зеркале заднего вида Сойера, выскакивающего из лифта в гараж. Его ошарашенное, оскорбленное выражение лица преследует меня, когда я сворачиваю с пандуса на Четвертую авеню.

Уф. Знаю, что Сойер позвонит Кристиану или Тейлору, но с этим я справлюсь как-нибудь потом — сейчас у меня нет времени об этом думать. Я неловко ерзаю на сиденье, в глубине души зная, что Сойер, возможно, потеряет работу. Нет, не думать об этом. Я должна спасти Миа. Надо попасть в банк и взять пять миллионов долларов. Я бросаю взгляд в зеркальце заднего вида, нервно ожидая увидеть «SUV», выскакивающий из гаража, но пока Сойера не видно.

Банк роскошный, современный, сдержанно-изысканный. Повсюду приглушенные голоса, гулкие полы и бледно-зеленое стекло с узорами. Я прохожу к стойке информации.

— Могу я вам помочь, мэм? — Молодая женщина адресует мне ослепительную неискреннюю улыбку, и на мгновение я жалею, что переоделась в джинсы.

— Я бы хотела снять крупную сумму денег.

Мисс Неискренняя Улыбка изгибает еще более неискреннюю бровь.

— У вас есть счет в нашем банке? — Ей не удается скрыть свой сарказм.

— Да, — бросаю я. — У нас с мужем здесь несколько счетов. Его имя — Кристиан Грей.

Глаза ее чуть заметно расширяются, и неискренность уступает место шоку. Она еще раз окидывает меня взглядом с головы до ног, в этот раз — со смесью неверия и благоговения.

— Прошу сюда, мэм, — шепчет она и ведет меня в небольшой, скудно обставленный кабинет с одной стеной из бледно-зеленого стекла. — Пожалуйста, присаживайтесь. — Она указывает на черное кожаное кресло у стеклянного стола, на котором стоит современный компьютер и телефон. — Какую сумму вы желаете снять сегодня, миссис Грей? — любезно осведомляется она.

— Пять миллионов долларов. — Я смотрю ей прямо в глаза, словно запрашиваю такую сумму наличными каждый день.

Она бледнеет.

— Понятно. Я приведу управляющего. Простите мой вопрос, но у вас есть удостоверение личности?

— Есть. Но я бы хотела поговорить с управляющим.

— Разумеется, миссис Грей.

Она торопливо уходит. Я опускаюсь на стул; волна тошноты грозится захлестнуть меня — и тут мне в поясницу неприятно вдавливается пистолет. Только не сейчас. Надо взять себя в руки. Я делаю глубокий очищающий вдох, и тошнота отступает. Нервно смотрю на часы. Двадцать пять минут второго.

В комнату входит мужчина средних лет. У него редеющие волосы, но одет он в строгий дорогой костюм темно-серого цвета и галстук в тон. Он протягивает руку.

— Миссис Грей. Я Трой Уилан. — Он улыбается, мы обмениваемся рукопожатием, и он садится за стол напротив меня. — Моя коллега сказала, что вы хотели бы снять крупную сумму денег.

— Совершенно верно. Пять миллионов долларов.

Он поворачивается к своему компьютеру и нажимает несколько цифр.

— Обычно мы просим о предварительном запросе на большую сумму. — Он замолкает и улыбается мне ободряющей, но надменной улыбкой. — К счастью, однако, мы держим наличный резерв для всего северо-западного Тихоокеанского побережья, — хвастается он. Господи, он что, пытается произвести на меня впечатление?

— Мистер Уилан, я спешу. Что мне надо сделать? У меня мои водительские права и наша общая чековая книжка. Мне надо просто выписать чек?

— Все по порядку, миссис Грей. Могу я взглянуть на ваше удостоверение личности? — Из общительного позера он превращается в серьезного банкира.

— Вот. — Я протягиваю ему свои права.

— Миссис Грей... тут написано Анастейша Стил.

Ой ты, черт побери.

— А... да. Э...

— Я позвоню мистеру Грею.

— Нет-нет, в этом нет необходимости. — Проклятье! — У меня должно быть что-то с моей фамилией по мужу.

Я роюсь в сумке. Что же у меня есть? Вытаскиваю кошелек, открываю его и нахожу наше с Кристианом фото на кровати в каюте «Красавицы». Это я не могу ему показать! Вытаскиваю свою черную «American Express».

— Вот.

— Миссис Анастейша Грей, — читает Уилан. — Да, это подойдет. — Он хмурится. — Это в высшей степени не по правилам, миссис Грей.

— Вы хотите, чтоб я сказала своему мужу, что ваш банк отказался выдать мне требуемую сумму? — Я расправляю плечи и меряю его своим самым надменным взглядом.

Он медлит, дабы успокоить меня, я думаю.

— Вам придется выписать чек, миссис Грей.

— Конечно. Вот этот счет? — Я показываю ему свою чековую книжку, силясь унять колотящееся сердце.

— Да, пожалуйста. Еще вам нужно будет заполнить кое-какие дополнительные бумаги. С вашего позволения, я отлучусь на минуту?

Я киваю, и он поднимается и выходит из кабинета. И снова я длинно выдыхаю. Я и не представляла, что это будет так трудно. Неуклюже открываю чековую книжку и вытаскиваю из сумки ручку. Просто взять и обналичить чек? Я понятия не имею. Дрожащими пальцами вывожу: «$ 5 000 000».

О боже, надеюсь, я поступаю правильно. Миа, думай о Миа. Я не могу никому сказать.

Пугающие, мерзкие слова Джека преследуют меня: «Никому не говори, иначе я трахну ее, прежде чем убить».

Возвращается мистер Уилан, бледный и сконфуженный.

— Миссис Грей? Ваш муж хочет поговорить с вами, — бормочет он и указывает на телефон на стеклянном столе.

Что? Нет.

— Он на линии. Просто нажмите кнопку. Я буду за дверью. — У него хватает совести выглядеть смущенным. Я бросаю на него злой взгляд, чувствуя, как кровь вновь отливает с лица, когда он поспешно ретируется за дверь.

Черт! Черт! Черт! Что я скажу Кристиану? Он узнает. Он вмешается. Он — опасность для своей сестры. Рука моя дрожит, когда я протягиваю ее к телефону. Подношу трубку к уху, стараясь утихомирить свое неровное дыхание, и нажимаю кнопку первой линии.

— Привет, — бормочу я, тщетно силясь успокоить нервы.

— Ты уходишь от меня? — Слова Кристиана — мучительный, срывающийся шепот.

Что?

— Нет! — в ужасе выдыхаю я. О господи, нет, нет, нет! Как он мог такое подумать? Из-за денег? Он думает, что я ухожу из-за денег? И в момент ужасающей ясности я сознаю, что единственный способ удержать Кристиана на расстоянии, на безопасном расстоянии, и спасти его сестру... это солгать.

— Да, — шепчу я. И обжигающая боль пронзает меня, слезы застилают глаза.

Он издает испуганный возглас, почти стон.

— Ана, я…— выдавливает он.

Нет! Я ладонью зажимаю рот, заглушая свои воюющие эмоции. Кристиан, пожалуйста. Не надо. Я борюсь со слезами.

— Ты уходишь? — говорит он.

— Да.

— Но почему наличные? Значит, дело с самого начала было в деньгах? — Его пронизанный мукой голос едва слышен.

Нет! Слезы струятся по моему лицу.

— Нет, — шепчу я.

— Пяти миллионов достаточно?

Пожалуйста, прекрати!

— Да.

— А ребенок? — Голос его срывается.

Что? Я прижимаю ладонь к животу.

— Я позабочусь о ребенке, — бормочу я. Мой Маленький Комочек… наш Маленький Комочек.

— Это то, чего ты хочешь?

Нет!

— Да.

Он резко втягивает воздух.

— Забери все, — шипит он.

— Кристиан, — всхлипываю я. — Это ради тебя. Ради твоей семьи. Пожалуйста. Не надо.

— Забери все, Анастейша.

— Кристиан… — И я чуть не ломаюсь. Чуть не рассказываю ему о Джеке, о Миа, о выкупе… «Просто доверься мне, пожалуйста!» — безмолвно молю я его.

— Я всегда буду любить тебя. — Голос его хриплый. Он вешает трубку.

— Кристиан! Нет… я тоже люблю тебя.

И все то, что последние пару дней казалось таким важным, вдруг сделалось незначительным и ничтожным. Я обещала, что никогда не уйду от него. И я не ухожу. Я спасаю его сестру. Я тяжело опускаюсь на стул и горько плачу, закрыв лицо руками.

Меня прерывает робкий стук в дверь. Входит Уилан, хотя я ему и не разрешала. Он смотрит куда угодно, только не на меня. Он подавлен.

Ты позвонил ему, ублюдок! Я сверлю его убийственным взглядом.

— У вас карт-бланш, миссис Грей, — говорит он. — Мистер Грей согласился ликвидировать часть своих активов. Он сказал, вы можете взять столько, сколько вам нужно.

— Мне нужно только пять миллионов, — шиплю я сквозь стиснутые зубы.

— Да, мэм. С вами все в порядке?

— А по мне что, не видно? — огрызаюсь я.

— Извините, мэм. Воды?

Я угрюмо киваю. Я только что оставила своего мужа. Что ж, во всяком случае, Кристиан так думает. Мое подсознание поджимает губы. Потому что ты ему так сказала.

— Я попрошу свою коллегу принести вам воды, пока буду готовить деньги. Будьте добры, подпишите вот здесь, мэм... и на чеке тоже.

Он кладет на стол бланк. Я ставлю свою подпись на месте пунктирной линии чека, затем на бланке. Анастейша Грей. Слезы капают на стол, едва не попадая на бумагу.

— Я возьму это, мэм. Нам потребуется полчаса, чтобы приготовить деньги.

Я бросаю взгляд на часы. Джек сказал «два часа» — я как раз укладываюсь. Я киваю Уилану, и он на цыпочках покидает кабинет, оставляя меня наедине со страданиями.

Спустя несколько минут — а может, часов, я не знаю — мисс Неискренняя Улыбка входит с графином воды и стаканом.

— Миссис Грей, — мягко говорит она, ставит стакан на стол и наполняет его.

— Спасибо. — Я беру стакан и с благодарностью пью.

Она уходит, оставляя меня с моими спутанными, перепуганными мыслями. С Кристианом я как-нибудь помирюсь... если будет не слишком поздно. По крайней мере, он не станет вмешиваться. Сейчас я должна сосредоточиться на Миа. Предположим, Джек лжет? Предположим, Миа не у него? Может, все же лучше позвонить в полицию?

«Не говори никому, иначе я трахну ее, прежде чем убить». Нет, нельзя. Я откидываюсь на стуле, ощущая успокаивающее присутствие Лейлиного пистолета за поясом джинсов, вонзающегося в поясницу. Кто бы мог подумать, что я буду благодарна Лейле за то, что наставляла на меня оружие? Ох, Рэй, я так рада, что ты научил меня стрелять.

Рэй! О господи. Он будет ждать, что я приду к нему сегодня вечером. Может, я просто передам Джеку деньги, а он отдаст мне Миа и пусть себе катится на все четыре стороны?

Неожиданно оживает «блэкберри». Мелодия песни «Твоя любовь — король» наполняет комнату. О нет! Чего хочет Кристиан? Повернуть нож у меня в ране?

«Дело с самого начала было в деньгах?» Ох, Кристиан, как ты мог такое подумать? Гнев вспыхивает у меня в душе. Да, гнев. Это помогает. Я отсылаю звонок на голосовую почту. С мужем я разберусь позже.

Раздается стук в дверь.

— Миссис Грей. — Это Уилан. — Деньги готовы.

— Спасибо. — Я встаю, и комната тут же начинает кружиться. Я стискиваю спинку стула.

— Миссис Грей, вы хорошо себя чувствуете?

Я киваю и взглядом говорю ему: «Отвяжись!» Делаю еще один успокаивающий вдох. Я должна сделать это. Должна. Должна спасти Миа. Я одергиваю свою спортивную кофту, пряча рукоятку пистолета, торчащую из-за пояса на спине.

Мистер Уилан хмурится, но придерживает передо мной дверь, и на дрожащих ногах я иду.

Сойер ждет у входа, окидывая взглядом фойе. Черт! Наши глаза встречаются, и он хмурит лоб, оценивая мою реакцию. Ох, он зол как черт! Я вскидываю указательный палец жестом «через минуту». Он кивает и отвечает на звонок по своему сотовому. Проклятье! Бьюсь об заклад, это Кристиан. Я резко разворачиваюсь, чуть не столкнувшись с Уиланом, который топает за мной, и влетаю назад в маленький кабинет.

— Миссис Грей? — озадаченно говорит Уилан, тоже возвращаясь.

— Там человек, которого я не хочу видеть. Который меня преследует.

Глаза Уилана расширяются.

— Хотите, чтоб я вызвал полицию?

— Нет! — О господи, нет.

Что же мне делать? Я бросаю взгляд на часы. Почти пятнадцать минут четвертого. Джек позвонит с минуты на минуту. Думай. Ана, думай! Уилан смотрит на меня с растущим отчаянием и замешательством. Должно быть, думает, что я свихнулась. «Ты и вправду свихнулась», — рычит на меня мое подсознание.

— Мне надо позвонить. Не могли бы вы на минутку оставить меня одну, пожалуйста?

— Конечно, — отвечает Уилан и с облегчением, как мне кажется, покидает комнату. Когда он закрывает дверь, я дрожащими пальцами набираю номер Миа.

— Кого я слышу, моя зарплата, — презрительно отвечает Джек.

У меня нет времени на этот его бред собачий.

— У меня проблема.

— Знаю. Твоя охрана проследила тебя до банка.

Что? Откуда, черт побери, он знает?

— Придется тебе от них оторваться. У меня за банком стоит машина, черный «SUV», «Додж». Даю тебе три минуты, чтобы добраться туда. — «Додж»!

— Это может занять больше, чем три минуты. — Сердце мое снова подпрыгивает к горлу.

— Ты сообразительная для паршивой шлюхи, Грей. Что-нибудь придумаешь. И выброси свой сотовый, как только дойдешь до машины. Усекла, сука?

— Да.

— Не слышу! — рявкает он.

— Усекла.

Он отключается.

Черт! Я открываю дверь, Уилан терпеливо ждет снаружи.

— Мистер Уилан, мне нужна помощь, чтобы донести сумки до моей машины. Она припаркована позади банка. У вас есть задний выход?

Он хмурится.

— Да, есть. Для работников.

— Не могли бы мы выйти через него? Так я смогу избежать нежелательного внимания в дверях.

— Как пожелаете, миссис Грей. Я распоряжусь, чтобы два клерка помогли вам с сумками, а два охранника присмотрят. Следуйте за мной, пожалуйста.

— Я хотела бы попросить вас еще об одной услуге.

— Конечно, миссис Грей.

Через две минуты я со своим сопровождением выхожу на улицу и направляюсь к «Доджу». Окна у него тонированные, и невозможно разглядеть, кто за рулем. Но когда мы приближаемся, водительская дверца распахивается, и женщина, одетая в черное, с низко надвинутым на лицо капюшоном, грациозно выбирается из машины. Элизабет! Она подходит к багажнику «SUV» и открывает его. Два юных клерка, несущих деньги, бросают тяжелые сумки в багажник.

— Миссис Грей. — У нее хватает наглости улыбаться, как будто мы отправляемся на увеселительную прогулку.

— Элизабет. — Мое приветствие очень холодно. — Приятно видеть тебя вне работы.

Мистер Уилан покашливает.

— Что ж, это был интересный день, миссис Грей, — говорит он. Вынужденная соблюдать правила вежливости, пожимаю ему руку и благодарю его, в то время как в голове лихорадочно вертятся мысли. Элизабет? Какого черта? Почему она путается с Джеком? Уилан и его команда скрываются в здании банка, оставив меня одну с начальницей отдела кадров SIP, которая замешана в похищении, вымогательстве и, вполне возможно, в других преступлениях. Почему?

Элизабет открывает заднюю дверцу и жестом приглашает меня садиться.

— Ваш телефон, миссис Грей? — спрашивает она, настороженно наблюдая за мной. Я отдаю ей телефон, и она швыряет его в ближайший мусорный бак.

— Это собьет собак со следа, — самодовольно заявляет она.

Кто эта женщина? Элизабет захлопывает дверцу и усаживается на водительское сиденье. Я тревожно оглядываюсь, когда она выезжает на трассу, направляясь на восток. Сойера нигде не видно.

— Элизабет, деньги у тебя. Позвони Джеку. Скажи ему, чтобы отпустил Миа.

— Думаю, он хочет лично поблагодарить тебя.

Проклятье! Я смотрю на нее в зеркальце заднего вида.

Она бледнеет, и красивое лицо искажается гримасой тревоги.

— Зачем ты это делаешь, Элизабет? Я думала, тебе не нравится Джек.

Она снова бросает на меня короткий взгляд в зеркало, и я вижу в ее глазах мимолетный проблеск боли.

— Ана, мы прекрасно поладим, если ты будешь помалкивать.

— Но ты не можешь так поступать. Это же неправильно.

— Замолчи, — огрызается она, но я чувствую ее тревогу.

— Он имеет над тобой какую-то власть? — спрашиваю я.

Она злобно смотрит на меня и ударяет по тормозам, отчего меня бросает вперед, и я ударяюсь лицом о подголовник переднего сиденья.

— Я сказала, замолчи, — рычит она. — Лучше пристегни ремень.

И тут я понимаю, что угадала. Он ее чем-то удерживает. И это что-то настолько ужасно, что она готова сделать все, что он ей прикажет. Интересно, что это может быть. Что-нибудь из ее личной жизни? Что-то сексуальное? От этой мысли меня передергивает. Кристиан сказал, что все бывшие личные помощницы Джека отказываются говорить. Быть может, с ними со всеми та же история. Вот почему он и меня домогался. От отвращения желчь подступает к горлу.

Элизабет выезжает из деловой части Сиэтла и направляется к восточным холмам. Вскоре мы уже едем по жилым кварталам. Я замечаю табличку с названием одной из улиц: Саус-Ирвинг-стрит. Она резко забирает влево на какую-то пустынную улицу с обветшалой детской площадкой с одной стороны и большой зацементированной автостоянкой с рядом пустых кирпичных строений с другой. Элизабет заезжает на стоянку и останавливается возле последнего кирпичного здания.

Она поворачивается ко мне.

— Приехали, — бормочет она.

У меня волосы шевелятся на затылке, а сердце колотится как сумасшедшее.

— Тебе необязательно это делать, — шепчу я. Рот ее угрюмо сжимается, и она вылезает из машины.

«Это ради Миа. Это ради Миа», — произношу я быструю молитву. Пожалуйста, пусть с ней все будет хорошо. Пожалуйста, пусть с ней все будет хорошо.

— Выходи, — приказывает Элизабет, рывком распахивая заднюю дверцу.

Черт. Когда я вылезаю, ноги мои так сильно дрожат, что я не уверена, смогу ли стоять. Прохладный вечерний бриз приносит аромат наступающей осени и пыльный, затхлый запах заброшенных зданий.

— Какие люди!

Джек появляется из маленькой дощатой двери с левой стороны здания. Волосы его коротко подстрижены, в ушах нет серег, и он в костюме. В костюме? Джек развязной походкой подходит ко мне, источая надменность и ненависть. Сердце мое начинает биться еще быстрее.

— Где Миа? — запинаясь, бормочу я. Во рту так пересохло, что я с трудом выдавливаю слова.

— Всему свое время, сука, — глумливо ухмыляется Джек, останавливаясь передо мной. Я практически чувствую вкус его ненависти и злобы. — Деньги?

Элизабет проверяет сумки в багажнике.

— Да тут чертова уйма наличных, — в благоговении говорит она, открывая и закрывая «молнию» каждой сумки.

— А ее сотовый?

— В мусорном баке.

— Отлично, — скалится Джек и неожиданно наносит мне с размаху сильный удар по лицу.

От этого жестокого неспровоцированного удара я лечу на землю, и голова моя с глухим тошнотворным стуком отскакивает от бетона. Боль взрывается в голове, из глаз брызжут слезы — и все плывет у меня перед глазами, а череп словно раскалывается надвое.

Я безмолвно кричу от мучительной боли и ужаса. О нет... мой Маленький Комочек! Джек на этом не останавливается, нанося быстрые, жестокие удары мне по ребрам, и от их силы воздух вырывается у меня из легких. Крепко зажмурившись, я пытаюсь бороться с тошнотой и болью, бороться за спасительный глоток воздуха. Маленький Комочек... ох, мой Маленький Комочек...

— Это тебе за SIP, паршивая сука! — орет Джек.

Я подтягиваю ноги, сжимаюсь в комок и жду следующего удара. Нет. Нет. Нет.

— Джек! — пронзительно кричит Элизабет. — Не здесь. Не средь бела дня, бога ради!

Он останавливается.

— Сука этого заслуживает! — злорадствует он.

И этим дает мне одну драгоценную секунду, чтоб вытащить пистолет из-за пояса джинсов. Дрожащей рукой я прицеливаюсь в него, нажимаю на спусковой крючок и стреляю. Пуля попадает Хайду чуть выше колена, и он кулем валится на землю, воя от боли, сжимает бедро пальцами, сквозь которые течет кровь.

— Сука! — ревет Джек.

Я поворачиваюсь к Элизабет, и она в ужасе таращится на меня и вскидывает руки над головой. Она расплывается... темнота смыкается. Черт... Она в конце туннеля. Тьма поглощает ее. Поглощает меня. Где-то далеко разверзается ад кромешный. Визг автомобильных шин... хлопанье дверей... крики... топот ног. Пистолет выпадает из моей руки.

— Ана! — Голос Кристиана... голос Кристиана... его полный муки голос. Миа... спаси Миа.

— АНА!

Темнота... покой.

Глава 23

Боль. Одна только боль. Моя голова, грудь… обжигающая боль. Бок, рука. Боль. Боль и приглушенные голоса во мраке. Где я? Я пытаюсь, но не могу открыть глаза. Шепот становится яснее… маяк в кромешной тьме.

— У нее сильные ушибы ребер, мистер Грей, и мелкая трещина черепа, но основные показатели стабильные и хорошие.

— Почему она до сих пор без сознания?

— У миссис Грей — сильная контузия головы. Но мозг функционирует нормально, и нет никакой церебральной опухоли. Она очнется, когда будет готова. Просто дайте ей время.

— А ребенок? — Слова полны мучительной боли.

— С ребенком все в порядке, мистер Грей.

— Ну слава богу. — Это как литания… как молитва. — Слава богу.

О боже. Он беспокоится о ребенке… Ребенок? …Маленький Комочек. Конечно. Мой маленький Комочек. Я тщетно пытаюсь пошевелить рукой, чтобы положить ее на живот. Рука не двигается. Ничего не двигается.

«А ребенок?.. Слава богу». Маленький Комочек невредим.

«А ребенок?.. Слава богу». Он волнуется о ребенке.

«А ребенок?.. Слава богу». Он хочет ребенка. Ну слава богу.

Я расслабляюсь, и темнота снова накрывает меня, избавляя от боли.

Все тяжелое и болит: ноги, руки, голова, веки. Ничем не могу пошевелить. Глаза и рот крепко закрыты и не желают открываться, делая меня слепой, немой и беспомощной. Когда я всплываю из тумана, сознание маячит где-то рядом, как соблазнительная сирена, до которой никак не дотянуться. Звуки становятся голосами.

— Я не оставлю ее.

Кристиан! Он здесь... Я пытаюсь заставить себя очнуться... Его голос, напряженный, мучительный шепот.

— Кристиан, тебе надо поспать.

— Нет, папа. Я хочу быть рядом, когда она придет в себя.

— Я посижу с ней. Это самое малое, что я могу сделать после того, как она спасла мою дочь.

Миа!

— Как Миа?

— Она слаба... напугана и зла. Понадобится еще несколько часов, чтобы рогипнол окончательно вышел из ее организма.

— Господи.

— Знаю. Я чувствую себя трижды дураком, что уменьшил ее охрану. Ты предупреждал меня, но Миа такая упрямая. Если бы не Ана...

— Мы все думали, что Хайд уже сошел со сцены. А моя сумасшедшая глупая жена... почему она мне не сказала? — Голос Кристиана полон муки.

— Кристиан, успокойся. Ана — замечательная девушка. Она невероятно храбрая.

— Храбрая, своевольная, упрямая и глупая. — Голос его срывается.

— Эй, — бормочет Каррик, — не будь слишком строг к ней. И к себе тоже, сынок. Я, пожалуй, пойду к твоей матери. Уже четвертый час ночи, Кристиан. Тебе в самом деле надо хоть немного поспать.

Я проваливаюсь в черноту.

Туман немного рассеивается, но у меня нет чувства времени.

— Если ты ее не отшлепаешь, то это сделаю я. О чем, черт побери, она думала?

— Поверьте мне, Рэй, сделаю это с превеликим удовольствием.

Папа! Он здесь. Я борюсь с туманом... борюсь... но снова проваливаюсь в забытье. Нет...

— Детектив, как видите, моя жена не в состоянии отвечать на ваши вопросы. — Кристиан сердится.

— Она упрямая молодая женщина, мистер Грей.

— Жаль, что она не убила подонка.

— Это означало бы для меня больше бумажной волокиты, мистер Грей...

— Мисс Морган поет как та канарейка. Хайд и вправду извращенный сукин сын. У него зуб на вашего отца и на вас...

Туман снова окутывает меня и затягивает вниз... вниз... Нет!

— Что значит вы не разговаривали? — Это Грейс. Она сердится.

Я пытаюсь пошевелить головой, но тело упорно отказывается исполнять посылы мозга.

— Что ты сделал?

— Мам...

— Кристиан! Что ты сделал?

— Я был ужасно зол. — Это почти всхлип... Нет.

— Эй...

Мир вращается и меркнет; я отключаюсь.

Я слышу тихие приглушенные голоса.

— Ты же сказал мне, что порвал все связи. — Это говорит Грейс. Голос ее тихий, укоряющий.

— Знаю. — В голосе Кристиана слышится смирение. — Но встреча с ней помогла мне увидеть все в новом свете. Ну, ты знаешь... с ребенком. Впервые я почувствовал... что мы делали... это было неправильно.

— Да, дорогой. С детьми всегда так. Они заставляют тебя взглянуть на мир совсем по-другому.

— Она наконец-то поняла... И я тоже... Я причинил боль Ане, — шепчет он.

— Мы всегда причиняем боль тем, кого любим, дорогой. Ты должен будешь сказать ей, что сожалеешь. И дать ей время.

— Она сказала, что уходит от меня.

Нет. Нет. Нет!

— И ты ей поверил?

— Вначале — да.

— Дорогой, ты всегда веришь худшему во всех, включая себя. Как всегда. Ана очень сильно любит тебя, и совершенно ясно, что ты любишь ее.

— Она была страшно зла на меня.

— Неудивительно. А я ужасно сердита на тебя сейчас. Думаю, можно по-настоящему злиться лишь на того, кого действительно любишь.

— Я думал об этом, и она раз за разом показывала мне, как любит меня... вплоть до того, что подвергла свою жизнь опасности.

— Да, дорогой.

— Ох, мама, ну почему она не просыпается? — Голос его срывается. — Я чуть не потерял ее.

Кристиан! Слышатся приглушенные всхлипы. Нет...

Ой, темнота смыкается. Нет...

— Тебе потребовалось двадцать четыре года, чтобы позволить мне вот так обнять тебя...

— Я знаю, мама... я рад, что мы поговорили.

— Я тоже, дорогой. Я всегда рядом. Не могу поверить, что скоро буду бабушкой.

Бабушка!

Сладкое забытье манит...

М-м-м-м. Его щетина мягко царапает тыльную сторону ладони, когда он прижимает мою руку к своему лицу.

— Ох, детка, пожалуйста, вернись ко мне. Прости меня. Прости за все. Только проснись. Я скучаю по тебе. Я люблю тебя.

Я стараюсь. Стараюсь. Я хочу увидеть его. Но мое тело меня не слушается, и я вновь проваливаюсь в сон.

Просыпаюсь я от того, что ужасно хочу в туалет. Открываю глаза. Я в чистом, стерильном окружении больничной палаты. Кругом темно, не считая бокового освещения, и все тихо. В голове и груди — тупая боль, но это ерунда по сравнению с тем, что мой мочевой пузырь вот-вот лопнет. Мне надо в туалет. Я проверяю свои конечности. Правая рука саднит, и я замечаю, что от нее отходит трубка капельницы. Я быстро прикрываю глаза. Повернув голову — к моей радости, она меня слушается, — снова открываю их. Кристиан спит, сидя рядом со мной, прислонившись к кровати и положив голову на сложенные руки. Я протягиваю руку, снова порадовавшись, что тело меня слушается, и пропускаю сквозь пальцы его мягкие волосы.

Он, вздрогнув, просыпается и так резко вскидывает голову, что моя рука обессиленно падает на кровать.

— Привет, — сиплю я.

— Ана! — Его сдавленный голос полон облегчения. Он хватает мою руку, крепко стискивает ее и прижимает к своей шершавой, заросшей щетиной щеке.

— Мне надо в туалет, — шепчу я.

Он удивленно смотрит на меня, потом хмурится.

— Хорошо.

Я пытаюсь сесть.

— Ана, лежи спокойно. Я позову медсестру. — Встревоженный, быстро встает и протягивает руку к кнопке вызова над кроватью.

— Пожалуйста, — шепчу я. Почему у меня все болит? — Мне надо встать. Бог ты мой, я чувствую себя такой слабой.

— Ты хоть раз можешь сделать так, как тебе говорят? — раздраженно ворчит он.

— Но мне очень нужно в туалет, — сиплю я. В горле и во рту сухо, как в пустыне.

В палату стремительно входит медсестра. Ей, должно быть, за пятьдесят, хотя волосы иссиня-черные, а в ушах чересчур большие жемчужные серьги.

— Миссис Грей, с возвращением. Я дам знать доктору Бартли, что вы проснулись. — Она подходит к моей кровати. — Меня зовут Нора. Вы знаете, где вы?

— Да. В больнице. Мне надо в туалет.

— У вас катетер.

Что? Ну просто замечательно. Я смущенно смотрю на Кристиана, потом снова на сестру.

— Пожалуйста. Я хочу встать.

— Миссис Грей!

— Пожалуйста.

— Ана, — предостерегает Кристиан. Я снова пытаюсь сесть.

— Давайте я уберу катетер. Мистер Грей, уверена, миссис Грей хотела бы уединения. — Сестра многозначительно смотрит на Кристиана, отсылая его.

— Я никуда не уйду. — Он упрямо смотрит на нее.

— Кристиан, пожалуйста, — шепчу я, беря его за руку. Он коротко сжимает мою ладонь, потом сверлит рассерженным взглядом. — Пожалуйста, — умоляю я.

— Прекрасно! — раздраженно бросает он и проводит рукой по волосам. — У вас две минуты, — шипит он на сестру, наклоняется и целует меня в лоб, потом резко разворачивается и выходит из палаты.

Ровно через две минуты он влетает обратно, когда сестра Нора помогает мне встать с кровати. Я одета в тонкую больничную рубашку. Не помню, как и когда меня раздевали.

— Дайте мне, — говорит он и шагает к нам.

— Мистер Грей, я справлюсь, — ворчит на него сестра Нора.

Он бросает на нее враждебный взгляд.

— Проклятье, она моя жена. Я понесу ее, — рычит он сквозь зубы, отставляя с дороги штатив с капельницей.

— Мистер Грей! — возмущается сестра.

Он не обращает внимания, наклоняется и осторожно поднимает меня на руки. Я обхватываю его руками за шею. Тело мое жалуется. Господи, у меня все болит! Он несет меня в примыкающую ванную комнату, а сестра Нора семенит следом, неся штатив с капельницей.

— Миссис Грей, вы слишком легкая, — неодобрительно бормочет Кристиан, мягко ставя меня на ноги. Я покачиваюсь. Ноги у меня как ватные. Кристиан включает свет, и меня моментально ослепляет флуоресцентная лампа, которая с жужжанием и миганием зажигается.

— Садись, пока не упала, — ворчит он, поддерживая меня.

Я потихоньку сажусь на унитаз.

— Иди. — Я пытаюсь взмахом руки отослать его.

— Нет. Давай писай, Ана.

Господи, как же неловко.

— Не могу, когда ты здесь.

— Ты можешь упасть.

— Мистер Грей!

Никто из нас не обращает внимания на сестру.

— Пожалуйста, — умоляю я.

Он вскидывает руки, признавая поражение.

— Я постою вон там, дверь пусть будет открыта. — Он отходит на пару шагов назад и становится сразу за порогом ванной вместе с разгневанной медсестрой.

— Отвернись, пожалуйста, — прошу я. Почему я вдруг стала так его стесняться? Он закатывает глаза, но подчиняется. И когда поворачивается спиной... я наконец-то даю облегчение мочевому пузырю.

Оцениваю свое состояние. Болит голова, болит грудная клетка, куда Джек ударил меня ногой, и пульсирует в боку, которым я ударилась о землю. Плюс ужасно хочется пить и есть. Черт, я просто умираю с голоду. Я радуюсь, что не надо вставать, чтобы помыть руки, поскольку раковина рядом. У меня просто нет сил, чтобы встать.

— Я все, — говорю я, вытирая руки о полотенце.

Кристиан поворачивается, входит и подхватывает меня на руки. Я скучала по этим рукам. Он приостанавливается и зарывается носом в мои волосы.

— Ох, как же я соскучился по тебе, миссис Грей, — шепчет он, кладет меня на кровать и отпускает — неохотно, как мне кажется.

— Если вы закончили, мистер Грей, то я бы хотела сейчас осмотреть миссис Грей. — Сестра Нора вне себя.

Кристиан отступает назад.

— Она в вашем полном распоряжении, — говорит он более сдержанным тоном.

Сестра фыркает, затем вновь обращает внимание на меня.

Несносный, правда?

— Как вы себя чувствуете? — спрашивает она, и голос ее пронизан сочувствием и нотками раздражения, направленного, как я подозреваю, на Кристиана.

— Все болит и хочется пить. Умираю от жажды, — шепчу я.

— Я принесу вам воды, как только проверю ваши основные показатели и доктор Бартли вас осмотрит.

Сестра Нора берет манжет тонометра и надевает его мне на руку. Я бросаю беспокойный взгляд на Кристиана. Он выглядит ужасно, словно не спал несколько дней. Волосы растрепаны, небритый, рубашка мятая. Я хмурюсь.

— Как ты себя чувствуешь? — Не обращая внимания на сестру, он садится в изножье кровати.

— Разбитой и голодной.

— Голодной? — Он удивленно моргает.

Я киваю.

— Чего ты хочешь поесть?

— Чего-нибудь. Супа.

— Мистер Грей, вам нужно получить одобрение врача, прежде чем миссис Грей сможет есть.

Он мгновение бесстрастно смотрит на нее, потом вытаскивает свой «блэкберри» из кармана брюк и набирает номер.

— Ана хочет куриного бульону... хорошо... спасибо. — Он отключается.

Я бросаю взгляд на Нору, которая смотрит на Кристиана, сузив глаза.

— Тейлор? — быстро спрашиваю я.

Кристиан кивает.

— Давление у вас нормальное, миссис Грей. Пойду приведу врача. — Она снимает манжет и, не говоря больше ни слова, выходит из палаты, излучая неодобрение.

— Мне кажется, сестра Нора страшно рассержена.

— Я действую так на всех женщин. — Он ухмыляется.

Я смеюсь, но резко останавливаюсь, когда боль пронзает грудную клетку.

— Что правда, то правда.

— Ох, Ана, как я рад, что слышу твой смех.

Нора возвращается с кувшином воды со льдом. Мы оба замолкаем, глядя друг на друга, пока она наливает воду в стакан и протягивает его мне.

— Только маленькими глотками, — предостерегает она.

— Да, мэм, — бормочу я и делаю долгожданный глоток холодной воды. О боже. Как вкусно. Я делаю еще глоток, и Кристиан пристально наблюдает за мной.

— Миа? — спрашиваю я.

— С ней все в порядке. Благодаря тебе.

— Она действительно была у них?

— Да.

Значит, все это безумие было не напрасно. Меня охватывает невероятное облегчение. Слава богу, слава богу, что с ней все хорошо. Я хмурюсь.

— Как они добрались до нее?

— Элизабет Морган, — просто отвечает он.

— Нет!

Он кивает.

— Она забрала ее прямо из спортзала.

Я морщу лоб, по-прежнему не понимая.

— Ана, я потом все подробно тебе расскажу. С Миа все прекрасно, учитывая обстоятельства. Ее накачали наркотиками. Сейчас она еще слаба и потрясена, но каким-то чудом больше никак не пострадала. — Челюсти Кристиана сжимаются. — То, что ты сделала... — Он проводит рукой по волосам. — Невероятно смело и невероятно глупо. Тебя же могли убить! — Глаза его блестят мрачным серым блеском, и я знаю, что он сдерживает свой гнев.

— Я не знала, что еще делать, — шепчу я.

— Ты могла бы сказать мне! — негодует он, стиснув лежащие на коленях руки в кулаки.

— Он сказал, что убьет ее, если я кому-нибудь расскажу. Я не могла так рисковать.

Кристиан закрывает глаза, на лице написано страдание.

— Я с четверга умер тысячью смертей.

С четверга?

— А какой сегодня день?

— Почти суббота, — говорит он, взглянув на свои часы. — Ты была без сознания больше суток.

Ого.

— А Джек и Элизабет?

— Под арестом. Хотя Хайд находится здесь под охраной. Им пришлось вытаскивать пулю, которую ты в него всадила, — с горечью говорит Кристиан. — К счастью, я не знаю, где именно он находится, иначе, наверное, сам убил бы его. — Лицо его мрачнеет.

Вот черт. Джек здесь? «Это тебе за SIP, паршивая сука!»

Я бледнею. Мой пустой желудок конвульсивно сжимается, к глазам подступают слезы, а тело бьет глубокая дрожь.

— Эй. — Кристиан придвигается ближе, голос озабоченный. Забрав стакан из моей руки, он бережно обнимает меня. — Уже все хорошо. Ты теперь в безопасности, — хрипло бормочет он мне в волосы.

— Кристиан, прости. — Слезы уже катятся у меня по щекам.

— Ш-ш. — Он гладит мои волосы, и я плачу ему в шею.

— За то, что я сказала. Я никогда не собиралась уходить от тебя.

— Тише, детка, я знаю.

— Знаешь? — Его признание останавливает мои слезы.

— Я это понял в итоге. Ей-богу, Ана, о чем ты только думала? — Тон его напряженный.

— Ты застиг меня врасплох, — бормочу я ему в воротник, — когда мы разговаривали в банке. Подумав, что я ухожу от тебя. Я думала, ты знаешь меня лучше. Я же столько раз говорила тебе, что никогда не уйду.

— Но после того, как я ужасно вел себя... — чуть слышно говорит он и стискивает обнимающие меня руки. — На короткое время я подумал, что потерял тебя.

— Нет, Кристиан. Никогда. Я просто не хотела, чтоб ты вмешался и подверг жизнь Миа опасности.

Он вздыхает, не знаю, от гнева ли, раздражения или обиды.

— А как ты понял? — быстро спрашиваю я, чтобы отвлечь его от этих мыслей.

Он заправляет волосы мне за ухо.

— Я только-только приземлился в Сиэтле, когда позвонили из банка. Последнее, что я слышал, это что ты заболела и едешь домой.

— Значит, ты был в Портленде, когда Сойер звонил тебе из машины?

— Мы как раз собирались взлетать. Я беспокоился о тебе, — мягко говорит он.

— Правда?

Он хмурится.

— Ну конечно. — Большим пальцем он гладит мою нижнюю губу. — Я всегда беспокоюсь о тебе, ты же знаешь.

Ох, Кристиан!

— Джек позвонил мне в офис, — бормочу я. — Он дал мне два часа, чтобы достать деньги. — Я пожимаю плечами. — Мне надо было уйти, а это казалось лучшим предлогом.

Рот Кристиана сжимается в твердую линию.

— И ты улизнула от Сойера. Он тоже страшно зол на тебя.

— Тоже?

— Как и я.

Я неуверенно касаюсь его лица, пробегая пальцами по колючей щетине. Он закрывает глаза, прижимается к моей руке.

— Не злись на меня. Пожалуйста, — шепчу я.

— Я ужасно зол на тебя. То, что ты сделала, — жутчайшая глупость, граничащая с безумием.

— Я же сказала, что не знала, как иначе поступить.

— Ты, похоже, совершенно не заботишься о собственной безопасности. А ведь ты теперь не одна, — сердито добавляет он.

Губа моя дрожит. Он думает о нашем маленьком Комочке.

Мы оба вздрагиваем, когда дверь открывается, и в палату входит молодая афроамериканка в белом халате поверх серой медицинской формы.

— Добрый вечер, миссис Грей. Я доктор Бартли.

Она начинает тщательно меня обследовать: светит мне в глаза фонариком, просит дотронуться до ее пальцев, потом до своего носа, закрыв вначале один глаз, потом второй, и проверяет все мои рефлексы. Но голос у нее приятный, а прикосновение нежное, и ей не откажешь в умелом подходе к больному. Сестра Нора присоединяется к ней, а Кристиан отходит в угол палаты, чтобы сделать несколько звонков, пока меня осматривают. Мне трудно сосредоточиться на докторе Бартли, сестре Норе и Кристиане одновременно, но я слышу, как он звонит своему отцу, моей маме и Кейт, чтобы сказать, что я очнулась. Наконец он оставляет сообщение Рэю.

Рэй. О черт... В памяти всплывает какое-то смутное воспоминание о его голосе. Он был здесь, да, когда я была без сознания.

Доктор Бартли ощупывает мои ребра, нажимая пальцами осторожно, но твердо.

Я морщусь.

— Сильный ушиб, но ни трещин, ни переломов. Вам очень повезло, миссис Грей.

Я угрюмо сдвигаю брови. Повезло? Я бы так не сказала. Кристиан тоже недовольно хмурится. Он говорит мне что-то одними губами, похожее на «сумасбродка», но я не уверена.

— Я выпишу вам болеутоляющее. Однако вам понадобится еще некоторое время. Хотя в целом все выглядит так, как и должно, миссис Грей. Советую вам поспать. В зависимости от того, как будете чувствовать себя утром, мы можем отпустить вас домой. Вас осмотрит моя коллега доктор Сингх.

— Спасибо.

Раздается стук в дверь, и входит Тейлор, неся черную картонную коробку с кремовой надписью «Фермон Олимпик» сбоку.

Ух ты!

— Еда? — удивляется доктор Бартли.

— Миссис Грей хочет есть, — говорит Кристиан. — Это куриный бульон.

Доктор Бартли улыбается.

— Это замечательно. Но только бульон. Ничего тяжелого. — Она многозначительно смотрит на нас, и они с сестрой Норой уходят.

Кристиан подкатывает к кровати столик на колесах, и Тейлор ставит на него коробку.

— Здравствуйте, миссис Грей.

— Привет, Тейлор. Спасибо.

— Всегда пожалуйста, мэм. — Мне кажется, он хочет еще что-то сказать, но удерживается.

Кристиан распаковывает коробку, достает термос, суповую тарелку, подставку, салфетки, ложку, маленькую корзинку с булочками, серебряные солонку и перечницу с дырочками... «Олимпик» расстарался вовсю.

— Это просто здорово, Тейлор. — В животе у меня урчит. Я умираю с голоду.

— Пока все? — спрашивает он.

— Да, спасибо, — отвечает Кристиан, отпуская его.

Тейлор кивает.

— Спасибо, Тейлор.

— Вам еще что-нибудь принести, миссис Грей?

Я бросаю взгляд на мужа.

— Только чистую рубашку для Кристиана.

Тейлор улыбается.

— Хорошо, мэм.

Кристиан озадаченно смотрит на свою рубашку.

— Сколько ты уже ходишь в ней? — спрашиваю я.

— С утра четверга. — Он криво улыбается мне.

Тейлор уходит.

— Тейлор тоже зол на тебя, — ворчливо добавляет Кристиан, откручивая крышку термоса, и выливает бульон в миску.

И Тейлор тоже! Но я не задерживаюсь на этой мысли, поскольку меня отвлекает куриный бульон. Он восхитительно пахнет, и спиральки пара соблазнительно поднимаются с его поверхности. Я пробую, и он не обманывает моих обещаний.

— Вкусно? — спрашивает Кристиан, снова присаживаясь на кровать.

Я энергично киваю, но не останавливаюсь. Аппетит у меня просто волчий. Прерываюсь лишь для того, чтобы вытереть рот льняной салфеткой.

— Расскажи, что было после того, как до тебя дошло, что происходит.

Кристиан ерошит руками свои волосы и качает головой.

— Ох, Ана, как приятно видеть, что ты ешь.

— Я проголодалась. Расскажи.

Он хмурится.

— Ну, после звонка из банка я думал, что мир вокруг меня рухнул... — Он не может скрыть боли в голосе.

Я перестаю есть. О господи.

— Ешь, не останавливайся, а то не буду рассказывать, — непреклонно шепчет он и сердито хмурится. Я ем дальше. Хорошо, хорошо... Черт, как же вкусно! Взгляд Кристиана смягчается, и он продолжает: — В общем, вскоре после того, как мы закончили наш разговор, Тейлор сообщил мне, что Хайда выпустили под залог. Как, я не знаю, я думал, нам удалось пресечь все попытки внести за него залог. Но это заставило меня задуматься о том, что ты сказала... и я понял, что случилось что-то серьезное.

— Я вышла за тебя не из-за денег, — вдруг выпаливаю я, когда неожиданная волна гнева поднимается у меня в душе. Голос мой повышается: — Как ты вообще мог подумать такое? Меня никогда не интересовали твои гребаные деньги!

В голове у меня начинает пульсировать, и я морщусь. Кристиан некоторое время изумленно таращится на меня, удивленный моей горячностью. Потом сужает глаза.

— Не выражайся! — рычит он. — Успокойся и ешь.

Я сверлю его мятежным взглядом.

— Ана, — предостерегает он.

— Это для меня было больнее всего, Кристиан, — шепчу я. — Почти так же, как то, что ты виделся с той женщиной.

Он резко втягивает воздух, как если бы я дала ему пощечину, и как-то сразу выглядит осунувшимся и измученным. На пару секунд прикрыв глаза, он, смирившись, качает головой.

— Я знаю, — вздыхает он. — И ужасно сожалею. Ты даже не представляешь как. — В глазах его светится искреннее раскаяние. — Пожалуйста, ешь, пока суп еще горячий. — Голос его мягкий и повелительный, и я подчиняюсь. Он облегченно вздыхает.

— Продолжай, — шепчу я, прежде чем откусить кусочек восхитительно свежей белой булочки.

— Мы не знали, что Миа пропала. Я думал, может, он шантажирует тебя или еще что. Я перезвонил тебе, но ты не ответила. — Он сердито хмурит лоб. — Я оставил тебе сообщение, потом позвонил Сойеру. Тейлор начал отслеживать твой телефон. Я знал, что ты была в банке, поэтому мы направились прямо туда.

— Не знаю, как Сойер нашел меня. Он тоже отслеживал мой мобильный?

— «Сааб» оборудован специальным маячком. Как все наши машины. К тому времени, как мы подъехали к банку, ты была уже в движении, и мы последовали за тобой. Почему ты улыбаешься?

— В глубине души я знала, что ты погонишься за мной.

— И что же в этом смешного? — спрашивает он.

— Джек приказал мне избавиться от моего мобильного. Поэтому я одолжила телефон Уилана и его-то и выбросила. А свой положила в одну из сумок, чтобы ты смог отследить свои деньги.

Кристиан вздыхает.

— Наши деньги, Ана, — тихо говорит он. — Ешь.

Я подчищаю остатки супа кусочком хлеба и бросаю его в рот. Впервые за долгое время чувствую себя наевшейся до отвала, несмотря на разговор.

— Я все.

— Умница.

Раздается стук в дверь, и снова входит сестра Нора с маленьким бумажным стаканчиком. Кристиан убирает мою тарелку и складывает все назад в коробку.

— Болеутоляющее. — Нора улыбается, показывая мне белую таблетку в стаканчике.

— А мне можно? Я имею в виду… ребенок?

— Да, миссис Грей. Это лортаб, ребенку он не повредит.

Я облегченно киваю. Голова болит ужасно. Глотаю таблетку и запиваю водой.

— Вам надо поспать, миссис Грей. — Сестра Нора многозначительно смотрит на Кристиана. Он кивает.

Нет!

— Ты уходишь? — чуть не вскрикиваю я, охваченная паникой. Не уходи, мы же только начали разговаривать!

Кристиан хмыкает.

— Если вы хоть на минуту подумали, что я выпущу вас из виду, миссис Грей, то вы сильно ошибаетесь.

Нора негодующе фыркает, но наклоняется надо мной и поправляет подушки, чтобы я могла лечь.

— Спокойной ночи, миссис Грей, — говорит она и, бросив последний осуждающий взгляд на Кристиана, выходит.

Она закрывает за собой дверь, и он вскидывает бровь.

— Кажется, сестра Нора меня не одобряет.

Он стоит у кровати, вид такой усталый, и как бы мне ни хотелось, чтоб он остался, я понимаю, что должна попробовать убедить его поехать домой.

— Тебе тоже надо отдохнуть, Кристиан. Поезжай домой. Ты выглядишь измотанным.

— Я тебя не оставлю. Подремлю в кресле.

Я бросаю на него сердитый взгляд, потом поворачиваюсь на бок.

— Ложись со мной.

Он хмурится.

— Нет. Я не могу.

— Почему?

— Не хочу навредить тебе.

— Ты мне не навредишь. Пожалуйста, Кристиан.

— У тебя капельница.

Кристиан. Пожалуйста.

Он смотрит на меня, и я вижу по его лицу, что он борется с искушением.

— Пожалуйста. — Я приподнимаю одеяло, приглашая его в кровать.

— А, к черту.

Он снимает туфли и носки и осторожно укладывается рядом со мной. Нежно обнимает меня рукой, и я кладу голову ему на грудь. Он целует меня в волосы.

— Не думаю, что сестре Норе это понравится, — заговорщически шепчет он.

Я хихикаю, но тут же перестаю, потому что грудную клетку пронизывает боль.

— Не смеши меня. Мне больно смеяться.

— Ох, но я так люблю этот звук, — говорит он голосом низким и немного печальным. — Прости меня, детка, прости.

Снова целует меня в волосы, глубоко вдыхая, и я не знаю, за что он просит прощения. За то, что рассмешил меня? Или за все эти неприятности, которые свалились на нас? Я кладу ладонь ему на сердце, и он нежно накрывает ее своей. Какое-то время мы оба молчим.

— Почему ты пошел к той женщине?

— Ой, Ана, — стонет он. — Ты хочешь обсуждать это сейчас? Нельзя ли оставить это? Я ужасно сожалею, хорошо?

— Мне надо знать.

— Я расскажу тебе завтра, — раздраженно бормочет он. — Да, и детектив Кларк желает побеседовать с тобой. Обычные формальности. А теперь спи.

Он целует меня в волосы. Я тяжело вздыхаю. Мне надо знать почему. По крайней мере, он говорит, что сожалеет. Это уже кое-что, говорит мне мое подсознание. Похоже, оно сегодня в хорошем настроении. Бр-р, детектив Кларк. Меня передергивает при мысли о том, чтобы пересказывать ему события четверга.

— А нам известно, почему Джек делает все это?

— Гм, — бормочет Кристиан.

Меня успокаивает мерный, медленный подъем и опадание его груди, мягкое покачивание моей головы, убаюкивающее меня по мере того, как дыхание его замедляется. И балансируя на грани сна и яви, я пытаюсь сложить воедино фрагменты разговоров, но они выскальзывают из мозга, упорно оставаясь неуловимыми, дразня меня на краю моей памяти. Ох, как же это расстраивает и утомляет... и...

Рот сестры Норы сурово сжат, а руки грозно сложены на груди. Я прикладываю палец к губам.

— Пожалуйста, не будите его. Пусть поспит, — шепчу я, щурясь в свете раннего утра.

— Это ваша кровать. Не его, — сердито шипит она.

— Я спала лучше, потому что он рядом, — настаиваю я, бросаясь на защиту мужа. Кроме того, это правда.

Он бормочет во сне: «Не прикасайся ко мне. Больше никогда. Только Ана».

Я хмурюсь. Мне редко доводилось слышать, чтобы Кристиан разговаривал во сне. Правда, следует признать, это, возможно, потому, что он спит меньше меня. Я слышала только его ночные кошмары. Он стискивает обнимающие меня руки, и я морщусь.

— Миссис Грей... — Брови сестры Норы грозно насуплены.

— Пожалуйста, — умоляю я.

Она качает головой, разворачивается на пятках и выходит, а я снова прижимаюсь к боку Кристиана.

Когда я просыпаюсь, Кристиана нигде не видно. Солнце ярко светит в окна, и сейчас я могу как следует рассмотреть палату. Цветы! Ночью я их не заметила. Несколько букетов. Я рассеянно гадаю, от кого они.

Тихий стук отвлекает меня, и в двери заглядывает Каррик.

— Можно? — спрашивает он.

— Конечно.

Отец Кристиана заходит в палату и подходит ко мне, его мягкие голубые глаза внимательно оглядывают меня. Он в черном костюме — должно быть, с работы. К моему удивлению, он наклоняется и целует меня в лоб.

— Можно присесть?

Я киваю, и он присаживается на краешек кровати и берет мою руку.

— Не знаю, как благодарить тебя за свою дочь, ты наша сумасшедшая, храбрая, дорогая девочка. То, что ты сделала, вероятно, спасло ей жизнь. Я буду вечно у тебя в долгу. — Голос его дрожит, полный признательности и сочувствия.

Ох... Не знаю, что сказать. Я сжимаю его руку, но не произношу ни звука.

— Как ты себя чувствуешь?

— Лучше. Правда, все болит, — честно признаюсь я.

— Тебе дают болеутоляющие?

— Да, какой-то лор... не помню точно.

— Хорошо. А где Кристиан?

— Не знаю. Когда я проснулась, его уже не было.

— Уверен, он где-то недалеко. Он ни на минуту не оставлял тебя, пока ты была без сознания.

— Я знаю.

— Он немного сердит на тебя, да это и немудрено. — Каррик ухмыляется. Ах, вот у кого Кристиан этому научился.

— Кристиан всегда сердит на меня.

— Правда? — Каррик улыбается, как будто так и надо. Его улыбка заразительна.

— Как Миа?

Глаза его омрачаются, а улыбка исчезает.

— Ей лучше. Ужасно зла. Думаю, гнев — здоровая реакция на случившееся.

— Она здесь?

— Нет, дома. Сомневаюсь, что Грейс выпустит ее из виду.

— Мне знакомы ее чувства.

— За тобой тоже нужен глаз да глаз, — ворчит он. — Не вздумай больше так глупо рисковать своей жизнью или жизнью моего внука.

Я краснею. Он знает!

— Грейс читала твою карту и сказала мне. Поздравляю!

— Э... спасибо.

Каррик смотрит на меня, и глаза его смягчаются, хотя он и хмурится, видя выражение моего лица.

— Кристиан скоро образумится, — мягко говорит он. — Это будет для него огромным счастьем. Просто... дай ему время.

Я киваю. Ох... они говорили.

— Ну, я, пожалуй, пойду. Мне надо быть в суде. — Он улыбается и встает. — Загляну к тебе позже. Грейс очень высокого мнения о докторе Сингх и докторе Бартли. Они знают свое дело.

Он наклоняется и еще раз целует меня.

— Я серьезно, Ана. Мне никогда не отплатить тебе за то, что ты для нас сделала. Спасибо.

Я моргаю, чтобы прогнать слезы, меня внезапно захлестывает волна эмоций. Каррик с нежностью гладит меня по щеке, потом разворачивается и уходит.

О боже. У меня голова идет кругом от его признательности. Пожалуй, теперь можно забыть про историю с брачным контрактом. Мое подсознание вновь согласно кивает мне. Я качаю головой и осторожно встаю с кровати. С облегчением обнаруживаю, что сегодня держусь на ногах тверже, чем вчера. Несмотря на то что мы с Кристианом спали вдвоем на узкой койке, я прекрасно выспалась и чувствую себя бодрее. Голова все еще болит, но боль тупая, ноющая, уже не такая сильная, как раньше. Тело одеревенелое и тяжелое, но мне просто нужна ванна. Я чувствую себя ужасно грязной. Направляюсь в ванную.

— Ана! — кричит Кристиан.

— Я в ванной, — отзываюсь я, заканчивая чистить зубы. Так намного лучше. Не обращаю внимания на свое отражение в зеркале. Господи, ну и видок у меня! Когда открываю дверь, Кристиан стоит возле кровати. Держит поднос с едой. Он преобразился. Оделся во все черное, побрился, принял душ и выглядит хорошо отдохнувшим.

— Доброе утро, миссис Грей, — бодро говорит он. — Я принес тебе завтрак.

Он выглядит таким по-мальчишески живым и намного счастливее.

Ух ты! Я широко улыбаюсь, снова забираясь в постель. Он подтягивает столик на колесиках и поднимает салфетку, демонстрируя мне мой завтрак: овсянка с сухофруктами, блины с кленовым сиропом, бекон, апельсиновый сок и английский чай «Твайнингз». У меня текут слюнки. Есть хочется ужасно. Я в несколько глотков выпиваю апельсиновый сок и берусь за овсянку. Кристиан садится на край кровати, смотрит и ухмыляется.

— Что? — спрашиваю я с набитым ртом.

— Люблю смотреть, как ты ешь, — говорит он. Но я не думаю, что он ухмыляется из-за этого. — Как ты себя чувствуешь?

— Лучше, — бормочу я.

— Никогда не видел, чтоб ты так ела.

Я вскидываю на него глаза, и сердце мое падает. Рано или поздно нам придется поговорить о ребенке.

— Это потому, что я беременна, Кристиан.

Он фыркает, и рот его кривится в ироничной улыбке.

— Если б я знал, что, обрюхатив, заставлю тебя как следует есть, то, пожалуй, сделал бы это еще раньше.

— Кристиан Грей! — возмущенно восклицаю я и отставляю овсянку.

— Не прекращай есть, — предостерегает он.

— Кристиан, нам надо поговорить об этом.

Он цепенеет.

— А что тут говорить? Мы будем родителями. — Он пожимает плечами, отчаянно стараясь изобразить беспечность, но все, что я вижу, — это его страх. Отодвинув поднос в сторону, я пододвигаюсь к нему на кровати и беру его руки в свои.

— Ты боишься, — шепчу я. — Я поняла.

Он бесстрастно смотрит на меня широко открытыми глазами; от прежней мальчишеской веселости не осталось и следа.

— Я тоже. Это нормально, — говорю я.

— Какой из меня может быть отец? — Голос его хриплый, еле слышный.

— Ох, Кристиан. — Я подавляю всхлип. — Такой, который будет делать все от него зависящее. Как делаем все мы.

— Ана… я не знаю, смогу ли…

— Конечно, сможешь. Ты любящий, ты забавный, ты сильный, ты установишь границы. Наш ребенок ни в чем не будет нуждаться.

Он сидит, оцепенев, глядя на меня, на красивом лице отражается сомнение.

— Да, идеальным вариантом было бы подождать. Подольше побыть нам вдвоем, только ты и я. Но теперь нас будет трое, и мы все будем вместе расти. Мы будем семьей. И наш ребенок будет любить тебя таким, какой ты есть, как и я. Безо всяких условий и оговорок. — Слезы выступают у меня на глазах.

— Ох, Ана, — шепчет Кристиан, голос его полон муки и боли. — Я думал, что потерял тебя. Потом думал, что потерял тебя снова. Когда я увидел, как ты лежишь на земле бледная, холодная и без сознания, я решил, что материализовались все мои худшие страхи. И вот пожалуйста: ты храбрая и сильная… даешь мне надежду. Любишь меня после всего, что я натворил.

— Да, я люблю тебя, Кристиан, люблю больше жизни. И всегда буду любить.

Он нежно берет мою голову в ладони и вытирает слезы подушечками пальцев. С нежностью смотрит мне в глаза, серые — в голубые, и все, что я вижу, это его страх, изумление и любовь.

— Я тоже люблю тебя, — выдыхает он. И целует меня нежно, как мужчина, который обожает свою жену. — Я постараюсь быть хорошим отцом, — шепчет он у моих губ.

— Ты постараешься, и у тебя получится. И давай уже скажем прямо: другого выхода у тебя и нет, потому что мы с Комочком никуда не денемся.

— Комочек?

— Комочек.

Он вскидывает брови.

— Вообще-то я думал назвать его Джуниором.

— Ну, пусть будет Джуниор.

— Но мне нравится Комочек. — Он улыбается своей застенчивой улыбкой и снова целует меня.

Глава 24

— ак бы мне ни хотелось целовать тебя весь день, но твой завтрак остывает, — бормочет Кристиан у моих губ. Он с нежностью смотрит на меня, теперь довольный и улыбающийся, лишь в потемневших глазах — чувственный блеск. Господи. Он опять переключился. Мой мистер Переменчивость!

— Ешь, — мягко приказывает он. Я сглатываю (реакция на его тлеющий взгляд) и осторожно отодвигаюсь назад, чтобы не задеть капельницу. Он подвигает ко мне поднос. Овсянка остыла, но блины под крышкой в самый раз. Вкусные, просто объедение.

— А знаешь, — бормочу я, — Комочек может быть девочкой.

Кристиан ерошит рукой волосы.

— Две женщины, а? — Тревога вспыхивает у него на лице, чувственность пропадает из глаз.

Черт.

— У тебя есть предпочтение?

— Предпочтение?

— Мальчик или девочка.

Он хмурится.

— Лишь бы был здоровый, — тихо говорит он, явно в замешательстве от вопроса. — Ешь, — бурчит он, и мне совершенно ясно, что он пытается избежать этой темы.

— Да ем я, ем... не выпрыгивай из штанов, Грей.

Я исподволь наблюдаю за ним. Беспокойство залегло в уголках его глаз. Он сказал, что постарается, но я знаю, что ребенок его все еще пугает. Ох, Кристиан, я тоже боюсь. Он садится в кресло рядом со мной и берет «Сиэтл Таймс».

— Вы опять попали в газеты, миссис Грей. — Тон горький.

— Опять?

— Писаки просто пересказывают вчерашнюю историю, но факты, похоже, изложены довольно точно. Хочешь прочесть?

Я качаю головой.

— Почитай ты мне. Я ем.

Он ухмыляется и читает статью вслух. Она изображает Джека и Элизабет как современных Бонни и Клайда. Коротко говорится о похищении Миа, моем участии в ее спасении, а также упоминается тот факт, что мы с Джеком находимся в одной больнице. Как пресса раздобыла всю эту информацию? Надо будет спросить Кейт.

Когда Кристиан заканчивает, я прошу:

— Пожалуйста, почитай еще что-нибудь. Мне нравится тебя слушать.

Он исполняет просьбу и читает статью о новых изобретениях в информационном бизнесе и о том, как компании «Боинг» пришлось отменить взлет какого-то самолета. Кристиан читает и хмурится. Но я слушаю его успокаивающий голос, умиротворенная сознанием того, что со мной все хорошо, Миа — в безопасности, мой маленький Комочек — цел и невредим, а я сама наслаждаюсь драгоценными минутами покоя, несмотря на все то, что случилось в последние дни.

Понимаю, что Кристиан напуган из-за ребенка, но не могу постичь глубины его страха. Я решаю как-нибудь еще поговорить с ним об этом. Посмотреть, сумею ли облегчить его тревоги. Озадачивает меня то, что у него ведь перед глазами был положительный пример его родителей. И Грейс, и Каррик — прекрасные родители, по крайней мере, так кажется. Может, это вмешательство педофилки нанесло ему такой вред? Надо бы это обдумать. Но, говоря по правде, мне кажется, это идет от его биологической матери, хотя и миссис Робинсон помогла. Я торможу свои мысли, когда мне почти вспоминается услышанный разговор. Проклятье! Он завис на краю памяти о том времени, когда я была без сознания. Кристиан разговаривает с Грейс. Но нет, воспоминания растворяются, расплываются, словно в тумане. Какая досада.

Интересно, признается ли Кристиан когда-нибудь сам, почему он пошел к ней, или мне придется вытягивать это из него. Я уже собираюсь спросить его, когда раздается стук в дверь.

Детектив Кларк с извиняющимся видом заходит в палату. Он прав, что чувствует неловкость, — сердце падает, когда я его вижу.

— Мистер Грей, миссис Грей, здравствуйте. Не помешал?

— Помешали, — сердито бросает Кристиан.

Кларк не обращает на него внимания.

— Рад видеть, что вы идете на поправку, миссис Грей. Мне надо задать вам несколько вопросов насчет четверга. Простая формальность. Сейчас вам удобно?

— Конечно, — бормочу я, хотя мне совсем не хочется оживлять в памяти события четверга.

— Моя жена должна отдыхать, — ощетинивается Кристиан.

— Я буду краток, мистер Грей. И чем скорее мы сделаем это, чем скорее я отстану от вас.

Кристиан встает и предлагает Кларку свое кресло, затем садится рядом со мной на кровать, берет меня за руку и подбадривающе сжимает.

Через полчаса Кларк закругляется. Я не узнала ничего нового, но пересказала ему события четверга прерывающимся, тихим голосом, наблюдая, как Кристиан в некоторые моменты бледнеет и морщится.

— Жаль, что ты не прицелилась выше, — бормочет он.

— Да, тем самым могли бы оказать неоценимую услугу всем женщинам, — соглашается Кларк.

Что?

— Благодарю вас, миссис Грей. У меня пока все.

— Вы ведь больше не выпустите его, нет?

— Не думаю, что ему в этот раз удастся выйти под залог.

— А нам известно, кто внес за него залог? — спрашивает Кристиан.

— Нет, сэр. Это было конфиденциально.

Кристиан хмурится, но, мне кажется, у него имеются свои подозрения. Кларк как раз поднимается, собираясь уходить, когда входит доктор Сингх и двое интернов.

После тщательного осмотра доктор Сингх объявляет, что я могу ехать домой. Кристиан облегченно обмякает.

— Миссис Грей, если головные боли усилятся, а перед глазами будет пелена, вы должны сразу же вернуться в больницу.

Я киваю, пытаясь сдержать свою радость от предстоящей встречи с домом.

Когда доктор Сингх уходит, Кристиан спрашивает, можно ли ему переговорить с ней в коридоре. Он оставляет дверь приоткрытой, задавая ей свой вопрос. Она улыбается.

— Да, мистер Грей, с этим все в порядке.

Он расплывается в улыбке и возвращается в палату куда счастливее.

— Про что ты спрашивал?

— Про секс, — отвечает он, сверкнув озорной улыбкой.

Ой. Я краснею.

— И что?

— Тебе можно. — Он ухмыляется.

Ну Кристиан!

— У меня болит голова, — усмехаюсь я в ответ.

— Я знаю. Какое-то время нам придется подождать. Я просто проверял.

Подождать? Я хмурюсь, тут же почувствовав укол разочарования. Не уверена, что хочу ждать.

Приходит сестра Нора, чтобы отсоединить капельницу, и сердито зыркает на Кристиана. Кажется, она одна из немногих известных мне женщин, которая остается равнодушна к его красоте. Я благодарю ее, и сестра Нора уносит штатив с капельницей.

— Отвезти тебя домой? — спрашивает Кристиан.

— Я бы хотела вначале увидеть Рэя.

— Конечно.

— Он знает о ребенке?

— Я подумал, ты захочешь первой сказать ему. Твоей маме я тоже не говорил.

— Спасибо. — Я улыбаюсь, благодарная, что он не лишил меня этого удовольствия.

— Моя мама знает, — добавляет Кристиан. — Она видела твою карточку. Я рассказал своему отцу, но больше никому. Мама сказала, это нормально для пары подождать до двенадцати недель или около того... чтобы убедиться. — Он пожимает плечами.

— Я уверена, что готова рассказать Рэю.

— Должен предупредить тебя, что он страшно сердит. Сказал, что мне следует отшлепать тебя.

Что? Кристиан смеется над моим потрясенным выражением лица.

— Я ответил, что сделаю это с удовольствием.

— Ты шутишь! — ахаю я, хотя какие-то смутные воспоминания об услышанном разговоре брезжат у меня в мозгу. Да, Рэй был здесь, пока я лежала без сознания...

Он подмигивает мне.

— Вот, Тейлор привез тебе чистую одежду. Я помогу тебе одеться.

Как и предупреждал Кристиан, Рэй вне себя. Я не помню, чтобы он еще когда-то был так зол. Кристиан мудро решает оставить нас одних. Такой неразговорчивый обычно, Рэй обрушивает на меня целый поток нелестных выражений, ругая за мое безответственное поведение. Мне опять двенадцать лет.

Ох, папа, пожалуйста, успокойся. Тебе вредно так нервничать.

— И мне пришлось иметь дело с твоей матерью, — ворчит он, раздраженно взмахивая руками.

— Папа, прости.

— И бедный Кристиан! Я никогда его таким не видел. Он прямо постарел. Мы оба постарели на добрый десяток лет за эти пару дней.

— Рэй, мне очень жаль.

— Твоя мать ждет твоего звонка, — говорит он уже чуть спокойнее.

Я целую его в щеку, и он наконец смягчается.

— Я позвоню ей. Мне правда очень жаль. Но спасибо за то, что научил меня стрелять.

Мгновение он взирает на меня с неуместной родительской гордостью.

— Рад, что ты не промахнулась, — ворчливо говорит он. — А теперь поезжай домой и отдохни.

— Ты хорошо выглядишь, папа. — Я стараюсь сменить тему.

— А ты бледная. — Его страх внезапно становится очевидным. Взгляд точно такой же, какой был у Кристиана этой ночью, и я хватаю его за руку.

— Я в порядке. Обещаю, что больше не сделаю ничего подобного.

Он стискивает мою ладонь и обнимает.

— Если бы с тобой что-то случилось... — шепчет он хрипло.

Слезы обжигают мне глаза. Я не привыкла, что мой отчим проявляет чувства.

— Папа, со мной все хорошо. Ничего такого, чего не исцелить горячим душем.

Мы выходим через заднюю дверь больницы, чтобы не встречаться с папарацци, столпившимися у входа. Тейлор ведет нас к поджидающей машине.

Кристиан молчит, когда Сойер везет нас домой. Я избегаю взгляда Сойера в зеркале заднего вида, чувствуя себя неловко из-за того, что последний раз видела его в банке, когда улизнула от него. Я звоню маме, она всхлипывает в трубку. Почти всю дорогу мне приходится ее успокаивать, но удается это лишь тогда, когда я обещаю, что мы скоро ее навестим. На протяжении всего разговора Кристиан держит меня за руку, большим пальцем поглаживая костяшки. Он нервничает... что-то произошло.

— Что случилось? — спрашиваю я, когда наконец завершаю разговор с мамой.

— Меня хочет видеть Уэлч.

— Уэлч? Зачем?

— Он раскопал что-то про этого ублюдка Хайда. — Кристиан злобно кривит губы, и холодок страха пробегает по мне. — Не захотел говорить мне по телефону.

— Ой.

— Он приезжает сегодня из Детройта.

— Думаешь, он нашел какую-то связь?

Кристиан кивает.

— Как считаешь, что это?

— Понятия не имею. — Он озадаченно хмурит лоб.

В «Эскале» Тейлор заезжает в гараж и останавливается возле лифта, чтобы высадить нас, прежде чем парковаться. В гараже мы можем избежать назойливого внимания фотографов. Кристиан помогает мне выйти из машины. Обнимая за талию, ведет к лифту.

— Рада, что дома? — спрашивает он.

— Да, — шепчу я. Но когда я оказываюсь внутри знакомого лифта, чудовищность того, через что я прошла, обрушивается на меня, и меня начинает трясти.

— Эге... — Кристиан обнимает меня и привлекает к себе. — Ты дома. Ты в безопасности, — говорит он, целуя меня в волосы.

— Ох, Кристиан! — Плотину в конце концов прорывает, и я начинаю всхлипывать.

— Ну, ну, — шепчет Кристиан, прижимая мою голову к своей груди.

Но уже слишком поздно. Не в силах сдержаться, я рыдаю ему в рубашку, вспоминая жестокое нападение Джека, «Это тебе за SIP, паршивая сука!», как говорю Кристиану, что ухожу, «Ты уходишь от меня?», и свой страх за Миа, за себя, за маленького Комочка...

Когда двери лифта раскрываются, Кристиан берет меня на руки, как ребенка, и несет в фойе. Я обвиваю его руками за шею, прижимаюсь к нему и тихо плачу.

Он несет меня прямо в ванную и мягко усаживает на стул.

— Ванна? — спрашивает он.

Я качаю головой. Нет… нет… не как Лейла.

— Душ? — Голос его пронизан беспокойством.

Киваю сквозь слезы. Мне хочется смыть с себя всю грязь последних дней, смыть воспоминание о нападении Джека. Я всхлипываю, закрыв лицо руками, когда шум льющейся в душе воды гулким эхом отскакивает от стен.

— Эй, — нежно воркует Кристиан. Опустившись передо мной на колени, он отнимает мои руки от залитых слезами щек и берет лицо в свои ладони. Я смотрю на него, смаргивая слезы.

— Ты в безопасности. Вы оба, — шепчет он.

Комочек и я. Глаза мои опять наливаются слезами.

— Ну, будет тебе. Мне невыносимо видеть, как ты плачешь. — Голос у него хриплый. Он большими пальцами вытирает мне щеки, но слезы все равно текут.

— Прости меня, Кристиан. Прости за все. За то, что заставила тебя беспокоиться, за то, что рисковала всем, за то, что сказала.

— Тише, детка, пожалуйста. — Он целует меня в лоб. — Ты тоже прости меня. Танго танцуют вдвоем, Ана. — Он криво улыбается мне. — Ну, по крайней мере, так всегда говорит моя мама. Я говорил и делал то, чем не могу гордиться. — Его серые глаза печальные, но кающиеся. — Давай тебя разденем, — мягко говорит он. Я вытираю нос тыльной стороной ладони, и он снова целует меня в лоб.

Кристиан проворно раздевает меня, очень осторожно стаскивая майку через голову. Но голова у меня уже не так болит. Заведя меня в душ, он в рекордное время сбрасывает с себя одежду, и мы вместе ступаем под благословенную горячую воду. Он привлекает меня в свои объятия и держит так очень долго, пока вода стекает по нашим телам, успокаивая нас обоих.

Он дает мне поплакать у него на груди, время от времени целует в волосы, но не отпускает, только мягко покачивает под струями теплой воды. Я наслаждаюсь ощущением его кожи на моей, волос у него на груди под своей щекой… Мужчина, которого я люблю, сомневающийся в себе, прекрасный мужчина, которого я могла потерять из-за своего безрассудства. Я чувствую пустоту и щемящую боль от этой мысли, но радуюсь, что он здесь, все еще здесь, несмотря на то что произошло.

Ему предстоит еще многое объяснить, но единственное, чего я хочу, — это упиваться ощущением его успокаивающих, защищающих рук, обнимающих меня. В эту минуту я понимаю: любое объяснение с его стороны должно исходить от него. Я не могу вынуждать его — он сам должен захотеть рассказать мне. Я не желаю быть «пилой», постоянно пристающей к мужу с расспросами. Я знаю, он любит меня больше, чем кого-либо другого, и пока что этого достаточно. Осознание этого приносит облегчение. Я перестаю плакать и отступаю назад.

— Лучше? — спрашивает он.

Я киваю.

— Вот и хорошо. Дай мне посмотреть на тебя, — говорит он, и я не сразу понимаю, что он имеет в виду.

Но он берет ту мою руку, на которую я упала, когда Джек меня ударил, и внимательно осматривает. На плече у меня — синяки, а на локте и запястье — царапины. Он целует каждую. Потом хватает с полочки мочалку и гель для душа, и знакомый сладкий аромат жасмина наполняет мне ноздри.

— Повернись. — Он мягко начинает мыть мою ушибленную руку, потом шею, плечи, спину и другую руку. Чуть поворачивает меня и проводит вниз по моему боку своими длинными пальцами. Я морщусь, когда они скользят по большому синяку на бедре. Глаза Кристиана твердеют, а губы плотно сжимаются. Гнев его осязаем, когда он резко втягивает воздух сквозь стиснутые зубы.

— Не больно, — бормочу я, чтобы успокоить его.

Пылающие серые глаза встречаются с моими.

— Мне хочется убить его. И я чуть не убил, — загадочно шепчет он.

Вид у него такой мрачный, что я невольно ежусь. Он выдавливает еще геля на мочалку и с непередаваемой, щемящей нежностью моет мне бок и спину, потом, опустившись на колени, ноги. Приостанавливается, чтобы осмотреть коленку. Прежде чем он возвращается к мытью моих ног и стоп, губы его касаются синяка. Я глажу Кристиана по голове, пропускаю мокрые волосы сквозь пальцы. Он поднимается и очерчивает пальцами синяк у меня на ребрах, где Джек пнул меня ногой.

— Ох, детка, — стонет он, голос полон муки, глаза потемнели от ярости.

— Со мной все в порядке. — Я притягиваю его голову к себе и целую в губы. Он колеблется, отвечать ли, но когда наши языки встречаются, не может скрыть реакции своего тела.

— Нет, — шепчет он у моих губ и отстраняется. — Давай вымоем тебя дочиста.

Лицо его серьезно. Черт... он не шутит. Я надуваю губы, и атмосфера между нами сразу же делается легче. Он ухмыляется и быстро целует меня.

— Вымоем, — подчеркивает он, — не запачкаем.

— Мне нравится быть запачканной. Тобой.

— Вы мне тоже нравитесь такой, миссис Грей. Но не сейчас, не здесь. — Он берет шампунь и, не позволяя переубедить его, моет мне голову.

Мне тоже нравится ощущение чистоты. Я чувствую себя свежее и бодрее и не знаю, то ли это оттого, что приняла душ, то ли оттого, что поплакала, то ли что решила ничего не выпытывать у Кристиана.

Он заворачивает меня в большое полотенце, еще одним оборачивается сам, пока я осторожно сушу волосы. Голова болит, но это тупая, непрекращающаяся боль, которую вполне можно терпеть. У меня есть болеутоля-

ющие от доктора Сингх, но она просила меня не пить их
без особой надобности.

Вытирая волосы, я думаю о Элизабет.

— Я до сих пор не понимаю, зачем Элизабет спута-
лась с Джеком.

— А я понимаю, — мрачно бормочет Кристиан.

Вот это новость. Я хмурюсь, глядя на него, но тут же
отвлекаюсь. Он вытирает волосы полотенцем, грудь и
плечи все еще покрыты капельками воды, блестящими
в галогеновом свете. Он приостанавливается и ухмыляется.

— Любуешься видом?

— Откуда ты знаешь? — спрашиваю я, пытаясь не
обращать внимания на свое смущение из-за того, что
Кристиан заметил, как я пялюсь на него.

— Что ты любуешься видом? — поддразнивает он.

— Нет, — ворчу я. — Про Элизабет.

— Детектив Кларк намекнул.

Я взглядом прошу его рассказать больше, и в памяти
всплывает еще одно воспоминание из времени, когда я
лежала без сознания. Кларк был у меня в палате. Хотела
бы я вспомнить, что он говорил.

— У Хайда были видео. Видео со всеми ними. На нескольких флешках.

Что? Я хмурюсь, кожа у меня на лбу натягивается.

— Видео, на котором снято, как он трахает ее и всех
своих помощниц.

О боже!

— Именно. Материал для шантажа. Он любит жесткий секс.

Кристиан хмурится, и я вижу, как замешательство
на его лице сменяется отвращением. Он бледнеет, когда
это отвращение обращается на него самого. Ну конечно,
Кристиан тоже любит жесткий секс.

— Не надо, — непроизвольно вырывается у меня.

Он мрачнеет еще больше.

— Что не надо? — Он цепенеет и смотрит на меня с
опаской.

— Ты не такой, как он.

Глаза Кристиана ожесточаются, но он ничего не говорит, в точности подтверждая, что именно это он и подумал.

— Ты не такой, — горячо настаиваю я.

— Мы сделаны из одного теста.

— Нет, — решительно возражаю я, хотя понимаю, почему он так думает. Его отца убили в пьяной драке. Его мать спилась. Ребенком он переходил из одной приемной семьи в другую, попал в дурную компанию, которая занималась в основном грабежами машин. Какое-то время провел в колонии для несовершеннолетних. Я вспоминаю информацию, которой Кристиан поделился в самолете, когда мы летели в Аспен.

— У вас обоих было неблагополучное прошлое, и вы оба родились в Детройте, но это все, Кристиан. — Я стискиваю руки в кулаки.

— Ана, Ана, твоя вера в меня трогательна, особенно в свете последних нескольких дней. Мы узнаем больше, когда Уэлч будет здесь. — Он прекращает этот разговор.

— Кристиан...

Он останавливает меня поцелуем.

— Довольно, — выдыхает он, и я вспоминаю данное себе обещание не вытягивать из него информацию.

— И не дуйся, — добавляет он. — Идем, я высушу тебе волосы.

Я понимаю, что тема закрыта.

Облаченная в спортивные штаны и майку, я сижу между ног Кристиана, а он сушит мне волосы.

— Значит, Кларк рассказал тебе что-то еще, пока я была без сознания?

— Нет, насколько я помню.

— Я слышала некоторые из твоих разговоров.

Щетка замирает у меня в волосах.

— Да? — спрашивает он нарочито безразлично.

— Да. С моим отцом, с твоим, с детективом Кларком... с твоей мамой.

— И с Кейт?

— Кейт приходила?

— Забегала ненадолго. Она тоже зла на тебя.

Я поворачиваюсь у него на коленях.

— Может, хватит уже этого «все злы на Ану», а?

— Просто говорю тебе правду, — отзывается Кристиан, озадаченный моей вспышкой.

— Да, это было безрассудно, но ты же знаешь, что твоя сестра была в опасности.

Лицо его вытягивается.

— Да. Была. — Выключив фен, он кладет его на кровать рядом с собой и берет меня за подбородок.

— Спасибо, — говорит он, удивляя меня. — Но больше никакого безрассудства. Потому что в следующий раз я отшлепаю тебя так, что мало не покажется.

Я возмущенно охаю.

— Ты этого не сделаешь!

— Сделаю. — Он серьезен. Вот черт. Совершенно серьезен. — У меня есть разрешение твоего отчима. — Он ухмыляется.

Да он дразнит меня! Я бросаюсь на него, и он изворачивается так, что я падаю на кровать и в его руки. Когда я приземляюсь, боль прошивает грудную клетку, и я морщусь.

Кристиан бледнеет.

— Веди себя прилично! — в сердцах выговаривает он мне.

— Прости, — бормочу я, гладя его по щеке.

Он трется о мою ладонь и нежно целует ее.

— Ей-богу, Ана, у тебя напрочь отсутствует инстинкт самосохранения. — Он тянет вверх край моей майки, затем пальцы его ложатся мне на живот. Я перестаю дышать. — А ведь ты теперь не одна, — шепчет он, водя кончиками пальцев вдоль края резинки моих спортивных брюк, лаская кожу. Желание, неожиданное, горячее и тяжелое, взрывается у меня в крови. Я тихо ахаю, и Кристиан напрягается, пальцы его останавливаются, и он с нежностью взирает на меня. Рука его поднимается и убирает локон волос мне за ухо.

— Нет, — шепчет он.

Что?

— Не смотри на меня так. Я видел синяки. И ответ «нет». — Голос его тверд, и он целует меня в лоб.

Я ерзаю.

— Кристиан, — хнычу я.

— Нет. Ложись в постель. — Он садится.

— В постель?

— Тебе нужно отдыхать.

— Мне нужен ты.

Он закрывает глаза и качает головой, словно это требует от него огромного усилия воли. Когда снова открывает их, глаза его горят решимостью.

— Просто сделай так, как тебе говорят, Ана.

Я испытываю соблазн снять с себя всю одежду, но потом вспоминаю синяки и понимаю, что ничего у меня не выйдет.

Неохотно киваю.

— Ладно. — И намеренно преувеличенно надуваю губы.

Он улыбается.

— Я принесу тебе ланч.

— Будешь готовить? — удивляюсь я.

Он, к его чести надо сказать, смеется.

— Разогрею что-нибудь. Миссис Джонс наготовила целую кучу еды.

— Кристиан, давай я. Я прекрасно себя чувствую. Уж если я хочу секса, то стряпать точно смогу. — Я неуклюже сажусь, стараясь не морщиться от боли в ребрах.

— В постель! — Глаза Кристиана вспыхивают, и он указывает на подушку.

— Присоединяйся ко мне, — бормочу я, жалея, что не одета во что-нибудь более соблазнительное, чем спортивные штаны и майка.

— Ана, ложись давай. Быстро.

Я сердито смотрю на него, встаю и даю штанам бесцеремонно упасть на пол, при этом сверля его сердитым взглядом. Он откидывает одеяло, и уголок его рта весело подергивается.

— Ты слышала, что сказала доктор Сингх. Она сказала — отдых. — Голос его мягче.

Я забираюсь в постель и в расстройстве складываю руки.

— Лежи, — говорит он, явно довольный собой.

Я недовольно хмурю брови.

Куриное рагу миссис Джонс, без сомнения, одно из моих любимых блюд. Кристиан ест вместе со мной, сидя со скрещенными ногами посреди кровати.

— Это было очень хорошо разогрето. — Я улыбаюсь, и он улыбается в ответ. Я наелась до отвала, и меня клонит в сон. В этом и состоял его план?

— Ты выглядишь усталой. — Он убирает мой поднос.

— Я и правда устала.

— Хорошо. Спи. — Он целует меня. — Мне надо поработать. Я буду здесь, если ты не против.

Я киваю, безуспешно борясь со сном. Кто бы мог подумать, что куриное рагу может быть таким утомительным.

За окном, когда я просыпаюсь, сумерки. Бледный розоватый свет заливает комнату. Кристиан сидит в кресле, наблюдая за мной, его серые глаза светятся в угасающем свете.

Он сжимает какие-то бумаги, лицо мертвенно-бледное.

О господи!

— Что случилось? — тут же спрашиваю я, садясь и не обращая внимания на протестующие ребра.

— Уэлч только что ушел.

Черт.

— И?

— Я жил с этим подонком.

— Жил? С Джеком?

Он кивает, глаза широко открыты.

— Вы родственники?

— Нет. Слава богу, нет.

Я подвигаюсь и откидываю одеяло, приглашая его ко мне в постель, и, к моему удивлению, он не колеблется. Сбрасывает туфли и забирается в кровать. Обняв меня одной рукой, сворачивается и кладет голову мне на колени. Я потрясена. Что это?

— Я не понимаю, — бормочу я, теребя его волосы и глядя на него. Кристиан закрывает глаза и хмурит брови, словно пытается вспомнить.

— После того как меня нашли со шлюхой-наркоманкой, но прежде, чем я стал жить с Карриком и Грейс, я находился на попечении штата Мичиган. Временно жил в приемной семье. Но я ничего не помню о том времени.

У меня голова идет кругом. Еще одна приемная семья? Это новость для нас обоих.

— Как долго? — шепчу я.

— Месяца два. Я не помню.

— Ты говорил об этом со своими родителями?

— Нет.

— Быть может, стоит. Возможно, они могли бы заполнить пробелы.

Он крепко обнимает меня.

— Вот, — он вручает мне бумажки.

Оказывается, это две фотографии. Я протягиваю руку и включаю прикроватную лампу, чтобы как следует рассмотреть их. На первом снимке — обветшалый дом с желтой дверью и большим остроконечным окном в крыше. У него еще крыльцо и маленький дворик. Ничем не примечательный дом.

На втором фото запечатлена семья, на первый взгляд обычное семейство «синих воротничков» — муж с женой, как мне кажется, и их дети. Взрослые оба одеты в застиранные синие футболки. Им, должно быть, за сорок. У женщины зачесанные назад светлые волосы, а у мужчины подстрижен под «ежик», но они оба тепло улыбаются в камеру. Мужчина обнимает за плечи недовольную девочку-подростка. Я смотрю на каждого из детей: двое мальчиков-близнецов лет по двенадцати, оба с рыжими волосами, широко улыбаются в камеру;

еще один мальчик, поменьше, рыжевато-русый, сердито насупился; а за ним прячется сероглазый малыш с медными волосами. С большими испуганными глазами, одетый в разномастную одежду и сжимающий грязное детское одеяльце.

О господи.

— Это ты, — шепчу я, и сердце мое подскакивает к горлу. Я знаю, что Кристиану было четыре года, когда умерла его мама. Но этот ребенок выглядит меньше. Должно быть, он сильно недоедал. Я заглушаю всхлип, когда на глазах выступают слезы. Ох, мой милый Пятьдесят Оттенков!

Кристиан кивает.

— Да, я.

— Уэлч привез эти фотографии?

— Да. Я ничего этого не помню. — Голос его ровный и безжизненный.

— Не помнишь? Что же тут удивительного, Кристиан? Ты же был еще совсем маленьким. Тебя это беспокоит?

— Но я помню какие-то куски до этого и после. Когда познакомился со своими мамой и папой. Но это... как какой-то огромный провал.

Сердце мое переворачивается, и до меня доходит. Мой муж, который любит все держать под контролем, любит, чтобы все было на своих местах, вдруг узнает, что кусок мозаики отсутствует.

— Джек есть на этой фотографии?

— Да. — Глаза Кристиана по-прежнему плотно зажмурены, и он цепляется за меня, как за спасательный круг.

Я пропускаю его волосы сквозь пальцы и разглядываю старшего мальчика, зло, дерзко и надменно глядящего в камеру. Да, вижу, что это Джек. Но он всего лишь ребенок лет восьми-девяти, за враждебностью скрывающий свой страх. Мне в голову приходит мысль.

— Когда Джек позвонил мне сказать, что Миа у него, он заявил, что будь все иначе, это мог бы быть он.

Кристиан прикрывает глаза и передергивается.

— Вот подонок!

— Думаешь, он делал все это, потому что Греи усыновили тебя, а не его?

— Кто знает? — Тон Кристиана горький. — Плевать я на него хотел.

— Возможно, он знал, что мы встречаемся, когда я пришла на собеседование по поводу работы, и с самого начала планировал соблазнить меня. — Желчь подступает к горлу.

— Сомневаюсь, — бормочет Кристиан, открыв глаза. — Он начал собирать информацию о моей семье только примерно через неделю после того, как ты начала работать в SIP. Барни знает точную дату. И, Ана, он переспал со всеми своими помощницами и записал это на пленку. — Кристиан закрывает глаза и снова крепко сжимает меня.

Подавив охвативший меня трепет, я пытаюсь припомнить разговоры с Джеком, когда начинала работать в SIP. В глубине души я знала, что он дерьмо, но не обращала на свое чутье внимания. Кристиан прав: я не забочусь о собственной безопасности. Мне вспомнился наш спор из-за того, что я собралась с Джеком в Нью-Йорк. Бог ты мой, а ведь он вполне мог тогда изнасиловать меня и записать это на пленку. От этой мысли меня тошнит. И тут я некстати вспоминаю снимки сабмиссивов Кристиана, которые он хранит.

Вот черт. Мы сделаны из одного теста. Нет, Кристиан, ты совсем не такой, как он.

Он по-прежнему лежит, свернувшись вокруг меня, как маленький мальчик.

— Кристиан, я думаю, тебе стоит поговорить со своими родителями. — Мне не хочется беспокоить его, поэтому я пододвигаюсь на кровати так, чтобы мы лежали лицом к лицу. Смущенные серые глаза встречаются с моими, напоминая мне о ребенке на фотографии.

— Давай позвоним им, — шепчу я. Он качает головой. — Ну пожалуйста, — умоляю я. Кристиан смотрит на меня, в глазах отражаются боль и сомнение, пока он обдумывает мою просьбу. Ох, Кристиан. Пожалуйста.

— Я позвоню им, — шепчет он.

— Вот и хорошо. Мы можем вместе поехать к ним или ты съездишь сам. Как хочешь.

— Нет. Лучше пусть они приедут сюда.

— Почему?

— Тебе пока нельзя никуда ездить.

— Кристиан, я вполне способна выдержать поездку на машине.

— Нет. — Голос его тверд, но в нем слышится ироническая улыбка. — В любом случае сегодня субботний вечер, и они, вероятно, на каком-нибудь приеме.

— Позвони им. Эта новость явно тебя расстроила. Возможно, они прольют некоторый свет. — Я бросаю взгляд на электронный будильник. Почти семь вечера.

С минуту он бесстрастно смотрит на меня.

— Ладно, — говорит он, словно я бросила ему вызов. Сев, берет с тумбочки телефон.

Я обнимаю его и кладу голову ему на грудь, пока он звонит.

— Папа? — Отмечаю его удивление тем, что Каррик ответил на звонок. — Ана хорошо. Мы дома. Уэлч только что ушел. Он обнаружил связь… Приемная семья в Детройте… Я ничего этого не помню. — Голос Кристиана чуть слышно бормочет последнее предложение.

Сердце мое вновь сжимается. Я обнимаю его, а он стискивает мое плечо.

— Да… приедете?.. Отлично. — Он отключается. — Они скоро будут. — В его голосе я слышу удивление и осознаю, что он, по-видимому, никогда не просил их о помощи.

— Хорошо. Мне надо одеться.

Кристиан обнимает меня крепче.

— Не уходи.

— Ладно. — Я вновь прижимаюсь к его боку, потрясенная тем, что он только что так много рассказал о себе — и совершенно добровольно.

На пороге гостиной Грейс мягко заключает меня в объятия.

— Ана, Ана, дорогая Ана, — шепчет она. — Спасла двух моих детей. Как я смогу отблагодарить тебя?

Я краснею, в равной степени тронутая и смущенная ее словами. Каррик тоже обнимает меня и целует в лоб.

Потом Миа хватает меня в охапку, сдавливая ребра. Я морщусь и охаю, но она не замечает. Кристиан сердито хмурится.

— Миа! Осторожно! Ей же больно.

— Ой! Прости.

— Ничего, — бормочу я облегченно, когда она отпускает меня.

Выглядит она прекрасно, безупречно одетая в узкие черные джинсы и светло-розовую блузку с воланами. Я рада, что надела удобное шерстяное платье и туфли на плоской подошве. По крайней мере, выгляжу вполне презентабельно.

Подбежав к Кристиану, Миа горячо его обнимает.

Он без слов протягивает Грейс фотографию. Она ахает и зажимает ладонью рот, чтоб сдержать свои эмоции, когда сразу же узнает Кристиана. Каррик обнимает ее за плечи, тоже разглядывая снимок.

— Ох, дорогой. — Грейс гладит Кристиана по щеке.

Появляется Тейлор.

— Мистер Грей? Мисс Кавана, ее брат и ваш брат поднимаются, сэр.

Кристиан хмурится.

— Спасибо, Тейлор, — бормочет он, сбитый с толку.

— Я позвонила Элиоту и сказала ему, что мы едем к тебе. — Миа улыбается. — Устроим импровизированную семейную вечеринку.

Я украдкой бросаю сочувственный взгляд на своего бедного мужа, а Грейс и Каррик сверлят Миа раздраженными взглядами.

— Тогда нам лучше собрать что-нибудь на стол, — заявляю я. — Миа, ты мне поможешь?

— С удовольствием.

Мы с ней идем в кухню, а Кристиан ведет родителей в свой кабинет.

Кейт пылает праведным гневом, нацеленным на меня, на Кристиана, но главным образом на Джека и Элизабет.

— О чем ты только думала, Ана? — кричит она на меня, заставив всех в комнате обернуться и удивленно воззриться на нас.

— Кейт, прошу тебя, не начинай еще и ты! — огрызаюсь я.

Она сверлит меня негодующим взглядом, и на минуту мне кажется, что сейчас предстоит выслушать лекцию Кэтрин Кавана на тему: «Как не уступать похитителям». Но вместо этого она заключает меня в объятия.

— Иногда ты забываешь, для чего бог дал тебе мозги, Стил, — шепчет она и целует меня в щеку, а на глазах у нее слезы.

Кейт! Я так переживала за тебя.

— Не плачь, а то и я расклеюсь.

Она отступает назад и, смутившись, вытирает глаза, потом делает глубокий вдох и берет себя в руки.

— И более позитивная новость: мы назначили дату нашей свадьбы. Мы подумали: в следующем мае? И, само собой, я хочу, чтобы ты была замужней подругой невесты.

— Ох... Кейт... здорово. Поздравляю! — Ах ты черт... Комочек... Старшенький!

— Что такое? — спрашивает она, неправильно истолковав мое смятение.

— А... просто я так счастлива за тебя. Хорошая новость для разнообразия. — Я тепло обнимаю ее. Черт, черт, черт. Когда должен родиться Комочек? Мысленно высчитываю дату. Доктор Грин сказала, что у меня четыре или пять недель. Значит, где-то в мае? Черт.

Элиот вручает мне бокал шампанского.

Ох ты господи!

Кристиан выходит из кабинета ужасно бледный и входит вслед за своими родителями в гостиную. Глаза его расширяются, когда он видит в моей руке бокал.

— Здравствуй, Кейт, — сдержанно приветствует он ее.

— Здравствуй, Кристиан. — Она не менее сдержанна. Я вздыхаю.

— Ваше лекарство, миссис Грей. — Он окидывает взглядом бокал в моей руке.

Я прищуриваюсь. Проклятье. Я хочу выпить. Грейс улыбается и присоединяется ко мне на кухне, по пути взяв у Элиота бокал.

— Глоточек можно, — шепчет она, заговорщически подмигнув мне, и поднимает свой бокал, чтобы чокнуться со мной. Кристиан сверлит нас обеих грозным взглядом, пока Элиот не отвлекает его новостями с последнего матча между «маринерами» и «рейнджерами».

Каррик подходит к нам, обнимает нас обеих, и Грейс целует его в щеку, после чего подсаживается к Миа на диван.

— Как он? — шепотом спрашиваю я у Каррика, когда мы с ним стоим в кухне и наблюдаем за семейной идиллией на диване. Я с удивлением замечаю, что Миа с Итаном держатся за руки.

— Потрясен, — так же шепотом отвечает Каррик, брови нахмурены, лицо серьезное. — Он так много помнит о своей жизни с биологической матерью; много такого, чего бы ему лучше не помнить. Но это... — Он замолкает. — Надеюсь, мы помогли. Я рад, что он позвонил нам. Он сказал, это ты ему посоветовала. — Взгляд Каррика смягчается. Я пожимаю плечами и делаю поспешный глоток шампанского.

— Ты так замечательно ему подходишь. Он больше никого не слушает.

Я хмурюсь. Сомневаюсь, что это так. Непрошеный призрак миссис Робинсон угрожающей тенью маячит у меня в голове. Я знаю, Кристиан говорил и с Грейс. Я слышала. И снова я испытываю минутную досаду, пытаясь вспомнить их разговор в больнице, но он по-прежнему ускользает от меня.

— Иди присядь, Ана. Ты выглядишь усталой. Уверен, ты не ожидала всех нас здесь сегодня.

— Это так здорово — всех увидеть.

Улыбаюсь, потому что это действительно здорово. Я, единственный ребенок, вышла замуж в большую и общительную семью, и мне это нравится. Я устраиваюсь рядом с Кристианом.

— Один глоток, — шипит он и забирает бокал из моей руки.

— Слушаюсь, сэр. — Я хлопаю ресницами, полностью обезоруживая его. Он обнимает меня за плечи и возвращается к разговору о бейсболе с Элиотом и Итаном.

— Мои родители считают тебя святой, — бормочет Кристиан, стаскивая с себя футболку.

Я лежу, уютно свернувшись в кровати, и смотрю какое-то музыкальное представление по телевизору.

— Хорошо, что ты так не думаешь, — фыркаю я.

— Ну, не знаю. — Он стягивает джинсы.

— Они заполнили для тебя пробелы?

— Некоторые. Я жил с Кольерами два месяца, пока мама с папой ждали, когда будут готовы документы. Они уже получили разрешение на усыновление из-за Элиота, но закон требовал подождать, чтобы убедиться, что у меня нет живых родственников, которые хотят забрать меня.

— И что ты чувствуешь в связи с этим? — шепчу я.

Он хмурится.

— Ты имеешь в виду, что у меня нет родственников? Да и черт с ними. Если они такие, как моя мамаша-наркоманка... — Он с отвращением качает головой.

Ох, Кристиан! Ты был ребенком, и ты любил свою маму.

Он надевает пижаму, забирается в постель и мягко привлекает меня в свои объятия.

— Я кое-что начинаю вспоминать. Помню еду. Миссис Кольер умела готовить. И, по крайней мере, мы теперь знаем, почему этот подонок так зациклился на моей семье. — Он свободной рукой приглаживает волосы. — Черт! — неожиданно восклицает Кристиан и удивленно смотрит на меня.

— Что?

— Теперь до меня дошло! — Глаза его полны понимания.

— Что?

— Птенчик. Миссис Кольер называла меня Птенчиком.

Я хмурюсь.

— И что до тебя дошло?

— Записка, — говорит он, глядя на меня. — Записка о выкупе, которую этот подонок оставил. В ней было что-то вроде: «Ты знаешь, кто я? Ибо я знаю, кто ты, Птенчик».

Мне это ни о чем не говорит.

— Это из детской книжки. Бог ты мой. У Кольеров она была. Она называлась... «Ты моя мама?» Черт. — Глаза Кристиана расширяются. — Мне нравилась та книжка.

Ой. Я знаю эту книжку. Мое сердце екает: Пятьдесят Оттенков!

— Миссис Кольер, бывало, читала ее мне.

Я просто не знаю, что сказать.

— О боже. Он знал... этот подонок знал.

— Ты расскажешь полиции?

— Да, расскажу. Кто знает, что Кларк сделает с этой информацией. — Кристиан качает головой, словно пытаясь прояснить мысли. — В любом случае спасибо за этот вечер.

Ну и ну! Вот так новость.

— За что?

— За то, что в один момент собрала всю мою семью.

— Не благодари меня. Скажи спасибо миссис Джонс за то, что всегда держит в кладовой солидный запас продуктов.

Он качает головой с досадой. На меня? Почему?

— Как ты себя чувствуешь, миссис Грей?

— Хорошо. А ты как?

— Отлично. — Он хмурится, не понимая моей озабоченности.

А... в таком случае... Я веду пальцами вниз по его животу. Он смеется и хватает меня за руку.

— Ну нет. Даже и не думай.

Я дуюсь, и он вздыхает.

— Ана, Ана, ну что мне с тобой делать? — Он целует меня в волосы.

— Есть у меня парочка идей. — Я соблазнительно ерзаю возле его бока, но морщусь, когда боль растекается по телу от ушибленных ребер.

— Детка, тебе надо как следует окрепнуть. Кроме того, у меня есть для тебя сказка на ночь.

Да?

— Ты хотела знать... — Он не договаривает, закрывает глаза и сглатывает.

Все волосы на моем теле становятся дыбом. О господи!

Он начинает тихим голосом:

— Представь себе подростка, ищущего, как подзаработать деньжат, чтобы и дальше потакать своему тайному пристрастию к выпивке.

Он поворачивается на бок, чтобы мы лежали лицом друг к другу, и смотрит мне в глаза.

— Так я оказался на заднем дворе дома Линкольнов, убирая какой-то мусор из пристройки, которую только что построил мистер Линкольн.

Ох, черт побери... Он говорит.

Глава 25

Я затаила дыхание. Хочется ли мне это слышать? Кристиан закрывает глаза и сглатывает, а когда открывает их снова, они сверкают, но по-другому, полные тревожащих воспоминаний.

— День был летний, жаркий. Я пахал по-черному. — Он фыркает и качает головой, потом неожиданно улыбается. — Работенка была та еще, таскать всякий хлам. Я был один, и тут неожиданно появилась Эле... миссис Линкольн и принесла мне лимонаду. Мы поболтали о том о сем, у меня с языка сорвалось какое-то грубое словцо... И она дала мне пощечину. Врезала будь здоров. — Он бессознательно дотрагивается рукой до лица и поглаживает щеку, глаза его затуманиваются от воспоминаний. О господи!

— Но потом она меня поцеловала. А после поцелуя опять ударила. — Он моргает, явно до сих пор сбитый с толку, даже после стольких лет.

— Меня никогда раньше не целовали и не били так.

Ох. Она набросилась на ребенка.

— Ты хочешь это слушать? — спрашивает Кристиан.

Да... нет.

— Только если ты хочешь рассказать мне, — тихо отзываюсь я, лежа лицом к нему. Голова идет кругом.

— Я пытаюсь дать тебе какое-то представление о том, как обстояло дело.

Я киваю, как мне кажется, поощрительно, но подозреваю, что похожа на застывшую статую с широко раскрытыми от потрясения глазами.

Он хмурится, глаза его вглядываются в мои, пытаясь определить мою реакцию. Потом он переворачивается на спину и устремляет взгляд в потолок.

— Я, естественно, был озадачен, зол и чертовски возбужден. То есть когда знойная взрослая женщина так набрасывается на тебя... — Он качает головой, словно до сих пор не может в это поверить.

Знойная? Мне делается нехорошо.

— Она ушла назад в дом, оставив меня на заднем дворе. И вела себя как ни в чем не бывало. Я остался в полной растерянности. Поэтому продолжил работу, сгружал хлам в мусорный бак. Когда в тот вечер я уходил, она попросила меня прийти на следующий день. О том, что случилось, ни словом не обмолвилась. Поэтому на следующий день я пришел опять. Не мог дождаться, когда снова увижу ее, — шепчет он так, словно признается в чем-то порочном... впрочем, так и есть.

— Она не прикасалась ко мне, когда целовала, — бормочет он и поворачивает голову, чтобы посмотреть на меня. — Ты должна понять... Моя жизнь была адом на земле. Я был ходячей эрекцией, пятнадцатилетний юнец, слишком высокий для своего возраста, с бушующими гормонами. Девчонки в школе...

Он замолкает, но я могу себе представить: напуганный, одинокий, но привлекательный подросток. Сердце мое сжимается.

— Я был зол, так чертовски зол на всех, на себя, на своих предков. У меня не было друзей. Мой тогдашний врач был полным болваном. Родители держали меня в строгости, они не понимали. — Он снова устремляет взгляд в потолок и проводит рукой по волосам.

Мне очень хочется тоже пропустить его волосы сквозь пальцы, но я лежу тихо.

— Я просто не мог вынести, чтобы кто-то дотронулся до меня. Не мог. Не выносил никого рядом с собой. Я дрался... черт, как я дрался! Мало какая пьяная драка обходилась без меня. Меня исключили из пары школ. Но это был способ выпустить пар. Вытерпеть определенного рода физический контакт. — Он вновь замолкает. — Что ж, ты получила представление. И когда она поцеловала меня, то только ухватила за лицо. Больше нигде не прикасалась ко мне. — Голос его чуть слышен.

Должно быть, она знала. Возможно, Грейс ей рассказала. Ох, мой бедный Пятьдесят Оттенков! Мне приходится сунуть руки под подушку и положить на нее голову, чтобы удержаться и не обнять его.

— Ну так вот, на следующий день я вернулся в дом, не зная, чего ждать. Я избавлю тебя от грязных подробностей, но то же самое повторилось. Так и начались наши отношения.

О бог мой, как же больно это слышать!

— И знаешь что, Ана? Мой мир сфокусировался. Стал четким и ясным. Во всем. Оказалось, что именно это мне и требовалось. Она была глотком свежего воздуха. Она принимала решения, избавляла меня от всего этого дерьма, давала мне дышать.

О господи.

— И даже когда все закончилось, мир устоял, не рухнул. И так было до тех пор, пока я не встретил тебя.

Что, черт возьми, я должна на это сказать? Кристиан неуверенно убирает прядь волос мне за ухо.

— Ты перевернула мой мир с ног на голову. — Он закрывает глаза, и когда открывает их снова, все чувства в них обнажены. — Мой мир был упорядоченным, размеренным и контролируемым, но тут в мою жизнь вошла ты со своим дерзким ртом, своей невинностью, своей красотой и со своей безрассудной смелостью... и все, что было до тебя, потускнело, стало пустым и серым... стало ничем.

О боже!

— Я полюбил, — шепчет он.

Я перестаю дышать. Он гладит меня по щеке.

— Я тоже, — тихо выдыхаю я.

Глаза его смягчаются.

— Знаю.

— Правда?

— Да.

Аллилуйя! Я робко улыбаюсь ему. Шепчу:

— Наконец-то.

Он кивает.

— И это помогло мне увидеть все в истинном свете. Когда я был моложе, Элена была центром моей вселенной. Для нее я готов был на все. И она много сделала для меня. Благодаря ей я перестал пить. Стал хорошо учиться... Знаешь, она дала мне уверенность в себе, которой у меня никогда раньше не было, позволила мне испытать то, что, как я думал, никогда не смогу.

— Прикосновения, — шепчу я.

Он кивает.

— Некоторым образом.

Я хмурюсь, недоумевая, что он имеет в виду.

Он колеблется, видя мою реакцию.

«Расскажи мне!» — безмолвно побуждаю я его.

— Если ты растешь с резко негативным представлением о себе, считая себя изгоем, недостойным любви дикарем, ты думаешь, что заслуживаешь быть битым.

Кристиан... ты совсем не такой.

Он замолкает и нервным жестом проводит рукой по волосам.

— Ана, намного легче носить свою боль снаружи... — И снова это признание.

Ох.

— Она направила мой гнев в русло. — Рот его угрюмо сжимается. — По большей части внутрь, теперь я это сознаю. Доктор Флинн одно время неоднократно говорил об этом. И только недавно я увидел наши отношения такими, какими они были на самом деле. Ну, ты знаешь... на моем дне рождения.

Меня передергивает от встающей перед глазами картины: Элена и Кристиан словесно выворачивают друг друга наизнанку.

— Для нее эта сторона наших отношений означала секс, контроль и возможность одинокой женщины позабавиться с живой игрушкой.

— Но тебе нравится контроль, — шепчу я.

— Да, нравится. И так будет всегда, Ана. Таков уж я
есть. На короткое время я уступил его. Позволил кому-
то другому принимать за меня все решения. Я не мог
делать этого сам — не годился для этого. Но несмотря
на мое подчинение ей, я обрел себя и обрел силы изменить свою жизнь… стать хозяином своей жизни и самому принимать решения.

— Стать доминантом?

— Да.

— Это твое решение?

— Да.

— А бросить Гарвард?

— Тоже мое, и это лучшее решение, что я когда-либо
принял. До встречи с тобой.

— Со мной?

— Да. — Губы его изгибаются в мягкой улыбке. —
Мое самое лучшее в жизни решение — это жениться на
тебе.

О боже!

— Не основать компанию?

Он качает головой.

— Не научиться летать?

Он опять качает головой.

— Ты, — говорит он одними губами и гладит меня по
щеке костяшками пальцев. — Она знала.

Я хмурюсь.

— Что знала?

— Что я по уши влюбился в тебя. Она подбила меня
поехать в Джорджию увидеться с тобой, и я рад, что
она это сделала. Она думала, что ты испугаешься и сбе-
жишь. Что и случилось.

Я бледнею. Не хочется вспоминать об этом.

— Она полагала, что я нуждаюсь во всех атрибутах
той жизни, которую вел.

— Как доминант? — шепчу я.

Он кивает.

— Это помогало мне не подпускать никого близко к
себе, давало власть и достаточную степень отстранен-

ности. Так, по крайней мере, я думал. Уверен, ты уже поняла почему, — мягко добавляет он.

— Из-за твоей биологической матери?

— Я ни за что на свете больше не хотел повторения той боли. А потом ты ушла, — чуть слышно говорит он. — И я пропал.

О нет.

— Я так долго избегал интимности — я не знаю, как это бывает.

— У тебя прекрасно получается, — бормочу я, обводя его губы указательным пальцем, и он целует его. — Ты разговариваешь со мной.

— Ты скучаешь по этому?

— По чему?

— По тому образу жизни.

— Да, скучаю.

Ох!

— Но только по той власти, которую он дает. И, если честно, твоя глупая выходка, — он спотыкается, — что спасла мою сестру... — Его голос наполнен облегчением, благоговением и неверием: — Помогла понять.

— Понять?

— По-настоящему понять. Что ты любишь меня.

Я хмурюсь.

— Правда?

— Да. Потому что ты стольким рисковала... ради меня... ради моей семьи.

Я хмурюсь еще сильнее. Он протягивает руку и проводит пальцем посередине моего лба к носу.

— У тебя тут такая галочка между бровей, когда ты хмуришься, — бормочет он. — Так и хочется ее поцеловать. Я так ужасно вел себя... и все же ты здесь, со мной.

— А почему тебя это удивляет? Я же сто раз говорила тебе, что не уйду.

— Из-за того, как я повел себя, когда ты сказала мне, что беременна. — Он гладит пальцем мою щеку. — Ты была права. Я подросток.

Вот черт... я и вправду так сказала. Мое подсознание буравит меня гневным взглядом. Его врач так говорил!

— Кристиан, я наговорила много такого, чего не следовало.

Он прикладывает палец к моим губам.

— Ш-ш. Я все это заслужил. Кроме того, это моя сказка. — Он снова переворачивается на спину. — Когда ты сказала мне, что беременна... — Он замолкает. — Я полагал, что какое-то время будем только мы вдвоем — ты и я. Я думал о детях, но только как о чем-то абстрактном. У меня была смутная мысль, что у нас будет ребенок когда-нибудь в будущем.

Только один? Нет... не один. Не как я. Но, быть может, сейчас не лучшее время говорить об этом.

— Ты еще такая молодая и достаточно честолюбивая.

Честолюбивая? Я?

— В общем, ты выбила почву у меня из-под ног. Боже мой, это было так неожиданно. Никогда в жизни, спрашивая тебя, что случилось, я не ожидал услышать, что ты беременна. — Он вздыхает. — Я так жутко разозлился. На тебя. На себя. На всех. И ко мне снова вернулось чувство, когда я ни над чем не властен. Мне надо было выйти, уйти куда-нибудь. Я пошел к Флинну, но он оказался на каком-то родительском вечере. — Кристиан делает паузу и изгибает бровь.

— Смешно, — шепчу я, и он согласно усмехается.

— Поэтому я шел, шел и шел и... обнаружил, что пришел в салон. Элена уходила. Она удивилась, увидев меня. И, по правде говоря, я и сам удивился, что очутился там. Она увидела, что я зол, и спросила, не хочу ли я выпить.

Черт. Мы подходим к самому главному. Сердце мое колотится в два раза быстрее. Действительно ли я хочу знать? Мое подсознание смотрит на меня, предостерегающе вскинув выщипанную бровь.

— Мы пошли в тихий бар, и я взял бутылку вина. Она извинилась за то, как вела себя, когда мы последний раз виделись. Ее сильно задевает, что моя мама больше не желает ее знать — это сильно сузило для нее круг общения, — но она понимает. Мы поговорили о бизнесе, который идет прекрасно, несмотря на спад в экономике... Я упомянул, что ты хочешь детей.

Я хмурюсь.

— Я думала, ты рассказал ей, что я беременна.

Он смотрит на меня открытым взглядом.

— Нет, не рассказал.

— Почему же ты мне это не сказал?

Он пожимает плечами.

— Не было возможности.

— Разумеется, была.

— На следующее утро я не мог найти тебя, Ана. А когда нашел, ты была так зла...

О да.

— В общем, в какой-то момент, примерно на середине второй бутылки, она наклоняется, чтобы прикоснуться ко мне. И я цепенею, — шепчет он, прикрывая рукой глаза.

О боже.

— Она увидела, что я отшатнулся от нее. Это потрясло нас обоих. — Голос его тихий, слишком тихий.

Кристиан, посмотри на меня! Я тяну его руку, и он опускает ее, поворачивается и смотрит мне в глаза. Черт. Лицо у него бледное, глаза широко открыты.

— Что? — выдыхаю я.

Он хмурится, потом сглатывает.

Ох... чего он мне не говорит? И хочу ли я знать?

— Она попыталась... соблазнить меня. — Вижу, он потрясен.

Мне нечем дышать, как будто кто-то выкачал у меня из легких весь воздух, и мне кажется, сердце остановилось. Эта проклятая ведьма!

— Это был момент, словно застывший во времени. Она увидела выражение моего лица, и до нее дошло, как далеко она переступила грань. Я сказал... нет. Я уже много лет не думал о ней в этом смысле, и, кроме того, — он сглатывает, — я люблю тебя. Я сказал ей, что люблю свою жену.

Я с нежностью смотрю на него. Не знаю, что сказать.

— Она сразу же пошла на попятный. Извинилась еще раз, обратила все в шутку. Я имею в виду, сказала, что счастлива с Айзеком, и довольна бизнесом, и не держит ни на кого из нас зла. Сказала, что скучала по моей дружбе, но понимает, что моя жизнь теперь связана с тобой. И как это было неловко, учитывая то, что произошло в последний раз, когда мы все были в одной комнате. Я был с ней полностью согласен. Мы с ней распрощались — окончательно. Я сказал, что больше мы видеться не будем, и она ушла.

Я сглатываю, страх сжимает мне сердце.

— Вы целовались?

— Нет! — кричит он. — Подобная близость с ней была для меня невыносима.

А-а. Хорошо.

— Я чувствовал себя несчастным. Мне хотелось пойти домой, к тебе. Но... я знал, что вел себя ужасно. Я остался и прикончил бутылку, потом принялся за бурбон. Пока пил, я вспомнил, как ты как-то сказала мне: «А если б это был твой сын...» И я стал думать о Старшеньком и о том, как мы с Эленой начали. И почувствовал себя... неуютно. Я никогда раньше не думал об этом с такой точки зрения.

Воспоминание всплывает у меня в мозгу — разговор шепотом, который я слышала в больнице, когда лежала в полубессознательном состоянии. Голос Кристиана: «Но после встречи с ней я наконец увидел все в новом свете. Ну, ты знаешь... в отношении ребенка. Впервые я почувствовал... то, что мы делали... это было неправильно». Он говорил с Грейс.

— Это все?

— Пожалуй.

— А.

— А?

— Значит, все закончилось?

— Да. Все закончилось еще тогда, когда я впервые увидел тебя. В ту ночь я наконец осознал это, и она тоже.

— Прости, — бормочу я.

Он хмурится.

— За что?

— За то, что так злилась на тебя на следующий день.

Он фыркает.

— Детка, злость мне понятна. — Он замолкает и вздыхает. — Понимаешь, Ана, я хочу, чтоб ты принадлежала мне одному. Не хочу ни с кем тебя делить. Хочу быть центром твоей вселенной, по крайней мере какое-то время.

О-о. Кристиан.

— Ты и есть центр моей вселенной. И это не изменится.

Он улыбается мне снисходительной, печальной, смиренной улыбкой.

— Ана, — шепчет он, — но это же неправда.

Слезы обжигают мне глаза.

— Как такое может быть? — бормочет он.

Да нет же.

— Черт... не плачь, Ана. Пожалуйста, не плачь. — Он гладит меня по лицу.

— Прости. — Нижняя губа у меня дрожит, и он водит по ней большим пальцем, успокаивая меня.

— Нет, Ана, нет, не извиняйся. У тебя будет еще кого любить. И ты права. Так и должно быть.

— Комочек тоже будет любить тебя. Ты будешь центром вселенной Комочка-Джуниора, — шепчу я. — Дети любят своих родителей бескорыстно, Кристиан. Такими они приходят в мир. Запрограммированными любить. Все дети... даже ты. Вспомни детскую книжку, которая нравилась тебе, когда ты был маленьким. Ты до сих пор нуждаешься в своей маме. Ты любил ее.

Он хмурит лоб и убирает руку, сжав ее в кулак на подбородке.

— Нет, — шепчет он.

— Да. — Слезы уже свободно текут у меня по лицу. — Конечно, любил. Это не было выбором. Поэтому ты так страдаешь.

Он смотрит на меня с болью в глазах.

— Поэтому ты можешь любить меня, — бормочу я. — Прости ее. У нее хватало собственной боли. Она была плохой матерью, но ты все равно любил ее.

Он смотрит и ничего не говорит, взгляд, терзаемый воспоминаниями, которые я даже представить не берусь.

Пожалуйста, только не молчи.

В конце концов он говорит:

— Она была плохой матерью. — Голос чуть слышен.

Я киваю, и он закрывает глаза.

— Я боюсь, что буду плохим отцом.

Я глажу его дорогое лицо. Ох, мои Пятьдесят Оттенков, Пятьдесят Оттенков!

— Кристиан, ты хоть на минуту можешь представить, что я позволю тебе быть плохим отцом?

Он открывает глаза и смотрит на меня, кажется, целую вечность. Потом улыбается, когда облегчение медленно освещает его лицо.

— Пожалуй, нет. — Он гладит мое лицо костяшками пальцев, в изумлении глядя на меня. — Бог мой, а ты сильная, миссис Грей. Я так люблю тебя. — Он целует меня в лоб. — Не знал, что смогу.

— О Кристиан, — шепчу я, пытаясь сдержать свои эмоции.

— Ну, сказка на ночь закончилась.

— Та еще сказочка…

Он тоскливо улыбается, но, думаю, испытывает облегчение.

— Как твоя голова?

— Голова? Вот-вот лопнет от всего, что ты мне рассказал!

— Не болит?

— Нет.

— Хорошо. Думаю, теперь тебе надо поспать.

Спать! Как он может спать после всего этого?

— Спи, — строго говорит он. — Тебе нужен отдых.

Я дуюсь.

— У меня один вопрос.

— Да? Какой же? — Он настороженно смотрит на меня.

— Почему это ты ни с того ни с сего стал таким... разговорчивым, если не сказать больше?

Он хмурится.

— Рассказываешь мне все это, когда обычно выудить у тебя хоть что-нибудь — дело, прямо скажем, не из легких.

— Да?

— Ты сам знаешь, что да.

— Почему я стал разговорчивым? Не могу сказать. Может, оттого, что увидел тебя, практически мертвую, на холодном цементе. Или причина в том, что я буду отцом. Не знаю. Ты сказала, что хочешь знать, и я не желаю, чтоб Элена встала между нами. Она не может. Она — прошлое, и я говорил тебе это много раз.

— Если б она не заигрывала с тобой... вы по-прежнему были бы друзьями?

— Это уже больше чем один вопрос.

— Прости. Можешь не отвечать. — Я краснею. — Ты и так рассказал мне больше, чем я когда-нибудь надеялась от тебя услышать.

Глаза его смягчаются.

— Нет, не думаю, но с моего дня рождения она была как незавершенное дело. Она переступила черту, и я покончил с ней. Пожалуйста, поверь мне. Я больше не собираюсь видеться с ней. Ты сказала, что она за пределом того, что ты можешь стерпеть. Это я могу понять, — говорит он с тихой искренностью.

Ладно. Я постараюсь больше не думать об этом. Мое подсознание облегченно откидывается в кресле. Наконец-то!

— Спокойной ночи, Кристиан. Спасибо за поучительную сказку. — Я наклоняюсь, чтобы поцеловать его, и наши губы коротко соприкасаются, но он отстраняется, когда я пытаюсь углубить поцелуй.

— Не надо, — шепчет он. — Мне нестерпимо хочется заняться с тобой любовью.

— Так займись.

— Нет, тебе нужен отдых, и уже поздно. Так что спи давай. — Он выключает прикроватную лампу, погружая нас в темноту.

— Я люблю тебя бескорыстно, Кристиан, — бормочу я, уютно устраиваясь у него под боком.

— Знаю, — шепчет он, и я чувствую его застенчивую улыбку.

Я просыпаюсь. Вдруг и сразу. Свет заливает комнату, и Кристиана нет в постели. Я бросаю взгляд на часы и вижу, что сейчас семь пятьдесят три. Делаю глубокий вдох и морщусь, когда мои ребра протестуют, хотя уже не так сильно, как вчера. Пожалуй, я могла бы пойти на работу. Работа, да. Я хочу на работу.

Сегодня понедельник, и весь вчерашний день я провела, валяясь в постели. Кристиан позволил мне только коротко увидеться с Рэем. Честно сказать, он все тот же властный тиран. Я с нежностью улыбаюсь. Мой любимый тиран. Он был внимательным, любящим, разговорчивым... и не притрагивался ко мне с тех пор, как я приехала домой. Я недовольно хмурюсь. Придется что-то с этим сделать. Голова у меня не болит, боль в области ребер уменьшилась, хотя, честно признаться, смеяться приходится с осторожностью — но я в отчаянии. По-моему, так долго без секса я не была с... ну, с первого раза.

Думаю, мы оба уже восстановили душевное равновесие. Кристиан гораздо более расслаблен, его длинная сказка на ночь, похоже, похоронила некоторых призраков, как его, так и моих.

Посмотрим.

Я быстро принимаю душ и, вытершись, внимательно просматриваю свою одежду. Мне хочется чего-нибудь сексуального. Чего-нибудь, что может подтолкнуть Кристиана к действию. Кто бы подумал, что такой ненасытный мужчина может демонстрировать такой жесткий самоконтроль? У меня нет желания задумываться над тем, где и как Кристиан так вымуштровал свое тело. После его признания мы больше не говорили о педофилке. Надеюсь, больше никогда не будем. Для меня она мертва и похоронена.

Я выбираю почти неприлично короткую черную юбку и белую шелковую блузку с рюшами. Натягиваю чулки с кружевным верхом и свои черные «лодочки». Немного туши и блеска для губ, чтоб выглядеть естественно, и после энергичного расчесывания я оставляю волосы распущенными. Да. Вот так.

Кристиан завтракает за барной стойкой. Его вилка с омлетом замирает на полпути ко рту, когда он видит меня. Между бровями у него пролегает хмурая морщинка.

— Доброе утро, миссис Грей. Куда-то собрались?

— На работу. — Я мило улыбаюсь.

— Вот уж не думаю, — насмешливо фыркает Кристиан. — Доктор Сингх сказала: неделя отдыха.

— Кристиан, я не собираюсь одна валяться в кровати. Так что я вполне могу поехать на работу. Доброе утро, Гейл.

— Миссис Грей. — Миссис Джонс пытается спрятать улыбку. — Хотите позавтракать?

— Да, пожалуйста.

— Гранолу?

— Я бы предпочла омлет с белым тостом.

Миссис Джонс улыбается, а Кристиан не скрывает своего удивления.

— Очень хорошо, миссис Грей, — говорит миссис Джонс.

— Ана, ты не идешь на работу.

— Но...

— Нет, никаких «но». Не спорь.

Кристиан непреклонен. Я смотрю на него и только в этот момент замечаю, что он в тех же пижамных штанах и майке, что и накануне вечером.

— А ты едешь на работу? — спрашиваю я.

— Нет.

Я что, схожу с ума?

— Сегодня ведь понедельник, правильно?

Он улыбается.

— Был, когда я последний раз смотрел.

Я сужаю глаза.

— Ты прогуливаешь?

— Я не оставлю тебя здесь одну, чтоб ты опять попала в какой-нибудь переплет. И доктор Сингх сказала, что приступить к работе ты сможешь только через неделю. Помнишь?

Я забираюсь на барный табурет с ним рядом и чуть-чуть подтягиваю юбку. Миссис Джонс ставит передо мной чашку чаю.

— Ты хорошо выглядишь, — говорит Кристиан. Я кладу ногу на ногу. — Очень хорошо. Особенно вот здесь. — Он проводит пальцем по голому телу, которое виднеется над чулками. Пульс мой учащается, когда палец его касается кожи. — Эта юбка очень короткая, — бормочет он с легким неодобрением в голосе, когда глаза его следуют за пальцем.

— Правда? Я не заметила.

Кристиан устремляет на меня взгляд, рот его кривится в чуть насмешливой, чуть раздраженной усмешке.

— В самом деле, миссис Грей?

Я краснею.

— Не уверен, что этот наряд годится для работы, — бормочет он.

— Ну, поскольку я не иду на работу, то это вопрос спорный.

— Спорный?

— Спорный, — повторяю я одними губами.

Кристиан опять ухмыляется и возвращается к своему омлету.

— У меня есть идея получше.

— Вот как?

Сквозь длинные ресницы он устремляет на меня взгляд потемневших серых глаз. Я резко втягиваю воздух. О боже. Давно пора.

— Мы можем поехать посмотреть, как идет дело у Элиота с домом.

Что? Да чтоб тебя! Я смутно припоминаю, что мы собирались сделать это до того, как Рэй попал в аварию.

— С удовольствием.

— Вот и хорошо. — В его улыбке лучится довольство.

— А разве тебе не надо работать?

— Нет. Рос вернулась с Тайваня. Там все прошло хорошо. И сегодня все отлично.

— Ты ведь тоже собирался на Тайвань.

Он опять фыркает.

— Ана, ты же была в больнице.

— А-а.

— Вот именно. Так что сегодняшний день я с пользой проведу со своей женой, — заявляет он и делает глоток кофе.

— С пользой? — Мне не удается замаскировать надежду в голосе.

Миссис Джонс ставит передо мной омлет, снова тщетно пряча улыбку.

Кристиан ухмыляется.

— С пользой. — Он кивает.

Я слишком голодна, чтобы и дальше заигрывать с мужем.

— Приятно видеть, что ты ешь, — бормочет он. Поднявшись, наклоняется и чмокает меня в волосы. — Пойду приму душ.

— Э... можно я приду потру тебе спинку? — невнятно бормочу я с полным ртом.

— Нет. Ешь.

Отойдя от стойки, он на ходу стаскивает через голову майку, демонстрируя мне свои идеально вылепленные плечи и голую спину. Я перестаю жевать. Он делает это нарочно. Зачем?

В дороге Кристиан спокоен и расслаблен. Мы только что оставили Рэя и мистера Родригеса смотреть футбол по новому телевизору с плоским экраном, который, как я подозреваю, Кристиан купил для больничной палаты Рэя.

После нашего «разговора по душам» Кристиан стал таким спокойным! Как будто сбросил с себя тяжкий груз. Тень миссис Робинсон больше не нависает над нами, может, потому, что я решила оставить ее в прошлом, — или потому, что он так решил, не знаю. Но сейчас я чувствую себя ближе к нему, чем когда-либо раньше. Быть может, потому, что он наконец доверился мне. Надеюсь, он будет делать так и дальше. И ребенка он тоже воспринимает спокойнее. Пока еще не побежал покупать кроватку, но я на это уповаю.

Я любуюсь им, пока он ведет машину. Он выглядит небрежным, модным... сексуальным с растрепанными волосами, в пиджаке в полоску, белой рубашке и джинсах.

Он бросает на меня взгляд и кладет ладонь мне на ногу выше колена, мягко поглаживая пальцами.

— Я рад, что ты не переоделась.

Я, правда, накинула джинсовую куртку и переобулась в туфли на плоской подошве, но осталась в короткой юбке. Его рука задерживается у меня на колене. Я накрываю его ладонь своей.

— Будешь и дальше дразнить меня?

— Может быть. — Кристиан улыбается.

— Почему?

— Потому что могу. — Он по-мальчишески ухмыляется.

Пальцы его мучительно дразняще скользят вверх по бедру.

— Сами напросились, миссис Грей. — Его улыбка делается шире.

Я беру его руку и возвращаю на колено.

— Не распускай руки.

Он ухмыляется.

— Как пожелаете, миссис Грей.

Проклятье. Доигралась.

Кристиан сворачивает на подъездную дорожку к дому. Он останавливается у кнопочной панели, набирает какой-то номер, и белые металлические ворота распахиваются. Мы едем по аллее под кронами деревьев зеленого, желтого и медно-красного цветов. Высокая трава на лугу уже желтеет, но в траве еще виднеются полевые цветы. День чудесный. Светит солнце, и в воздухе витает солоноватый запах Саунда с примесью ароматов наступающей осени. Место здесь такое тихое и прекрасное. И подумать только, у нас здесь будет дом.

Аллея изгибается полукругом, и открывается наш дом. Спереди припаркованы несколько грузовиков с надписью «Грей констракшн» на боку. Дом обшит лесами, и несколько рабочих в касках трудятся на крыше.

Кристиан останавливается перед портиком и выключает зажигание. Я чувствую его радостное возбуждение.

— Давай найдем Элиота.

— Он здесь?

— Надеюсь. Я достаточно ему плачу.

Я фыркаю, и Кристиан улыбается, когда мы выходим из машины.

— Эй, братец! — откуда-то кричит Элиот. Мы оба озираемся.

— Я здесь! — Он на крыше, машет нам обоим и улыбается от уха до уха. — Давно пора вам тут появиться. Оставайтесь там. Я сейчас спущусь.

Я бросаю взгляд на Кристиана, он пожимает плечами. Через несколько минут у входной двери появляется Элиот.

— Привет, братишка. — Он пожимает Кристиану руку. — И вы как, маленькая леди? — Он хватает меня и кружит.

— Лучше, спасибо. — Я смеюсь, и мои ребра протестуют. Кристиан хмурится, но Элиот не обращает на него внимания.

— Пойдемте-ка в строительный офис. Вам понадобится вот это. — Он стучит пальцем по своей каске.

Дом — один каркас. Полы покрыты каким-то твердым волокнистым материалом, похожим на мешковину; некоторые стены исчезли, а на их месте появились новые. Элиот ведет нас по дому, объясняя, что делается, а повсюду трудятся рабочие — мужчины и несколько женщин. Я с облегчением вижу, что каменная лестница с резной кованой балюстрадой по-прежнему на месте и полностью накрыта белыми простынями.

В главной гостиной заднюю стену убрали, чтобы вместо нее, по проекту Джиа, возвести стеклянную стену, и начали работы на террасе. Несмотря на хаос, вид по-прежнему потрясающий. Новая работа близка по духу и вписывается в старомодное очарование дома... Джиа потрудилась на славу. Элиот терпеливо растолковывает суть работ и называет приблизительные временные рамки для каждой. Он надеется, что мы сможем вселиться к Рождеству, хотя Кристиан считает, что это чересчур оптимистично.

Класс! Рождество с видом на Саунд. Не могу дождаться! Меня переполняет бурный восторг. Я представляю, как мы наряжаем большую елку, а маленький мальчик с медными волосами радостно прыгает вокруг.

Элиот заканчивает экскурсию на кухне.

— Оставляю вас самих побродить. Будьте осторожны. Это все-таки стройка.

— Конечно. Спасибо, Элиот, — бормочет Кристиан, беря меня за руку. — Нравится? — спрашивает он, как только Элиот оставляет нас одних. Я смотрю на пустые стены и прикидываю, куда повешу натюрморт с перцами, который мы купили во Франции.

— Очень. А тебе?

— И мне тоже. — Он улыбается.

— Хорошо. Я думала, куда повешу натюрморт.

Кристиан кивает.

— А я хочу повесить в этом доме твои портреты работы Хосе. Тебе надо решить где.

Я краснею.

— Где-нибудь, где я нечасто буду их видеть.

— Ну-ну, — журит он меня, большим пальцем поглаживая мою нижнюю губу. — Это мои любимые фотографии. Одну я хочу повесить у себя в офисе.

— Не представляю зачем, — бормочу я и целую подушечку его пальца.

— Чтобы иметь возможность весь день любоваться твоим красивым лицом. Проголодалась? — спрашивает он.

— Смотря что ты имеешь в виду, — шепчу я.

— Еду, миссис Грей. — Он награждает меня быстрым поцелуем в губы.

Я притворно надуваю губы и вздыхаю.

— Да. В последние дни я все время хочу есть.

— Мы втроем можем устроить пикник.

— Втроем? Кто-то к нам присоединится?

Кристиан наклоняет голову набок.

— Месяцев через семь или восемь.

А... Комочек. Я глупо улыбаюсь.

— Я подумал, тебе захочется поесть на воздухе.

— На лугу? — спрашиваю я.

Он кивает.

— Конечно. — Мой рот снова расплывается в улыбке.

— Это прекрасное место, чтобы растить детей, — бормочет он, с нежностью глядя на меня.

Детей! Не одного, а нескольких? Решусь ли я упомянуть об этом сейчас?

Он кладет ладонь мне на живот. О господи. Я затаиваю дыхание и накрываю его руку своей.

— Трудно поверить, — шепчет он, и впервые я слышу в его голосе благоговение.

— Знаю. Ой, у меня же есть доказательство! Снимок.

— Правда? Первая улыбка ребенка?

Я вытаскиваю из сумочки ультразвуковое изображение Комочка.

— Видишь?

Кристиан с минуту внимательно разглядывает снимок.

— О... Комочек. Да, вижу, — говорит он рассеянно, с трепетом.

— Твой ребенок, — шепчу я.

— Наш ребенок, — возражает он.

— Первый из многих.

— Многих? — Глаза Кристиана в испуге расширяются.

— По меньшей мере двух.

— Двух? — Он словно пробует слово на вкус. — Может, не будем спешить и сначала родим одного?

Я улыбаюсь.

— Конечно.

Мы выходим на улицу, в теплый осенний день.

— Когда ты скажешь своим родителям? — спрашивает Кристиан.

— Скоро, — бормочу я. — Хотела было рассказать Рэю сегодня утром, но там было мистер Родригес. — Я пожимаю плечами.

Кристиан кивает и открывает багажник «R-8». Внутри — плетеная корзинка для пикника и шотландский плед, который мы купили в Лондоне.

— Пошли, — говорит Кристиан, одной рукой беря корзину и плед, а вторую протягивая мне. Вместе мы идем на луг.

— Конечно, Рос, действуй.

Кристиан заканчивает разговор. Это уже третий звонок, на который он отвечает за время нашего пикника. Он снял туфли и носки и наблюдает за мной, положив руки на согнутые колени. Пиджак его брошен поверх моей куртки, мы нежимся на солнышке. Я лежу рядом, вытянувшись на одеяле, и со всех сторон нас окружает высокая золотисто-зеленая трава, защищая от шума и скрывая от любопытных глаз строителей. Мы — в собственном буколическом раю. Кристиан кладет мне в рот еще одну клубничину, и я с удовольствием жую и посасываю ее, глядя в его потемневшие глаза.

— Вкусно? — шепчет он.

— Очень.

— Больше не хочешь?

— Клубники — нет.

Его глаза вспыхивают опасным блеском, и он ухмыляется.

— Миссис Джонс приготовила просто шикарный ланч, — говорит он.

— Да, — шепчу я.

Внезапно он ложится так, что его голова оказывается у меня на животе, и с довольным видом закрывает глаза. Я вплетаю пальцы ему в волосы.

Он тяжело вздыхает, затем недовольно хмурится и смотрит номер на дисплее своего вибрирующего телефона. Закатывает глаза и отвечает на звонок.

— Уэлч, — отрывисто говорит он, потом напрягается, слушая секунду-другую, затем внезапно резко садится. — Двадцать четыре на семь... Спасибо, — говорит он сквозь стиснутые зубы и отключается.

Перемена в его настроении мгновенна. Бесследно исчез мой подшучивающий, игривый муж, а на его месте — холодный, расчетливый хозяин вселенной. На секунду глаза Кристиана сужаются, и от холодной улыбки у меня по спине бежит озноб. Он берет свой «блэкберри» и нажимает кнопку быстрого набора.

— Рос, сколько у нас акций в «Линкольн Тимбер»? — Он садится на колени.

Меня охватывает нехорошее предчувствие. Да что случилось?

— Значит, переведи нашу долю в холдинг «Грей энтерпрайзес», потом уволь совет директоров... кроме генерального... плевать мне... я тебя слышу, просто сделай это... спасибо... держи меня в курсе. — Он отключается и с минуту бесстрастно смотрит на меня.

Боже! Кристиан в ярости.

— Что случилось?

— Линк, — бормочет он.

— Линк? Бывший муж Элены?

— Он самый. Это он внес залог за Хайда.

Я потрясенно таращусь на Кристиана. Его рот сжат в жесткую линию.

— Что ж... он будет выглядеть идиотом, — в смятении бормочу я. — Я имею в виду, Хайд ведь совершил еще одно преступление после того, как был отпущен под залог.

Глаза Кристиана сужаются, и он ухмыляется.

— Справедливо подмечено, миссис Грей.

— Что ты сейчас сделал? — Я привстаю и сажусь на колени лицом к нему.

— Я разорил его.

Ой!

— Хмм... это кажется несколько импульсивным, — бормочу я.

— А я вообще импульсивный парень.

— Мне это известно.

Глаза его сужаются, а губы плотно сжимаются.

— Я уже некоторое время держал этот план про запас, — признается он.

Я хмурюсь.

— Правда?

Он с минуту молчит, похоже взвешивая что-то. Потом делает глубокий вдох.

— Несколько лет назад, когда мне было двадцать один, Линк сильно избил свою жену. Он сломал ей челюсть, левую руку и четыре ребра, потому что она трахалась со мной. — Глаза его ожесточаются. — И теперь я узнаю, что он внес залог за человека, который пытался убить меня, похитил мою сестру и избил мою жену. С меня хватит. Думаю, пришло время расплаты.

Я бледнею. О господи.

— Справедливо подмечено, мистер Грей, — шепчу я.

— Да, Ана, это так. Обычно я не руководствуюсь местью, но это не могу ему спустить. То, что он сотворил с Эленой... в общем, ей надо было заявить на него в полицию, но она этого не сделала. Это было ее право. Но с Хайдом он зашел слишком далеко. Преследуя мою семью, Линк сделал это личным делом. Я раздавлю его, уничтожу его компанию прямо у него под носом и продам по частям по самой высокой цене. Я обанкрочу его. Ой...

— Кроме того, — ухмыляется Кристиан, — мы сделаем на этом хорошие деньги.

Я заглядываю в горящие серые глаза, которые внезапно смягчаются.

— Я не хотел тебя напугать, — шепчет он.

— Ты и не напугал, — лгу я.

Он насмешливо выгибает бровь.

— Ты просто застиг меня врасплох, — говорю я, потом сглатываю. Временами Кристиан меня действительно пугает.

Он легко касается моих губ своими.

— Я сделаю все ради твоей безопасности. Ради безопасности моей семьи. И этого малыша, — бормочет он, осторожно кладя руку мне на живот.

Ох... я перестаю дышать. Кристиан с нежностью смотрит на меня, глаза его темнеют. Губы приоткрываются, когда он делает вдох, и жестом отчаяния кончики его пальцев касаются моей женственности.

О господи! Желание взрывается, как снаряд, воспламеняя мою кровь. Я хватаю его за голову, вплетая пальцы в волосы, и рывком притягиваю к себе для поцелуя. Он охает, удивленный моим напором, давая моему языку свободный доступ в рот. Он стонет и отвечает на поцелуй изголодавшимися губами и языком, и на несколько бесценных мгновений мы поглощены друг другом, затерявшись в сплетении языков, губ и дыханий и сладком, сладком ощущении, пока заново открываем друг друга.

Как же я хочу этого мужчину! Как же давно мы не любили друг друга! Я хочу его здесь, сейчас, среди бела дня, на лугу.

— Ана, — выдыхает он, словно завороженный, и ладонь его скользит вниз, к краю моей юбки. Я начинаю расстегивать его рубашку ставшими вдруг неуклюжими пальцами.

— Эй, Ана... остановись. — Он отстраняется, стиснув зубы, и хватает меня за руки.

— Нет. — Я мягко прикусываю его нижнюю губу и тяну. — Нет, — повторяю я, с нежной страстью глядя на него, потом отпускаю. — Я хочу тебя.

Он резко втягивает воздух. Он разрывается, нерешимость отчетливо светится в его горящих серых глазах.

— Пожалуйста, ты нужен мне. — Каждая клеточка моего существа умоляет.

Он стонет, признавая свое поражение, когда рот его находит мой, и наши губы сливаются. Одна рука придерживает мою голову, а другая бежит по телу к талии, и он опускает меня на спину и вытягивается рядом, не прерывая поцелуя.

Потом поднимает голову и с нежностью смотрит на меня.

— Вы так прекрасны, миссис Грей.

Я ласкаю любимое лицо.

— Вы тоже, мистер Грей. Душой и телом.

Он хмурится, и мои пальцы обводят морщинку у него на лбу.

— Не хмурься. Для меня ты лучший на свете, даже когда злишься, — шепчу я.

Он снова издает стон и завладевает моим ртом, укладывая меня на ложе из мягкой травы под пледом.

— Я так соскучился, — шепчет он, мягко покусывая мой подбородок и скулу. Мое сердце воспаряет.

— Я тоже соскучилась. О Кристиан. — Одной рукой я стискиваю его волосы, а другой сжимаю плечо.

Его губы перемещаются мне на шею, оставляя за собой нежные поцелуи, а за ними следуют пальцы, ловко расстегивая пуговицы блузки. Разведя в стороны блузку, он целует мягкую выпуклость груди. Он урчит от удовольствия и тихо бормочет что-то одобрительное, и эти звуки растекаются по моему телу до самых потайных мест.

— Твое тело меняется, — шепчет он. Большой палец дразнит сосок, пока тот не затвердевает, натягивая ткань лифчика. — Мне нравится, — добавляет он.

Я наблюдаю, как язык его пробует и обводит линию между лифчиком и грудью, мучая и дразня меня. Осторожно зажав чашку бюстгальтера зубами, он стаскивает ее вниз, освобождая грудь и тычась носом в сосок. Тот морщится от прикосновения и прохлады мягкого осеннего ветерка. Губы Кристиана смыкаются вокруг меня, и он глубоко, с наслаждением посасывает.

— А-а! — стону я, резко втягивая воздух, и морщусь, когда боль растекается от ушибленных ребер.

— Ана! — восклицает Кристиан и сердито хмурит брови. Морщинки озабоченности прорезают лицо. — Вот об этом я и говорил, — ворчит он. — Ты совсем не думаешь о себе. Я не хочу причинить тебе боль.

— Нет... не останавливайся, — умоляю я.

Он смотрит на меня, переживая внутреннюю борьбу.

— Пожалуйста.

— А ну-ка. — Он приподнимает меня и усаживает на себя верхом. Моя короткая юбка теперь задралась на бедра. Его ладони гладят кожу поверх края чулок.

— Вот так-то лучше, и я могу любоваться видом. — Длинным указательным пальцем он цепляет вторую чашку бюстгальтера, освобождая и эту грудь. Обхватывает руками обе мои груди, и я откидываю голову назад, вжимая их в его долгожданные искусные ладони. Он дразнит меня, потягивая и перекатывая соски, пока я не вскрикиваю, потом садится так, что мы с ним оказываемся лицом к лицу, и пожирает меня своими жадными серыми глазами. Он целует меня, пальцами продолжая ласкать и дразнить. Я нащупываю его рубашку, расстегиваю первые две пуговицы, и это как сенсорная перегрузка — мне хочется целовать его везде, раздеть его, немедленно заняться с ним любовью.

— Эй... — Он мягко берет меня за голову и оттягивает назад, глаза темные и полные чувственного обещания. — Нет никакой спешки. Не торопись. Я хочу насладиться тобой.

— Кристиан, я так соскучилась, что просто не могу ждать, — жалуюсь я, тяжело дыша.

— Медленно, — шепчет он, и это приказ. Он целует меня в правый уголок рта. — Медленно. — Целует в левый. — Медленно, детка. — Тянет мою нижнюю губу зубами. — Давай продвигаться медленно.

Он разжимает пальцы в моих волосах, удерживая меня, когда язык его покоряет мой рот, ища, вкушая, успокаивая... воспламеняя. Да уж, мой муж умеет целоваться.

Я глажу его лицо, пальцы мои нерешительно скользят вниз к подбородку, потом на шею, и я снова расстегиваю пуговицы его рубашки, пока он целует меня. Медленно распахиваю рубашку, обвожу пальцами ключицы, лаская теплую, шелковистую кожу. Я мягко толкаю его, пока не укладываю на спину. Усевшись сверху, с нежностью любуюсь им, сознавая, что ерзаю на его растущем возбуждении. Обвожу пальцами губы, спускаюсь по подбородку на шею, через кадык к маленькому углублению у основания горла. Мой красавец муж. Я наклоняюсь, и поцелуи следуют за кончиками моих пальцев. Зубами легонько провожу по скуле, потом целую шею. Он закрывает глаза.

— А-а, — стонет он и запрокидывает голову, открывая мне доступ к своей шее, рот его расслаблен и приоткрыт в безмолвном благоговении. Кристиан, затерявшийся в чувственном блаженстве, такой пьянящий и возбуждающий.

Мой язык скользит вниз по его груди, кружа в шелковистой поросли. М-м. Он такой вкусный. Так хорошо пахнет. Просто голова идет кругом. Я целую вначале один, потом второй из его маленьких круглых шрамов, и он стискивает мой таз. Мои пальцы замирают у него на груди, когда я устремляю на него взгляд. Дыхание резкое и свистящее.

— Ты хочешь этого? Здесь? — выдыхает он, глаза затуманены пьянящей смесью любви и вожделения.

— Да, — бормочу я, и мои губы и язык скользят по его груди к соску. Я мягко тяну и катаю его между зубами.

— Ох, Ана, — горячо шепчет он, потом берет за талию и приподнимает, расстегивая пуговицу и ширинку, чтобы освободить себя. Потом вновь сажает меня на себя, и я трусь о него, наслаждаясь ощущением его горячей, твердой плоти. Он пробегает ладонями вверх по моим бедрам, задержавшись там, где заканчиваются чулки и начинается голое тело, руками рисуя маленькие дразнящие круги на моей коже, чтобы кончики пальцев касались меня... касались там, где я больше всего этого жажду. Я резко втягиваю воздух.

— Я надеюсь, это не твои любимые, — бормочет он и опаляет меня диким взглядом. Его пальцы скользят по животу вдоль резинки трусиков, затем ныряют внутрь, дразня меня, потом Кристиан крепко хватает трусы и просовывает большие пальцы сквозь тонкое кружево. Ткань рвется. Его ладони распластаны на моих бедрах, а большие пальцы снова касаются плоти. Он выгибается и трется о меня.

— Я чувствую, какая ты влажная. — Голос его пронизан плотским удовольствием. Внезапно он садится, вновь обвивая меня рукой за талию, и мы снова — лицом к лицу. Он трется носом о мой нос.

— Мы будем продвигаться медленно, миссис Грей. Я хочу почувствовать всю тебя. — Он приподнимает меня и с невозможно медленной, изысканной легкостью опускает на себя. Я чувствую его каждый благословенный дюйм, наполняющий меня.

— А-а, — издаю я стон, сжимая его руки. Хочу приподняться, чтобы ощутить долгожданное восхитительное трение, но он меня удерживает.

— Всего меня, — шепчет он и приподнимает таз, входя до конца. Я откидываю голову назад и испускаю сдавленный вскрик чистейшего наслаждения.

— Дай мне услышать тебя, — бормочет он. — Нет... не двигайся, просто чувствуй.

Я открываю глаза, рот мой застыл в безмолвном «Ах!», и его пылающие серые глаза под тяжелыми веками вглядываются в мои изумленные голубые. Он двигается, покачивая тазом, но удерживает меня на месте.

Я стону. Его губы целуют мою шею.

— Это мое любимое место. Глубоко внутри тебя, — бормочет он у меня на коже.

— Пожалуйста, двигайся, — умоляю я.

— Медленно, миссис Грей. — Он вновь приподнимает таз, и удовольствие волнами растекается по мне. Я беру его лицо в ладони и горячо целую.

— Люби меня, Кристиан. Пожалуйста.

Его зубы скользят по моей скуле к уху.

— Давай, — шепчет он и приподнимает меня вверх-вниз.

Моя внутренняя богиня выпущена на волю, и я толкаю его на землю и начинаю двигаться, смакуя ощущение его во мне... себя на нем. Держа меня руками за талию, он вторит моему ритму. Я так соскучилась по этому... по головокружительному ощущению его подо мной, во мне... Солнце пригревает мне спину, в воздухе стоит сладкий запах осени, а мягкий осенний ветерок обдувает наши разгоряченные тела. Ах, этот пьянящий сплав ощущений: прикосновений, вкуса, запаха, вида моего любимого мужа подо мной!

— О, Ана! — Он стонет, глаза закрыты, голова откинута, рот приоткрыт.

Ах... как же я обожаю это!.. И блаженство внутри меня нарастает... нарастает... поднимается выше. Руки Кристиана ложатся мне на бедра, большие пальцы нежно прижимаются к их основанию — и в следующий миг я взрываюсь, рассыпаясь на тысячи осколков, и падаю ему на грудь, и он тоже достигает вершины и выдыхает мое имя с любовью и радостью.

Он прижимает меня к своей груди, нежно держит мою голову. Закрыв глаза, я наслаждаюсь ощущением обнимающих меня рук. Под своей ладонью чувствую ровное биение его сердца, которое замедляется и успокаивается. Я целую и трусь о него; мне трудно представить, что еще не так давно он не позволял мне делать этого.

— Лучше? — шепчет он. Я поднимаю голову. Он широко улыбается.

— Намного. А тебе? — Я расплываюсь в не менее довольной улыбке.

— Я соскучился по тебе, миссис Грей, — говорит он, посерьезнев.

— Я тоже.

— Больше никакого героизма, хорошо?

— Хорошо, — обещаю я.

— Ты всегда должна всем делиться со мной, — шепчет он.

— А ты — со мной.

Он ухмыляется.

— Справедливо подмечено. Я постараюсь. — Он целует меня в волосы.

— Думаю, мы будем счастливы здесь, — шепчу я, снова закрывая глаза.

— Да. Ты, я и... Комочек. Кстати, как ты себя чувствуешь?

— Отлично. Спокойной и счастливой.

— Хорошо.

— А ты?

— Так же, — бормочет он.

Я вскидываю на него глаза, пытаясь понять, о чем он думает.

— Что? — спрашивает он.

— Знаешь, ты ужасно деспотичный, когда мы занимаемся сексом.

— Ты жалуешься?

— Нет. Просто интересно. Ты сказал, что скучаешь по этому.

Он затихает, глядя на меня.

— Иногда, — признается шепотом.

Ой.

— Что ж, посмотрим, что можно с этим сделать, — бормочу я и легко целую его в губы, обвиваясь вокруг него как лоза.

Перед мысленным взором мелькают картинки: мы в игровой комнате; я на столе, на кресте, прикована к кровати... Мне нравится секс с вывертами — наш с ним секс с вывертами. Да. Это я могу. Могу делать это для него, с ним. Могу делать это для себя. Кожу мою приятно покалывает, когда я вспоминаю стек.

— Мне тоже нравится играть, — бормочу я и, подняв глаза, встречаю его застенчивую улыбку.

— Знаешь, мне бы очень хотелось испытать твои пределы, — шепчет он.

— Пределы чего?

— Наслаждения.

— О, думаю, мне это понравится. — Моя внутренняя богиня валится в глубоком обмороке.

— Что ж, может, когда приедем домой, — шепчет он, оставляя это обещание висеть между нами.

Я снова с нежностью потираюсь о него. Как же я его люблю!

После нашего пикника прошло два дня. Два дня с тех пор, как было дано обещание. Кристиан по-прежнему обращается со мной, будто я сделана из стекла. Он все еще не разрешает мне ездить на работу, поэтому я работаю дома. Откладываю в сторону пачку писем с отзывами, которые читала, и вздыхаю. Мы с Кристианом не были в комнате для игр с тех пор, как я произнесла стоп-слово. И он сказал, что скучает по этому. Что ж, я тоже... особенно сейчас, когда он хочет испытать мои пределы. Я краснею, размышляя, что это может подразумевать. Бросаю взгляд на бильярдный стол... да, не могу дождаться, когда узнаю.

Мои мысли прерываются тихой лирической музыкой, которая наполняет комнату. Кристиан играет на рояле — не одну из своих обычных жалобных песен, а какую-то нежную, приятную мелодию, полную надежды.

Она знакома мне, но я никогда раньше не слышала, чтобы он ее играл.

Я на цыпочках подхожу к дверному проему, ведущему в гостиную, и любуюсь Кристианом за роялем. За окном сумерки. Небо розовато-серое, и свет отражается от блестящих медных волос моего мужа. Не замечая моего присутствия, он сосредоточен на игре, и от его красоты у меня, как всегда, захватывает дух. Последние дни он был таким открытым, таким внимательным, знакомя меня со своими делами, позволяя заглянуть в свои мысли, свои планы. Как будто плотину прорвало, и он заговорил.

Я знаю, через несколько минут он придет посмотреть, как я, и это подает мне идею. В волнении я прокрадываюсь назад, надеясь, что он не заметил меня, потом бегу в нашу спальню, на ходу снимая с себя одежду, пока не остаюсь только в бледно-голубых кружевных трусиках. Нахожу такого же цвета рубаху и быстро ее надеваю. Она скроет мои синяки. Нырнув в шкаф, выуживаю из ящика линялые джинсы Кристиана — джинсы для игровой комнаты, мои любимые. С прикроватной тумбочки беру свой телефон, аккуратно складываю джинсы и опускаюсь на колени возле двери в спальню. Дверь приоткрыта, и я слышу звуки еще одного произведения, которого не знаю. Но мелодия снова красивая и полная надежды. Я быстро пишу послание.

От кого: Анастейша Грей
Тема: Наслаждение моего мужа
Дата: 21 сентября 2011 г., 20:45
Кому: Кристиан Грей

Господин! Я жду ваших указаний. Всегда ваша миссис Г.

Нажимаю «отправить».

Через несколько секунд музыка резко обрывается. Сердце мое екает в груди и начинает колотиться как безумное. Я жду и жду — и наконец мой «блэкберри» вибрирует.

От кого: Кристиан Грей
Тема: «Наслаждение моего мужа» — мне нравится это заглавие, детка
Дата: 21 сентября 2011 г., 20:48
Кому: Анастейша Грей

Миссис Г.! Я заинтригован. Отправляюсь на твои поиски. Будь готова.

Кристиан Грей,
весь в предвкушении генеральный директор холдинга «Грей энтерпрайзес»

Будь готова! Сердце мое пускается вскачь. И я начинаю считать. Через тридцать семь секунд дверь открывается. Я смотрю вниз, на его босые ноги, когда они приостанавливаются в дверях. Гм. Он молчит. Молчит целую вечность. О черт. Я борюсь с желанием посмотреть на него и держу глаза опущенными.

Наконец он наклоняется и поднимает свои джинсы. Все так же молча направляется к большому платяному шкафу, я же остаюсь недвижимой. Боже мой. Сердце колотится как безумное, адреналин бурлит в крови. Я ерзаю, когда мое возбуждение растет. Что он со мной сделает? Через минуту он возвращается, уже в джинсах.

— Значит, ты хочешь поиграть? — бормочет он.

— Да.

Он не отзывается, и я осмеливаюсь скользнуть быстрым взглядом вверх по его джинсам, по обтянутым мягкой тканью бедрам, по выпуклости под ширинкой, по расстегнутой пуговице на поясе, по полоске волос, по пупку, по плоскому животу, по волосам на груди... к серым сверкающим глазам. Он склоняет голову набок и изгибает бровь. О черт.

— Что да? — шепчет он.

— Да, господин.

Взгляд его смягчается.

— Умница, — бормочет он и гладит меня по голове. — Думаю, сейчас нам лучше отвести тебя наверх, —

добавляет он. Внутренности мои плавятся, и мышцы живота восхитительно подводит.

Он берет меня за руку. И мы идем через квартиру и поднимаемся по лестнице. Перед дверью в игровую комнату он останавливается, наклоняется и нежно целует, потом крепко хватает за волосы.

— Знаешь… — бормочет он у моих губ.

— Что? — Я не понимаю, о чем он говорит.

— Не волнуйся. Я смогу с этим жить, — насмешливо шепчет он, проводит носом вдоль моей скулы и мягко прикусывает мочку уха. — Когда войдем, встань на колени, как я тебе показывал.

— Да… господин.

Он смотрит на меня, в глазах светится любовь, изумление и порочные мысли.

Ох… Жизнь с Кристианом никогда не была скучной и никогда не будет. Я люблю этого мужчину — моего любовника, отца моего ребенка, время от времени моего повелителя… мои Пятьдесят Оттенков.

Эпилог

Большой дом, май 2014 г.

Я лежу на нашем пледе для пикников и смотрю на ясное голубое летнее небо. Обзор ограничивают луговые цветы и высокая зеленая трава. Яркое полуденное солнце пригревает, мне тепло, и я расслабляюсь и размякаю. Как же приятно. Нет, просто чудесно. Я наслаждаюсь минутами покоя, минутами полнейшего удовлетворения. Мне следовало бы чувствовать себя виноватой за эту радость, за эту полноту счастья, но я не чувствую. Жизнь прекрасна здесь и сейчас, и я научилась жить одним мигом, как мой муж. Я улыбаюсь и ерзаю, когда в голове всплывает восхитительное воспоминание о нашей последней ночи дома в «Эскале»...

Кожаные полоски флоггера скользят по моему выступающему животу так мучительно медленно, так лениво.

— С тебя довольно, Ана? — шепчет Кристиан мне в ухо.

— Пожалуйста, — умоляю я, натягивая путы над головой. Я стою с завязанными глазами, прикованная к решетке в игровой комнате.

Мягкий шлепок кожаных полосок флоггера по заду оставляет приятное жжение.

— Пожалуйста что?

Я ахаю.

— Пожалуйста, господин.

Кристиан кладет руку на мою пылающую кожу и мягко потирает.

— Ну-ну, — тихо воркует он. Рука его кругами продвигается книзу, и пальцы прокрадываются в меня.

Я стону.

— Миссис Грей, — выдыхает он, зубами прикусывая мочку уха, — вы такая готовая.

Его пальцы скользят туда-сюда, вновь касаясь восхитительно сладкого местечка. Флоггер падает на пол, и ладонь его продвигается по моему животу к грудям. Я напрягаюсь. Они такие чувствительные.

— Ш-ш, — говорит Кристиан, обхватывая одну, и мягко водит большим пальцем по соску.

— Ах!

Пальцы его нежные и соблазняющие, и удовольствие спиралью расходится от груди ниже, ниже... в самые глубины. Я откидываю голову назад, вжимая сосок в его ладонь, и снова издаю тихий стон.

— Мне нравится слышать тебя, — шепчет Кристиан. Его возбужденная плоть упирается мне в бедро, пуговицы ширинки вдавливаются в тело, а пальцы продолжают свой неумолимый, устойчивый ритм: туда, обратно, туда, обратно. — Хочешь, чтобы я дал тебе вот так кончить?

— Нет.

Его пальцы замирают внутри меня.

— В самом деле, миссис Грей? Разве это вам решать? — Пальцы вокруг соска напрягаются.

— Нет... нет, господин.

— Так-то лучше.

— А-а. Пожалуйста, — умоляю я.

— Чего ты хочешь, Анастейша?

— Тебя. Всегда.

Он резко втягивает воздух.

— Всего тебя, — добавляю я, прерывисто дыша.

Он вытаскивает из меня пальцы, поворачивает лицом к себе и снимает повязку с глаз. Я моргаю, глядя в потемневшие серые глаза, которые, пылая, вглядываются в мои. Его указательный палец обводит мою нижнюю губу, и Кристиан просовывает два пальца мне в рот, давая попробовать солоноватый привкус моего возбуждения.

— Соси, — шепотом приказывает он. Я обвожу пальцы языком. М-м... ничего.

Его ладони скользят по моим рукам вверх к наручникам над головой, и он расстегивает их, освобождая меня. Повернув лицом к стене, тянет меня за косу, привлекая в свои объятия. Поворачивает мою голову на сторону и ведет губами вверх по шее к уху, прижимая меня к себе.

— Я хочу твой рот. — Голос его мягкий и соблазнительный. Мое тело, спелое и готовое, сжимается глубоко внутри. Удовольствие сладостное и острое.

Я тихо стону. Повернувшись лицом к нему, притягиваю его голову к себе и пылко целую, языком вторгаясь к нему в рот, вкушая и смакуя. Он тоже стонет, кладет ладони на мой зад и тянет меня на себя, но его касается только мой разбухший живот. Я покусываю Кристиану скулу и прокладываю дорожку поцелуев по шее, скользя рукой вниз, к джинсам. Он запрокидывает голову, предлагая мне свою шею, и мой язык скользит вниз по груди, через живот.

— А-а!

Я дергаю за пояс джинсов, пуговицы отлетают, и он хватает меня за плечи, когда я опускаюсь перед ним на колени.

Я поднимаю на него глаза, он смотрит на меня. Глаза потемнели, губы приоткрыты, и он глубоко вдыхает, когда я освобождаю его и беру в плен своего рта. Я обожаю делать это с Кристианом. Наблюдать, как он достигает кульминации, слышать его прерывистое дыхание и тихие стоны, которые вырываются из глубин горла. Я закрываю глаза и сильно сосу, наслаждаясь его вкусом и тем, как он резко, судорожно втягивает воздух.

Он хватает меня за голову, заставляя остановиться, и я сжимаю губы и проталкиваю его глубже в рот.

— Открой глаза и посмотри на меня, — приказывает он хрипло.

Сверкающие глаза встречаются с моими, и он выгибается, наполняя мой рот до самой глотки, затем быстро отстраняется. Потом проталкивается в меня вновь, и я хочу схватить его. Но он останавливает и удерживает меня.

— Не дотрагивайся, или я снова привяжу тебя. Я просто хочу твой рот, — рычит он.

О боже! Вот, значит, как? Я завожу руки за спину и невинно взираю на него с полным ртом.

— Хорошая девочка, — говорит он сипло, ухмыляясь мне. Отводит таз назад и, твердо удерживая меня, снова делает резкий рывок. — У вас такой вкусный ротик, миссис Грей.

Он закрывает глаза, и я зажимаю его губами, обводя языком. Беру глубже и отступаю снова и снова, и он резко, с шипением втягивает воздух.

— А! Остановись, — выдыхает он и выходит из меня, оставив желать большего. Хватает меня за плечи и поднимает на ноги. Ухватив за косу, горячо целует, и его настойчивый язык — жадный и одаривающий одновременно. Внезапно он отпускает меня, и не успеваю я опомниться, берет на руки и несет к кровати. Бережно укладывает так, что мой зад лежит на самом краю постели.

— Обхвати меня ногами за талию, — приказывает он. Я делаю, как велено, и притягиваю его к себе. Он наклоняется, опирается руками по обе стороны от моей головы и, по-прежнему, стоя очень медленно погружается в меня.

Ой, как же приятно. Я закрываю глаза и упиваюсь его медленным покорением.

— Хорошо? — спрашивает он; в голосе явственно слышится озабоченность.

— О боже, Кристиан. Да. Да. Пожалуйста. — Я крепче обхватываю его ногами и прижимаюсь к нему. Он стонет. Я хватаю его за руки, и он медленно двигает тазом взад-вперед.

— Кристиан, пожалуйста. Сильнее, я не стеклянная, не сломаюсь.

Он стонет и начинает двигаться, по-настоящему двигаться, врываясь в меня снова и снова. О, это просто божественно!

— Да, — выдыхаю я, крепче сжимая его, когда напряжение внутри меня начинает нарастать... Он тихо рычит, вдалбливаясь в меня с обновленной решимостью... и я близка. Ох, пожалуйста. Не останавливайся!

— Давай. Ана! — стонет он сквозь стиснутые зубы, и я взрываюсь вокруг него, мой оргазм длится и длится. Я выкрикиваю его имя, и Кристиан замирает и громко стонет, достигая кульминации.

— Ана! — вскрикивает он.

Кристиан лежит рядом со мной, его рука на моем животе, длинные пальцы как щупальцы...

— Как моя дочь?

— Танцует. — Я смеюсь.

— Танцует? Ух ты! Я ее чувствую. — Он улыбается, когда Комочек Номер Два исполняет во мне кульбит.

— Думаю, ей уже нравится секс.

Кристиан хмурится.

— В самом деле? — сухо говорит он и сдвигается так, что его губы оказываются у меня на животе. — Никакого секса, пока вам не исполнится тридцать, юная леди.

Я прыскаю.

— Кристиан, ты такой лицемер!

— Нет, я беспокойный отец. — Он смотрит на меня, и нахмуренные брови выдают волнение.

— Ты чудесный отец, и я всегда знала, что ты будешь таким. — Я глажу любимое лицо, и он улыбается мне своей застенчивой улыбкой.

— Мне нравится, — бормочет он, поглаживая, затем целуя мой живот, — когда тебя больше.

Я дуюсь.

— А мне не нравится, когда меня больше.

— Здорово, когда ты кончаешь.

— Кристиан!

— Жду не дождусь, когда еще попробую грудного молока.

— Кристиан! Ты такой извращенец...

Он вдруг набрасывается на меня и горячо целует, придавив ногой мои ноги и удерживая руки над головой.

— Ты любишь извращенный секс, — шепчет он и потирается носом о мой.

Я широко улыбаюсь, не в силах устоять против его заразительной, озорной улыбки.

— Да, я люблю извращенный секс. И я люблю тебя. Очень.

Я резко просыпаюсь, разбуженная тонким восторженным визгом сына, и хоть я и не вижу ни его, ни Кристиана, как дурочка, улыбаюсь от радости. Тед проснулся, и они с Кристианом возятся неподалеку. Я тихо лежу, до сих пор дивясь тому, как Кристиан умеет играть. Его терпение с Тедди исключительное — гораздо больше, чем со мной. Я фыркаю. Но, с другой стороны, так и должно быть. И мой прелестный сынишка, свет очей папы с мамой, не ведает страха. Кристиан, со своей стороны, по-прежнему чрезмерно носится с нами обоими. Мой милый, переменчивый, властный Пятьдесят Оттенков!

— Давай найдем маму. Она где-то на лугу.

Тед говорит что-то, мне не разобрать, и Кристиан заливисто счастливо смеется. Это такой волшебный звук, наполненный его родительской любовью. Я не могу устоять. Приподнимаюсь на локтях, чтобы выглянуть из своего укрытия в высокой траве.

Кристиан кружит Теда, отчего тот радостно визжит. Кристиан останавливается, подкидывает его высоко в воздух — я затаиваю дыхание, — потом ловит. Тед взвизгивает с детской непосредственностью, и я облегченно выдыхаю. Ох, мой малыш, мой дорогой малыш, такой непоседа.

— Еще, папа! — хохочет он. Кристиан соглашается, и дыхание мое опять останавливается, когда он снова подбрасывает сына в воздух и ловит, крепко прижимая к себе. Он целует медные волосы Тедди, потом щечку и безжалостно щекочет его. Тедди заливается смехом, извивается и толкает Кристиана в грудь, вырываясь. Ухмыляясь, Кристиан ставит его на землю.

— Пойдем найдем маму. Она прячется в траве.

Тед довольно хихикает и оглядывает луг. Схватив Кристиана за руку, указывает куда-то, где меня нет, и я тихонько посмеиваюсь. Я быстро ложусь, наслаждаясь этой игрой.

— Тед, я слышал маму. А ты слышал?

— Мама!

Я фыркаю, слыша властный тон Теда. Ну и ну, прямо как папа, а ведь ему всего два года.

— Тедди! — отзываюсь я, глядя в небо с глупой улыбкой на лице.

— Мама!

Очень скоро я слышу топот ног по лугу, и вначале Тед, потом Кристиан выскакивают из высокой травы.

— Мама! — взвизгивает Тед, словно нашел какое-нибудь утерянное сокровище, и прыгает на меня.

— Эй, малыш! — Я прижимаю его к себе и целую в пухленькую щечку. Он хохочет и тоже целует меня, потом вырывается из моих рук.

— Привет, мама. — Кристиан улыбается мне.

— Привет, папа. — Я расплываюсь в улыбке, а он берет Теда, садится рядом со мной и усаживает нашего сынишку на колени.

— Поосторожнее с мамочкой, — журит он Теда.

Я усмехаюсь: от меня не ускользает ирония. Кристиан достает из кармана «блэкберри» и дает его Теду. Это, вероятно, обеспечит нам минут пять покоя максимум. Тедди разглядывает телефон, нахмурив свои маленькие бровки. Он выглядит таким серьезным, голубые глаза сосредоточены, прямо как у его папы, когда он читает свои письма. Кристиан трется носом о волосы Теда, и сердце мое переполняется нежностью, когда я смотрю на них обоих. Похожи как две капли воды — мой сын, сидящий тихо, по крайней мере несколько минут, на коленях у мужа. Два моих самых любимых в мире мужчины.

Разумеется, Тед — самый красивый и самый талантливый ребенок на свете, но, конечно, для меня, как для любой матери, мой ребенок самый лучший. А Кристиан... ну, Кристиан есть Кристиан. В белой футболке и джинсах он выглядит, как всегда, сногсшибательно красивым. Чем я заслужила такой подарок?

— Вы хорошо выглядите, миссис Грей.

— Вы тоже, мистер Грей.

— Правда, мама — красавица? — шепчет Кристиан на ушко Теду. Тед отмахивается от него, поглощенный изучением папиного телефона.

Я хихикаю.

— Ему не до тебя.

— Вижу. — Кристиан улыбается и целует головку Теда. — Не могу поверить, что завтра ему исполняется два года, — говорит он с грустью. Протянув руку, он кладет ладонь мне на живот. — Пусть у нас будет много детей, — говорит он.

— По меньшей мере еще один. — Я расплываюсь в улыбке, и он гладит меня по животу.

— Как моя дочурка?

— Хорошо. Спит, я думаю.

— Здравствуйте, мистер Грей. Добрый день, Ана.

Мы оба поворачиваемся и видим Софи, десятилетнюю дочку Тейлора, появившуюся из высокой травы.

— Сои-и, — радостно взвизгивает Тед. Он подскакивает с папиных колен, позабыв про «блэкберри».

— Гейл прислала фруктовое мороженое. Можно дать Теду?

— Конечно, — говорю я. О боже, представляю, как он весь измажется.

— Моозеное! — Тед протягивает ручки. И Софи вручает ему одно. С него уже капает.

— Дай-ка маме посмотреть. — Я сажусь, забираю мороженое у Теда и быстро слизываю растаявший сок. М-м... клюква, холодная и восхитительно вкусная.

— Мое! — протестует Тед, голос его звенит от возмущения.

— Вот, возьми. — Я возвращаю ему чуть меньше текущее мороженое, и он тут же отправляет его в рот и улыбается.

— Можно я возьму Теда погулять? — спрашивает Софи.

— Конечно.

— Не уходите далеко.

— Хорошо, мистер Грей.

Карие глаза Софи широко открытые и серьезные. Думаю, она побаивается Кристиана. Она протягивает руку, и Тедди с готовностью ее берет. Они вприпрыжку бегут по высокой траве.

Кристиан смотрит им вслед.

— Не волнуйся за них, Кристиан. Что может здесь с ними случиться?

Он хмурит брови, и я забираюсь к нему на колени.

— Кроме того, Тед обожает Софи.

Кристиан фыркает и трется щекой о мои волосы.

— Она прелестный ребенок.

— Да. И такая хорошенькая. Белокурый ангел.

Кристиан замирает и кладет ладони мне на живот.

— Девочки, да? — В его голосе слышатся нотки беспокойства. Я обхватываю его рукой за голову.

— Ты можешь не беспокоиться о своей дочери еще по крайней мере месяца три. Она у меня надежно спрятана здесь. Ладно?

Он целует меня за ухом и нежно прикусывает зубами мочку.

— Как скажете, миссис Грей. — И кусает меня. Я взвизгиваю.

— Мне понравилась прошлая ночь, — говорит он. — Нам надо чаще это делать.

— Мне тоже.

— И если ты перестала работать, мы могли бы...

Я закатываю глаза, и он сжимает обнимающие меня руки и улыбается мне в шею.

— Вы закатываете глаза, миссис Грей? — Неявная, но чувственная угроза, заставляющая меня заерзать, — но поскольку мы на лугу и поблизости дети, я игнорирую его приглашение.

— У «Грей Паблишинг» имеется автор в «Нью-Йорк Таймз бестселлерз» — продажи Бойса Фокса феноменальны, Интернет кишит нашими изданиями, и я наконец собрала такую команду, какую хотела.

— И ты делаешь деньги в это непростое время, — добавляет Кристиан, не скрывая своей гордости. — Но... ты нравишься мне босая, беременная и на моей кухне.

Я отклоняюсь назад, чтобы видеть его лицо. Он с любовью взирает на меня, глаза блестят.

— Мне тоже это нравится, — бормочу я, и он целует меня, руками все еще обнимая мой живот.

Видя, что он в хорошем настроении, я решаюсь поднять деликатную тему:

— Ты уже подумал над моим предложением?

Он застывает.

— Ана, ответ — нет.

— Но Элли — такое красивое имя.

— Я не собираюсь называть свою дочь именем моей непутевой матери. Нет. Конец дискуссии.

— Ты уверен?

— Да. — Ухватив за подбородок, он серьезно смотрит на меня, излучая раздражение. — Ана, сдайся. Я не желаю, чтоб моя дочь была запятнана моим прошлым.

— Хорошо. Прости. — Черт... я не хочу его сердить.

— Так-то лучше. Прекрати свои попытки это исправить, — ворчит он. — Ты заставила меня признать, что я любил ее, оттащила меня на ее могилу. Хватит.

О нет. Я поворачиваюсь у него на коленях лицом к нему и обхватываю его голову руками.

— Прости. Правда. Не злись на меня, пожалуйста. — Я целую его, потом целую в уголок рта. Секунду спустя он указывает на другой уголок, и я улыбаюсь и целую там. Он указывает на нос. Целую в нос. Он ухмыляется и обхватывает меня руками за зад.

— Ох, миссис Грей, что мне с вами делать?

— Уверен, ты что-нибудь придумаешь, — бормочу я. Он улыбается и, неожиданно извернувшись, опрокидывает меня на одеяло.

— Как насчет того, чтоб сделать это прямо сейчас? — шепчет он с похотливой ухмылкой.

— Кристиан! — ахаю я.

Вдруг раздается пронзительный крик Теда. Кристиан вскакивает с гибкой грацией пантеры и несется в ту сторону, откуда слышится крик. Я спешу за ним, правда, помедленнее. Между нами, я не так испугалась, как Кристиан, — это был не тот крик, который заставил бы меня перескакивать через две ступеньки, чтобы узнать, что стряслось.

Кристиан подхватывает Тедди на руки. Наш малыш безутешно плачет и тычет рукой на землю, где лежат тающие остатки его мороженого.

— Он уронил, — с сожалением говорит Софи. — Я могла бы отдать ему свое, но я его уже съела.

— Ой, Софи, дорогая, не беспокойся. — Я глажу ее по голове.

— Мама! — всхлипывает Тед, протягивая ко мне ручки. Кристиан неохотно отпускает его, чтобы я взяла.

— Ну-ну.

— Моозеное, — хнычет он.

— Я знаю, малыш. Мы пойдем к миссис Тейлор, и она даст тебе другое. — Я целую его головку... Ох, как хорошо он пахнет. Пахнет моим дорогим маленьким мальчиком.

— Моозеное, — шмыгает он носом. Я беру его ручку и целую липкие пальчики.

— У твоих пальчиков вкус фруктового мороженого.

Тед перестает плакать и внимательно разглядывает свою руку.

— Возьми пальчики в рот.

Он так и делает.

— Моозеное!

— Да, мороженое.

Он улыбается. Мой переменчивый маленький мальчик, прямо как его папа. Что ж, по крайней мере, для него это простительно — ему всего два года.

— Пойдем к миссис Тейлор? — Он кивает, улыбаясь своей очаровательной улыбкой. — Пускай папа понесет тебя? — Он мотает головой и обхватывает меня ручками за шею, крепко обнимая, личиком прижавшись ко мне.

— Думаю, папа тоже хочет попробовать мороженое, — шепчу я Теду на ушко. Тед хмурит лоб, потом смотрит на свою руку и протягивает ее Кристиану. Кристиан улыбается и берет пальчики Теда в рот.

— М-м... вкусно.

Тед смеется и тянется к Кристиану на руки. Кристиан улыбается мне и, взяв сына на руки, сажает к себе на бедро.

— Софи, где Гейл?

— В большом доме.

Я бросаю взгляд на Кристиана. Его улыбка делается сладостно-горькой, и мне интересно, о чем он думает.

— У тебя так хорошо получается с ним ладить, — бормочет он.

— С этим малышом? — Я ерошу волосики Теда. — Это только потому, что у меня большой опыт с вами, мужчинами семейства Грей. — Я самодовольно улыбаюсь мужу.

Он смеется.

— Это точно, миссис Грей.

Тедди ерзает и извивается, требуя, чтобы папа его отпустил. Теперь он хочет идти сам, мой упрямый маленький мужчина. Я беру его за одну ручку, Кристиан — за другую, и вместе мы раскачиваем Тедди по дороге к дому, а Софи бежит вприпрыжку впереди нас.

Я машу Тейлору, который в свой редкий выходной возле гаража, одетый в джинсы и майку, возится со старым мотоциклом.

Я останавливаюсь в дверях комнаты Теда и слушаю, как Кристиан читает сыну.

— Я Лоракс! Я говорю от имени деревьев!..

Когда я заглядываю, Тедди крепко спит, а Кристиан продолжает читать. Он поднимает глаза, когда я открываю дверь, и закрывает книгу. Прикладывает палец к губам и включает детский монитор рядом с кроваткой Теда. Поправляет одеяло, гладит мальчика по щеке, потом выпрямляется и на цыпочках, тихо-тихо, идет ко мне. Не удержавшись, я хихикаю.

В коридоре Кристиан привлекает меня к себе в объятия.

— Боже, я люблю его, но как же здорово, когда он спит, — бормочет он у моих губ.

— Не могу с тобой не согласиться.

Он смотрит на меня нежным взглядом.

— Не могу поверить, что ему уже два года.

— Я тоже.

Я целую его и на мгновение мыслями возвращаюсь к рождению Тедди: срочная операция, Кристиан, сходящий с ума от беспокойства, спокойная уверенность доктора Грин. Меня внутренне передергивает от этих воспоминаний.

— Миссис Грей, ваши схватки длятся уже пятнадцать часов. Они ослабли, несмотря на пикотин. Мы должны сделать кесарево сечение, иначе ребенок может задохнуться.

— Давно, черт побери, пора! — рычит на нее Кристиан. Доктор Грин не обращает на него внимания.

— Кристиан, успокойся. — Я стискиваю его руку. Голос мой тихий и слабый, и все как в тумане — стены, аппараты, одетые в зеленое люди... Я просто хочу спать. Но сначала я должна сделать что-то важное... ах да. Я хочу родить сама.

— Миссис Грей, пожалуйста. Кесарево.

— Прошу тебя, Ана, — умоляет Кристиан.

— И потом я смогу поспать?

— Да, детка, да. — Это почти всхлип, и Кристиан целует меня в лоб.

— Я хочу увидеть Комочка.

— Увидишь.

— Ладно, — шепчу я.

— Наконец-то, — бормочет доктор Грин. — Сестра, позовите анестезиолога. Доктор Миллер, готовьтесь делать кесарево. Миссис Грей, мы переводим вас в операционную.

— Переводите? — в один голос говорим мы с Кристианом.

— Да. Прямо сейчас.

И внезапно мы двигаемся — быстро, огни на потолке сливаются в длинную яркую полоску, когда меня везут по коридору.

— Мистер Грей, вам надо переодеться в операционный костюм.

— Что?

— Быстрее, мистер Грей.

Он сжимает мою руку и отпускает меня.

— Кристиан, — зову я в панике.

Мы минуем еще одни двери — и вот уже медсестра прилаживает экран у меня на груди. Двери открываются и закрываются, и в комнате так много людей. Здесь так шумно... я хочу домой.

— Кристиан? — я лихорадочно ищу лицо своего мужа среди множества лиц.

— Он сейчас будет, миссис Грей.

Мгновение спустя он рядом со мной, одетый в голубой стерильный костюм, и я протягиваю к нему руку.

— Мне страшно, — шепчу я.

— Нет, детка, нет, я здесь. Не бойся. Ты же у меня сильная. — Он целует меня в лоб, и я чувствую по его тону, что что-то не так.

— Что такое?

— Что?

— Что-то случилось?

— Ничего не случилось. Все отлично. Детка, ты просто сильно устала. — Глаза его горят страхом.

— Миссис Грей, анестезиолог пришел, так что мы можем начинать.

— У нее очередная схватка.

Живот сдавливает, словно железным обручем. О боже! Я стискиваю руку Кристиана, в глазах все мутнеет от боли. Эта боль — вот что самое выматывающее. Я так устала... я чувствую, как онемение растекается... растекается по телу. Я концентрируюсь на лице Кристиана. Между бровей у него пролегла глубокая морщина. Он напряжен. Он встревожен. Почему он встревожен?

— Вы это чувствуете, миссис Грей? — доносится из-за экрана бестелесный голос доктора Грин.

— Что чувствую?

— Значит, не чувствуете.

— Нет.

— Хорошо. Доктор Миллер, приступаем.

— Все будет хорошо, Ана.

Кристиан бледен. Лоб его покрыт каплями пота. Он боится. Не бойся, Кристиан. Не бойся.

— Я люблю тебя, — шепчу я.

— Ох, Ана, — всхлипывает он. — Я тоже люблю тебя, очень-очень.

Внутри меня — какое-то странное тянущее ощущение. Ничего подобного я раньше не чувствовала. Кристиан смотрит на экран и белеет, но продолжает смотреть, словно зачарованный.

— Что происходит?

— Отсос! Хорошо...

Внезапно раздается пронзительный сердитый плач.

— У вас мальчик, миссис Грей.

— Можно мне его увидеть? — выдыхаю я.

Кристиан на секунду исчезает из виду и вскоре вновь появляется, держа моего сына, завернутого в голубое. Личико у него розовое, и он весь в крови и в чем-то белом. Мой малыш. Мой Комочек... Теодор Рэймонд Грей.

Я поднимаю взгляд на Кристиана, у него на глазах слезы.

— Вот ваш сын, миссис Грей, — шепчет он сдавленно и хрипло.

— Наш сын, — говорю я. — Он прекрасен.

— Да, — соглашается Кристиан и запечатлевает поцелуй на хорошеньком маленьком лбу под шапкой черных волосиков. Теодор Рэймонд Грей ничего не замечает. Закрыв глаза и позабыв про плач, он спит. Он — самое прекрасное, что я когда-либо видела. Такое чудо. Я плачу.

— Спасибо, Ана, — шепчет Кристиан, и в его глазах тоже стоят слезы.

— Что случилось? — Кристиан приподнимает мою голову за подбородок.

— Просто вспомнила рождение Теда.

Кристиан бледнеет и обхватывает мой живот.

— Еще раз я такого не переживу. На этот раз — сразу кесарево.

— Кристиан, я...

— Нет, Ана. Прошлый раз ты, черт побери, чуть не умерла. Нет.

— Ничего подобного...

— Нет. — Он решителен и непреклонен, но смотрит на меня, и взгляд его смягчается. — Мне нравится имя Фиби, — шепчет он и трется носом о мой нос.

— Фиби Грей? Фиби... да. Мне тоже нравится. — Я широко улыбаюсь.

— Отлично. Хочу собрать подарок Теда.

Он берет меня за руку, и мы спускаемся вниз. От Кристиана волнами исходит радостное возбуждение; он ждал этого момента весь день.

— Как думаешь, ему понравится? — Его неуверенный, светящийся надеждой взгляд встречается с моим.

— Очень понравится. Минут примерно на пять. Кристиан, ему же всего два года.

Кристиан закончил собирать деревянный поезд, который купил Теду на день рождения. Он попросил Барни переделать два маленьких мотора, чтобы они работали от солнечных батареек, как у того вертолета, который я как-то подарила Кристиану. Похоже, Кристиан не может дождаться, когда встанет солнце. Подозреваю, это потому, что он сам хочет поиграть с поездом. Комплект занимает большую часть каменного пола на террасе.

Завтра мы устраиваем семейную вечеринку для Теда. Приедут Рэй, и Хосе, и все Греи, включая кузину Теда Эву, двухмесячную дочь Кейт и Элиота. Мне не терпится обо всем поболтать с Кейт и посмотреть, как ей идет материнство.

Я любуюсь видом, когда солнце садится за Олимпийский полуостров. Все именно так, как и обещал Кристиан, и я испытываю тот же радостный восторг, глядя на это сейчас, что и в первый раз. Сумерки над Саундом — это нечто потрясающее. Кристиан привлекает меня в свои объятия.

— Какой вид!

— Да, — отзывается Кристиан, и когда я поворачиваюсь, чтобы посмотреть на него, он смотрит на меня. Потом мягко целует в губы. — Просто изумительный, — бормочет он. — Мой любимый вид.

— Дом, милый дом.

Он ослепительно улыбается и снова целует меня.

— Я люблю вас, миссис Грей.

— Я тебя тоже, Кристиан. Всегда.

Оттенки Кристиана

Первое Рождество Пятидесяти Оттенков

Свитер у меня колючий и пахнет новым. Все новое. У меня новая мама. Она доктор. У нее есть *те-тоскоп*, который я могу вставлять в уши и слушать свое сердце. Она добрая и улыбается. Она все время улыбается. Зубы у нее маленькие и белые.

— Хочешь помочь мне украсить елку, Кристиан?

Елка — в комнате с большим диваном. Очень большая. Раньше я видел такие только в книжках. И не в доме, где диваны. В моем новом доме много диванов. Не один. Не один коричневый и липкий.

— Вот, смотри.

Моя новая мама показывает мне коробку, полную шаров. Много красивых блестящих шаров.

— Это украшения для елки.

Ук-ра-ше-ни-я. Ук-ра-ше-ни-я. Моя голова говорит слово. Ук-ра-ше-ни-я.

— А это... — Она останавливается и вытаскивает бусы с маленькими цветочками на них. — Это гирлянды. Сначала повесим их, а потом остальные украшения.

Она протягивает руку и кладет ладонь мне на голову. Я стою тихо-тихо. Но мне нравится ее рука на моих волосах. Нравится быть рядом с моей новой мамой. Она хорошо пахнет. Чистым. И она трогает только мои волосы.

— Мама!

Он зовет. Лелиот. Он большой и шумный. Очень шумный. Он разговаривает. Все время. Я совсем не разговариваю. У меня нет слов. Слова у меня в голове.

— Элиот, дорогой, мы в гостиной.

Он вбегает. Он был в школе. У него рисунок. Рисунок, который он нарисовал для моей новой мамы. Она мама и Лелиота тоже. Она опускается на колени, обнимает его и смотрит на рисунок. На нем нарисован дом с мамой, папой, Лелиотом и Кристианом. На рисунке Лелиота Кристиан очень маленький. Лелиот большой. У него большая улыбка, а у Кристиана грустное лицо.

Папа тоже здесь. Он подходит к маме. Я крепко прижимаю к себе свое одеяло. Он целует новую маму, и новая мама не боится. Она улыбается. Она тоже его целует. Я стискиваю одеяло.

— Привет, Кристиан.

У папы глубокий мягкий голос. Мне нравится его голос. Он никогда не бывает громким. Папа не кричит. Не кричит как... Он читает мне книжки, когда я ложусь спать. Читает про кота в шляпе, зеленые яйца и ветчину. Я никогда не видел зеленых яиц. Папа наклоняется, поэтому он маленький.

— Чем ты сегодня занимался?

Я показываю ему на елку.

— Ты покупал елку? Рождественскую елку?

Я в голове говорю «да».

— Она очень красивая. Вы с мамой очень хорошо выбрали. Это очень важная работа — правильно выбрать елку.

Он тоже треплет меня по волосам, и я замираю и крепко прижимаю одеяло. Папа меня не обижает.

— Папа, посмотри, что я нарисовал!

Лелиот ужасно сердится, когда папа разговаривает со мной. Я бью Лелиота, когда он сердится на меня. Новая мама сердится на меня, когда я это делаю. Лелиот меня не бьет. Лелиот меня боится.

Огоньки на елке очень красивые.

— Ну-ка, давай я тебе покажу. Крючок продевается вот в это маленькое ушко, и тогда можно повесить его на елку. — Мама вешает на елку красные укра...украше-ния.

— А ты попробуй повесить этот маленький колокольчик.

Маленький колокольчик звенит. Я трясу им. Звук радостный. Я трясу еще. Мама улыбается. Широкая улыбка. Особая улыбка для меня.

— Тебе нравится колокольчик, Кристиан?

Я отвечаю «да» в голове и трясу колокольчик еще. Он весело звенит.

— У тебя прелестная улыбка, солнышко. — Мама моргает и вытирает глаза рукой. Она гладит меня по волосам. — Мне нравится видеть твою улыбку. — Ее ладонь движется к моему плечу. Нет. Я отступаю назад и стискиваю одеяло. Мама печально смотрит, а потом опять улыбается. Она гладит меня по волосам.

— Повесим колокольчик на дерево?

Моя голова говорит «да».

— Кристиан, ты должен говорить мне, когда хочешь есть. Ты можешь это сделать. Берешь маму за руку, ведешь ее на кухню и показываешь.

Она указывает на меня своим длинным пальцем. Ноготь у нее блестящий и розовый. Красивый. Но я не знаю, сердится моя новая мама или нет. Я съел весь свой обед. Макароны с сыром. Вкусно.

— Я не хочу, чтобы ты ходил голодным, солнышко. Ладно? А сейчас хочешь мороженого?

Моя голова говорит «да»! Мама улыбается мне. Мне нравится ее улыбка. Она лучше макарон с сыром.

Елка красивая. Я стою, и смотрю на нее, и обнимаю свое одеяло. Огоньки подмигивают. И они все разных цветов, и все ук-ра-ше-ния разных цветов. Мне нравятся голубые. А на верхушке елки большая звезда. Папа поднял Лелиота, и Лелиот надел звезду на елку. Лелиот любит надевать звезду на елку. Я тоже хочу надеть звезду на елку... но не хочу, чтобы папа поднимал меня. Я не хочу, чтобы он держал меня. Звезда яркая и блестящая.

Рядом с елкой — рояль. Новая мама разрешает мне дотрагиваться до черного и белого на рояле. Черное и белое. Мне нравятся белые звуки. Черный звук какой-то неправильный. Но черный мне тоже нравится. Я нажимаю белый, потом черный. Белый, черный. Белый, черный. Белый, белый, белый. Черный, черный, черный. Мне нравится звук. Мне очень нравится звук.

— Хочешь, я тебе поиграю, Кристиан?

Новая мама садится за рояль. Она дотрагивается до белого и черного, и получается песня. Она нажимает на педали внизу. Иногда звук громкий, иногда тихий. Песня веселая. Лелиот тоже любит, когда мама поет. Мама поет про гадкого утенка. Она так смешно крякает. Лелиот тоже смешно крякает, делает руки как крылья и хлопает ими вверх-вниз. Как птица. Лелиот смешной.

Мама смеется. Лелиот смеется. Я смеюсь.

— Тебе нравится песня, Кристиан? — И у мамы опять это грустно-счастливое лицо.

У меня — чулок. Он красный, и на нем картинка: человек в красном колпаке и с большой белой бородой. Это Санта. Санта приносит подарки. Я видел картинки Санты. Но Санта никогда раньше не приносил мне подарков. Я был плохой. А Санта не приносит подарки плохим мальчикам. Теперь я хороший. Новая мама говорит, что я хороший, очень хороший. Новая мама не знает. Я не должен никогда рассказывать новой маме... но я плохой. Я не хочу, чтоб новая мама это знала.

Папа вешает чулок над камином. У Лелиота тоже есть чулок. Лелиот может прочитать слово на своем чулке. Там написано *Лелиот*. И на моем чулке есть слово. *Кристиан*. Новая мама читает его по буквам: К-р-и-с-т-и-а-н.

Папа садится ко мне на кровать. Он читает мне. Я держу одеяло. У меня большая комната. Иногда в комнате темно, и мне снятся плохие сны. Плохие сны про то, что было раньше. Новая мама приходит, когда мне снятся плохие сны. Она ложится и тихо поет песенки, и я засыпаю. От нее пахнет мягким, новым и красивым. Моя новая мама не холодная. Не как... не как... И мои плохие сны уходят, когда она спит со мной.

Приходил Санта. Санта не знает, что я был плохой. Я рад, что Санта не знает. У меня есть поезд, и самолет, и вертолет, и машинка. Мой вертолет может летать. Мой вертолет голубой. Он летает вокруг рождественской елки. Он летает над роялем и приземляется на белом. Он летает над мамой, и летает над папой, и летает над Лелиотом, когда тот играет с лего. Вертолет летает по дому, по столовой, по кухне. Он пролетает мимо двери в папин кабинет и летит наверх, в мою спальню, в спальню Лелиота, в мамину и папину спальню. Он летает по дому, потому что это мой дом. Мой дом, где я живу.

Знакомство с Пятьюдесятью Оттенками

Понедельник, 9 мая 2011 г.

— Завтра, — бормочу я, отпуская Клода Бастиля, который стоит в дверях моего кабинета.

— Гольф на этой неделе, Грей. — Бастиль улыбается с легкой надменностью, зная, что победа ему обеспечена.

Я хмурюсь, когда он разворачивается и уходит. Его последние слова сыплят мне соль на рану, потому что, несмотря на мои героические попытки в спортзале нынче утром, персональный тренер задал мне жару. Бастиль — единственный, кому дозволяется взять надо мной верх, и теперь он жаждет новой крови. Я терпеть не могу гольф, но поскольку это одно из мест, где делается бизнес, приходится терпеть его уроки и там... Но, как ни неприятно это признавать, благодаря Бастилю я играю все лучше.

Когда я смотрю вдаль, на панораму Сиэтла, в душу закрадывается знакомая тоска. Настроение мое такое же мрачное и серое, как и погода. Дни сливаются в одну сплошную массу, и надо как-то отвлечься. Я работал весь уикенд, и сейчас, в ограниченном пространстве своего кабинета, не нахожу себе места. Странное ощущение после нескольких схваток с Бастилем, но от этого никуда не денешься.

Я хмурюсь. Отрезвляющая правда в том, что единственное, что заинтересовало меня в последнее время, это решение отправить два грузовых судна в Судан. Да, кстати, Рос должна прийти ко мне с цифрами и логистикой. Какого дьявола она задерживается? Вознамерившись выяснить, что она там копается, я бросаю взгляд на свое расписание и протягиваю руку к телефону.

О господи! Мне придется вытерпеть интервью с настойчивой мисс Кавана для какого-то студенческого журнала. Какого дьявола я согласился на это? Терпеть не могу интервью — глупые вопросы глупых, плохо информированных праздных идиотов. Звонит телефон.

— Да! — рявкаю я на Андреа, как будто это она виновата. По крайней мере, это интервью я могу урезать.

— К вам мисс Анастейша Стил, мистер Грей.

— Стил? Я ожидал Кэтрин Кавана.

— Пришла мисс Анастейша Стил, сэр.

Я недовольно хмурюсь. Ненавижу неожиданности.

— Пусть войдет, — бормочу я, понимая, что похож сейчас на раздраженного подростка, но мне плевать.

Так, так... Мисс Кавана, значит, не явилась. Я знаю ее отца, владельца «Кавана Медиа». У нас был совместный бизнес, и он производит впечатление мудрого дельца и здравомыслящего человека. Это интервью — одолжение лично ему, которое я намерен обналичить как-нибудь потом, когда мне будет удобно. И должен признаться, что мне даже любопытно взглянуть на его дочь, интересно посмотреть, далеко ли упало яблоко от яблони.

Какая-то суматоха в дверях заставляет меня подняться — и тут вихрь длинных каштановых волос, бледных рук и ног и коричневых сапог ныряет в мой кабинет головой вперед. Я закатываю глаза и, подавляя естественное раздражение на подобную неуклюжесть, спешу к девушке, которая приземлилась на четвереньки на полу. Беру ее за тонкие плечи, помогаю подняться.

Ясные, ярко-голубые смущенные глаза встречаются с моими, и я застываю на месте. Они самого необыкновенного цвета — простодушные дымчато-голубые, — и на один ужасный миг мне кажется, что она видит меня насквозь. Я чувствую себя... незащищенным. Эта мысль нервирует. У нее маленькое прелестное личико, которое сейчас пылает румянцем — невинным бледно-розовым. Интересно, мелькает у меня мысль, везде ли кожа у нее такая безупречная и как бы она выглядела, разогретая и раскрасневшаяся от ударов стека. Проклятье. Я останавливаю свои заблудшие мысли, встревоженный их направлением. Какого черта, о чем ты думаешь, Грей? Эта девушка слишком юна. Она изумленно таращится на меня, и я снова чуть не закатываю глаза. Да, да, детка, это всего лишь лицо, и красота только лишь внешняя. Мне хочется стереть этот открыто восхищенный взгляд из больших голубых глаз.

Что ж, Грей, давай немножко позабавимся

— Мисс Кавана? Кристиан Грей. Вы не ушиблись? Присаживайтесь.

Опять этот румянец. Снова овладев собой, я разглядываю ее. В определенном смысле она довольно привлекательна — тоненькая, бледная, с гривой красновато-каштановых волос, с трудом удерживаемых заколкой. Брюнетка. Да, она очень даже ничего. Я протягиваю руку, и она начинает, заикаясь, извиняться и вкладывает свою маленькую ладошку в мою. Кожа у нее прохладная и мягкая, но рукопожатие удивительно твердое.

— Мисс Кавана заболела, я приехала вместо нее. Надеюсь, вы не возражаете, мистер Грей. — Голос у нее тихий, с легкой, нерешительной музыкальностью, она неритмично моргает, и длинные ресницы трепещут над этими большими голубыми глазами.

Не в силах скрыть нотки веселья в своем голосе, когда вспоминаю ее менее чем элегантное появление в моем кабинете, я спрашиваю, кто она.

— Анастейша Стил. Я изучаю английскую литературу вместе с Кейт, э… Кэтрин… э… мисс Кавана в штате Вашингтон.

Нервный и застенчивый книжный червь, а? Так она и выглядит: ужасно одетая, прячущая свою изящную фигурку под бесформенным свитером и прямой коричневой юбкой. Иисусе, она что, вообще не умеет одеваться? Девушка с волнением оглядывает мой кабинет, глядя куда угодно, только не на меня, замечаю я с веселой иронией.

Как может эта девушка быть журналисткой? В ней же нет ни капли самоуверенности, ни капли напористости. Она так очаровательно волнуется, вся такая робкая, мягкая… покорная. Я качаю головой, изумленный тем, куда заводят меня мои неприличные мысли. Пробормотав какую-то банальность, прошу ее присесть, затем замечаю, что она оценивающе разглядывает висящие в кабинете картины. Сам не понимая почему, объясняю:

— Местная художница. Троутон.

— Они очень красивые. Возносят обычное до необыкновенного, — мечтательно говорит она, залюбовавшись изысканной манерой письма. Профиль у нее изящный — вздернутый носик, мягкие полные губы, — и своими словами она точно отражает мои чувства. «Обычное возносится до необыкновенного». Какое тонкое наблюдение. А мисс Стил совсем не глупа.

Я бормочу согласие и наблюдаю, как румянец снова заливает ее лицо. Усаживаюсь напротив, силясь обуздать свои мысли.

Она выуживает из своей чересчур объемистой сумки помятые листки бумаги и портативный диктофон. Иисусе, какая же она неловкая, дважды роняет эту чертову штуку на мой журнальный столик. Она явно никогда раньше этим не занималась, но по какой-то неведомой мне причине я нахожу это забавным. Обычно подобная неуклюжесть чертовски меня раздражает, но сейчас я прячу улыбку под указательным пальцем и сдерживаю желание самому заняться всеми приготовлениями.

Когда она все больше и больше нервничает, мне приходит в голову, что я мог бы усовершенствовать ее моторику с помощью стека. Правильно использованный, он может заставить подчиниться даже самых норовистых. Эта непрошеная мысль заставляет меня заерзать в кресле. Девица коротко вскидывает на меня глаза и прикусывает нижнюю губу. Черт меня побери! Как же я раньше не обратил внимания на этот рот?

— Прошу прощения. Я еще с ним не освоилась.

Вижу, детка, иронично думаю я, но сейчас мне все равно, потому что я не могу оторвать глаз от твоего рта.

— Не торопитесь, мисс Стил. — Мне нужна еще минута, чтобы призвать к порядку мысли. Грей... прекрати сейчас же.

— Вы не против, если я запишу ваши ответы? — спрашивает она с искренним простодушием.

Мне хочется смеяться. Ну слава тебе, господи.

— После того, как вы с таким трудом справились с диктофоном? Вы еще спрашиваете? — Она моргает, глаза на мгновение делаются большими и растерянными, и я чувствую незнакомый укол вины. Прекрати быть такой свиньей, Грей.

— Нет, не против, — бормочу я, не желая чувствовать себя виноватым за этот взгляд.

— Кейт, то есть мисс Кавана, говорила вам о целях этого интервью?

— Да, оно для студенческой газеты, поскольку в этом году я буду вручать дипломы на выпускной церемонии.

Почему, черт возьми, я согласился на это, сам не знаю. Сэм из отдела по связям с общественностью утверждает, что это честь, а научный департамент по защите окружающей среды нуждается в паблисити, чтобы привлечь дополнительное финансирование для выделения еще одного гранта помимо того, что дал им я.

Мисс Стил снова моргает своими большими голубыми глазами, словно сказанное для нее сюрприз, и, разрази меня гром, смотрит неодобрительно! Разве она не готовилась к этому интервью? Ей бы следовало про это знать. Эта мысль остужает мне кровь. Это... неприятно... не то, чего я ожидаю от нее или любого, кому уделяю свое время.

— Хорошо. У меня к вам несколько вопросов. — Она заправляет локон за ухо, отвлекая меня от моего раздражения.

— Я не удивлен, — сухо бормочу я.

Пусть поерзает. Она и в самом деле ерзает, потом берет себя в руки, садится прямо и расправляет свои узкие плечики. Наклонившись вперед, нажимает на кнопку диктофона и хмурится, заглядывая в свои помятые листки.

— Вы очень молоды и тем не менее уже владеете собственной империей. Чему вы обязаны своим успехом?

О господи! Она что, не могла придумать ничего лучшего? Какой чертовски тупой вопрос. Ни капли оригинальности. Это разочаровывает. Я выдаю свой обычный ответ, что у меня работают превосходные специалисты. Люди, которым я доверяю и которым хорошо плачу... и так далее и тому подобное. Но, мисс Стил, дело в том, что я чертовски гениален в том, чем занимаюсь. Для меня это все равно что свалиться с бревна. Покупка хиреющих, плохо управляемых компаний и их восстановление или, если они окончательно разорены, разделение их на части и продажа по самой высокой цене. Это просто вопрос знания различий между двумя стадиями. И все неизбежно сводится к ответственным людям.

Чтобы преуспеть в бизнесе, нужны хорошие люди, а я прекрасно умею в них разбираться.

— Может быть, вам просто везло? — тихо говорит она.

Везло? Меня охватывает раздражение. Везло? Везение здесь совершенно ни при чем, мисс Стил. Она выглядит скромной и тихой, но этот вопрос? Никто никогда не спрашивал меня, везет ли мне. Тяжелый труд, умение заинтересовать, увлечь людей, держать их под постоянным присмотром, предугадывать их шаги, если необходимо, а если они не справляются с задачей, то безжалостно от них избавляться. Вот что я делаю, и делаю это хорошо. И ни о каком везении речи не идет. Вот так-то. Щеголяя образованием, я цитирую слова своего любимого американского промышленника.

— А вы, похоже, диктатор, — замечает она совершенно серьезно.

Что за черт?

Может, эти бесхитростные глаза и вправду видят меня насквозь? Привычка командовать — моя вторая натура.

Я пристально гляжу на нее.

— Да, я стараюсь все держать под контролем, мисс Стил. — И хотел бы заполучить тебя в свою власть прямо здесь и сейчас.

Она смотрит на меня широко открытыми глазами. Привлекательный румянец снова растекается по лицу, и она опять прикусывает губу. Я продолжаю, стараясь отвлечься от ее рта:

— Кроме того, безграничной властью обладает лишь тот, кто в глубине души уверен, что рожден управлять другими.

— Вы чувствуете в себе безграничную власть? — спрашивает она мягким успокаивающим голосом, но выгибает свою изящную бровь, выдавая взглядом укор. Мое раздражение растет. Она что, специально меня подбивает? И что меня больше злит — ее вопросы, ее отношение или то, что я нахожу ее привлекательной?

— Я даю работу сорока тысячам человек, мисс Стил, и потому чувствую определенную ответственность — называйте это властью, если хотите. Если я вдруг сочту, что меня больше не интересует телекоммуникационный бизнес, и захочу продать его, то через месяц или около того двадцати тысячам человек будет нечем выплачивать кредиты за дом.

От моего ответа у нее отвисает челюсть. Ну что, съели, мисс Стил? Я чувствую, как ко мне возвращается душевное равновесие.

— Разве вы не должны отчитываться перед советом?

— Я владелец компании. И ни перед кем не отчитываюсь, — резко отвечаю я. Она должна бы это знать. Я вопросительно поднимаю бровь.

— А чем вы интересуетесь кроме работы? — поспешно продолжает она, правильно оценив мою реакцию. Она знает, что я разозлился, и почему-то это доставляет мне огромное удовольствие.

— У меня разнообразные интересы, мисс Стил. Очень разнообразные. — Я улыбаюсь. Образы ее в самых разных позах в моей игровой комнате проносятся перед моим мысленным взором: прикованной к кресту, привязанной за руки и за ноги на огромной кровати, распластанной на скамье для порки. Проклятье! Откуда это взялось? И полюбуйтесь — опять этот румянец. Прямо как защитный механизм. Успокойся, Грей.

— Но если вы так много работаете, как вы расслабляетесь?

— Расслабляюсь? — Я улыбаюсь. Как странно слышать эти слова от такой умненькой девочки. Кроме того, когда мне расслабляться? Она что, не знает, сколькими компаниями я руковожу? Но она смотрит на меня своими бесхитростными голубыми глазами, и, к своему удивлению, я ловлю себя на том, что раздумываю над ее вопросом. Ну, для того, чтобы, как вы выразились, расслабиться, я хожу под парусом, летаю на самолете, трахаюсь... проверяю пределы таких же, как она, миниатюрных девушек с каштановыми волосами и подчиняю их своей воле... От этой мысли я ерзаю, но отвечаю спокойно, опуская два своих любимых увлечения.

— Вы инвестируете в производство. Зачем?

Ее вопрос грубо возвращает меня в настоящее.

— Мне нравится созидать. Нравится узнавать, как устроены вещи, почему они работают, из чего сделаны. И особенно я люблю корабли. Что еще тут можно сказать?

— Получается, что вы прислушиваетесь к голосу сердца, а не к фактам и логике?

К голосу сердца? Я? О нет, детка. Мое сердце давным-давно было изуродовано до неузнаваемости.

— Возможно, хотя некоторые говорят, что у меня нет сердца.

— Почему?

— Потому что хорошо меня знают.

Я криво улыбаюсь. В сущности, никто не знает меня настолько хорошо, за исключением разве что Элены. Интересно, что она сказала бы о малышке мисс Стил. Девчонка — клубок противоречий: застенчивая, неловкая, явно умная и чертовски возбуждающая. Ну ладно, признаю. Она соблазнительная штучка.

Она механически задает следующий вопрос:

— Вы легко сходитесь с людьми?

— Я очень замкнутый человек, мисс Стил. И я многим готов пожертвовать, чтобы защитить свою личную жизнь. Поэтому редко даю интервью.

— А почему вы согласились на этот раз?

— Потому что оказываю финансовую поддержку университету, и к тому же от мисс Кавана не так-то легко отделаться. Она просто мертвой хваткой вцепилась в мой отдел по связям с общественностью, а я уважаю такое упорство.

«Но я рад, что вместо нее пришла ты».

— Вы также вкладываете деньги в сельскохозяйственные технологии. Почему вас интересует этот вопрос?

— Деньги нельзя есть, мисс Стил, а каждый шестой житель нашей планеты голодает. — Я бесстрастно смотрю на нее.

— То есть вы делаете это из филантропии? Вас волнует проблема нехватки продовольствия? — Она смотрит на меня озадаченно, словно я — головоломка, которую ей надо решить, но ни за что на свете я не хочу, чтоб это большие голубые глаза заглянули в мою черную душу. Эту тему я не готов обсуждать. Никогда.

— Это хороший бизнес. — Я пожимаю плечами, изображая безразличие. И представляю, как овладеваю ее хорошеньким ротиком, чтобы отвлечься от мыслей о голоде. Да, ее рот требует хорошей дрессировки. Эта мысль привлекает меня все больше и больше, и я позволяю себе представить ее на коленях передо мной.

— У вас есть своя философия? И если да, то в чем она заключается? — снова задает она заученный вопрос.

— Своей философии как таковой у меня нет. Ну разве что руководящий принцип — из Карнеги: «Тот, кто способен полностью владеть своим рассудком, овладеет всем, что принадлежит ему по праву». Я человек целеустремленный и самодостаточный. Мне нравится все держать под контролем: и себя, и всех, кто меня окружает.

— Так, значит, вам нравится владеть? — Глаза ее расширяются.

Да, детка. Тобой, к примеру.

— Я хочу заслужить обладание, но в целом да, нравится.

— Вы суперпотребитель?

Голос ее пронизан неодобрением, и это опять меня злит. Она говорит как ребенок богатых родителей, который всегда имел все, что только душа пожелает, но повнимательнее присматриваюсь к ее одежде — она одевается в «Уолмарт» или, возможно, в «Олд Нейви» — и понимаю, что это не так. Она выросла в небогатой семье.

А я мог бы столько всего тебе дать.

Черт, откуда взялась эта мысль? Хотя, если подумать, мне действительно нужна новая саба. Прошло уже... сколько, два месяца после Сюзанны? И вот вам пожалуйста, я глотаю слюнки при виде темноволосой девушки. Я стараюсь улыбнуться и согласиться с ней. В потреблении нет ничего дурного — в конце концов, оно движет тем, что еще осталось от американской экономики.

— Вы приемный ребенок. Как это на вас повлияло?

Какое, черт побери, это имеет отношение к цене на нефть? Я недовольно хмурюсь. Что за нелепый вопрос. Если б я остался со шлюхой-наркоманкой, то, скорее всего, меня бы уже давно не было на свете. Ставлю ее на место, стараясь сохранить ровный тон, но она настаивает на своем, желая знать, когда я был усыновлен. Заткни ее, Грей.

— Эти данные можно почерпнуть из общедоступных источников, мисс Стил. — От меня веет арктическим холодом. Теперь она, похоже, раскаивается. Вот и хорошо.

— У вас нет семьи, поскольку вы много работаете.

— Это не вопрос, — отрывисто бросаю я.

Она опять краснеет и закусывает свою чертову губу. Но у нее хватает ума извиниться:

— Прошу прощения. Вам пришлось пожертвовать семьей ради работы?

За каким чертом мне нужна семья?

— У меня есть семья. Брат, сестра и любящие родители. Никакой другой семьи мне не надо.

— Вы гей, мистер Грей?

Какого черта! Не могу поверить, что она произнесла это вслух! Невысказанный вопрос, который даже мои родные не осмеливаются задать, что меня здорово забавляет. Как она смеет! У меня чешутся руки стащить ее с дивана, перебросить через колено и отшлепать хорошенько, а потом трахнуть прямо на письменном столе со связанными за спиной руками. Это был бы ответ на ее вопрос. Какое, однако, нахальство! Я делаю глубокий успокаивающий вдох. К моей мстительной радости, она, похоже, и сама сильно смущена своим вопросом.

— Нет, Анастейша, я не гей. — Я вскидываю брови, но сохраняю бесстрастное выражение лица. Анастейша. Красивое имя. Мне нравится, как оно звучит.

— Прошу прощения. Тут так написано. — Она нервно заправляет волосы за ухо.

Она не знает собственных вопросов? Возможно, не она их придумывала. Я спрашиваю ее, и она бледнеет. Черт, а она и в самом деле очень привлекательна, хоть это и не бросается в глаза. Я бы, пожалуй, даже назвал ее красивой.

— Э... нет. Кейт, то есть мисс Кавана, дала мне список.

— Вы с ней вместе работаете в студенческой газете?

— Нет, она моя соседка по комнате.

Неудивительно, что она чувствует себя не в своей тарелке. Я тру подбородок, решая, не задать ли ей перцу.

— Вы сами вызвались на это интервью? — спрашиваю я и в награду получаю смиренный взгляд: большие, чуть испуганные глаза устремлены на меня в ожидании моей реакции. Мне нравится действие, которое я на нее оказываю.

— Меня попросили. Она заболела, — тихо говорит она.

— Тогда понятно.

В дверь стучат, и входит Андреа.

— Прошу прощения, мистер Грей, через две минуты у вас следующий посетитель.

— Мы еще не закончили, Андреа. Пожалуйста, отмените встречу.

Андреа в нерешительности смотрит на меня. Я отвечаю ей твердым взглядом. Прочь! Быстро! Я занят с малышкой мисс Стил. Андреа заливается краской, но немедленно берет себя в руки.

— Хорошо, мистер Грей, — бормочет она и выходит.

Я снова переключаю внимание на интригующее, обескураживающее создание на моем диване.

— Так на чем мы остановились, мисс Стил?

— Мне неловко отвлекать вас от дел.

Ну нет, детка. Теперь моя очередь. Я хочу знать, какие тайны скрываются за этими прекрасными глазами.

— Я хочу узнать о вас побольше. По-моему, это справедливо. — Когда я откидываюсь назад и прижимаю пальцы к губам, она бросает взгляд на мой рот и сглатывает. О да, обычная реакция. И как приятно знать, что она не совсем безразлична к моей привлекательности.

— Ничего интересного, — говорит она, снова краснея. Я немного ее пугаю. Это хорошо.

— Чем вы собираетесь заниматься после университета?

Она пожимает плечами.

— Еще не решила, мистер Грей. Сначала мне нужно сдать выпускные экзамены.

— У нас есть отличные программы стажировки для выпускников. — Проклятье. Вот дернул же черт меня за язык. Я нарушаю золотое правило — никогда не спать с сотрудниками. Но, Грей, ты же не спишь с этой девушкой. Она, похоже, удивлена, и белые зубы опять прикусывают губу. Почему меня это так возбуждает?

— Хорошо, буду иметь в виду, — бормочет она. Потом, подумав, добавляет: — Хотя, по-моему, я вам не гожусь.

Почему это, черт побери? Чем ей не нравится моя компания?

— Почему вы так думаете? — спрашиваю я.

— Но ведь это же очевидно.

— Мне — нет. — Я сбит с толку ее ответом.

Она опять краснеет и тянется за своим диктофоном. Черт, она собралась уходить. Я мысленно пробегаю по своему расписанию на ближайшие несколько часов — ничего такого, что не могло бы подождать.

— Если позволите, я вам все тут покажу.

— Мне бы не хотелось отрывать вас от дел, мистер Грей, а кроме того, у меня впереди очень долгая дорога.

— Вы хотите сегодня вернуться в Ванкувер, в университет? — Я бросаю взгляд в окно. Ехать далеко, и дождь накрапывает. Проклятье. Она не должна вести машину в такую погоду, но я не могу ей запретить. Эта мысль меня раздражает. — Езжайте осторожнее. — Голос мой звучит строже, чем мне хотелось бы. — Вы все взяли, что хотели?

Она неловко заталкивает диктофон в сумку. Ей не терпится поскорее покинуть мой кабинет, но по какой-то необъяснимой причине я не хочу, чтобы она уходила.

— Вы получили все, что хотели? — добавляю я в откровенной попытке задержать ее.

— Да, сэр, — тихо отвечает она.

Ее ответ потрясает меня — то, как прозвучали эти слова, произнесенные этим хорошеньким ротиком, — и я на миг представляю этот ротик в своем полном распоряжении.

— Благодарю вас за интервью, мистер Грей.

— Было очень приятно с вами познакомиться, — отвечаю я, между прочим, сущую правду, потому что уже давно никто меня так не увлекал. Эта мысль тревожит.

Она встает. И я протягиваю руку, испытывая острое желание дотронуться до нее.

— До скорой встречи, мисс Стил, — говорю я, и она вкладывает свою маленькую ладошку в мою. Да, я хочу заполучить эту девушку в свою комнату для игр. Связанную и изнывающую от желания, нуждающуюся во мне, доверяющую мне. Я сглатываю. Этому не бывать, Грей.

— Всего доброго, мистер Грей. — Она кивает и быстро отнимает руку... слишком быстро.

Проклятье, я не могу ее вот так отпустить. Ей явно не терпится поскорее уйти. Я провожаю ее, и раздражение и вдохновение накатывают на меня одновременно.

— Давайте я на всякий случай помогу вам выбраться отсюда, мисс Стил.

Она краснеет от этого намека, заливаясь очаровательным румянцем.

— Вы очень внимательны, мистер Грей, — огрызается она.

А у мисс Стил есть коготки! Я широко ухмыляюсь у нее за спиной, когда она выходит, и выхожу за ней следом. И Оливия, и Андреа удивленно вскидывают глаза. Да, да. Я просто провожаю девушку.

— У вас было пальто? — спрашиваю.

— Да.

Я бросаю хмурый взгляд на глупо улыбающуюся Оливию, которая вскакивает и приносит голубую куртку. Я забираю куртку и смотрю на секретаршу, чтобы села. Господи, как же она меня раздражает, все время крутится возле меня.

Гм. Куртка из «Уолмарта». Мисс Анастейше Стил следовало бы лучше одеваться. Я помогаю ей одеться и, когда кладу руки на ее хрупкие плечи, дотрагиваюсь до кожи у основания шеи. Она тут же замирает и бледнеет. Да! Я ее волную. Как же приятно это сознавать. Пройдя к лифту, я нажимаю кнопку вызова, а она стоит рядом и явно нервничает.

Да, я мог бы успокоить твои нервы, детка.

Двери открываются, и она торопливо заходит в лифт, потом поворачивается лицом ко мне.

— Анастейша, — бормочу я на прощанье.

— Кристиан, — шепчет она. Двери лифта закрываются, оставив мое имя висеть в воздухе, и оно звучит так странно, незнакомо, но чертовски сексуально.

Черт побери. Что это было?

Мне надо побольше узнать об этой девушке.

— Андреа, — бросаю я, возвращаясь к себе в офис. — Быстро найди мне Уэлча.

Сидя за столом и ожидая звонка, я смотрю на картины на стене кабинета, и в памяти всплывают слова миссис Стил: «Вознесение обычного до необыкновенного». Это описание прекрасно подходит и ей самой.

Звонит мой телефон.

— Мистер Уэлч на проводе.

— Соедини меня с ним.

— Да, сэр.

— Уэлч, мне надо навести справки об одном человеке.

Суббота, 14 мая 2011 г.

Анастейша Роуз Стил

Дата рождения: 10 сентября 1989 г. Монтесано, штат Вашингтон

Адрес: 1114 ЮЗ Грин-стрит, квартира 7, Хейвен Хайтс, Ванкувер, штат Вашингтон 98888

Номер мобильного: 360 959 4352

Номер карточки соц. страхования: 987 65 4320

Банковские реквизиты: Банк Уэллс Фарго, Ванкувер, штат Вашингтон 98888

Номер счета: 309361: баланс $ 683.16

Род занятий: Студентка

Ванкуверский гуманитарный колледж

Английская литература

Средний балл: 4.0

Прежнее место учебы: Монтесано, средняя школа

SAT: 2150

Место работы: Магазин хозтоваров «Клейтон'с»

СЗ Ванкувер-драйв, Портленд

Отец: Франклин А. Ламберт

Дата рождения: 1 сентября 1969 г.

Умер 11 сентября 1989 г.

Мать: Карла Мэй Уилкс Адамс

Дата рождения: 18 июля 1970 г.

Замужем

Фрэнк Ламберт

1 марта 1989 г., вдова — с 11 сентября 1989 г.

Рэймонд Стил

6 июня 1990 г., в разводе — с 12 июля 2006 г.

Стивен М. Мортон

16 августа 2006 г., в разводе — с 31 января 2007 г.

Робин (Боб) Адамс
6 апреля 2009 г.
Принадлежность к политическим партиям: Не установлено
Религиозное исповедание: Не установлено
Сексуальная ориентация: Неизвестно
Родственники: Не указаны

Я в сотый раз внимательно вчитываюсь в личные данные с тех пор, как получил их два дня назад, и пытаюсь проникнуть в тайну загадочной мисс Анастейши Роуз Стил. Не могу выбросить чертову женщину из головы, и это уже начинает меня злить. Всю последнюю неделю во время особенно скучных встреч я ловил себя на том, что проигрываю интервью в голове. Ее нервные неловкие пальцы на диктофоне, то, как она заправляла прядь волос за ухо, как закусывала губу. Да, это чертово кусание губ не дает мне покоя.

И вот он я, сижу в машине перед «Клейтоном», современным хозяйственным магазином на окраине Портленда, где она работает.

Ты дурак, Грей. Зачем ты здесь?

Я знал, что к этому придет. Всю неделю... знал, что должен буду снова ее увидеть. Знал с того самого мгновения, как она произнесла мое имя в лифте и исчезла в глубинах здания. Я пытался сопротивляться. Ждал пять дней, пять чертовых дней, чтобы посмотреть, не забуду ли я ее. А я никогда ничего и никого не жду. Ненавижу ждать. Никогда раньше мне не приходилось бегать за женщиной. Женщины, которые у меня были, понимали, чего я ждал от них. И теперь я боюсь, что мисс Стил еще слишком молода и что ее не заинтересует то, что у меня есть предложить... скорее всего. Да и получится ли из нее хорошая саба? Я качаю головой. Есть только один способ узнать... Поэтому я здесь, чертов осел, сижу в машине на пригородной автостоянке в унылой части Портленда.

В ее досье нет ничего примечательного, за исключением последнего факта, который на первом плане в моих мыслях. Именно по этой причине я здесь. Почему у вас нет бойфренда, мисс Стил? Сексуальная ориентация неизвестна — возможно, она лесбиянка. Я фыркаю, думая, что это маловероятно. Я вспоминаю вопрос, который она задала мне во время интервью, ее явное смущение, то, как кожу ее залил нежный румянец... черт. Эти нелепые мысли преследуют меня с самой нашей встречи.

Мне не терпится увидеть ее снова — голубые глаза преследовали меня даже во сне. Я ничего не сказал о ней Флинну, и я рад, потому что сейчас веду себя как преследователь. Быть может, все же стоило ему рассказать. Я закатываю глаза; не хочу, чтоб он привязался ко мне со своим последним объяснением — чушь собачья. Мне просто надо развлечься. И то единственное развлечение, которое я хочу, работает продавцом в хозяйственном магазине.

Что ж, раз уж ты здесь, не останавливаться же на полпути. Посмотрим, так ли мисс Стил привлекательна, как ты помнишь. Твой выход, Грей.

Я выхожу из машины и иду через парковку к входной двери. Колокольчик мелодично звякает, я вхожу.

Магазин намного больше, чем выглядит снаружи, и хотя уже почти обеденное время, для субботы тут довольно пусто. Ряды и ряды обычных хозяйственных и строительных товаров. Я и забыл, какие возможности предоставляет хозяйственный магазин таким, как я. То, что мне нужно, я, главным образом, приобретаю через интернет-магазин, но раз уж я здесь, можно прикупить пару-тройку вещиц... Изолента, разъемные кольца — да. Я отыщу восхитительную мисс Стил и малость позабавлюсь.

Мне требуется всего три секунды, чтобы ее заметить. Она сидит за прилавком, напряженно глядя в компьютер, и ест свой ланч. Бессознательно стирает крошку с уголка рта, отправляет ее в рот и облизывает палец. Моя плоть дергается в ответ. Проклятье! Мне что, четырнадцать? Такая моя реакция страшно раздражает. Может, я перестану реагировать, как желторотый юнец, если свяжу, трахну и выпорю ее… и необязательно именно в такой последовательности. Да, это то, что мне нужно.

Она целиком поглощена работой, и это дает мне возможность рассмотреть ее. Непристойные мысли в сторону — она привлекательна, очень привлекательна. Я хорошо ее запомнил.

Она поднимает глаза и замирает, пронизывая меня взглядом своих умных, проницательных глаз, самых голубых на свете, которые, кажется, видят меня насквозь. Это нервирует точно так же, как и в первый раз. Она просто смотрит, потрясенная, как мне кажется, и я не знаю, хороший это знак или плохой.

— Мисс Стил, какой приятный сюрприз.

— Мистер Грей, — шепчет она явно в смятении. А… хороший знак.

— Я тут случайно оказался поблизости и решил сделать кое-какие покупки. Рад снова видеть вас, мисс Стил.

Еще как рад. Она одета в облегающую майку и джинсы, не в те бесформенные тряпки, которые были на ней в прошлый раз. У нее длинные ноги, тонкая талия и классная грудь. Она продолжает глазеть, и я с трудом сдерживаюсь, чтоб не приподнять ее за подбородок и не закрыть ей рот. Я прилетел из Сиэтла, только чтобы увидеться с тобой, и, судя по тому, как ты сейчас на меня смотришь, оно того стоило.

— Ана. Меня зовут Ана. Что вам показать, мистер Грей? — Она делает глубокий вдох, расправляет плечи, как тогда, во время интервью, и выдает мне фальшивую улыбку, которую наверняка приберегает для своих покупателей.

Игра началась, мисс Стил.

— Для начала покажите мне кабельные стяжки.

Губы ее раскрываются, и она резко втягивает воздух.

Вы бы удивились, узнав, что я могу сделать с парочкой кабельных стяжек, мисс Стил.

— У нас есть стяжки различной длины. Показать вам?

— Да, пожалуйста, мисс Стил.

Она выходит из-за прилавка и указывает в сторону одного из проходов между полками. На ногах у нее балетки. Интересно, как бы она выглядела в дизайнерских туфлях на высоченных «шпильках».

— Это в электротоварах, в восьмом ряду. — Голос ее слегка дрожит, и она краснеет… снова.

Я ее волную. В моей душе расцветает надежда. Значит, не лесбиянка. Я довольно ухмыляюсь.

— Только после вас, — бормочу я, делая приглашающий жест рукой. Пропуская ее вперед, даю себе время и пространство полюбоваться умопомрачительной попкой. В ней и вправду есть все, что нужно: она мила, вежлива и обладает всеми атрибутами внешности, которые я ценю в сабмиссив. Но вопрос на миллион долларов: может ли она быть сабой? Наверняка она не знает ничего об этом образе жизни — моем образе жизни, — но мне ужасно хочется познакомить ее с ним. Ты забегаешь вперед, Грей.

— Вы приехали в Портленд по делам? — спрашивает она, прерывая мои мысли. Голос ее срывается на высокие ноты, и она очень старается изобразить отсутствие интереса. Это меня смешит, что весьма освежающе. Женщины редко меня смешат.

— Заехал на экспериментальную ферму Вашингтонского университета, расположенную в Ванкувере, — сочиняю я. На самом деле я приехал, чтобы увидеть вас, мисс Стил.

Она краснеет, и я чувствую себя скотиной.

— Я финансирую кое-какие исследования в области севооборота и почвоведения. — Это, по крайней мере, правда.

— Это часть вашего всемирного продовольственного плана? — Ее губы изгибаются в полуулыбке.

— Что-то вроде того, — бормочу я. Неужели она подсмеивается надо мной? Ох, как бы мне хотелось положить этому конец, если так. Но как начать? Может, с обеда вместо обычного интервью... да, это было бы нечто новенькое — обед в ресторане с потенциальной партнершей.

Мы подходим к кабельным стяжкам разной длины и цветов. Я рассеянно провожу пальцами по выложенным на полке упаковкам. Я могу просто пригласить ее в ресторан. Как на свидание? Согласится ли она? Когда я поднимаю на нее взгляд, она разглядывает свои сжатые пальцы. Не может смотреть на меня... это обнадеживает. Я выбираю те, что подлиннее. В конце концов, они более гибкие — могут обхватить две лодыжки и два запястья одновременно.

— Вот эти подойдут, — бормочу я, и она опять заливается краской.

— Что-нибудь еще? — быстро спрашивает она, и я не знаю, то ли она необыкновенно внимательна, то ли не чает поскорее выставить меня из магазина.

— Да, еще мне нужна изолента.

— Вы делаете ремонт?

Я с трудом удерживаюсь, чтобы не хмыкнуть.

— Нет, это не для ремонта. — Я уже сто лет не держал в руках кисть и про себя улыбаюсь. У меня есть кому делать всю подобную работу.

— Сюда, пожалуйста, — бормочет она с раздосадованным видом. — Изолента в товарах для ремонта.

Ну же, Грей, давай. У тебя не так много времени. Вовлеки ее в какой-нибудь разговор.

— А вы давно здесь работаете? — Я уже знаю ответ. В отличие от некоторых других, я составляю полное досье. Она опять краснеет — боже, какая же застенчивая! У меня нет ни малейшей надежды. Она быстро поворачивается и идет по проходу к секции под вывеской «Ремонт». Я с готовностью трушу за ней следом. Прямо как какой-то щенок, ей-богу!

— Четыре года, — отвечает она, когда мы доходим до изоленты. Наклоняется и хватает два мотка разной ширины.

— Я возьму вот эту, — говорю я. Та, что пошире, гораздо эффективнее для заклеивания рта. Когда она протягивает мне ленту, кончики наших пальцев на мгновение соприкасаются, и это отдается у меня в паху. Проклятье!

Она бледнеет.

— Что-нибудь еще? — Голос у нее тихий и осипший.

Ну и ну, да я действую на нее точно так же, как она на меня. Может быть...

— Наверное, веревку.

— Сюда, пожалуйста. — Она быстро проходит дальше, предоставляя мне еще одну возможность полюбоваться ее попкой. — Какую именно веревку? У нас есть синтетические и из натуральных волокон... бечевка... шнур...

Проклятье... остановись. Я испускаю мысленный стон, силясь прогнать из головы соблазнительную картинку, где она подвешена в моей игровой комнате.

— Отрежьте мне, пожалуйста, пять ярдов из естественных волокон. — Она грубее и сильнее натирает, если натягиваешь ее... веревка, которую я выбрал.

Пальцы ее чуть заметно дрожат, но она ловко отмеряет пять ярдов. Вытащив канцелярский нож из правого кармана, одним резким жестом отрезает веревку, аккуратно сворачивает и завязывает скользящим узлом. Впечатляюще.

— Вы были в скаутском лагере?

— Нет, военно-полевые игры — это не мое, мистер Грей.

— А что же вам нравится, Анастейша? — Я ловлю ее взгляд, и зрачки ее расширяются. Да!

— Книги, — шепчет она.

— А какие книги?

— Ну, обычные. Классика. Британская литература в основном.

Британская литература? Бронте и Остин, держу пари. Вся эта романтическая чепуха. Черт. Это не очень хорошо.

— Вам нужно что-нибудь еще?

— Даже не знаю. А что вы посоветуете? — Я хочу увидеть ее реакцию.

— Вы собираетесь что-то мастерить? — удивленно спрашивает она.

Меня разбирает смех. Ох, детка, «сделай сам» — это не мое. Я киваю, с трудом сдерживая веселье. Глаза ее окидывают мое тело, и я напрягаюсь. Она оценивает меня! Ну и ну.

— Купите рабочий комбинезон, — выпаливает она.

Это самое неожиданное, что я слышу из ее прелестного ротика после вопроса «Вы гей?».

— Чтобы не испачкать одежду. — Она делает неопределенный жест в сторону моих джинсов, снова смущаясь.

Я не в силах устоять:

— Ее всегда можно снять.

— Хм. — Она заливается густой краской и смотрит в пол.

— Возьму-ка я парочку комбинезонов. А то, не дай бог, одежду испорчу, — бормочу я, чтобы избавить ее от страданий. Она без слов разворачивается и быстрым шагом идет по проходу, и опять я иду за ней.

— Что-нибудь еще? — тоненьким голоском спрашивает она, подавая мне пару синих комбинезонов. Она смущена, глаза по-прежнему опущены, лицо пылает. Черт, что она со мной делает?

— Как продвигается ваша статья? — спрашиваю я в надежде, что она немного расслабится.

Она поднимает глаза и наконец-то улыбается легко и искренне.

— Эту статью пишу не я, а Кэтрин. Мисс Кавана. Моя соседка по комнате, начинающая журналистка. Она редактор студенческого журнала и страшно переживала, что не смогла сама приехать, чтобы взять у вас интервью.

Это самое длинное предложение, с которым она обратилась ко мне со времени нашей встречи, и говорит она о ком-то другом, не о себе. Интересно.

Не успеваю я ответить, как она добавляет:

— Статья получилась отличная, только Кейт расстраивается, что у нее нет ваших фотографий.

Настойчивая мисс Кавана желает получить фотографии. Фотореклама, да? Что ж, это можно. Это даст мне возможность провести еще какое-то время с восхитительной мисс Стил.

— А какого рода фотографии ей нужны?

Она молча смотрит на меня, потом качает головой.

— Ну, хорошо, я пока здесь. Может, завтра...

Я могу остаться в Портленде. Поработаю из отеля. Номер в «Хитмане», пожалуй. Надо будет сказать Тейлору, чтоб приехал и привез мой лэптоп и кое-что из одежды. Или Элиоту, если он не завалился в койку с очередной девицей, что для него в выходные — обычное дело.

— Вы согласны на фотосессию? — Она не может скрыть своего удивления.

Я коротко киваю. Вы бы удивились, на что я готов пойти, лишь бы еще побыть с вами, мисс Стил. Впрочем, я и сам себе удивляюсь.

— Кейт ужасно обрадуется... если, конечно, мы найдем фотографа. — Она улыбается, и лицо ее освещается, как солнечный рассвет. Господи, да от нее же глаз невозможно оторвать.

— Сообщите мне насчет завтра. — Я вытаскиваю из бумажника свою визитку. — Вот моя карточка. Это номер мобильного. Позвоните завтра утром до десяти. — И если она не позвонит, я вернусь в Сиэтл и забуду о своей глупой затее. Эта мысль меня угнетает.

— Хорошо. — Она все еще улыбается.

— Ана! — Мы оба оборачиваемся; какой-то парень, небрежно, но дорого одетый, появляется в дальнем конце прохода. Он во весь рот улыбается мисс Анастейше Стил. Это еще что за хрен, черт возьми?

— Э... прошу меня извинить, мистер Грей, я на минуту.

Она идет к нему, и этот поганец заграбастывает ее в свои медвежьи объятия. Я холодею. Это первобытная реакция. Убери от нее свои грязные лапы. Руки мои сами собой сжимаются в кулаки, и я немножко успокаиваюсь, когда вижу, что она не отвечает на объятие.

Они шепотом разговаривают. Проклятье, возможно, данные Уэлча неверны. Может, этот парень — ее бойфренд. По возрасту вполне подходит, и он не может оторвать от нее своих жадных маленьких глазок. Он с минуту держит ее на расстоянии вытянутой руки, разглядывая, потом стоит, лениво положив руку ей на плечо. Жест выглядит небрежным, но я-то знаю, что он отмечает свою территорию и дает мне понять, чтобы отвалил. Ей, похоже, неловко, она переминается с ноги на ногу.

Черт. Надо уходить. Потом она говорит ему что-то еще и отступает назад, слегка дотрагиваясь до его руки. Ясно, что они не близки. Это хорошо.

— Пол, это Кристиан Грей. Мистер Грей, это Пол Клейтон, брат хозяина магазина. — Она бросает на меня какой-то странный, непонятный мне взгляд и продолжает: — Мы знакомы давно, с тех пор как я здесь работаю, но видимся нечасто. Пол изучает менеджмент в Пристонском университете.

Брат босса, не бойфренд. Облегчение, которое я испытываю, так велико, что я хмурюсь. Эта женщина, похоже, здорово меня зацепила.

— Мистер Клейтон. — Тон мой намеренно отрывистый.

— Мистер Грей, — он вяло пожимает мою руку. Слабак. — Постойте, тот самый Кристиан Грей? Глава холдинга «Грей энтерпрайзес»? — За долю секунды неприязнь на лице Пола сменяется угодливостью.

Да, тот самый, хрен ты моржовый.

— Здорово! Могу я вам чем-нибудь помочь?

— Анастейша уже со всем справилась. Она была очень внимательна.

«А теперь отвали».

— Отлично, — благоговейно откликается он. — Еще увидимся, Ана.

— Конечно, Пол, — говорит она, и он отчаливает, слава богу. Я смотрю, как он исчезает за дверью подсобки. — Что-нибудь еще, мистер Грей?

— Нет, это все, — бормочу я.

Проклятье, мое время вышло, а я до сих пор не знаю, увижусь ли с ней еще. Я должен знать, есть ли хоть какая надежда, что она может согласиться на то, что у меня на уме. Как же мне спросить ее? И готов ли я взять новую сабмиссив, о которой ничего не знаю? Черт. Ее надо будет всему обучать. Я мысленно издаю стон, думая о том, какие интересные возможности это открывает. Даже представлять это — уже удовольствие. Но заинтересуется ли она? Или я все неправильно понял?

Она идет к кассе и пробивает мои покупки, ни разу не поднимая глаз. Посмотри же на меня, черт возьми! Я хочу еще раз увидеть ее прекрасные голубые глаза и понять, о чем она думает.

Наконец она поднимает голову.

— Все вместе — сорок три доллара.

И это все?

— Пакет вам нужен? — спрашивает она, снова возвращаясь к профессиональному тону, когда я подаю ей свою кредитку.

— Да, Анастейша. — Мой язык ласкает ее имя — красивое имя для красивой девушки.

Она быстро и ловко складывает мои покупки в пакет. Ну вот, мне пора уходить.

— Вы позвоните мне, если я буду вам нужен для фотографии?

Она кивает и возвращает мне кредитку.

— Хорошо. Возможно, до завтра. — Я не могу просто так уйти. Я должен дать ей понять, что она меня интересует. — Да, еще... знаете, Анастейша, я рад, что мисс Кавана не смогла приехать на интервью.

Наслаждаясь ее замешательством, я вешаю сумку на плечо и иду к выходу.

Да, вопреки здравому смыслу, вопреки всему — я хочу ее. И теперь мне придется ждать. Черт побери... опять ждать.

ВОТ И ВСЕ – ПОКА
СПАСИБО, СПАСИБО, СПАСИБО ЗА ТО, ЧТО ПРОЧИТАЛИ

ЭЛ ДЖЕЙМС

Оглавление

Литературно-художественное издание

Э Л Джеймс

ПЯТЬДЕСЯТ ОТТЕНКОВ СВОБОДЫ

Ответственный редактор *Ю. Раутборт*
Редактор *В. Зайцева*
Младший редактор *В. Стрюкова*
Художественный редактор *Д. Сазонов*
Технический редактор *Г. Романова*
Компьютерная верстка *Г. Ражикова*
Корректор *Т. Бородоченкова*

Фото на титуле:
holbox / Shutterstock.com
Используется по лицензии от Shutterstock.com

Фотография на обложке:
Serge / Getty Images / Fotobank.ru

ООО «Издательство «Эксмо»
127299, Москва, ул. Клары Цеткин, д. 18/5. Тел. 411-68-86, 956-39-21.
Home page: **www.eksmo.ru**   E-mail: **info@eksmo.ru**

Подписано в печать 06.11.2012.
Формат 84×108 $^{1}/_{32}$. Гарнитура «Светлана».
Печать офсетная. Усл. печ. л. 33,6.
Тираж 100 000 экз. Заказ 3243

Отпечатано с электронных носителей издательства.
ОАО «Тверской полиграфический комбинат». 170024, г. Тверь, пр-т Ленина, 5.
Телефон: (4822) 44-52-03, 44-50-34, Телефон/факс: (4822) 44-42-15.
Home page – www.tverpk.ru Электронная почта (E-mail) sales@tverpk.ru

ISBN 978-5-699-60466-1

Оптовая торговля книгами «Эксмо»:
ООО «ТД «Эксмо». 142700, Московская обл., Ленинский р-н, г. Видное,
Белокаменное ш., д. 1, многоканальный тел. 411-50-74.
E-mail: **reception@eksmo-sale.ru**

*По вопросам приобретения книг «Эксмо» зарубежными оптовыми
покупателями обращаться в отдел зарубежных продаж ТД «Эксмо»*
E-mail: **international@eksmo-sale.ru**

International Sales: *International wholesale customers should contact
Foreign Sales Department of Trading House «Eksmo» for their orders.*
international@eksmo-sale.ru

*По вопросам заказа книг корпоративным клиентам,
в том числе в специальном оформлении,*
обращаться по тел. 411-68-59, доб. 2299, 2205, 2239, 1251.
E-mail: **vipzakaz@eksmo.ru**

*Оптовая торговля бумажно-беловыми
и канцелярскими товарами для школы и офиса «Канц-Эксмо»:*
Компания «Канц-Эксмо»: 142702, Московская обл., Ленинский р-н, Видное-2,
Белокаменное ш., д. 1, а/я 5. Тел./факс +7 (495) 745-28-87 (многоканальный).
e-mail: **kanc@eksmo-sale.ru**, сайт: **www.kanc-eksmo.ru**

Полный ассортимент книг издательства «Эксмо» для оптовых покупателей:
В Санкт-Петербурге: ООО СЗКО, пр-т Обуховской Обороны, д. 84Е.
Тел. (812) 365-46-03/04.
В Нижнем Новгороде: Филиал ООО «Торговый Дом «Эксмо» в Нижнем Новгороде,
ул. Маршала Воронова, д. 3. Тел. (8312) 72-36-70.
В Ростове-на-Дону: Филиал ООО «Издательство «Эксмо» в г. Ростове-на-Дону,
пр-т Стачки, 243 «А». Тел. +7 (863) 305-09-12/13/14.
В Самаре: ООО «РДЦ-Самара», пр-т Кирова, д. 75/1, литера «Е».
Тел. (846) 269-66-70.
В Екатеринбурге: ООО «РДЦ-Екатеринбург», ул. Прибалтийская, д. 24а.
Тел. +7 (343) 272-72-01/02/03/04/05/06/07/08.
В Новосибирске: ООО «РДЦ-Новосибирск», Комбинатский пер., д. 3.
Тел. +7 (383) 289-91-42. E-mail: **eksmo-nsk@yandex.ru**
В Киеве: ООО «РДЦ Эксмо-Украина», Московский пр-т, д. 6.
Тел./факс: (044) 498-15-70/71.
В Донецке: ул. Артема, д. 160. Тел. +38 (062) 381-81-05.
В Харькове: ул. Гвардейцев Железнодорожников, д. 8. Тел. +38 (057) 724-11-56.
Во Львове: ул. Бузкова, д. 2. Тел. +38 (032) 245-01-71.
Интернет-магазин: www.knigka.ua. Тел. +38 (044) 228-78-24.
В Казахстане: ТОО «РДЦ-Алматы», ул. Домбровского, д. 3а.
Тел./факс (727) 251-59-90/91. RDC-Almaty@eksmo.kz

*Полный ассортимент продукции издательства «Эксмо»
можно приобрести в магазинах «Новый книжный» и «Читай-город».*
Телефон единой справочной: 8 (800) 444-8-444.
Звонок по России бесплатный.

В Санкт-Петербурге в сети магазинов «Буквоед»:
«Парк культуры и чтения», Невский пр-т, д. 46. Тел. (812) 601-0-601
www.bookvoed.ru

*По вопросам размещения рекламы в книгах издательства «Эксмо»
обращаться в рекламный отдел. Тел. 411-68-74.*

Интернет-магазин ООО «Издательство «Эксмо»
www.fiction.eksmo.ru
Розничная продажа книг с доставкой по всему миру.
Тел.: +7 (495) 745-89-14. E-mail: **imarket@eksmo-sale.ru**